U0872999

KUWEI
酷威文化
图书 影视

游戏加载中

上册

龙柒 著

江苏凤凰文艺出版社
JIANGSU PHOENIX LITERATURE AND ART PUBLISHING, LTD

目 录

Contents

第一章

向左还是向右

－1－

斑驳的墙面，生锈的围栏，原本透亮的窗户此刻布满污渍。清晨微弱的阳光洒在这幢老公寓上，却像沥沥细雨落在肮脏的袍子上，让它越发显得脏污不堪。

即便离开这么久，再度看到这幢老公寓时，谢素还是感到深入骨髓的恐惧。她害怕这里，害怕这里暗无天日的贫穷。

她低下头，紧了紧大衣领口，干干净净的鞋踩着落叶走了进去。楼道墙壁上贴着各种小广告，水泥楼梯上到处都坑坑洼洼的，甚至还有不知是谁的呕吐物。谢素捂着口鼻，苍白着脸来到了 201 室外，略犹豫了一会儿后敲了敲门。

她曾经在这里住了七年，她以为自己再也不会回来，然而……

门开了，在微弱的光芒中，谢素看向面前已经比她高了半头多的少年。

他生得十分好看，墨色的发像漆黑的夜，将白皙的面庞衬成了凛冬的雪。他有着让人赞叹的五官，眉眼狭长，鼻梁高挺，唇珠性感，只是唇瓣偏薄，抿着的嘴角全是冷漠和疏离。

谢素笑得十分勉强："小汐……"

谢汐黑眸冷淡，声音如清冷的泉水："有事吗？"

谢素的笑容越显僵硬："我可以进去吗？"

谢汐沉默地让了下身。

谢素走进屋子，感受到了与外面截然不同的整齐，屋子很小，是局促的单人间，而且装修老旧；地面是水泥的，正前方的复合板桌椅早就褪了颜色，连墙上的钟表都晃动出了陈旧的嘀嗒声。

可是很干净，整间屋子被收拾得整整齐齐，比她住的那栋三层小楼还要干净。

谢素收回视线，看向少年："怎么一直不接电话？"

谢汐蹙了下眉。

谢素放软声音道："你一直自己在这里，妈妈很担心。"

谢汐仍旧不出声。谢素又道："你这样也不是个办法，我和你刘叔叔谈过了，你可以去他的公司……"

“不用。”谢汐平静地道，“我的事不用您操心了。”

谢素不无难受地说道：“你才十九岁，大学中途退学，还是因为那样的事，你去哪儿找工作？”

谢汐面无表情。

谢素继续道：“好孩子，听话。妈妈不是让你搬回去，只是去工作而已，你成日这样待在屋里……”她看了一眼亮起的电脑屏幕，“总玩游戏是不行的。”

谢汐抬眸看着她，反问道：“还有什么事吗？”

谢素顿住了。

谢汐道：“没什么事请回吧，一会儿大家都该醒了。”他说这话时语调平静，丝毫没有讽刺意味，可谢素的面色还是变了。

现在才早晨五点，楼道里空荡荡的，邻居都在睡觉。再过半小时，住在公寓的人陆陆续续都会醒来，而谢素一点儿都不想看到他们，更不想和他们有丝毫牵扯。她之所以这么早过来，就是故意避开他们，此刻被谢汐一语道破。

谢素终于说出了来意：“我怀孕了。”

谢汐漆黑的眸子微微缩了下，嘴角动了动：“哦，祝贺你。”

谢素握住了他的手腕，有些焦急地道：“小汐，你回来吧，妈妈已经嫁给他了，有了他的孩子，这次一定可以保护好你。”

谢汐掰开了她的手指，道：“好好照顾自己，不用管我。”

谢素还欲再说，谢汐已经将她推到了门外，关上了那扇陈旧却无比结实的铁门。

谢素看着铁门，不甘心地说道：“妈妈现在和以前不一样了，你好好考虑下，我等你消息。”

谢汐什么都没说，直到听到了渐行渐远的脚步声才坐到电脑前，盯着屏幕看。

有什么不一样呢？

谢汐拿起鼠标，随意操纵着游戏里的角色。

还不是牵线木偶，任人宰割。

谢汐两岁时父亲失踪，母亲谢素在他九岁时成了一位刘先生的情人，她“熬”了整整十一年，终于嫁进刘家，怀了孕。

他是真的祝福她，毕竟她总算得到了自己想要的。

谢汐轻呼一口气，将打到的装备放到了拍卖行。他没用过谢素的钱，一直是自己维持吃穿用度，以前还要想尽办法凑学费，现在倒是轻松多了。

靠游戏赚钱并不轻松，但谢汐在这方面的运气天生比别人好一些，他总能得到别人梦寐以求的好东西，自己不用，转手卖掉，换成现钱。

今天和往常没什么不同，忙完这些后他准备去睡一会儿，忽地眼前一花……

条件符合……验证成功……游戏加载中……

谢汐一愣：怎么回事，通宵后遗症？不至于吧？

他眨了眨眼，那一行字的前半段逐渐变淡，后面的五个字却越发清晰。

它们就浮在空气中，像是投影。谢汐快速转头，那行字竟也跟了过来，落在他视线可及的墙壁上。

幻觉吗？

谢汐伸手碰了下那清晰可辨的字迹，陡然间一道耀眼的白光炸开，谢汐根本来不及反应，就失去了意识。

一切发生得太突然，谢汐迷迷糊糊间似乎听到了有人在和他说话："小汐……对不起。"

游戏加载完毕，准世界开启。

谢汐猛地睁开眼，脑中一片混乱。

"少爷该好好吃饭，您的腰太细了。"一个穿着黑白女仆装的娇俏女孩温声说道。

谢汐却顾不上回应，直勾勾地盯着面前的镜子，眼睛里全是错愕。

镜中人是他又不是他，五官很像，衣着和装扮却截然不同。镜中的他戴了顶深蓝色蔷薇礼帽，身着同色系单肩斗篷，里面是笔挺的双排扣衬衣，腰身很紧，繁复的下摆上缀着华丽的珠宝，笔直的双腿束在了黑色的皮靴中。

女仆将他衬衣复杂的袖口扯了出来，仔细弄成了绽放的花瓣状，由衷地赞叹道："少爷，您真好看。"

这阴阳怪气的模样哪里好看了……谢汐按了按太阳穴，弄不清眼下是什么情况。

女仆见他神态不悦，问道："少爷没睡好吗？"

"还好。"谢汐开口，被自己的声音吓了一跳——很奇怪的声线，不是男性的刚硬，也不是女性的温柔，而是介于其间的带着些沙哑的阴柔。

他没注意的是，他身边女仆眸中的赞叹已经变成了露骨的痴迷。

"少爷……"女仆轻声唤他。

谢汐却顾不上她了，因为他眼前又浮现出了一些字。

欢迎来到准世界，请仔细阅读信息板。

游戏名：向左还是向右

游戏概要：完美关联

主线任务：生存七天

支线任务：无

读档次数：无限制

携带道具：当前无可用道具

待选择特权：奖励金翻十倍、致命伤免痛、游戏内免死这信息量太大，让谢汐脑袋里闪过了无数念头。他在做梦？准世界是什么？这一切都是真实的还是他进入了一个游戏中？

游戏加载中……信息面板……还给他安排了任务。

生存七天吗？完成任务会怎样，不完成又会怎样？无数疑惑在脑袋里打转，让谢汐有些茫然。

此时眼前的字有了变化，最下面一行的待选择特权下出现了一行高亮字。

请尽快选择特权，倒计时结束后将默认放弃特权。

谢汐收回思绪——不管是不是在做梦，都不该大意。

他定睛看向待选择特权，三个选项中最后一个最吸引人，游戏内免死，这不是百分百可以完成任务？毕竟任务要求仅仅是生存七天。

可既然免死了，为什么会有无限制的读档次数？又为什么会有致命伤免痛的选项？

如果生存七天是很简单的事，那何必将其设为任务目标？

这里面有很多矛盾的地方。

谢汐又看了一眼奖励金翻十倍的特权，这个具有极大的诱惑力。虽然目前他并不知道奖励金有什么用处，但翻十倍这几个字本身就是巨大的诱惑。

诱惑本身就是一种障眼法，所以……谢汐做出了选择。

连绵数十里的地下迷宫中，银发男子灵活地躲开了一团散发着死气的巨大黑雾："你发什么呆？"

他对面站着一名身量高挑的黑衣男子，他的容貌隐在暗处，只有轻佻的声音漫不经心地流淌过来："有人选中了我。"

银发男子面色古怪地道："这人运气可真不错。"

"是啊。"黑衣男子笑道，"很幸运。"

银发男子在心里吐槽：幸运个屁，老邪的准世界是出了名的地狱模式好嘛！

但愿不是新人，他记得江斜设计过一个新手试炼，难度为S级，至今无人通关。不对……老邪刚才说是有人选中了他，那肯定是新手试炼。

嗯，自求多福吧，"幸运儿"。

-2-

谢汐做出选择后，提示面板消失了，只在视线的右下角有一行几不可察的小字——任务进度：第一天。

这看起来有些奇怪，不过适应了也还好。

谢汐收回思绪后又被惊得一怔。不知什么时候，女仆离他极近，两人面对面，彼此之间最多一个手掌的距离。

离得这样近，谢汐才发现这娇俏的女孩比他还高一点儿，五官也比印象中深邃，尤其是一双碧色的眸子，仿佛波涛暗涌的深海。

谢汐开口：“你……”

“有什么事”几个字还没说出口，女仆已经垂首后退，低眉顺眼的模样没有一点儿之前的冒犯。

“加尔，你先下去，少爷这里交给我。”一个男低音响起，谢汐转头看去。

深棕色的双开门前，身着黑色燕尾服，领口系着领结，双手戴着纯白手套的男人径直走过来。他身量高挑，五官俊美，向后梳起的头发一丝不苟，同他周身的气质相得益彰，完美地诠释了尊贵与庄严。

在与谢汐视线触及的瞬间，他弯腰俯身，行了个标准且恭敬的礼：“少爷，晨安。”

谢汐点了点头，他很不自在，这是任何一个现代人身处这一幕都会有的拘束感。

被唤作加尔的女仆没出声，反倒是抬眸看向谢汐。谢汐对她礼貌地笑了笑，加尔的眼睛陡然亮起，其中的喜悦略显夸张，仿佛得到了什么承诺。

漂亮的女孩甜笑着，行了礼：“少爷，加尔先下去了。”

谢汐感觉到了些许不对劲的地方，但因为对当下情况了解得太少，所以也想不明白。

身着燕尾服的男子应该是这栋宅子的管家，他引着谢汐坐在鞋凳上，弯下身给谢汐解鞋带：“少爷，今天上午有马术课，下午格林顿少爷应邀拜访，是否安排晚宴？”

“好、好的。”谢汐本来就听得一脸蒙，再加上对方自然而然地弯腰给他脱鞋，让他别扭极了。

似乎是察觉到了什么，管家抬头，英俊的眉眼间尽是温柔：“少爷，马术课需要穿马靴。”

说罢，管家细心地为他换了一双靴子。他的态度太认真、太仔细，仿佛是在用心擦拭一个华贵的瓷器，视若珍宝。

谢汐总感觉怪怪的。

不过他出现在这个“游戏”中已经是最奇怪的事了，其他怪事倒显得不那么怪了。

再说了，古欧洲等级森严，贵族的衣食住行的确是从头到尾都被照顾得极为周全。虽然还不清楚自己的具体身份，但看这雍容华贵的卧室以及自己一身考究繁复的服饰，想必是贵族。

还是不要打草惊蛇的好，万一露馅，他也许会被当成“魔鬼”给烧死。谢汐只想平稳地生存七天。

管家给谢汐换好鞋子后，起身道：“少爷请移步餐厅，早餐已备好了。”

谢汐点点头。

管家垂眸看着他，忽然温声问道：“昨晚没睡好吗？”

他的声线很低，压低后有着从胸腔震颤而出的磁性，他省略了敬称，但话语仍旧是恭敬的。

谢汐不知该怎么回答。

管家仍在看着他。

谢汐只得硬着头皮开口：“有点儿乏。”他努力让自己的声音正常一些，可这身体真奇怪，越是努力正常反而越不正常，谢汐被自己的语气给吓到了！

管家的眸色略深，他立刻说道：“我这就吩咐取消上午的马术课。”

“不好吧……”谢汐眨了眨眼睛。

管家望向谢汐的眸子犹如碧蓝的晴空，他说道：“少爷请不要勉强自己，您的身体最重要。”

谢汐其实也不太想去上什么马术课，一来他不会骑马，怕露馅；二来骑马也算危险的活动了，万一摔下来死了怎么办？为了活过七天，再怎么小心谨慎都没错。

谢汐应了下来。

管家又问：“那下午与格林顿少爷的约会……”

谢汐并不想见太多人，仰头看向管家，问道：“是我提出的邀请，取消了会不会很不礼貌？”

管家顿了下，再开口时声音带了些几不可察的热度：“您身体不适，相信格林顿少爷能够体谅。”

谢汐对他笑了下：“那就有劳……”他不知道管家的名字，而这时视线右下角出现了提示，他依据提示把话说完了，“有劳兰迪安排了。”

管家竟弯腰行了个礼，声音里是发自肺腑的恭敬：“能为少爷分忧解难，是我的荣幸。”

谢汐十分不自在，总觉得哪都不对。游戏他玩了千百个，很有经验，越是风平浪静，越是遍地陷阱。

眼下这种情况过分安稳了：富丽堂皇的城堡、众人拥戴的金贵少爷，还有眼前这看起来忠诚可靠的管家……如果这些都是真的，别说生存七天，生存七十天也没问题。

可游戏任务会这么简单吗？不可能。

这么简单的话，游戏存在的意义是什么？何况还是这样一个诡异得仿佛进入了另一个世界的游戏。

如此大费周折却只是让他体验一下古欧洲的贵族生活?

不可能，谢汐才不会掉以轻心!

因为不用上马术课，兰迪又伺候谢汐换了身行头，谢汐看着镜子中被蕾丝簇拥的自己，十分无语。

兰迪却由衷地赞美道:“少爷，您的美貌无人能及。”

谢汐无语，好看有什么用?能活过七天吗?

“属下失言了。”

谢汐摇头道:“没什么。”

兰迪眸色极其温柔，他为谢汐整理衣袖的动作越发轻缓。

吃过早餐，谢汐在书房看了一会儿书，了解了一些背景。

如果这真的只是一款游戏，那设计者可谓煞费苦心。这栋城堡设计得无比用心，无数细节都恰到好处，连长廊上的画像都绝非凡品，更不要提那些古董级别的器具，每个都是匠心独运，品位非凡。

更让谢汐惊叹的是这犹如图书馆般的书房，所有藏书都是货真价实的，翻开全是密密麻麻的文字，而且不是瞎写，全都有头有尾，仿佛真有这么一个世界，真有这么一个书房，真有这么多聚集了无数人类智慧的古书收藏在此。

谢汐大体了解了“自己”的情况。

他叫塞因·霍尔，是公爵之子，贵族中的贵族。可惜他不住在公爵庄园，而是独居在这栋城郊的城堡中，个中缘由似乎与公爵夫人有关。书中关于这段的记载很模糊，谢汐只能继续看其他的部分。

看背景是古欧洲没错，似乎是维多利亚时代，但很多细节又不尽相同……

谢汐被一沓旧报纸吸引了注意力，上面有一则新闻，触目惊心——《吸血鬼出没，少年惨死街头》。

吸血鬼?谢汐拿过报纸，细细地看了起来。

报纸上写得有理有据，还附带着少年死去时的照片。少年穿着深色的礼服，脸上却没了血色，像冬日的雪。他大睁着眼睛，眸子是天空般的碧蓝色，早已失去了焦点，空洞得犹如深海，蔓延着死寂与绝望。

谢汐盯着他看了好一会儿，十分确定自己的记忆没出错——死者与自己那位叫加尔的女仆长得很像。

当然死去的这位是男性，而他的女仆加尔是女性。难道他们之间有血缘关系?是兄妹还是姐弟?

谢汐暂时将疑虑放下，继续翻看报纸。他很在意这个吸血鬼，究竟是不是吸血鬼他不确定，但肯定是个杀人凶手，而死者的至亲却在他这里，会不会这就是潜藏的危机?

所谓生存七天，已经暗示了这七天中肯定有危险。能够提前避开危险，想必就是完成任务的关键。

不得不说谢汐小朋友的思路很正确，可惜设计游戏的江斜先生脑回路很不正常。

报纸上零零碎碎地出现了不少吸血鬼杀人事件，谢汐暂时没法分辨死者是否与自己有关系，但他可以确定的是，这个吸血鬼绝对是危险分子。

之后一整天都很平静。中午的时候，加尔端来了水果，谢汐多看了她几眼，他十分确定她和死去的少年长得很像。加尔似乎是察觉到了他的视线，悄悄回看了他一眼，嘴角极轻地扬了扬，脚步都轻快了些。

谢汐按兵不动，琢磨着怎么才能找机会和她聊聊。

可惜管家兰迪如影随形，根本不给谢汐单独行动的机会，急不得……谢汐只能耐着性子等机会。

晚餐出奇的丰盛，从前菜开始整整吃了一个半小时，谢汐都吃累了。

好在用过晚餐后就是睡觉时间，谢汐在兰迪的伺候下换上丝质睡衣，睡到了那张宽大柔软的四角床上。

兰迪向他行礼："少爷，晚安。"

谢汐道："晚安。"

兰迪的眉眼隐在烛台后："有事请喊我，我就在隔壁。"

谢汐点点头，看着他转身离开。

屋里漆黑且寂静，谢汐打小独处惯了，不怕黑也不怕静。他安静地待了一会儿，想试着出去见一见加尔。

他刚动了一下，窗户边厚重的窗帘浮动，一个身着深色斗篷的修长男人凭空出现。

谢汐僵在了原地。

让人更加不可思议的是，本来已经熄灭的烛台被点亮，昏黄的光线在漆黑中摇曳，仿佛墓地上幽幽的鬼火。

谢汐攥紧被角，小心看过去……

男人不知何时已经站在了床边，他有着霜一样的银色长发，比雪还白的莹亮肌肤，五官深邃俊美，只是黑色的瞳孔中渗着鲜红，透出了妖异之色。

谢汐感觉身体一轻，竟被人连着被子给托了起来。

银发男人声线明朗，语调平缓："小塞因还记得我吗？"

－3－

什么乱七八糟的？要不是常年习惯了面无表情，此刻"小塞因"脸上的鄙夷一定会像被十字架刺穿心脏的吸血鬼。

"害怕了？"银发男子长得一表人才，脑回路也绝非凡人，"小塞因真可爱。"

谢汐忍不住了："放我下来。"

"不要这样嘛。"银发男子眨了眨深红色的眸子，道，"半个月没见，真的不记得我了吗？"

谢汐只觉浑身的鸡皮疙瘩可能记得他——它们蹦得太欢了！

"这是生气了？"银发男子哄他道，"是因为我消失了半个月吗？"

谢汐无言以对，很好，他不用说话，对方已经帮他补齐了设定。

"好了。"说着他竟俯下身，深红色的眸子锁着谢汐，"以后我天天在你身边，只守着你，只看着你。"

谢汐心一紧，他深感不妙。果不其然，银色的发丝落下，这个男人竟然俯下头来……

谢汐伸手推开他。

因为他这个动作，周围陡然升起了一阵寒意，厚重的窗帘无风自动，床头的烛光开始摇晃，本来温暖的屋子如坠冰窖，眼前的男人更是像冰雕一样，冷得毫无人气。

坏了。

谢汐知道自己做错了。但如果等他当场吐出来，只怕下场更惨。

"我……"谢汐声音微抖，他的眼睫轻颤，拿不定究竟该说什么。

这副模样全都落到银发男子眼中。

刹那间冰雪消融、冬去春来。银发男人敛去了眉眼间的冷凝，又焕发出犹如朝阳般的神情："忘了规矩。"

他俩之间还有规矩？

谢汐没吃过猪肉总见过猪跑，瞬间联想无数——这个男人八成是传说中的吸血鬼。瞧他这银发红眸就不是人类，再就是他的凭空出现和冰冷的身体都很不正常。

那他是不是报纸上那个残杀加尔哥哥（弟弟）的吸血鬼？如果是的话，这事情就很复杂了！

当然不管是不是，这吸血鬼和塞因·霍尔都有着千丝万缕的关系。同伴？猎物？还是逢场作戏？这都不好说。

谢汐此刻并不想惹怒他，在生存七天这个任务里，银发吸血鬼绝对是主要变数，需要防范。

谢汐顺着他的话点了点头，模样有些乖巧。

银发吸血鬼展颜笑道："小塞因别怕，我已经等了这么久，不差这点儿时间。"

谢汐松了口气，知道自己勉强糊弄过去了。

这时门外传来了轻缓的脚步声，银发吸血鬼依依不舍地道："我先回去了。"

谢汐巴不得他马上走："嗯。"

银发吸血鬼拉起他的手："别忘了我们的约定。"

约定？谢汐哪知道什么鬼约定！

“嗯。”谢汐点点头，想先把人哄走。

银发吸血鬼面上带了些孩子气的喜悦，声音温和：“小塞因，我真想现在就把你……”话没说完，他又像是怕吓到谢汐一般，纵容地道，“好啦，我会等你。”

谢汐不敢深想他的意思。

估计是不想被人看到，在脚步声临近门边时，银发吸血鬼消失不见了，如来时一样悄然。

谢汐总算松了口气，在看到管家兰迪后，谢汐浑身紧绷的肌肉才终于放松下来。

兰迪拿着烛台，看到谢汐还醒着，问道：“少爷睡不着吗？”

谢汐揉了下眼睛道：“做了个梦。”

兰迪放下烛台，坐到床榻旁，安抚道：“不要怕，梦里的事都是假的。”

梦里都是假的，现实却是真的。

谢汐怕吸血鬼再回来，问道：“兰迪，你今晚能陪陪我吗？”有外人在的话，吸血鬼应该不会出现。

管家微怔，碧色的眸子缩了缩，声音也低了许多：“我这样的身份怎么配留在主卧……”

谢汐诚恳地道：“有你在的话，我会安心很多。”

一句话让兰迪眼中燃起了火焰，他向来一丝不苟的神态有些混乱，说话的腔调都变了：“少爷……”他嗓音紧绷得仿佛被人掐住了，“您是当之无愧的天使。”

只是想找个人陪着以防吸血鬼夜袭的谢汐一头雾水。

下一秒管家已经恢复正常，温声道：“少爷您睡吧，我就在这儿守着，为您阻挡所有噩梦与纷扰。”

谢汐本来想说——床这么大，一起睡多好。但想想管家刚才那模样，愣是没说出来。

罢了……这里阶级等级森严，自己还是不要再犯错了。

谢汐缩回被窝，闭上眼后却也没立刻睡着。

他习惯每天躺在床上后回忆这一天发生的事，以往不过是回忆一下玩过的游戏和各项收入，可今天能回忆的内容有些多。

谢素怀孕了，他莫名其妙地来到这么一个无比真实的游戏中，并且要完成生存七天的任务。

他没再去想谢素的事，也没再想自己为什么会来到这里，他把更多的思考留给了当下。

当前准世界的游戏名是向左还是向右，游戏概要是完美关联。而目前和塞因·霍尔有关联的人已经出现了，是那个吸血鬼。

从他的话里谢汐可以判断出他们早就认识了，甚至还有规矩和约定。所谓规矩，无非在某个时刻前不可以联合；约定呢？还未可知。

谢汐很认真地分析着，得出了一个可能，难道要生存七天，就必须和吸血鬼这样纠缠下去？逃脱他就会被杀死？所以这是一个原则和生存的选择题？

谢汐感觉到了深深的恶意。事实上，他还是想得太简单了……

谢汐认真想着如何完成任务通关游戏，却不知他的床榻旁，被他给予了无比信任的管家兰迪默默地守了他一整宿。

“少爷，您如此高贵、如此神圣。”管家俯身看着谢汐，“卑贱的我何其有幸能得到您的青睐。”

谢汐要是没这么早睡着，一定会重新审视自己这位“忠心耿耿”的管家。

第二天，谢汐睁开眼后发现自己视线右下角的那行小字变成了——任务进度：第二天。

嗯……糊弄过去一天。

因为昨晚兰迪留在主卧室一宿，所以早上是他亲自伺候谢汐洗漱穿衣。谢汐很不习惯，但让他自己来穿这些衣服，他怕是一整天都穿不好。

好在兰迪动作轻巧，很快就帮他穿戴整齐了。

今天的衣服和昨天截然不同，但风格却是相似的，都有华丽的白衬衣、繁复的饰品以及簇拥着蕾丝的礼帽，除了修长的燕尾服和硬朗的皮靴，其他都是女孩才会喜欢的东西。

谢汐天生有些审美缺失，分不太清美与丑，只有顺眼和不顺眼。眼前自己这副模样，他给予的评价是非常不顺眼。

兰迪却由衷地赞叹道：“少爷是天生的贵族，为华服而生。”

谢汐安慰自己：算了，只有七天而已，不要在意这些细节了。

上午有音乐课，谢汐看到那架复古的钢琴时很怕自己露馅，好在身体仿佛有记忆，他的手指放到琴键上，就流畅地演奏出了优美的乐章。

音乐教师吟诗般赞美了他一个小时，总算下课了。

下课后管家兰迪问他：“艾克斯伯爵发来了邀请函，约您中午一起用餐。”

艾克斯伯爵？这又是哪位？

谢汐不想去，又担心不去的话会引起什么意外。

兰迪看出他的踌躇，压下了眼中的炽热，低声问道：“您不想去吗？”

谢汐转头看着他：“我可以不去吗？”

他是在询问贴身管家的意见，不承想兰迪竟有些压抑不住的激动，他薄唇轻颤，嗓音低哑：“少爷有权拒绝任何人。”

谢汐察觉到了异样，试探地问道：“真的吗？”

兰迪郑重地道：“您不喜欢的事，可以不去做。”

这话说得……谢汐认真想了一下，最终还是决定不去。

他只想待在这栋古堡里安全地度过七天，不愿节外生枝。

“那就不去了。”谢汐给出了答案。

兰迪眸子一亮，道：“我这就去吩咐……”

管家疾步离开，谢汐独自待在偌大的花园里，莫名感觉有些冷。初春的天气，他又穿了这么多，怎么会觉得冷呢？

错觉？很快谢汐感觉到了一阵刺骨的幽冷寒风。

他抬头，错愕地发现天空都变色了，正午的阳光被浓密的乌云遮蔽，一股风吹来，花园里盛开的花朵都失去了光彩，连翠绿的小草都像被霜打了一般，蔫了下去。

“为什么拒绝？”伴随着阴郁的男低音，银发男子凭空出现。他穿着黑色的斗篷，长发无风自动，霜白的面庞毫无血色，只有一双红眸如赤色血月。

“你不想和我在一起吗？”银发吸血鬼嘴角扬起，勾出一个甜蜜的笑容，“怎么会呢？我的小塞因怎么会不想和我在一起。”

话音落下，他的手中出现了一把银色长弓。

谢汐瞳孔骤缩，弓箭破空而来，刺中了他的心脏。

银发吸血鬼拥住满身是血的谢汐，温柔低语：“小塞因，你只能是我的。”

谢汐蒙了，痛是一点儿都不痛的，只是太蒙！

什么情况？怎么一言不合就杀人？拒绝他？他什么时候拒绝了？难道银发吸血鬼就是艾克斯伯爵？可他只是不去吃饭而已，至于杀人吗！

谢汐选择的特权是致命伤免痛，所以虽然心脏被贯穿，他也感觉不到丝毫疼痛。不过视线右下角已经出现了另一条提示：请尽快读档，身体彻底死亡后将无法读档。

谢汐耽误不起，选择读档。

系统给了提示——是否读档到最近时间点。

谢汐选择了是。

一阵天旋地转，谢汐再睁开眼时已经回到了二十分钟前，管家兰迪的声音在他耳畔响起：“艾克斯伯爵发来了邀请函，约您中午一起用餐。”

谢汐心道：去、去还不行吗！

兰迪盯着他问：“您要去吗？”

他能不去吗？谢汐知道这八成是游戏中的重要线索，不去不行，于是点头道：“帮我安排下马车，我……”

“您要去？”管家重复问道。

谢汐敏锐地察觉到空气有些凝固，他转头，发现管家碧色的眸子变成了深黑色，犹如搅动着绝望的深渊。

“您要去见他。”管家兰迪神经质地道，“您果然选择的是他。”

谢汐更蒙了，这又是什么情况？

兰迪走近他，声音温柔，神态却疯狂至极：“为什么天使一样的您要受到魔鬼的诱惑指使？”

谢汐张张嘴，只感觉冰凉的刀刃抵在了自己的脖颈上。

下一瞬，他看到了自己的身体。

管家抱着他的头：“如果注定要堕落，不如……”

－4－

不如什么？

后头的话谢汐听不见了，脑袋和身体都分家了，哪里还听得到对方说了什么话！

谢汐感觉不到疼痛，可眼前的这一幕也太惊悚了，有人从这个角度看过自己的身体吗？

视线右下角出现了读档的提示，显示剩余时间只有十秒。如果不能在剩余时间内读档会怎么样？头身分离地死去？现实中呢？

谢汐毫无冒险的兴趣，他快速读档，脑袋重新回到了身体上。

管家的声音又在他耳边响起：“艾克斯伯爵发来了邀请函……”

连续死了两次后，这句话已然成了催命符。

谢汐打量了一下自己的管家，之前他并未想太多，只以为这是个引导他适应游戏环境的 NPC（非玩家角色），万万没想到这也是个隐藏的 BOSS（关主）。

毕竟用一把薄刃砍下人头可不是普通人能做到的事。

谢汐不明白的是，怎么一言不合就砍头？只不过是去赴个宴而已，至于这样发疯吗？到底是这俩人太神经病，还是这次赴宴有什么特殊含义？

谢汐发现自己读档了用处也不大。怎么选？不去的话，吸血鬼给他一箭；去的话，管家砍他的脑袋。横竖都是死，他要怎么办？

只能试试第三个选择了——不说去也不说不去。

谢汐的直觉告诉他，这样模棱两可的答案也靠不住。但眼下也只能走一步看一步了，幸好他选择了致命伤免痛，也不怕多“死”几次。

他不出声，管家又唤他：“少爷？”

谢汐摆出了踯躅的模样，果不其然兰迪的眸子中有了些热度，声音中还隐隐有些期待。

这些之前谢汐都没留意，现在却是看得明明白白，同时他还感觉到了不知从何处传来的森森寒意……

银发男人应该也隐在某处吧，正在听着他们的谈话，积累怒气值。

谢汐的心一紧，他赶紧调整表情。

管家却已经低声问道：“您不想去吗？”

谢汐心道：我没有，我不是，别乱说！

下一秒管家眸中的热度淡去，嘴角也压了下来："您要去吗？"

谢汐心里一惊，这到底要怎么回答？

管家的嘴角再度扬起，笑容十分温柔，可眼中却没有一点儿温度。

谢汐清晰地意识到，自己再不说"不去"，脑袋就要和身体分家了，可说了心脏也要挨一箭啊！

怎么办……

谢汐忽地有了个念头，他张口道："我们一起去。"

这样总可以了吧！就算去了，也没丢下你！

"嗖"的破空声……

"咔嚓"的骨骼断裂声……

谢汐感觉胸口和脖子同时一凉。很好，他不仅脑袋和身体分家了，心脏又中了一箭。

管家的声音里满是绝望："我已经如此卑微，为什么您还要这样羞辱我。"

谢汐说不出话了：带你去就是羞辱你吗！

管家温柔地抱着他的头颅："对不起，我做不到。"

这次读档时间仅有五秒，谢汐更不敢耽误，立刻选了读档。

视线右下角再度出现了提示——是否选择最近的读档点。

第一次他没想太多，第二次是视觉冲击力太大，他只想赶紧回到身体上，这次稍微适应了一些后才留意到这个细节。

这话的意思是还可以选择其他读档点吗？

谢汐给出了答复：否。

那行字又变了——请选择读档点。

当前读档点有两个，谢汐忽略掉最近的那个，选择了另一个。

眼前一黑后，谢汐发现自己回到了华丽的四角床上。这是回到昨天晚上了，看来要避开那个怎么选都是死的结局，需要从这个时间点找原因。

厚重的窗帘无风自动，银发吸血鬼凭空出现。

谢汐心道：这么快？连个准备时间都没有。

他匆匆回忆了一下之前说过的话，简单梳理了一下思绪。

因为有过一次经验，所以当吸血鬼将他托起时，他没有太错愕。

"小塞因，"艾克斯的第一句话没变，"还记得我吗？"

谢汐即便有了心理准备，还是被吓得头发丝发颤。但这次他不再被动，主动问道："这些天你去哪儿了？"他虽面无表情，但配合这句话却意外有了些别样的意味。

银发男人一怔，他道："别生气，我做的一切都是为了小塞因。"

谢汐想想自己心脏上中的两箭，默默想着：一言不合就要人命，可真是一切都是为了他。

谢汐道:“放我下来。”

谢汐越是挣扎，艾克斯越老实，他小心地将谢汐放下，英俊的眉眼里全是可怜:“真的生气了?”

谢汐坐在床榻上，扬眉看着他:“我不该生气吗?”

“应该，小塞因做什么都是对的,”艾克斯继续道,“只是别气坏身体，实在恼了，就发泄出来。”

谢汐手一颤，心想:他敢吗?只不过是爽约就被刺穿心脏!

谢汐斟酌着套话:“你到底去做什么了?”这应该是破局的关键。

艾克斯薄唇轻抿，声音里尽是讨好:“我找到‘圣心’了。”

谢汐一怔:“圣心”?这是什么鬼?

艾克斯看着他，深红色的眸子里全是情意:“有了‘圣心’，你的身体就能够承受‘初拥’。”

“初拥”?谢汐听过这个词，一般吸血鬼相关题材的作品里都会出现，大体意思就是人类被吸血鬼“初拥”后会变成吸血鬼。至于“圣心”，可能是这个游戏里的隐藏设定，据说人类变成吸血鬼要被吸光血液，艾克斯大概是怕出意外，所以去寻了个类似“护身符”的东西。

这么说来……艾克斯想把他变成同类?

“本来想明天给你个惊喜的,”艾克斯半跪在他面前，仰头看着他,“小塞因，你愿意成为我永远的伙伴吗?”

谢汐沉默不语。

艾克斯见他不出声，嘴角的笑容淡了些，鲜红的双眸染上了黑雾:“你后悔了?”

谢汐不想当场死亡，忙道:“谁要做你的同伴。”

艾克斯怔了下，紧接着又道:“正如我信中所写，塞因·霍尔是我永远的伙伴。”

明明是正常的话，却愣是让人感到有些毛骨悚然。

到这里，谢汐基本猜出缘由了。艾克斯同他约定化为同类相伴一生，他却爽约了，于是遭到背叛的艾克斯给了他一箭。

可事实上谢汐根本不知道明天是这么重要的约会，他只以为是去吃顿饭。

问题出在管家兰迪身上，艾克斯送来的信肯定经由兰迪之手，看到内容后的兰迪疯魔了，但还不死心地来询问谢汐。

一旦谢汐给了去的答复，就意味着答应了艾克斯要成为他的“同伴”。管家因此生恨，决定砍下他的头颅。

所以在他说一起去的时候，管家才会说自己做不到，他无法侍奉一个与吸血鬼为伍的塞因·霍尔。

事情是捋顺了，可又该如何破局？

－5－

弄成如今这种局面，真不能怪管家和艾克斯如此执着，塞因·霍尔要是没有对这两个人付诸承诺，这俩神经病不可能疯成这样。

此时再看这个游戏名就十分意味深长了。向左还是向右，难道是让他在管家和艾克斯之间做出选择？可任务目标明明只是单纯地让他生存七天。不会还有其他的坑吧？谢汐已经无法信任这个“沙雕”游戏了！

谢汐出神的工夫，艾克斯热切地说道：“我先回去了，小塞因，明天见。”

谢汐知道是管家快来了，艾克斯要故意避开，心思一动，他说道：“明天我直接去找你。”

艾克斯眼睛一亮，他舔下了薄唇，道：“我来接你。”

“不，”谢汐道，“等着我，我想给你一个惊喜。”

艾克斯由衷地说道：“你将要成为我的同伴，已经是我最大的喜悦。”

谢汐道：“这么重要的日子，我应该好好准备一番。”

只见艾克斯看了谢汐一眼，不知道想到了什么，他忽然轻声道：“你是我见过的最美的人，无须任何点缀。”

谢汐耐着性子道：“明天以后就是新的生活了，给我点儿时间，我要和过去的自己告别。”他一个五好青年生生被这款游戏给逼得说起了“鬼话”。

“好。”艾克斯难掩兴奋地道，“我等你。”

谢汐扯了扯嘴角，拼尽全力凑出一个笑容：“明天见。”

外头的脚步声越来越近，艾克斯依依不舍：“小塞因，明天请一定来找我。”

谢汐到底是“修为”不够，愣是被这句话给雷得外焦里酥。

谢汐的笑容有些僵硬，好在艾克斯满脑子只有对明天的期待：“别紧张，明天我会让你拥有终生难忘的‘初拥’。”

谢汐听不下去了，含含糊糊地道：“好、好的。”

艾克斯以为他是害怕：“那么，我先走了？”

谢汐硬着头皮说好。

艾克斯笑着补充道：“明天我哪里都不会去，只在伯爵庄园里等你。”

谢汐肯定地道：“一言为定。”

艾克斯轻叹一口气道：“这五年来的每一天对我来说都是度日如年，好在明天起我们就能成为同伴。”

谢汐又听到了重要信息：五年？他们已经认识五年了吗？

艾克斯握着他的手：“塞因·霍尔，你是我永远的同伴。”

虽然谢汐被艾克斯杀了两次，但设身处地一想，如果谢汐碰上了塞因·霍尔，恐怕也会给他来个万箭穿心。

吸血鬼前脚刚走，房门就被打开了，管家兰迪拿着烛台慢慢走了进来。

谢汐也没再装睡，两人说了一些和之前一样的话，不过这次谢汐没敢再提让管家留下的事，他只是忧心忡忡地看了看管家。

管家低声问道："少爷有心事？"

谢汐眸子闪烁了一下，轻轻摇头。

管家放下烛台，忧心地道："少爷有什么事尽管吩咐我，无论刀山火海，兰迪誓死效忠。"

谢汐心想：要不是被你砍掉两次脑袋，我还真信了。

谢汐十分谨慎，并未多说。他总觉得艾克斯没走远，那家伙会疯得二话不说就给他一箭，和今晚可能脱不了关系。

读档前的那一晚他表现得太冷淡了，之后管家来了他又对管家十分依赖，喜欢偷窥又爱幻想的艾克斯指不定想了些什么。第二天艾克斯十有八九在邀请函里写了很过火的话，故意让管家看到。

贵族间的邀请函大多由管家翻阅后再通知主人。艾克斯肯定把约定甚至是"初拥"的事都写上了，狠狠地刺激了管家。

可以确定的是，他和艾克斯的事是瞒着管家的，否则艾克斯也不用在听到了管家的脚步声后就要走，这显然是塞因早就和他约定好的。

那为什么明明艾克斯今晚照旧避开了管家，隔天却写了那样的邀请函？

变故就在今晚。

谢汐理清思绪，决定先熬过今晚："兰迪，我有些困了。"

管家立马应道："那您好好休息。"

谢汐道："晚安。"

管家也没再多说什么，小心地给他掖好被角，温声道："晚安。"

烛台的光芒随着管家修长的身影远去，谢汐松了口气，觉得问题不大，明天有希望过关。

以防万一，谢汐闭眼装睡半个小时后还梦呓似的喊出了"艾克斯"的名字。他本来计划多说点儿的，可惜毕竟不是表演专业的，过不了心里的屏障，实在说不出来！

第二天清晨，管家来侍奉他洗漱，谢汐眉眼间尽是疲倦。他不是故意装的，而是深思熟虑了一整晚，失眠了。

管家心疼地道："少爷又没睡好吗？"

谢汐看看他，欲言又止。

管家似乎也没睡好，眼底有淡淡的黑眼圈，声音是焦急的："少爷，请将您的不快告诉我，兰迪一生所求便是为您分忧解难。"

谢汐觉得自己很过分，但为了好好活着，只能说："兰迪，你跟随我多久了？"

管家一怔，单膝跪在他面前："十年。"

一个五年一个十年？谢汐在心里骂了句脏话，继续道："从今天开始，你自由了。"

管家猛地抬头，向来一丝不苟的头发有一缕落下，碧色的眸子里满是惶恐："少爷，您不需要我了吗？"

谢汐莫名地感觉脖子有点儿凉。

管家面色苍白，薄唇上一点儿血色都没有："您真的不需要我了吗？"

谢汐有些怕他一言不合就杀人，然而剧情发展比他想象中还要不讲道理。

"您已经不需要我了吗？我已经不值得您信赖了吗？"管家苦笑着，手中凭空出现了一把银色小刀。

谢汐的心一跳：那个……说话就说话，掏刀子干什么！

"少爷，我从未奢求什么，也不敢僭越，可为什么您给了我天堂的圣光，又要将其剥离？既然您不再需要我了……"管家英俊的面庞上满是绝望，"那我活着还有什么意义。"

谢汐呆住了……银色小刀没砍下他的脑袋，而是刺进了管家的心脏。

自杀了？管家兰迪死了？这都是什么见鬼的剧情？

难道这才是正常的发展方向？这样就不用做选择了？

不可能！谢汐才不信这个"沙雕"游戏会这么简单！

－6－

乍看之下，似乎破局了。

管家死了，那谢汐就不用做选择题了，直接去找艾克斯，熬过接下来的几天就行了。

会这么简单吗？谢汐可没忘了今天是什么日子。

他去找艾克斯，是不是要接受"初拥"？"初拥"是怎么个"拥"法？只是吸个血就能行吗？

谢汐不敢再想，只觉头皮发麻。

如果这是一款普通的电脑游戏，谢汐这会儿早就删除游戏并且举报了，顺便在举报信息里问候下作者。可惜这不是简单的电脑游戏，而是一个完全未知的世界。

不能退出，不能放弃，谢汐也不想去冒险承担死亡不读档的后果。

他只能硬着头皮走下去！

"老邪真是不当人！这设计的是什么破游戏？"顶着精灵族的银发银眸，天生一副高岭之花模样的颜小王子，一开口形象全无，暴露了其狗尾巴草的本性。

他对面的男子穿得极严实，领口紧束到下巴，除了一张脸再没有丝毫皮肤外露，可即便裹成这样也遮不住他结实的身体，再加上不苟言笑的面庞，一副生人勿近的模样。

颜哲跷着二郎腿，盯着水幕道："真刁钻，我要是这孩子，肯定要打死老邪。"

秦戈争看了一眼，冷硬的眉微扬："那是江斜的魂意？"

"可不嘛。"颜哲幸灾乐祸地道，"他竟然在一个新手世界里放了魂意，难怪会是S级难度。"

秦戈争又问："之所以无人通关是因为没人能进入游戏？"

"嗯！"颜哲道，"能得到江斜的魂意认可，这个小朋友不简单。"

秦戈争透过水幕看向容貌异常秀美的少年："这人未成年？"

颜哲道："十九岁，刚成年。"

"这么小？"秦戈争惊叹。随即看了一会儿后道，"管家死了，他只要接受'初拥'不就完成任务了？"

"哪会这么简单。"颜哲嘿嘿笑着，"'初拥'要被吸光血液，成为吸血鬼可不算活着。"

颜哲又幸灾乐祸地道："能得到江斜的魂意认可，说明这孩子和老邪的契合度很高，可老邪整出这么折腾人的游戏，人家小朋友不得恨他恨得牙痒痒？"

秦戈争道："他也不吃亏，第一个任务就是S级世界，只要能通关，就可以得到……"

颜哲打断他："肯定能通关。"

秦戈争看向他，诧异他为什么这么肯定。

颜哲道："是老邪的魂意提高了世界等级，其实任务难度不高，在新手范围内。这孩子也很聪明，选对了特权等于完成了游戏的一大半。"

秦戈争看了下详细数据："老邪设定游戏读档无限制，这孩子又选择了致命伤免痛，的确不难。"

颜哲笑眯眯地道："可惜游戏内容太奇葩，小朋友要三观碎裂了。"

秦戈争："确实……"

"可惜要去出任务了。"颜哲满脸遗憾地道，"没法看老邪设计的这个花式作死游戏了。"

身在游戏中的谢汐可不知道颜哲和秦戈争说的这些，他刚刚离开死亡现场。

管家死了，血流了一地，可惜谢汐根本没有收拾的能力，只能暂时离开。

接下来该怎么办呢？谢汐不会接受"初拥"，也不能不去赴约。

只能先去伯爵庄园与艾克斯继续周旋，仅仅六天时间而已，也许可以拖到任务结束。

虽说这么想着，但谢汐的直觉告诉他并不会这么轻松。

说来奇怪，偌大的房子空荡荡的，管家在时不觉得怎么样，他一死，这栋城堡就溢满了死气，像一座坟墓。

谢汐倒也不怕，毕竟是死过三次的人了。

他自己去找了马车夫，安排好马车，准备前往伯爵庄园找艾克斯。

原本谢汐的计划是用言语刺激管家，让管家去对付艾克斯，万万没想到自己一句话就送管家上路了……

迫不得已，他只能选择改变计划，亲自去和艾克斯拖延时间了。

马车出了庄园，行至小路时谢汐欣赏到了美丽的田园风景。

这是在车水马龙的现实世界中不可能看到的美景：晴空万里，风吹碧草，金黄的麦穗迎风娇俏地晃动。

谢汐认真看着，无法从中看出任何破绽——真实，一个比现实还真实的游戏。

忽地，马车晃了一下，谢汐用力握住把手，勉强维持住平衡。

“怎么……”他正要询问，马车的门帘被用力掀开，马车夫一脸凶狠地盯着他。

谢汐心头一跳，暗道不好。

锋利的匕首已经刺了过来，马车夫眼中尽是恶毒与怨恨：“没了兰迪，塞因·霍尔，我看还有谁护着你！”

狭小的马车厢内避无可避，当然谢汐也没想躲避。

他抓紧时间套话：“你为什么要杀我？”

“为什么？”马车夫眼中的愤恨攀升到了极点，“你心思歹毒，作恶多端，帝国谁不想杀你而后快！”

“我……”谢汐并没有说第二句话的机会，马车夫已经刺穿了他的心脏。

“哈哈，你也有今天。”马车夫形色癫狂，“我要看看你的心脏是不是黑色的，你这个从地狱中爬出来的魔鬼……”

他的声音渐行渐远，谢汐及时选择了读档。

读档没有多余选项，只能回到昨天晚上。

所以说……不能让兰迪死吗？从马车夫的话可以得到一些信息，他这个身份不是简单的贵族公子，大概树敌无数；管家兰迪也绝不简单，只有他活着，塞因·霍尔才能避免被别人暗杀。

由此是否可以推断，管家兰迪和艾克斯有一战之力？

这么看来他最初的计划是对的，只不过言语上要更委婉些，不能让管家提前自杀！

谢汐刚打定主意，艾克斯凭空出现。这都第三次了，谢汐已经见怪不怪，哄这个银发男人哄得驾轻就熟。

艾克斯的台词和上次差不多，只是言语更奇怪了：“小塞因，我真想将一颗心挖给你，让你看看它跳得有多快。”

谢汐生怕他一言不合真的挖心，认㞞地道："不要这样说。"

艾克斯漂亮的深红色眸子里全是期待："明天见。"

谢汐内心毫无波动，听得次数多了好像也没那么敏感了。

谢汐哄走了艾克斯，再对付完巡夜的管家兰迪，他终于迎来了关键的第二天。

这次他没有拖泥带水，也没有铺垫，直接说道："兰迪，无论我遇到什么事，你都会效忠于我吗？"

果然这才是正确的谈话方式，管家单膝跪地，虔诚地道："能为主人分忧，是我此生唯愿。"

谢汐居高临下地看着他："你知道艾克斯伯爵的身份吗？"

垂首的管家肩膀明显一僵，他沉声道："伯爵早已死去，霸占他身体的是只存在于黑暗中的吸血鬼。"

谢汐心道：你果然早就知道了！

"那么你知道今天是什么日子吗？"谢汐定定地看着他。

兰迪抬头，碧色的眸子里有一团黑雾："您有决定了吗？"

"我不想变成那人不人鬼不鬼的东西，"谢汐的手落在他的左肩上，谢汐与他对视，"你能帮我吗？"

一簇清晰的火焰在管家眸中燃烧，他薄唇轻颤："少爷……"

"他的力量强大，我与他虚与委蛇不过是为了护庄园周全，可他现在得寸进尺，我……"谢汐小朋友业务还不够熟练，话到一半有些说不下去了……

好在谈话的思路对了，管家兰迪颤着嗓音问他："您不愿意，对吗？"

谢汐终于说了一句掏心窝的大实话："我不愿意。"

管家闭了闭眼，一副死而复生的模样，虔诚地道："只要明确了您的心意，其他的请都交给我。"

谢汐忧心地道："他不是人类，又力量强大，你……"

"不用担心我。"管家看向他，眼中全是毫无保留的忠诚，"等我回来。"

谢汐的担忧不是假的，虽然担忧的方向有所不同，他由衷地说道："保重。"但愿你俩能打上六天六夜，助他一股脑儿完成任务。

兰迪临行前又嘱咐谢汐："请不要离开庄园。"

谢汐想到那暗杀他的马车夫，凝重地点头："我哪儿都不去，等你回来。"

兰迪双眸一亮："我一定不会辜负您的期待。"

谢汐送走了管家，忐忑不安了一天。直到日落又升起，临近破晓时，任务进度显示：第三天。

他这才松了一口气。

看来这次走对了，就得怂恿管家去对付艾克斯，也不知道战果如何，可千万别等来怒发冲冠的艾克斯。

因为兰迪不在，伺候他更衣的人换成了女仆加尔。

再见到这加尔时，谢汐没想太多，他虽然到了第三天的任务进度，但其实第二天已经重复了很多次。此时总算到了第三天，所以略有些放松。

加尔仔细地帮他脱下斗篷，在一点点解开衬衣的扣子时，她忽然低声道："少爷。"

谢汐没听清："嗯？"

比他还高的女孩垂眸看着他："兰迪能做的事，我也行，艾克斯能给您的，我也可以。"

这话谢汐听明白了，瞳孔微缩，他仰头看向加尔。

加尔清凉的声音变得沙哑，敛去了刻意装出的娇憨，露出属于少年的英气："兰迪回不来了。"

此时此刻，谢汐才看到"女仆"那被蕾丝遮挡住的喉结。

－7－

怎么又来一个？这游戏不是向左还是向右吗？又出来一个是什么意思？

不需要扣题的吗？

我们谢汐是多沉默寡言的一个小青年，这会儿愣是被逼成了吐槽役。

这槽点也太多了，本以为送走了两尊大佛，谁知家里还藏着一个女装大佬。

按照这个左和右的规则，不会还有一个吧？谢汐吓得赶紧捂嘴，怕自己一语成谶。

加尔之前对管家很忌惮，一直是低眉顺眼的模样。如今暴露本性，哪还有什么娇俏可爱。一双眸子狭长深邃，微微下垂的眼角带了些压抑许久后明显发生量变的偏激。

他道："少爷，我对您的忠心不比任何人少，请允许我侍奉您好吗？"

谢汐嘴角抽了抽，如果拒绝的话，他是不是又要花式死一次？可不拒绝的话，他怕管家和吸血鬼杀出来，给他来个 Triple Kill（游戏术语：三杀）。

曾几何时，沉默寡言的三好青年谢汐，竟然要考虑究竟是死在一个人手里痛快，还是死在三个人手里刺激这种奇葩问题了！

很显然，前者比较妥当。

谢汐坚信只要这个游戏设计者还有一点儿操守，那他就不会在向左向右之外再搞一对向前和向后！

谢汐道："加尔，你走吧。"

穿着黑白女仆装的少年如遭雷劈，面庞一片惨白："即便兰迪不在了，您也不需要我吗？"

谢汐道："不需要。"

“为什么？”加尔眼里的色泽逐渐变深，衬得面庞更白，唇色更浅，“兰迪已经不在了，为什么还不行……还是说因为我的懦弱和逃避，您放弃我了吗？”

果然，塞因·霍尔和加尔也有隐藏剧情，谢汐觉得直接选择拒绝十分明智。

谢汐不能给加尔留太多机会，却也怕说多错多，于是只能选择沉默。

加尔的神态越来越不正常，悲痛和绝望像乌云般遮住了碧空似的眸子，他声音空洞地道：“您放弃我了。”

谢汐沉默。

加尔攥紧了拳头，额间青筋鼓起。

谢汐偷偷打量了一眼，觉得自己离“死”不远了。

来吧，总得挨个“选项”试试，不行就读档。

“您放弃我了。”加尔梦呓般又重复了一遍，神态太凄惨，声音太悲痛，极具感染力。要不是谢汐经受过多次“死亡”的洗礼，这会儿怕是要动摇了。

加尔笑了一下，满是自嘲与自我厌弃，他失魂落魄地道：“您是对的，我这样卑贱、懦弱，哪有资格侍奉您。您从泥潭里将我救出来，给了我新生，甚至为我付出一切，可是我太懦弱了，太卑微了，所以躲躲藏藏，不断逃避……

“是我把一切都搞砸了。”

加尔看着他，声音悲凉到了极点：“是我辜负了您，是我让您失望了。”

唔，谢汐认真思索：这发展，莫非是不杀人改自杀了？

可怜谢汐小朋友的脑回路还是跟不上某位“老司机”。

加尔双手无力地垂下，整个人仿佛被抽走了精气神。他转身，拖着踉跄的步伐离开了。

双开木门打开又重重地合上，独自站在穿衣镜前的谢汐眨眨眼：走了？就这么走了？

居然谁都没事？

谢汐不敢相信，可又不好追出去，万一加尔问他：“您为什么来追我？您是反悔了吗？您还需要我吗？”

他要怎么回答？难道要告诉加尔：不，我只是想看看你有没有换个地方自杀。

忍住！

谢汐强迫自己坐在床上，默默等了半个小时。

没有异样，什么都没发生，加尔真的走了，谁都没再出现，他也没死。难道这个小关卡被他闯过去了？

连日来的疲惫和紧张，谢汐竟然迷迷糊糊地睡了过去，再醒来时，任务进度终于显示：第四天。照这个势头下去，似乎完成有望了？

谢汐轻呼一口气，打起精神来面对新的一天。

管家依旧没有消息传回来，这对于谢汐来说已经是最好的消息。加尔也没再出现，虽然生死未卜。

谢汐没精力去管别人怎么样了，他只想过好自己仅剩的几天。

兰迪不在，加尔也不在，偌大的庄园没有第三个人来伺候谢汐穿衣服了。谢汐看看那复杂的服饰，一个头两个大，为什么要穿这么麻烦的衣服，简单得来个套头T 恤衫不行吗？

算了……还是不要节外生枝，好不容易走到这一步，谢汐可不想再搞出什么幺蛾子。

他耐心地给自己穿衣服，折腾了足足一刻钟才勉强穿好，这还是因为他之前留意兰迪给他穿衣服的步骤才做到的，要不根本无法搞定这一件又一件的衣裳。

谢汐穿戴整齐后，肚子有些饿。之前都是兰迪推着餐车来伺候他用早餐，今天没人伺候，他只能自己去找吃的。

城堡很大，走廊的墙壁上挂满了肖像画和一些兽骨。在这里，这些装饰是主人家族地位以及巨大财富的象征，但在个别人的审美中就有些阴森恐怖了。

谢汐倒不怕，自从父亲失踪后，他就习惯了黑暗。可心里也忍不住犯嘀咕，这么大一栋宅子，是不是太空荡了？只不过是少了一个管家和一个仆人，怎么好像所有人都不见了？

谢汐一边走一边看，到了餐厅更是觉得冷清，餐厅打扫得倒是干干净净，可依旧没有一个人影。他记得兰迪在的时候，还是有很多人伺候的。虽然那些人从不抬头，毫无存在感。

谢汐等了一会儿，发现不会有人来送早餐后，只好起身去了后厨。他的黑色皮靴落在光滑的地面上，回荡出清脆的声音，让整个空间越发死寂。

谢汐进入后厨后，愣住了。

满屋子人。

满屋子死人。

即便谢汐胆子比常人大些，但看到这血腥的一幕，也忍不住被吓到了。

这又是怎么回事？他强忍着恶心仔细看了一下。后厨里有四五十个人，全死透了，血流了一地，染红了整个后厨。

看这些人的着装，谢汐发现他们都是这栋宅子里的用人，有女仆，有园丁，还有马车夫等。

这些人都是刚死没多久，被人统一丢到了这里。

砰地关上门后，谢汐只觉头皮都在发麻。谁杀了这些人？除了加尔还能有谁，他为什么要杀他们？迁怒？失控？一时失手？

谢汐一个正常人实在无法揣度疯子的脑回路！

早餐是不用吃了，看都看饱了。他走出城堡，到花园里透气。

花园里有用于喝下午茶的小亭子，谢汐刚走到那里，就看到了散发着热气的小点心……

这算什么？怕他饿死？

谢汐还真不饿，他坐在花园里，琢磨着接下来会发生什么。

显然，他此刻身处危险之中。上次兰迪一死，就有人暗杀他，这次兰迪走之前嘱咐他不要离开庄园，肯定是做了一些防范。可现在整个庄园的人都死了，也就没人保护他了。

怎么办呢？怎么才能熬过剩下的几天？

独自一人待在这死气沉沉的古堡中，谢汐不怕死人却在防备活人，这心理素质也实在够硬。

然而，一整天下来并没有人袭击他。

好歹又活到了晚上。谢汐舔舔下唇，难道这样耗下去就能完成任务？还是别盲目乐观了。

傍晚，外头忽然传来打斗声，谢汐一下子睁开眼睛，快速下床。

房门被重物撞开，一个身材强壮的蒙面男子凶狠地问道："你为什么要保护那个恶魔？"

秀美少年轻声道："他是我的主人。"

"你疯了吗？是他把你变成了这副人不人鬼不鬼的模样！"

"不，我是自愿的。"加尔弯唇，浅浅的笑容里全是病态的执着，"只有获得这样的力量，才有资格站在他身边。"

"加尔·德林，你这个疯子！"

加尔微笑着，眸中却是一片死寂："离开了吗？"

阴柔的少年音刚落下，他便在电光石火间刺穿了蒙面人的胸腔。

蒙面人应声倒地，鲜血激涌而出，渗入厚重的地毯中，蔓延成极其诡异的纹路。

加尔看向谢汐时，冷漠嗜血的眸子瞬间变成了哀伤的天蓝色，他的声音也变了，没了那病态的腔调，反而像个被丢弃的小动物般，哀求道："少爷……"

谢汐沉默着。

"您看，我可以的。兰迪能做的，我都可以。为了保护您，我可以除掉所有人。"加尔单膝跪地，碎发落下，遮住了他偏执的眉眼，声音卑微又虔诚，"我有艾克斯的力量，有兰迪的忠心，请留下我吧，哪怕只是做您最忠实的奴仆。"

－8－

谢汐在心里小声嘀咕：他有权利说不吗？

他还以为加尔是个有些疯狂但却稚嫩的小角色，结果呢？他比兰迪和艾克斯还狠。

加尔杀了庄园里的所有人，美其名曰保护他，可实际上呢？不杀这些兰迪留下的人，外面想暗杀塞因的人怎么能进来？

杀手们不进来，加尔就永远没有机会展现自己。

这位加尔少年看似失魂落魄地离开，其实却做下了这一连串的事，让谢汐不得不需要他。

他不搞杀来杀去那一套，而是把所有其他选择都扼杀了，让谢汐只能选他。

谢汐能怎么样……

他弯下身，扶起了加尔·德林："你不怨恨我吗？"

少年抬头，精致的脸上满是坚定："怎么会？没有少爷就没有加尔。"

谢汐的手指碰到他白皙的面庞，感觉到如冰一样的寒冷："对不起，是我让你变成了这副样子。"

"不！"加尔握住他的手，焦急地道，"是我自愿的，是我心甘情愿变成吸血鬼的，少爷你根本不知情，又何必道歉。"

塞因·霍尔不知情？谢汐冷笑。

加尔看着他："您那样美好，给了卑贱的我至高无上的信赖……只想让自己变得足够强大，只想让自己不辜负您的期望。"

所以你就变成吸血鬼了？

按照现在得到的信息，他基本能够猜出加尔这边的剧情了。

身份卑微的仆人得到了主人的关注，因为自卑而不敢回应，只能默默压抑着，直到再也无法压制内心的渴望。少年为求力量，走上了吸血鬼的不归路。

显然报纸上惨死的少年就是加尔，不过他没死，而是变成了新的吸血鬼。

这些都说得通，让谢汐纳闷的是，塞因为什么对这样一个少年另眼相看？

塞因·霍尔之所以和艾克斯纠缠不清，一方面是求生，另一方面恐怕也在利用艾克斯的力量；塞因·霍尔和管家兰迪纠缠的动机也差不多。

那加尔呢？这个少年在成为吸血鬼之前就是个普通人，有什么值得塞因·霍尔利用的？

谢汐想不通。

更让谢汐想不通的是塞因·霍尔到底惹了多少人！

罢了，走一步看一步吧。现在谢汐只能接受加尔，不接受他的话分分钟会被暗杀者搞死，读档了也还是只能接受。

谢汐由衷地期望艾克斯和管家千万别半道杀回来！

三人对峙的话，他这两条腿是站不稳了！

谢汐稳住加尔后，这一天总算过去了。虽然偌大的庄园死得只剩下他们俩，诡异却安全。

加尔待他极好，简直是如获至宝，他小心翼翼，没有半点儿逾矩的行为。

谢汐作为一个正常人，心情很复杂！

任务进度终于变成了：第五天。

兰迪和艾克斯还是没消息，谢汐却不敢放松，天知道最后两天还会发生什么。

天亮的时候，谢汐发现庄园又热闹起来，死去的仆人们都“活”过来了……

谢汐怀疑自己眼花了，换回一身笔挺燕尾服的加尔轻声解释：“少爷请放心，他们都是听话的傀儡。”

谢汐无言以对。

加尔时刻观察着他的神态，见他似乎有些不高兴，立刻说道：“少爷要是不喜欢的话，我这就……”

“就这样吧。”谢汐不想再连累无辜——虽然游戏里可能都是些 NPC（非玩家角色）。

加尔垂眸，模样是低眉顺眼，说出来的话却能吓死人：“我希望庄园里只有您和我，我想亲手照顾您的一切，只是……我不能离开您的视线，所以一些琐事难免要交给其他人。”

嘴上说着不能离开他的视线，其实是他不能离开加尔的视线吧！

算了……

只剩两天的谢汐不想计较这些细节。

“你安排就好。”谢汐道，“我相信你。”

加尔眼眸一亮，扬起的嘴角全是喜悦：“中午格林顿少爷要过来拜访您，安排午宴吗？”

谢汐听到新的人名就头疼，本想推说不见，哪想到视线右下角竟给了提示：格林顿·卡萨，您的表哥。

原来这位格林顿少爷是塞因·霍尔的表哥？然后呢？就这么一行字？有什么特别的意义吗？

谢汐斟酌了一下，觉得还是要见一下，万一是重要的剧情人物，错过了可能会出岔子。

“嗯。”谢汐道，“中午准备一些表哥爱吃的东西。”

加尔应下来：“好的。”

十点左右，格林顿的马车驶进了庄园。因为有加尔“复活”的一堆傀儡撑场子，所以庄园看起来井然有序，和往常并无不同。

谢汐出门迎接格林顿少爷。

金发青年一下马车便露出如朝阳般灿烂的笑容，他身着翠色双排扣大衣，敞开的衣服里是干净的白衬衣，腰身束在金边腰带里，白色的马裤下是帅气的皮靴。

“塞因，”格林顿上前，握住了谢汐的手，“几日不见，怎么瘦了？”

谢汐心道：死了这么多次，能不瘦吗！

格林顿与之前的几位截然不同，他英气俊朗，朝气蓬勃，看起来比塞因大三四岁，正是一个男人最好的年纪。

“表哥瞧着也瘦了些。”谢汐适当地同他寒暄。

格林顿颇为受用地道："有吗？我最近有好好锻炼，是该瘦一些了！"

谢汐笑笑。

他不太会主动和人找话题，但格林顿却是个健谈的人，三言两语就把气氛给说活了。

他看到加尔后，问道："兰迪呢？"

谢汐不动声色地道："有些事出去了。"

格林顿也没多问，便又将话题绕到了一些闲事上。谢汐对他的感觉还不错，总觉得这可能是游戏里仅存的正常 NPC（非玩家角色）。

吃过冗长的午餐后，两人又去花园里喝下午茶消食。格林顿像是想起什么，对加尔道："我的马车里有一套上好的茶具，你去帮我取来。"

加尔一顿，看向谢汐，谢汐给了他一个安抚的眼神："去吧。"

加尔看了下四周，感觉到没什么危险后便垂首应下。加尔一走，谢汐直觉可能会有事发生。万万没想到，这个看起来很正常、很阳光的表哥忽然用力地抓住谢汐手臂，说道："塞因，我们逃离这里！"

– 9 –

谢汐怔住。

谢汐露出震惊的表情，格林顿惭愧地道："之前是我的错，让你受委屈了。"他误会谢汐的震惊是因为喜悦来得太突然，一时无法接受。

谢汐心中五味杂陈，实在不知该从何说起。

格林顿又道："是我不对，以后再也不会丢下你。"

谢汐被雷焦了，他想到即将回来的加尔，开口道："我已经放下了。"

格林顿一愣。

谢汐暂时猜不到塞因和格林顿的前情提要，只能试探一番，他道："你回去吧。"

"你……让我回去？"格林顿阳光般明媚的眸子里蒙上了乌云，他紧皱着眉，有些难以想象，"你居然让我回去……"

谢汐已经麻木了："是的，请回去吧。"

格林顿面上彻底没了笑容，他盯着谢汐："你下定决心了？"

这话有点儿怪，不过谢汐丝毫不尿："嗯。"

不出意外，下一秒阳光帅气的大表哥掏出了银色匕首，面无表情地刺了过来！

对于这种早就预料到的结局，谢汐都懒得假装惊讶了。

上一秒还一脸决绝的表哥面对谢汐平静如水的神态反而露出了错愕之色。他看着谢汐平静的神态，看着谢汐早就看透一切的眼神，看着谢汐不惧生死的模样，心中猛地一震。

“你是故意的！”格林顿额间青筋暴起，神态癫狂，“你故意激怒我，你……你……不……塞因，你……不要……”

他悲痛欲绝，声音断断续续，几乎不成句子。

谢汐已经在读档边缘，心存好奇却也没法多问。这大兄弟手法奇准无比，和艾克斯一样都是一招致命，半点儿喘息的机会都不给他。

虽然感觉不到疼痛，但倒计时在眼前晃着，谢汐知道自己没时间浪费。

读档——

时间刚好，回到了格林顿握住他的手臂要带他逃离的时候。

谢汐知道拒绝是不行的。他好奇自己“死后”格林顿说的话，直觉告诉他那可能是很重要的线索。

“那怎么行？”谢汐回答格林顿的请求，他的演技呈几何式剧增，勉强的笑容让人看着十分心疼。

格林顿道：“我不在乎！什么都不在乎了！”

谢汐心道：你不在乎我还在乎，谁要和你逃离，我只想安生地活七天！当然话不能这么说，他斟酌着该怎么套话……

格林顿已经把剧情送了上来：“已经死了很多人了，公爵庄园、皇室都已经快沦为坟墓了。”

谢汐眉峰一跳，终于在迷糊这么多天后捕捉到了重点。

他看着格林顿，之前没多想，此刻细细打量，才发现他的眼神深处藏着些许恐惧与不安。

谢汐微顿。

格林顿以为自己说动了他，又诚恳地道：“我知道他们欠你的，我也恨他们，他们夺走了姑母又冷落你、虐待你，我也很难过……”

终于，关于塞因·霍尔的剧情浮出水面了。

格林顿眉心微皱：“是我无能，没法护你周全，才让你走上了这条路……”

哪条路？谢汐很好奇。可惜格林顿却像是怕刺激到他一样，没有继续说下去。谢汐也不敢多问，怕露马脚也怕好不容易出现的线索再断掉。

格林顿小心翼翼地看着他：“西林公主死了，女王也病倒了。以后我会好好照顾你……塞因，可以收手了吗？”

西林公主？哦，谢汐想起之前翻看塞因资料的时候似乎看到过这个人的名字，如果没记错的话，是他的继母。

虽然格林顿说得不多，但谢汐大体勾勒出了故事的框架。

塞因·霍尔的生母死后，他的父亲娶了女王陛下的妹妹，一位骄纵奢靡的公主殿下。想必这位公主十分不待见塞因。塞因当时还小，虽然贵为公爵之子，却受尽了欺凌。

之后的事不太好猜，但从格林顿的话中可以得知，塞因·霍尔一直在报复欺负过他的人。

难道塞因和艾克斯以及兰迪纠缠不清，就是为了借他们的力量来复仇？

那塞因究竟掀起了怎样的腥风血雨，才会有那么多杀手要将他除之而后快？

谢汐再看向格林顿时，已经明白了他为什么之前会刺死自己。

这位表哥恐怕是因为谢汐的拒绝而误以为塞因·霍尔执迷不悟，还想制造更大的灾难，才会下手杀了他。

谢汐顺着他的话说道："表哥你放心，西林死了我不会再做什么了，您回去吧。"

格林顿看着他："真的？"

谢汐这个还是能保证的："真的，不会再做什么了。"

格林顿明显松了口气，再度真诚地道："我会照顾你一生一世。"

谢汐真不需要他照顾，劝道："表哥你不用勉强，我答应你了就不会反悔。"

"我没有勉强！"格林顿眸子中全是哀伤，"我真的很后悔，塞因，我要是不顾忌那么多，你是不是就不……"

谢汐故作疏离地说："我们是表兄弟，之前让表哥为难是我的错。"

"你有什么错？"格林顿心疼地道，"你一直孤零零的，又经历了那么多，想依赖我是最正常不过的事。"

谢汐欲言又止。

格林顿轻叹一口气："让我留下吧，哪怕是作为祭品。"

谢汐眨眨眼，没明白这句话的意思。这时格林顿走近他，说道："塞因，只要你能回到从前，让我做什么都可以。"

"啪"的一声，瓷器坠地的声响从身后传来。谢汐猛地转身，看到了面色阴沉的加尔。

谢汐无奈，让你走你不走，这下好了。

– 10 –

地狱之门，已经敞开……

面对如此凶残的情况，谢汐一脸冷漠，视死如归。一方面是因为他"死"习惯了，另一方面他觉得塞因做了这么多错事确实该死。

所以他对死更冷漠了……

巧的是，他这样淡漠反而安抚了面色阴郁的加尔。如果谢汐露出惊慌失措的表情，那格林顿和他怕是见不到今晚的月亮了。

加尔没动手，谢汐就继续面瘫着混剧情。

加尔出现后，格林顿后退两步，与塞因拉开了距离。

谢汐看到加尔的神情缓和了。

“不好意思。”加尔没有一点儿诚惶诚恐的意思，“没拿稳，格林顿少爷特地带来的茶具都碎了。”

格林顿竟也没发火，反而对谢汐说：“下次我给你寻更好的。”

谢汐也不敢训斥加尔，应道：“表哥有这份心意就够了。”

他这句话不过是随便说说，却意外地符合塞因的人设，同时安抚了在场的两个人。加尔的关注点在表哥这个划清界限的称谓上，格林顿抓的重点是后半句。

于是加尔的视线越发和缓，表哥也笑得一脸甜蜜。

谢汐一脸问号：我做什么了？

第五天就这么有惊无险地迎来了夜晚。

格林顿同他道晚安，谢汐为保命，眼睛一眨不眨地看着加尔。

格林顿只觉惭愧。

谢汐：大表哥你又在想什么！

加尔也受用得很。

“少爷，”加尔温声道，“我伺候您更衣。”

谢汐连忙点头道：“好。”他得赶紧把这俩人分开。债都不是他欠下的，现在却要他来收拾，谢汐心累。塞因究竟怎么想的，好好活着不好吗？非得这么折腾自己！

谢汐洗漱完毕，换上睡衣，乖乖上床。加尔轻声道：“好梦。”

谢汐老实地道：“嗯。”

加尔竟又小声道：“少爷别担心，我不会伤害他。”

谢汐眨眨眼……这话是什么意思？加尔不会伤害格林顿？为什么？

加尔给谢汐整理好被子道：“虽然他很无礼，但我知道您的意图，不会破坏您的计划。”

你知道我什么意图？

谢汐没想到有一天自己的意图还需要别人说给他听，关键是加尔兀自一脸心领神会的表情，完全没有跟谢汐解释一下的意思，他轻声说道：“晚安。”

行吧，看样子他是不打算说了。

加尔走后，谢汐躺了许久，随后他轻手轻脚地下床，光着脚出了屋。这庄园里到处都是厚厚的地毯，光着脚踩上去也不冷。

谢汐平日里都有加尔跟着，没法单独行动，只能摸黑偷偷出去调查一下。他对于塞因的事情还是很好奇。暗杀塞因的人说他是魔鬼；格林顿劝他收手，还说自己甘愿当祭品；刚才加尔的话里也藏着很多信息。

谢汐总觉得塞因・霍尔在干一件大事，不搞清楚这件事，游戏不会这么轻松结束。

生存七天这个任务里可以埋很多坑，他敷衍到最后一天，会不会迎来一个必死的结局？玩过不少游戏的谢汐深知游戏都有套路，剧情的迷雾不全部解开，想通关是不可能的。

眼下最大的谜团就是自己这副身体的原主人塞因·霍尔到底在计划什么。

谢汐本想去书房，却在穿过客房时意外听到了谈话声。这栋古堡虽然装饰得华丽非凡，可年代久远，隔音效果极其一般。

谢汐悄悄退了回去，停在门边。

木门关着，有丝丝缕缕的烛光从缝隙中透出来，声音也随之透出来，寂静的夜里谢汐听得一清二楚。

是加尔和格林顿的对话。

谢汐屏息听着。

格林顿："兰迪到底去哪儿了？"

加尔的声音里没了白日的谦卑与恭敬："我们庄园上的事，格林顿少爷就不要过问了。"

他如此嚣张的语气，格林顿居然也不生气："你现在接手了兰迪的事？"

加尔道："是。"

格林顿停顿了一下，又道："塞因不能再这样下去了，教会已经忍无可忍，到时候……"

加尔嗤笑道："少爷受委屈的时候，他们又在哪儿？那个女人暴戾成性，杀了少爷的母亲，还要凌虐少爷，他凭什么不报复！"

格林顿："西林公主已经死了！"

"她死了又如何？"加尔道，"女王还在，公爵还在，整个帝国都还在！"

格林顿声音绷紧："你什么意思？"

加尔冷笑："无论少爷要做什么，我都会守着他。"

格林顿愤怒道："你这是在害他！"

加尔的声音坚定："我唯一的心愿就是让他快乐。"

两人的谈话戛然而止，谢汐怕暴露自己，赶紧离开。回到床上后他裹紧被子，在脑海中复述着听到的谈话。

什么意思？塞因要报复整个帝国？怎么报复……

这个世界连吸血鬼都有，不会还有什么要命的玩意儿吧？

第六天。

谢汐醒来后，右眼跳了一下，直觉告诉他今天肯定不简单，眼下的平静绝对是暴风雨降临的前兆。加尔伺候他起床更衣，谢汐昨晚只睡了四五个小时，有些迷糊。

加尔温声道："少爷困的话，就再睡一会儿。"

谢汐摇头道："没关系。"

加尔也没再多说，只是细心地帮他穿好衣裳。

谢汐留意到今天自己穿了一套崭新的礼服，黑白分明的色彩，激烈地碰在一起该是很冷硬的配色，却因为繁复的样式与点缀的黑蔷薇而显出了七分阴柔三分诡异。

谢汐站在镜子前打量着自己。中世纪的服装以华丽为主基调，他之前的大多数衣服也都是深蓝、浅蓝、翠绿、浅绿等颜色，虽然也有深色系，但都不像今天这一套，礼帽、领口、袖口，还有胸前的黑色蔷薇显现出压抑的诡谲色彩。

塞因·霍尔的肤色极白，五官是介于青年与少年间的无与伦比的精致，衬着淡色的唇和漆黑的……

等下。

谢汐终于察觉到了异常。

塞因·霍尔怎么是黑色的眼睛？谢汐是亚洲人，黑发黑眸很正常，但塞因一个欧洲人，为什么会是黑色的眼睛？

加尔给他戴上了一枚镶着黑色珍珠的戒指，不禁赞叹："少爷，您真美。"

谢汐回神，敛下了心中翻滚的疑惑。

他总觉得今天不简单。

可一天下来，竟过得意外和谐，只不过是三个人的和谐。格林顿信守承诺，谢汐走到哪儿他跟到哪儿。加尔完全不给格林顿亲近谢汐的机会，也是寸步不离。

谢汐乐得如此，两人互相较劲，他反而有时间去细细思考剧情发展。直到天黑，也没发生什么特别的事。

谢汐很纳闷。难道就这样过去了？再有三十个小时，他就可以完成任务了？会这么简单吗？这该死的破游戏不会是在憋大招吧？

三个人互道晚安时，这不正常的平静终于被打破了！"砰"的一声巨响，谢汐一惊，加尔已经护在他身前。这么大的动静，简直像地雷在家门口爆炸！

谢汐循声望去，只见庄园的大门被炸成了渣，一道银色身影犹如流星般骤然坠地。

灰尘散去，月光下，银发艾克斯衣衫凌乱却不减英俊。他大步走来，神态如霜似冰。

谢汐暗道不好，厉害的角色卷土重来了！

艾克斯无视所有人，径直走向塞因·霍尔："兰迪背叛了你，我带你离开这里。"

电光石火间，黑影尾随而至，管家兰迪一丝不苟的燕尾服上有了明显的破损，却让他平添了些许狂野。

兰迪沉声道："我不会让你伤害他。"

艾克斯眯起眼睛："我是要给他永生。"

兰迪薄唇微扬:“他不想要。”

艾克斯冷笑，他看向谢汐，眸中深情似海:“你不要吗?”

谢汐内心有一万句骂人的话奔腾而过。

– 11 –

与此同时，兰迪也看了过来，两人齐齐地盯着谢汐。谢汐如芒在背、如鲠在喉，切身体会到了什么叫人生绝境!

虽然跟这些人纠缠不清的不是他，他却不得不面临这来自灵魂的致命拷问!

怎么答?怎么选?塞因·霍尔赶紧回来收拾你的烂摊子!

还好此时大表哥格林顿英勇无畏，他大步上前护在谢汐身前。艾克斯眼中全是危险的嗜血光芒:“让开。”

格林顿不为所动:“你这个吸血鬼，休想伤害他!”

这时加尔也从阴影中走出来，现出苍白得毫无血色的精致面容。艾克斯一看到他，红眸一缩:“你还活着?”

果然是他把加尔变成了吸血鬼!

加尔对这位“前辈”毫无畏惧，甚至还扬眉挑衅道:“少爷是我的。”一句话犹如深海炸弹，“砰”的一声把本就波涛暗涌的水平面给炸翻了。

兰迪面色沉冷:“加尔，你以为穿着我的衣服就能顶替我吗?”

姜还是老的辣，兰迪一句话就把加尔给惹毛了。

加尔紧攥着拳头:“我就是我，少爷分得清楚。”

兰迪冷笑:“我在的时候，怎么不见你如此嚣张?”

加尔道:“我只是不想让少爷为难!”

两人的火药味越来越浓，艾克斯添油加醋道:“两个身份低贱的奴仆，也有脸在这里争论。”

兰迪转头:“你这个恶魔，更不配靠近我的少爷。”

加尔比较惨，既是低贱的奴仆，又成了恶魔，真是箭箭穿心。只见加尔抽出腰间的佩剑，径直刺向了近处的艾克斯。

艾克斯也不是吃素的，两根手指夹住长剑，讽刺道:“毛头小子也敢在我面前张牙舞爪。”

加尔怒急，双目也成了猩红色。管家兰迪可不会错过这等好机会，他此前已和艾克斯厮杀了许久，皆是筋疲力尽，如今加尔出手分散了艾克斯的注意力，他刚好可以趁机杀了艾克斯!

艾克斯反应灵敏，瞬间察觉到了兰迪的动机，他冷笑着避开，反手一剑刺向兰迪。

兰迪怒喝：“加尔，牵制住他！”

加尔以前是低眉顺眼的奴仆，不得不对兰迪言听计从，如今有了力量，还和塞因独处了这么久，哪里还会听他的。加尔一想到兰迪这么多年伺候少爷，就恨不得杀了他。

“别命令我！”加尔不仅不牵制艾克斯，反而转头开始攻击兰迪。

兰迪急速后退，讽刺道：“我倒是忘了，你也是这种不人不鬼的怪物！”

三人打成一团。

谢汐好像忽然领悟了真谛，脚踏多条船的终极秘诀就是闷不吭声地等他们撕出个一二三四？

艾克斯和兰迪的实力是碾压加尔的，但他俩之前消耗太多，如今又都是腹背受敌，三人之间战况胶着。

谢汐神态复杂，由衷地期望他们可以打三十个小时，这样他就能顺利通关了！

一旁没有战斗力的格林顿忽然一把拉住谢汐，焦急地道：“我们快跑！”

几乎是同时，打成一团的三个人齐齐停手，三双眼睛同时扫了过来，冷冷地盯着他们。

谢汐想不到这个格林顿别的本事没有，找死的能力倒是一顶一。

“别碰他。”艾克斯率先动手，他怒发冲冠，提剑冲了过来。

格林顿只是普通人，哪里躲得过，可即便这样他也没放开谢汐，反而抓得更紧。

谢汐也救不了他，本以为四条船要淘汰一条了，没想到加尔竟挥剑格挡，救下了格林顿。

艾克斯眯起眼睛：“你做什么？”

加尔道：“他是祭品，不能杀他。”说罢他的视线落到格林顿紧拉着谢汐的手上。

谢汐赶紧挣脱，离格林顿能有多远有多远。

格林顿满目忧伤，薄唇动了动，谢汐也不敢说什么，怕自己多说一句，格林顿瞬间就被捅成马蜂窝。

艾克斯拧眉问道：“祭品？”

谢汐的心一动，艾克斯是不知道剧情的，不知道能不能趁机获得线索。

加尔薄唇扬起，他毫不客气地讽刺道：“你连这个都不知道？”

艾克斯猛地转头，看向谢汐。

谢汐无言以对：我说我也不知道，你信不信？

兰迪捅了加尔一刀：“你也不过是个失败的祭品。”

加尔勃然大怒。

谢汐听得一头雾水，可惜又不敢问。今天这种场合，他能做的只有安静看着，说什么都是在翻船边缘试探。

忽然，变故再生。

庄园外忽然传来嘈杂的马蹄声、怒吼声、讨伐声，不知哪里来的人，举着的火把仿佛移动的火海，要把这栋古老的庄园给烧成焦灰。这些人，一转眼就逼到了门前。

他们骑着高头大马，穿着教会的衣裳。为首的老者须发苍白，手里拿着本老旧的古书，他不怒自威，盯着大厅里仅有的几个人，斥道："速速将塞因·霍尔这个魔鬼交出来！"

格林顿疾步上前："塞因已经收手，他不会再伤及无辜，请您饶他一命。"

老者身侧的人却仗着人多势众，态度傲慢，不理会格林顿的辩解，举剑刺了过去。

加尔和兰迪飞速救下格林顿。

那老者神色肃穆，手放在了旧书上："塞因·霍尔执迷不悟，杀！"随着他话音落下，外头的人高举火把，一呼百应，看这阵仗怕是有数千人。

谢汐明白了，这大概就是最后关卡，自己能不能活过今晚恐怕就是任务的关键了。

艾克斯、兰迪、加尔，打得你死我活的三个人在这种紧要关头竟然团结了起来。他们挡在谢汐面前，说的话都一样："别怕，谁都无法伤害你。"

谢汐的心情更复杂了！

接下来一两个小时发生的事，对于身处现代社会的谢汐来说冲击太大。

他们三个人挑战了一整个军队，杀出了一片血海。艾克斯和加尔都有着惊人的力量和强大的自愈能力，兰迪则有精妙的剑法和鬼魅般的身法。他们冲进人海，轻而易举就将身着铠甲的人劈成两半。

惨叫声、惊呼声，还有冲天而起的血气，几乎将此处变成了人间炼狱。

画面太真实，看得谢汐面色苍白。

而此时格林顿惨然道："无法挽回了吗？"

谢汐看向他，说不出话。

格林顿看着他，眼中全是愧疚："是我不好，如果我早些带你离开，你就不会……罢了，我能为你做的也只有这个了。"

谢汐瞳孔微缩。

格林顿继续道："我愿将一切奉献给你。"

随着他的话音落下，浸湿了土地的鲜血犹如受到指引般汇集成河，鲜艳的血描绘出一个罪恶的法阵。

谢汐站在法阵中央，而他的手贯穿了格林顿的心脏。

刹那间，红芒冲天而起，一股无法形容的力量在他体内快速涌动。

－12－

谢汐惊呆了！眼前这是什么情况？他的手怎么比刀子还快？格林顿的胸口怎么比饼干还脆？他这浑身使不完的力气又是怎么回事？

忽然，他耳边响起了一个陌生又熟悉的声音，是真正的塞因·霍尔的："该死，所有人都该死。无论付出怎样的代价，我都要让他们陪葬！"

谢汐眼前一花，看到了犹如走马灯一般的属于塞因·霍尔的记忆。

七八岁的小男孩精致可爱，他依偎在母亲的怀里，笑得天真烂漫。画面一转，少年躲在角落里瑟瑟发抖，外头是女人的争吵声。

"公主请自重！我才是霍尔公爵庄园的女主人！"

"你这个卑贱的女人，有什么资格嫁给他！"

那容貌艳丽，性情骄纵的女人甩手一巴掌打在塞因母亲的脸上，公爵夫人一脸惊恐："您凭什么打我？"

"打你？"西林公主一脚踩在她的小腹上，"我杀了你又能怎样！"

公爵夫人面色苍白："不要，我有……"

"我知道啊，又有孕了是吧。"西林公主用力碾压着她的小腹，"你这肮脏的血统，有什么资格怀上他的孩子！"

塞因·霍尔怕极了，他在听到母亲的惨叫声后冲了出来，想要阻止这个疯狂的女人，但他太小了，轻而易举就被仆人给架住了，眼睁睁地看着母亲被折磨至死。鲜血蜿蜒而下，他温柔的母亲面色苍白地躺在地上，空洞的眸子里是对整个世界的绝望。

这个虐杀了他母亲的人不仅没有得到应有的制裁，反而成了他的继母。

塞因·霍尔哭着闹着去和父亲控诉她的罪行，父亲却将他关了一个月，直到他改口承认自己看到的都是恶魔呈现给他的幻觉。

西林公主并不打算放过他，不过他的父亲勉强保护了他。塞因·霍尔除了被冷遇，并没受到太多的虐待。可是母亲的死，父亲的懦弱，皇室和教会的漠视给他幼小的心灵造成了严重的创伤。

没人相信他的话，没人相信他母亲的死因，没人相信公主是杀人凶手，更没人相信整个皇室和教会都在包庇一个恶魔。

格林顿是塞因·霍尔的第一束光，他本以为表哥会帮自己，舅舅会为母亲的死伸张正义，但是他们并没有……表哥说要带他离开，却食言了；舅舅满嘴愤慨，却根本不敢得罪皇室。

塞因·霍尔在十四岁时遇到了艾克斯。

艾克斯十分青睐他。起初塞因·霍尔以为自己会死，但他看到了艾克斯眼中的坚定，看到了希望。

这是个十分强大的男人，借助他的力量，自己是不是可以报复这个让人作呕的世界？

他哄骗艾克斯，借着他的能力精心谋划。他本想找到“圣心”，完成“初拥”，成为真正的吸血鬼，却意外看到了艾克斯庄园上的一个禁术：

以万千仇人的血、深爱自己的心脏为祭，便可获得恶魔的力量，屠戮人间。

仅仅是成为吸血鬼，杀不光这个帝国，但是获得恶魔的力量却可以。

塞因·霍尔恨残暴的西林公主，恨包庇凶手的女王，恨不辨是非的教会，更恨无能的父亲和所有信奉着暴戾统治的愚蠢百姓。

他们该死，全都该死！他要杀光所有人，要亲手送他们下地狱！

于是……

十五岁的塞因·霍尔开始筹备这个丧心病狂的禁术。

加尔是塞因·霍尔选中的第一个祭品，他是个孤苦无依的可怜鬼，塞因只要给他一点儿好处，他就会将一颗心毫无条件地奉献给塞因。

塞因让加尔毫无悬念地沦陷，深陷在他勾勒出的美好世界中不能自拔。

第一次发动禁术以失败告终，但塞因却得到了一个意外的惊喜，他唯一信赖的管家兰迪得到了超乎想象的力量，成了不亚于艾克斯的强者。

这给了塞因·霍尔巨大的鼓励，他知道这个禁术是可行的，只要发动成功，他一定可以获得足以复仇的强大力量！

于是他开始精心准备第二次禁术，这次的法阵覆盖了整个城堡，这次他会引来更多的仇人！

加尔是个失败品，塞因·霍尔本已将他献给艾克斯当食物，谁知无独有偶，因为禁术而获得一些力量的加尔成为吸血鬼复活了。

塞因·霍尔不介意多一个忠诚的奴仆，所以将加尔也留在了身边。

下一个祭品，他选择了自己的表哥格林顿。这一次他借用兰迪和加尔的力量，造成了更多的杀戮，给整个帝国带来了巨大的惶恐，也给了人们讨伐他的动机。他需要更多的仇人血液，所以故意引着他们来袭击城堡。

等一切就绪，法阵激活，禁术发动成功。谢汐获得了恶魔的力量。

这下，谢汐总算把剧情给弄明白了。

对于塞因·霍尔的遭遇他十分同情，但对于塞因·霍尔将要做的事，他无法认同。

杀死西林、报复女王和公爵都无可厚非，这是他们罪有应得。但又何必迁怒无辜的百姓？生活在这个国家，生活在这样的统治下，平民百姓哪有选择的权利？他们不过是经营着自己的生活，不过是在高压强政下开拓着属于自己的仅有的一点儿乐土，又凭什么要去承受塞因·霍尔的怒火？

塞因·霍尔的遭遇的确很悲惨，经历很痛苦。但因此就将更大的痛苦、更大的灾难、更大的绝望强加于无辜的人，那他与那位公主有什么区别？

为什么要因为复仇而将自己变成仇人的模样?

脑海中闪过这句话时，谢汐愣住了。他的遭遇没有塞因·霍尔这么痛苦，可他心中也埋怨着一走了之的父亲，也恨着将他独自丢在漆黑的屋子里、让他饿得去翻垃圾桶的母亲，更恨他交付了无数信任最后却逼迫他退学的孙穆青。

他并未像塞因·霍尔一样做什么，却也沉浸在怨恨中，迷失了自我，更放弃了梦想。

他把自己关在狭窄的出租屋里，不和任何人接触，不和任何人交流，长此以往，他是不是也会像塞因·霍尔这样迁怒于所有人?

当局者迷，旁观者清，很多事情站在第三者的角度上才能看得异常分明。

谢汐回过神时，整个城堡已经陷入了死一般的寂静。

袭击城堡的人都死了，他们被吸干了血液，褐色的尸体犹如堆积的枯木，看不出人形。

谢汐不自觉地蹙了下眉。

兰迪和加尔单膝跪地，姿态虔诚恭敬:“恭喜少爷心愿达成。”

谢汐身体里有着磅礴的力量，这是普通人难以形容的感觉，身体仿佛有使不完的力气，感官敏锐，好像千里之外的低语声都听得清清楚楚。

这是能让人为所欲为的力量。

到这时，艾克斯总算知道是怎么回事了，他面露惊讶，目中有些焦急:“小塞因，你……”

谢汐视线右下角突然出现了一行小字——技能（临时）: 恶魔的低语，效果昏睡，持续时间二十四小时。

现在已经是第七天凌晨，再过二十四小时就可以完成任务。谢汐轻出一口气，对眼前的三个人都使用了昏睡技能。只见面前的三个人同时倒地，老老实实地睡了过去。

这么看来……只要再等二十四小时就可以通关游戏了?

谢汐当然不会出门大开杀戒，他守在古堡里，一待就是一整天。

等到夜幕降临，剩下的时间越来越短。

谢汐回顾了一下整个游戏，虽然觉得前半段很坑人，但最后这一部分还是让他颇感唏嘘。

他学的是计算机，曾经参与制作过一个游戏，当时导师和他说过一句话——一个游戏真正该给予的是醒悟。

游戏是一个作品，一个艺术品，不仅要给玩家带去惊喜和快乐，更要带去反省与思考。

凌晨的钟声响起，谢汐轻出一口气，定睛看向视线右下角。

任务进度: 第七天。

接下来应该就是完成任务了吧，不知完成任务后会怎样?

突然，谢汐看到右下角显示：任务失败。他眨了眨眼睛，怀疑自己眼花了。

但此时右下角确实清楚地显示：任务失败，一分钟后开始读档。

失败？为什么失败？怎么就失败了？不是生存七天吗？他生存到第七天了，为什么失败？谢汐盯着那几个字看了一分钟，开始读档后，他忽然明白了。

生存七天，可不仅仅是生存满七天，而是只能生存七天，少了不行，多了也不行！

所以说……

谢汐眼前一黑，读档回到了前一天的半夜十二点。

艾克斯满目讶色："小塞因，你……"

谢汐毫不客气地给了他一个昏睡咒：继续睡吧，他实在没心力应付这三个人。

等了二十四小时，眼看着第七天即将结束，谢汐卡着最后一秒钟在自己的心窝上捅了一刀。

"嗯……好痛。"谢汐心想，自己不是致命伤免痛吗？为什么会这么疼。

坏了！谢汐定睛看向视线右下方，果不其然，显示的是任务失败。

他现在不是普通人，简简单单地捅心脏是死不了的！

谢汐本来还对这游戏升起了一点点好感，现在……全部收回！

谢汐又读档，艾克斯又开口："小塞……"

这次他一开口，谢汐就把他们给弄昏过去了。他等到天黑，提前一个小时开始"自杀"。

然而他捅自己一刀，还拼命把刀子往外挤，但刚一拔出来伤口就愈合了……

十二点到。

大魔王谢汐就是死不了！原来太强了也不好，想死都这么难吗？

谢汐又一次读档，刚要弄晕这三个人，忽然心思一动。

他无法自杀，这三个人加在一起是不是有可能杀了他？

– 13 –

死与不死谢汐倒不介意，反正他完成任务就离开这个世界了。如果他走了，塞因·霍尔还会回来的话，那他还是让这具身体死了比较好。塞因本来就愤世嫉俗，再加上这样强悍的力量，那这个世界……

很快谢汐便觉得自己想太多了，一个游戏而已，什么世界不世界的。他一走，这个游戏就结束了，哪还有什么后续？

当然，想要结束游戏，他必须弄死自己。

这次他没弄昏艾克斯，艾克斯终于把话说全了："小塞因，你……发动了唤魔术？"

哦，原来那禁术叫这个名字，真够“中二”的。

谢汐道：“对。”

艾克斯愣了下，紧接着他的视线移向失去了心脏的格林顿：“你心里最在乎的人是他……”

什么情况？

艾克斯再看向他时，英俊的眉皱了起来：“我没记错的话，这个禁术的祭品是你心里最在乎的人。”

谢汐懂了，他想说：你记反了，祭品是在乎我的人。谢汐转念又想何必解释，这样误会了，正好可以激怒他。

谢汐垂眸，看向已经凉透的格林顿，满目忧伤。

这模样等于默认了，艾克斯如遭雷击，鲜艳的眸子里溢满杀气：“你接近我，就是为了这个禁术？”

真妙，谢汐省得演更多了。

“不然呢？”加尔抬头，毫不客气地刺激自己的前辈，“少爷怎么可能在乎你！”

艾克斯又怒又悲，转头盯着加尔：“你算什么东西！”

加尔扬唇：“我也是法阵的祭品，少爷在乎我。”

要不是气氛剑拔弩张，谢汐简直怀疑这是俩争辩的小学生。

艾克斯心如刀割，嘴上却丝毫不认输：“你是个失败品。”

一句话正中靶心，加尔也炸了：“会失败是因为其他条件不足，不是因为我不够重要！”

兰迪听不下去了，他揭露真相：“祭品的条件是心里最在乎的是少爷的人，并不是少爷心里最在乎的人！你们有点自知之明吧！”

加尔愣住。

艾克斯满目寒霜因为这句话一扫而空，他热切地看向谢汐：“是这样吗？是我记错了吗？我……”他几步上前，到谢汐面前，声音微颤着，“小塞因，对你来说最在乎的还是我，对吗？”

兰迪和加尔的视线都快把谢汐给刺穿了。

即便一心求死，他也不想这样不清不楚地死去啊！

谢汐决定硬着头皮把一切都说清楚：“艾克斯，我对你好，是因为我更想利用你的力量。”他总算说出来了。

艾克斯红眸微睁，英俊的面孔上全是不可思议。

加尔闻言却重新恢复笑容，他望着谢汐：“少爷，您受委屈了，我这就处理了这个怪物，省得他对您纠缠不休。”

谢汐不愿提前折损杀自己的“大将”，开口道：“你和他没有区别。”说完他都想给自己一刀——这是人说的话吗！

加尔微怔，卷长的睫毛轻颤，声音有些干："我、我虽然也成了吸血鬼，但我还是加尔……"

谢汐不得不掐灭他心中这仅存的希望："加尔，我也在利用你，因为我需要一个祭品。"

加尔的面庞瞬间没了血色，比一张纸还要苍白："少、少爷，您不要开玩笑……"他眼睛睁得很大，鲜红的眸子好像要滴出血来。

谢汐看到他们这绝望至极的表情，有些不忍。

兰迪不像加尔这么沉不住气，他什么都不说，什么都不问。而眼下"淘汰"两人的情况，显然兰迪是唯一的获胜者。

谢汐却不打算放过他，艾克斯和加尔都在"杀他"的边缘徘徊了，等下动手的时候兰迪若身先士卒挡在谢汐面前该怎么办？

这三人合力都不一定杀得了现在的他，别说少一个了。谢汐可不想没死成，还落得个半死不活的下场。

他狠心说道："我没开玩笑，我的确一直在利用你们。"

加尔瞪大眼睛："那兰迪呢？"

就等你这句话呢。谢汐赶紧说道："他不过是一个用人，除了被我利用，还有别的存在意义吗？"

兰迪闻言猛地抬头。

谢汐面不改色，甚至有些傲慢地道："你们要么是不人不鬼的怪物，要么是身份低贱的奴仆，也配妄想我是真心对你们好？"

差不多了吧？谢汐心中默念：请一定同时发力，一口气送我上路。

先动手的是加尔，他面色阴沉，淡色的唇毫无血色，整个人都像是绷紧的弦，绝望又痛苦："你一直在骗我。"

这要是真的塞因·霍尔，八成会㞞，可惜谢汐一心求死，添油加醋地道："那又如何？"

艾克斯也忍无可忍，他的眼中没了深情，取而代之的是嗜血与倨傲："小塞因，跟我回伯爵庄园，我可以原谅你。"话是这么说，显然如果谢汐跟他回去会被百般虐待。

谢汐讥笑道："我需要你的原谅？"

管家低沉的嗓音像从幽深的悬崖底部传来："你不是塞因少爷，你到底是谁？"

谢汐得到了启发，这还真是个不错的思路（戏路）。

他扬唇，身着复杂的燕尾服，在坠满黑蔷薇的帽檐下，华美少年笑得阴柔，声音也换了腔调："被你发现了。"

谢汐双眸漆黑，看向他们的视线陌生冷淡："既然是唤魔术，你说塞因唤来的是什么？"

这与塞因·霍尔截然不同的气质彻底激怒了三人，他们满心的绝望终于找到了突破口，一起向谢汐发动了最致命的攻击。

“你这个恶魔，把他还回来！”

谢汐终于得偿所愿，死了。时间掐得刚刚好，第七天结束时，塞因·霍尔的生命也走向了尽头。他看到了视线右下角的提示：恭喜你，任务完成。

刹那间，他眼前一黑，犹如被什么东西疯狂拖拽一般，他离开了塞因·霍尔，离开了这个世界。

中庭花园。

靠在宽背椅上的男子薄唇轻扬，他修长的双腿懒散地搭在脚凳上，坐姿毫无形象可言。但他身体的线条极好，即便这副模样，也让人感觉得到他潜藏的霸气。

他的眼睛一眨不眨地看着面前的水幕，那里定格了一个画面。

穿着华服的少年，身板笔直，腰身极细，黑色的蔷薇花和华美的蕾丝成了最精彩的点缀，将他漆黑的眸子、精致的面庞、冷淡傲慢的神态烘托得淋漓尽致。

江斜轻笑着在他细嫩的面庞上点了一下。

水幕一晃，影像消失不见，随后浮上来一行字。

S级准世界“向左还是向右”通关，设计者X，通关者匿名。

第二章
中庭世界

–1–

谢汐再睁开眼时，入目的景象让他有些反应不过来。

他身处一个十分明亮的地方，抬头是一片耀眼的白，无边无际的白；脚下是光洁如镜的地板，能将他整个人都清晰倒映出来。

他穿回了自己的衣服，简单的白T恤衫、牛仔裤和运动鞋。唯一的区别是原本破旧的衣服变得崭新干净，连运动鞋上洗不去的污渍都消失不见了。

谢汐四处看了看，渐渐的，有嘈杂的声音传入耳中。这感觉好像刚从静谧的水底浮上来，终于听到了岸上的声音。

这是哪儿？游戏结束他还不能回家？难道又开始了新的游戏？

“嗨，刚从准世界回来？”

谢汐闻言转头看向发声者。说话的是个二十出头的青年，个子挺高，身材却很瘦，一头金发尤其耀眼，眼睛大且圆，高高的鼻梁下是弯起的嘴，一看就知道性格爽朗，很擅交际。

谢汐并不认识他。

金发青年看到谢汐的正脸后愣了下：“好英俊！”

谢汐无语，默默向后退了一步。他刚从那“沙雕”游戏里出来，对这种话有心理阴影。

金发青年看出他的警惕，笑道：“别慌。”说完他挠挠后脑勺，诚恳地道，“你长得可真不错，很天然的美……”可能是意识到美这个词太女性化了，他又改口道，“我是说很帅！”

谢汐只能报以尴尬又不失礼貌的微笑。

金发青年是个自来熟，不顾谢汐的沉默开始自我介绍：“我叫仲金，是个初级探索者，你叫我阿金就行！”

仲金这名字和他的发色倒是很般配。谢汐道：“你好。”他没礼尚往来作自我介绍。

眼下这种情况让他摸不着头脑，贸然介绍自己可能会留下祸患，虽说有些不礼貌，但总比将自己置身险境强得多。

仲金也不生气，他一眼看透："你是新人吧？"

谢汐点头。

仲金挠挠后脑勺道："我也是新人，可能就比你多过了一个世界……"说着他招呼谢汐道，"来这边，我给你介绍下！"

谢汐满头雾水，但他的确想多了解一下这里。

仲金带着谢汐径直向前，一路走来，谢汐看得眼花缭乱。

倒不是这儿的景象有多复杂，而是人很多。来来往往的行人大多穿着像仲金那样的银白色制服，也有少数穿着随便，瞧他们的神态，大多是迷茫且新奇的。

谢汐想：这些人也和他一样是新人吧！

他们走了七八分钟，仲金带他来到一个湛蓝色的半圆形建筑物前。

"这里是大厅。"仲金解释道，"新人必须打卡的地方！"

不等谢汐询问，仲金已经带他走进"大厅"。里面远比从外头看起来宽敞得多，同样简洁的设计，或者该说简单，因为这里除了正前方的一个巨型水幕，再没有其他摆设了。

仲金说道："来这边，像我这样。"他把手放在了水幕上，水幕上起了一层波纹，然后他闭上了眼睛。

谢汐没立刻照做，而是四下打量了一番。

水幕极大，而且是环形的，很多人都将手放了上去，然后闭上眼睛。有不少穿着便衣的新人也都跟着照做，谢汐这才将手放了上去。

不需要仲金再说什么，谢汐眼前的水幕一晃，紧接着出现了一个类似系统界面的东西。

谢汐只扫了一眼，就皱起了眉头，水幕上显示着他的详细个人信息。

仲金道："放心，在终端前你只能看到自己的信息。"

谢汐闻言松了口气。

仲金道："我第一次也吓了一跳，终端给出的个人信息是不是太详细了？"

谢汐点点头。

果不其然，仲金已经主动跟他说道："个人信息先不用看啦，快去看看任务奖励！"

谢汐应道："好。"说着他认真看了起来。

水幕上显示出他的个人信息，这信息详细得有些夸张。从出生开始，将他十九年的人生都写在了里面，别说让其他人看了，谢汐自己看了都觉得惊讶。他看到了谢素的名字，心思一动，想去看看父亲的名字，谁知水幕上关于父亲的那一栏是一片空白。

这是怎么回事？谢汐心中疑惑，却也无人可问，只能暂时压下好奇。

除了这详细的个人信息，其他界面倒是和一般游戏里的系统挺像。第一栏是

“准世界”，第二栏是“任务奖励”，第三栏是“道具”，第四栏是“技能”，第五栏是“商城”。

谢汐点开了任务奖励，水幕一晃，只听“哗啦”一声，提示道：通关向左还是向右，完成度百分之百，获得奖励一千金币。

谢汐不懂物价，也不知道这一千金币是多还是少，不过他记得进入游戏时有个特权是奖励金翻十倍。如果他当时选了那个特权，就可以获得一万金币？

听起来挺诱人的，但如果他真选择了奖励金翻十倍的特权，怕是根本完不成任务。

仲金问他：“怎么样？奖励了多少？”

谢汐没说话。他点开了商城，看到里面的东西都是以银币为单位，这才意识到自己这奖励金恐怕是笔巨款。

仲金见他面色平淡，安慰道：“没事，新手任务大多简单，奖励金也不会太多。我当时得了一百银币，已经算运气很好了！”

一金币等于一百银币，谢汐一不小心得了十万银币……

仲金又道：“你千万别乱花哈，有几样东西是性价比最高的，错过可惜！”

谢汐问他：“什么东西？”

仲金指了指自己身上的衣服道：“这身制服一定要买，虽然是最低级的，但也很厉害，在准世界里能抵一次致命伤，是非常划算的新手福利！”

谢汐点头，看向商城，这件衣服只需要五十银币。

仲金又道：“剩下五十银币我建议你买通用语。新手试练是自带语言识别的，但下个任务就没有这样的福利啦。”

谢汐翻了翻商城，看到了技能一栏里的通用语，需要四十银币。

仲金继续说：“还剩下十银币你就随便买吧。不过我建议你还是省着点儿花，别去尝试那些没用的娱乐项目。”

谢汐看看自己还剩下的 99910 个银币，好吧，省着点儿。

就在这时，庞大的水幕上出现了一行巨大的字。

公告：S 级世界向左还是向右通关，设计者 X，通关者匿名。世界剧情已上架，欢迎购买。

如此大张旗鼓的公告，瞬间将整个大厅给点燃了。

“S 级准世界！是哪个大佬通关了？”

“我没记错的话，X 大神的这个准世界是新手试炼，新、新人吗？”

“厉害啊！”

“S 级世界有特殊技能奖励，这新人岂不是原地飞升！”

旁边的人都这样吵吵嚷嚷了，远处更是一片嘈杂的议论声。

仲金也震惊了:"人比人气死人啊，这新人也太厉害了，第一个任务就是S级，还通关了，这真是要上天啊！"

并没有上天而且一点儿都不想回忆那个"沙雕"游戏的谢汐无话可说。

仲金一脸惋惜地道:"好想知道S级世界的剧情啊，可惜太贵了，文字版都要一百金币。"

这话的意思是，还有视频版?

恰逢此时，水幕上出现了一栋华丽的中世纪古堡。

谢汐的心一紧。

仲金已经惊呼出声:"哪个大佬这么厉害，买了全屏公放！"

谢汐的脸黑了，果然有视频版?会把他曝光吗?他对这个鬼地方一窍不通，只想低调做人!

让他意外的是，水幕上的赛因和他长得一点儿都不像。

仲金道:"可惜了，通关者匿名，不知道他长什么样。"

谢汐松了口气。这时他才留意到水幕最下方的那行字，游戏设计者:X。

谢汐眯起眼睛:这游戏还有设计者?

-2-

水幕上已经开始回放世界剧情。

谢汐比在场所有人都了解实际情况，实在是一眼都不想看。

仲金却说道:"别浪费这千载难逢的机会，世界剧情很重要的，尤其是这么难得的S级世界！"

谢汐心思一动，他问道:"为什么很重要?"难道别人也可以去通关游戏?

仲金的眼睛不离水幕，他却还是耐心地给谢汐解释道:"虽然这种世界是不可能再进入的，但看一下剧情回放，不仅可以推测S级世界的难度，也可以揣摩下设计者的喜好！"

设计者的喜好?不用揣摩了，谢汐可以用四个字总结——丧心病狂。

仲金惊呼一声:"这就死了！"

水幕上穿着中世纪华服的少年被一箭穿胸!

周围的人越来越多，讨论声不绝于耳:"这才第二天吧?就来心脏贯穿的死法，多疼啊！"

又有人说:"还好读档无次数限制。"

"可这样死来死去也很痛苦了吧?"

水幕上的塞因读档复活，回到了死亡前一刻，他改口说去赴约，然后没了脑袋。

身为当事人，谢汐因为致命伤免痛，所以对于掉脑袋这件事感触没那么深，如今从第三者的角度去看，还真是触目惊心。

头和身体分家，血流如注。如此凶残的场景，管家却仍姿态端正，抱着塞因脑袋的模样忠诚至极，说话时更犹如在和神低语。

围观群众一口道出谢汐的心里话：“神经病啊！”

还有口味重的人说：“怎么觉得管家有点儿帅。”

“帅？不如把你的脑袋送他玩玩？”

“打扰了，告辞！”看看也就算了，谁要在心脏被贯穿后再体验一把脑袋落地的滋味啊！

仲金唏嘘道：“果然是S级难度啊，一上来就死了三次。”水幕已经显示塞因被吸血鬼和管家双杀。

谢汐一言不发，心里比较纳闷的是，难道世界剧情不展示他选择的特权吗？

这个游戏在有致命伤免痛的情况下根本不算难，无非是多死几次，总能找到正确路线。当死亡不会痛的时候，也就没什么可怕的了。

“这个新人厉害啊，死了这么多次还能保持冷静！”

“这精神力都没接受过强化，怎么承受住的！”

仲金见谢汐不出声，以为他是被吓得哑口无言，小声道：“其实这游戏的剧情难度一般，就是死来死去的太痛苦了。你别看他可以读档，但其实那一箭一刀子都是切实落在身上的，该怎么痛就怎么痛。读档可以消除死亡，可疼痛还留在脑子里，很容易让人精神崩溃。

“尤其是新人，冷不丁被拉到这样一个未知的世界，心里本来就有些紧张和恐惧，又这样频繁经历死亡，若是心理素质差些的，只怕已经疯了。”

“你看这个新人死了三次，读档后还是一脸冷静，还在那样短暂的几秒钟时间里发现了其他读档点……”

旁边有人接话道：“他何止是冷静？读档后他再见到吸血鬼，不仅不怕，还能游刃有余地和他交流了！”

“这个新人恐怕是高手。”

“冷静睿智”“精神力强大”的“高手”谢汐竟无言以对。

有人尖叫：“我怎么觉得那个小女仆……啊，竟然是个男的！这游戏名字不是叫向左还是向右吗？怎么又来一个？”

“又死了！真不愧是S级难度。”

剧情缓和了一下，直到兰迪和艾克斯全部杀回来，四人齐聚……

整个大厅都热闹极了：“完了完了，翻船了！”

“我赌新人还要花式死一波。”

“我赌新人能手脚并用地扒住这四条船！”

“我赌新人是个惊天地泣鬼神的人物！”

谢汐此刻的内心是崩溃的，要不是怕仲金起疑，他真想扭头就走！

看到塞因·霍尔最后变成恶魔，自己都杀不了自己的时候，众人犹如看电影到最后发现彩蛋一般，哄堂大笑。

“绝，真够绝的！前头被杀无数次，最后却怎么都死不了！”

“服，我是真佩服他。死了那么多次，还能面不改色地捅自己一刀。”

“你们看他的表情，是真疼啊！”

最后自杀死不了的时候，谢汐的致命伤免痛没有用了，是切实体会了一把心脏被捅的滋味。痛是很痛，但毕竟当时塞因·霍尔的身体已经变成了恶魔，痛感弱了很多。

直到任务结束，水幕变回蓝色，众人还没回过神来。

仲金说道：“不愧是S级难度，身心双重折磨啊。”

他这么说得到了周围人的认可：“短短七天时间，死了这么多次，真的会让人崩溃。即便心理素质强大，异于常人，也会因为紧张随时可能到来的死亡而丧失一部分判断力。偏偏这个游戏的通关秘诀是巧妙利用这四个人，稍有判断失误又会死一次，死一次会心态更崩溃，继续丧失判断力，简直是个恶性循环。”

他们说得很有道理，假如没有致命伤免痛，谢汐真的很难完成这个任务。

更不要说特权选项里还埋了个坑，倘若选择了游戏内免死，那从一开始就注定任务会失败。试想一下，前面几天死了那么多次，拼尽全力熬到最后，得到的结果却是无论如何都完不成任务，那得多绝望！

谢汐暂时还不知道其他游戏的难度，但看大厅里人们的反应，显然向左还是向右在这个世界称得上高难度。毕竟只是个新手试炼，只能由新人通关。让一个新人上来就这么死来死去，经历身心的折磨，确实不简单。

可他有致命伤免痛这个特权，因此谢汐也就是被狗血剧情重创了三观，不至于造成什么心理伤害。

这就是S级难度了？

从准世界回来的颜哲快速浏览了一遍剧情，沉思道：“老邪还是厉害，只不过是注入了魂意就把本来B级难度的任务提升到了S级。”

要是谢汐听到他这句话，就会解了心中的疑惑。

之所以会是S级难度，纯粹是因为江斜注入了魂意。而他的魂意极其挑剔，这么多年来一直没有可以契合的人，也就导致了这个游戏的触发条件极高。

这个游戏最大的难度不是特权选择，不是狗血剧情，也不是最后的反转，而是触发条件。

打个比方，一个游戏难度较高，但可以同时容纳一千人通关，而且一千人里肯定有一个人可以通关，那么这个通关比例就是千分之一。

另一个游戏难度一般，却只能从千万人里挑一个人去通关，即便这个人通关了，通关比例也是千万分之一。

因此难度一般的游戏就变成难度极高的游戏。门槛决定了这个游戏的通关率。

当然谢汐暂时不知道这些。围观群众因为看不到特权，只觉得这个游戏很难，遮掩了江斜的魂意。

水幕在暗了一下后，倏地又亮了起来。一行龙飞凤舞的大字出现在水幕上：诚邀向左还是向右的通关者加入云阁。

整个大厅静了三秒钟后沸腾了！

“云阁啊，云阁邀请一个新人加入啊！”

“这个新人的运气也太好了吧！通关S级世界，得到特殊技能奖励，还能加入云阁！”

周围的声音无外乎这些，仲金也愣住了，半晌才轻出一口气道：“真的……厉害。”

谢汐好奇地问道：“云阁是什么？”

仲金面色复杂道：“说起来，你也还没转职。”

谢汐一头雾水。

仲金长叹一口气，说道：“中庭世界有三个职业，探索者、搜集者、记录者。根据职业不同，接受的任务会不一样，尤其在组队通关时比较重要。”

谢汐又捕捉到了重点——原来还可以组队通关。

仲金继续跟他解释：“一般情况下完成新手试炼就可以转职，探索者顾名思义接到的大多是探索任务，搜集者则是搜集任务，记录者大多需要记录世界剧情和人物等。”

谢汐问道：“那设计者呢？”

“你是看到了那个设计者X吧？他也是从探索者、搜集者和记录者开始的，通关世界多了，完成考验后就有可能获得设计的能力。不过这个要看天赋的，不是谁都有设计的能力。”

谢汐眉峰微扬了一下：“那X……”

“X神是个传奇，他是当下最顶端的设计者，是现存的唯一一个能够设计S+级世界的人。”

谢汐觉得有点儿棘手。

仲金又叹一口气，十分羡慕地道：“云阁啊，一个没转职的新人竟然得到他们的邀请，真是做梦都不敢想的事。”

谢汐其实更想问跟X相关的事，但显然仲金更在意云阁，他便问起了云阁。

仲金道：“云阁是当下最大的组织，网罗了中庭世界最多的人才，拥有最多的资源和最新的探索进度，只要加入了就可以共享这些资源和进度。”

谢汐比较好奇：“X也在云阁吗？”

仲金还没回答，水幕上又发出了一行字：诚邀向左还是向右的通关者加入云阁。

大厅又炸了："公告两遍，这是X神才有的待遇啊！"

"然而我们X神当年拒绝了。"

"我觉得新人是不会拒绝的，他瞧着就很聪明。"

谢汐本来不想加入任何组织，但如果这个组织和X势不两立的话……

仲金幽幽地道："所以说X神是个传奇，他是有史以来唯一一个拒绝了云阁邀请的人。"

- 3 -

中庭花园。

银发精灵风风火火地闯进来，开口便是："哈哈，老邪你完了！"

拨弄着一株蔷薇花的男子头都没抬："小心点儿，别踩了我的花。"

"你的小蔷薇被云阁盯上了！"

男子抬头，剑眉下是一双深邃的异瞳，左眼的深红和右眼的湛蓝形成了鲜明的对比，仿佛火与冰撞在一起，在极致的热和冷下交织出了难以形容的慵懒与邪性。

他开口，声音是漫不经心的："他加入云阁了？"

颜哲幸灾乐祸地道："云阁向他发出邀请了。"

"哦。"男子继续拨弄肆意绽放的蔷薇花。

颜哲不乐意了："你就不怕他答应？"

江斜扬唇，没说什么。

颜哲道："我奉劝你一句，千万别暴露了自己的身份，你的小蔷薇八成想杀了你这个死变态。"

江斜："为什么？"

长得跟朵冰花似的银发精灵笑道："你还好意思问为什么？你设计的那个世界，谁玩了不想杀了你！"

江斜顿了下，坚定地道："不会，只是游戏而已。"

颜哲满眼都写着幸灾乐祸："你别忘了，小蔷薇只是个普通人，才十九岁就接受了你这老司机的魂意洗礼，怕是要怀疑人生了！"

江斜道："他没那么脆弱。"

颜哲给他会心一击："就是不脆弱，才更记仇呢！"

江斜沉默了。

颜哲难得见江老邪吃瘪，心情大好，离开的脚步都是飘的。这要是让他的迷弟迷妹们看到，只怕也要怀疑人生。说好的高高在上、不可碰触的高岭之花呢？这沙雕是谁！

颜哲走了，江斜虚空一划，水幕出现，他点开通讯，给谢汐发了条信息：“你好。”

两个字如石沉大海，连个声响都没有。

仲金科普了半天，说得口干舌燥后总结道：“唉，反正云阁也好，X 神也好，那都是大神，咱们不可能见到。”

谢汐点点头，想：最好是别见到。

仲金感觉谢汐有些不爱说话，但他不介意，仍旧热情地道：“走吧，我带你去转职。”

谢汐收回思绪，问道：“现在就要转吗？”

“当然，”仲金给他解释道，“不转职的话很浪费的！”

仲金又耐心地给他讲了一番中庭世界的规则，谢汐总算对所在的环境有了大概的了解。

他们所处的这个地方叫“中庭”，当然大家习惯上叫它中庭世界。能来到这里的都是被中庭选中的“玩家”，任务是显而易见的，那就是去不同的准世界完成某个任务。

玩家也有等级之分，从初级、中级、高级到神级，只能通过完成任务来积累经验提高等级。

初级和神级的区别很大，直观的表现就是在中庭世界停留的时间不同。初级玩家只能停留一到两天，中级是一周到两周，高级是一月到两月，神级直接没有限制。

仲金解释道：“所以才建议你别去碰那些娱乐项目。有不少新人来到中庭后吃喝玩乐，忘了时间，两天过去后直接化成了灰。”

谢汐一愣：“化成灰？”

“对啊，我们的体质不行，承受不了中庭过多的意力。”

“毅力？”

仲金解释道：“是意志的意，这个其实我也不太懂，只知道中庭充盈着意力，而初级玩家承受不了太多，待久了就会被吞噬。”

谢汐点头道：“最多两天，我们就要开始新的……”他本想说游戏，但改为，“任务？”他留意到，虽然仲金提到了玩家，可形容游戏时用的却是准世界。

仲金打了个响指道：“对！所以要赶紧去转职，只有转职了才能开始积累职业经验。”

谢汐明白了。从初级升到中级、高级，必须先具备一个职业。

仲金又问他：“你想好选什么职业了吗？”

可以选择的只有探索者、搜集者和记录者。

谢汐还在思索，仲金又给了他建议：“其实你也不必太纠结，只要攒够了银币，可以随意转职，损失的不过是一点儿经验。我们的时间是根据中庭世界流逝的，所以不必怕，选了不喜欢的职业大不了转职。”

只是损失一点儿经验？谢汐看了仲金一眼，并未说什么。

仲金道：“你先想想，顺便搜索下任务，可以针对下个任务挑选职业。”

仲金给的建议很中肯，谢汐道：“多谢，我先看看。”

仲金笑道：“别客气，我也只是现学现卖啦！”

谢汐对他笑笑，将手放到了水幕上，开始认真查看自己的情况。

只能在中庭待两天，也就是说他得尽快熟悉情况，进行下一个游戏。可是完成了下一个游戏以后呢？照仲金的意思，难道以后都回不去原来的世界了吗？

谢汐脑中闪过谢素。她怀孕了，有了新的孩子，已经彻底不需要他了。回不去的话，就这样吧，反正他对谢素来说也是个负累。

谢汐轻出一口气，敛起思绪，凝神看向水幕——当务之急是好好活下去，这个未知的地方恐怕远没表面上这么平静。

他认真看了看界面上的所有按钮。

他点开准世界，里面第一行是灰色的字：向左还是向右，新手S级，设计者X，已通关。

谢汐盯着设计者X看了一会儿，牙痒。罢了，彼此等级差距过大，不急。

第二行是荧光蓝色的字：搜索新任务。

谢汐已经听仲金介绍过了，每个玩家隔两天可以搜索一次新任务。中高级玩家在中庭世界停留得久一些，所以有时间随便刷任务，初级玩家却只能搜索到什么是什么了。

谢汐点了一下，搜索任务的界面变成了一排小漏斗，等漏斗转完后弹出了一个子页面。

准世界：失落的亚特兰蒂斯，难度未知，设计者X，未挑战。

这水幕亏了没实体，如果是手机或电脑，谢汐一准把它摔个稀巴烂！

两天内只能搜索一次任务，他又不能在中庭世界停留超过两天，难道还要玩一次这“坑爹”设计者的变态游戏？

失落的亚特兰蒂斯，听起来好像比向左还是向右正常一点儿，然而设计者是X……

谢汐整个人都是拒绝的！

“哇，有集结任务！”仲金的声音在他身边响起。谢汐松开手，退出了水幕。

仲金连忙招呼他道：“运气太好了，竟然碰上了集结任务！”

谢汐一脸疑惑，仲金解释道：“集结任务是随机开放的，一般难度很低，而且可以组队进入，咱俩一起去吧！”

谢汐微怔：“进去了再出来就可以重新刷新任务吗？”

“对！”仲金道，“你刚才搜索任务了是吧？别灰心，我们初级玩家可选择的任务太少啦，一般都是E级以下的垃圾任务。这次集结任务是D级任务，难度刚好，又可以借此刷掉垃圾任务，真是太幸运了！”

谢汐点头道：“没错。”可以刷掉X的垃圾任务真是太棒了。

亏了仲金不知道他搜索到的是什么任务，要是知道了一准得羡慕嫉妒恨到眼睛都绿了。

设计者是X神啊！失落的亚特兰蒂斯啊！榜上有名的蓝色准世界，虽然难度未知，但闭着眼也知道绝对不会低于B级，也许又是一个S级！

仲金兴冲冲地道：“我们快去准备，还有一个小时就开放了，我到时候给你发信息。”

谢汐问：“发信息？”

仲金道：“来，添加个好友！”

原来还可以添加好友……谢汐也不再顾忌名字的问题，反正匿名了，没人知道是他通关了向左还是向右。

仲金一边加好友，一边说道：“也不知道那位S级新人有没有加入云阁。”

谢汐没加入，他虽然心动了一下，却不想因为一个神经病选择束缚自己。诚然加入云阁有很多好处，但谢汐不擅与人交往也不爱被人支配，他更喜欢自由自在、不被拘束的生活。

若不是搜索到了X的游戏，谢汐连这个集结任务都会犹豫一二。

仲金很热情，对他很照顾，可谢汐不喜欢与人一同行动。当然参加集结任务也不全是为了刷掉X的任务，还有一个原因是他需要了解下普通玩家的游戏难度，以及商城里各种道具的用处，以备不时之需。

他钱多得花不完，商城里有权限购买的道具都买了一套。

与仲金互加好友后，谢汐才看到一条信息。

X：“你好。”

他什么时候加他好友了？设计者的特权吗？

谢汐眉峰微扬，回他：“大神，你好。”后头还跟了一个^_^的表情。

江斜一看就被吸引到了，薄唇微勾。颜哲果然是想得太多了，小蔷薇根本没生气……然而，下一刻就看到了骤降到赤字的信任值。

谢汐对您的信任值：-99。

嗯……这是江斜的一个鸡肋能力，可以看到中级以下玩家对他的信任值。

有这个能力以来，他还是头一次看到这么低的分数。江斜闷笑出声：“记仇的小家伙。”

第三章
童话小镇

－1－

谢汐还不知道自己对 X 的信任值已经暴露了。经过向左还是向右的洗礼，他已经深谙对付神经病的要诀，那就是虚与委蛇。

谢汐虽然气得牙痒痒，可惜对方比自己强太多，小不忍则乱大谋，先稳住他，日后再说！

江斜看着赤色的信任值，斟酌着问道：“领取游戏奖励了吗？”

不提游戏还好，一提这俩字……江斜眼睁睁看着 -99 的信任值成了 -100。

啧，原来 -99 还不是最低。

谢汐回他：“领取了一千金币，真的太多啦！”金币有什么用？初级玩家能买的东西屈指可数。

要不是信任值又掉了一点儿，江斜真信了他这乖巧的话！

“不只是金币。”江老邪竭力挽回道，“还有特殊奖励。”

谢汐一怔，特殊奖励？他之前就有些好奇，当时仲金还有其他人都提到了完成 S 级难度的准世界任务会得到特殊奖励。他仔细查看过道具一栏，发现里面空荡荡的，根本没看到特殊奖励。

江斜耐心地道：“特殊奖励有专门的一栏，你往下拉。”

原来水幕的界面还能动……这倒是谢汐无知了。谢汐向下划，看到了特别显眼的金色图标——特殊奖励。

还真有特殊奖励呢！谢汐心中微喜。他通关了一个变态游戏，要是能得到让人满意的奖励，也能开心不少。

谢汐点开了特殊奖励，金色光芒一闪后就消失不见了。

奖励了什么？

谢汐眨眨眼，看到技能一栏有个小红点，难道是奖励技能，直接归入技能栏？

谢汐玩过无数游戏，对这种操作很熟悉。他点开技能栏，果不其然看到了一个新的技能：召唤设计者 X 的分身，持续时间三分钟。

谢汐更郁闷了。

江斜完全不知道发生了什么，只看到谢汐对他的信任值犹如泄洪一般狂掉不止。

-1，-1，-1，-1，-1，-1……

江斜立刻开口："怎么了？奖励的东西不喜欢吗？"

他不问还好，一问信任值变成了 -2，-2，-2，-2……

谢汐过了好一会儿才终于平复了心情，他看着这个鸡肋技能，心情十分复杂：所谓的特殊奖励，就是召唤 X 的分身？这算特殊奖励？

谢汐再看看江斜给他发的那条信息——奖励的东西不喜欢吗？

这个特殊奖励就是设计者设计的吧！得自恋成什么样才会把自己的分身设计成特殊奖励？

他宁愿再要一千金币！

江斜还真冤，奖励池完全是随机的，他纯粹是看到谢汐的信任值骤降，猜测是特殊奖励的东西不好才问的。要知道当年的知名"非酋"（形容运气极差的人）江斜曾经通关一个 S++ 级准世界后，得到的特殊奖励就是这个信任值技能，还只能看中级以下的。

谢汐轻出一口气，回他："奖励了一个召唤术，可以召唤 X 神的分身，好期待哦。"

信任值又降了 10 分……

江斜一愣，半晌又笑了：千万分之一的概率也能抽到，运气真好。

当然他没把这句话发出去，不然恐怕那已经触底的信任值还能再降新低。

谢汐还有一事想问："对了，大神，水幕上的公放投屏是您买的吗？"

江老邪的外号不是白来的，哪里会听不懂，他道："不是。"

谢汐暂时不信。

江斜又道："通关后的世界剧情，系统只要售出就会给设计者和通关者金币提成，云阁这样做，我们的收入会少一大截。"

这话说得……既澄清了自己又给云阁引了一波仇恨值。小蔷薇已经这么讨厌他了，可别赌气之下加入云阁。

谢汐本来也不想加入任何组织，现在更不会了。他不在乎什么金币提成，只是不喜欢自己实打实的凄惨经历成为别人茶余饭后的娱乐消遣。哪怕匿名，也让他很不舒服。

既然不是 X 做的，谢汐在心里认真地给他划掉一笔。

江斜总算看到信任值那里飘出个绿色的 +1，在赤色的 -168 面前，这一点点绿色真是弱小无助又……可爱。

谢汐客套完了，懒得再和他说话："X 神，我要去通关新游戏了，再见。"

江斜太有自知之明了，为了不掉信任值，谨言慎语："加油。"

可怜谢汐一想起自己搜索到的游戏是 X 设计的，心一塞。

于是，刚涨起来的那一点儿信任值又掉了下去。

江斜一头雾水。

老邪同志不愧是刷满智力的大佬，稍微一想就猜到了原因，看来谢汐搜索到的游戏还是他设计的？是哪个呢？江斜点开水幕，等着游戏被激活。他是设计者，有“看直播”的权限。

谢汐刚离开水幕，仲金已经跑过来了：“怎样？准备好了吗！”

谢汐应道：“可以了。”先去刷个集结任务吧，他不想接二连三地应付神经病。

仲金安抚道：“你放心，D 级任务很轻松的。”

谢汐点点头。

仲金又问他：“转职了？”

谢汐说：“选了搜集者。”他研究了三个职业，探索者在进入游戏后有体力加成，搜集者有视觉加成，记录者有敏捷加成。

因为都是初级职业，所以加成很弱，意义不大。谢汐之所以选择搜集者，纯粹是个人兴趣。与探索和记录相比，他更喜欢搜集东西的任务。

仲金眸色微闪道：“挺好的，搜集者有一定的夜视能力，初级很好用。”

谢汐：“但愿吧。”

他们一起进入了游戏，和第一次差不多，也是眼前出现了游戏加载中的字样，紧接着出现了信息板。

欢迎来到准世界，请仔细阅读以下信息。

游戏名：童话小镇

游戏概要：美丽的小镇上住着淳朴可爱的村民，他们依山傍水而居，生活安逸，唯一的困扰就是后山突然出现的漆黑洞穴，那里究竟藏着什么？

主线任务：搜集龙心

支线任务：待刷新

读档次数：无

携带道具：初级搜集者可携带三种

待选择特权：无

颜哲给江斜发信息：“开荒？”

江斜：“不。”

颜哲：“小蔷薇都去准世界了，你还待在花园干什么？”

江斜：“看他通关。”

颜哲诧异地道：“刚发布的集结任务是你设计的？”

颜哲震惊了：“老邪你这么 low（低级）吗？做了个 D 级准世界？说好的我们 X 神一出手从不低于 A 呢！”

江斜点开通讯器，看到谢汐名字后面跟了个“已进入准世界——童话小镇”。

哦，他的小蔷薇这是在故意刷掉他设计的世界。

－2－

看不到直播，江斜深感遗憾，不过他的游戏可没那么容易刷掉。等几天吧，D 级准世界很快就能通关。

他随手查了一下这次的集结任务，等级高了之后权限也多，他虽然看不到剧情情况，但能看到一些基础数据。

比如设计者……

颜哲也查了，惊呼道：“坏了，是斩双门那帮家伙设计的！”

其实，像江斜这样独立设计游戏的人少之又少，大多是以组织的形式网罗众多低阶设计者共同设计。云阁也有自己的设计者团队，这个斩双门也是类似的组织，只不过规模小一些，但更加狠辣。

他们还有个外号叫“斩新门”——专门靠虐杀新人来获取丰厚的任务奖励。

“小蔷薇有危险啊！”颜哲不无担心地说道，“这种低阶准世界，我们都被限制进入，没法去救他。”

江斜道：“没事。”

“这么自信？”颜哲一下子就想明白了，“小蔷薇拿了什么特殊奖励？”完成 S 级准世界，必得特殊奖励。

江斜：“召唤术。”

颜哲道：“老 Z 越来越抠啊，这破玩意儿也能当作特殊奖励？”他口中的老 Z 是 Zone，代指中庭的意志。

“等等……”颜哲狐疑地道，“不会可以召唤圣兽吧？”

江斜反问：“你看我是圣兽？”

颜哲差点儿脱口而出：你是老狗贼。然而他转念一想，不禁惊叹：“小蔷薇抽到的特殊奖励是召唤你？这是什么运气？”榜上有名的那几位都被老 Z 放到了召唤系统，然而概率低到发指，目前还真没听说谁抽到过这样的奖励。

要知道召唤术不受世界等级限制。本来以江斜的身份，连普通的 S 级准世界都无法进入，更不要说是 D 级了。但要是被召唤，别说 D 级，连最次的 F 级他都进得去。

更致命的是，虽然召唤术有时间限制，可一旦被召唤，那就是全盛状态。

全盛状态的江老邪，还不是遇神杀神、遇佛杀佛。

颜哲不担心了。别说是 D 级准世界和斩双门的几只小杂鱼，就算是 S 级准世界外加斩双门全员，也不够江斜一刀切的。

颜哲忍不住又唏嘘道："小蔷薇这运气真无敌。"

"也不是全靠运气。"江斜低调地道，"主要是缘分，缘分来了挡都挡不住。"

颜哲真是从未见过如此厚颜无耻之人！

江斜又道："你们去开荒吧，我等他。"

颜哲只觉得自己此刻有点牙疼。颜哲眼珠子一转，又问："你应该能看到小蔷薇对你的信任值吧？"

江斜："当然。"

颜哲幸灾乐祸地道："让我猜一下，1分还是2分，不会是0吧？哈哈！"他笑出了鸭叫声。

他和江斜认识太久了，知道他这个鸡肋技能，然而他并不知道这玩意儿还能出现负数……

江斜厚着脸皮道："169。"

颜哲目瞪口呆："这么高？不可能！"

江斜瞥了一眼谢汐的名字后说道："刚才又变了，170了。"

颜哲一脸震惊："怎么可能？凭什么涨？你俩又不在一起！"

江老邪淡定地道："大概是想我了吧！"

溜了溜了，听不下去了！

颜哲走后，江斜看着掉成-170的信任值忧心忡忡：怎么又掉了？

因为，谢汐此刻正在认真审视着信息板。

结合游戏概要和主线任务，谢汐怀疑这个小镇后山的山洞里可能藏着一条龙，而他的任务就是搜集龙心，这八成是砍死恶龙，惩凶除恶的游戏。

这个多简单，对比下向左还是向右的游戏概要，简直是天差地别，还完美关联呢，有谁脚踏四条船还完美得起来！

所以，江斜掉1分。

谢汐又看向支线任务，发现是待刷新状态。他在虚空按了下，支线任务变了，出现了一行蓝色的字：追踪龙卷风。

这……算什么……龙卷风要怎么追踪？

谢汐记得在中庭的水幕世界相关详解的生活。有一条说的是：世界中主线任务是没有等级之分的，但支线任务有。不是所有人都能刷到支线任务，也不是所有人都能刷到好的支线任务。

以颜色来区分的话，基本就是白色、绿色、蓝色、紫色、金色……依次递增。

D级准世界中，蓝色支线任务已经是最高等级了，完成后肯定有相对丰厚的奖励。

不过，这个追踪龙卷风看起来有些不太好完成。

谢汐继续看，发现这次读档次数为零。意思是死了就死了，是吗？

携带道具只有三件，谢汐看了看自己背包里的一堆东西，挑了最有可能用到的三件放进去。

待选择特权为无，且一行字是灰色的，像是不可用状态。谢汐估计是游戏等级太低，不配用特权。

心中有数后，他关掉了信息板。下一瞬，他的眼前陡然亮起。

“小心！”仲金的声音在他耳畔响起。

谢汐尚未看清眼前的景象，就闻到了刺鼻的血腥气味。怎么回事？他眯起眼睛，这才稍稍适应了正午强烈刺眼的阳光。

“仲金！”谢汐急忙扶住他，惊愕地看着他胸口的血洞。

“我……”仲金想说什么，但嘴角溢出的鲜血堵住了他的喉咙，让他发不出任何声音。他大睁着眼睛，身体剧烈抖动着，发出艰涩的咕噜声……

谢汐道：“你别说话了，我帮你止血！”

仲金拼尽了最后的力气，死死地握住谢汐的胳膊，挣扎着说出最后两个字：“小心。”

仲金说完这话，脑袋一歪，死了。

谢汐怎么都没想到，刚进游戏就出事了！他紧皱着眉，看着仲金胸腔的伤口……

“杀人了！杀人了！”一个女孩的尖叫声响起，很多人围了过来。

他们指着谢汐，大喊：“发疯了，白夏也发疯了！”

“抓起来，快把他抓起来！”

有人开始反胃，道：“好多血……”

“白夏连只鸡都不敢杀，现在看到这么多血竟然面不改色。”

以前的谢汐也是怕血的，然而经过上个游戏的洗礼，他已经习惯这种残暴的场面了。不过仲金的死让他太意外了。倒不是对仲金有什么深厚的感情，他甚至对仲金疑虑重重，可仲金就这么死了……

这个游戏无法读档，但他们买的那件制服不是可以免疫一次致命伤吗？难道仲金没带进游戏，还是说……

谢汐还在分析局势，却突然被两个强壮的村民拖了起来，五花大绑地送进了一间地下牢笼。

童话小镇……看起来也不可爱啊……

谢汐擦了擦身上的血，陷入思考。

他这具身体的名字叫白夏。仲金死在他身边，村民们以为是他杀了仲金，所以把他关了起来。刚才情况太乱，人又太多，谢汐没法反抗，只能暂时“就范”。

其他玩家呢？除了他和仲金应该还有八个人，他们在人群中吗？还是在其他地方醒来？他一进入游戏就被当成杀人凶手，要怎么出去搜集龙心？以及仲金真的死了吗？

一切都发生得太突然，但这没扰乱谢汐的理智，反而让他更冷静了。

不能掉以轻心，哪怕这只是个 D 级游戏。

他打量了一下自己所处的环境，这是个破旧的牢笼，潮湿阴冷，栅栏都生了锈，散发着古怪的铁锈味。

“那个……”一个脆生生的声音从角落里传出，“能把你的衣物送给我吗？”

谢汐猛地转头，看到了身后阴影里瑟瑟发抖的人。

牢笼里光线很暗，按理说是看不清对方的，但谢汐是搜集者，有一定的夜视能力，所以能看个大概。

那是个十七八岁的少年，生得眉清目秀，只是衣服破破烂烂，看样子似乎饿了很久，而且还受了伤，刺目的伤痕嵌在瘦削的胳膊上，像一条盘紧树干的蛇。

他一双眼睛很大，怯生生的，还蒙着水雾，要多可怜有多可怜。

谢汐几乎要怀疑自己的耳朵出问题了，这样一个可怜鬼，哪来的胆子耍流氓？

可怜鬼“哇”的一声哭出来，要多凄惨有多凄惨：“小姐姐，行行好吧，求你了，我给你跪下磕三个头好吗？你就施舍我一件衣物吧！”

谢汐没听错，这就是个神经病！

“我好想回家，我好想妈妈，好想爸爸，好想大黄和小绿！”真不是假哭，哭得那叫一个肝肠寸断！

谢汐本来不想理他，又忍不住看向他。谁知他一看，这可怜鬼得寸进尺，继续号啕大哭：“求求你了，把你的衣物给我吧，我就要一件，一件就行了。行行好吧，仙女姐姐！”

谢汐见过讨饭的，但真没见过讨这玩意儿的！

也许这个神经病是关键人物，谢汐耐着性子道：“我是男的。”

“男的？”可怜鬼弹了起来，睁大眼盯着他看了半天，惊呼道，“男的怎么可能长得这么俊俏！”

谢汐眯起眼睛。

可怜鬼瞬间蔫了：“你怎么可以是男的……我只搜集小姐姐的……”

搜集这俩字触动了谢汐：“玩家？”

可怜鬼惊了，冲出来道：“同胞？”

谢汐无语地想：没人想和你成为同胞！

可怜鬼哭得泪眼汪汪：“我叫宋戚，是初级搜集者……”

果然如此……谢汐一脸无奈地问他：“你的主线任务不会是……”

宋戚被戳到伤心事，哀怨极了：“等我回去就转职，我这辈子都不要当搜集者了，我为什么要像猥琐男一样搜集少女的衣物！”

－3－

短短一句话，槽点这么多，宋戚是个人才。

谢汐因为上个世界的经历，对行为奇怪的男人有心理阴影，默默地离他远了些。

宋戚还挺敏感，以为谢汐嫌弃他猥琐：“我也不想啊，是系统分配给我这样的任务，我能怎么办！”

设身处地一想，谢汐挺可怜他的。

宋戚又问他：“你呢，你的主线任务是什么？”

谢汐顿了一下，虽说宋戚看起来无害且可怜，主线任务也糟心得要死，可这些全凭一张嘴，真相如何不好判断。谢汐一个人过久了，对谁都抱有极高的警惕。

宋戚瞧着傻乎乎的，倒也不是真傻，他鼓捣了一阵子，谢汐视线右下角出现了一行小字：“姓名宋戚，主线任务搜集小镇少女的衣物，向您发来好友申请。”

原来还可以这样证明自己。谢汐接受了他的好友申请。

宋戚惊呼道：“我的天，你的主线任务是搜集龙心！”

谢汐见他这样，问道：“怎么？”看宋戚的模样，好像知道些什么。

宋戚幽幽地道：“我的支线任务是搜集龙心。”

谢汐还是不太明白，宋戚已经开始给他解惑：“这是我倾家荡产刷到的蓝色任务。”

主线任务是看不到品级的，不管是搜集龙心还是搜集少女的衣物，大家都得完成了才能离开游戏，所以分品级也没什么意义。但与这个游戏相关的任务却是相通的，经常有人的支线任务是另一个人的主线任务，这样一来就能推断出主线任务的品级。

这是个D级游戏，最高的支线任务品级只是蓝色，宋戚拼死才刷到，然而谢汐的主线任务就是这个。

倘若有人的支线任务是搜集少女的衣物的话，那宋戚就能看到自己主线任务的品级了，不用想，百分百是灰色的劣质等级！没有对比就没有伤害，宋戚哀怨地道：“你运气真好……”

谢汐就不开口惹他伤心了。

偏偏宋戚又来问道：“你的支线任务是什么？品级怎么样？我跟你讲，我为了刷到这个搜集龙心的任务，花了整整三万银币！”

原来支线任务是可以刷新的，谢汐不知道，原因是他点第一下就刷出了最高品级的蓝色任务，整个游戏最好的两个任务都被他收入囊中，系统自动判定他不需要刷新，也就没给他提示。

宋戚就不一样了，只听他说：“我第一个支线任务是搜集王老二的臭袜子，第二个是搜集孙大娘的狼牙棒，第三个……”

他说了一堆，谢汐在同情他的同时也开始深思转职的事，怎么觉得搜集者这个职业充满了“沙雕”气息！

“三百银币一次，我整整刷了一百次才刷到了搜集龙心的任务……”说得宋戚又想哭了。

谢汐无言以对。

宋戚又道：“这三万银币还是某个男人给我的散伙费！”

宋戚忍不住了，哭得像条傻狗：“我怎么这么惨啊！”

谢汐嘴巴动了动，但他实在不会安慰人。

宋戚却继续作死：“汐哥，你的支线任务是什么？快说出来安慰安慰我！”

如果他们互加好友，宋戚自然就知道了，谢汐有些犹豫。

宋戚没想太多，认为运气也有守恒定律，主线任务这么爆，支线任务肯定烂透了。

谢汐越是不说，宋戚越是好奇：“说嘛说嘛，还能比我搜集少女的衣物更坑爹？”

当然不是……谢汐想了下，觉得只说任务不说品级应该可以，他道：“追踪龙卷风。”

下一秒，宋戚原地爆炸：“蓝色任务，又是蓝色任务！”

谢汐：“你怎么知道？”

宋戚一脸想死的表情：“我之前遇到一个哥们儿，抽到的就是这个任务，得意得尾巴都快翘上天了。”

谢汐眸色一闪：“他完成了吗？”这任务看起来有些摸不着头脑。

宋戚道：“我不知道……我进入游戏第二天就被关起来了。”

第二天？谢汐敏锐捕捉到了重点：“你进入游戏多久了？”

宋戚道：“已经三四天了吧？一直被关着，好气！”

谢汐怔了下，他明明刚进入游戏，宋戚却已经在游戏里待了三四天？怎么回事？他们不是同一批玩家，还是说同一批玩家进来的时间点不同？

宋戚不甘心地问谢汐：“你花了多少银币才刷到的蓝色支线任务？”

谢汐不想打击他，却也没法撒谎。他只是新人，才通关了一个游戏，按理说穷得只剩十个银币，哪有钱去刷新任务。

“这是我进入的第二个准世界。”谢汐已经尽量委婉了。

宋戚彻底抓狂了：“你是免费刷到的蓝色支线任务吗？”

谢汐用沉默代表了默认。

宋哭包上线，泪水多得恨不得把牢笼给淹了：“为什么……为什么老天爷生了我这样的‘非酋’又生了你这样的‘欧皇’（游戏中形容运气极好的人）……”

谢汐这时看到右下角出现了提示：有好友同行，是否发送组队申请？

组队？谢汐看看可怜巴巴的宋戚，点了申请。

宋戚瞬间不哭了，眼泪挂在眼角，一脸错愕：“汐哥，你……要……和我组队……”

谢汐：“不方便？”

“啊？”宋戚尖叫，“汐哥，啊！汐皇，以后小弟为你鞍前马后，在所不辞！”

谢汐下一瞬就知道宋戚为什么这么激动和兴奋了，原来组队后会共享任务。

右下角出现了组队信息——

临时小队：谢汐、宋戚

小队任务：搜集龙心、追踪龙卷风、搜集少女的衣物

谢汐在心里大喊：现在退队还来得及吗！

宋戚已经感动得不行了：“你就是我的再生父母，我的救命恩人……我真的没想到，一个活生生的‘欧皇’会和我组队，人生值了！”

谢汐嘴角抽了抽：“你这个任务……”

“你放心！”宋戚道，“我的任务我搞定，如果搞不定我自己退队，绝不拖累你！”

谢汐之所以和他组队，一来是觉得这家伙没危险，二来是有事想问他。

“你进入游戏时有看到其他队友吗？”

宋戚道：“当然，我们同时降落，在森林里过了一晚上呢……”他一边说着，一边反应过来了，“我没见过你……”

他们不是同一批玩家吗？

谢汐向他坦白道：“我是今天才进入游戏的。”

宋戚微怔，接着面色苍白：“我们那一批的人都死了吗？”

谢汐看向他：“为什么这么说？”

“一个准世界，只有玩家死亡率达到百分之八十才会重新发布任务。”

谢汐眉心微皱：“才三四天，就死了八个人？”

宋戚也㞞了：“这不是个 D 级世界吗？ D 级不应该这么难啊！”

谢汐又问他：“你是因为什么被抓起来的？”

宋戚尴尬地道：“还能因为什么……耍流氓未遂呗。”

谢汐懂了，偷少女衣物的业务不熟，被抓了。

宋戚清清嗓子，说道：“外头到底怎么了？我这些天一直被关着，根本不知道。”

也许正是因为被关着，才会躲过一劫。从某种意义上讲，这沙雕任务还救了宋戚一命。

谢汐道：“我刚来这就有人袭击，和我同行的一个玩家被当场击毙。”

宋戚一愣：“击毙？没穿制服吗？”

谢汐道："也许是免疫了致命伤，但村民们以为他死了，我也被他们抓起来关到了这里。"

宋戚呼出一口气："他可千万别因为怕占道具栏而没穿制服，那死了可就是……"真死了。

多人游戏一般不存在读档选项，要么买道具免疫致命伤，要么挺过去，还有就是大佬会复活术……要是全没有，那死了就是真的死了。

这是游戏，却也不是游戏。

他俩刚停下谈话，外头就传来了脚步声。

宋戚立马小声道："是来送饭的！汐哥，你对他笑笑，他一准把咱们给放出去！"

谢汐看向他："笑？"

"对啊！"宋戚道，"就你这盛世美颜，小年轻肯定把持不住！"

谢汐一脸无奈。

宋戚又哀怨上了："我要是有你三分之一好看，也不会被分手……"

谢汐并不觉得宋戚哪儿不好，道："别妄自菲薄。"

宋戚又感动了："汐哥你真是人美心善，难怪运气那么好！"

谢汐一不觉得自己好看，二不觉得自己善良，运气倒是比平常人好一些，但也只限于与这种游戏相关的东西……他这近二十年的人生可是和好运没有半点儿关系。

这时一个二十出头的青年走了过来，他生得极瘦，竹竿一样，一身麻布衣服像是挂在身上。

他看到谢汐时怔了下，但很快目露凶光："杀了……杀了，我要杀了你们！"他手里紧握着一样东西。

宋戚吓得要死："枪！"

江斜不去开荒，颜哲也懒得和别人去浪费时间，他拖着秦戈争来花园偷闲。

"老邪还真是喜欢蔷薇花啊。"偌大个花园，全是各种各样的蔷薇。

秦戈争道："好看。"

"是啊，很美，那朵'小蔷薇'更美。"不愧是和老邪魂意契合的人，长得真好看。

颜哲远远地看到江斜，打趣道："小蔷薇还没召唤你？"

江斜道："急什么。"

颜哲道："我怎么觉得你是白等了，他不会召唤你吧。"

江斜觉得八成被这乌鸦嘴说中了。

颜哲以为谢汐对江老邪的信任值是170，所以是这么想的："就这么个低级任务，他大概是不好意思劳驾你。"

江斜却觉得谢汐不是不好意思，而是非常嫌弃。

当然面子上得撑住，江斜道："不一定有危险才召唤，想我了也可以。"

颜哲被这"暧昧"的酸臭味给熏走了，他跟秦戈争吐槽："这还没怎样呢，就腻上了，等见着小蔷薇，我得好好开导开导他。"

坚决不能让老邪这么得意!

江斜如果知道颜哲在想什么，估计绝交的心都有。他已经是艘破船了，身边人再来个釜底抽薪……这以后的信任值还能不能跨过 -170 的汪洋大海，真是个未知数。

-4-

谢汐可不知道这些有的没的，他正在生死关头。

童话小镇的背景比较模糊，小镇的风光偏古风，但人们的衣着却接近现代。如今还出现了热武器，倒有些像江南某些保存极好的古镇，风景如画，草木繁盛，在闹市中得来一处安静与闲适。

不过……如今的气氛有些诡异。

枯瘦如柴的青年眼睛睁得很大，拿着枪的手不停颤抖："杀了你们，一定要杀了你们……"

他是准备行凶的人，却比被关在牢笼里的人还紧张。

宋戚大气都不敢喘。谢汐能感受到宋戚的紧张，虽然不知道这青年为什么想杀他们，但以他这种精神状态，开枪的可能性极大。一旦开枪，他俩在这狭窄的空间里很难躲避。

若是中枪就要消耗掉仅有的一次致命伤免疫，眼下他们连任务的头绪都没摸清就没了"一条命"，之后再有危险该怎么办？像之前的无数玩家一样死在这个游戏里？

谢汐轻出一口气，开口问道："为什么？"他的声音很轻，很平静，在阴冷潮湿的地牢里有股莫名的空灵感。宋戚倒吸一口气，很怕外头的青年被突如其来的声音刺激得发疯。

那青年明显愣了一下。

谢汐往前走了一步："为什么要杀我们？"

这一问却让神经紧绷的青年崩溃了，他的眼睛睁得极大，面庞瘦得能看到下颌骨的形状，他的手剧烈抖着，声音癫狂："为什么……你们竟然问为什么……哈、哈哈……你们这些罪大恶极……"

趁他分神，谢汐快速出手，一道绿芒闪过，青年僵直不动，枪也应声坠地。

谢汐松了口气。

宋戚眨巴眨巴眼睛，惊了：“定身符？商城里卖一万银币一套的定身符！”

“只能持续一分钟，”谢汐问宋戚，“你会用枪吗？”他的视线落在门锁上。

宋戚知道他的意思，也不敢耽误时间，说道：“没问题，你靠后，这些土枪容易走火。”

谢汐站到角落里，宋戚拿起枪，“砰”的一声，射穿了那本就破烂的锁头。

牢门开了，谢汐先一步出来，对宋戚说：“来帮忙，把他关起来。”他们不能放着他不管，万一他出去叫人，会很麻烦。

宋戚比他力气大一些，两人连拖带拽，才把青年给关进了另一间牢房里。宋戚眼看着定身符的效果要过去了，一咬牙：“对不住了！”他忽然发力，用手肘砸向青年的颈部，将他打晕了。

谢汐看了他一眼。

宋戚道：“我、我点了格斗技能。”只有一点点，聊胜于无。

谢汐的技能一栏还是空的，估计是通关的游戏太少，还没被激活。

两人不敢耽误时间，赶紧出了地牢。终于呼吸到外面的空气，宋戚神清气爽：“我以为自己要被关在这里一辈子！”

玩家们进入准世界后，时间流速就会遵循准世界的规则。要是被困一辈子，那可能真是一辈子了。这种事很常见，有很多玩家因为完不成任务，会被困在准世界，直到老死。

谢汐没空感慨，他打量着环境，眉心皱得很紧。

“人都去哪了？”他自言自语。

宋戚也回过神来了，警惕地跟在他身边。两人都是搜集者，夜视能力不错，在一片漆黑中也能看个大概。

这儿明显是居民区，却一片死寂。漂亮的二层小楼没有灯光，显得阴森幽冷，疯长的草木覆盖了娇嫩的花朵，已经很久没人打理了。

宋戚小声道：“这游戏描述有问题啊，说好的童话小镇呢？怎么这么萧条？”他有些㞞，没敢说跟鬼屋似的。

谢汐低声道：“跟着我。”

宋戚找到了安全感：“好！”其实他觉得谢汐可能比自己小，那张脸嫩得跟花儿似的，可挡不住汐哥气场两米八，贼可靠！

他俩轻手轻脚地走了十多分钟，看到了一个灯火通明的广场。

两人同时止步，宋戚眼力比谢汐强一些，他看清后震惊地道：“火堆上绑着一个人！”

谢汐只看到了很多人，他们应该是小镇的居民。这些居民大多面黄肌瘦，举着火把的手像一根根枯黄的树枝。这些人密密麻麻地聚在一起，有种难以形容的惊悚感。

谢汐眯起眼睛后也勉强看清了：“他们要烧死他？”

宋戚心一滞："活活烧死？"火焰已经烧了起来，那人的惨叫声让人头皮发麻。

谢汐紧拧着眉头。

这时人群中传来了惊人的呼喊声，谢汐和宋戚离得远，看得模模糊糊，却听得明明白白。因为他们喊得太大声、太整齐了，仿佛练习过无数次一样。

"烧死他！烧死他！"

"把他献给龙神！"

"只有他才能平息龙神的怒火！"

起起伏伏的高喊声犹如扑面而来的潮水，带着让人窒息的压迫感。

宋戚小声道："他们……"

谢汐道："走吧，去后山看看。"

他们的任务是搜集龙心，后山是肯定要去的，也许那里有一条龙，也许是那条龙给这个原本童话一样的小镇带来了暴戾与灾难。

谢汐的心底又忍不住飘出另一个声音——会这么简单吗？

宋戚道："走，我们去杀了恶龙！"这个小镇太诡异了，他想快点儿完成任务。

两人刚要走，身后却传来了甜蜜的笑声。

"白夏哥哥，"女孩只有十五六岁的样子，瘦到脱形，却异常美艳。她露在外面的肌肤上有青紫色的鞭痕，触目惊心。

宋戚被她吓了一跳。

谢汐还记得自己这身体的名字，就叫白夏。

女孩瘦得仿佛一阵风就能吹倒，她走过来，轻声细语地道："白夏哥哥，我等了你好久，你终于回来了……云儿好想你。"

－5－

宋戚闻到了八卦的味道，看看谢汐看看女孩，眨巴眨巴眼睛。

女孩楚楚可怜，怯生生地上前，期待又甜蜜地试图挽上谢汐的胳膊："白夏哥哥，还好你回来了……"

谢汐后退一步，与她拉开距离："我不是白夏。"

一句话把女孩定格在原地，甜蜜从瘦弱的面庞褪去，随之而来的是惶恐不安："白夏哥哥，不要和云儿开玩笑，云儿很怕。"

这样一个漂亮的少女，如此惹人怜爱，恐怕一般男人都会心动不已。

谢汐不愿欺骗她，直觉告诉他事情没那么简单，这个女孩受到的伤害远不只皮肉伤。

"抱歉。"谢汐认真说道，"我不是白夏，不是你认识的人。"

女孩眼睛很大，黑色的瞳孔几乎占满了眼睛，黑得让人心惊："怎么会不是呢？你就是白夏哥哥啊……之前……不是……但现在……白夏……就是白夏哥哥啊……”

她的情绪似乎太激动了，说的话断断续续，让人听不明白。

谢汐眉心蹙着，他低声问：“之前……”

不等他说完，女孩便打断了他。她从口袋里掏出一张被保存得极好的照片：“看，你看……白夏哥哥……这是你送给我的，这是我们在一起的照片啊，怎么会不是你呢？怎么可能不是……”

她的手也很瘦，苍白的手指皮包骨。她拿着照片，仿佛照片都比她的手还要重三分。

谢汐看向那张照片。

这是两人的合照，照片上的男子样貌模糊，只看轮廓和谢汐也截然不同，他比谢汐高一些，也更魁梧一些，将身边的少女衬得尤其娇小。照片里的女孩笑得很开心，嘴角的小梨涡满载着阳光的温度，她是苗条纤瘦的，却不是现在这般死气沉沉的枯瘦。

让谢汐更在意的是他们身后的小镇。

这张照片是他俩站在一处高山上拍的，山下是小镇的全貌，鳞次栉比的红瓦小楼，井然有序的青砖小道，随着缥缈向上的炊烟，有着童话般的安详与静谧。

这才是真正的童话小镇。

宋戚也看到了，他怔了下，话到嘴边却忍住了没说。

女孩小心哀求着：“白夏哥哥，你看……这是我们的照片，我一直好好留着，我一直在等你。”

谢汐看向她，仍旧狠心地说道：“对不起，我不是白夏，这张照片我毫无印象。”

女孩面色苍白，瘦削的身体颤抖着，像寒冬枯木上即将坠落的最后一片枯叶：“为什么？你不要云儿了吗？你……真的不要云儿了吗？”随着她哀戚的声音，大滴眼泪滚落。

她太瘦了，这样哭着，仿佛要将身体里最后的水分全部挤出来。

谢汐看了宋戚一眼，宋戚心领神会，两人一起离开了痛苦的少女。

他们走远后，宋戚忍不住说道：“她太可怜了……”

“没办法。”谢汐道，“我不是白夏，给不了她想要的，骗她的话，只会给她带来双重伤害。”

宋戚叹口气道：“的确如此。”只不过一般人都经不住那样一名少女苦苦哀求。连他都有些忍不住想哄她，劝她别哭。

谢汐问宋戚：“你来这个游……世界时，有看到小镇的全貌吗？”

宋戚也看到刚才的照片了，明白谢汐为什么这么问，他说道：“全貌是看不到的，不过我偷……呃……做任务时溜进了一户人家，他们家的情况让我印象深刻。”

谢汐问：“怎么？”

宋戚道：“很穷，房子是漂亮的双层小楼，还有一个小院子，家里的装饰也很不错，但是……几乎没有吃的东西。”

谢汐蹙着眉深思。

宋戚继续说道：“我不了解地形，把厨房当闺房摸进去了，看到的就是米缸里的几粒米和瞧着都难以下咽的野菜……”

宋戚没过过苦日子，所以对那个厨房印象极深。真的是太惨了，这一家人穷得似乎连树皮都想吃了。

谢汐呢喃低语：“这个小镇到底怎么了？”

宋戚道：“是不是恶龙的缘故？为了供养它，小镇的居民只得把吃的东西都给它……”

谢汐想，如果是恶龙，村民们可能不会这样坐以待毙。

人这个物种，从来都是天不怕地不怕的，尤其是在极端恶劣的条件下，为了生存更是什么都干得出来。

恶龙又怎样？一个连枪都有的文明世界，当真会处理不掉一条龙？只怕饿极了能扒了龙皮炖着吃。

再说了，他的任务是搜集龙心，如果恶龙是倾尽全镇的力量都无法对抗的存在，那他一个初级搜集者能做到吗？他们这些低级玩家的力量很弱，和普通人相差无几，十个人都能完成的任务，小镇居民会搞不定？

当然……也可以说这是游戏设定需要玩家来解决的问题。真的只是这样吗？谢汐可从不觉得自己是“玩”家！

眼下这些全是猜测，距离真相还有一段距离。

谢汐说：“先去后山看看。”

宋戚应道：“好。”

两人抹黑走路倒也便捷，一方面是看得见，另一方面还能避开人，一举两得。他们走到天蒙蒙亮，终于来到了后山。

他们举目一望……

宋戚哀怨地道：“这么大的地方，去哪儿找山洞？”

这可不是拖下地图就能看到全景的电脑游戏，他们站的地方可是真正的世界！

宋戚走了一晚上，本来就累了，再看这被树木覆盖的偌大的后山，真是要愁哭了。

后山的山洞……鬼知道这后山有多少个山洞！

相比较宋戚的唉声叹气，谢汐则冷静地掏出了一个放大镜。

宋戚惊呆了。

谢汐拿起放大镜，开始认真搜索……

宋戚蹦起来了："搜寻镜！三万银币一个的搜寻镜！"

谢汐应道："嗯，搜寻等级很低，还有使用次数，勉强能用吧。"

什么叫勉强能用？把它用到这个D级世界，简直是暴殄天物好吗！

宋戚想起之前的定身符，再看看现在的搜寻镜，忍不住小声道："汐哥，哦不！汐皇……您哪里来的这么多钱？不会像我一样，是某个人给的吧？"

某种意义上，还真有点儿沾边呢……

谢汐道："都是上个游戏奖励的。"他用了定身符就没想再瞒着宋戚。宋戚还没回中庭，所以不知道向左还是向右的通关信息，也就不知道他是通关者。

所有准世界里，由设计者设计的高级准世界一共就那些。X又是个大名人，他设计的准世界都是榜上有名的，只可惜被激活的只有几个A级游戏，S级乃至S+级别说通关了，都没有激活！

越是没人通关，人们越是好奇，于是越炒越热，越传越邪乎。乃至谢汐通关的消息一出，才会震惊了半个中庭大厅。

"天啊！"宋戚一脸震惊，"你不是才通关一个世界吗？到底是什么品级啊，竟然能得到价值四万银币的奖励！"

其实是十万银币……

谢汐没瞒他："S级。"

宋戚目瞪口呆。

谢汐道："运气比较好。"其实是运气差，什么见鬼的游戏，他现在都还在清除心理阴影。

宋戚傻眼了：这是运气比较好吗？这运气逆天了好吗！

"欧皇"您好，"欧皇"您能不能过点儿"欧气"给小的啊！宋戚可怜巴巴地道："我只完成了三次E级任务，这次是唯一的D级，还搞到个偷女性衣物的垃圾任务……"

完成任务和通关还不一样。

进入准世界后，会得到一个主线任务，只有完成主线任务才可以离开这个准世界，否则只能一直留在准世界，直到完成。主线任务无法放弃，接了就只能做到底。

而通关的条件要更苛刻一些，首先接到的主线任务必须是核心任务，其次要完成支线的核心任务。支线任务没有强制性，完成了会根据品级发放额外奖励，完不成默认放弃，不会被困在准世界。

核心支线任务花钱能刷到，但主线任务却无法变更。只有接到核心任务，才有通关的可能。通关后得到的奖励也是顶尖的，像S级准世界，更是有让人垂涎三尺的特殊奖励。

而且通关后这个准世界将关闭，其他玩家再也不会接到相关任务。

E级准世界，只要运气好，通关不难。谢汐说自己通关一个世界时，宋戚并未太惊讶，但此时听说他通关的是一个S级准世界就不淡定了。

妈呀……这不仅是汐皇，还是汐神！

这起步实在太高，宋戚连比的心都没了。

谢汐道："别说出去，我不想太惹眼。"

宋戚正色道："放心，我一定守口如瓶！"虽然两人认识没多久，他也感觉到了，谢汐为人谨慎且认真，能把这事告诉他，是真把他当朋友了。

"欧皇"把他当朋友了！宋戚觉得自己可能要"非酋"翻身把歌唱了！

因为有搜寻镜，他们很快找到了去山洞入口的路。两人徒步上山，累得气喘吁吁，宋戚给了谢汐一瓶体力药水，两人暂时补充了体力。

这种体力药水也不便宜，但效果却很一般。类似于一口吃了一顿饭，除了省时间，意义不大。

谢汐看着不大的山洞入口，里面黑漆漆的，搞不清到底有什么危险。

谢汐道："我走在前头，你在后面小心些。"

宋戚应道："嗯！"

两人正要走进山洞，却忽地被一道红光给拦在了外头。

宋戚一愣："有屏障？"

谢汐抬手碰了碰，那道红芒又升了起来，像道门一样挡在那里。

宋戚用玩游戏的脑回路说道："是不是咱们错过了什么线索，必须完成先决条件才能进去？"

谢汐道："有可能。"

"我们回小镇找线索？"

"嗯。"

他们再回到小镇时已经是正午了。明明烈阳高挂，小镇上的气氛还是透着诡异和凄冷。

谢汐和宋戚尽量避开人，琢磨着该去哪儿找关于后山和恶龙的信息。

就在这时，忽然出现了男人的低喝声："抓住他！"

谢汐和宋戚皆是一惊，宋戚拉住谢汐的手道："被发现了！"

"别动！"谢汐用力拽住他，将他拉进了拐角处。

脚步声匆匆而来，一群瘦骨嶙峋的人跑起来像疯了一样，满目狰狞与怨恨。

一道黑影从谢汐和宋戚眼前冲过——是被追着的人。

宋戚松了口气，紧接着又屏住呼吸了。

"砰"的一声枪响，那被追逐的人后背中枪，应声倒地。

但紧接着，违反常规的一幕出现了。本该胸口破个洞，死透了的人竟又爬了起来，继续向前跑。

宋戚睁大眼睛："是玩家！"

谢汐却死死地盯着后头的居民，他发现这些眼睁睁看着“死而复生”的居民毫无惊讶之色。他们毫不犹豫地射出第二枪，将刚站起来的人彻底击毙。

谢汐瞳孔猛缩。

这些居民是在猎杀玩家!

-6-

来这个世界的都是初级玩家，能有一件制服防身已经是极限，哪还会有第二条命。

这一枪下去，人死透了。

谢汐和宋戚什么都来不及做。

村民一拥而上，毫不在意满地的鲜血，七手八脚地将尸体抬起来，口中高呼着：“献给龙神，献给龙神！”

他们走了，谢汐和宋戚紧绷的神经才略有舒缓。

宋戚额头全是冷汗：“这不是D级世界吗？怎么这么凶险！”

谢汐眼眸垂着：“昨晚被烧死的也是玩家吧？”

他们当时离得远，看到时那人已经成了火人，只能听到他痛苦的惨叫声。

宋戚头皮发麻：“因为穿了制服所以才烧了那么久吗？”这太残酷了，致命伤免疫不代表致命伤免痛，他承受着火烧的痛苦，好不容易要死了又多了一条命，再体会一次……

谢汐道：“这些村民很了解玩家。”

宋戚哪还想得到这些，他尿得要死：“汐哥，我们还是赶紧完成任务快点儿离开吧！”

谢汐看向他：“要解散小队吗？”

宋戚没反应过来。

谢汐冷静地道：“我的任务毫无头绪，肯定要耽搁时间，你的任务还是能完成的，我还有定身符和搜寻镜，可以给你用。”

定身符是可叠加道具，十个算一套，只占一格。而搜寻镜则是有使用次数的，还剩四次。

宋戚被他这话给镇住了。

有搜寻镜和定身符的话，他这个任务很轻松就能完成。

他没必要去偷人身上穿的衣物，完全可以用搜寻镜定位，尽量找没人的屋子潜进去，如果被人发现了，还有定身符可以拖延时间，足够他离开这个世界了。至于支线任务，本来也不是非完成不可。

虽然他这个任务品级很低，但难度却不高。谢汐的任务品级高，同理难度也高。如果这个世界很危险，还真不好说是谁的运气更好。

宋戚问他："你怎么办？"

谢汐道："我自己能行。"向左还是向右那样的世界都挺过来了，这个问题不大。

宋戚一咬牙道："不行，我不能丢下你不管！"

谢汐一怔。

宋戚道："我虽然没什么本事，但多个人多双眼睛，总能帮你看住后背。"

谢汐提醒他："这个小镇很危险，村民十分了解玩家，而且在有组织地猎杀玩家。"

"那我更不能走了！"宋戚道，"要不是你，我还被关在地牢里，谁知道他们下一个会不会拿我献祭！"

谢汐习惯了独来独往，真的不介意自己做任务："你没必要……"

宋戚打断他："富贵险中求，我想完成支线任务！"这样说的话，谢汐就没有劝他离开的理由了。

谢汐看向他，交底道："我要通关这个世界。"

他平静的声音像重锤一样砸在了宋戚的心上。

宋戚明白了谢汐的意思。通关可不仅仅是完成任务，通关是将这个世界封锁，让玩家无法再进入。

无论村民是因为什么而猎杀玩家。只要通关这个世界，就不会有玩家进入，就能制止杀戮！

陡然间，一股难以形容的热血涌上心房，宋戚感觉到了前所未有的心潮澎湃："我帮你，帮你通关这个世界！"

谢汐的主线任务极有可能是核心任务，只要再把支线任务完成，那通关的可能性高达百分之八十。

这值得一试！宋戚相信，谢汐一定可以通关！

"走吧，我们去找之前的……"谢汐话没说完，忽然停住了。

一个男人以极快的速度来到他们身后，宋戚强化过身体，陡然一惊，正要防备。

谢汐快速开口："金哥！"

来人正是仲金，他看到谢汐后轻出一口气："可算找到你了。"

谢汐也松了一口气："还好你没事。"

仲金笑道："有制服在，死不了的！"

谢汐也跟着笑了笑。

这时宋戚回头，他看到仲金后愣了下："刘哥？"

谢汐一直盯着仲金，敏锐地捕捉到他眼中一闪而过的诧异。那抹诧异很快很轻，即便谢汐看到了都忍不住怀疑自己出现了错觉。

“你是？”仲金面带疑惑地反问。

宋戚道：“是我啊，小宋，刚到这个世界时我吃过你的烤肉串呢！”

“烤肉？”仲金大笑道，“我常年吃营养液，哪里会烤肉。”

宋戚眨了眨眼睛。

谢汐道：“你认错人了吧，金哥是和我一起进入游戏的。”

宋戚道：“那肯定是我认错了，咱们不是同一批进入游戏的。”

仲金诧异地道：“你是之前的玩家？”

宋戚点头道：“对，我是三四天前进来的。”

仲金皱眉道：“才三四天……你们这批的玩家死亡率就高达百分之八十了？”

宋戚紧张兮兮地道：“也许只剩下我一个人。”

仲金的眉心皱得更紧了：“说起来，这个世界的确有问题。”他转头看向谢汐，问道，“你的任务是什么？”

谢汐苦笑道：“搜集孙大娘的狼牙棒。”

仲金一愣，也笑了：“这……”

宋戚反应很快，皱着眉道：“我更惨，我的任务是搜集少女的衣物……”

仲金扑哧一声笑出来：“你们这任务……”

谢汐道：“是啊，怎么会有这么奇葩的任务。”

仲金笑了半晌，说道：“搜集者的任务就是这样，比较稀奇古怪，不过这样的任务也好，比较容易完成。”

宋戚撇着嘴道：“才不容易，我第一次行窃就被关进地牢了。”

仲金道：“没事，我帮你们，很容易就能完成任务，这样你们就可以离开这个世界了。”

宋戚问：“金哥你的任务是什么？”

仲金正色道：“我是探索者，接到的任务是探索后山的洞穴。”

宋戚“哇”了一声，“金哥的任务肯定品级很高。”

“也不好说。”仲金道，“品级高难度大，我怕是不容易离开。”

谢汐道：“只是探索洞穴的话应该不难吧？”

仲金摇头道：“探索不是进去看看就行，得一路走到底的，我怀疑那里藏着一条恶龙。”

宋戚接话道：“是他们口中的龙神吗？”

“有可能。”仲金对他们说，“你们一定要小心，这个小镇很不正常，居民都疯了，只要看到外人就会杀死当祭品献给恶龙。”

宋戚心有余悸：“我们刚看到一个人被击毙了。”

仲金面色凝重地道：“别耽误时间了，我先带你们去完成任务。”

谢汐道：“金哥的任务更难，还是别浪费时间帮我们了。”

仲金摇头道：“你们都没什么经验，我不放心。”

宋戚偷瞄了谢汐一眼。

谢汐道："这太不好意思了。"

仲金道："客气什么？都是被选中的人，互帮互助是应该的。"

谢汐笑了笑。

"走吧！"仲金道，"我先带你去孙大娘家找狼牙棒。"

他们一起走了出来，仲金对他们说："别太紧张，越紧张越容易暴露自己，自然一些。"

谢汐问道："被村民认出来的玩家是因为太紧张了吗？"

仲金道："大多是这样。"

宋戚皱着小脸道："完了，你们这么一说，我更紧张了！"

仲金笑道："要不你在这儿等着，我先帮谢汐找到狼牙棒，再帮你……"

宋戚摇头道："不不，我不要自己待着，太可怕了。"

仲金眸子微闪，道："走吧，也许孙大娘家就有你的任务道具。"

宋戚插诨打科是一把好手："孙大娘肯定不是少女，当然也许她有个女儿什么的……"

还真让宋戚的乌鸦嘴给说中了。

仲金比他们坦然得多，还敢向村民问路，也许真是态度问题，村民对仲金态度良好，给他指了路。他们没怎么费事就来到了孙大娘家。

谢汐的任务当然不是找什么狼牙棒。他说这个任务也不是毫无依据，之前宋戚和他吐槽过自己刷过的一百多个支线任务，其中有一个就是搜集孙大娘的狼牙棒。

所以真来到孙大娘家他也不慌，因为这个任务是存在的，不怕露馅。

谁知他们刚到，一个皮肤松弛、骨瘦如柴的妇人就拿着菜刀冲了出来："白夏！你这个登徒子还敢踏进我家门！"

宋戚吓了一跳，谢汐却快速看向仲金，仲金竟面色微白，向后退了一步。

明明孙大娘骂的是白夏，谢汐才是白夏，仲金却如此慌张……

谢汐恍然大悟，难怪他觉得照片中的白夏眼熟。

孙大娘大叫着："你这个白眼狼，狼心狗肺的东西，玷污了云儿的清白就一走了之，我和你同归于尽！"

她扑了过来，谢汐故意向仲金的身后躲了一下，孙大娘便向仲金冲了过来。

仲金脸色大变。

孙大娘怒气冲天："把我的云儿还给我，你这个人渣，把我的云儿还给我！"

一个纤细的声音响起："娘！别伤害白夏哥哥！"瘦削如薄纸的少女扑了过来，死死地抱住了妇人的胳膊。

孙大娘面上松弛的肉剧烈颤抖着："你这傻孩子，你这个傻孩子啊！"

孙云儿哭着道："白夏哥哥是来接我的，他要带我走了，他答应我会带我们去他的世界，娘，我们都可以去神的……”

谢汐听到这话，眼神冷了下来。

仲金拉着谢汐和宋戚道：“先离开！”

谢汐和宋戚紧跟其后，三人一起出了小镇，停在一个僻静的地方。

仲金轻喘着气。

谢汐抬头看着他：“白夏是谁？”

其实早在他们刚进入世界时，那些村民就喊了白夏的名字，当时仲金受了致命伤，估计没精力听清他们说的话，毕竟制服免疫致命伤却不免痛。

仲金听见谢汐问起，面色微变。

谢汐逼问他：“白夏是你吗？”

仲金转头看着他，眸中的阳光爽朗逐渐褪去。

谢汐继续道：“你果然是第二次进入这个世界。”

“你早就起疑了。”仲金卸下了伪装的面孔，露出了冷酷残忍的真面目。

– 7 –

谢汐从来没有信任过仲金。

在中庭世界时，仲金表现得过于热情。谢汐虽然年纪小，却看多了人情冷暖，对陌生人本就多了警惕。

仲金和他素昧平生，他只是个什么都不懂的新人。S 级世界通关者的信息又是隐藏的，仲金不可能知道，那仲金接近他有什么目的？

现在可以确定仲金是故意引他到这个 D 级世界的。

谢汐想过这个 D 级世界可能有问题，但他当时没有别的选择，鬼知道 X 的下一个世界是不是更坑。这个集结任务只是 D 级，他买了一堆新人买不起的道具，提防着仲金，肯定比那个见鬼的失落的亚特兰蒂斯安全。

为了刷掉 X 设计的游戏，谢汐很拼。

某种程度上，江斜在谢汐心中的印象好像还不如仲金……毕竟信任值只有 -170。

哦，已经是 -175，毕竟他又一次“想起”了江斜。

仲金面色阴沉下来，手中不知何时多了一把闪着蓝芒的短刃。

宋戚惊道：“你干什么！”他开口只是为了给谢汐争取时间。

谢汐哪会不懂？他时刻警惕着，见仲金起了歹意立马丢出定身符，仲金措手不及，被定住了。

宋戚心惊肉跳：“吓死我了！”

谢汐一声不吭，上前夺下仲金的武器。这把短刃一看就绝非凡品，在现代人眼里，热武器似乎要比冷兵器厉害。可在无法用常规科学来判断的中庭世界，这样的短刃说不定反而更胜一筹。

宋戚解下缠在腰上的麻绳，给仲金来了个五花大绑。这是他从地牢里顺出来的，毕竟是搜集者，当然是走到哪儿都要搜刮个干净。宋戚嘴上说着不想当搜集者，其实很有搜集癖。

因为怕仲金提前醒来，谢汐连拍了两个定身符以保证时间充裕。

宋戚的动作比想象中还要麻利，他搞定后仲金还被定着。

谢汐看了仲金一眼，对宋戚说：“我们走。”

宋戚诧异地道：“不逼问一下？”

谢汐不愿耽误时间：“没什么好问的。我们经验少，问得多了估计会被他绕进去。”

他已经大步离开，宋戚只得追上去，他眨眨眼，有些摸不着头脑。他们走远后，谢汐问了他一句：“你杀过人吗？”

宋戚一个激灵，立马摇头：“没有！”还杀人呢，杀只鸡他都快被吓死了！

谢汐道：“仲金可不是我们。”

宋戚隐约明白了一些，头皮一紧，说道：“还是你谨慎……”

谢汐道：“抓紧时间，我们得去找孙云儿。”

逼问仲金毫无意义，他不可能给他们任何关于游戏的线索。况且他们对仲金的情况了解得实在太少。刚才谢汐不过是趁他不备将他定住，如果拖到定身符时效过了，指不定会发生什么。

至于杀了仲金，谢汐不会去尝试。不是他下不去手，而是担心致命伤免疫。

新人五十银币就能买到一件致命伤免疫的制服，仲金这种老手会没有准备？真没准备他会一进游戏就送“一条命”？如果真的只有两条命，他肯定不会这么随便。更何况刚才仲金拿刀的动作行云流水，他们两个贸然出手很有可能被反杀，所以最聪明的办法就是赶紧跑！

宋戚一边跑，一边问：“到底是怎么回事？他是跟你一起进入游戏的？”

谢汐道：“准确地说是他引我进来的。”

“对了！”宋戚想起来了，“这么说来，我也是被刘升拉进来的！”

谢汐和宋戚一对，事情的真相浮出了水面。

仲金之前叫刘升，也是在中庭世界和宋戚套近乎，约他一起进了这个 D 级的集结任务。宋戚当时刚分手，气得肝疼，来了个阳光灿烂的帅哥和他聊天，他就满心欢喜地和人家一起来做任务了。

进入游戏后，他们还在森林里待了一天，随后就是宋戚之前说过的剧情了。

宋戚哆嗦了一下：“只有死亡率高达百分之八十才会重置任务……上一批玩家只有我和那个骗子活下来了？”

谢汐道：“而且他完成了主线任务，成功离开了这个世界。”所以仲金才能再度进入这个游戏。

宋戚不懂："他为什么又回到这个世界？重复刷 D 级任务有什么意义？"中庭规则里写得明明白白，重复刷同世界的任务，奖励会呈几何式衰退。像这种本就奖励很少的低等世界，来个两三次就毫无奖励可言了。

宋戚心思一动："难道是为了通关？"通关需要完成核心任务和支线任务，有的玩家为了拿到通关后的特殊奖励会不断地进入同一个世界，以便刷到核心任务，达成通关的条件。宋戚转念一想又觉得不可能："只不过是个 D 级世界，通关奖励还比不上 C 级世界的一般奖励，至于在这儿浪费时间？"

谢汐没出声。

宋戚又道："而且他为什么要引咱们进入这个世界？其他人呢？会不会也是他引进来的？"

谢汐道："恐怕他进来不止两次了。"

如果那张照片里的人是仲金，那他肯定不只是三天前来过这个世界。

孙云儿即便是这三天一口饭没吃，也不至于从丰润的少女饿成现在的枯瘦模样。

宋戚头皮发麻："他到底想干什么！"好诡异啊！小镇的居民猎杀玩家，还有仲金这么个意图不明的人存在，这个世界到底发生了什么？

"不管他想做什么，"谢汐道，"只要我们通关了这个世界，他就别想再进来。"

宋戚再听到这句话，体会到了不一样的意义："汐哥……"

"走吧，先去见见孙云儿。"

他们回到了孙大娘的住处，在院子外就看到了孤零零站在门口的少女。她沉浸在幻想中，期待着梦中的人回来接她。

谢汐一出现，她的眼睛陡然明亮起来，声音也越发甜软："白夏哥哥，我就知道你不会丢下云儿的。"

"我不是白夏。"谢汐盯着她，"你真的分辨不出来吗？"

孙云儿仿佛被定格一般，面上露出了惊慌失措的神态："您是啊……不，您不是白夏，您只是借用了他的身体，我知道的，我都知道……我不会认错的，您一来，白夏就变得不一样了……"

果然如此。

孙云儿之所以会分不清谢汐和仲金，是因为他们都顶替了白夏的身体，成了白夏。

在这个世界的人眼中，两个白夏毫无区别，但玩家们不局限于这个世界，所以分得明明白白。

谢汐对孙云儿说："我不是你认识的那个人，我是其他人。"

孙云儿茫然地睁大眼睛。

谢汐的声音放轻了许多："你分得清的，对吗？"

一大滴泪水从孙云儿瘦削的面庞滑落，少女濒临崩溃的边缘："为什么……为什么……你爱我的不是吗？你说会娶我的，你说会带我离开这个坏掉的地方……"

谢汐眉峰一紧，坏掉的地方？

他还没开口，一个男孩的声音响起："云儿姐！"

孙云儿一颤，身体爆发出了惊人的速度和力量，她拉住了突然出现的男孩："小……小风，不要告诉镇长，不要……"

男孩气得发抖："你又和外人纠缠在一起了，你疯了！"

孙云儿的精神状态很不稳定，握住男孩的手像纠缠的树根一样可怖。

谢汐安抚她："你这样会弄伤他。"

他一出声，男孩抬头看过来。

两人对视，皆是一愣。

男孩是没想到会见到这么好看的人，谢汐是惊讶于他金色的瞳孔。

男孩咬牙切齿地道："都是你这样的小白脸欺负了云儿姐！龙神一定会惩罚你们的！"

－8－

谢汐看向男孩："我不是欺负她的人。"

"你就是！你们这些外人都是大坏蛋！"男孩很生气，稚嫩的小脸上是毫不遮掩的怒火。

谢汐半蹲下来，让自己和男孩平视，仿佛眼前七八岁的孩子是和他一样的成年人。

这举动让小男孩愣了下，他习惯了仰头看人，冷不丁地与人平视竟有些不自在。

但随着谢汐温暖的笑容，小男孩紧绷的神经不自觉地放松了些。

谢汐轻声道："我昨天刚到这里，什么都没有做，更没有伤害过任何人。"

男孩怔了怔，咬着下唇道："你们是一样的，都是一样的，刚开始对我们好，可很快就会做坏事，村子……"他委屈极了，可仍倔强地不肯流一滴眼泪，"村子就是因为你们才会变成这样！"

谢汐微怔："他们到底做了什么？"

"做了什么？"这句话像一个开关，让男孩找到了宣泄的途径，他用稚嫩的言语控诉着外来人的恶行。

"玩弄我们的感情！霸占我们的房屋！抢走我们的食物，甚至还把我们困在小镇上，永远都不能离开！"

谢汐猜到了之前的玩家肯定给这个小镇造成了巨大的伤害，但也没想到会是这样……把居民困在小镇上，永远都不能离开？

谢汐追问道：“你们走不出这个小镇吗？”

男孩气疯了：“能出去的话，我们会在这里等死吗？”

小镇上居民的整体状况都很糟糕。不只是身体上，精神上更是绷成一根弦，随时有断掉的可能。

谢汐又问：“这种情况是从什么时候开始的？”

“一年前……”男孩气得浑身哆嗦，“就从你们这些外来人从天而降开始！起初你们摆出一副伪善的面孔，还帮我们做农活，帮我们盖房子，可很快……很快……”

男孩看了一眼孙云儿，眼泪直在眼眶里打转：“很快你们就露出了人面兽心的真面孔！你们抢了我们的家，驱使我们没日没夜地工作，还欺凌……欺凌……”

他断断续续地说着，那些残酷肮脏的事在天真的童音映衬下显得越发不堪。

谢汐紧皱着眉头：“所以你们开始猎杀外来人？”

男孩的金眸闪烁着无畏的光芒：“你们难道不该死吗！”

谢汐盯着他道：“这解决不了问题。”

男孩发狠道：“只要把你们杀光，你们就不会再来打扰我们的生活！”

谢汐道：“我可以让他们无法再来到这里，但……”

他的话没说完，一道破空声袭来……

男孩睁大眼睛，目中全是惊恐与绝望……谢汐起身，一把将男孩拥入怀中，那笔直而来的箭直直地刺进了谢汐的后背。

宋戚惊叫出声：“汐哥！”

剧痛瞬间霸占了整个大脑，谢汐咬紧了牙关。

男孩呆住了，错愕地仰头看着他。

谢汐忍着剧痛，低声道：“快走，有危险。”

男孩面色苍白，薄唇颤抖：“为、为什么？”

谢汐又低声说了句：“去后山……”

男孩的眼睛睁得更大了。

谢汐用力地推了他一把，低喝道：“快走！”

男孩看看那逐渐现出身形的外来人，紧攥着拳头，拉着孙云儿掉头就跑。

仲金的声音慢慢响起：“一个下等人而已，值得浪费一条命吗？”

谢汐的制服发挥了作用，剧痛过后，后背的伤已经恢复如初，他的额间全是薄汗，面色比往常还要白上三分。

“下等人？”谢汐声音沙哑。

仲金一改之前的阳光爽朗，虽然还顶着金灿灿的发色，嘴角的笑容却残酷狂妄：“你们这些新人总是认不清自己的身份。”

他倏地上前，手掌按在谢汐中箭的地方：“如果你是个下等人，现在你已经死了。”

伤口早就好了，可这样一按，残存在神经里的疼痛再度涌上来，疼得尖锐。

谢汐鼻尖都渗出了薄汗：“所以你们就肆意地欺凌他们。”

仲金弯唇笑着：“你误会了，我……”

他的话没说完，谢汐用力给了他一脚，同时给宋戚使了个眼色。

宋戚心领神会，向相反的方向跑去。

两人一起跑只会一起被抓，分开跑好歹能跑掉一个，回头也有救援的机会。

仲金嗤笑一声，毫不犹豫地选择追击谢汐。

宋戚那小喽啰不值一提，若是没有谢汐，他一根手指都能捏死宋戚。

谢汐狂奔，用尽了浑身的力气。他知道自己跑不掉，后面的仲金根本是在玩猫捉老鼠的游戏，追着他玩。

但谢汐还是得尽量跑，好歹给宋戚多争取一些时间！

仲金果然比他们想象中要强大得多，把他绑成那样，他都能这么快赶来，肯定是定身符效果一退，他就轻松挣脱了绳索。

幸好他们没有尝试着杀仲金，定身符的效用太短，再被他的致命伤免疫洗掉，下一秒死的就是他们自己！

仲金故意把谢汐逼到了一个小巷子里，跑进去时谢汐便知道自己退无可退。

谢汐的体力不好，甚至可以说是有些差劲，毕竟常年待在屋子里，缺少锻炼。

中庭商城里倒是有强化身体的道具，可惜他等级太低，有钱都买不起。

谢汐拼尽全力跑了这么久，已经累得气喘吁吁，额间的头发都被汗水打湿，贴在了面颊上。

相比较来看，仲金连呼吸都没乱，脚步轻缓，他势在必得。

谢汐脑袋转得很快，想着自己手中的底牌。

他还有一条命、七张定身符、搜寻镜以及从仲金那里抢来的短刃。搜寻镜用处不大，七张定身符全中的话也只能控制仲金七分钟，那个短刃……

谁知道仲金有几条命！

对了，他还有召唤术，可以召唤 X 的分身。

鬼知道 X 是敌是友，能设计出那样变态游戏的人怎么能用常理去揣度！

谢汐死死地盯着仲金。

“你这个表情可真诱人。”仲金的视线像探照灯般扫视着谢汐的五官，半晌才讥笑道，“可惜是个男人。”

谢汐一阵硌硬。

仲金收起笑容，问他：“你的定身符是从哪儿弄的？”

谢汐有意拖延时间：“商城里买的。”

“你只通关了一次世界，哪儿来的这么多银币？”

谢汐不出声。

仲金眸色闪烁着：“我的运气不会这么好吧，一眼就挑中了 S 级世界的通关者？”

他果然起疑了。谢汐并不意外，定身符的价格太贵，只完成低等级主线任务的人绝对买不起。

不过眼下这种时候，暴露与否也无所谓了。

仲金盯着他：“如果你是 S 级世界的通关者的话，我就不杀你。”

谢汐抬眸看着他：“条件呢？”

仲金道：“加入我的组织。”

谢汐问得很直白：“你不怕我假意加入，回头就反水？”

仲金始终和他保持着一定的距离。

他没回答谢汐的话，反而突兀地换了个话题：“你是在心疼这个小镇吗？”

谢汐面无表情。

仲金道：“的确，这个小镇以前就像照片上一样，是个非常美丽的地方。我比谁都了解它，毕竟是我一手描绘的。”

谢汐一怔。

仲金道：“我只是参与了小镇的图纸创作，算不上它的设计者。”

谢汐听懂了：“这个准世界是你们组织设计的？”

仲金道：“对，是我们斩双门倾尽全力设计出来的，被 Zone 认可的准世界。”

Zone？谢汐是第一次听到这个名字。

仲金知道他不懂，耐心地解释道：“Zone 是中庭的意志，只有得到它的认可，准世界才会开放。”

谢汐追问他：“既然小镇是你们设计的，你们又为什么要破坏它？”

“破坏？”仲金嗤笑道，“你误会了，我没有破坏它，我一直在保护它。”

谢汐眼睛微眯。

仲金继续道：“准世界开放后，Zone 会发布各种各样的任务，玩家们将进入其中完成某些任务。我们组织的能力不行，设计的这个小镇等级很低，迎来的大多是些什么都不懂的新人。新人起初还在认真做任务，后来发现小镇的居民淳朴善良却无知，便起了戏弄的心思……”

仲金顿了下，阴冷的眸子里升起了一丝怜悯：“我可怜的孩子们就这样被他们糟蹋了，难道我不该给他们一点儿惩罚吗？”

谢汐：“所以你们就猎杀玩家。”

仲金反问：“受到迫害，难道不该反抗？”

谢汐道：“不是所有玩家都有罪。”

仲金嗤笑道：“那个孩子也说了，刚进来时都是好的。”

谢汐没出声。

仲金又道：“我知道你心中对我有很多疑虑，我做的事也的确过于偏激，但我本意是为了这个小镇……”

谢汐抬头：“那孙云儿是怎么回事？”

仲金轻声道：“她是我死去的爱人。”仲金顿了顿，“这是我的错，我承认。我私自将她设计成了死去恋人的模样……我很爱她，可我也知道孙云儿不是她，所以注定给不了她未来。”他笑得惨然，“我知道你怪我招惹她，可人心是肉做的，看到那样的她，我……唉……”

谢汐眉心蹙了蹙。

仲金又道：“我拉你和宋威进这个游戏，其实是看中了你们的品行。我知道你们不会胡作非为，所以更希望你们进来，而不是其他人。”

所有的疑点似乎都被仲金给解释清楚了。

仲金看着谢汐逐渐放缓的神态，说道：“加入我们吧，我们斩双门的规模虽然比不上云阁，但一定会好好待你，给你最好的资源。”

谢汐动摇了：“你当真是在守护这个小镇？”

“当然。”仲金道，“不然我一次次进入这个准世界图什么？你可能不知道，重复完成低级任务不仅没有奖励，还会被倒扣。”

“这样的话……”谢汐微皱着眉走近他。

仲金含笑看着他：“放心，我们……”

他的话没说完，谢汐终于逮到机会，一个定身符丢过去，稳稳地定住了他。

他说的全是鬼话！

谢汐又不是三岁小孩！

真的为这个小镇好，就该赶紧通关世界，让玩家们不能进入，还小镇居民一个平静安稳的生活。

不停进入算什么？不停杀玩家算什么？这样激化矛盾，不是在逼疯小镇的居民吗！

谢汐连拍三张定身符，然后拔腿就跑。

只可惜他没办法捅死仲金！

仲金直直地站了三分钟，定身符解除后，他弯唇一笑：“真聪明，难怪能通关S级准世界。”

– 9 –

谢汐拼了命地跑，半条命都快跑没了。

好在仲金没有追上来。谢汐心里打鼓，定身符效用太短，仲金的体力明显比他强太多，他又对这个小镇这么熟悉，想找到自己太容易了。

他必须抓紧时间，在仲金找到他之前通关这个世界！

谢汐喝了一瓶体力药水，忍着嘴里的腥涩去和宋戚会合。

分头跑的时候他冲宋戚做了个口型，搜集者的视力好，宋戚肯定看得懂。

他说的是——地牢，他俩之前被关押的地方。

谢汐直接来到了地牢，他用搜寻镜看了下，很快确定了宋戚的位置。幸好仲金没有携带搜寻镜这种道具，要不然他和宋戚真是无处可藏！

宋戚一看到他，热泪盈眶："汐哥！"他快被吓死了，以为见不到谢汐了。

谢汐大口喘气，说道："走，去后山！"

宋戚紧张兮兮的："仲金会不会在那儿等我们？"

谢汐道："不会，他不知道我们的任务是什么。"

幸好谢汐之前撒了个谎，告诉仲金自己的任务是搜集孙大娘的狼牙棒。按照正常逻辑，他俩肯定想快速逃离这个世界，而离开的唯一办法就是完成任务，仲金应该会去孙大娘家里堵他们。

宋戚想起来了："对，后山的任务品级很高，刷到的概率很低，他应该想不到咱们会去后山！"

两人一边说着话，一边动身出发。

谢汐的额间全是汗，宋戚赶紧把自己的体力药水全拿出来给他。

谢汐摇头道："来的时候喝过一瓶了。"药水有时效，一小时内频繁使用，效果会大幅度衰减。这种低级药水，更是直接没有效果。

宋戚没办法了："等离开这个世界，赶紧强化体力。"

谢汐擦了擦额间的汗："这才是我第二个任务。"他至少得完成三个世界才能开启天赋系统。

宋戚安慰他："没事的，下次随便刷个F级世界，很容易就完成了。"

谢汐对此不抱希望，只希望出了这个游戏，下个游戏别是X设计的"坑爹"游戏就行！

谢汐有些累，话都不想说，但有些事又不得不说。

"你听说过召唤术吗？"他没人可问，只能问问宋戚，死马当活马医。

宋戚一愣，说道："知道啊！这是我的目标，我以后想修召唤术的！"

谢汐真没想到宋戚懂，问道："召唤术召唤出来的东西会伤害主人吗？"

"当然不会！"宋戚道，"只要能召唤出来的，都是签订了契约的，它会完全服从召唤者的命令。"

谢汐问："不管被召唤出的东西有多强？"

宋戚："怎么个强法？还能召唤圣兽不成？"

不是圣兽，但也差不多，禽兽也是兽的一种。谢汐斟酌了一下，问道："你听说过能召唤人的召唤术吗？"

"老天！"宋戚目瞪口呆，"据说天梯上的几个大佬也在召唤池里，你不会能召唤他们吧？"谢汐问得这么详细，他猜到谢汐八成会召唤术，毕竟通关了S级准世界，会有特殊奖励并不意外。

天梯又是个什么玩意儿？谢汐没空问这些，先挑重点："难道还能把他们本人召唤来？"

宋戚道："那肯定不会，大佬们很忙的，要是一召唤就出来，多没面子！"

谢汐问："只是分身吗？"

宋戚想了一下："应该是继承了他们力量的人偶什么的。"

谢汐松了口气，人偶的话就好办了。

宋戚问他："你真能召唤大佬的人偶？"

"嗯，不过时间很短。"谢汐没必要瞒着他，"但应该够用了。"毕竟是能设计出S级世界的变态，应该很能打吧！

宋戚兴奋了："是哪个大佬？是哪个？"

谢汐道："X。"

宋戚蒙了："X……X？"

谢汐点头。

"啊！"宋戚尖叫，"我有生之年竟然能见到X神吗？"

谢汐："只是个人偶。"

宋戚咽了咽口水："我听说他帅破苍穹，是唯一站在颜神面前却不会被比下去的男人！"

谢汐不懂的太多："颜神？"

宋戚服了："我们中庭第一美人啊！"

谢汐："呃……"

"好吧，你也很好看……不过太嫩了，还没长开。"宋戚的八卦之魂熊熊燃烧，"你啥时候召唤X神，让我过过眼瘾？"

谢汐默默地离他远了点儿。

宋戚感觉到了他浓浓的嫌弃："你这个'钢铁直男'！"

谢汐倒不觉得自己有多直，只是他理解不了大家口中所谓的好看。有什么好看的？不都是一双眼一个鼻子一张嘴？能有什么不一样的。

他们终于到了后山，谢汐有搜寻镜，没怎么费事就找到了金眸男孩。

男孩看到谢汐毫发无伤后愣了愣。

谢汐道："我没事。"

"你当然不会有事！"男孩神态复杂地道，"你们这些外来人都有两条命！"

谢汐刚想开口，却忽地看到右下角的文字提示：恭喜您，完成支线任务追踪龙卷风。

谢汐怔住了："你叫龙卷风？"

金眸男孩满眼警惕："你怎么知道的？"

宋戚也愣住了，下一瞬他一脸惊喜："天啊，龙卷风是个人！"

谢汐也没想到……

谢汐只是觉得这个男孩很特别，一来是他的眼睛，二来是他没有其他村民那么瘦。所以他觉得男孩是个突破口，万万没想到竟然是重要的支线任务。

说起来，谢汐想起之前孙云儿的确喊过男孩，叫他——小风。

可谁能想到会有人起这么奇葩的名字！

男孩眉心紧蹙："你们到底要做什么？"

谢汐时刻警惕着仲金，实在耽误不起时间，他半蹲下来，和男孩平视："小风，我知道你们厌恶外来人，也知道是他们毁了你们平静的生活，我可以关闭他们来这里的门，让他们再也不能进来。"

男孩金眸闪烁着，谨慎且警惕："你和他们不一样。"即便外来人能死而复生，但从没有外人会为了村民而承受那样的致命伤。

谢汐看着他："我需要你的帮助。"

男孩咬着下唇："你如果骗我的话，龙神会惩罚你的！"

听到这句话，谢汐一阵心疼，如果不是真的走投无路，这孩子不至于握住如此脆弱的稻草不放。

谢汐向他承诺："我不会骗你。"

男孩问他："你需要我做什么？"

谢汐问他："你知道龙心是什么吗？"

男孩瞳孔猛缩，神态变换，下唇都被咬红了。

谢汐看着他："我需要搜集龙心。"

谢汐以为男孩会拒绝，但男孩却平静下来，露出了一副与他的年龄不太相符的神情，说："跟我来。"

谢汐微怔，宋戚也是满脸惊讶，支线任务难道是主线任务的前置？是不是过于轻松了？不过话说回来，这只是个D级世界，本来就不该太难。

男孩走在前头，带他们进了那个他们无法进入的山洞。

站在外面时觉得这山洞深不可测，一旦走进来才发现它比想象中还要大得多。

"喀……"

谢汐和宋戚同时捂住了口鼻，被里面的气味给熏得无法呼吸。腐烂、腥臭，无法言说的味道让人恨不得把隔夜饭都吐出来。

男孩一脸平静，看着浮着残尸断臂的血池说："龙心就在下面。"

谢汐和宋戚皆是一愣。

男孩轻声道："把魔鬼奉献给龙神，龙神的心就会照亮小镇。"

这满池子的尸体就是死在这里的玩家。

宋戚已经忍不住了，弯腰在一边吐了个稀里哗啦。

谢汐也好不到哪儿里去，他紧皱着眉问："龙心……在这个下面？"

"嗯。"见到这么多死人，男孩面不改色，一双金眸像探照灯一样看向谢汐，

“你需要的话，就下去拿吧。”

这怎么拿？谁能跳进这样的残尸血池里找东西？

宋戚面色惨白，看向谢汐道：“这、这怎么……”

谢汐紧皱着眉，问他：“你确定召唤术不会把本人召唤过来，对吗？”

宋戚一愣：这是？

谢汐轻出一口气，用了自己仅有的一个技能——召唤X的分身。

昏暗的山洞中光芒一闪，身量修长的男子凭空出现。

他穿了一袭黑衣，很简单的款式，唯独卷起的袖口和微敞的领口带出了几分恣意慵懒。光芒渐褪，那让人惊叹的英俊五官在洞穴中显得越发深邃，一双异色瞳孔更是让本就可怖的洞穴越发诡异。

宋戚都看呆了。

啊，X实在是太帅了！

X大佬快跑！有人要坑你！

– 10 –

这是谢汐第一次见到X。

他觉得X有些眼熟。仔细想想，似乎和上一个世界中的艾克斯有些像，不过发色不一样、五官也不太一样，就是……那种花里胡哨的感觉很像。

其实X穿得很简单，一身黑衣笔直干练，半点儿没有中世纪的风格。可就是莫名给人一种花哨的印象，尤其是那双异色瞳孔和浸在骨子里的懒洋洋的姿态。

谢汐心里想着：波斯猫吗？

果然花里胡哨！

他心里嫌弃，脸上却堆着笑：“X神，你好。”

江斜怔了下。

这不怪他，这也是他第一次见到谢汐。

虽然追着小塞因看了很多天，他的魂意也被这个小家伙给迷得七荤八素，现实中却是第一次见面。

谢汐长得很好看。无可挑剔的五官，干净细嫩的肌肤，笔挺的身板像立在高山上的一杆小旗。

——X神，你好^_^。

江斜看到了现场版的问候，这小家伙脸上堆起的笑与那表情符号如出一辙。

标准的假笑，偏偏又可爱得要命。

他这“当机”的模样，让谢汐松了口气：“果然是人偶。”

江斜回过神来。

宋戚眼睛都看直了："活着的 X 神啊，好帅啊，我死而无憾了！"

谢汐还是很警惕的，仍在观察 X。他见宋戚这样犯傻，X 都无动于衷，越发肯定了心中的想法，是人偶没错了。想也知道，哪能随随便便就把大活人召唤过来？估计是中庭意志比对着真人做出来的替代品，只是个长着玩家脸的 NPC。

得出不是真人的结论后，谢汐就懒得装了。

得罪不起真的大变态，还会怕一个签订契约的人偶不成？

谢汐想想在上个世界受的气，越发不待见这花里胡哨的波斯猫 X 了。

宋戚还在围着 X 转："身材好棒，是传说中的黄金比例没错了！"

谢汐冷笑。

"这眼睛好带劲啊……啊，别看我……要昏过去了……"宋戚戏多得很。

谢汐给出中肯的评价："丑。"

宋戚吐槽："你这审美负数的钢铁直男。"两人待得时间久了，宋戚也越发了解谢汐，别看谢汐长着一双漂亮眼睛，可惜却是瞎的，分不清美丑。

谢汐瞄了一眼 X，发现他还是一脸呆滞，彻底放下心来：妥了，百分百人偶没跑了。

江斜这么一根在油锅里翻来覆去的老油条，哪里会看不懂。按常理，召唤术当然只能召唤分身，却也没规定本尊不可以来。江斜等了这么久，自然不会只放个人偶过来。

可惜他本尊来了，却被当成了人偶。

不过这也挺有趣。

他看着谢汐这变脸如翻书的小模样，面上冷酷，心里却想笑。

宋戚越看越舍不得，对谢汐说："你不会真想让 X 神下去吧？咱能别这么暴殄天物嘛！这可是 X 神啊，即便是个人偶，也是顶级货色！"

谢汐斜了他一眼："不然你去？"

宋戚连忙给嘴巴拉上拉链。

要不是美色当前，他早滚出去了，这山洞里的味道已经快把人给熏死了，还下去捞东西？不如去死。

江老邪浑然不知自己即将面对什么，还饶有兴致地演着戏。只见他对谢汐弯腰行了个礼，低声道："主人。"

宋戚倒吸一口气，惊叫："天、天哪……耳朵怀孕了！"

谢汐也怔住了……

江斜的声音和管家兰迪很像，行礼的姿态也像，连微垂的眼帘、侧脸的弧度都一模一样！

呵呵。

谢汐心想：果然是死变态。

他可没忘了管家兰迪是怎么摘下他脑袋的。

“帮我取个东西。”谢汐不打算浪费时间，怎么也得在三分钟内取到龙心。

江斜弯唇道：“请吩咐。”

谢汐道：“在这血池下，有一个叫龙心的东西，把它拿上来。”

江斜一愣。

宋戚都快哭了：“汐哥啊，你怎么下得去手，那里泡的全是腐烂的尸体啊，这要是一跃而下，我 X 神的一世英名……”心塞，要死了。

谢汐铁石心肠，不为所动。

江斜看向旁边浸泡着腐烂尸体的血池。他千算万算，没算到是让他来干这个。

在准世界里是看不到信任值的，江斜怀疑自己真从血池里上来，-175 后面会多个 0。

谢汐看向他，黑眸里带着审视。

江斜瞬间领悟，如果让谢汐知道这不是人偶而是本尊，-175 后面恐怕会多两个 0。

“好的，主人。”江斜低眉顺眼地接受了。

宋戚被这四个字给弄得骨头都麻了。

谢汐却眉峰一挑，不自觉地露出了戒备的神态。不怨他，管家兰迪和加尔都是这样——顺从的皮囊下装着变态的心！

谢汐死的次数多了，也就学会透过表象看本质了。

亏了江斜看不到信任值，要不看到那飘着红的 -1，-1……

好吧，看到了他也不会罢工。总不能让小家伙下去捞，这残尸断臂的，哪能让他去碰。

江斜当然不会真下去找龙心。

虽然分身无法携带道具，却继承了他的技能。他完全不需要下去就能把东西给取出来。

谢汐只见 X 抬了下手，他掌心里的一团漆黑即便在幽暗的山洞里也十分显眼，这有些诡异，好像因为那团黑雾太黑了，反而衬得周围不那么黑了。

宋戚也屏住呼吸，眼睛一眨不眨地看着，这景象可不常见，过了这村可就没这个店了！

黑雾聚集到鹅蛋大小时，江斜手轻扬，黑雾在脱离他那修长的指尖后急速坠落。明明在江斜掌心时像根羽毛般轻盈，此刻却像个重量极大的实心铁球，猛地坠入尸海。

一刹那，整个山洞似乎都跟着震动了一下。

等谢汐再定睛看去时，哪还有什么残尸血海，偌大的一个池底有些皲裂，里面躺着一块白色的石头。

宋戚毫不客气地惊呼出声：“厉害！”真是白担心了！大佬就是大佬，哪里用得着去掏尸，抬抬手指就搞定了好吗！而且还把那些吓死人的尸体给净化了，太贴心了！

谢汐也怔了下，他想的是：果然厉害，暂时惹不起。

江斜又扬了下手，一道黑芒将白色的石头卷了起来，然后石头稳稳地悬浮在谢汐面前。

谢汐摊开手掌，一把握住龙心，对X说："多谢。"

江斜刚要开口，一阵拉扯感袭来，他凭空消失。

三分钟还真是转瞬即逝。

宋戚满脸遗憾，一副没看够的模样。

谢汐在他的脑门弹了一下，唤他回神。

宋戚摇头叹气："真带劲。"

谢汐看他："喜欢他？"

宋戚失笑，本想说爱美之心人皆有之，接着又想到谢汐就不爱美，幽幽地道："'颜狗'的世界你不懂。"

谢汐无话可说。

宋戚怕他误会，又解释道："喜欢算不上啦，X神离神太近了，只能用来仰望。"

谢汐不完全认可，但也承认X的确很强。

宋戚惦记着任务的事，兴冲冲地看向视线右下角，微愣道："任务没完成？"

他的支线任务是谢汐的主线任务，两人都是搜集龙心，按理说……该同时完成了。

谢汐摇头道："看来还没这么简单。"

宋戚微怔："龙心是假的？"

他们齐齐看向金眸男孩，谁知他身体一软，竟直接昏了过去。

谢汐眼疾手快，一把抱住了他。

男孩却已经失去了意识，像是陷入了极深的睡眠中，让人升起一丝不忍吵醒的念头。

谢汐将手指放在他的鼻下，感觉到了他平稳的呼吸声。生命体征很好，只是睡着了。

谢汐轻声唤他："小风？"

男孩毫无反应。

宋戚与谢汐面面相觑："这是怎么回事？"

因为X，这个山洞里的尸体全都消失了，连空气都变得清爽起来。

谢汐道："看来这龙心……"有问题，三个字还没说出来，他就顿住了。

宋戚顺着他的视线看过去，瞳孔猛地一缩。

来人一头金色短发，双眸却阴鸷冷酷。他脚步轻盈，一副尽在掌握的模样十分欠揍。

仲金！

他找到这了！

完了……X神刚走，这浑蛋就来了，他们该怎么办？谢汐还能使用召唤术吗？

谁知仲金竟笑了下，温声道："来吧，我带你们完成这个任务。"

不是那副阳光灿烂的假面孔，却说出了要帮他们的话，这是怎么回事？

江斜刚回到花园，颜哲就一脸好奇地问道："怎么样怎么样？被召唤过去做什么了？"

他这几天无心正事，整天想知道江老邪的魂契进度，这可比那些无聊的游戏有趣多了。

颜哲又道："小蔷薇对你的信任值那么高，一见面他肯定很开心吧！"

可开心了呢，小蔷薇开心得把他当挖掘机。江斜淡定地道："嗯，他有对我笑。"假笑也是笑，非常可爱。

颜哲被噎到了，半晌才咽下这口"陈年狗粮"，又问道："他召唤你去做什么？是不是斩双门的人在作妖？他没有危险吧？"

江斜真想像个盖世英雄一样去为小家伙惩奸除恶，可惜……

"他遇到了一个很棘手的问题。"江老邪半句假话都没说，"我帮他解决了。"

颜哲不疑有他，酸酸地道："这下信任值肯定更高了！"

老Zone啊你长点儿心吧，凭什么老邪的魂契之路如此顺遂，他不服！

江斜一回来就看到了信任值，还真是"涨"了："刚好180。"

颜哲沉默了一瞬，爆发了："这也太高了吧！等他出来，你俩是不是就携手走今生了！"

江斜十分清醒："不急，他还小，慢慢来。"

－11－

谢汐将龙心收进空出来的道具栏里，戒备地看着仲金。

仲金也不在意，反而主动把后背给了他们："跟我来。"

宋戚看向谢汐，谢汐顿了一下，轻声道："去看看。"说着他弯腰抱起了昏睡的小龙卷风。

仲金头都没回，却知道他做了什么："真是温柔。"

谢汐没出声。

仲金率先出了山洞，外头明亮的光芒洒落，给他的金发蒙上了一层光，可惜是徒有其表。

仲金毫无防备地走在前头，慢条斯理地道："这是斩双门设计得最成功的一个世界，耗时三年，费尽心血，终于得到了Zone的认可，成为一个合格的准世界。"

这些谢汐都知道了，仲金诓他时说得比现在动听多了。

“我参与绘制了小镇的蓝图，阿龙负责的是小镇居民，还有很多人负责了其他的框架与细节，我们数十人用了三年时间，最终只做出一个 F 级世界。”

仲金嘴角扬起一抹自嘲的笑容：“X 一个人设计出的却是 S 级乃至 S+ 级的世界。”

这样夸张的对比，切身经历过，远比旁听来得残酷。差距太大，会让人心生绝望。

谢汐微怔，他没听错……仲金说的是 F 级世界，可这个童话小镇明明是 D 级的。

不等谢汐开口询问，仲金便突兀地来了句：“设计者是没有心的，因为上帝不需要心。”

这话意有所指，仿佛是专门说给谢汐听的。

谢汐隐隐明白仲金为什么会态度三百六十度大转弯，不仅不杀他们还要帮他们完成任务了。

仲金继续道：“我们都不成熟，所以才成不了真正的设计者，尤其是阿龙，他负责了小镇居民的设定，却夹杂了太多的私心。”这一次仲金说出了真相，“阿龙将自己死去的孩子做成了小镇的居民，给了他新生。”

谢汐一愣，低头看向怀里的小龙卷风。

“没错，就是你怀里的那个孩子。”

宋戚不可思议地道：“既然他是你朋友的孩子，你为什么还要杀他！”在孙大娘家里，仲金射出的一箭正对着小龙卷风，最后还是谢汐眼疾手快，挡上去救了这个男孩。

“阿龙的孩子？”仲金道，“一个玩具而已。”

谢汐抱着男孩的手微微紧了紧。

仲金道：“所以啊，阿龙注定成不了设计者，他像你们一样心软。看着活生生的小风，阿龙对他倾注了无数感情，真把他当成了自己的孩子。”

谢汐薄唇紧抿，无法认同他的观点。怎样算是活生生的人？有血有肉有自我意识，难道还不算活着吗？

仲金继续道：“管不住自己的心，那就势必会坏事。准世界没得到认可时，我们可以随意进入，可一旦被 Zone 认可，即便是完整的设计者也无法随便进入。”只能通过接任务的形式进去。

谢汐眉心一皱，猜到了：“小风遇到了危险？”

“真聪明。”仲金回了下头，对谢汐笑了下，可惜他的笑容不达眼底，凉飕飕的，“也不能怪第一批玩家，是我们太无能，把小镇设计得很美却没有自保能力，把居民们设计得天真淳朴却根本分不清人面下的兽心。”

仲金说这些时仍旧是冷漠的，没有心疼也没有惋惜：“这种美好又脆弱的东西会激发人的恶念。美丽的姑娘只需要三言两语就能拐上床，小镇最漂亮的房子可以肆意霸占，傻乎乎的村民还把美食和财宝主动奉上……只把这里当游戏的玩家哪里能抑制住心底的破坏欲？姑娘被大家玩弄，房子成了天然的作恶场所，美丽的天堂沦为人间地狱。"

仲金的视线落到了谢汐怀中的孩子身上："这个孩子得到了阿龙太多的偏爱，被做得更用心……也懂得更多一些。他看出了玩家的暴行，试图制止，却被比他强大数倍的玩家残忍地虐待了。阿龙以做任务为由，实际上他只是来看望孩子，当他看到那一幕后失控了。"仲金的眸子轻闪了一下，继续道，"他杀了所有施暴的玩家。"

谢汐的心一滞，道出了真相："而你们发现世界等级提升了。"

仲金微讶，惊叹道："你真的很不一样。"诚然他留了不少线索，但正常人听到这里，估计只顾着心疼阿龙和小风，迁怒于施暴的玩家而无法做出如此理智的判断。

谢汐沉声道："最初这个世界是 F 级，因为阿龙失控杀了所有玩家，等下次再发布任务时，世界等级提升了。"

"没错。"仲金道，"从 F 级升到了 E 级。"

谢汐眯起眼睛："于是你们开始不停地猎杀玩家，防止玩家通关，再通过激化村民与玩家的矛盾，来强行提升世界等级。"

"对。"仲金笑得灿若朝阳，"这次只要杀了你们，这个童话小镇将会成长为 C 级。"

本来一头雾水的宋戚总算听明白了！他满眼错愕，怎么都没想到是这样的……

斩双门里数十人耗尽心血设计的 F 级世界，眼下只不过是屠杀了一批新人就让世界等级提升了。

他们起了贪心，如果继续保持下去，这个童话小镇会成长为什么样？

F，E，D，C，B，A，S……

这其中相差太大了！哪怕只是将童话小镇提升到 B 级，斩双门的人组队进入，完成通关任务，得到的奖励也是无法估量的！

他们若是野心更大一些，等童话小镇进化为 S 级……

放眼整个中庭，在这数不尽的准世界里，S 级是凤毛麟角，更不要说 S 级的团队任务！

原本是阿龙震怒下的报复，渐渐发展成了刻意为之。

仲金故意引新人进入游戏，新人没有经验，做任务的效率很低，死亡率极高。

他们的目的只有一个，那就是不断提升世界的等级。为此他们不择手段。

随着童话小镇的任务难度不断提升，这个小镇也变了模样，褪去了童话的外表，蒙上了阴暗和恐怖。

小镇的居民也被迫成长，他们变得人不人鬼不鬼，在资源不断被剥夺的凄惨状况下，学会了杀戮。

仲金看到了谢汐眼中的憎恶。他毫不在意，甚至扬唇笑道：“觉得恶心了？谁知道 X 是怎么弄出的 S 级世界。”

谢汐道：“绝不会是你们这样。”

仲金不置可否。

谢汐垂眸看向怀中的男孩，低声问：“你不怕我通关这个准世界吗？”

仲金他们能不断提升童话小镇的等级，倚仗的就是无人可以通关这个准世界。倘若有人通关，Zone 就不会再发布任务，玩家也就无法进入，自然无法再提升等级。

可惜在谢汐之前，仲金引进来的都是一无所知的新人，他们即便有幸刷到了主线的核心任务也很难再刷到支线的核心任务，即便全部刷到了，有仲金等人守株待兔，没等他们找到任务线索就被杀掉了。

如此循环，用鲜血和疯狂堆砌出了世界等级！

仲金道：“没办法啊，要是我不帮你，你召唤 X 把我杀了怎么办。”

谢汐：“你果然看到了。”仲金会一下子变得这样老实，只能是因为看到了 X 的分身。他知道自己杀不了谢汐和宋戚，所以想把他们送出去。

“我可不敢看，真要是看到我早就死了。”开玩笑呢，他哪里敢近身？

仲金继续道：“当然，我毕竟是参与设计的人，有特殊渠道可以感觉到。”他话锋一转，盯着谢汐问，“你真的能通关？”

谢汐道：“我一定会通关。”只有通关了，才能让这个小镇从无限循环中解脱出来！

“真是善良啊。”仲金笑道，“走吧，我带你去见阿龙。”

谢汐看到阿龙时，整个人都呆住了。

仲金却露出了前所未有的真挚笑容，他像见到老朋友一般，在盘踞了半个山头的龙头上摸了一把：“起床了，老龙。”

“阿龙……”宋戚目瞪口呆，“不是玩家吗？”

仲金道：“这傻子为了守护那个孩子，甘愿堕落，把自己放进来了。可笑的是这个世界等级太低，阿龙力量太大，被迫成了这样。”

谢汐心神猛震。

就在这时，一直昏迷的小龙卷风醒了。金色的眼睛带着茫然，但在他看到眼前的金龙后，热泪盈眶：“龙神大人！”

金龙有着同样的金眸，可却说不出一句话。

男孩快步走过去，小小的手捧着金龙的爪子，用细嫩的脑袋蹭着金龙：“我以为再也见不到您了，龙神大人……”他仰头看向金龙，“我知道您一直都在！”

金龙定定地看着他，什么都说不出来，甚至连表情都没有。

他是一条龙，也只是一条龙。

仲金看了一会儿，嘴角绷直了。

谢汐看向他："你提升世界等级，当真只是……"

"不然呢。"仲金笑道，"当然是为了通关奖励啊，可惜为你做嫁衣了。"

谢汐眉心蹙了蹙。

仲金道："赶紧把那块石头给这条龙。"

谢汐问："会对它有伤害吗？"

仲金道："能有什么伤害，它心甘情愿。"

谢汐将道具中的白色石头拿了出来，放到了金龙面前。

金龙的竖瞳一颤，畅然了。他粗壮的龙爪小心地在男孩头顶碰了一下，接着一道光芒乍起，无数金色脱离巨龙的身体，汇集成一道道溪流，冲向了白色的石头。

本来苍白的石头因凝聚了无数金色，像挂在天边的太阳。

与此同时，谢汐的视线右下角出现了一行字——恭喜您，完成了主线任务：搜集龙心。

谢汐在最后一刻将那团金色抛了出去。

搜集不代表占有。

无论这颗龙心代表什么，它只属于这里。

谢汐没能看到的是，那枚被他抛向天边的金色石头成了照亮整个小镇的太阳。

恭喜您，通关D级准世界童话小镇。

谢汐的视线落在了准世界这三个字上。他感觉这不是一场游戏，而是真实存在的世界。

可惜他已经离开了，无法知道那个小镇接下来会怎么样。

谢汐轻出一口气，把手放到水幕上，查看任务奖励。

只不过是个D级世界，给予的奖励很一般，只有一万银币和一个很小的白色石头。这块石头和从血池里捞出来的那块很像，不过要小很多。谢汐将它放到了背包里，看到了它的详细说明。

名称：蓄能石

用途：积攒能量

说明：太弱小的话，不如来一块充满能量的蓄能石。注意，必须是对方心甘情愿给予的力量，否则会被反噬。

谢汐愣了下，所谓搜集龙心，是指搜集阿龙的力量吗？那这块蓄能石是怎么放到血池里的？搜集了金龙的力量又会怎样？

总觉得还有很多谜团没有解开。

谢汐看了下通讯列表，宋戚的名字后还跟着“游戏中”的字样。

他完成了主线任务所以被传送回中庭，但宋戚还没搜集到少女衣物，所以回不来，仍留在童话小镇。

通关游戏只是让 Zone 不再发布童话小镇的任务，后续不会有玩家进入。而之前接受任务并进入准世界的玩家却需要完成后才能出来。

等宋戚出来，应该会知道更多后续的内容吧。

谢汐收敛心神，准备去重新搜索下一个准世界。

他点开准世界的按钮，第一行还是向左还是向右；第二行多了个童话小镇，后面跟着准世界等级，显示已通关；第三行是莹蓝色的搜索新世界。

很好……那个该死的亚特兰什么被刷掉了！

谢汐轻出一口气，点了一下搜索。

新的任务，请给他一个正常一些的！

小漏斗转完后，弹出了一个子页面。

准世界：失落的亚特兰蒂斯，难度未知，设计者 X，未挑战。

一模一样的字，连标点符号不差！

谢汐仰天长叹：“阴魂不散啊！”

第四章
失落的亚特兰蒂斯 上

－1－

谢汐简直想把“设计者 X”这四个字抠下来，太碍眼了！

怎么又是他的游戏？这样的“好”运气，哪儿凉快滚哪儿去好吗？

谢汐气得肝疼，马上关掉了子页面，不愿意多看一眼。

怎么办？他身为一个初级搜集者，最多只能在中庭待两天，早晚得去下一个准世界，而他千辛万苦搜索到的竟然还是这个失落的亚特兰蒂斯。

他非去不可吗？

谢汐沉住气，打算再等等。万一又有集结任务呢？他不信两次还刷不掉它！

他这边一心塞，江斜那儿就下红雨了：－1，－1，－1，－1……

嗬，看来小蔷薇那边是搜索到新任务了。

江斜很清楚，谢汐一定会刷到他设计的准世界，毕竟他们的契合度那么高。他默默地收回了想要给小蔷薇发信息的爪子。

他正在气头上，暂时别惹。

谢汐好半晌才消火，整理了一下自己的物品。

通关向左还是向右奖励了十万银币，买了一套定身符用掉一万，买了个搜寻镜用掉三万，制服和通用语总共只花了九十银币，不过强化制服用掉了一万银币。

他的等级太低，商城出售的东西有限，谢汐最想要的是致命伤免疫的道具，可惜整个商城里只有一件制服有这样的效果。好在制服可以强化，强化后能抵御两次致命伤，只是价钱有些贵，普通新人绝对舍不得。

通关童话小镇，他得到了一万银币和一块蓄能石的奖励。

至于从仲金那儿抢到的短刃，因为没放进道具栏，所以无法带出来。

加加减减，他现在还有五万九千九百一十个银币，仍是一笔巨款。

只可惜有钱有什么用？鬼知道下个准世界有多少深渊巨坑在等着他！

谢汐心塞，打定主意要等到最后一秒钟才去 X 设计的世界。一旦有其他选择，不管上刀山还是下火海，他都要走一遭！

谢汐用了大量时间在水幕前翻阅资料……

直到他的通信一栏闪了一下。

宋戚："汐哥！我出来啦！"

谢汐道："恭喜。"

宋戚道："你在哪儿？我把定身符和搜寻镜给你。"

谢汐问："没用上？"

"你不知道，你走了之后……"宋戚道，"见面聊！"

没多久两人便碰头了，宋戚手里还端着两杯饮料。

谢汐一怔："这是哪儿买的？"商城里可没有这个。

宋戚道："你还没去过集市吧？"

谢汐问："集市？"

"晚点带你去看看，我先和你说说童话小镇的事。"

谢汐点头道："嗯。"他也想知道后续情况。

宋戚喝了一大口饮料后说："原来那竟是块蓄能石，所谓搜集龙心，其实是搜集阿龙的力量……"

这些谢汐已经想到了。

宋戚继续道："你走之后，那枚承载着阿龙力量的蓄能石成了天边的太阳，洒下的光芒慢慢复原了备受折磨的小镇，村民们也纷纷清醒过来……"

"那条金龙呢？"

宋戚道："他舍弃了多余的力量，反正成为小镇真正的居民了。"

谢汐一愣，接着他抿唇笑了下，也好，阿龙算是得偿所愿了。

宋戚道："他让我向你道谢，谢谢你救了小风，也谢谢你通关了。"

后续就顺理成章了，宋戚好歹也参与了解救小镇，他的任务只是搜集一件少女的衣物而已，虽然啼笑皆非，却也很好搞定。

谢汐拧眉道："那块蓄能石是谁藏在血池下的？"

宋戚道："我也不清楚，但阿龙给了我一把钥匙，他希望我们能去他家里看看。"

谢汐问："他在中庭的家？"

"对！"宋戚看向他，"要去看看吗？"

谢汐点头道："走吧。"

中庭是个很抽象的存在。它似乎小到只有一个大厅，又大到无边无际，所有玩家都可以从商城里购买一个属于自己的住处，所谓的钥匙只是通行许可，那里是绝对安全的。

当然等级太低的玩家是无法一直待在中庭的，因此再安全也不可能一直窝在"家"里。

宋戚邀请谢汐入队，两人一起来到了阿龙的家。

这类似于玩游戏时的场景转换，刚才他们还在水幕前，下一刻两人就站在了一个略显杂乱的书房里。

谢汐看到了数不尽的图纸，画得都是各个方位的人物图。

宋戚道："全是小镇的居民……"

看来阿龙就是在这里设计他们的。

谢汐眼尖地看到了一本图册，翻开后，他看到了形态各异的金眸男孩。那是用蜡笔画的，却画得栩栩如生。

每隔几页下面会有一行金色的字迹。

第7页。

我把小风放到了小镇上，仲金说我疯了。

第10页。

我很清楚他不是人偶，他是我的孩子。

第18页。

阿金说，设计者没有心，因为上帝不需要心。

第19页。

可设计者并不是上帝。

第22页。

小风对我笑了，我很想他。

第32页。

我这辈子都成不了设计者，因为我无法不爱他们。

第39页。

只想把最好的给你，希望你在另一个世界过得快乐。

第42页。

究竟怎样才算真实的世界？

第43页。

那里有我渴望的一切，这里却只有空洞的现实。

第45页。

成功了。

第60页。

为什么要对我的孩子做这样的事？他们是独立的生命！

第68页。

小风，别怕，这次我一定会守护好你们。

最后一页上有了不同的字迹，用的是黑色钢笔，带着力透纸背的怒气：白痴。

画册到这里戛然而止，后面什么都没有了。不知为什么，谢汐觉得这最后两个字是仲金写的。

阿龙留下的这些只言片语很含糊，谢汐定定地看着，心中涌动着无数的疑惑。

准世界到底是什么？

中庭又是什么？

玩家呢？

为什么会有设计者，又为什么会有搜集者、探索者和记录者？

Zone 发布任务的意义是什么？

既然童话小镇的通关任务和阿龙息息相关，那这任务又是怎么出现的？是因为阿龙把自己放到了世界里，通关任务也随之改变了吗？

谢汐想不通。

中庭，斩双门。

“仲金你什么意思？”

“我有什么办法？他可是被云阁看上的人，我也只能配合他完成任务。”

“我们好不容易将这个准世界提升到 D 级，眼看就要升到 C 级了，你竟然帮他通关了！”

“我也没想到他运气这么好，接到的全是核心任务。”

有个沙哑的声音响起：“那块蓄能石是怎么回事？”

仲金掏掏耳朵道：“老龙一身力量，我想着不能浪费就带了块蓄能石进去，打算充满能量后带回来，谁知误打误撞，成了任务道具。”

“你简直胡闹！”

“就这样吧。”仲金轻叹一口气，“设计世界是要看天赋的，与其在这上面浪费时间，不如去琢磨点儿更有价值的。”

比如即将来临的“开放世界”。

从阿龙的住处离开，宋戚带谢汐去逛了集市。所谓集市，顾名思义就是玩家自发形成的一个小市集。玩家们完成任务后会得到一些奖励，自己用不到的话可以拿出来卖。

不过初级集市对谢汐来说意义不大，虽然卖的东西五花八门，真正有用的却不多。

两人逛着集市，宋戚问他：“你搜索新任务了吗？”

不提还好，一提谢汐的心就是堵着的。谢汐点头道：“搜了。”

宋戚看他这神态，还以为是嫌任务等级太低，安慰道：“没事啦，随便过一过，三个任务后就能开启新功能了。”

谢汐也想随便过一过，可他担心自己倾尽全力都过不去……

“你呢？”谢汐问他，“搜索了吗？”

宋戚撇撇嘴道：“搜了，E 级准世界，毫无惊喜可言。”

谢汐不动声色，内心却十分羡慕。

他不在乎世界等级，不在乎惊不惊喜，他只是不想看到 X 的名字。

然而，整整一天过去了，谢汐也没等来水幕发布集结任务。

谢汐犹豫再三，终于还是给 X 发了条信息：“X 神，你好。^_^”

江斜心一抖，有种要被红雨浸泡的感觉，他稳住手回道：“你好。”

“能请教您一个问题吗？”

“你说。”

“您一共设计了多少个准世界呀？”

江斜诚恳地道：“记不清了。”

－2－

谢汐面无表情地给他发信息：“X 神好厉害！ ^_^”

厉害还要扣分？江斜默默承受着满头红雨。

他当然知道信任值为什么直降，“记不清了”这四个字听起来太敷衍了，可事实就是如此，因为准世界保护法，他根本记不住。榜上挂着的那些是因为他设计时达成了某种新成就，Zone 给予了全屏公告，被有心人记下来了，还有很多没有公告的，所以他真的记不清了。

他不想骗谢汐，而说实话的后果就是 -1 满天飞。

江斜斟酌着说点儿什么才能止住红雨，谢汐就又发来一条送命题：“那您设计的世界是不是大多都被通关了？”

江斜久久没回复，谢汐以为他有事去忙了，就在谢汐也准备切出通信界面时，X 发来了信息：“目前为止，只被通关了一个。

“就是你通关的那个。”

江斜道：“我们很有缘。”

谁想和你有缘！

江斜看着瀑布般的 -1，不敢多说了。这要是让谢汐知道是他的魂意作祟，干扰了正常的搜索系统，谢汐会不会直接给他来个 -999？

这个可能性极高。

可怜谢汐还得为了生存继续试探：“S 级世界难度真高，X 神其他的准世界也都是这样吗？”

江斜知道他想要什么答案，可说谎被戳信任值会掉更多吧，他只能硬着头皮道：“新手试炼相对简单一些。”

-10！

江斜觉得一阵肉疼。

谢汐皮笑肉不笑：“所以说，您其他的游戏更难？”请把难字换成变态。

江斜说得委婉极了：“也不一定，毕竟你成长得很快。”翻译过来就是，游戏难度是有的，但你越来越有经验，熟练度高了没准就觉得简单了呢。

谢汐一点儿都不想要这种经验和熟练度！可惜他下个任务注定是 X 的世界，他只能忍下来，多套点儿话：“说来真巧，我下个任务又是 X 神的世界。”

江斜早就猜到了：“我们很有缘。”他在疯狂暗示。

缘你个大头鬼，对江斜信任值跌破 -200 的谢汐拒绝接受所谓的缘分！

“世界名字叫失落的亚特兰蒂斯，X 神还有印象吗？”

江斜一点儿印象都没有，他解释道：“我签订了准世界保护法，大多数设计过的世界都忘记了。”

谢汐怔了下：“准世界保护法？”

江斜道：“准世界等级高于 B 才需要签订。”

童话小镇等级太低，所以斩双门那些人根本没有签订保护法的资格。

谢汐沉默了一下，幽幽地道：“所以这个失落的亚特兰蒂斯至少是 B 级难度？”

江斜也沉默了一下，说了一句大实话：“我没设计过低于 A 级的准世界。”

眼看着信任值掉到了 -222，江斜赶紧补充：“不过你放心，这个难度有水分，没有你想象中那么难。”

谢汐冷静了一些，其实向左还是向右整体难度不高，尤其是没有读档次数限制，再加上致命伤免痛，基本上能百分之百通关。

那为什么会被评定为 S 级？这玩意儿也能掺水？

江斜继续道：“准世界评级的其中一个依据是通关的可能性，可能性越高等级越低，可能性越低等级越高。”

谢汐并没有被安慰，他道：“您设计的世界都很难通关？”

江斜哪敢说是门槛的问题，他把魂意放在了里面，别人根本搜索不到这个世界，还怎么去通关？而谢汐能搜索到，一来是魂意契合，二来是真的有缘。也可以说谢汐的运气好，毕竟老邪设计的世界的确品级高。

江斜半真半假地道：“我设计的准世界里有我的魂意，得到他们的认可，任务会好做很多；得不到他们认可的话，任务难度会大幅度提升。”

这个谢汐还真不懂，他好奇地问道：“魂意？”

到这时红雨可算停了，江斜看看那 -233 的信任值，硬着头皮来了一句：“见面聊？”

谢汐冷笑一下，见面的话他就假笑不出来了！他随后说道：“不用了吧，不好意思麻烦 X 神。”

红雨又开始飘了，江斜不敢再提见面的事，赶紧道：“这和设计有关，等以后你会更明白一些，现在的话，你可以把魂意理解为我的一缕意识。”

谢汐眨眨眼睛：“您的意识？”

江斜预感到这句话一出会掉信任值，但还是说了：“像艾克斯、兰迪和加尔……”

江斜瞄了一眼信任值，发现没有断崖式骤降竟松了一口气：“他们都是我的魂意。”

呵呵，谢汐更坚定了心中所想：果然是个大变态！

江斜努力给自己辩解：“他们只是我的一缕意识，并不是独立的个体，所以思想上难免会有些偏激，再加上受任务限制，他们可能会做一些过激的事。”

哦，艾克斯射穿他三次，兰迪砍了他两次脑袋，加尔捅死过他，还真是“有些”偏激呢。

谢汐隔着水幕都快藏不住自己的“杀意”了：“原来如此。”

江老邪挣扎求生：“其实他们都很欣赏你。”

可算了吧，这样的欣赏他要不起！

谢汐冷静下来，借机问了心中的疑惑：“您知道……准世界被通关后会怎么样吗？”

江斜知道他在好奇什么，反问道：“你是怎么理解准世界的？”

谢汐一愣，回道：“准……是准备的意思吗？”

“对，准备成为新的世界。”

谢汐一震，碰到水幕上的手都颤了一下：“所以说，通关后的世界就会成为新的世界？”

江斜给他解释道：“玩家的职业有三种，探索者、搜集者、记录者，这三个职业的任务就是对准世界进行测试，一旦通关，准世界便合格了。”

谢汐忍不住说道：“设计者设计世界，被 Zone 认可后发布任务，再由玩家通关，通关后就成了新世界？”

“详细情况没这么简单，但你暂时可以这样理解。”

谢汐又道：“这样的话……阿龙和小风是留在了一个真实的世界里。”他松了一口气。

江斜只是在童话小镇露了下脸，并不清楚具体情况，问道：“阿龙和小风？”

谢汐对童话小镇有很多疑惑，他想来想去，觉得 X 虽然变态一些，但懂的肯定很多，而且两人差距太大，没什么利益冲突，聊一聊也没什么。于是谢汐把童话小镇的遭遇全都告诉了江斜。最后谢汐还问他：“用猎杀玩家的方式真的能提升准世界等级吗？”

江斜道：“与这个无关。”

谢汐：“可是童话小镇的确从 F 级提升到了 D 级。”

江斜给他解释：“是因为金龙进入了准世界。”

谢汐一愣。

江斜说道：“金龙杀了第一批玩家，下定决心要守护这个小镇，才会让小镇的等级提升。”

谢汐疑惑地道：“难道只要玩家甘愿留在准世界，就能让准世界升级？”这不可能，有太多玩家因为完不成任务而永远留在了准世界，还是说……

江斜道：“金龙是设计者。”

谢汐更纳闷了：“他们是共同设计的……”

“这个是无法共同完成的，”江斜对他毫无隐瞒，“所谓的一个组织共同设计了准世界，其实只是团队中的某个人被激发了设计的才能，设计出了准世界，却被误认为是一个团队的功劳。”

谢汐怔了下。

江斜道：“即便被评级，但只要没达到 A 级的准世界都可以继续设计。金龙进入准世界，其实还在设计它，所以小镇的等级才会不断提升。”

谢汐似乎明白了一些又似乎更迷糊了。

江斜又道：“A 级以下的准世界是片段式的，比如你进入的这个童话小镇，它只是一个小镇，小镇外空无一物。”

谢汐瞳孔一缩，急道：“那这还算一个真实的世界吗？”

“当然。”江斜道，“你通关了它，这个片段合格了，它会与其他片段相融，汇集成一个无边无际的世界。”

谢汐顿了下，睁大眼睛道：“那 A 级以上的世界呢？”

江斜道：“是框架式的，会独立成长。”

这是头一次，谢汐真切地感觉到了 X 的厉害。

“你设计的都是独立的世界？”

“嗯。”

厉害！

虽然谢汐没说出来，但江斜却看到了赤色上的一抹绿，那可怜巴巴的 +5 给了江斜无以言表的慰藉。

他苦口婆心地说了这么多，总算涨了五分信任值，不知道多重复几遍，会不会再涨涨？江斜送自己四个字：痴心妄想。

其实谢汐还有很多疑惑，不过刚才的信息已经很多了，他需要一段时间慢慢消化。他现在只是初级搜集者，顶多算个 BUG（漏洞）测试员，满脑子想设计世界的事，未免太远。

谢汐心思一动，又问江斜：“X 神，你觉得设计者是上帝吗？”

“不是。”江斜道，“硬要比喻的话，设计者更像是上帝的手。”

谢汐心一紧：“Zone……”

“Zone 也不是。”江斜温柔地说道，“慢慢来，对于这个问题，每个人的答案都不一样。”

谢汐点了点头。他点完头才意识到对方看不到，又发了条信息给江斜：“谢谢。”

这次没发笑脸，但江斜看着 +1 的信任值，心情无比舒畅。

道阻且漫长，但小蔷薇总会走到他身边。

谢汐对设计者好奇，对 Zone 好奇，对这个不断形成新世界的中庭更加好奇……

他想要解惑，就得一步一步走上去。谢汐深吸一口气，点开了准世界。

失落的亚特兰蒂斯是吧！他就不信还能比向左还是向右更变态！

谢汐刚要接受任务，通信器那儿又闪了一下。

X："送你一个小礼物。"

谢汐还没反应过来，但因为是好友，邮寄道具是自动接受的，所以谢汐点开道具栏，就看到了一个红蓝相间的蛋。

谢汐不禁想起了某人的一双眼睛。

谢汐问他："谢谢 X 神，是什么东西呀？" 谢汐给 X 附送一个 ^_^ 的表情。

江斜看到这个笑脸就忍不住瞄向信任值，还好，没掉。

"是个小精灵，可以跟你去准世界。"

谢汐看到了道具描述。

名称：精灵蛋

用途：孵化出一个可爱的小精灵

详细：金色品级，赶紧卖掉，换钱比养这玩意儿划算多啦！

怎么看起来不像好东西，但是金色品级，好像又很厉害？

江斜又给他发来一条消息："小精灵有个被动技能，可以抵御三次致命伤。"

谢汐一听这么有用，赶紧道："多谢！"

江斜眼巴巴地看向信任值——+1。

很好，只要他再送二百多个传说级精灵蛋，谢汐对他的信任值就能变成正数了。

那么问题来了……放眼整个中庭还能找到第二个金色精灵蛋吗？

不存在的。

谢汐点击精灵蛋，红蓝相间的蛋蛋上出现了孵化倒计时。

谢汐发现它并不占用道具栏后，越发满意。

– 3 –

谢汐整理了一下背包，做足准备后，点击了"失落的亚特兰蒂斯"。

和之前一般无二，他眼前出现了游戏加载中的字样，紧接着出现了信息板。

欢迎来到准世界，请仔细阅读信息板。

游戏名：失落的亚特兰蒂斯。

游戏概要：伟大的文明始于陆地，终于海洋。陷落的乌托邦，人鱼的泡沫之影……能否得偿所愿？

主线任务：搜集六王子的心

支线任务：待刷新

读档次数：需自行寻找存档点

携带道具：初级搜集者可携带三种

待选择特权：易容术、致命伤免痛、奖励金翻十倍

谢汐看到致命伤免痛这个特权，嘴角就忍不住抽了抽，这暗示太明显了，果然前方有巨坑！他又要解锁新的死亡姿势吗？

奖励金翻十倍，谢汐不予理睬。其实这个特权极具诱惑力，十万银币再翻十倍真的会让人想铤而走险、冒死一试。

谢汐现在等级太低，有钱也花不出去，所以他视金钱如粪土，但不是所有人都有机会顶着初级头衔勇闯S级准世界！一旦等级提升，解锁了全部功能，这奖励金的用处就大了。毕竟从技能到天赋再到商城里五花八门的宝贝，哪一样都得用钱。

然而谢汐暂时还用不到那些，所以他盯紧了易容术和致命伤免痛。

后者是老朋友了，前者又是什么玩意儿？

易容术？这是在暗示他可能需要多重身份，还是说需要隐藏现在的这张脸？

谢汐有种不太好的预感。

他再看向致命伤免痛，这个还是很重要的，能读档的游戏有着较高的死亡率，不免痛的话，频繁死亡精神上会受不住。

嗯……选哪个呢？

谢汐又看向游戏介绍，和前两次没什么区别，都是含含糊糊的一段话。不过人鱼的泡沫这几个字让他有些在意，会忍不住想起海的女儿那个凄美的童话故事。

失落的亚特兰蒂斯，是海底世界吗？谢汐做好了自己可能是条人鱼的心理准备。

他再看主线任务：搜集六王子的心。

谢汐无言以对，搜集者这个职业真是乱七八糟，搜集的都是些什么鬼东西？为什么连别人的心都要搜集？也不知这位六王子又是何许人也。

谢汐总觉得主线任务并非字面意思那样简单，但愿是错觉吧。

支线任务显示的是待刷新，谢汐点击了一下，小漏斗转了转，紫光一闪，显示出一行字——搜集十万吨垃圾。

什么破任务！一个搜集垃圾的任务为什么会是紫色品级？

谢汐决定消耗三百银币，刷新支线任务。小漏斗再次转动后又是紫光一闪——搜集二十万吨垃圾。

谢汐眨了眨眼睛，他没眼花吧？这吨数还涨了？

破游戏！破任务！破设计者！

谢汐不甘心，又花了三百银币刷新支线任务，结果还是紫色任务，内容变成了——搜集三十万吨垃圾。

现在弃游还来得及吗？

要不要继续刷下去？万一涨到四十万吨呢？他这是花钱找罪受吗？

谢汐沉思了一会儿，决定再刷一次，就最后一次……

小漏斗转啊转啊，谢汐前所未有地嫌弃起自己的“好运气”了。

忽然，金光一闪……

谢汐眼睛一亮，这次任务品级更高了，可能会是个好任务，然而字幕显示——搜集一百万吨垃圾。

谢汐心里有多想骂人，江斜的信任值就降了多少！

谢汐不想再刷了，他怕刷出个一千万吨垃圾的任务把自己给活生生气死。

其实这只是支线任务，不完成也可以。但他得知了准世界的真相之后，总希望能够达到通关条件，这样它就会成为一个完整的世界，脱离束缚，自由发展。

罢了，就这样吧，毕竟是个金色任务，很可能就是核心任务。

谢汐带着看起来很坑的主线任务“搜集六王子的心”以及看起来更坑的“搜集一百万吨垃圾”的支线任务进入了准世界中。

欢迎来到失落的亚特兰蒂斯。

字迹消失的瞬间，谢汐睁开了眼睛。

这视角太奇怪了，看到的东西都怪怪的。他的第一感觉是，自己在趴着？等等，他的手呢？腿呢？怎么回事？谢汐想眨眼睛，发现连眨眼都做不到，他晃动了下身体，感觉到了一种无法言说的难受。

他的腿没了，取而代之的一条鱼尾巴。他变成人鱼了？可问题是人鱼也有手啊！

谢汐想低头，却根本做不到；想站起来，那更是痴心妄想，反而磨得肚皮生疼。

一个糟糕的念头在心底升起，他不会真的变成一条鱼了吧！

仿佛是为了印证他的想法，路对面透明的玻璃窗上倒映出了他的影子。

好大一条大白鲨，足足有五六米长，张着血盆大口在街道上扭来扭去……

谢汐满心都是骂人的话……他千算万算，没算到自己会变成一条鲨鱼，还是一条上了岸的大鲨鱼！

刹那间，周围仿佛被按下了某个开关，惊叫声响起，人们四处逃窜，还有不怕死的拿出手机开始拍照。

海在哪儿！他要渴死啦！

他刚才还没彻底融入这个身体里，这会儿他才感觉又渴又饿又疼，别提多难受了。

他摆了摆尾巴，竟在陆地上挪动起来。

谢汐心想赶紧动起来，不管怎么样也得先游到海里去！他这条大鲨鱼在陆地上算什么？回头被人开枪崩了，他找谁哭去！

谢汐奋力地晃动着尾巴，在橱窗里看到了自己的影子。

这画面要多惊悚有多惊悚。一条大白鲨张着血盆大口在岸上扭来扭去！

谢汐像无头苍蝇一样乱窜，忽然看到了一个翠色的闪光点，视线右下角出现了一个提示：发现存档点，是否存档？

这不是废话嘛！

谢汐赶紧“游”过去，撞上了存档点。

巧的是旁边有一个母亲领着个小女孩，小女孩被吓得放声大哭，母亲也吓得面色惨白，死死地护住了孩子……

谢汐也被吓了一跳，他尽量挪动笨重的身体离她们远一点儿。

这时候街道已经是一片混乱，谢汐越着急，这尾巴越不听话，天知道海在哪儿。他只能横冲直撞，凭着直觉向海边挪。

谢汐挪了大约五分钟，渴得快昏过去了。太阳那么大，街道那么热，他真要被晒成鱼干了，更要命的是他还饿……

他被饿得饥肠辘辘，两眼昏花，路边的行人在现在的他看来竟都变成了一个个香喷喷的烤鸡腿。

他要忍住！

谢汐虽然进入了大白鲨的身体，但好歹是人，怎么能吃人呢……

虽然那些人长得跟烤鸡腿一模一样，还在冒着烟，散发着香味……

谢汐摇摇头，逼迫自己向前挪去。

他要赶紧离开这个鬼地方，先回到海里再说！

谢汐也不知道自己挪了多久，等他看到那一片汪洋大海时，亲切得仿佛回到了温暖的家。

谢汐一跃而起，无视沙滩上尖叫连连的人，一头扎进了海里。

呼……被水包裹着的感觉真是太好了。

他刚松了口气，还没享受够，就感觉到一阵强烈的拉扯感，紧接着眼前一亮，一个女声劈头盖脸地砸了下来：“你是来搞笑的吧？就这水平也敢竞争王室护卫队？”

谢汐扭头看到了一个年轻女人，她有一头耀眼的金发，上半身只盖着两块贝壳，下半身是线条优美的鱼尾巴。

人鱼……

“你这小子……”女人愣了下，清了清嗓子道，“长得倒是不错，可这专业水平也太差了吧，十分钟的路程你用了快一个小时，中途一个人类没吃，半个加分项都没碰到，就这战斗力还是别来丢人现眼了！”

谢汐半晌都回不过神来，他不是大白鲨吗？怎么又……

他低头竟然看到了自己的手。

年轻女人道：“好了好了，别耽误时间，下一个！”

谢汐这才发现自己坐在一个舱内，他从舱里走出去，很快便被挤到了角落里。

一个男性人鱼游过来，对着之前的年轻女人说：“编号 862 报到！”

年轻女人说：“测验开始！”

男性人鱼躺在之前谢汐躺过的椭圆舱内。谢汐蒙了好一会儿后总算从旁边人的对话中推断出了大概。

“好紧张啊，王室护卫队三年招一次新，要是能通过考验，没准就可以去侍奉公主殿下了！”

“你可别想太多了，能进护卫队打打杂也是咸鱼翻身啦！”

“好难啊，至少得九十分才能过关吧？”

“再怎样也比刚才那位强吧，考了个零分，真不知道是谁给他的勇气来报名的！”

谢汐不知道该用什么语言来形容自己此时此刻的心情了！

他好不容易接受了自己变成一条大白鲨的现实，结果只是个类似全息游戏的测试！

听他们的对话，似乎只要通过考验就能进入王室护卫队。这明显是个重要线索，谢汐的任务是搜集六王子的心，肯定得想办法接近他才行，成为护卫绝对是不二之选。

看来他得读档了。

谢汐回到鲨鱼身体中的那一刻，忍不住骂了句脏话。

与此同时，中庭花园里，颜哲快笑抽过去了：“老邪你真无敌，亏了小蔷薇对你信任值那么高，这要是信任值太低，出来一准儿和你拼命！”这太刺激了，谢汐一进游戏就变成了鲨鱼，结果竟然是游戏里的游戏！

颜哲越看越好笑：“小蔷薇读档了！哎呀，我头一次觉得鲨鱼这么可爱！”

江斜手指一划，关了水幕。

颜哲道：“干什么？关键时刻呢！”

江斜在水幕上点了几下，把颜哲踢出了组队。

颜哲目瞪口呆：“哎，不让人看了啊？”退出组队他就没权限看“直播”了。

江斜理所当然地道：“他没穿衣服，你一直盯着他看什么。”

你让鲨鱼穿件衣服我看看！

－4－

没穿衣服的谢汐正在摇头摆尾。

有过一次经验，第二次他就没那么慌乱了，不至于因为自己变成一条鲨鱼而紧张兮兮，他还认真观察了一番。

这个测验很真实，全息模拟做得堪称完美，他丝毫没有这是游戏的感觉，整个人完全融入其中，好像真变成了一条鲨鱼……当然谢汐没当过鲨鱼，并不知道真成为鲨鱼是什么滋味。

他摇着尾巴往前蹭，奋力向海边游去。鲨鱼的干渴和饥饿感太真实了，让他呼吸急促、头晕眼花，同时体力也降低了。

随着他的饥渴，路上的行人再次变成了烤鸡腿……

他要撑住！这不过是游戏里的游戏！

谢汐尽量避开行人，以最快的速度跃进海里。他又感觉到一阵拉扯感，谢汐睁开眼时，又看到了那位年轻的人鱼小姐。

人鱼小姐毫不掩饰嘴角的讥讽：“四十分，就这水准你还妄想加入王室护卫队？你简直是在侮辱王室的尊严！”

“快出来，别浪费大家时间！”人鱼小姐满眼鄙视，懒得看谢汐一眼。

谢汐出来后，那位编号862的仁兄躺了进去。

这次谢汐没急着读档，他观望了一会儿，想要找到自己的问题所在。

这个测验考的内容很简单，只要在陌生的地图里找到去海边的路就行。但据说这其中包含了多项重要测试，对人鱼来说至关重要。比如人鱼对陆地的恐惧感，比如人鱼在恶劣环境下的应变能力，再比如人鱼对海的嗅觉……

考验的项目罗列了一大堆，说得头头是道，可惜身为人类的谢汐理解不了，有一种深深的无力感。

每个人的地图都不一样，所以哪怕能看到别人的通关过程，却无法照葫芦画瓢。

862这位人鱼兄的地图就是在另外一个地形崎岖的海边小镇，他一路横冲直撞，见人吃人，绝不躲避，最后得了七十八分，比谢汐高了不少，但还是不合格。

谢汐听到旁边的人小声讨论：“还是得多吃人，吃人加分才多。”

谢汐心想：他的问题是没吃人吗？

可即便是游戏，知道里面不是真人，谢汐也张不开嘴。游戏体感太真实，他无法想象吃人的感觉。

谢汐又看了一会儿，右下角竟提示：请注意，存档点将于一分钟后消失。

谢汐就知道没那么简单，这存档点竟然是有时效的！

也就是说，他要么赶紧读档完成这个考验顺利加入王室护卫队；要么就要放弃这个途径，另辟蹊径接近六王子。

不能这么轻易放弃，鬼知道后面还有什么深渊巨坑！

谢汐选择了读档，他要再试试。既然给了存档点，说明这条路相对来说比较正确，不该放弃。

谢汐又掉到了陆地上，这次他连一秒钟都没耽误，一边记着路一边向海边游去。他有读档这个“作弊器”，可以不停地刷同一个地图，早晚能试出最短的路线！

谢汐从舱内出来，人鱼小姐面色复杂地道：“八十三分。”

果然，只要他选对路径，就可以弥补因为不吃人而丢的分数。

人鱼小姐这次半点儿鄙夷的模样都没有，她满脸可惜地道：“你只要沿路吃两个人，分数就达标了。”九十分就算过关。

谢汐没说什么。

他可以再读档，但在场的人却不知道他已经考了三次，以为他是第一次就拿到了这样惊人的成绩，一个个窃窃私语。

“好厉害啊，他的嗅觉也太敏锐了，直冲着海边游去！”

“他也太镇定了吧，这可是百分百模拟现实的测验，我刚才在舱内看到岸上景象时，整个傻眼了！”

“他的速度和爆发力也很棒，大白鲨算体形笨重的了，他却像在水里游一样。”

“太可惜了，他只要吃两个人就能通过测试了！”

“他为什么不吃人？”

“他不会是……亲陆派吧……”

亲陆派？谢汐留意到了这个词。

这三个字一出来，就像在网络上扔了某个劲爆新闻一样，全场沸腾了。

“我最讨厌亲陆派的圣母了！”

“就是啊，人类都这样对我们了，我们凭什么要和他们和平相处？”

“对！人类全是坏的，吃光他们就是净化地球！”

之所以沸腾就是因为有不同的声音。

“你们这些好战派的快闭嘴吧！长点儿脑子行吗？人类那么多，你吃得光吗？”

“只知道打打杀杀的蠢鱼，你们了解人类吗？你们知道他们的科技发展程度吗？”

“那又怎样？海洋比陆地广袤得多，这个地球属于海洋！”

“我不管，我就要吃人类，他们整天大鱼大虾吃个没完，凭什么我们不能吃人！”

有条人鱼说了句公道话：“人类可没吃人鱼！”

又有人鱼不服了：“他们害得我们还不够惨吗？这两年的海洋污染让我们都快断子绝孙了……”

存档倒计时又出现了，谢汐不敢耽误，赶紧点了读档。

他又成了大白鲨，这一次他以最短距离、最快速度冲进了海里。

谢汐出舱后，人鱼小姐脸上已经换成了震惊与钦佩：“九十一分，861你好厉害！”

谢汐的编号是861。

谢汐松了口气，他尝试了这么多回，再不成功的话真是笨死了。

“恭喜你。”人鱼小姐笑得亲切甜蜜，“通过考验！”她这话一出，外头传来了一阵阵的喝彩声。

“厉害啊，全方面素质都逆天了！”

“他没吃人竟然也通过了！”

“这足以证明他究竟有多强大！”

一群人鱼快把他给吹成人鱼精了，谢汐这条作弊鱼听得一脸尴尬。

这次倒没有“亲陆派”和“好战派”的骂战，在谢汐的完美表现下，靠吃人得分竟成了丢人现眼的行为……

他总算通过了考验，在看到存档点将要消失时也没那么不安了。

这个路线应该是对的，凭此进入王室护卫队就可以接近六王子了！

谢汐被一个穿着侍卫服的人鱼领走，走出这间房子，看到外头的景象时谢汐愣了愣。他猜到了自己在海底，但没想到海底竟然会如此美丽。

浮动的水母像水中的星辰，色彩斑斓的珊瑚是海底最美丽的点缀，那一栋栋拔地而起的建筑，有着陆地上难以想象的宏伟与磅礴。

谢汐几乎感觉不到水的存在，这里的水就像陆地上的空气，包裹着他，舒适、自然。他此刻体会到了前所未有的自由，人类无法乘风飞翔，人鱼却可以在水中自由翱翔。

走在前头的男性人鱼问谢汐：“你叫什么名字？”

谢汐愣了下，开口道：“塞因·霍尔。”他一时间能想起来的英文名也就只有这个了。

男性人鱼也向他做了自我介绍：“我叫托马斯·门罗，叫我托马斯就行。”

托马斯……谢汐沉默了一下，难免会想起那位托马斯小火车。

托马斯似乎很欣赏他：“你能力很强，到了护卫队一定要好好表现。”

谢汐应道：“我会好好训练，做好本分工作。”

托马斯语重心长地道：“不过我劝你几句，别急着站队。”

谢汐捕捉到了关键点，虚心请教："怎么说？"

托马斯大概是看了他考验时的优异表现，认为他大有前途，想提前和他搞好关系，于是给他科普道："现在王室的六位王子和两位公主都成年了，陛下的身体一日不如一日，储君一直未定，一切都不好说！"

谢汐接触到主线剧情时就想到了这位人鱼国王很能生，但没想到他竟然有这么多孩子，而且每个孩子的母亲都不同！更要命的是，大王子和最小的公主竟只差了六岁，人鱼国王完美地做到了一年抱俩的人生壮举。

小人鱼确实可爱，但当孩子们长大了，老国王的问题就来了。老大沉稳，老二得民心，老三能率军打仗……其他几个也各有千秋，王位要传给谁？

老国王犹豫不定，也就给了王子们诸多希望。等老国王想要立诸君时却发现为时已晚，立谁都开不了口。

托马斯道："我们护卫队守护的是整个王室，你可千万别卷进这些事情里。"

谢汐心想：想不卷进去怕是不可能了，他要搜集六王子的心，肯定是要和六王子亲近。

这次的任务主要是帮六王子夺取王位？这倒比较像正经任务。

谢汐暂时在护卫队安顿下来，海底的王宫是带着些拜占庭式风格的建筑，巨大的蓝色穹顶仿佛在海底重造了一个天空，白色的建筑用的全是不知名的玉石，坚固耐用且能承受海水的浸泡。

谢汐刚加入护卫队，大多数时间是熟悉环境和参加基础训练。他练得很认真，想趁机提高下战斗力，没准以后获得六王子的心时用得到。

他想多打听一些有关六王子的事，可因为王室里的竞争关系，侍卫们对王子闭口不谈，一个个谨言慎行，绝不敢乱讲话。谢汐也不敢问得太明显，免得多生事端。

就这样过了整整五天，精灵蛋的孵化时间过去了一大半，谢汐终于离开了训练营，正式上任了。

他的工作是守在议事殿外担负守卫职责。

这个工作没什么风险，唯一的要求就是长得周正，毕竟是王公贵族往来之处，不能给王室丢脸。

谢汐这张脸百分之百达标，因此他被安排到了这里。

谢汐对这份工作还挺满意，成年王子每日都会出入议事厅，他正好可以提前看看六王子，再寻机会接近他。

谁知这第一天上任，就让他想罢工！

护卫们不是虾兵蟹将，不必低头俯身，而是要单手持枪，站得笔直，视线更是要追随行人而动。

所以当虾兵传唤"大殿下到！"时，谢汐一眼就看到了那身着黑色礼服的颀长男人。

他长着罕见的黑发黑眸，五官英俊，面容沉稳，一步一步踏着阶梯走来，气场远非周围的人鱼可比。

他有两条腿……这不是重点，重点是他怎么顶着一张兰迪的脸！

没错……这位海底王国的大王子，长得和向左还是向右里面的兰迪几乎一模一样！

也许是因为他的视线太突兀，大王子看了过来，四目相接，谢汐飞快地挪开了视线。

大王子似乎顿了下，又似乎什么都没做。

如果看到管家兰迪让谢汐惊讶的话，那当虾兵喊道“二殿下到！”时，他已经是惊吓了。

笔直走来的男人一头耀眼的银发，一身纯白色的礼服将他的五官衬托得如梦似幻。他举止优雅，眉眼似笑非笑，不动声色间已将人的心魂尽数勾去。

那是艾克斯……

谢汐面无表情，握着长枪的手关节泛白。

虾兵又喊：“三殿下到！”

当看到穿着赤色军装，腰间别着佩剑，短发微卷，眼睛大却深邃，唇形秀美却带着股阴鸷的加尔时，谢汐已经见怪不怪了。

大王子是兰迪。

二王子是艾克斯。

三王子是加尔。

－5－

谢汐好想打死设计者！

谢汐气得手直哆嗦，他当然知道这游戏里有 X 的魂意，甚至怀疑六王子就是他的魂意，但万万没想到这三位王子全是 X 的魂意！

他不会认错，尤其是召唤过 X 的人偶后，很容易就能分辨出来。

这几个人在某些细节上都与 X 有着相似的地方，如今还成了兄弟，顺理成章。

谢汐隐隐猜测，四王子不会是表哥格林顿吧……

即便是也无所谓了，他的内心毫无波澜。

三王子一眼看到了谢汐，唇瓣微扬，饶有兴致地问道：“新来的？”他走到谢汐面前，像个登徒子一样挑起了谢汐的下巴。

三王子长得和加尔一模一样，却丝毫没有加尔的怯弱。他一身戎装，与精致的五官形成鲜明的对比，无形中带着一丝张扬与邪气：“名字？”

谢汐不想告诉他名字，甚至想踹他一脚！

二王子在一旁笑着，声音悠扬迷人："三弟又要和我抢人。"

他一开口，三王子眼睛一眯，松开了谢汐："哦？二哥想要他？"

二王子明明也是刚到，甚至都没和谢汐说一句话，却说道："对啊，一来我就相中他了，正要问他的意愿，三弟你就来了。"

什么叫睁眼说瞎话？二王子正在实力演绎。

谢汐一点儿都不想招惹这些神经病，他视线放空，极力降低自己的存在感。

二王子却不打算放过谢汐，他看向谢汐，眉眼弯着，模样似笑非笑："要不要来我这儿？"

三王子的视线猛地看过来，死盯着谢汐。

这一刻，谢小汐又想起了被一箭穿心的恐怖。

怎么办？

他谁都不想招惹，可不回答的话是不是要死一次？没有存档点，读档都无处可读！

生死存亡的关头，一直沉默不语的大王子开口了："为难一个新人做什么。"他看了三王子一眼，又看了二王子一眼，黑色的眸子里有适可而止的意思。

三王子扬眉，"嘁"了一声，大步走进议事厅。

二王子还是笑眯眯的，顶着那张风华绝代的脸，说着欠揍的话："小人鱼，我的宫殿随时为你敞开。"

谢汐费了天大的力气才没一枪捅死二王子！

三个神经病即将离开时，二王子随口问道："四弟不来了？"

大王子也低声询问："老四的身体又不舒服？"

一个虾兵战战兢兢地回道："说是头痛，请了三天病假。"

大王子对自己的人鱼侍卫说道："下午去四殿下那里看看。"

那人鱼侍卫应下来："是。"

二王子漫不经心的话飘过来："大哥可真有长兄风范。"

后头的话谢汐听不到了，他只听这么点儿也能感觉出三位王子之间的暗潮汹涌，他们真是谁都不待见谁，已经快撕破脸了。

不仅四王子没来，五王子和六王子也都没露面。

谢汐干站了一整天，连任务目标的影子都没看见，却被三个神经病给刺激得想逃离王宫。

谢汐见多了来来往往的人，也了解了这个海底王国的设定。

普通的居民都是人鱼形态，只有王室贵族可以将鱼尾巴变成双腿，这是法力强大的象征，越早变出双腿说明王子的资质越优秀。

像大王子、二王子，还有三王子都是在三岁的时候变出了双腿，四王子体弱多病直到七岁才变出双腿，五王子和六王子分别是四岁和五岁变出双腿的，虽然比前三个王子慢一些，但仍然是天之骄子。

除了八个成年的子女，老国王还有四个幼子。听说幼子中也有一个仅在六岁便将尾巴变成了双腿。

要知道上一代的王子和公主大多是十几岁甚至成年后才拥有这样的法力。不得不说这届王室成员的资质很高，不枉费老国王的辛勤“耕耘”。

在谢汐将要换岗时，三王子先从议事厅出来了。他大步走出议事厅，眉心皱着，神态间难掩戾色，衣摆带起一阵水流，显示了主人的怒气冲天，跟在他身后的贴身护卫大气都不敢出。

谢汐神经紧绷，希望自己能化成水底一枚最不起眼的小贝壳，然而他的希望转眼就破灭了。

三王子猛地停住脚步，沉着脸来到谢汐面前。他比谢汐高半头，肩膀也要宽一些，尤其是他还穿着一身军装，更像出鞘的长剑，锋芒毕露。

“名字。”声音也冷得像蒙了寒霜的利刃。

谢汐目不斜视地道：“塞因·霍尔。”

三王子盯着他问道：“你要去艾克斯的宫殿？”

艾克斯是二王子吗？谢汐头疼，这二王子不仅长得像艾克斯，连名字都一样，到底是魂意太懒还是 X 太懒！

他不出声，这似乎惹怒了三王子。加尔当小女仆时性情就阴晴不定，这会儿成了军功赫赫的王子殿下，更是脾气见长。二王子掐住谢汐的脸颊，低声道：“说话。”

谢汐睫毛轻颤了一下，他勉强开口：“三殿下，属下是王室的护卫，哪里都不会去。”

三王子深邃的眸子盯着他：“来我这儿，我给你更好的前程。”几个王子里，老三最能打，他在军方有着极高的声望，像谢汐这种小侍卫若是能到他的麾下，前途真是不可限量。

谢汐垂下眼眸，轻声道：“多谢三殿下抬爱，属下只是王室的护卫。”

这是明显的拒绝。

谢汐一点儿都不想和神经病周旋，他只想快点儿见到六王子，搜集到他的心，火速离开！

三王子竟没生气，笑了一下，周身的戾气减了不少，他松开谢汐道：“那么，明天见。”

谢汐面上毕恭毕敬，心里却想着最好老死不相往来。

三王子一走，二王子也出来了，他笑眯眯的，可惜眼底却没有一丝温度。

谢汐本来要下班了，只好等他走了再轮换。

二王子站在他面前，温声道：“张嘴。”

谢汐不明所以。

二王子变戏法一样拿出一枚小小的果子，果子只有小指肚大小，晶莹剔透，一看就香甜可口。

二王子剥去外层的透明薄皮，将果子放到了谢汐的嘴边：“很甜。”

谢汐不想吃，他怕有毒！

二王子眨了下眼睛：“不吃的话，我今天就不走了。”

谢汐更怕这神经病搞事，于是他张开了嘴。

小果子比想象中还要甜一些，而且入口即化，很难形容是什么东西，不过确实很好吃。

二王子眼睛微弯：“好吃吗？”

谢汐没回答。

二王子又道：“去我的宫殿，天天给你吃。”

谢汐想骂人。

谢汐惹不起他：“二殿下请别和属下开玩笑了。”

“我可没开玩笑。”二王子似笑非笑地道，“我是真心邀请你。”

真心个鬼啊，连名字都不问的人，哦不，鱼，哪儿来的真心！

谢汐不吭声。

二王子声音轻缓：“不着急，我等你。”

谢汐心道：等鬼去吧！

二王子一走，谢汐忙不迭地换岗。虽然大王子看起来挺正常，但一想到那是兰迪，谢汐就不敢掉以轻心。

要知道在向左还是向右那个游戏里，兰迪一开始看起来也非常正常，谢汐还一度十分信任他，结果呢？一言不合兰迪就砍他的脑袋，动起来手比其他几人凶残多了！

谢汐上班第一天就被两位王子青睐，与他一同当值的侍卫纷纷离他远了些，看他的视线都怪怪的。

谢汐为证清白，立刻去找了队长托马斯，申请换个职位。

托马斯也知道了白天的事，叹口气问道：“值夜班行吗？”

谢汐连忙应下：“可以！”

海底也有昼夜之分，当然是人为控制的，毕竟人鱼也需要休息。

第二天，谢汐就改成夜晚上班了。

第一天晚上很清静，第二天晚上也相安无事，直到第三天……

托马斯找到他：“塞因，能帮我跑个腿吗？”

谢汐一直受他照顾，不好拒绝：“队长请说。”

托马斯道：“你将这些药送去四王子的宫殿，他久病不愈，陛下很担心他。”

谢汐应道：“好的。”

他对四王子毫无兴趣，可惜六王子一直不露面，他想接近也无从做起，只能走一步看一步。

整个王室建筑群占地极广，老国王和他的十二个孩子都住在这里，不过每人都有自己的宫殿，相隔甚远。

谢汐一路走向四王子的宫殿，本以为把药品放下就完事了，谁知那虾兵竟说道：“大人请留步，殿下说要亲自向您道谢。”

谢汐并不想见四殿下，可惜眼下这情况他说了不算。

在虾兵的指引下，他绕过一个回廊，穿过一片珊瑚丛，来到了一个十分幽静的地方。

前方有竖琴声传来，谢汐穿过晶莹的帘幕，看到了如梦似幻的一幕。

无数水泡模拟天边的焰火，随着竖琴的美妙声音，时而聚拢时而分散，颜色流光溢彩，行动如云似水，在这一片幽静之地舞出了仙境美景。

谢汐微怔，等到音乐声停下，水泡也慢慢散开，一个身着白衣的男子静静地看着他。

他长发未束，衣着散漫，只在腰间松松系了一下，大片胸膛露在外面也毫不在意，反倒显得慵懒性感。

谢汐认得这张脸。

他和 X 长得可真是不能更像了啊！

这就是四王子吗？

一声轻咳响起，谢汐这才发现竖琴后还有一个人。他穿着青色长衣，衣着工整，眉眼与方才的男子有六七分像，却更严谨刻板些。他的领口束到了下巴，唇色很淡，瞧着似乎有些病态，可一双眸子却蕴含着无穷的力量。

“有劳这位小侍卫送药，实在辛苦了。”青衣男子站起，他身量很高，看起来修长偏瘦，可细看又发现并不比身侧的男子瘦弱，反而因为身板太直，有种寒山青松般的清冷孤寒。

谢汐明白了，这位应该是四王子，他行了个大礼，垂首道：“属下不敢，属下只是奉命行事。”

四王子走了下来，他的步伐很慢，却不显羸弱，反倒有种行云流水般的洒脱：“不知道该如何称呼？”

谢汐道：“属下塞因·霍尔。”

四王子道：“原来是霍尔家的。”

这时竖琴叮咚了一下，四王子回头看向那懒懒散散的男子道：“老五你向来与霍尔家走得近，不知道是否认识？”

原来那位是五王子。

五王子的声音低沉，像钢琴的低音区，他道：“抬起头我看看。”

谢汐刚抬头，瞳孔却猛地一缩。

他的视线右下角出现了一行小字：任务进度百分之一。

这是怎么回事？为什么进度忽然涨了？六王子明明不在这儿啊？

－6－

谢汐被这进度条弄得心神不宁，不禁有些茫然，而此时他刚好在看着五王子，这眼神就像有另外一层含义。

他本就生得精致秀气，一双眼睛乌黑乌黑的，像沾了露水的黑曜石。被他这样雾蒙蒙地看着，五王子心底竟生出些怪异的感觉，仿佛等了很久很久，终于相见一般。

“我没见过他。”五王子好半晌才吐出这五个字。

四王子道：“霍尔家枝叶繁茂，不是嫡系的话，你不认识也正常。”

谢汐还在盯着五王子，因为他视线右下角的字变成了——任务进度百分之二。

真是见鬼了！谢汐被惊得回不过神！

难道这位五王子其实是六王子？还是说四王子是六王子？到底哪里不对！

五王子修长的手指在竖琴上拨了一下，他轻笑道：“我好看吗？”

五王子起身，本来就穿得散漫的衣裳直接拖在地上，交叉的 V 领几乎开到了腰际，光洁的胸膛随着行走而露出更多，甚至隐隐约约还能看到……

谢汐脑袋里一下子冒出四个字——花里胡哨！

这是 X 那只波斯猫的魂意没错了！

“小塞因。”五王子不知何时已经俯身贴在他的耳畔，“一直这样盯着人看，很不礼貌哦。”

谢汐见鬼地发现任务进度又涨了百分之一。

这到底是怎么回事！是系统出 BUG 了，还是他眼瞎了？

其实还有一个可能，但谢汐只是个单纯的十九岁青年，一时间真想不到那么可怕的事。

四王子轻咳了一声，对五王子说道：“霍尔先生是王宫的侍卫，你不要逗他。”

五王子似乎和四王子关系不错，他薄唇微扬，说道：“王兄这话就不对了，明明是这小家伙在惹我，你看他这双眼睛把我整个人都装进去了。”

震惊的谢汐总算回神了，同时胳膊上还起了一层鸡皮疙瘩。谢汐几乎是源自本能地一退三步远，和五王子快速拉开距离！

可惜他这个举动太仓促，倒有些欲盖弥彰的意思。

五王子眼底的笑意更深：“不如我去收了你，以后……”他还没说完，外头虾兵传道：“兰迪殿下、艾克斯殿下、加尔殿下到！”

大王子、二王子、三王子一起来了……

这些魂意齐聚一堂，谢汐只想拔腿跑路！

可惜王子们比他速度快，转眼已经到了眼前。

四王子迎了上去，行礼道：“让王兄们费心了。”

随侍的人鱼将王子们带来的礼物放下，四王子又是一通道谢。

大王子问他：“近日身体可好些了？”

四王子掩嘴轻咳了一声，嗓音微哑，道：“好多了。”

二王子也道：“父王一直很担心你，几次说要来看你，都被我们劝下了。”

四王子一急，又咳嗽了起来，他苍白的面颊上带了些病气的红晕：“让父王操心了……”

二王子温声宽慰他：“你别着急，把身体养好了，父王才能宽心。”

四王子点点头，又看向三王子。

三王子似乎和谁的关系都不睦，他眼角微压，说的话也阴阳怪气的：“还是老四这好啊，余音袅袅，佳人在侧，神仙也比不过。”

不等四王子开口，五王子扬眉道：“三哥想听曲的话，告诉小弟一声便是，何必酸言酸语。”

三王子看向他：“五弟只给喜欢的人演奏，我配得上吗？”

五王子也是个刺头，竟笑了笑，不接话，一副原来你有自知之明的姿态。

待在这五兄弟中间，谢汐头皮发麻，恨不得自己缩地成寸，要多快有多快地溜出去。

偏偏有人不肯放过他。

二王子微讶道：“这不是议事厅外的小侍卫吗？”

谢汐暗道一声不妙。

三王子的视线已经如烙铁般烫了过来。

谢汐精准接收，心里却在骂娘。

四王子开口道：“塞因侍卫是领了父王的命令，过来送药的。”

五王子将谢汐护在身侧，看向二王子：“二哥认识他？”

二王子看了一眼三王子，笑道：“这可是三弟的心头肉，我哪敢认识？”

一句话让五王子盯向了三王子。

三王子也不是吃素的：“二哥不是要把他带去自己殿里吗？”

二王子依旧笑眯眯的：“他不肯跟我走，我隔日没见着，还以为三弟领回去了。”

三王子看看紧挨着五王子的谢汐，冷笑道：“人家心有所属，我何必强人所难。”

听了全程的谢汐心中无奈，他招谁惹谁了，要站在这群戏精中间。

谢汐想行礼离开，却听大王子开口道：“小六进来吧，一直站在外面做什么。”

四王子微讶：“小六也来了？怎么不进来？”

二王子道：“我们来的时候他就站在那儿了，也不知道在看什么。”

四王子咳嗽了一声，走出去迎他：“来了就进来，站外面做什么？”

随着帘幕拉开，一个身量高挑的青年走了进来。

谢汐本想离开，这下却挪不动腿了。

原来六王子早到了！他一直在外头，所以……刚才的任务进度是因为他？

谢汐松了一口气，抬眼看向这位神秘的六王子。

他穿着一身蓝白相间的衣裳，海底王国的服饰大多是紧身的，像五王子这种飘逸的长袍属于异类。毕竟在水里，普通材质的衣服会乱成一团，根本飘不起来。

正常情况下王公贵族会穿对应地位的礼服，虽说叫礼服，却不是那种款式复杂的，而是更讲究材质，最多在肩膀、胸前或者腰间弄点儿坠饰。

六王子身材很好，与几位哥哥不相上下，只是当他抬头时，气质截然不同。

大王子性格沉稳、二王子优雅迷人、三王子张扬跋扈、四王子清冷沉静、五王子随性散漫，而这位六王子却给人一种源自深海的孤寂冷僻。

他有着英俊的面庞，却因为浓密眼睫下的一双异瞳，显示出沉郁之态。

谢汐只看了他一眼，便感觉到一阵深海恐惧症般的战栗。

六王子并未看他，也未开口，只是微微颔首，算是向几位兄长问好了。

其他几位王子似乎早就习惯了，见怪不怪。

谢汐心里有些打鼓——这位六王子看起来不太好搞定。

四王子虽时不时轻咳一声，但看着心情很不错，他道："我们兄弟好久没聚了，不如一起用个便饭。"

大王子道："好。"他毕竟是长兄，应下之后，其他人也都得给些脸面，他们都留下了。

二王子弯着眼睛看谢汐："小塞因也留下吧。"

谢汐在心里吐槽：就你话多！

四王子邀请谢汐："塞因侍卫不嫌弃的话，不如也留下吃顿饭。"

要是六王子不在，谢汐百分之百有多远跑多远，但现在……

他垂首道："属下身份卑微，怎能……"不等他说完，五王子便道："霍尔家是我的母族，你既姓霍尔，那便是我的表兄弟，有什么卑微的。"

谢汐不想走，从善如流地道："那……恭敬不如从命了。"

五王子笑道："理当如此！"

谢汐发现任务进度又涨了一点儿，变成百分之四了，他不禁偷瞄了六王子一眼。六王子也想让他留下来吗？看来这任务也不算太难！

谢汐有了信心，丝毫没察觉到自己几乎被五王子环在身侧。

众人入席后，大王子、二王子、三王子坐在左侧，四王子、五王子、六王子坐在右侧。

谢汐被安排在了五王子旁边，他的另一边是六王子。

这个安排很好，谢汐十分满意。

宴席开始后，五王子特别照顾谢汐。谢汐觉得这位五王子人不错，虽然也是神经病中的一员，但看起来没那么有病，要不是他，谢汐还没机会接近六王子呢。

谢汐含笑对五王子说："谢谢。"

五王子微怔，眼角弯了下："再尝尝这个，也好吃。"

谢汐点点头，他偷看了六王子一眼，惊讶地发现任务进度涨到了百分之五。

有趣，什么都不用做就能完成任务？

那他要是和六王子说句话，献点儿殷勤，是不是就可以马上离开这个见鬼的准世界了？

谢汐心动了。

他并不擅长与人交往，在进入游戏前，他的朋友屈指可数，连下楼去便利店都不会和收银员多说一个字。

经过向左还是向右的洗礼，他已经好很多了，至少点亮了见人说人话，见鬼说鬼话的技能。

"这个很好吃。"谢汐轻声道。

五王子含笑，正要说：好吃就多吃点儿……

谢汐已经选了一块，小心地放到了六王子的盘子里："六殿下尝尝，味道很好。"说完他对六王子笑了笑，很腼腆。

六王子一怔。

谢汐头回做这样的事，觉得很尴尬。不过为了离开这个准世界，尴尬就尴尬吧！

他看向视线右下角，本以为任务进度会有质的飞跃，结果本来升到百分之五的任务进度竟然掉了一点儿，变成百分之四了！

发生什么了？不搭理六王子能搜集他的心，搭理他了反而搜集不到了？

谢汐不信邪，又问六王子："六殿下不想吃吗？"

六王子转头看了他一眼，问道："你叫什么名字？"

谢汐一愣。

六王子极快地收回视线，道："不想说就算了。"

谢汐不是不想，而是任务进度又退了一格，变成百分之三了！

为什么？到底是哪里出问题了？

谢汐谨慎地道："塞因·霍尔。"

六王子点了点头，说："谢谢。"

谢汐眼睁睁地看着任务进度骤降到百分之一……

－7－

眼看着好不容易涨起来的进度跌成这样，谢汐心疼得不行。难道六王子不喜欢吃？难道他刚好选了一份六王子最讨厌的东西？六王子这是表面客套、心里嫌弃？

谢汐生怕这橙色的进度条归零，赶紧坐正，不瞎套近乎了。

果然变态X的任务没这么简单，看来这位六王子性格很古怪。

该怎么讨得到一个性情古怪的男人的信任？谢汐实在搞不明白。

他不敢再搭理六王子，才留意到另一边的五王子正闷不吭声。

他对五王子印象还不错，本着投桃报李的心情，他起身帮五王子空掉的酒杯满上酒。五王子抬眸看着他，谢汐对他礼貌地微微一笑。

五王子生硬地别开眼，道："这是下人的活，不用你做。"

谢汐压低声音，用只有五王子能听到的音量说："属下本就该在一侧斟酒，是殿下大度，属下才有机会品尝这美食佳肴。"

五王子绷着的嘴角弯了下，眼尾也飞扬了些："霍尔一族本就尊贵，你别妄自菲薄。"

尊贵的是嫡系，就冲谢汐这条鱼尾巴就说明他的血脉极不纯正，还贵族呢，估计他本来都不姓霍尔。

谢汐刚笑了一下，又傻眼了，任务进度从百分之一一下窜到了百分之三……

这进度条是一根长线，百分之三的进度很小很小，可因为是鲜艳的橙色，所以特显眼，很容易就能看到。

怎么又涨了？谢汐用眼角瞄了下六王子。六王子稳如泰山，认真地吃着饭，视线都没乱飘一下。

难道只有不理他，信任值才会涨起来？

谢汐无法理解，这六王子八成脑子有病吧？他转念一想这是X的魂意，又释然了，主子都那么神经了，魂意作为一缕不成熟的意识只会更加神经……

既然这样能涨进度，那就不理他了。

谢汐彻底不看六王子了，和五王子有说有笑地交谈起来。

让谢汐哭笑不得的是，一餐结束，谢汐连一个眼神都没给六王子，进度条却升到了百分之八！

散席时，五王子对他说："有时间就去找我玩。"

谢汐应道："好的。"其实心里很敷衍地想：你又不和六王子住一起，我找你玩什么。

二王子身为资深搅屎棍，他看看谢汐再看看五王子，微笑地说道："塞因真有眼光。"

三王子与谢汐擦肩而过，满身戾气："图谋不轨。"

谢汐很郁闷，他多好一青年，愣是被这帮神经病给气成了暴脾气！

五王子很维护他，正色道："不要这样说他，塞因是王室选中的侍卫，身手不凡……"他没说完，二王子就接了一句："是啊，不是那些以貌侍君之辈。"

听说三王子的母亲本是王后身侧的侍从，因生得貌美被老国王看上，收进后宫，诞下三王子。

二王子这话一出，三王子果然炸了，他眼眸猩红，薄唇抿成一条线，死死地盯着二王子和五王子，顺带牵连了谢汐。

谢汐心道：哎呀，你们都挡着六王子了！

四王子轻咳一声，打破这剑拔弩张的氛围：“是弟弟不好，招待不周，惹王兄们不快了。”

二王子轻笑道：“怎么会？老四这儿幽美僻静，珍馐美酒不断，哥哥开心得很。”

三王子倒也不至于被二王子给挑拨得在四王子这里闹，他冷哼一声，拂袖而去。三王子一走，二王子看了谢汐一眼，对他暧昧微微一笑后也走了。

谢汐忍不住腹诽：笑什么笑！

回到王室后，谢汐就又断了和六王子的联系，任务进度也就停在了百分之八。不过，谢汐觉得这进展已经很不错了，他们才见了这么一面进度就涨了近十分之一，等他们彻底熟悉后，完成任务还不是指日可待？

谢汐看着橙色的进度条，心满意足，刚要躺下休息又收到了一个提示——精灵蛋孵化成功，请收取。

精灵总算孵出来了。谢汐眼睛一亮，盘腿坐了起来。

他在心里喊了声：“收取。”接着光芒一闪，谢汐只觉得手心一软，再定睛一看，顿时嘴角扬了扬，一个白色的小东西落在了他的掌心。

巴掌大的小家伙毛茸茸的，白色的毛发上仿佛落了星光，璀璨生辉。

谢汐伸手戳了它一下。

小家伙扭了扭，团成球的身体逐渐舒展开。

看这样子是只小奶猫？

谢汐本以为这小精灵会是动画片里的那种小人儿，没想到是个小动物。

他喜欢小动物，对这种毛茸茸的动物更是没有抵抗力。他忍不住又戳了它一下，谁知小奶猫的背上竟生出一对雪白的小翅膀。

小家伙一振翅，飞了起来，小短腿悬空，眼睛刷地睁开了。

“喵，妈妈！”小奶猫奶声奶气地扑到了谢汐怀里。

谢汐还没反应过来。

“妈妈！”小奶猫抬头，水灵灵的大眼睛巴巴地盯着他，“呃……妈妈你长得有点儿丑，不过没关系，我不嫌弃。”

你不嫌弃，我嫌弃！

谢汐拎起这个小家伙，盯着它看了好一会儿。

这小猫的一双眼睛，一只眼睛的瞳孔是天空般的蓝色，一只是夕阳余晖般的红色，凑在一起……好一只花里胡哨的波斯猫！

谢汐忍了好几次，才没把它丢出去！

小奶猫浑然不觉，还眨着眼睛问他：“妈妈，我叫什么名字？”

谢汐没回答。

小奶猫："妈妈？"

谢汐嘴角抽了抽："叉……"X应该读作艾克斯，但他在心里都读作叉！

小奶猫："叉？"

谢汐："叉烧包！"

小奶猫沉默了一下，挣扎求生："可以换一个吗？好难听……"

谢汐冷酷无情："不行。"

小奶猫泪眼汪汪："妈妈……"

它不叫还好，一叫谢汐更坚定了："我叫谢汐，男性，不是你妈。"

小奶猫，哦，现在叫叉烧包了，委屈巴巴地道："精灵是很稀有的，你们不都把精灵当宝贝吗……"

谢汐问："我们？"

"对啊。"叉烧包哭着道，"孵化培训课程里都写了呀，我们会幻化成妈妈喜欢的样子，受尽宠爱，此生只需要吃、喝、睡，偶尔撒撒娇……"这和书里说得不一样！

谢汐才不管它的孵化课程，他的脑子里充斥着那句——会幻化成妈妈喜欢的样子。

他会喜欢这只花里胡哨的波斯猫？哦，他喜欢得很，喜欢得想打死它！

谢汐越想越来气，问它："你有什么用？"

叉烧包瞪大眼睛："我不可爱吗？我不讨人喜欢吗？"它还转了个圈，毛茸茸的样子的确是要多可爱有多可爱，可惜一开口就白瞎了，"我不是妈妈最爱的模样吗？"

谢汐把叉烧包一把拽下来，塞进被窝里。

他想起了道具栏里的提示：金色品级，赶紧卖掉，换钱比养这玩意儿划算多啦！

他就该把它卖了换钱，果然X不会给他什么好东西！

叉烧包哼哼唧唧地钻出小脑袋："每个准世界，我都能帮你抵御三次致命伤。"这个妈妈不正常，它必须得艰难求生存……

谢汐问它："还有呢？"

叉烧包瞪大了一双水灵灵的异色眼睛："还、还会卖萌……"

谢汐嫌弃地看了它一眼。

叉烧包哭了：卖萌不算本事吗？说好的只要卖好萌，走遍天下都不怕呢！培训课程骗我啊！

谢汐困了，将它搂在怀里，发现它个头太小，连当抱枕都不合适。

叉烧包一动不敢动，直到听到了谢汐均匀的呼吸声，它刚想爬出来，就听谢汐来了句："早知道就卖了换钱了。"

叉烧包一缩，不敢动了：这和说好的真不一样。

而且……金色精灵不是土豪专有物吗？怎么觉得妈妈有点儿穷……

谢汐用两天的时间研究明白了这只叉烧包。这名字真没起错，它的用处也就顶个叉烧了。

唯一的主动技能：致命伤免疫三次，好处是由它免疫的致命伤同时兼具免痛的效果。技能效果在离开准世界后重置，也就是说下个准世界可以重复使用。

还有个被动技能是准世界内隐身，只要谢汐想，所有人都看不到这只叉烧包。

其他能力……话痨算一个吧！

谢汐孵化了它，就与它签订了附生条约，所以它无条件依赖谢汐，若谢汐不要它了，它就无法继续生存。

叉烧包夙夙地道："妈妈……"

谢汐看了它一眼。

叉烧包改口："爸爸……"

谢汐才十九，不想当爹："叫我名字就行。"

叉烧包不敢，想了半天，隐去了称呼道："我现在还小，长大后还能进化的。"

"进化？"

叉烧包赶紧道："对，只要好好养，能进化得很厉害的！"

谢汐问："怎么个厉害法？"

叉烧包哪里知道，培训课程里没写啊，里面就写着好好卖萌，吃香喝辣！可它的妈妈不吃卖萌这一套啊！

叉烧包结结巴巴地道："进、进化了就能知道了。"

谢汐笑了。

叉烧包"哇"的一声哭起来："真的……真的会变厉害的！"

谢汐把它放进了自己的衣领里。

叉烧包的小脑袋挂在他衣领上，感觉到了阵阵暖意……虽然妈妈有些凶，但似乎没有表现出来的那么讨厌它嘛！

谢汐遇到托马斯，托马斯眼睛一亮，叫住他道："刚好有个差事想找人帮忙。"

谢汐连忙道："队长请吩咐。"

托马斯笑道："快到圣日了，陛下给各殿都准备了礼物，你不忙的话就帮着送去吧。"

这是个机会！谢汐立刻道："我去帮忙。"

托马斯道："行，那你看着送吧，东西都一样，送完放个牌子在那儿就行。"

谢汐连声应下来。

他拿了一份礼物，想都没想便去了六王子的宫殿。这个刷任务进度的机会，他怎么能错过？

因为是工作，所以谢汐领了个牌子，牌子做得很高科技，自带小型导航仪，他跟着提示往前走就行。

叉烧包探头探脑地问道:“妈……爸爸,我们这是要去哪儿呀?”加个呀字会不会变得萌萌的?

谢汐:“把你卖了。”

叉烧包受到了惊吓!半晌它才反应过来,这是个准世界,谁买得起它?呜呜呜,妈妈好坏!

谢汐嘴角扬了扬,下巴不经意地蹭了下这个毛茸茸的小傻瓜。

叉烧包不敢吱声了。

六王子的宫殿十分萧条,一路上一条人鱼都没看见,连虾兵都没看见,他住的地方像冷宫。

谢汐也隐约知道了一些……

异瞳被视为不祥,六王子一出生就把母亲给克死了,之后整个母族都死得差不多了,甚至连伺候他的仆人都活不长。

久而久之,整个王宫都避着他。老国王一堆女人、孩子,本来还记着他,后来没人提,连老国王都把他忘记了。

娘没了,爹不管,六王子的日子过得有多凄惨可见一斑。

谢汐知道这些后怪可怜他的,对他那怪异的性格也能理解一二。

谁都不容易。

谢汐径直走进去,轻声唤道:“六殿下……”

“咔”的一声,是什么东西折断了,这声音在黑暗僻静的宫殿响起,格外脆生。

谢汐看到了在案上写字的六王子。

六王子坐得笔直,长发未束,极顺滑地垂在身侧,他穿着十分寻常的青衣,袖口在手腕处垂下,露出的肌肤莹白,却不显瘦弱。

他修长的手指握着一支笔,而此时笔断了。

谢汐向他行了礼。

六王子看向他:“有什么事?”

谢汐将礼物举过头顶:“圣日快到了,陛下给您准备的礼物。”

六王子明显怔了下,他起身,走了下来:“父、父王吗?”

谢汐的心一紧,竟有种这是六王子第一次收到国王礼物的错觉。

“辛苦你了。”六王子将谢汐扶了起来,声音微哑,“快起来。”

谢汐抬头,与他对视。

谢汐看惯了这双眼睛,竟觉得他像叉烧包那样可怜兮兮。

六王子微怔:“你是……塞因侍卫吗?”

谢汐笑道:“六王子好记性,还记得属下的名字。”

六王子笑了下,招呼他道:“坐吧,我叫人奉茶。”

谢汐正想说不用了,却猛地一怔。

他的视线右下角出现了变化，任务进度涨了，从百分之八变成了百分之十二，颜色也变了！

前头的百分之八是橙色的，后头的百分之四是蓝色的。

怎么会有两种颜色？

六王子察觉到他的异样：“塞因侍卫？”

谢汐猛地回神，勉强笑道：“属下就不叨扰殿下了。”

六王子面色平静：“好的。”

谢汐说完，百分之四的进度又掉了一点儿。

谢汐压住心底升起的荒谬念头，说道：“我还要去给别的殿下送礼，还请六殿下见谅。”

六王子眼眸微亮：“你还没有去哥哥那儿吗？”

“对。”谢汐硬着头皮道，“先到殿下这来了。”他惊喜地看见蓝色的进度条又涨了一点儿。

六王子道：“快去吧，别耽误了正事。”

谢汐行了礼，离开后整个人都在神游状态。

为什么会有两种颜色，橙色的百分之八，蓝色的百分之四。这代表着什么？

谢汐产生了一个十分荒谬的猜测……

难道橙色的进度不是六王子给他的？那会是谁？

宴席上五王子对他的殷切场景冒了上来。

不会吧！

谢汐心里直打鼓，不至于这么坑吧？任务写得明明白白，是六王子没错！

叉烧包感觉到妈妈的情绪不对，小声问道：“你冷吗？”说着它把小小的身体贴紧了谢汐。

谢汐猛地回过神来。

是不是他想的那样，很容易就能测试出来。

他只要挨个去送一波礼就行了……

－8－

谢汐被这个可能给弄得心惊肉跳。这要是真的……他真的能完成这个任务吗？

谢汐轻出一口气，平稳下情绪，决定先不要吓自己。真相如何，试一下就知道了。

他又去拿了一份礼物，转头去了五王子的宫殿。

叉烧包挂在他的领口道：“你的心脏跳得好快。”

谢汐不出声，受了那样的惊吓，能不快吗？

叉烧包又问："是因为见了帅哥吗？"

谢汐脚步一顿："谁是帅哥？"

叉烧包道："刚才的帅哥呀，一双眼睛真是帅爆了。"

谢汐想起叉烧包刚孵化时嫌他丑，虽然他自己感觉不到，但旁人说多了他也知道自己长得和丑不沾边……如此看来，这只叉烧的审美在眼睛上吗？

谢汐解释道："不是。"

叉烧包又问："那心跳加速是因为即将去见帅哥吗？"

什么乱七八糟的。谢汐下巴顶它脑门道："闭嘴！"

叉烧包生怕出了这个准世界就被卖掉，不敢多问了。

五王子的住处也够远的，这王宫又大得像座城镇。亏了人鱼是靠游的，这要是用两条腿走，怕不是要走死人。

说实话即便是游也挺累，谢汐的尾巴摆来摆去快抽筋了！

总算到了五王子的宫殿，谢汐只看了一眼，便感觉到了这里与六王子宫殿截然不同的奢华。

明明是一样的建筑风格，一个因为过于萧条而显得阴森可怖，另一个却因为灯光明亮而显得富丽堂皇。

这兄弟俩的性格也截然不同，一个孤僻，一个热情。就像进度条上显示的那样，一个是深海蓝，一个是炽热橙……

谢汐甩甩头，他不想接受那个猜想，拒绝承认进度条上的不同颜色代表不同的王子！

五王子的生母是海底王国的王后，他是唯一的嫡系王子，按理说他最该继承王位。可惜五王子本人极其厌恶朝堂，讨厌政事，反而在艺术上颇有造诣，成了海底闻名的大艺术家。

幸好他有几个兄弟，四个哥哥和一个弟弟都非常优秀，别看四王子多病，六王子异瞳。他们一个头脑清晰，对政务极其拿手；一个法力强大，是唯一驯服过深渊领主的人。

大王子、二王子、三王子更是各有拥护者，被立为储君的呼声极高。

对比下来，身为嫡系的五王子虽然拥有无数粉丝爱戴，有着王室最高的知名度和最尊贵的血统，但所有人都觉得他不适合继承王位。

谢汐一到就被一位漂亮的女性人鱼引领："有劳侍卫大人亲自过来。"

因为是陛下的赏赐，按照礼仪，只要王子在殿里都必须出来迎接，当面感谢。

谢汐对侍女说："麻烦通报一声。"

侍女应道："请大人稍等。"

不一会儿，侍女出来了，对谢汐道："大人请。"

谢汐将礼物给了身旁的虾兵，跟在侍女后面，一路走进了这座当之无愧的"水晶宫”。即便是见多了海底的梦幻，眼前的景象仍旧美得让人震撼。

珊瑚丛有着陆地上不曾见过的美丽色泽，多彩的小鱼儿自由畅游，像飞在花丛中的漂亮蝴蝶，更不要说那纯白的散发着珍珠光泽的门廊，雕琢得太过精细，上头舒展的花枝仿佛在挽留肆意飞舞的闪亮水母……

这一路，谢汐看得目不暇接。等到了正殿，他看到里头的光景后，竟觉得外头的奢华不过尔尔，全是此处的点缀。

拨弄着竖琴的男子眼眸微垂，妙音弹出的瞬间，仿佛有无数鲜花绽放，宽阔的大殿中竟似有美丽舞姬在翩翩起舞。

谢汐看得眼睛未眨，惊叹不已。

琴声停下，眼前的幻象也随之消失，五王子起身，径直向他走来：“喜欢吗？”

谢汐回神，行了个礼道：“见过五殿下。”

五王子扶他起来，又问：“喜不喜欢？”

曲子是好听的，而且还有种说不出的诱惑力，然而正常情况下的谢汐是很难开口说喜欢的，但现在……

他垂首，低声道：“喜欢。”说完他就觉得后槽牙生疼！

五王子拉着他的手道：“还有一首曲子是我专门为你写的。”

我们才见过一次，你写什么鬼曲子！

谢汐眼看着任务进度条上橙色的进度条又涨了一格，他的心情复杂极了。

这还用解释吗？他还能继续自欺欺人吗？谢汐不甘心，又试探了一下：“属下还有任务在身，一会儿还要去其他殿……”

五王子道：“侍卫处没旁人了？怎么非得让你去。”

“是属下自己领的……”谢汐心一横，他咬牙道，“若非这差事，属下也听不到殿下的天籁之音。”言下之意就是，我是为了你才接的这活！

他的话音刚落，橙色进度条蹭一下涨了！

五王子眉眼舒展，道：“是我思虑不周，早该派人去接你。”

谢汐道：“殿下身份尊贵，何须记得这些小事。”

他说一句话，橙色进度条就噌一下。从某个程度上来说，这位王子殿下还真是单纯得很！

五王子道：“你别折腾了，我这就……”

“使不得。”谢汐耐心解释道，“属下刚入宫，既无身份也无背景，立足艰难，还望殿下体谅。”

五王子眉心微皱道：“你来我这里，我自会照顾你。”

谢汐道：“殿下若真正赏识我，能否等一等，等我职位高了，可以申请调配时，再来伺候您岂不是更加顺理成章？”

五王子盯着他看了半晌道：“嗯，听你的。”

谢汐心里直打鼓：为什么？为什么他要做这些！

他总算可以离开了，临走时五王子又问道："六弟那儿你去过了吗？"

之前谢汐不懂，现在懂了，五王子是在计较宴席上的事吗？

谢汐好好一个青年，愣是体会到了花心男的左右为难。

他不出声，五王子的神态变得微妙。

谢汐脑袋转得很快，这种事是瞒不过去的，要是五王子有心去查，到时候更解释不清。于是，他垂首道："先去过了。"

果不其然，势头大好的橙色进度条掉了一格。

谢汐在心里骂了 X 一句！

五王子道："为什么先去他那里？"

谢汐实力演绎"渣男"的角色："往年有人疏忽职守，没去六王子那儿，今年国王特意吩咐了必须先去六王子那里……"他话说到一半，橙色进度条又涨了回来。

谢汐有点儿心虚：别这么好骗啊！

十分好骗的五王子还关心地说："辛苦你了。"

谢汐只想赶紧离开，再不走他就要撑不住了！

从五王子这里出来，谢汐看看进度条，已经领悟了这个主线。虽然其他几个王子那里都还没去，但眼前的事实已经说明问题了。

如果只有橙色进度条，他还可以怀疑是五王子和六王子的身份调换了。

偏偏六王子出现了蓝色进度条。这意味着什么？这意味着搜集六王子的心，不是搜集第六王子的心，而是搜集六位王子的心！

第六和六位……

X，你的语文、数学都是体育老师教的吗？

中庭花园。

江斜冤，冤得花园里都要飘雪了。

他一直在看直播，自然知道谢汐经历了什么……

若是颜哲在场，一准得拍着大腿嘲笑他："老邪，你厉害啊，自己绿自己，你这是脑袋被驴踢了吗？"

江斜真不是这样的，他在遇到谢汐之前，从未想过和什么人有较深的牵扯。江斜遇到谢汐后，虽然的确很想和他好好相处，可绝不是以这种方式套近乎。

这不只是在坑谢汐，也是在实力坑自己！别的不提，看看那飞流直下三千尺的信任值就知道他有多惨了。

为什么这两个世界会变成这副样子呢？

事情有些复杂。

失落的亚特兰蒂斯是个十分完整的准世界，不仅海底被设计得十分详细，连岸上也是一个整体结构。虽然江斜只设计了一个星球，但如果被通关，在因果律下缺失的部分会随着时间推移而被补全。

这样一个完整的世界，江斜倾注了很多心血，看留在那儿的魂意数量就知道了。

向左还是向右只有三缕魂意，这个世界却有六缕魂意。

准世界通过 Zone 的审核后发布出去，因为魂意，直到谢汐选中这个准世界，它才被激活。

而准世界的核心任务大多源自设计者的最强意志。

倘若是别人进入这个准世界，遇到的任务可能是王子夺位、海底争权、种族矛盾、海洋保护……这些很正经的任务。

可进来的是谢汐，魂意在某种意义上就是江斜的分身，他们完全接收到了设计者对谢汐的强烈好感。之前三缕魂意的意志还弱一些，向左还是向右里的魂意更希望堕落成魔的塞因·霍尔死去，所以发布的任务是生存七天。

失落的亚特兰蒂斯里有六缕魂意，六缕魂意都想亲近谢汐。这些意志太强大，他们占据上风后就变成了谢汐的核心任务——搜集六王子的心。

江斜看着水幕中谢汐三观破碎的模样，心疼又犯愁。

怎么办？

等谢汐通关，能听他解释吗？

就冲这血淋淋的信任值，小家伙怕是连假笑都懒得给他了。

－9－

谢汐不死心。他从不知道自己会有不见棺材不落泪的一天。

他不看到第三种颜色的进度条，宁死都不愿意相信这个任务是搜集六位王子的心。

谢汐贴在墙角做了半天的心理建设，还是不愿意接受这么可怕的任务！

叉烧包用毛茸茸的脑袋蹭他。

谢汐心里一软，颇为受用，他摸摸它的脑袋，刚被治愈就看到它那双鸳鸯眼……嗯……

被扭过脑袋的叉烧包是蒙的：怎么啦，本喵有那么丑吗？

谢汐轻出一口气，心中默念易容术的口令。

进入这个世界时他犹豫再三，最终选择的是易容术。诚然致命伤免痛帮他度过了第一个坑爹游戏，但谢汐揣摩来揣摩去，觉得这个易容术不简单。

如果死能解决问题的话，要易容术干什么？

任务是搜集六王子的心，为什么需要易容术？

最初谢汐是怀疑自己长得不合六王子的审美，要用易容术换张脸，比如更加女性化什么的。

现在看来……这个易容术的最大用处是金蝉脱壳吧？

一张脸撩六个人可以，一张脸搜集六个人的心，谁能做到？谁能做到，求求他来做这个任务好吗？

谢汐又骂了 X 一句。

他这么多年一直自己过，小时候当然把母亲谢素放在心上，后来剜掉了；又把孙穆青当挚友，最后证明自己太蠢。后来他再没把谁放在心上过，现在好了。

X 这个名字，他放心里记一辈子！谢汐咬牙切齿地想着。

他要再试试。万一“误会”X 了呢？万一这位大设计师还想做个人呢！

谢汐偷偷回到住处，站在镜子前尝试易容术。

这个特权属于主动技能，可以通过口令激活，激活后视线右下角会有提示，根据提示操作就行。

系统提示：是否使用易容术？

谢汐点了确定，下一瞬他就看到自己换了副面孔。

这远没想象中玄幻，不过是眉毛变了，眼尾拉长了一些，鼻子嘴巴也有少许变化。虽然变化不大，可谢汐却成了另一副模样。

谢汐问飘在半空的叉烧包：“好看吗？”他自己感觉不出来，除了有些陌生外，没多大感觉。

叉烧包神态专注，他托腮沉吟：“丑。”

谢汐沉默了。

叉烧包求生欲很强：“妈……不，爸爸什么样子我都喜欢，丑也没关系。”

谢汐并没有被安慰到。

他仔细盯着看，努力分析着这张脸：一双眼，一个鼻子，一张嘴，人不都是这样吗？哦，X 不一样，他有一双鸳鸯眼，毕竟是波斯猫。

水幕前的江斜看得微怔，不禁轻咳了一声。

其实这易容术更近似于化妆术，不过是将谢汐的五官微调，让本来俊秀的气质变得成熟许多，尤其是拉长的眼尾，实在太好看了。

谢汐十分拿不准：这张脸能撩到神经病们吗？

现在想想，六个王子他都见过了。五王子单纯好骗，六王子看起来也比较天真，努力送温暖应该管用。

至于其他的几位王子：四王子接触不多，暂时不做评价；大王子是兰迪，看起来沉默寡言，谁知内里是什么颜色；二王子是艾克斯，嘴上甜言蜜语，进度条纹丝不动，是条连名字都不问就撩人的花心鱼；三王子是加尔，戾气很重，脾气暴躁，进度条没有动一下，不知道究竟在想什么。

这张脸能打动他们吗？

谢汐看不出所以然，决定再换张脸试试。

他继续使用易容术，镜子里的他又换了副模样。这回眼睛变大了，唇色浅了许多，略显稚气。

谢汐觉得这张脸有些蠢，像叉烧包。

某位老司机又咳一声，被可爱到了。

叉烧包哪知道那些有的没的，它只看到谢汐在不停地“化妆”，还以为是自己说他丑，让妈妈自卑了，于是宽慰道：“没关系的，像我这样美貌无双的眼睛稀世罕见，妈……爸爸不要勉强！”

谢汐在心里吐槽：当然罕见，全天下就你俩，一个叉，一个叉烧包！

谢汐懒得回应叉烧包，尝试着再换张脸，谁知视线右下角竟提示：独创容貌已空，是否使用储备脸型？

这是什么？谢汐隐隐有些不太妙的预感。

独创容貌已空是什么意思？储备脸型又是什么意思？谢汐选了使用，右下角又出现了提示——请选择脸型。

随后他面前出现了一堆他在这个海底世界里见过的面孔。

有六位王子的，有托马斯队长的，还有一起训练的侍卫的，连在议事厅见过的大臣都有，甚至最初在测试厅见到的那群路人的脸都有……

谢汐选了托马斯队长的，下一瞬他就完全变成了托马斯队长的模样，连体形、衣着都跟着变了，更神奇的是连神态举止都一般无二。

谢汐开口道：“叉烧包。”

叉烧包嫌弃地捂住耳朵：“好难听的声音！”

谢汐不觉得，托马斯队长的声音哪里难听了？挺好的，普通的男性声音，带点儿不知道是哪儿的口音，十分亲切。

是的，他不仅脸变成了托马斯，连声音都一模一样。

谢汐觉得有趣，挨个变了变，发现连今天在五王子处见过的侍女都能轻松变换，包括体形。当然谢汐不会查看衣服下的景象……

这易容术还挺好用，能随意变成见过的人的模样，这样更方便他行事。

谢汐对 X 的怨念勉强淡了一些。

下一瞬，谢汐意识到一个很严重的问题，独创面孔只有两个？

谢汐收起了玩心，认真查看……

这一看不要紧，看完他就想杀了 X。

独创面孔只有两个，其他都是储备面孔，这是不是意味着用来搜集六王子心的面孔只有两个？哦，加上他的脸刚好三个。为什么只有三个？明明有六个人。

难不成他要用三张脸去搜集六个人的心？这是必须脚踏两条船的节奏？

谢汐的心一紧。

谢汐已经努力接受是六个人的事实了，他准备利用易容术，一张脸搜集一个。他有叉烧包的三条命，再加上制服的两条命，刚好死五次，正好可以完成任务。

可现在这该死的易容术告诉他只有两张独创面孔，也就是说他必须用一张脸搞定两位王子。

X老贼在哪儿，出来受死!

显然，谢汐低估了这个准世界的难度，如此构架完整的世界，如此高的完成度，如此顶尖的品级，即便有魂意庇护，又哪里会这么容易就完成核心任务?

在谢汐换上1号容貌时，右下角又出现了提示——

独创面孔使用剩余时间：二十九天二十三小时五十九分十秒。

谢汐立刻换了2号面孔，右下角也出现了同样的倒计时。

谢汐爆了句粗口。

叉烧包吓了一跳："爸爸，你为什么骂我?"

谢汐实在没精力去哄小猫咪了，眼前的剩余时间让他头皮发麻。

易容术只有两张新面孔，而且这个新面孔还有倒计时，也就是说他必须在三十天内搜集六个王子的心。等易容术无法使用时，他的任务也就宣告失败了。他无法完成任务就会被永远困在这个神经病的世界里。

谢汐绝对不要待在这个世界!

谢汐忍不住将心思转向储备面孔。虽说这些都是这个世界真实存在的人，有一定概率穿帮，但他大可以去找个六王子不可能接触到的人，变成那人的模样，这样就可以……

这个念头刚闪过，他的心又是一跳。

储备面孔下居然也有倒计时!

当前储备面孔剩余使用时间：三十分钟。

一个储备面孔竟然只能用三十分钟。三十分钟搜集一个人的真心，即便是丘比特降世也无法做到吧?

谢汐算是知道这个任务的坑了。

首先是文字游戏的坑，需要搜集的是六个王子而不是第六王子的心；其次是特权上的坑，如果选择致命伤免痛和奖励金十倍，这几乎就成了不可完成的任务；然后是易容术使用限制的坑，即便有幸选对了特权，也别想用金蝉脱壳来轻松完成任务，因为只提供两张脸；最后是时间限制的坑，独创面孔只可以用三十天，他甚至没办法分开搜集，只能齐头并进。

即便一起行动，仅仅三十天时间，他也要跑断腿啊!

谢汐面无表情地盯着自己的鱼尾巴，觉得自己不该是人鱼，应该是章鱼。

一条腿怎么够用?他至少得有八条腿，六条腿踩船，两条腿划船。

— 10 —

谢汐虽说气得牙痒痒，却不会只是抱怨。他既然进入了这个准世界，接受了这个任务，就会全力以赴。

难就难吧，变态就变态吧。等他厉害了，他一定会让某大设计师也尝尝这个滋味！

正所谓磨刀不误砍柴工，谢汐又仔细研究了一下易容术。

独创容貌的期限是三十天，从激活这一刻开始计算，并不会因为不使用而停止计算。

储备面孔虽然只有三十分钟，但好处是只要不用时间就不会流逝，只有使用的时候才会开始倒计时。这样看来还是有很大用处的，合理利用这30分钟，能做很多事。

谢汐比较疑惑的是，倒计时结束后他再去看这人一眼，是否能够重新记录？当然，即便可以重新计时，他也没法用储备面孔去搜集几位王子的心。

试想一下，他去某王子身边，刚待了半小时就说："稍等，我出去一趟！"然后他游到十万八千里外的某处记录面孔，等再跑回来，还搜集心呢，一定是俩白眼送给他！

所以这易容术只能用独创的容貌。

一个月时间，搞定六个人……

谢汐深吸一口气，目光坚定：来吧，反正不能被困死在这里！

时间如此紧凑，他不能耽误时间。这次送礼的机会还是要好好把握，先借这个机会挨个跑一遭，看看他们的喜好。

五王子和六王子就用自己的脸，至于大王子、二王子、三王子和四王子要如何做，挨个试吧！

谢汐问叉烧包："你比较喜欢哪张脸？"

他把偏成熟的1号脸跟稚嫩些的2号脸给叉烧包看。

这可把小猫咪给愁坏了，该怎么说呢？这两张脸孔得不相上下，它实在难以分辨。

谢汐正在等它的建议："嗯？"

叉烧包只能盲选："这、这个吧。"唉，妈妈也不容易，长成这样，怎么嫁得出去。

谢汐盯着镜子里偏稚嫩的2号脸，道："行吧，先用这个。"

他赶紧回去拿礼物，顺手抓阄，抽到的是数字3。

好，先去会会三王子。

谢汐没怎么费事就来到了三王子的宫殿，想要了解这些人的性格，看看宫殿就能窥见一二。

与六王子的萧条、五王子的奢华不同，三王子的宫殿是肃穆的，就像扎在海底的一柄利剑，磅礴的杀伐之气似乎能把海水劈开。

三王子也不容易，他的出身极差，就像二王子讽刺的那样，他的母亲是个除了一张脸再没有其他本事的侍从。如今虽然没人敢议论这些事，但也能猜出这对母子当年的处境，想必是极其艰难。

后来三王子决定从军，本以为这位娇贵的王子会死在战场上，谁知竟让他打出了一番天地，得到了军队的拥护。也正是因为他的狠劲，如今再没有人敢小瞧了这位王子殿下。

谢汐来送礼，接待他的都是穿着轻甲的侍卫：“什么事？”

谢汐道：“圣日快到了，这是陛下吩咐送到各殿的赏赐。”

侍卫看了他一会儿，说道：“跟我来。”

谢汐跟着侍卫一路往前走，目不斜视。他丝毫不害怕他这张新面孔被核查，毕竟王宫里戒备森严，寻常人根本进不来。再说王宫极大，规模堪比一座城镇，侍卫多得不可能彼此都认识。

这里的气氛和五王子那里截然不同，一排排站得笔直的侍卫仿佛开了刃的刀，随时会砍向侵犯者。

他们走过长长的过道后，停在了主殿门前。

侍卫道：“稍等，我去通报……”

他还没说完，就听殿中传来一声尖锐的脆响，是金石相撞的声音。

谢汐眉峰一挑，他偷瞄了一眼身边的侍卫。这个侍卫大哥一脸惧色，不太敢进去。

只听殿中传来一声怒斥：“滚，给我滚出去！”

接着传来踉踉跄跄的脚步声，一个穿着军装的男人打开殿门，滚了出来。

侍卫赶紧让开，行了个礼：“阁下。”

这位“阁下”灰头土脸的，匆匆地点了个头，都顾不上看谢汐一眼就赶紧滚了。

“废物！一帮废物！”殿中年轻的王子还在愤怒地大吼。又是一阵乒乓声传来，估计三王子砸了不少东西。

侍卫看向谢汐，大气都不敢出，只敢使眼色，大意就是：殿下正在气头上，不如……

谢汐也觉得时机不对，想换个王子去送礼。

谁知震怒的三王子眼力极好，看到了堵在门口的人：“站那儿干什么？进来！”

侍卫战战兢兢地走在前头，腿抖得跟筛子似的：“殿、殿下……”他这个礼行得都快跪下了。

谢汐垂着头，只能看到地上的一片狼藉。

之前的金石声，应该是那金灿灿的茶具被砸在了玉石地面上发出的。这儿是海底，一般东西掉落是不会弄出这么大声响的，足以见得三王子是有多生气，又用了多大的力气。

谢汐感觉到一道凌厉的目光落在自己身上，紧接着是加尔那清脆却阴鸷的声音传来：“这是什么？”

谢汐垂首，把之前的话重复了一遍。

面对震怒的王子殿下，在场的所有人都大气不敢出，似乎连殿中的摆设，悬挂着的那把长弓都在屏声静气。唯独谢汐呼吸均匀，声音也平静舒缓，说的话虽然恭敬，却不畏惧。

谢汐身侧的侍卫不禁偷瞄了他一下，十分佩服。

短暂的沉默后，三王子冷声道：“放下吧。”

谢汐恭声道：“是。”说着他将礼物转交给三王子的侍卫，准备退出去。他自始至终都没抬头，说的话也不多，如今办完差事，更是一副要走的模样。

“等一下。”就在谢汐即将退出去的时候，三王子开口喊住了他。

谢汐仍旧保持着毕恭毕敬的姿态：“殿下还有什么吩咐？”

三王子站在台阶上，居高临下地道：“抬头。”

谢汐轻出一口气，让自己放松下来，抬起头。

四目相对，三王子一双深邃的眸子像锁住猎物的猛兽般，肆无忌惮地盯视着他。

说实话，这样被人看着是件很不舒服的事。要不是为了搜集三王子的心，谢汐肯定掉头走人。

“叫什么？”三王子问他。

谢汐早就想好了 2 号脸的名字：“科林·霍尔。”霍尔是海底世界的大姓氏，类似于他以前世界的老王，取这个名字问题不大。

三王子冷笑：“认识塞因·霍尔吗？”

谢汐敢起这个名字，自然心里有数，他面露疑惑地道：“回殿下，属下没听过。”

三王子盯着他，好半晌都没出声。

谢汐解释道：“侍卫队里有不少人姓霍尔，基本都不是本家的。”霍尔这个姓氏很尊贵，但却不是人人都尊贵。

这些三王子当然知道，他扬唇，眸色微闪：“你和他长得有些像。”

谢汐面上装出一副懵懂的样子，心里忐忑地想：不会吧，这易容术有 BUG？

好在三王子又道：“仔细看又不觉得像了。”

谢汐松了口气，小声道：“殿下没事的话，属下就先回去了。”

三王子没出声。

谢汐低下头，准备离开。

三王子一把拉住谢汐的手腕，谢汐吓了一跳，抬头看着他：“殿下？”

三王子不愧继承了加尔这个名字的魂意，神经病起来不遑多让，他伸手捏了捏谢汐的面颊。

刚才还气得恨不得砸了整个宫殿的三王子，这会儿竟笑出一对小虎牙：“真软。”比想象中还软。

谢汐的脸生疼，却只能压住杀气，露出茫然的表情。

三王子松开手，又冷下脸，仿佛刚才发神经的不是他：“去忙吧。”

谢汐行了礼，离开了三王子的宫殿。

他碰了下脸，疼得他倒吸一口气，垃圾的魂意，下手这么重。

更让他生气的是，进度条毫无反应……三王子不喜欢2号脸？他刚这么想着，就看到进度条上出现了一小格红色。

行吧，这还有延迟。

谢汐翻出小本，认真记下。

橙色五王子：塞因·霍尔，进度百分之十一。

蓝色六王子：塞因·霍尔，进度百分之四。

红色三王子：科林·霍尔，进度百分之一。

总进度百分之十六。

叉烧包探头探脑地问道：“妈……爸爸写的是什么？”

谢汐收起本本，视线悠远：“攻略。”

叉烧包一头雾水。

谢汐继续抓阄，这次是二王子。无所谓，反正哪个都不能落下，就去会一会招蜂引蝶的二王子。

二王子最得民心。

他刚成年就进了财政部，凭借着精明的头脑与圆滑的处世方式，节节高升，如今已经是财政大臣。因为他经常抛头露面，还推出了不少惠民政策，所以在普通平民心中他的声望极高，已经是当之无愧的储君人选。

谢汐却觉得这位二王子是最难搞的，这种唯利是图的花心鱼人设真的有爱吗？

谢汐来到二王子的宫殿，说明来意后，接待他的侍女竟直接说道：“放下吧。”其他王子都是亲自迎接陛下赏赐的礼物，唯独二王子根本不露面。

谢汐委婉地道：“圣日快到了，这是陛下赏赐的……”

“二殿下正忙，你不介意的话就在这等着吧。”说完，人鱼侍女游走了。

耍什么大牌，不要算了。

大王子和四王子那儿谢汐还没去，他正打算换个地方，谁知那侍女竟又回来了。人鱼侍女面色复杂地道：“殿下请你进去。”

谢汐不明所以，怎么又让他进去了？

谢汐走进宫殿还挺意外的，二王子花言巧语的性格像只花孔雀，宫殿却朴素得很，不至于寒酸，却有着别具一格的简约美，不奢侈、不华丽，只留了些许王室的贵气。

堂堂帝国财政大臣，如此勤俭节约，真是国之大幸。

呵呵，他信了。

二王子正在与人议事，他生得实在好看，银色长发别在耳后，顺滑地散在后背，身材被礼服完美勾勒，一举一动皆优雅迷人，身体力行地诠释了王室风范。

与他交谈的是位年长的大臣，他穿得倒也贵气，可惜坐在二王子下首，硬是被比成了小虾兵。

谢汐一进来，二王子便对大臣道：“今天先到这儿吧。”

那个大臣起身，行了个礼道：“殿下有事，那老臣就先回去了。”

二王子对他笑得如沐春风：“多亏您提醒，才免了一场大错。”

“哪有，哪有……”大臣诚惶诚恐地道，“是二殿下明察秋毫，一心为百姓思虑。”

二王子笑笑，两人又客套了一阵，那个大臣被哄得头晕目眩，行礼行得那叫一个真心实意。

谢汐眼尖地看到了大臣离开后二王子狭长的眸子里露出的讥讽与鄙夷。

果然，心是黑芝麻馅的！估计喊他进来就是为了借机赶走这个老头吧。

不出所料，殿里没旁人后，二王子也不笑了。他都没看谢汐一眼，对侍女道：“安排下回礼。”

侍女低眉顺眼地道：“好的。”

能言善道的二王子一句话都没和谢汐说，只摆了摆手。

看都不看一眼吗？花心鱼！

谢汐也不好贸然开口，只能行个礼，准备退出去。

“对了，”二王子声音懒懒的，“三王子那去过了吗？”

谢汐心思一动，他开口道：“回殿下，刚刚去过了。”

二王子眉峰极轻地扬了下，他坐在高处，托着腮盯着谢汐：“抬头。”

谢汐慢慢抬头，看向二王子。

二王子垂眸看着他，看了一会儿后他扬唇笑了：“叫什么名字？”说着他起身径直走下台阶。

谢汐报了2号脸的名字。

二王子轻笑道：“又是霍尔家的。”

谢汐不吭声，等着神经病搞事。

二王子不负所望，伸手在谢汐的眉心点了下，轻声道：“长得不错，留在我这儿怎么样？”

谢汐很无语：你是见一个留一个吗？

谢汐正要开口，却听外头传来了脚步声和虾兵的喊叫声：“三殿下，三殿下且慢，二殿下正在与人议事，不方便……”

砰……殿门开了，三王子站在门外：“你到底什么意思？北部战事……”

声音戛然而止，三王子眯起眼睛看着眼前的两个人。

二王子侧身挡住谢汐，声音慢条斯理：“三弟去军队待了几年，连最基本的礼貌都没了？”

谢汐被二王子弄个措手不及，想挪开竟发现自己根本动弹不了！叉烧包还在一旁尖叫：“天哪，妈妈被强禁了！”

强……强什么？

谢汐真想把这条鱼和叉烧包一起炖了！

－11－

小猫咪意识到自己一时激动叫错了，竟又重来一次：“天哪，爸爸被强禁了！”

谢汐一个踉跄，更没力气挣脱二王子的禁锢了！

他比二王子矮了不少，体形也有差距。二王子瞧着身形修长，却一身蛮力，面不改色就让谢汐动弹不得。

三王子毫不客气地嘲讽：“这就是在议事？”方才那侍卫拦他时说他家殿下在议事，结果……二王子正和一个小人鱼拉拉扯扯。

二王子炫耀地道：“还有什么比这事更重要？”他对着谢汐眨眨眼。这要是条普通的女人鱼，八成要被他给迷得七荤八素，可惜谢汐对这张脸极有免疫力，不仅不受迷惑，还想抽他。

三王子匆匆赶来是有正事的，他拧着眉道：“海丘国蠢蠢欲动，你竟然还主张削减北方军备，简直是鼠目寸光，愚蠢至极！”

他有心来谈正事，二王子却心不在焉。

三王子气得想一剑捅死面前的两人。

二王子状似不经意地侧身，将谢汐的面庞露了出来。三王子何等眼力，一眼就认出来了科林·霍尔，他的心一沉，周身杀气四溢。

从他这个角度看，谢汐面红耳赤，眼中尽是水汽，一副欲拒还迎的模样。可实际上，谢汐是累的，他挣了半天都挣不开，都快要累死了！

二王子忽然挪开了身子，谢汐终于自由了，刚喘口气就感觉到了一道犹如实体、恨不得把他给刺穿的凌厉视线。

谢汐转头看到了加尔戾气满满的暗红色眸子。

二王子还嫌事不够大，轻声道：“三弟，你吓到他了。”他看向谢汐的视线全是关心。

要不是进度条纹丝不动，谢汐真要信了他这真挚的模样！

就在这时，本来涨起来一点儿的红色进度像被风吹灭的火苗一般消失不见了。

好吧，二王子这里没骗到进度条，三王子的还掉了，果然不该理这条该死的鱼！

谢汐决定放弃不靠谱的二王子，努力争取一下三王子。

“二殿下，请自重！”谢汐快速与二王子拉开距离，甚至还靠近了三王子，一副寻求帮助的模样。

他这话一出，殿里的俩兄弟皆是一怔。

二王子估计是没想到有人会拒绝他，三王子以为自己猜到了事情原委。

谢汐再接再厉，道：“陛下的礼物已经送到，属下回去复命了！”说完他毫不留恋地转身，紧绷的背影带着不敢言说的怒气。

三王子讥讽道：“二哥真是越发长进了，这般强人所难的事也干得出来。”扔下这句话，他也转身走了。

二王子盯着两人离去的背影，扬了扬眉。

谢汐一路游出二王子的宫殿，又累又气，气都喘不匀了，没察觉到身后有人。

加尔一路追出来，看到的就是一条又羞又愤、泪眼汪汪的小人鱼。小人鱼生得本就稚嫩，一双眼睛又圆又亮，像水里的一个个小气泡，晶莹剔透，仿佛随时会破掉。他难得温声地道：“别哭。”

在水里虽然看不到眼泪，但那红着的眼眶已经说明了一切。

哭你个鬼，他是气的！

三王子问他：“到底怎么回事？”

谢汐知道这是挽回损失的好机会，忍着火气说道：“属下只是奉命去给二殿下送礼，本来都好好的，后来二殿下问我去没去过您那里，我说去过了，二殿下就莫名其妙地……”

他越说情绪越激动，然而看着涨回来的红色进度条，只能坚持。

三王子一听就明白是怎么回事了，道：“艾克斯向来和我不对付，他知道我会来找他，所以才故意欺负你。”他顿了下继续道，“让你受委屈了。”

谢汐垂眸，摇了摇头。

三王子在他的肩膀上拍了一下，说道：“去忙吧，晚点儿我去找你。”

找、找他？

谢汐吓了一跳，抬头问道：“殿下找我有什么事？”

加尔不生气时，瞳孔是浅红色的，很漂亮，他反问道：“没事就不可以找你吗？”

谢汐生怕穿帮，赶紧道：“殿、殿下有什么事吩咐属下就是，属下那里又脏又乱……”

加尔道：“那有什么，我小时候经常在侍卫处……”说着他停了下，又道，“也是，现在不是以前了。”

三王子神色微黯，他又问谢汐：“你的通信器在身上吗？”

通信器？

加尔了然地道："没有是吧？这个你拿着。"他将一个暗红色的东西放到了谢汐的掌心。

谢汐知道海底王国的科技水平很高，但因为没领过薪水，还没钱深入了解。

他道："这……"

加尔："等我联系你。"

谢汐瞄了一眼涨到百分之三的红色进度，收下了这份礼物："谢殿下赏赐。"

"去忙吧。"三王子目送他离开。

谢汐把玩着手里的通信器，心想这是个好东西，可以好好利用。他得赶紧去完善下1号脸和2号脸的资料，省得被戳穿。

他有储备脸型，很多难办的事都可以凭借易容去搞定。

手上的通信器和陆地上的手机差别不大，只不过款式更新颖一些，是戴在手腕上的，一按就会弹出悬浮界面，可以直接点击操作。

谢汐一眼就看到了通信录上仅存的人名——加尔·亚特兰蒂斯。

海底王国的王室都姓亚特兰蒂斯，据说他们是这个失落帝国仅存的后裔，所以将帝国的名字作为姓氏，意在永远铭记。

谢汐关了通信器，琢磨着是去大王子那儿还是去四王子那儿。2号脸对二王子不起作用，那就得去试探下其他两位王子。

总得保证一张脸搜集两个王子的心才行，谢汐只希望自己以后别搞混了……

他正这么想着，身后传来了轻叹声。

谢汐尾巴一顿，他停下了：这条花心鱼又想干什么！

"对不起。"二王子的声线故意压低。

谢汐不为所动，他看看毫无波动的进度条，懒得用这张脸搭理二王子。

二王子绕到他面前，垂眸看着他："我不是故意惹你来气老三的。"

谢汐冷笑，抬头看着他："二殿下到底要干什么？"

二王子微讶，竟没说出话来。

谢汐对他很失望，都懒得演戏了："没什么事的话，属下先走了！"

他向前游去，态度那叫一个秋风扫落叶，毫不留情。

艾克斯怔了怔，好半晌才轻笑出声。

叉烧包愤愤地道："呸，强禁爸爸的坏人。"

谢汐忍不住了，一把将它拎下来，揉了半天："不会说话就闭嘴。"

叉烧包软乎乎的小脸被揉成了包子："难、难道不是吗？他就是强、强……"

谢汐捏住它的小嘴巴，不让它出声！

忽然间，他松开了叉烧包，目露错愕地看向视线右下角。

橙色、蓝色、红色的进度条后面又出现了一个不同的颜色。

紫色进度条涨了百分之一。

紫色是谁的？二王子那条鱼吗？怎么忽然涨了一点儿？自己做什么了？谢汐

回忆了自己的行为，除了生气、冷言冷语，甚至满脸嫌弃外还有其他举动吗？只是这样反而涨进度了？二王子你是脑子有病吧？

不过有了这个意外之“喜”，谢汐基本可以确定章程了。

二王子和三王子都交给 2 号脸，剩下的两位王子就是 1 号脸。

他再度回到侍卫处，刚游到门口就迎面看到了六王子。

谢汐业务尚且不熟，心底一慌：六王子对应哪张脸来着？

六王子轻声问道：“请问塞因·霍尔在这儿吗？”

叉烧包十分喜欢老六的异瞳，大叫道：“我妈妈就在你面前！帅哥！”

– 12 –

多亏谢汐对叉烧包设置了准世界内隐身，这要是让人听到它说的话，谢汐就真成它爹了，被坑死的那种。

六王子还在看着他，谢汐已经反应过来，他先行了礼，垂首道：“见过六殿下。”

他之前在三王子那里装作不认识塞因·霍尔，现在就得贯彻到底，不能露馅。

“属下初来乍到，认识的人不多，不知道您口中的塞因大人是哪位。”谢汐低着头，尽量不和六王子对视。

六王子深居简出，极少与人接触，这会儿也不想惊动太多人，他道：“他也是这儿的侍卫，你若是见到他就帮我带个话，让他有空来见我。”

谢汐应道：“好的，殿下。”

六王子走了，谢汐松了口气。他一个人应付六个王子已经够麻烦了，如今竟然还要用三个身份去分别面对六个人……

这就像走钢丝，一个人走一条钢丝就很不容易了，他现在居然要在六条钢丝上来回蹦跶，这真能走到终点吗？

谢汐回屋后，反手锁门，关掉了易容术。

不慌，他稍微捋一捋。

原皮：塞因·霍尔，对应五王子和六王子；

2 号脸：科林·霍尔，对应二王子和三王子；

1 号脸：杰西·霍尔，暂时分配给大王子和四王子。

谢汐在心里默念了几遍，确定自己不会记混，然后他又记录了一下任务进度。

进度条达到百分百就意味着任务完成，眼下有六个人，平均下去的话每人是百分之十六点六六六六……为什么要搞一个除不开的数字！

谢汐转念一想，这除不开也许是件好事？注定了不能均分的话，是不是可以重点攻一个，从他那里尽可能多地搜集？剩下的再从其他几人那里搜集，这样的话好像要简单得多。

打个比方，五王子那么好哄，从他那里搜集到百分之六十，这样分摊到其他王子的百分比就只剩百分之四十，因为任务是搜集六王子的心，所以六个人都得有。可占比百分之一和百分之六十的难度是截然不同的。

像二王子那种神经病，占比百分之一简单，再多点儿鬼知道他还会作什么妖。

真能这样吗？谢汐深表怀疑。

看直播的江斜一边被谢汐这咬着笔头认真思索的模样给可爱得心颤，一边忧心忡忡，担心谢汐知道真相后对他的信任值又会疯狂掉一波。

这数字已经很可怕了，说出去颜哲八成以为他们山无棱天地合都不敢与君绝了。

任务当然不会那样简单，每个颜色的百分之十六点六六六六……代表的是单个魂意全部的心，因为心无止境大，所以数字无穷极 。每个魂意心的最大数值就是百分之十六点六六六六……所以谢汐是不可能从某个王子那里搜集到百分之六十的。

谢汐收起小本，决定先去一趟六王子那里。六王子特意来找他，也许是有什么急事。

有了对比才有偏爱，相比花心鱼二王子和阴晴不定的三王子，五王子和六王子这俩“单纯”的小朋友要可爱得多。

时间就是生命，谢汐马上去了六王子的宫殿。

六王子一见到他，灰蒙蒙的异瞳亮了下。叉烧包特捧场：“啊，海底第二帅！”别问它第一帅是谁，整个海底就他俩是异瞳。

谢汐向六王子行礼，六王子扶他起来。

“殿下找我有什么事吗？”

六王子顿了下，说道：“有件事想告诉你。”

谢汐看着活跃的进度条，很乐意陪陪这位孤零零的王子殿下：“殿下请讲。”

六王子略一犹豫，终于还是说了出来：“明天我要去陆地。”

谢汐一愣，陆地？

六王子道：“所以想和你道个别。”

谢汐的心一紧，他问道：“去多久？”可别一去几个月啊，他这任务岂不是完不成了？

谢汐这般紧张的模样让六王子的眉眼舒展了许多，他声音轻缓地道：“用不了太久，三四天。”

谢汐松了口气，说道：“我还以为要去很久呢。”

六王子的眸子闪了闪，他说道：“不会。”

谢汐有些纳闷，只是三四天的话，为什么要特意告诉他？当然这话他问不出口。六王子这个小可怜，大概一直没有朋友，冷不丁有个人对他好，所以格外重视？

这么一想，谢汐竟有些惭愧。

“属下……”他刚想说等你回来，忽地顿住了。

旁边的玉石桌上有一抹绿色光芒在闪烁……谢汐眨眨眼，确定自己没看错，那是存档点。

六王子留意到他的停顿：“怎么了？”

谢汐道：“没、没什么。”

六王子眼露疑惑，却并未多问。

谢汐不动声色地往那儿挪了下，选择了存档。他心里直打鼓，总有种不太妙的感觉，为什么会有存档点？难道接下来会有重要的分支？

上次的存档点是为了让他进入王宫，这次呢？

谢汐一时想不通，又不好太冷落六王子，他敛起思绪道：“殿下什么时候出发？”

六王子道：“明天一早。”

谢汐由衷地说道：“属下等你回来。”

六王子笑了下，很轻很轻，竟让人莫名有些心酸，他应道：“嗯。”

谢汐看着蓝色进度条涨到百分之七了，颇感安慰。

六王子道：“你还有差事吧？快去忙吧。”

谢汐的确还没送完礼，也不敢耽误时间，道了声“告辞”后就离开了。

谢汐的心里远没有表现出来的这么踏实，这个存档点让他很不安，如果不是有重要的选择，应该不会出现存档点。

那么他选择对了吗？他暂时不知道。

谢汐换了1号脸，去给大王子送礼，却没见到人。大王子日理万机，在议事厅熬夜加班。谢汐转头又去了四王子的宫殿，四王子是唯一有正当理由不见客的。他病了，别说是个小侍卫了，陛下的贴身总管来了他也可以推说不见。

谢汐略有遗憾，不过也不着急。反正不必试探了，三张脸对应六个人，已经分配完毕，剩下的就是创造机会接近他们了。

这一天谢汐实在太累了，躺床上没多久便睡着了。他做了个梦，梦里他成了一条小鱼，被六条大鲨鱼穷追不舍，他拼命游啊游，最后还是被鲨鱼撕成六份吃了个干干净净。

谢汐被惊醒，半晌苦笑出声。这哪里是梦，这就是现实啊！

今天他很忙，倒不是忙着去撩王子，而是要先完善另外两张脸的资料。有易容术这个特权，他能做的事很多，当然要好好利用一下。

首先是易容成王宫的管事，将1号脸和2号脸全部录入王宫侍卫的名册。好在这是个科技发达的海底世界，权限都靠指纹、虹膜、面孔验证，谢汐轻轻松松就过关了。改好名册后，他又通过易容进入了海底世界的户籍管理系统，给自己的三张脸安排上妥当的家庭背景。

谢汐搞定这些，又趁机拷贝出王子们的相关资料，准备回去慢慢研究。

这一折腾就是一天，谢汐觉得很值，毕竟磨刀不误砍柴工。

又过了一天，有个侍女来侍卫处找他："霍尔先生，殿下有请。"

一时间谢汐也看不到自己是哪张脸……人鱼小姐能直呼名字并且说明是哪个殿下吗？

好在叉烧包被训练过，知道干点儿正事了，它大声提醒道："塞因，爸爸现在是塞因·霍尔！"

谢汐松了口气，大概知道这位侍女是来自哪位殿下宫里的了。

六殿下那儿没有侍女，更何况他去了陆地，那这位侍女大概就是五王子宫里的了。

谢汐应下，跟着侍女去了。

五王子等他有一会儿了，见他一来便招呼道："塞因，来这边。"

谢汐礼都没行完，就被五王子给拉了起来。

五王子难得穿了身正装，笔挺的制服将他的身形勾勒得极好，一双长腿真是能把人鱼谢给羡慕死，毕竟当鱼当久了很怀念脚踏实地的感觉。

五王子察觉到他的视线，竟凑近他问道："喜欢我的腿？"

谢汐不知道这话该怎么接。

五王子唇瓣弯着，低声道："其实我的尾巴也好看，等有机会给你看看。"

谢汐怎么觉得怪怪的！

五王子哈哈大笑："小塞因，你太可爱了。"

谢汐看着涨了一点儿的橙色进度条，顺水推舟道："请殿下不要……戏弄属下。"

五王子拍着他的肩道："我可没戏弄你，我只给你看。"

谢汐感觉到五王子的手很有力，总觉得……这进度是不是太快了些，他们才认识没几天吧？

谢汐如果知道一颗心的最大值是多少，就不会奇怪了。

他不出声，五王子只以为他害怕了，不再逗他："走，带你去听音乐会。"

谢汐微讶："音乐会？"

"对，"五王子道，"是我写的曲子，你肯定会喜欢。"

谢汐还真不讨厌，五王子多才多艺，随便拨弄下琴弦都是天籁之音，他写的曲子……还挺期待的。

海底世界也有"汽车"，当然不叫汽车，而是叫飞艇。因为"轰"的一声射出去跟飞差不多。其实人鱼游起来的速度不慢，甚至不比飞艇慢，但是速度再快也会消耗体力。如果出门有个代步工具，谁乐意自己游。

五王子的气派没话说，即便谢汐不懂行，也看得出这代步工具有多奢华，估计陆地上一般的豪车都比不了。

五王子特别看重谢汐，待他好得不像话，谢汐有那么一点儿惭愧。他虽然是被迫完成任务，但做的事完全是在欺骗人的感情。

五王子问他："好吃吗？"

谢汐咽下口中的糕点，点头道："好吃。"

五王子展颜笑道："我让他们多准备一些给你送过去。"

谢汐委婉地说道："不用了，我那儿……"

五王子道："你那儿实在太小，不如搬出来吧。"

谢汐哪里敢？他拧眉道："殿下，请给我些时间，我能安排好自己的生活。"

五王子也不勉强他："好。"

谢汐越发心虚了。

他们刚到音乐厅，还没走进去，五王子的通信器便响了。

通信器响起尖锐的声音，特别刺耳，如同某种警报，五王子眉心一皱，快速拿出通信器，看了一眼后整个人都僵住了。

与此同时，一个巨大的荧幕投到海水里，偌大的广场都看得清清楚楚。

荧幕里出现了一身戎装的三王子，他姿态威仪，眼眸深邃，开口便将整个海底都炸开了。

"六王子西里斯·亚特兰蒂斯奉命出使陆地，惨遭杀害！陆地人如此残暴、如此张狂，我们怎能坐以待毙？"

谢汐蒙了：什么？六王子死了？

－13－

三王子久经沙场，不怒自威，此刻慷慨激昂，把海底民众的情绪都煽动起来了。

海底和陆地原本就有着不可调和的矛盾，如今王子的死成了深水炸弹的导火索，被点燃后瞬间炸开。

"陆地人欺人太甚！"

"他们竟敢杀害我们的王子殿下！真是岂有此理！"

"亲陆派的走狗们看好了，陆地人都在我们头上拉屎了！"

"打倒陆地人！打倒陆地人！打倒陆地人！"

这口号一起，一呼百应，声浪之大甚至让水流都激涌起来。

谢汐身处中心，被这旋涡给晃得几乎站不稳。

五王子扶住他，将他扣在了身边。

谢汐也顾不上这糟糕的姿势了，抬头看向五王子，从五王子那双素来漫不经心的眸子里看到了仇恨。

谢汐的心咯噔了一声。

谢汐查过资料后很清楚，五王子是主和派，他游离在王位争夺之外，借用母族霍尔一系摆明了态度，只拥护和平派的君主。

他不希望和陆地人起战争，更希望双方和平相处甚至是互不干扰，但现在……六王子的死打破了这个可能。

如果连主和派的五王子都对陆地人升起了仇恨，其他人可想而知。

六王子再怎么不受重视，也是帝国的王子，是帝国的象征。

陆地人把他杀了，等于向海底宣战！

即便不考虑任务问题，谢汐也打心底不喜欢战争，更何况他不能让六王子死。

右下角有了新的提示：请注意，当前存档点将于十分钟后消失。

也就是说现在不读档以后就没机会了。还用想吗？谢汐选择了读档。

轻微眩晕后，谢汐回到了两天前，稳稳地站在了六王子面前。

六王子刚好在问他："怎么了？"

谢汐虽然一时没想起当时的情况，却说了和当时一样的话："没、没什么。"

他想起来了，当时他刚看到存档点，所以有些慌张，走神了。

谢汐轻出一口气，试探着问道："殿下什么时候出发？"他应该还没问，他记得自己是临走时才问的这句话。

果然，六王子说道："明天一早。"

"属下知道这很冒犯，但是……"谢汐抬头，认真地看着六王子，"殿下，您可以不去陆地吗？"

六王子愣了下。

谢汐决定打直球，道："陆地危险，您尊贵之躯，为什么要去以身犯险？"

这话像股暖流般直直涌入西里斯的心口，他异色的瞳孔淡了些，轻声道："陆地没有你想象中那么危险，我去过很多次，没事的。"

这次就有事，你命都没了！

谢汐着急地道："非去不可吗？"

六王子心中一片温暖，他平日里寡言少语，很不善言辞，此刻只说道："放心，三四天我就回来了。"

谢汐也顾不上噌噌增长的进度条了，又问道："属下能和您一起去吗？"

六王子身体一僵，他被镇住了，他显然没想到谢汐会说出这样的话。

谢汐可不能让六王子再死一次，盯着他问道："可以吗？"

六王子看着他，目露疑惑："为什么？"

谢汐一顿，找的借口很蹩脚："属下没去过陆地，想去看看。"

六王子道："你刚才还说陆地很危险。"

谢汐拿他的话堵他："殿下刚刚不也说了陆地没有我想象中那么危险吗？"他

一着急连自称都忘了。

可他越是这样，越是让六王子的心底一片柔软。这么多年来，几乎没人主动和他说话，更没人向他示好，但眼前的人给他夹过菜，给他送来了父王的祝福，现在居然……

六王子的目光亲和：“你别担心，我真的不会有事，只不过三四天时间就回来了。”

谢汐执拗地说道：“既然不会有事，那带上属下又如何？殿下出行，难道身边都没有个伺候的人吗？”

六王子独来独往惯了，哪有什么人伺候。

谢汐也没想到自己真说中了，堂堂一个王子，独自出门，死在异乡，这也太惨了。他不由得放缓了声音：“殿下，带属下去见见世面吧，我从未离开过海底。”

谢汐这般软磨硬泡，六王子哪里招架得住，应了下来：“好，我带你去看看，陆地上也很有趣。”

谢汐一个陆地人，哪里还会对陆地好奇？不过他能跟上六王子作死的步伐，还是开心的，他笑道：“嗯！殿下，明天见！”

六王子被谢汐的笑容给晃得薄唇微抿，唤他的名字：“塞因。”

谢汐已经习惯了这个名字：“嗯？”

六王子摇摇头道：“没什么，你还有差事吧？快去忙吧。”

说完他笑了笑，异色的瞳孔给人诡异的感觉，可当他笑起来时，瞳孔颜色变得很浅，仿佛初晴的天空与最温柔的朝阳汇在一起，洒下的光辉温柔又美好。

谢汐微怔，行了礼后离开。

叉烧包大叫：“真帅！”

谢汐将包子从领口拎出来，揉它的小脑袋：“嗯？”

叉烧包被揉得直叫：“哎哟哎哟……”

谢汐揉得更用力了。

有了上次的经验，谢汐就不浪费时间去大王子和四王子那里了，直接用了易容术，先去把1号脸和2号脸的身份补齐，顺道还得做个假条，给自己的两个身份都请假。

多亏有储备面孔，要不单是这些事都要把他给愁死。

即便这样也够麻烦的，谢汐只希望这次能顺利救下六王子，别再读一次档！

谢汐抱着叉烧包，踏踏实实地睡了一觉，第二天他精神抖擞，做好了鏖战的心理准备。

六王子果然“穷”，五王子去看个音乐会都前呼后拥，他这好歹是出差，竟然寒酸得只带了个谢汐，更扎心的是谢汐还是主动请缨跟上来的。

谢汐礼行了一半，六王子笑了下，扶他起来：“陆地上和海底不同，不用多礼。”

谢汐道：“属下愚笨，有不懂的地方，还请殿下见谅。”

六王子纠正他道："不要叫我殿下，也不用自称属下。"

谢汐故作惊讶地道："这怎么能行？"

六王子道："陆地和我们海底不一样，社会结构更加平等。"

谢汐当然知道这些，但还得装出错愕的样子："陆地人真是不懂礼数。"

六王子耐心地给他解释："平等不好吗？不论身份贵贱，谁都有机会出人头地。"

谢汐代入海底人惯有的脑回路："可平民怎么能和王室贵族相提并论？"

六王子道："有何不可？"

谢汐道："只有王室的人才法力高强，可以幻化出完美的双腿。"

六王子的瞳孔缩了下，他道："如果都能吃饱喝足，谁还长不出这二两肉。"

谢汐一愣。

六王子看向谢汐，说道："你想上岸的话，得试着用双腿走路。"

谢汐用两条腿走了十九年，恐怕比六王子还熟练，可怜他还得演戏："难吗？"

"一开始会有些不适应，不过你放心，我会帮你。"

"那就麻烦殿下了。"

六王子道："叫我西里斯。"

谢汐叫了他的名字，六王子竟笑了下："第一次觉得自己的名字这样好听。"

叉烧包鬼叫："啊——帅哥你好会说话！"

谢汐真想把这叉烧扔出去！

六王子又道："还有一个小时就登陆了，我先帮你化出双腿。"以谢汐自己的法力，他是没办法拥有双腿的，但六王子可以帮他。

谢汐点头应下。

六王子让谢汐坐在椅子上，尾巴放在一侧。随后六王子单膝跪到谢汐面前，手放到了他的鱼尾上。从这个角度看挺奇妙的，六王子往日总是沉着脸，一副生人勿近的模样，熟悉后才发现他性格单纯，只是因为习惯了一个人，而不知道该如何与人相处。

这让谢汐想到了自己。在来到这个莫名其妙的世界之前，他也是这样，被父亲抛弃，被母亲放弃，被整个世界隔离在外，只能孤零零地活在自己的世界，茫然无依……

"可能有点儿不舒服，你忍一下。"六王子轻声对他说道。

谢汐回过神来，点头道："没事……"

他刚说完就闷哼出声，被这难以言说的麻痒感给弄得无法忍耐。如果是痛还好说，这种麻麻的感觉更要命，仿佛被轻轻电了下，整条尾巴都酥了。

六王子抬起头，声音微哑："痛吗？"

谢汐死咬着下唇，摇头道："不。"

六王子道："我控制了力道，应该不痛，但是会慢一些。"

谢汐宁愿痛一些，快点儿搞定，这滋味太难受了。

舱内有些静，等六王子的手拿开后，谢汐总算摆脱了这见鬼的酥麻，他轻喘口气，平复着情绪。

六王子的喉结动了下，他轻声说道："你休息会儿，快上岸了我来叫你。"

谢汐拿不准意外什么时候降临，所以不想和他分开："我没事，殿下留在这儿吧。"

谢汐并没察觉到自己这话有什么问题，然而进度条却蹿到了百分之十三，已经跟五王子一样了！

谢汐眨眨眼睛，搞不懂究竟发生了什么。

六王子轻咳一声，耳朵尖似乎有点儿红，垂眸问道："要不要起来走走？"

谢汐生怕他溜出视线后死于非命，应道："好。"

他觉得不就是走路嘛，他走了十九年哪会马上忘掉？谁知等他站起来，竟发现双腿酸软无力，毫无用处。

谢汐差点儿摔倒，六王子一把扶住他，温声道："别着急。"

谢汐握住他的小臂，以此为支撑，费了好大劲才勉强站稳。

六王子怕他灰心，解释道："你习惯了鱼尾，变成双腿后需要慢慢适应。"

谢汐也是服了，他一个货真价实的陆地人，当了几天鱼后竟然不会走路了！

"殿下去坐着吧，我扶着墙壁自己试试。"

"不要紧，你扶着我就行。"

谢汐还是担心他离开视线后死于非命，索性不客气了，扶着他的小臂，努力适应着双腿。

谢汐咬牙走了十多分钟后，六王子微笑道："很厉害。"

厉害个鬼，像罗圈腿。

六王子继续道："我当时刚有双腿，一直是当成两条尾巴在用。"

谢汐道："您那时候很小吧？"

六王子淡淡地道："大哥他们三岁时就能站稳走路了。"

谢汐心思一动，想起六王子刚才说的那句话。如果人人都能吃饱喝足，谁都会长出双腿。难道这双腿的幻化不是天生的？

谢汐道："您不比任何人差。"

这话一出，蓝色进度条又噌地蹿了一下，涨到了百分之十五！

谢汐有点儿小兴奋，如果六王子的进度能超过百分之十七，他是不是就不用去撩那么多条鱼了？

终于，谢汐适应了双腿，可以在六王子的搀扶下走稳路了。

六王子道："把这个喝了。"

这是海底世界研发的一种保水剂，服用后人鱼在陆地上也不至于脱水，不过有一定时效，最多维持三天。

谢汐仰头喝下。

六王子看到他白皙的脖颈，眼眸微垂，挪开了视线。

谢汐放下空瓶道："味道不错，甜甜的。"

六王子笑道："准备好，我们要上岸了。"

谢汐点头道："没问题！"

能有什么问题呢？他可是个土生土长的陆地人！可惜这个念头在他刚离开水面后立刻消失无踪。

他感觉好干、好热，好难受。

谢汐紧皱着眉，他就像走进了桑拿房里，被扑面而来的热气给弄得眼睛都要睁不开了。

六王子的声音在他的耳畔响起："别怕，试着呼吸下。"

谢汐死死地握着他的小臂，闭着眼喘息了好一会儿才总算适应了。谁能想到，他好好一个陆地人有一天竟然会适应不了陆地上的空气。

一股淡淡的凉意从六王子的掌心传来，谢汐发现自己身上蒙了薄薄的一层水，闷热感褪去，一下子舒服多了。

六王子道："慢慢适应，这会儿没陆地人，先这样。"

谢汐身上蒙了一层淡淡的水，普通人看见怕是要大喊见鬼。

谢汐看到了六王子额间的薄汗，知道维持这水源是在消耗他的体力，便摇头道："不用了，我早晚得适应……"

他话没说完，破空声迎面而来。

谢汐一惊，可惜迟钝的身体根本躲不开这迎面而来的子弹。这若是正中眉心，他必死无疑。

电光石火间，六王子一把将他拉进怀里，用后背挡住了子弹。

谢汐蓦地睁大眼睛。

西里斯眉心轻皱，一双异瞳温柔至极："快回船上。"他嘴角溢出了鲜血。

谢汐一点儿时间都没敢耽搁，立马读档！

中庭花园。

江斜盯着信任值。

下了好多天的"红雨"终于停了，飘着的绿色 +1 却让他的心情复杂。

信任值涨了，却是绿色的。

– 14 –

江斜的复杂心情刚刚拉开序幕。

水幕上，谢汐读档，又回到了海底世界，刚从炽热的陆地回到温润的水里，他只觉酣畅淋漓，再看到生龙活虎的六王子，更是松了口气。

反馈到江斜那里，又是信任值 +1。

江斜更不是滋味了，六王子替谢汐挡了一枪，涨一点儿信任值意思意思就行了，怎么读档后刚见面又涨了？

明明涨的是对他的信任值，老邪同志却高兴不起来。

谢汐对六王子说了与之前一般无二的话，六王子也回了几乎一模一样的话。

包括出发后的那句——

“叫我西里斯。”

谢汐这次弯着眼睛，叫他：“西里斯。”

六王子轻声道：“第一次觉得自己的名字这样好听。”

谢汐道：“本来就很好听。”

绿色的 +3 刺痛了江斜的眼睛。

接下来是六王子帮谢汐幻化双腿，这部分江斜本来就很不喜欢，此刻再看一遍更觉扎心。六王子是他的魂意，他的魂意就是他自己，而现在，他正在绿自己。

货真价实的绿，翠生生的 +1 好比那蓝天白云下的青青大草原。

过于应景。

这次有了双腿后，谢汐半点儿工夫都不敢耽误，主动扶着六王子的小臂，努力尝试着走路。一上岸就有危险，他必须尽快适应这两条“竹竿”！

六王子看他鼻尖渗出的薄汗，心疼地道：“不着急，慢慢来。”

谢汐哪里能慢下来，他强忍着不适，继续走路：“我不能拖您后腿。”

六王子道：“怎么会？你能陪我上岸，我已经……”他顿了下，觉得这话过于亲密，说不下去了。

谢汐却懂了。他们才认识几天，相处的时间更是少得可怜。可即便如此，六王子仍能在关键时刻挺身而出救他一命，足以见得六王子有多重视他。

谢汐无法想象，一个看尽人世冷暖，受尽排挤不公，活得那样凄惨的王子殿下会有这样一颗温柔的心。六王子只是接受了他这么一点儿虚伪的好，便付出性命来回报他。

谢汐很惭愧。

这次谢汐适应得特别好，不仅不用六王子搀扶，还能做到拔腿就跑。

谢汐喝了保水剂，登陆后强忍着空气的干热。他不能再让六王子浪费力气给他撑什么水盾了，他们得养精蓄锐，全力应对！

六王子忧心地问道：“还好吗？”

谢汐不好，十分糟糕，但他强笑道：“这陆地上的确和水里很不一样。”

“你难受的话……”

谢汐掐着时间惊叫：“小心！”

谢汐话音先起，破空声后到，这给了六王子足够的反应时间。只见六王子伸手护住谢汐，两人一起翻滚，躲开了激射而来的子弹。

谢汐的心跳得极快，手在不受控制地抖着。即便有过多次死亡经验，在这种紧张时刻，他仍旧肾上腺素骤增！

“岸上有危险，我们先回船上吧！”谢汐着急地对六王子说道。

六王子全神戒备，留意着敌人的动向：“走！”

他们一动，又有密密麻麻的子弹射过来，幸亏谢汐练好了腿脚，否则就他那罗圈腿，肯定得再读一次档！

两人躲过了枪林弹雨，总算回到了船上。这艘船虽然简陋，却也能扛住海底的压力，所以寻常刀枪根本射不穿。

谢汐一怔，想起了之前被他忽视的问题。

海底人常年生活在高压之下，身体远非陆地人可比，普通陆地人的枪弹根本射不穿他们的肌肤，而六王子又是力量强悍的王室成员，哪里会被一枪致命？

所以说……

谢汐看向六王子，发现他神色肃穆，异色瞳孔比往常深了许多，带着些意味不明的深邃。

谢汐低声道：“殿下，岸上有危险，我们先回去吧！”

六王子看向他道：“你先回去，我得找出是谁在埋伏。”

谢汐顿了下：“这很危险。”

六王子跟他解释：“这袭击关乎的不仅是我们的生死，如果消息传回海底，只会带来更大的事端。”

六王子上岸虽然不张扬，但也是登过记的。他前脚刚走，后脚就狼狈地逃回去，势必会被人追问。即便六王子推脱过去，万一其他人上岸也遭到袭击呢？

谢汐隐约有些猜想，他无法解释，只能问道：“如果是陆地人向我们宣战……”

六王子盯着窗外：“那就战。”

谢汐没想到六王子是如此果决的性格，忍不住又道：“那如果是有心人……”

六王子道：“所以我才要留下来查出真相。”

他转头看向谢汐：“你先回去找个地方躲起来，你上岸的事没人知道，不会引起猜疑。”

他要留下来查明事情原委，却不能因此连累谢汐。

谢汐哪会不懂？他凝声道：“我是王室的护卫，怎么能抛下王子独自逃生！”

六王子一怔，瞳孔微缩，声音是前所未有的冷漠：“王室哪里值得你们守护！”

谢汐目不转睛地道：“西里斯值得！”

一句话让六王子心神巨震，六王子盯着谢汐，眼睛一眨不眨地看着他。

谢汐也不回避，别说他有好几条命，即便就这一条命，他也不会丢下六王子不管。

六王子为他死了一次，他不会让六王子死第二次。谢汐的确没什么朋友，但不意味着他不懂兄弟义气！

六王子轻出一口气，拿起一把武器递给谢汐："跟紧我。"

谢汐没用过这玩意儿，也没来得及开启天赋系统，点不亮枪械专精。但人被逼急了没什么不会的，更何况他还有叉烧，他用眼神给叉烧包下令。

叉烧包明白，一溜烟飞出去探查外面的动静。有一只别人看不到的眼睛，谢汐不会拖后腿。

六王子在前，谢汐在后，两人戒备地出了船舱。

几乎在同时，枪声响起，谢汐跟紧六王子，重复着叉烧包带回来的信息："火力集中在左后方。"

他的话音落下六王子已经调整了位置，挡在他的左后方。

谢汐胸口一热，紧急时刻也顾不上这些了，他道："避开还是……"

六王子道："我设定了航线，借着航线冲过去。"

谢汐的心一紧，握枪的手全是汗。他到底是没经验，面对这样的状况没法泰然自若。

六王子道："你专心给我打掩护，我开了五感，他们跑不掉。"

这是亚特兰蒂斯王室经久不衰的根本所在，他们有着异于常人的体魄，还有独特的能力，一旦被激活，战斗力惊人。

听说三王子在南北大战时激活了能力，一人单挑了敌方整个部队，因此得了杀神之名。

有叉烧包来回传递信息，又有六王子的能力加持，他们总算揪出了躲在暗处放冷枪的人。

如此短兵相接，胜负只在瞬息之间，谢汐本以为一切结束了，只需开枪击毙这些人就可以了。

那人竟低笑出声："没想到竟是引狼入室。"

如此熟悉的声音让谢汐的心猛地一跳。

那人摘掉面具，露出了憨厚老实的面容。

托马斯……

谢汐猜到了袭击六王子的可能是海底的人，但没想到竟然是护卫队队长，托马斯！

六王子也怔住了。

托马斯面无表情，枪口对准了六王子："六殿下，对不住了。"

冰冷的话语落下，他扣下了扳机。

如此危急时刻，六王子竟然一动不动，只是双目放空地看着前方。

谢汐哪能让六王子再死一次，电光石火间他扑了上去，想替六王子挡枪。

谁知刚才还一动不动的六王子，在看到谢汐要替他挡枪之后，竟一把拉住了谢汐，翻身躲开了子弹。

这速度实在太快，竟然比子弹还快！

谢汐头皮发麻，脑袋一片空白。

六王子问他："为什么？"

谢汐知道六王子的意思，他问自己为什么要救他，谢汐努力张口："别、别放弃自己。"哪怕被亲人、被国家、被子民放弃了，也别放弃自己。

六王子瞳孔猛缩，异色双瞳因为颜色过深，接近黑色。

他起身，面无表情地开枪，击杀了托马斯等人。

一场灾难结束，死去的全是海底人。

谢汐看着死不瞑目的托马斯，心情十分复杂。

六王子声音平静："是王室特卫队。"

谢汐早就猜到了，也明白为什么第一次六王子会死。其实以西里斯的能力，虽不至于像加尔那样单挑敌军，却也能在这些人手中全身而退。

他是主动放弃了求生。

托马斯等人一露脸，他就明白了。

这是王室特卫队，除了王室，无人可以给他们下令。王室有谁呢？他的父亲，他的兄长，他的至亲。

孤零零长大的六王子从未得到任何爱，当他得知自己被所有人放弃时，他也放弃了自己。

杀了他，海底人可以正大光明地向陆地开战。这是他家人的心愿，而他的家人认为，这是他唯一的价值。

谢汐的心里五味杂陈，他忍不住安慰六王子："也许不是你想的那样。"

水幕外。

江斜碰了下谢汐白皙的面庞。

魂意是他的一部分，偶尔会映射一些他的记忆。

六王子的遭遇他经历过，只可惜当时没有谢汐，而他天生是个死不了的怪物。

江斜别开视线，看向了信任值。

绿色的 +10 特别显眼。

江斜向后仰靠在宽背椅中，嘴角溢出一丝苦笑。

他是不是该庆幸——

赤色基数太大，所以飘了这么多绿还是红红火火的，自己不至于太绿。

只是 -250 这个数字，嗯，果然还是很心酸的。

– 15 –

王室特卫队的任务失败，六王子毫发无伤，这情况很微妙。

谢汐劝了六王子一句，可惜这话他自己都觉得很无力。不是西里斯想的那样，又能是哪样？除了他至亲的几个人，谁有能力派这么多特卫队的人出来？

区别只在于是父亲还是兄长，但对六王子来说，其实都一样。

谢汐看向六王子："殿下，我们还回去吗？"

他们都已经撕破脸了，西里斯还要回海底吗？被家人放弃的他还想回那个王宫吗？六王子不回话，自己该怎么办？他还有任务，唉！

"回。"六王子道。

谢汐抬头看着他。

六王子的神态和以前截然不同，声音中隐隐藏着的那份孤僻与稚嫩褪去了，取而代之的是坚定与执着："为什么不回？那是我们的家，是我们生存的地方。"

谢汐意识到眼前的王子殿下蜕变了。

六王子看向他："塞因，谢谢你。我不会再逃避，不会再怯懦，我会面对一切，不会再放弃自己。"

谢汐满心欣慰，他眼眶发热，点头道："殿下能振作起来，真是太好了！"

西里斯沉寂了十九年，默默无闻了十九年，不争不抢了十九年，如今终于有了自己想要守护的东西，有了无论如何都想要保护的人……

这个人给了他新生，给了他面对一切的勇气。他不想再当个随手可弃的棋子，不想任人摆布，不想让自己珍惜的人遇到一点儿危险！

谢汐道："这尸体得处理下，我去船上看看有没有工具。"

西里斯道："后备舱有储物袋，我们得把他们带回去。"

海底人的尸体留在岸上可能会引发其他麻烦。

谢汐应道："好，我去拿。"

西里斯怕这些特卫队的人没死透，有心支开谢汐，他再处理一下，于是点头同意了。

谢汐如今双腿利索了，走起来路来并不困难，他没用多久便回到船上，刚打开后备舱……

"轰"的一声，强光乍起，谢汐蒙了，耳边传来了叉烧包的惊叫声："是炸药！"

可惜已经晚了，谢汐迎面对上，身体被炸成了碎片。他后知后觉地意识到这艘船早就被动过手脚，倘若特卫队失败，六王子也会在回程时被炸得粉碎。

返航用的燃料放在后备舱，六王子想回去就一定会打开这里，这种专门针对海底人的炸药，任凭六王子有通天的本事，也只有一个死字。

这幕后凶手真够狠啊。

爆炸声像根针一样刺穿了西里斯的脑神经，他猛地转头，看到的是一片火光。

"塞因……"西里斯面色苍白，他踉跄起身，用最快的速度赶上去。

可惜太晚了，整艘船都烧成了一片灰烬，哪里还有半个人影。西里斯呆呆的，眼中一片空茫，完全理解不了眼前的情况。

“不……塞因，不可能……不可能……”他梦呓般地低语，身体有薄雾般的红光渗出，如一层层的血雾，将他整个人都笼罩住了。

“塞因、塞因、塞因……”

他的声音逐渐变大。

“回答我！”在这声声嘶力竭的呼喊后，他身后的海水径直蹿起，一面十米多高的水墙铺天盖地地砸了下来。

船上的火被浇灭，可惜除了漆黑的残骸孤零零地冒着的烟，再没有一点儿活人的气息。

西里斯扑上去，在这焦脆的破铜烂铁中疯狂翻找着。

“塞因、塞因，你在哪儿？告诉我，告诉我你在哪儿？”他的呼喊几近癫狂，整个人也像疯了一样，在一堆不可能之中寻找可能。

谢汐的确被炸成了碎片，却不会死。

叉烧包判断这个致命伤痛级太高，优先发动了它的致命伤免疫。叉烧包的这三条命是免痛的，所以谢汐不仅没死，还一点儿都不痛。他沉到了水底，看着身体的碎片一点点拼起来，心情十分复杂。

他听到了西里斯的呼喊，感受到了西里斯的悲痛。

可惜他没法去见西里斯，被炸成那样，还生龙活虎地出现在西里斯面前，也太难以解释了。

而存档点也在解决掉王室特卫队后消失了，无法再读档。

所以塞因·霍尔死了。

死人不能复生。

叉烧包哭得稀里哗啦，飞出去用毛茸茸的脑袋蹭着西里斯，笨拙地安慰他。

可惜西里斯感觉不到，他不停地在这一片狼藉中挖着，仿佛这样就能找回他的塞因·霍尔。

谢汐不忍再看。

他的视线右下角有了变化。

任务进度条那里，代表六王子的蓝色进度涨到了百分之十六点六六……

谢汐此刻才明白这个数字是最大值了，因为这天空一般的蓝色逐渐变了颜色，成了饱满的绿色。

这个颜色谢汐见过，在第一个世界，在生存天数下也有这样的绿色进度条。每个颜色代表着不同的王子，变成绿色应该代表这个王子的心搜集满了吧。

前阵子谢汐还能玩笑般说着金蝉脱壳的话，现在却说不出来了。

死亡，真的很残酷。

谢汐的身体恢复好，他能动弹了，叉烧包飞回来，哭着道：“爸爸，你快去看看他，他好伤心！”

谢汐用了易容术，换上了1号脸。

叉烧包反应过来了："爸爸，你放弃他了吗？"

谢汐的心被扎了一下，他轻出一口气道："这样对他也好。"

谢汐欣赏西里斯，把西里斯当朋友，可西里斯对他的付出是不一样的。谢汐注定回应不了西里斯的付出，这样干脆利落地切断也好。

人死了，什么念想也就都没了。

时间能淡化一切。

虽说如此，但是……

垃圾X，垃圾任务！魂意不是你自己的意识吗？连自己都虐！谢汐真想把X揪过来暴揍一顿！

叉烧包感觉谢汐的心情很糟糕，委婉地说道："我们真的不回去吗？不和西里斯在一起，怎么回海底？"

以谢汐这个小体格，游回海底怕是黄花菜都凉了，更不要说谢汐不认路，摸黑乱游的话，鬼知道能游到哪儿去。

谢汐知道叉烧包还在奢望着塞因·霍尔重生。

但塞因·霍尔是不可能再活过来了。

谢汐不属于这个世界，他来这里是为了通关，而不是将自己困死在这里。

该怎么回到海底世界？不能向西里斯寻求帮助，还得用最短的时间回去。

谢汐心思一动，他想到了——他可以召唤X的分身。

这技能有冷却时间，上次用了之后到现在应该可以再次使用了。

谢汐在心底默念技能，果然召唤X的技能显示为可用。

X既然能设计出海底世界，想必不会怕水吧？

如果他怕水谢汐就自认倒霉吧。

谢汐冷笑，恨不得把X真人给按到水里喂鱼！

谢汐用了技能，X出现，他水性很好，没有一点儿狼狈的模样，还俯身行了个礼："主人。"

谢汐本来就一肚子火，看着X那双破眼睛，气竟消了一大半。

西里斯不愧是他的魂意，真是像得没边了，尤其是眼睛……

他想到可怜的六王子，对X恨得牙痒痒又忍不住有点儿心疼。

江斜被召唤后就看不到信任值了，否则他肯定能看到红绿飘摇的奇景。

-1和+1齐飞，红绿共长，好不刺激。

谢汐冷着脸道："送我去海底。"

X应道："好的。"

谢汐敏锐地道："你知道海底在哪儿？"

江斜滴水不漏地说道："垂直向下。"

谢汐盯着他看了一会儿，因为太容易想起西里斯，他不再打量，说道："有个海底王国，你能在三分钟内把我送回去吗？"送一多半也行，剩下的他自己应该可以游过去。

江斜问："那里有您的所有物吗？"

谢汐顿了顿，说道："我在那儿住过。"所有物有不少。

江斜道："好的，可以将您送到住处。"

这算什么技能？狗鼻子追踪器？谢汐心中微讶，觉得这 X 是真不简单。

江斜靠近他道："冒犯了。"

谢汐微怔："要怎么……"

他还没说完，江斜轻轻松松地将他打横着托起。

谢汐震惊。

江斜轻声道："速度很快，您可能会有些许不适。"

谢汐被这姿势给搞得很不自在，不过他计较不了这么多了，三分钟内抵达海底，速度肯定极快，只是牵手的话估计会被甩出去。

"别耽误时间了。"谢汐想到可怜兮兮的六王子，不想给 X 好脸色。

江斜又道："别勉强，受不了的话可以睡一觉。"

谢汐瞪他："走！"一堆废话，有什么受不了的，还睡一觉呢，他睡得着吗？

江斜垂眸看着他，薄唇极轻地扬了扬。

谢汐尚且来不及思考他这笑容的含义，就被陡然提高的速度给震得头昏眼花。

好、好、好快！

这么远的距离只用三分钟，果然速度快得可怕，谢汐直接扯住了他的衣服。谢汐顾不上那么多了，脑袋都快被水压扁了。

三十秒钟后，谢汐明白了为什么 X 会说："受不了就睡一会儿。"

这哪里是睡一会儿？这根本是昏过去了！

没错，谢小汐脑袋一歪，晕了。

江斜只用了一分钟就抵达了海底，他大摇大摆地走进亚特兰蒂斯王宫，守卫一个个像睁眼瞎似的根本看不到他。

谢汐睡得死死的，白皙的手指还紧紧抓着他的衣服。

江斜来到准世界后与魂意有共鸣，六王子的痛苦全萦绕在他的心头。珍惜的人在面前消失，这滋味无法形容。

还好谢汐不会死，正安安稳稳地睡在他面前。

失而复得的狂喜同样让人着迷。

"好好睡一觉吧。"江斜在他的眉心点了一下，让他陷入更深的睡眠中。

谢汐抓着他的手松开了，眉眼却轻轻地皱了起来，他紧闭着眼，薄唇动了动："对不起。"

江斜一怔。

谢汐的梦呓飘到了他的心尖上："西里斯，对不起。"

江斜嘴角扬着，眼睛一眨不眨地看着他。

如果他早一些遇到谢汐……

不，现在也不晚。

江斜在召唤时间快要结束时看向小精灵："过来。"

叉烧包还不知道他是谁，谨慎地道："大帅哥，你是哪位？"

江斜："你爸。"

我爸不可能这么帅，啊呸，我爸就得这么帅！

"什么事？"叉烧包凑上来。

江斜拎住它，在它小小的后背上轻拍了一下。

这动作极轻，仿佛在玩闹，叉烧包却如同被如来神掌给呼了一巴掌似的，都疯了。

啊……

惨叫的奶猫被江斜抓住，扔到了数里之外，这下吵不到谢汐了。

叉烧包以为自己喵生结束，就此归西，谁知十几秒后它感觉到了体内澎湃的力量。

这是怎么回事?

江斜道："等谢汐醒了，你向他讨要些体力药水，喝了就能进化。"

小奶猫眨巴眨巴眼睛。

它想再问，这位差点儿杀了它的帅哥已经消失不见了。

谢汐睡了一觉，醒来后竟有些搞不明白自己在哪儿……

哦，他召唤了X，让X把他送回海底。

然后……他就被疯狂提高的速度给弄晕了。自己还真是没用啊，谢汐越发渴望回到中庭了，通关三个世界后，他一定要好好提升下自己的基础素质！

他回到海底了，硬仗刚开始。

塞因·霍尔已死。

剩下的王子却还有五个。

从六王子这里可以知道，任务不允许他单刷一个王子，必须完整地搜集六个王子全部的心。

还有支线任务。哦，支线任务去死吧，他只想离开这里！

叉烧包像只苍蝇一样嗡嗡嗡地飞："爸爸，爸爸，我好饿！"

谢汐愣了下，看向它："怎么了？"

小猫咪扑扇着翅膀，原地打转："饿，好饿好饿！"

谢汐表面上嫌弃它，其实一直很疼它，见它这样顿时有些慌了："怎么忽然饿了？"

小猫咪之前都没吃过东西。

叉烧包还真觉得又渴又饿，它喵喵乱叫，泪眼汪汪："好难受，爸爸，我好难受。"

谢汐一把捞起它，着急地问道："你能吃什么？告诉我，我去给你弄。"

叉烧包记得大帅哥的话，道："体力药水，体力药水就行。"

这次谢汐还真带了体力药水。这种药水级别很低，效果也一般，但胜在可叠加，一次能带很多瓶。

谢汐赶紧拿出来，喂给叉烧包。

小猫咪抱着体力药水咕咚咕咚一顿喝，喝得嘴角都溢出了药水。

谢汐道："慢点儿，别呛着。"

叉烧包喝掉一瓶体力药水后还觉得很渴，谢汐连忙又给了它几瓶。

叉烧包喝了整整六瓶后，总算平复了。

谢汐额头都沁出薄汗了："好些了吗？"

叉烧包身上金光一闪，谢汐看到右下角出现了提示：恭喜您，小精灵叉烧包进化至初级，激活技能——入梦术。

– 16 –

进化了？叉烧包还会进化？

谢汐完全没想到。

叉烧包也没想到自己还能进化，培训课明明说它这辈子的用处就是卖卖萌、解解闷。

果然，培训教程不靠谱！

小奶猫不由得一阵得意，它在空中原地转了个圈："爸爸，我厉害不？"

谢汐将它抓下来揉了一通，吓死了，他还以为它病了。

虽然谢汐没将这话说出来，叉烧包却感觉到了他的担忧，它任他揉，心里甜滋滋的。

谢汐放下心来后又问了叉烧包的身体情况。

叉烧包道："不饿了，感觉浑身是劲。"

那就行了，谢汐这才看向那个新增的技能。叉烧包是他的小精灵，孵化后他能看到它的所有属性——

初级小精灵

金色品质

新增技能：入梦术

谢汐戳了下这个入梦术，看到了详细信息。

入梦术：属于黑夜的能力。白天也可以用，谁还不能做个白日梦。

使用条件：1. 被施术者的梦里必须有施术人；2. 被施术者必须在施术者视线可及之处；3. 只在准世界可用（无世界等级要求）；4. 不得在梦里叫醒被施术者；5. 同一人三天内只可进入一次。

这使用条件还挺多，尤其是第一条，大大局限了这个能力，让自由入梦变成了必须被梦到。

不过这对谢汐来说已经是极其方便的一个能力了，堪称天降甘霖！

有了这个入梦的技能，他大可以进入王子里的梦里搜集他们的心。这样就可以避免与其他王子起冲突，穿帮的概率大大降低！

当然也要做足准备工作，比如提前接触王子们，让他们能够梦到自己。这和之前的地狱模式相比，简直可爱极了。

谢汐揉了揉叉烧包，薄唇扬起：总算当了回有用的猫。

他当然不知道江斜做了什么，只是感激 X 送给他这枚精灵蛋。叉烧包虽然是块叉烧，却是天底下最可爱的。

江斜总算凭自己的本事赚回来 3 点信任值。

他关了水幕，给颜哲发了个信息。

颜哲回他："你又作什么妖了？不是在看小蔷薇吗？"嘴上嚷嚷着，他人来得很快。

他一到花园，看到一大片枯死的蔷薇花，颜哲额间青筋一蹦，大喊："老邪，你又干什么了？"

他疾步走来，看到靠在凉亭里的江斜。

男人面色白得像脚下的白玉台阶，一点儿血色都没有，偏偏都这副惨样了，嘴角还轻扬着。

这作天大的死都不怕死的混账东西！

颜哲嘴上骂骂咧咧，心里却很着急，他抬手一试，眉峰紧皱："你到底干什么了？"

江斜懒洋洋地道："给精灵蛋加了个技能。"

"你在准世界里给精灵蛋加技能？"

江斜不吭声。

颜哲炸了："你怎么不去死！"

虽然江斜只说了这么一句话，但颜哲全明白了。那枚金色精灵蛋还是他们一起开荒时这个"非酋"得到的。

一个 S+ 级团队世界，一个金色核心任务，通关奖励绝对是金色品质的东西，颜哲得了个逆天的金色技能，秦戈争得了个金色品质的身体，江斜得了个毫无用处的金色精灵蛋。

别看它是金色的，但它却是连 Zone 都盖章的“废物”，除了有自我意识、有同理心，毫无价值。自带的三条命对于一个金色品质的奖励来说，简直是鸡肋。

当时颜哲就笑话江斜：“留着吧，也就哄哄媳妇儿了！”

江斜还真拿来“哄媳妇儿”了。

孵化了解解闷就行了，又何必给它加技能！精灵蛋零资质，想给它加技能就得先给它粹化身体，技能品阶越高，需要粹化得越纯粹，以老邪这德行，一出手肯定是不低于紫色品级的技能。

这得粹化到什么地步？看老邪这样就知道了。

颜哲一边给他治疗，一边拧眉道：“不会是你私自加的技能吧？”

召唤体不得做违背主人意愿的事，如果小蔷薇没下令让他给精灵蛋加技能，他就不能做，做了就是违背契约。

江斜看傻子一样看着他：“你觉得我为什么会遭到反噬？”只是粹化了个精灵蛋，他至于站不起来？

不治了，这人早晚得把自己作死！

颜哲好不容易帮他把断得七零八落的“骨头”接起来，额头也沁出了汗，他问江斜：“你这个世界很难？”

他气归气，也了解江斜。

可能是准世界难度太高，老邪怕小蔷薇被困在里面，才这样胡来。

那糟心的任务，江斜哪说得出口，只道：“他还小，经验不足。”

这倒也是，颜哲第一次挑战单人 S 级准世界时也差点儿被困在里面。S 级准世界大多构架完整，是感觉不出任何虚构的真实世界，而真实总会让人迷乱，很多人心甘情愿被困在那里。

不是他们完不成任务，而是不想走。

心爱的人在那里，辛苦打拼下的事业在那里……无数诱惑缠住手脚，怎么走得了。

颜哲看了一眼花园里枯掉的蔷薇花，问江斜：“小蔷薇已经通关一个你的世界了，你的魂意还没回来？”

江斜道：“这次应该能回来几个。”

颜哲松口气，转念又没好气地道：“你是仗着小蔷薇来了，才敢花样作死吧！”

江斜想想谢汐，心里痒痒的：“别羡慕，你羡慕不来。”

有了入梦术，谢汐的心稳了一大半，至少不用担心自己会被困在这个鬼地方了。

叉烧包很想念六王子，小声道：“你会进西里斯的梦里吗？”

六王子肯定会梦到谢汐，谢汐是可以轻松进到他梦里的。

叉烧包喵软心也软："他好可怜……"

谢汐拍拍它的脑门，没说去也没说不去。

六王子还没回来，但谢汐知道他会回来。塞因·霍尔死了，西里斯却早已重获新生。

谢汐看了下任务进度。

因为之前读档了，所以五王子那里的进度又倒退至百分之十一。

如今谢汐再看这百分之十一，他的心情截然不同，百分之十六点六六……已经是单人的满值，那这百分之十一就意义非凡了。

谢汐还记得，自己原本是和五王子去参加音乐会的，在音乐会上，进度更是飙升至百分之十五，都接近满值了。

谢汐根本没做什么，五王子的心就快满了……

嗯，他有点儿不忍下手。

他不能这样想。谢汐狠下心肠，必须完成任务，必须离开这里！

眼看着天色渐暗，谢汐行动了。

趁着六王子还没回来，塞因·霍尔的死讯还没传开，赶紧去五王子的梦里搜集心。

谢汐有储备面孔，想潜入五王子的宫殿是轻而易举的事，他变成人鱼侍女的模样，正大光明地游了进去。

五王子还没回来，他刚好可以找个地方把自己藏起来。

光幕散去，水母灯升起时，海底世界入夜了。

五王子回来了，心情似乎不错。谢汐不敢上前，也就不知道具体发生了什么，他静静地待在寝宫里，等着五王子。

过了大约一个小时，五王子到寝宫了，他喝了点儿酒，随便哼的曲子也极其动听。

谢汐看不到他，倒也能想象得出他那散漫不羁的模样。

五王子去浴室泡了个澡，回来后弹了会儿琴，又坐在桌子前伏案写了点儿东西，这才上了床。

谢汐让叉烧包去查看情况。

叉烧包大叫一声："哇。"

谢汐不明所以，但他不敢出声。

叉烧包清清嗓子道："没、没毛……"

什么鬼玩意儿！人鱼当然没有毛！

叉烧包飞过去，打量了好一会儿后回来传话："睡着了！"

谢汐悄悄挪了出来，入梦术虽然是叉烧包携带的技能，但使用者是谢汐，所以谢汐需要走出来，看到被施术者后才能使用。

谢汐轻手轻脚地慢慢走到五王子的床边，逐渐看到了男人的轮廓。

叉烧包小声道："他睡觉竟然不穿毛。"

什么毛不毛的，这分明是没穿衣服！

谢汐要施术就得盯着五王子，五王子坦荡得很，睡觉不穿衣服就罢了，连被子也不盖！

谢汐可不敢给他盖被子，怕吵醒他。谢汐只能将视线固定在他的脸上，使用了入梦术。

嗖的一下，谢汐换了个地方。

叉烧包在他旁边飞："这是哪儿？"

谢汐也不知道，不过右下角的提示变样了：入梦术使用成功，您已在兰德尔·亚特兰蒂斯梦中。

虽然谢汐搞不清眼下情况，但既然在五王子梦里了，那就没什么好担心的。

谢汐刚想从凳子上起来，门便开了，紧接着一群侍女鱼贯而入。

这词真是太贴切了，一群人鱼一个接一个地游进来。她们每人都拿着一个托盘，托盘上放着不少东西。

谢汐来不及看，一位年长的人鱼侍女微笑道："霍尔少爷，该准备了。"

谢汐眨眨眼，完全搞不清要准备什么。

人鱼侍女们喜气洋洋，抖开了一个托盘，一件纯白色的礼服闪着光，只听她说道："殿下亲自为您设计的礼物，实在是极品。"

谢汐隐隐有了不太妙的预感。

又有一位人鱼说道："赶紧准备吧！一会儿入军礼车队要到了，别耽误了时辰。"

– 17 –

两人不过认识几天，五王子这做的什么梦？

叉烧包也反应过来了："什么鬼？这位王子殿下成天想什么呢？"

人鱼侍女们已经在伺候着谢汐穿衣服了，谢汐只能像牵线木偶一样任她们摆布。

他不敢乱来，入梦术的规则之一是不能在梦中叫醒被施术者。

这一点谢汐认真想过，应该不是开口叫醒这么简单，还暗指不得扰乱被施术者的梦，要顺着他的意愿进行下去，这样才算"不叫醒"。如果违反了规则，被施术者可能会立刻醒来。

谢汐就在他的屋里，迎面对上也太尴尬了。

虽然对这华丽的礼服敬谢不敏，谢汐却只能僵着身体被迫穿上。好在他的僵硬落在侍女们眼中成了紧张。

“霍尔少爷不用紧张，您本就才貌双全，是殿下看重的人，哪怕不穿这身衣裳，也不会输给任何人。”

谢汐感觉一个男人被人这样夸并不会开心。

叉烧包神补刀：“这是五王子的梦，是不是意味着在五王子心里，爸爸是全海底最俊的人。”

谢汐：嗯，依旧无法开心。

侍女们动作麻利，一边说着赞美的话，一边事无巨细地拾掇着谢汐。毕竟是入军大礼，非常讲究，东西一样又一样，各种吉利话也是不绝于耳，谢汐从没参加过什么大型典礼，愣是体会到了典礼主持人的烦琐与疲惫！

五王子你可以的，真能梦！

等侍女们终于折腾完，谢汐看到了镜子里的自己。

他穿着一身纯白色的礼服，是亚特兰蒂斯王室特有的风格，只不过更华丽了一些，更奢侈了一些，也更加梦幻了。

谢汐看到了自己的脸，总觉得梦中的自己更稚嫩，脸部线条偏柔美，好像更矮了？

梦里出现的一切有做梦人的主观意念，所以说在五王子眼里，他这么矮吗？

谢汐都不想做梦了！

这时侍女们开心地道：“车队到了！殿下要进来了！”

谢汐尚未转身，就透过镜子看到了推门而入的五王子。他跟谢汐穿着同款的礼服，只不过肩膀线条更加笔直，身材也更加高大，此刻正得意扬扬地看向谢汐。

旁边的侍女都面色绯红，似乎花痴极了，在努力压抑着尖叫声。

“塞因。”五王子的声音在谢汐的耳畔响起，“我等这一天好久了。”

谢汐心想：咱俩总共认识不到三天，你等这一天能等多久？

可惜在梦里得顺着五王子来，谢汐笑了笑，将那点儿不好意思表现得恰到好处。

五王子说道：“能遇到你是我此生最大的幸运。”

谢汐被五王子看得很不自在，透过镜子看着他：“我也是。”说完谢汐庆幸这礼服是长袖，把他的胳膊遮得严严实实，要不他的鸡皮疙瘩准能将他这蹩脚的演技公之于众。

五王子十分开心，眸子亮如星辰，说道：“走吧。”

谢汐的手心都是汗，他不敢多说，生怕自己一个受不住把王子殿下给摇醒！

他们走出这间屋子，谢汐才发现自己在一个大庄园里。

城堡里的回廊极长，挂满了无比清晰的肖像画和宛若真迹的一幅幅风景画。

虽然谢汐是第一次入梦，但也知道这不简单。谁没做过梦？哪怕是很熟悉的地方，想要将这些重现也绝非易事。五王子对艺术有着极高的造诣，从这些细节可窥一斑。

谢汐一路跟着五王子，他们并排走到了一架宽敞的盘旋楼梯上。这架楼梯太宽，左右两侧可容纳三四人并排走。楼梯虽然只是从二楼到厅堂，却已经延伸出了惊人的高度。

他们走下楼梯，正厅里有一个巨大的鲨鱼雕像。

雕像栩栩如生，也不知是如何固定在那儿的，给人感觉这尊雕像竟有种在水中游动的律动感。

谢汐看得目瞪口呆，对五王子这做梦的本事心服口服。

他们走出了城堡，外头是一望无际的花园，色彩斑斓的珊瑚比天边的烟火还要绚丽，美丽的荧光鱼翩翩起舞，营造出了无与伦比的梦幻奇景。

叉烧包玩心大起，跑过去抓鱼："好漂亮呀！这梦做得可真厉害！"

谢汐心思一动：不愧是大设计师的魂意，想象力真丰富。

他还真没想差，这也就是 X 的梦，换个人肯定没这么真实。

车队悬浮在花园中央，他们走过去，在一片绚丽多彩中上了车。

周围有不少人，谢汐一个也不认识，应该是五王子的朋友。值得注意的是，这里没有其他王子，连四王子都不在。

五王子和四王子关系不错，一直走得很近，为什么入军礼不让四王子参加呢？

谢汐暂时想不明白。

他们上了车队后这梦更厉害了。

这庄园位置挺偏，距离王宫有些距离，他们这车队走得却很慢，几乎龟爬般向前行进。

谢汐懂了。

这是游行，五王子这样大张旗鼓是要把谢汐的入军礼昭告海底啊！

叉烧包惊叹道："好厉害啊！外头围观的人鱼都是不同的脸！"

谢汐也是服五王子这想象力的。

这样声势浩大的车队游行，谢汐隐约感觉到身边的人有些许紧张。

谢汐看向他："殿下？"

五王子道："总有种不真实的感觉。"

谢汐一惊。

五王子转头看着他，眼中仿佛有星光闪烁："是我太开心了，才会觉得像做梦一样。"

问题是……你真的是在做梦！

谢汐很怕他醒来，赶紧岔开话题："殿下，我也很开心。"

这话十分管用，五王子低声道："过了今天可不许再叫我殿下。"

这又是什么设定？

五王子道："入军礼之后我们是平等的，以后你都叫我的名字，好吗？"

谢汐松了口气，叫名字啊，好说。他还以为是什么奇奇怪怪的称呼。

五王子低声道："叫我一声。"

谢汐："嗯？"

五王子一字一句道："叫我的名字。"

谢汐惹不起，只能顺着他道："兰德尔。"

五王子低低笑了一声，说道："这名字从你口中说出才是真正的天籁之音。"

谢汐愣了下，忽地想起了不久前六王子说的话——第一次觉得自己的名字这样好听。

这兄弟俩……嗯，是这帮魂意还真是"师出同源"。

谢汐想起可怜的六王子，他的心软了许多。

车队在绕了半个都城后终于到了王宫。

五王子又隐隐有些不安，他紧紧拉着谢汐，连眼眸也在轻闪着。

谢汐心里想着：做个梦还做出恐惧症了？你洋气。

很快，他就知道兰德尔是在紧张另一码事。

车队刚进王宫，气氛陡然变了。如果说外头是锣鼓喧天、喜气洋洋，这王宫里就是冷寂肃穆、严阵以待。

谢汐有些搞不清状况。

车队停下，五王子薄唇紧抿，他直视前方道："走，我们下车。"谢汐感觉五王子有种如临大敌的感觉。

谢汐瞥了一眼视线右下角。

橙色进度百分之十四。

他怀疑这个梦做完就能刷满了，五王子实在是"乖"得让人于心不忍。

罢了，陪他好好梦一场吧！

谢汐跟着他下车，之前那些侍女也都低头垂手，一个个噤若寒蝉。

五王子昂首挺胸往前走，仿佛一个即将踏上战场的将军。

谢汐的疑惑在看到前头的仪仗队后隐约懂了。

尊贵的雪白风帆，是王后的象征。

仪仗队工整肃穆，径直停在了道路的尽头。

五王子带着谢汐笔直走过去，看到了穿着华服、面如寒霜的王后——五王子的生母。

五王子眼眸逐渐变深，向王后行了个礼。

谢汐自然也得跟上，他是平民，得行大礼。

王后都没看谢汐一眼，对兰德尔开口便是："胡闹！"

谢汐懂了，原来症结在这。

五王子道："母后，请成全儿子！"

王后震怒："兰德尔你疯了吗？你是堂堂亚特兰蒂斯的王子！看看你在干

什么？”

五王子垂眸道：“他是塞因·霍尔，是我最看重之人。”

“荒唐！”王后手中的权杖击地，发出脆响，“你流着王室最正统的血脉，你是这海底王国最尊贵的王子，怎能这样为一个平民行入军礼？！”

兰德尔抬头，鄙视母亲：“最正统的血脉？最尊贵的王子？这些我从来都不在乎！”

王后气得嘴唇颤抖：“你平日里胡闹也就罢了，这种事别想自作主张！你的父王也不可能允许你……”

“父王会允许的。”五王子打断了王后的话，凝声道，“我可以放弃王位继承权，我做什么是我的自由！”

这无异于一枚深水鱼雷，将尊贵无比的王后给吓傻了。她目瞪口呆地看着五王子，看着自己唯一的儿子，看着自己此生最后的希望……

在海底是没有泪水的，但是王后的眼眶通红，声音中带着哭腔：“傻孩子，你这个傻孩子啊！”

五王子眸色轻闪了下，却意志坚定，他死死地拽着谢汐，不肯松开。

王后泣不成声：“你当真以为你不要王位，他们就会放过你吗？”

五王子是心疼母亲的，可是也有自己的坚持，道：“母后，我知道您的顾虑，但是我从来都不想继承王位，我只想自由自在地生活。”

“哪有你想的这么简单？”王后痛心疾首道，“你是我的儿子，你是这海底王国唯一的嫡系王子，只要你活一天，你就是新王的眼中钉、肉中刺！”

五王子执拗道：“我无权无势，从没碰过政务，新王不会将兄弟赶尽杀绝。”

王后道：“是我的错，都是我的错，把你养成如此天真的性子！”

五王子不再出声，却在用沉默反抗。

谢汐听了全程，心里五味杂陈。

这是五王子的梦，他会梦到这些说明他心里有这些。

他不是天真，他全都知道，可是却不愿屈从于自己厌恶的生活。

母子两人谈崩，王后一动不动地站在那里，说：“我不会允许一个平民入军的，你们若执意如此，就别想回王宫！”

五王子也实在强硬，拉着谢汐，扭头道：“我们走。”

王后气得用权杖戳地：“兰德尔，你这个懦夫，你这个逃兵，你这个胆小鬼，你一定会被狂风暴雨击溃的！”

五王子后背挺得笔直，大步向前，头也不回。

谢汐竟觉得这样的兰德尔有点儿帅。

不是谁都有这样的勇气，反抗命运，反抗桎梏，只为寻求自己的理想生活。

入军礼看来是举行不了了。谢汐也不知道这个梦要怎么继续下去。

五王子带着他走出了王宫，走到了一个僻静的街道上。他不出声，谢汐也不开口。两人穿着华服，在这萧条冷寂的地方尤其刺眼。

过了一会儿，五王子低声道："对不起。"

"不。"谢汐抬头看着他，"殿下非常勇敢。"

五王子望进他的眼中，定定地问他："塞因，如果我不是我了，你还会追随我吗？"

这个话题……

兰德尔双眸明亮，带着犹如正午烈日般的热情："我不是王子了，你还会追随我吗？"

谢汐视线晃了下，右下角的橙色进度条涨到了百分之十六。

他说会的话，是不是就满了？

正在给干枯的蔷薇花认真浇水的江斜同志，听到这里连水壶都快握不住了。

谢汐会说吗？

这种想听又不敢听的心情，有人能体会吗？

– 18 –

五王子盯着谢汐，他的瞳孔里有着火一样的热情，同时也有着丝丝缕缕的不安与紧张。

这很纯粹。

谢汐笑了下，轻声道："你是兰德尔吗？是的话，我的决定永远不变。"

兰德尔用力地握住他的上臂，情绪激动："真的吗？"

谢汐点了点头。

兰德尔定定地看着他，像是看着举世无双的珍宝，珍重又欢喜。

这热切的情绪感染了谢汐，让他忍不住扬了扬唇。

他不讨厌兰德尔。

江斜继续照顾着干枯的蔷薇花，想着谢汐的话。

——你是兰德尔吗？

不是。

——是的话，我的决定永远不变。

这么一品，江斜再看看水幕，他点了谢汐的额头一下："真是个小精灵鬼。"

谢汐以为这梦差不多要结束了，谁知还在梦着。橙色的任务进度涨到了百分之十六点五，距离满格只差临门一脚。

谢汐觉得自己刚才不用双关语，直接说"我会永远追随你"，没准就搞定了。可他说不出口，倒不是单纯因为自己，而是总觉得那样对五王子太残忍。

兰德尔松开手，说道：“我们走吧，离开王宫，离开都城！”

谢汐问他：“王后呢？”

兰德尔在与王后对峙时表现出不容拒绝的强硬态度，但谢汐感觉得到，兰德尔很在意他的母亲。

兰德尔摇摇头道：“母亲不会有事的，我离开了，她也会收心，不再去想那些有的没的。”他的母亲爱的是身为王子的兰德尔，而不是一个独立的兰德尔。他注定无法满足她的心愿，不如干脆让她断了念想。

这对谁都好。

谢汐看向他：“殿下，您不会后悔吗？”

兰德尔怔了一下，但很快就笑了，这笑容纯粹得仿佛顺着阳光洒下的金砂：“不后悔，能有你的加入，我绝对不后悔。”

谢汐笑了：“走吧，兰德尔去哪儿我就去哪儿！”

这话真动听，五王子眉开眼笑，俊美的容颜像展开的风景画，炫目得让人挪不开眼。

他轻声呢喃着：“我太开心了。塞因，我真的不是在做梦吗？”

谢汐的心一紧。

他可不敢说“你掐下自己试试”的话，只能委婉地道：“如果是梦，那我们也早已梦想成真。”

兰德尔笑道：“对，如果是梦，我一定会让母后接纳你，一定会让全海底的人鱼都为你放声歌唱！”

谢汐只希望兰德尔醒来后不记得这一段。

要不然……也太讽刺了。

他们刚说了这不是梦，可接下来的时光流逝是只有梦里才会出现的场景。

可惜兰德尔并不觉得哪儿不对，他以为自己带着谢汐离开了王都，离开了权力的中心，走向了美丽的田园。

他们在一个偏僻的小城落脚。

五王子还是有些存款的，他买了栋小房子，对谢汐说：“暂时委屈你一下，等以后我亲手为你设计一个房子。”

谢汐相信他能设计出来，毕竟是大设计师……但他不信这梦能那么长，所以附和道：“我很期待。”

五王子娇生惯养，即便在王子、公主里也是最受宠的，毕竟母族地位尊贵、资财雄厚，他又是嫡子，再加上老国王不太想把诸君之位给他，所以有意补偿他。

这样含着金汤匙的王子殿下，在自个儿梦里竟然干起了各种粗活。

他打扫房屋，清洗衣服，甚至还下厨做饭。

谢汐十分惊讶：“殿下……好厉害。”

五王子看着他：“我说过了，以后不许再这样叫我。”

谢汐改口道："兰德尔，你怎么什么都会？"

五王子扬扬得意地道："我自然早就做足了准备！"

谢汐觉得又好笑又有点儿心疼。五王子这架势还不真是闹着玩，他相当认真地考虑着未来，甚至为此做准备了。

谢汐挽起衣袖道："我来帮忙。"

五王子推他出去道："给我个表现的机会，我得让你知道，你没跟错人。"

谢汐只得退到门口："好吧，我在这儿看着。"

五王子动作还挺娴熟，刀工极好。

海底世界的食物品种也是比较多的，当然没有明火，海底生物也不爱吃熟食，基本都是生鱼片那类，再搭配海底特有的一些可食用珊瑚啊果实什么的，也挺丰富。

谢汐起初以为自己会吃不惯，待久了发现还挺喜欢。

五王子道："外面有果囊，你去摘几个。"

这是类似于饮料的东西，在顶端插根特质的吸管，就可以喝到美味的果浆。

谢汐应道："好的。"

他出了门，刚走到果囊树下就感觉到了截然不同的气氛，一股凛冽的杀气顺着海水直扑他的面颊。

谢汐的心一紧，他在右下角瞥到了提示：梦境即将结束，请随时准备离开。后面还跟了个倒计时。

兰德尔的梦要结束了？

谢汐的心中刚闪过这个念头，兰德尔的惊呼声传来："塞因！"

谢汐看到了整齐划一的海底军队。兰德尔一把将他拉到身后，对手持武器的士兵厉喝："你们要做什么？"

谢汐隐约猜到了接下来会发生什么。

没想到五王子的梦竟是以这样的悲剧收尾。

谢汐觉得遗憾，却也无可奈何。

他看着倒计时，在快要结束时选择了离开梦境。思绪抽离的瞬间，他听到了五王子震怒的声音："塞因，不！"

谢汐回到了现实中。

他快速离开床边，躲到了屏风后面。

五王子陡然惊醒，他坐起来的动静太大，整张床都颤了颤。

海底人大多是悬浮在床上，能弄出这样大的动静，足以见得他有多震惊。

半晌五王子轻喃出声："是梦……原来是梦。"

谢汐虽然没看到最后一幕，也猜得出五王子会梦到什么：是梦到他被杀了吧。

虽然不知道是谁派来的人，但他们的目标却是明确的，那就是除掉塞因·霍尔橙色的进度停在了百分之十六点六六，没有变成绿色，说明还没满，但也只差最后那么一点儿，非常少。可惜塞因·霍尔死了，得知这个消息的五王子……

谢汐不敢深想。

此时还是凌晨，距离天亮还有一段时间。

兰德尔却毫无睡意，他披了件外套，下了床。

他不睡，谢汐也不敢出去，只能躲在屏风后，生怕被发现，也不知兰德尔在想什么，接着又是窸窸窣窣的穿衣声。

叉烧包汇报信息："五王子在穿毛……啊，是穿衣服！"谢汐没法出声，叉烧包猜，"看起来像是要出门。"

这大半夜的，他要去哪儿？

兰德尔穿好了衣服，推门而出，谢汐等了一会儿后也跟了出去。

他隐隐猜到了，可当看到兰德尔去了侍卫处时，心里仍是五味杂陈。

兰德尔是做了那样的梦后，心里不安稳，所以想来看看塞因·霍尔吧？

可惜……

谢汐躲在角落里，偷偷看着。

兰德尔站在侍卫处外，犹豫了一会儿，最终也没进去，似乎是不愿扰人清梦。可他也没离开，站在那儿，像是要守到天亮。

谢汐这颗心啊，像塞了一盘切成片的苦瓜。

过了大约半个小时，一个踉踉跄跄的人影从暗处走了过来。

谢汐一眼认出了来人——是六王子。

叉烧包帮它爸来了句："扎心了！"

谢汐简直待不下去了。

五王子一眼看到了六王子，危机感很强："这么早六弟来这儿做什么？"

六王子形容狼狈，神色恍惚，根本没听到五王子的声音。

五王子见他径直走向塞因·霍尔的寝室，不满地道："他还在睡觉，你不要去吵醒他！"

六王子却像是什么都听不见，面色苍白，一双异色瞳孔像是失明了一般，再无半点儿光彩。

五王子的心一悸，他上前问道："你这是怎么了？"

六王子都没看他，径直去推门。

五王子一把握住他的手腕道："塞因还在睡觉，你这么早来吵他做什么？！"

这名字像钝刀一样，碾磨着西里斯的心，他的手颤抖着，声音低哑："塞因……"

兰德尔拧眉道："你到底怎么了？出什么事了？"

西里斯茫然地转头，看向兰德尔："塞因……"

兰德尔五脏六腑齐齐揪起，梦中的恐惧长了翅膀，飞到了现实中："塞因怎么了？”

“他死了。”西里斯开口，神魂都被抽走了。

兰德尔瞳孔猛缩，握着西里斯手腕的手青筋暴起：“你在说什么？！”

西里斯大睁着眼睛，唇瓣几乎透明：“塞因死了，塞因·霍尔……”

“住口！”兰德尔愤怒地道，“塞因心地善良，对你多有照顾，你怎能这样咒他！”

西里斯听到这句话，想到了自己得到的仅有的那些温暖，整个人都僵了。

兰德尔嘴上这样说着，心里却藏着巨大的不安，他的声音也在轻颤：“这个点他肯定还在睡觉……”说着他推开了门，看到了简陋空荡的寝室。

西里斯看都没看，只一动不动地站着。

兰德尔脸色白了白，还在强说道：“他……他肯定是值夜班，还、还没回来。”

西里斯低声道：“他回不来了，再也不会回来了。”

兰德尔怒急，一拳打向西里斯。

西里斯一动不动，硬生生挨了一拳，嘴角都溢出了鲜血。

“你少在这儿危言耸听！塞因、塞因怎么会……不可能！”兰德尔不相信，昨天还好好的，他还想请塞因去听音乐会，他还做了、做了那样的梦，怎么、怎么可能……

西里斯用毫无波动的声音说道：“他跟我去岸上了，他去后备舱找东西……船爆炸了，他死了。”这是在说给兰德尔听，也是在说给他自己听。

兰德尔怔住了，直勾勾地看着前方，脑中一片混乱。

西里斯双目空洞，道：“对不起……”

兰德尔一把抓住他的衣领，怒目圆睁：“你说什么？他跟你去岸上了？你为什么要带他上岸？他只是一个小人鱼，他怎么受得了岸上的空气！”

西里斯毫无生气，任由兰德尔这样死死抓着。

兰德尔却松开了他：“不、不可能的，你在骗我，塞因不会死，他绝对不可能死，我都……我都没来得及告诉他……”

兰德尔脚步踉跄地离开，西里斯在原地僵了很久，终于慢慢走进了塞因·霍尔的寝室。

他坐在谢汐的床上，静静地看着眼前的一切。

叉烧包哭成了一只傻猫，一个劲地围着六王子飞：“他好可怜，他真的好可怜。”

谢汐也很难受。不管是六王子还是五王子，他都看得心疼极了。看到朋友这样痛苦，他心里很难受。

谢汐忍不住迁怒X，要不是他设计了这样的破世界，这俩人怎么能受这样的罪？他转念又想到这是X的一缕意识，不知该不该心疼这连自己都不放过的X。

江斜可算是见识到什么叫红绿共长了，一会儿+1，一会儿-1，起起伏伏，跌跌宕宕，是人生了。

谢汐心里愧疚，陪着六王子待了好一会儿。

六王子是连夜赶回来的，那么远的距离，他这样游回来，肯定累极点了。他身体一歪，倒在了塞因·霍尔的床上，慢慢闭上了眼睛。

海底没有泪水，可那轻颤的睫毛，比号啕大哭还让人心疼。

谢汐轻叹一口气，使用了入梦术。

任务进度早就满了，他只是想安慰一下西里斯。

提示显示：入梦术使用成功，已进入西里斯·亚特兰蒂斯的梦境。

谢汐睁开眼，感觉到了一阵冲天热浪。西里斯梦到的仍是在岸上的事。

谢汐心情复杂，并不想让西里斯永远沦陷在这无解的梦魇中。

"西里斯。"谢汐唤他的名字，

梦里的西里斯没了笑颜，看着他，平静得让人心惊。

谢汐上前拥住他，温声道："别这样，我希望你能开心地活下去。"

他的话成了压垮骆驼的最后一根稻草。

西里斯的眼泪流了下来，他用力地拉住谢汐，紧紧地拉着。

谢汐轻叹道："答应我，好好……"

"对不起。"西里斯的声音沙哑又艰涩。

谢汐一怔。

西里斯的泪水落在谢汐的手上，像冰一样刺骨，西里斯的声音更是如寒冬腊月的冷风一样森寒："是我的无能害死了你，是我没能保护好你。"

"塞因。"西里斯声音沉静至极，"我会让他们付出应有的代价。"

－19－

谢汐眨了眨眼睛，觉得这情况不大对……

六王子这状态有问题。

谢汐组织了一下语言，想纠正一下他的思路，可惜右下角出现了提示：梦境即将结束，请准备离开，倒计时三十秒。

只剩三十秒了，谢汐赶紧说道："西里斯，我希望你以后的日子都能开开心心的。"

"好。"西里斯轻声道，"我会开开心心的。"

可你的语气里没有一点儿开心的意思！

谢汐与他对视，十分着急地道："不要被仇恨蒙蔽了眼睛，你值得更好的生活！"

西里斯看着他，异色的瞳孔颜色变得极浅，浅到像是阳光下即将破碎的气泡。

他微笑着，却比哭泣还让人心疼：“塞因，海底没有光。”

谢汐的心一震，可惜已经没时间了，他不能让西里斯发现自己，只能先一步离开梦境，趁着西里斯没醒来，赶紧躲起来。

海底没有光。

这是亚特兰蒂斯的一个凄美传说。

曾经的亚特兰蒂斯是个水陆双栖的美丽帝国，这里的人可以拥抱广袤的大海，也可以抬头看到明媚的太阳，可以享受水的沁凉，也可以体会阳光的温暖。

直到亚特兰蒂斯陷落，直到他们彻底沉入海底。

海底没有光，但是亚特兰蒂斯的人们凭借着对同胞的关心，创造了光与温暖。

西里斯对谢汐这样说，是在告诉他，塞因死了，自己的海底再也没有信任与关怀了。

谢汐躲在角落里，看到西里斯睁开了眼。

西里斯醒了却没有立刻离开，他的脸上没有丝毫梦醒后的迷茫，冷静得让人心惊。他将脸贴在了塞因的床铺上，静静地待了很久，给人一种他的躯壳在这里，心神却早已被抽离的感觉。

谢汐看得心酸，忍不住痛骂 X！

什么破任务，把好好一个青年给弄成什么样了！

等六王子离开，谢汐也赶紧溜走，顺便把三王子给他的通信器带走了。

塞因·霍尔这里他是不能再来了。自己的那张脸也不可以再用，他直接换上了 2 号脸。

2 号脸的资料早就补齐，连寝室也重新分配了，谢汐凭着导航找到了新住处，暂时安顿下来。

谢汐看了一眼任务进度。

橙色进度条还差最后一点儿，等三天后再入一次梦，应该就满了。

谢汐搞定了两个王子，却一点儿都高兴不起来。这要是第一个世界中的“有仇”三人组被虐了，谢汐还会拍手称快。

五王子和六王子不仅没招惹他，还一见他就给了大半的任务进度。这么好的人，谢汐满心都是舍不得。

不知道之后他们会怎样。

如果他通关了这个世界，X 的魂意会怎样？还会留在这个世界吗？

通关了，Zone 那里就会关闭入口，X 的魂意也是中庭所属，可能不会留在这里，那他们会去哪儿，回到 X 那里吗？

谢汐挺好奇的，琢磨着出了这个世界就找 X 套套话。

他刚打开通信器，就收到了三王子的消息：“在哪儿？”

这趾高气扬的语气，谢汐撇撇嘴，发的信息当然是毕恭毕敬的：“刚下班，殿下有什么吩咐吗？”他顺便发了个笑脸。

三王子盯着那小笑脸看了看，脑中浮现出谢汐稚气、可爱的面庞，轻咳了一声。

副将问他："殿下，出发吗？"

三王子没出声。

副将又问了一遍。

三王子转头，火气旺盛："吵什么，当我是聋子？"

副将老实闭嘴。

三王子拿着通信器，盯着回复框看了好一会儿。

副将站在一旁，眼睛一瞄一瞄的，好奇得很。

三王子感觉到了，点了防偷窥，弹出来的投影就成了黑色的。

副将好不遗憾。

三王子懒得理他，继续盯着回复框。他写了"没什么"，又觉得不妥当，没什么的话给他发什么消息？

谢汐等了半天都没等到三王子的回复，以为是信号不好，又发了一遍，因为是复制粘贴，所以还带着小笑脸。

三王子看着那俩笑脸，半晌后矜持地道："这么爱笑的话，带你去个地方。"

爱笑？他什么时候给三王子这样的错觉了？

三王子给了副将一脚："愣着干什么？走了！"

副将委屈巴巴地小声嘟囔："刚才就问您了。"

三王子回头："嗯？"

副将立正敬礼，军姿标准："回禀殿下，飞艇准备就绪，随时可以出发！"

三王子冷哼一声，起身出门。

谢汐看着通信器，搞不懂三王子这是什么路子。

他又问了句："殿下要带属下去哪儿？"

信息如石沉大海，无人回复。

过了一会儿，一个身穿军装的高大人鱼来敲门："请问科林·霍尔在吗？"

谢汐没听过这个声音，推门出来："您好，有什么事吗？"

军装人鱼道："三殿下正在等你，快些出来吧。"

谢汐哪里想到三殿下说走就走。罢了……为了任务进度，刀山火海他都得去。

谢汐略作准备便出门了，看到那刀锋一般凌厉的飞艇时，心底一毛。

这不会是什么军用舰吧？

这还真不是军用舰，毕竟这里是王宫，即便加尔·亚特兰蒂斯是一军统帅，也不能把军舰给开进来。

谢汐谨慎上车，刚露头，就听到了三王子的声音："磨磨蹭蹭地做什么！"

这火暴鱼，泡在水里都降不了火！

他赶紧老老实实地坐到三王子旁边。

三王子盯着他。

谢汐反应过来了，道：“见过殿下。”他略微行了个礼。

三王子眉头紧皱，并不满意。

谢汐哪知道他的脑回路：“属下脸上有什么东西吗？”

三王子扬眉：“怎么不笑了？”

谢汐一脸蒙，有什么好笑的？

三王子是典型的喜不形于色，但怒一定会挂在脸上的人。

谢汐惹不起他，只能做个假笑男孩。

谢汐一笑，三王子又飞快地别开视线，直视前方，他薄唇一扬，冷冷地道：“等会你就笑不出来了。”

这一路三王子都维持着冷酷人设，谢汐也不好开口。

中途副将送来一个果盘，三王子眉峰一皱，刚要发火，副将便道：“这么早，科林还没吃早饭吧，吃点儿垫一垫？”

三王子还是骂了他：“你的早饭只吃水果？”

谢汐还没反应过来，副将一看就是被骂惯了，立马道：“还有些三文鱼和甜虾，我这就去拿。”

三王子还不忘嫌弃他：“废物。”

谢汐略有些诧异，虽然三王子依旧是暴脾气，但这位人鱼副将瞧着狗腿，可似乎并不真怕他？他也没用属下的谦称，直接自称“我”。

没一会儿，副将将吃的东西送来了，谢汐还真有些饿了。

三王子道：“仔细点儿，别弄得到处都是。”说罢他起身去了驾驶室。

他不在，谢汐乐得自在，仔细地吃起早餐。

不知道是不是他的错觉，总觉得这本来狂冲乱撞的飞艇慢了一些，稳了许多，就好像从跑车变成了四平八稳的商务车。

飞艇慢点儿也好，方便他吃东西。等他吃好，目的地也到了。

三王子竟然带他来到了北方边境，难怪三王子会说他要笑不出来。

飞艇的速度是真快，这距离放到陆地上，飞机都得飞上两三个小时，他们却好像才用了四五十分钟。

三王子下车时看了谢汐一眼：“跟紧了。”

谢汐点点头。

三王子走得倒不快，谢汐可以轻松跟上。

他来这边应该是有军务，一会儿就有人上来汇报，三王子平日里脾气暴躁，干起活来还挺认真，而且很有效率。

谢汐为了避嫌，稍微后移了一些，假装自己听不到。

三王子回头盯着他：“让你跟紧了，听不懂是吧。”

谢汐想避嫌都没机会。

三王子看出来了，冷笑道：“你听得懂？”

谢汐一时无语。

三王子竟像拎小鸡一样把他拎过来：“你要是不干不净，我早把你给处理了。”

谢汐平日里这样拎叉烧包，哪想到自己也有被人这样拎的时候！

“殿下放我下来。”谢汐气呼呼地道。

三王子竟在他的脸颊上戳了下：“老实点儿，这里有实地演习，枪炮可不长眼。”

三王子松开了手，谢汐整理了下衣服，眼角一瞥，发现红色进度条涨了百分之三。

这有什么好涨的，果然是暴鱼心，海底针。

谢汐紧跟着三王子，看了不少风景。

海底的科技果然厉害，和陆地是点了两棵科技树，走得是截然不同的路线，但都发展出了惊人的技术。

三王子在军队里的人缘实在不错，这些人对他毕恭毕敬，却不是用强权压出来的恭敬，而是打心里敬服。

此时谢汐还不以为然，士兵嘛，大多崇拜强者，三王子战斗力爆表，他们会崇拜他也很正常。直到一个演习场上出了意外，一个人鱼被炸飞。

他们一行人刚好赶到，三王子一眼看到，以极快的速度赶了过去。

现场的人有些蒙，这演习都是真枪实弹，的确有危险，但刚才不该有事的……

等有人反应过来时，三王子已经抱着受伤的人鱼士兵赶往医务室，周围的人都反应过来，赶上来道：“殿下，交给我，我……”

三王子的脸上沾了血，身上那代表着荣耀的制服也有一片污迹，但他毫不在意，面色冷凝道：“你们能有我快？少废话，去彻查那个冲击炮，看有没有被人动手脚！”

言罢，他脚步加快，将所有人都远远地甩在身后。

谢汐看了全程，十分诧异。

三王子和他想象中不太一样。

– 20 –

连谢汐都看出情况不对，其他人久经沙场，哪里会看不懂。三王子这一吩咐，在场的人各司其职，忙碌起来。

谢汐当然不会留在这里，赶紧加快速度，游过去追上三王子。

别看三王子是两条腿，但在水里比他快多了，大概是借用了某种力量驱动周围的水来推着他走，所以才这么快。

谢汐追上来时，三王子拧眉道："你回去等着。"说着三王子还遮了遮血迹，似乎是不想让谢汐看到，怕吓到他。

谢汐不认同地道："殿下也太小瞧我了。"他也不用谦称了。

三王子看了他一眼，倒也没再赶他走，道："帮我拨号。"

他两只手抱着受伤的人鱼，连通信器都用不了。

谢汐连忙上前，这一看还真有些怔愣。人鱼受的伤很重，一条鱼尾血肉模糊，这鲜血淋淋的模样，活像一个被剥了皮的人，实在让人头皮发麻。

还好谢汐有不少"见识"，还算受得住，他在三王子手腕上点了下，通信器弹出来后竟然是黑屏。

三王子道："我开了防偷窥，你关一下，在右下角。"

谢汐也研究过这玩意儿，知道怎么用。他刚关了防偷窥，他俩交谈的对话框就弹了出来，三王子给他设置的昵称是——小可爱。

要不是鱼命关天，谢汐得好好问问老三这昵称是什么意思！

谢汐按照三王子的提示拨了号。

那边一秒接通，三王子快速道："全区封锁，人应该还没跑……索尔孚你要是抓不住，我就把你的鱼尾巴切了给马尔斯换上！"索尔孚是他那个狗腿副将，马尔斯是他怀里受伤的人鱼。

这人鱼明显就是个小兵，三王子竟然记得他的名字。谢汐有些明白为什么军营里的人对这位王子殿下尊崇有加了。

这一路三王子走得飞快，嘴上也不停，远程指挥。

谢汐心里是佩服的，他单单是游着追上去就拼老命了，三王子抱着人鱼，步履平稳，还在眼观六路耳听八方，而且头脑清晰地分析着，实在厉害！

到了医务处，这边的人早已准备好，三王子把马尔斯放下，便对医生说道："他是被 SX623 冲击炮的余波击中，主要受伤部位是鱼尾，左臂也有骨折，肩膀处有弹片……"

他事无巨细地描述着人鱼受伤的部位，医生们连连点头，已经开始给马尔斯注射药剂。

谢汐此时再看三王子肩膀上代表着最高军权的三叉戟，已是另一番心情。这位年轻的统帅，担得起这至高荣耀。

三王子安置好马尔斯，说了基本情况后，便带着谢汐头也不回地离开了。谢汐心里还挂念着人鱼，三王子却已经将所有的精力都投入查奸细中了。

这素质是真强大，做完该做的，其他的交给专业人士，不耽误时间、不浪费时机，精准得像一枚出膛的子弹！

半小时后，奸细被抓到了。三王子亲自审问，谢汐被留在了外头。三王子出来后，骂道："海丘国的浑蛋，竟敢在太岁头上动土！"

言罢，他风风火火地离开，径直回了王都。

谢汐紧随其后，还领了个内侍的牌子，成了三王子的贴身侍卫……

行吧，反正他得在三王子身边多待一阵子。

来的时候有说有笑，回去就是气氛紧绷了。

谢汐插不上话就老实待着，到了王宫后三王子也没让谢汐先回去，而是带着他直冲议事厅。

谢汐有牌子，可以随意出入，没人拦着。

之前谢汐在这里当过值，可惜里面什么样却不清楚。今天他头一次走进来，一看还挺惊讶。

不是想象中的宏伟大气，更不是奢侈华丽，甚至都感受不到王族的贵气。这议事厅简约中带着浓浓的年代感……或者该说是陈旧？

谢汐看到了大王子和二王子，还有几个老臣，并未看到国王。

三王子行了个礼后对二王子劈头盖脸地骂道："海丘国把奸细都安插到北方营地了！你还为一己私欲削减军备开支，等他们破了北方防线，杀进王都，你就高兴了！"

谢汐被吓了一跳，他想到了三王子会来大发雷霆，但没想到会这么直接，当这么多人的面不给自家二哥一点儿脸面。看来这兄弟俩的矛盾已经深到不可调和了。

海丘国是海底王国的邻国，他们早年就是亚特兰蒂斯的死对头，时常吃人鱼。亚特兰蒂斯始终觉得如果自己的王国沦陷，一定是海丘国阴谋陷害。

有这样的前提，两个国家数千年来斗得你死我活，纷争从未停过。

海丘国的人鱼性情残暴，至今还有吃人鱼的传统，时不时偷猎海底王国的人鱼，尤其酷爱王室成员。早些年，不少幼年公主与王子曾被他们撕碎吃掉，所以整个亚特兰蒂斯都恨透了海丘国，恨不能将其一举歼灭！可惜海底地势复杂，海丘国总能找到庇护所，他们就像那烧不尽的野草，给点儿时间就能成长起来，反扑回来狩猎人鱼。

三王子常年在战场厮杀，更是恨透了这帮家伙，如今他们又来搞事，难怪他会怒气冲天。

二王子也不是吃素的，三王子一发作，他霍地起身，张嘴便驳了回去："你成天只知道舞刀弄枪，懂什么！"

三王子道："你是掉钱眼儿里了，不顾大局！"

二王子反唇相讥："我不顾大局？是你脑袋愚笨，鼠目寸光，眼里只有海丘国！"

三王子眯起眼睛："内忧不定，你们还想制造外患！"

二王子道："真是天真，陆地人虎视眈眈，就等着我们和海丘国开战，他们好坐收渔翁之利，也就你这莽夫睁眼不见！"

吵到最后，这兄弟俩都快打起来了。

“好了。”一个中气十足的老年人声音响起。

谢汐转头，看到了门口处被人簇拥着进来的老国王。老国王年迈，力量弱了不少，虽还维持着双腿的模样，但却没了走路的力气，只能坐在椅子上。

他一来，两位王子自然不会再争吵，谢汐眼尖地看到了老国王身后的西里斯。

议事厅里的人都起身行礼，老国王抬了抬手，大家起来了，却没再坐回去，而是站到了一旁。

老国王坐下，看着殿中的一干人，慢慢开口：“北方边境的事，老三你说来听听。”

三王子出列，说话的语气和同二王子说话时截然不同，他有条不紊，说得头头是道：“……海丘国如此嚣张，过不了多久便会进犯北方边境，此时王兄却削减军用，实在是胡闹！”

二王子冷笑。

老国王道：“你二哥也是不得已，陆地人最近蠢蠢欲动，我们腹背受敌，实在是大意不得。”

三王子当即请缨：“请父王拟旨，先让儿臣领军灭了海丘国的气势，再回防应对陆地人！”

二王子道：“三弟真是瞧得起自己。”

三王子眯起眼睛。

老国王开口道：“你俩一人少说一句，吵吵闹闹得像什么样子！”

三王子没再开口。

老国王顿了下，看了六王子一眼。

六王子出列，行礼后说道：“陆地人蠢蠢欲动，还需三王兄坐镇都城守护王室，海丘国的动乱，不如让儿臣去一探究竟。”

他一开口，整个大厅都陷入了诡异的安静之中。

所有人都没想到，一直默默无闻，甚至连殿门都不踏出一步的六王子会说出这样的话。

三王子当即开口：“荒唐，领军作战岂是儿戏？”

六王子垂眸道：“我知道自己不如三王兄英武非凡，所以不想动用一兵一卒。”

在场的所有人都愣住了。

老国王问：“老六你有把握吗？”

六王子道：“不将海丘国击退数百海里，儿臣誓不回国。”

三王子面露急色，二王子也眉心紧皱，大王子更是开口道：“胡闹，你从未上过战场，怎么能……”

六王子道：“三王兄一人力敌海丘大军时，比我现在还要小一岁。”

三王子道：“我打小在军营里长大，你……”

六王子抬眸看向三王子：“三王兄是认定了我不如你？”

这话颇为挑衅，一点就炸的三王子竟没发火，反倒站出来道："父王请三思，六弟从未接触过海丘国，不知他们的厉害，这样一意孤行，恐怕会……"

六王子打断了他，淡淡地道："儿臣生为王室之人，就该有所担当，战死沙场又如何？儿臣绝不负亚特兰蒂斯之名。"他说得轻描淡写，却让在场的人都心魂猛震。

原本常年忽视这位王子的大臣也纷纷向他投去了惊叹的目光。

谢汐心里直打鼓，拿不准六王子这是要干什么。他不想活了吗？不、不是……难道他真有把握击退海丘国的入侵？然而，谢汐现在只能干着急。

最终老国王拍板，事情定下了，三王子坐镇王都，六王子出征，击退蠢蠢欲动的海丘国。

离开议事厅后，三王子追上六王子，劈头盖脸就是一通骂："不想活了就直说，我现在就送你一程。"

西里斯面色平静，还给他行了个礼："王兄。"

三王子最烦这种一拳打在棉花上的感觉，没好气地道："跟我来！"

西里斯眼尾瞥到了谢汐。谢汐垂首低头，都不敢看他一眼。

他应该认不出来自己吧……虽然这几张脸有些像，但塞因·霍尔死在他面前，他应该不会起疑。

西里斯已经收回了视线，谢汐松了口气。

三王子带着西里斯去了演武厅，这一打就是一天。

谢汐在一旁看着，感觉到了三王子的用意。明面上三王子是在爆锤六王子，可实际上却是以最短的时间、最高的效率锤炼他。

六王子力量是有的，还真不比三王子弱，只是对敌经验实在太少，不够老练。这么短时间的"特训"肯定比不上真正的身经百战，却也聊胜于无。

让谢汐比较欣慰的是，这笨蛋火暴鱼好歹给弟弟送去了一点点温暖。

他们回到三王子的宫殿，谢汐给三王子的胳膊上药，因为一直低头，他耳边有头发落下，挡住了他的视线："殿下帮个忙。"

三王子："嗯？"

谢汐的手上都是药，他用胳膊示意了一下。

三王子明白了，抬起另一只手，帮谢汐束了头发。

谢汐视线开阔，继续给他仔细上药。

从三王子这个角度，刚好可以看到谢汐俊俏的侧脸。

三王子飞快地别开眼。

谢汐给他上好药，弯唇道："殿下真好，六殿下今天肯定受益匪浅。"

三王子一愣。

谢汐看着他笑。

三王子视线一躲，硬邦邦地道："什么乱七八糟的，我是在打醒他，不知天高地厚的浑小子。”

谢汐也不戳穿他，只是笑得眼睛都弯成月牙了，尤其是看到红色任务进度又涨了百分之三后。

三王子这死要面子的毛病也不知道是随了谁：“我今天没用全力，等明天我就把他揍得出不了门！”

谢汐懂了：“哦，明天还要……”特训呀？

三王子扬眉。

谢汐改口道：“可怜的六殿下，怕是要被殿下给揍得鼻青脸肿了。”

他说完这话，红色任务进度又傻兮兮地涨了百分之三。

叉烧包帮它爸总结了一下：“这三王子，有点儿可爱呀。”

谢汐差点儿笑出声。

颜哲是毫不客气地拍腿大笑：“老邪，这三王子不愧是你的魂意，死要面子的本事学了个十成十！”

江斜不服：“我有这么蠢？”

死都不分正负数的人怎么有脸开口。

颜哲哈哈大笑：“太好玩了，你瞧小蔷薇都被你逗到了。”

江斜不用看都知道，因为谢汐对他的信任值那里一片绿油油的。

颜哲是因为给江斜接骨才有机会重新入队看直播，江斜也是想到这一段没什么才让他看一会儿。

颜哲还是捕捉到了重点：“小蔷薇不是要搜集六王子的心吗？怎么一直在三王子身边？”他还不知道真实的任务是搜集六个王子的心。

江斜顿了下，淡定地道：“都是我的魂意。”

也是，毕竟信任值高居不下，颜哲忍不住羡慕道：“你这万年‘非酋’，怎么运气这么好！”

江斜看了看自己 245 的运气，仍旧淡定地道：“还行吧。”

不愧是本尊，在死要面子活受罪这种事上，绝不会输给魂意！

- 21 -

凶巴巴的三王子留谢汐吃了晚饭。

谢汐心情不错，胃口很好，多吃了几块月牙瑚果。这东西是海底特产，长在一种珊瑚上，因为珊瑚生得很像弯弯的月牙，所以海底人叫它们月牙瑚。

月牙瑚定期会落下白白的大果子，这果子长得像椰子，破开皮后里面却软软的，口感像面包，当然是凉的。

谢汐还是个陆地人，所以很喜欢这种果子，吃起来就像在啃馒头。

三王子瞥了他一眼："你当我是艾克斯那抠门玩意儿？"

谢汐愣了会儿才反应过来，艾克斯是二王子，海底王国的财政大臣。他是你哥，不是玩意儿。

谢汐知道他俩关系不好，委婉地道："殿下很大方。"

三王子指了指满桌子的菜道："这么多好东西不吃，只盯着月牙瑚果啃什么，给我省钱？"

谢汐才反应过来他原来是在嫌弃这个。就他这脑回路，一般人哪跟得上！

三王子徒手掰开大龙虾，将里面最细嫩的肉放到他的盘里。

谢汐连忙道："我自己来。"

三王子瞥了一眼他那细皮嫩肉的手指，道："吃吧，瘦得跟旗杆似的。"

谢汐不服："我不瘦啊。"他也不胖，就正常体形吧。

谁知三王子放下手中的帝王蟹，斜眼看着他："不瘦？"

谢汐坐得笔直，挺了挺胸膛，真不瘦！

三王子拿起毛巾，擦了擦手，谢汐不知道他要干什么，一脸茫然。

谁知下一刻，三王子单手就把谢汐给拎了起来。

三王子看着他，眼里带了些孩子气："不瘦的话，我怎么一根手指就拎起来了？"

水幕前的颜哲笑成傻子了："老邪……啊，哈哈……你这魂意有毒吧！"

就他这情商，请当一辈子单身鱼！

江斜也是不忍直视了。

三王子很快就松开了谢汐，双手托住他的腰，将他放到了上方的椅子上："好好吃饭，勤加锻炼，等哪天我拎不起来，你就不瘦了。"

谢汐坐在上首，这是给贵客安排的位置，原本他是坐在下面的。

谢汐看着涨到百分之十四的红色进度，懒得和这个小屁孩计较了："殿下力大无穷，我就是有千百斤重也没办法。"

三王子竟又说道："那你拎我试试。"

三王子一边给他剥蟹腿，一边说："等你哪天能这样拎起我了，你就合格了。"

合格个鬼啊！谁要把你给拎起来！

颜哲已经笑得捶桌子了："有毒，真有毒，老邪你真是太有毒了！"

江斜不爽地关了水幕。

颜哲睁大眼："干什么，正看得高兴呢！"

江斜道："时间到了。"

颜哲抬眼一看，还真到了，气道："你赶紧进去送一波，我再给你接骨续点儿费用。"

隔日，谢汐刚到三王子这儿，就见他要出门。

谢汐以为他又要去“胖揍”六王子，谁知他竟说：“老五闷在家里几天了，我去看看他又在发什么神经。”

从各种意义上来说，老三还算有兄弟爱了，虽然和老二不对付，但对老五和老六都挺关心，只不过这关心的方式太独特，一般人接受不了。

谢汐当然知道五王子的情况，他的心一揪，很是不忍。

三王子带着他去了五王子的宫殿，往日里歌舞升平的宫殿安静极了，人鱼侍女一个个神情紧张，见三王子来了，更是如临大敌。

主要是老三的名声太差，人鱼侍女八成以为他是来踢馆的。

三王子皱眉问道：“老五呢？”

人鱼侍女行了礼后道：“五殿下一直把自己关在屋里，不许任何人靠近。”

三王子径直向前走去，人鱼侍女拦了一下：“三殿下请留步，我们殿下不想见客，您这样过去……”

三王子哪里管这些，眉峰一扬道：“让开。”

人鱼侍女所有胆子都用来说上面那句话了，此刻是一点儿勇气都没了。

三王子来到兰德尔的寝室外，直接砸门：“兰德尔？”

里面什么声音都没有。

三王子道：“你搞创作没人管，别饿死在屋里！”

果然……好好一件事三王子一开口就全是火药味。

屋里还是没声音，谢汐心里有些打鼓，也拿不准五王子怎么样了。

三王子眉心紧皱，他刚要踹门，殿门就开了。

兰德尔只披了件黑色外衣，大片胸口露在外面，形态不羁，但眉眼却是冷的：“三哥大清早过来，有什么事？”声音也四平八稳。

可是却让人放心不下来。

三王子盯着他看了一会儿：“你这几天……”

五王子打断他，反问道：“三哥觉得我能做什么？”

三王子眉峰一挑。

五王子道：“我没事，三哥请回吧。”

三王子本来就没点儿好脾气，见五王子活生生的，也懒得再浪费时间。他转身离开，走得那叫一个干脆利落。

谢汐转头看了眼五王子，心头萦绕着忧虑。兰德尔的眼圈很重，难道他一直没睡吗？

三王子派人把西里斯叫到演武厅，两人一整天都没出门。

谢汐看看西里斯，想想兰德尔，怪难受的。两个那么好的青年，因为塞因·霍尔的死，人生都改变了，这让他很不自在。虽然是为了完成任务，但他却实实在在地给他们带去了痛苦。

三王子这边暂时不会有什么进展，谢汐算算时间，隔天晚上偷偷溜去了五王子的宫殿。应该差不多了，他对一个人三天之内只能使用一次入梦术，现在应该可以用了。

谢汐用储备面孔直接变成了五王子的随身侍女，溜到了五王子的寝室。

此时已经是深更半夜，五王子也没睡，呆坐在床榻上，目光放空地看着前方。谢汐等了他三四个小时，直到天快亮了，他才累极了一般，倒在床榻上睡着了。

谢汐看着他苍白的面色和眼底的黑眼圈，一阵心酸。

何必呢……

看着这样的兰德尔，谢汐十分想不明白，为什么他会对一个几面之缘的人信任有加。

谢汐使用了入梦术。

眼前一花，他发现自己还是站在五王子的床榻前。

失败了？入梦术没成功？

可是右下角有了提示：恭喜您，入梦术使用成功，已进入兰德尔·亚特兰蒂斯的梦境。

谢汐愣了一下，明白了，原来五王子的梦就是这样的，就是在自己的寝宫里。

五王子坐了起来，看到了谢汐，却没一点儿意外的模样。

叉烧包兴奋地道："爸爸你好像是鬼魂！"

谢汐低头，这才发现自己是半透明的模样，手上散发着幽幽的光。

原来在兰德尔的梦里，他成鬼了！

兰德尔看着他，好一会儿后才慢慢开口："我是个懦夫。"

谢汐想开口，发现自己在这个梦里竟然是无法说话的！难道在五王子的心里，鬼是不会说话的吗？

兰德尔站了起来，一步一步走到他面前。

谢汐浮得很高，刚好可以与兰德尔对视。

兰德尔的手指动了动，说道："母后说得没错，我是个懦夫，是个逃兵，是个胆小鬼，注定会被狂风暴雨击溃！"

这话谢汐十分耳熟，他想起来了，在上个梦里，王后对放弃一切离开的五王子喊出了这样的话，当时的五王子勇敢地走了出去，追求了自己想要的生活，可现在……

兰德尔的眼眶通红，他想拥抱谢汐又明知抱不到的模样实在凄惨。

"我一直都很没用……生在王室，成了王子，却还妄想过自己的生活。我哪有自己的生活？我哪有真正的自由？我血脉里的这副枷锁怎么可能会放过我？

"我自以为在追求自我，自以为很勇敢，自以为可以守护住珍爱的一切。可事实上我只是在逃避，逃避桎梏、逃避痛苦、逃避一切不如意。

"我这样一个逃兵，一个懦夫，即便遇到你又如何？我没能力保护你。如果我不是这样无能，如果我有足够的力量，如果我知道得更多一些，我绝对不会让你去送死。”

谢汐的心一震，他明白了五王子的痛苦。

五王子在懊悔，在自责，在深深地怀疑自己。他看出了六王子遭遇的阴谋，认定塞因·霍尔是个替死鬼。他以为是自己太过于远离权力中心，所以才什么都不知道，甚至不知道珍惜的人被当作棋子送上了断头台。

如果兰德尔知道，如果他不是两耳不闻窗外事，如果他不是缩在自己的象牙塔里，一定会拦下塞因·霍尔，一定会救下塞因·霍尔 。

这个心结化作了一条毒蛇，啃噬着兰德尔的心。

谢汐开不了口，即便能开口他又能说什么？一个死去的人说什么都安慰不了活着的人。

兰德尔慢慢抬起手，修长的手指落到他的肩上。

“塞因。”兰德尔低语，“如果有来世，请给我一次机会，好吗？”

谢汐愣住了。

这是头一次，江斜想一巴掌拍死自己的魂意。愚蠢的家伙，问了这样的问题，为什么又让谢汐说不出话？

如果谢汐答应了，等准世界被通关，作为兰德尔“来世”的他……

很好，因为这个笨蛋，他错过了一个亿。

谢汐什么都说不了，就这样离开了五王子的梦，他轻出一口气，喃喃地说道：“如果我离开了准世界，这些魂意会怎样？”

第一个世界的兰迪、艾克斯、加尔是来到了这个世界，还是单纯的名字和样貌相同？

江斜听到谢汐的这句低语后眼睛微亮。

- 22 -

谢汐在心疼魂意了，等他收回几个魂意，谢汐是不是就会心疼他？江斜看了看稳如泰山的 -245，寄希望于魂意们别作死。

谢汐一句话没说，去五王子梦里当了个鬼魂，橙色任务进度已经变成了绿色，达到了百分之十六点六六……

就这么满了。

他们只认识了几天，只见过几次面，只在梦里糊里糊涂地相处了一段时间。即便入梦术能将梦真实化，可五王子也实在是太好糊弄了。

谢汐挺纳闷的，五王子、六王子、三王子都是 X 的魂意，可他们表现出来的性情与向左还是向右里的三个神经病截然不同。

兰迪、艾克斯、加尔一言不合就杀人，神经又病态，随时在变坏的边缘徘徊。

等等，谢汐忽然明白了一些。

那是因为塞因·霍尔的背叛吗？

倾付的越多，遭到背叛后越无法容忍；越是纯粹真挚的心，越是容易被一点儿墨迹给染黑。

试想一下，如果海底世界的塞因·霍尔的真实身份曝光，也就是让五王子和六王子知道他不仅没死，还在和他哥哥们斡旋的话……

兰德尔和西里斯一定会把他切成生鱼片！

这么想的话，似乎兰迪、艾克斯、加尔也没那么糟糕。

江斜怎么都没想到，自己有一天能看到 +30 这种神仙数字。

很快，谢汐又撇撇嘴，魂意不糟糕，但 X 一定很糟糕，要不是神经病，怎么可能设定这么逼疯人的任务！

刚刚 +30，马上又是 -30。

行吧，-245 这个数字挺好。江斜觉得自己的心在滴血。

谢汐狠下心，不再想五王子的事，他剩下的时间不多了，得赶紧搜集心，离开这个世界。

他离开这里才能去找 X 套话，才能知道更多有关魂意的事。

谢汐再次到了演武场，看到三王子正在和一个人说话。从谢汐这个角度，那人被三王子挡着，只隐约看到一缕银色的长发。

银色的头发？二王子艾克斯？

谢汐挺怕这兄弟俩打起来的，赶紧上前，这一走近就听到了他们的对话。

加尔："巧舌如簧，我会不知道你那点儿小心思？"

艾克斯："就你这榆木脑袋，能知道什么！"

加尔道："我就看得穿你这人面兽心的人。"

艾克斯讥讽："你一双狗眼就知道盯着我，也不想想……"

他还没说完，看到了走过来的谢汐。

三王子背对着谢汐，察觉到二王子的目光后才转身。

谢汐连忙行礼："见过二殿下、三殿下。"

三王子一把将他拉过来，夹在胳膊下，向他哥炫耀："我的小跟班。"

被像小鸡仔一样夹着的谢汐心道：长得高了不起啊，小心你的狗腿！

二王子盯着谢汐看了一会儿，半晌才想起什么一般："是那个……"涨了百分之一进度的渣鱼还是渣鱼，连名字都记不住！

三王子道："名字你就不用知道了，你也没必要和他认识。"

三王子不说还好，一说艾克斯来兴致了，他狭长的眸子微眯，笑着说："小科林是吧，生得越来越白净了。"说着他还伸手想拉谢汐一把。

加尔打掉他的手："别碰他。"

艾克斯也不生气，仍对着谢汐笑，声音也温柔动听："跟着老三肯定吃了不少苦吧？要不到我这儿来，保证你睡到自然醒，再也不用早起训练。"

从这话就看出他很了解自家弟弟。

三王子常年在军营生活，过得那叫一个自律。早晨醒得早，醒了还要找人晨练（暴揍），索尔孚这个副将人生最大的心愿就是睡个好觉。

加尔就像护食的大狗一样，直接把谢汐护在怀里："去你那儿？天天挨饿吗？"

三王子说得其实还挺单纯的，但艾克斯显然是个老司机，他说道："我一定给他吃胖十斤。"

加尔反应过来后，炸了："少打他的主意，你敢碰他一根手指头，我剁了你！"

艾克斯被加尔骂惯了："科林是人不是物品，你这样霸着他，问过他的意愿吗？"

加尔环着谢汐的手臂一紧，谢汐心想：这老三哪里是老二的对手。

艾克斯又道："是你的，你不用夹着也不会走；不是你的，你拴在身边也拴不住。老三你理智些，给科林些自己的自由，你胳膊夹得那么紧，他都快喘不过气了。"

加尔的胳膊立马松了些，当然气势上不能输："不用你废话，我清楚！"

艾克斯笑了笑，说道："时间不早了，我在亚罗门订了桌，一起吃吧。"

加尔开口就是："不去，我们有饭吃。"

谢汐虽然需要刷艾克斯的进度，但当下还是以加尔为主，他说不去那就不去。

艾克斯哪会这么轻松地被甩开？他不疾不徐地道："所以我说老三你这样不行，太不尊重人，你好歹也问问科林的意见。"

说罢，他不等加尔开口，看向谢汐，问道："科林，能请你吃顿饭吗？"

谢汐沉默。

加尔火了，一把推开他："你堂堂二王子，他一个小侍卫敢拒绝吗？"

艾克斯微笑道："我是会记仇的人吗？"

你满脸都写着记仇好嘛！

加尔很了解艾克斯，艾克斯也很了解加尔。

加尔是人粗心细，不想科林得罪艾克斯这个疯子，毕竟明枪易躲暗箭难防；艾克斯是吃准了加尔会为科林着想，才故意这样说的。

结果就是……

三个人诡异地坐在一起吃晚饭了！

谢汐被两位王子殿下夹在中间，实在左右为难。

二王子热情地道："有什么想吃的，随便点。"

三王子冷笑："有什么好点的，特色菜一样来一份。"

谢汐没有发言权，老实待着。

二王子不认同地道："我们就三个人，哪里吃得完。"

三王子毫不留情地讥笑道："抠门。"

二王子也不在意，认真划着菜单，仔细斟酌着："小科林有什么忌口的吗？"

谢汐忙道："我什么都行。"

二王子没问三王子，点的菜里却也有三王子爱吃的，毕竟是打小一起长大的死对头，口味什么的都很清楚。

三王子故意道："再添两份尖叫蟹。"这东西虽然带了个蟹字，却不是螃蟹的一种，而是一种鱼，因为长得像螃蟹，又会发出尖叫声，所以叫这个名字。

这种鱼是出了名的奢侈食材，类似于岸上的松露之类的，不见得有多好吃，但贵是肯定的。

二王子道："吃那玩意儿干什么，难吃死了。"

三王子道："所以只点了两份，二哥就别吃了，我和科林吃就行。"

二王子难得地被噎住了。

三王子斜了他一眼："怎么？二哥嘴上说着请客，其实却舍不得花钱？那算了，今天这桌我包了，再来三份尖……"

"行了。"二王子温文尔雅的万人迷脸蛋上难得有些崩溃，他碎碎念道，"这破鱼有什么好吃的，捉起来劳民伤财。"

谢汐偷偷瞥了一眼，这尖叫蟹是挺贵的，一份抵他一个月薪水了，但二王子是谁？他会差这点儿钱？

嗯……加尔嫌他抠门时谢汐还不当回事，如今一看，还真是有些"抠"。不过身为帝国的财政大臣，好像也不是坏事。

很快谢汐就意识到，老二的抠是深入骨髓的，别管他本身如何花孔雀，其本质却是斤斤计较的。

吃饭的时候，他骂三王子："这还全是肉，你就不吃了？"

其实老三可会吃尖叫蟹了，谢汐见识过，他就是故意气二王子。

海底王国的堂堂二王子殿下竟拿起弟弟吃剩下的尖叫蟹，抠出里面好大一块肉甩到三王子的盘子里。

老三明知他这毛病，一顿饭作天作地，恨不得吃一盘扔一盘。

二王子一边气一边收拾残局："真是够了，所以我不想和你一起吃饭！"

三王子道："那你还邀请我？"

二王子看看餐盘里干干净净，捧着最便宜的月牙瑚果吃得开心的谢汐道："我分明请的是小科林。"

谢汐一顿，倒不是因为自己被带入话题中心，而是因为自己的进度条那儿——属于二王子的紫色进度涨了百分之三。

怎么就涨了？

三王子一把夺过谢汐的月牙瑚果，把尖叫蟹推给他："吃什么月牙瑚果，吃这个！”

谢汐可不爱那“劲道”的尖叫蟹，他又拿起啃了一半的月牙瑚果说：“不要浪费，我先吃完。”

刚说完，他就发现二王子的紫色进度又涨了百分之一。

这帮魂意都有毒吧！

老二嫌弃老三：“小科林多懂事，你这不知人间疾苦的混账东西。”

三王子很清楚怎么惹毛他哥，只听他又道：“给我来两壶白叶青。”

这是海底的一种酒，价格嘛，陆地上的82年拉菲了解下。

二王子扬眉道：“喝什么酒？不……”

三王子道：“没事，我请客。”说着他又看向谢汐，“两瓶够吗？”

谢汐赶紧摇头，说：“我不喝酒，会过敏。”

三王子遗憾地道：“这样啊，那我自己喝吧。”

谢汐发现自己说完这句话，紫色进度条又涨了百分之一。原来攻略老二这条花心鱼的重点是“勤俭持家”吗？

别看三王子是军人出身，其实酒量很一般，三杯酒下肚就开始晕乎乎的。

二王子心疼地道：“就你这臭酒量，还把酒全开了。”

三王子故意戳他的心：“喝不了就喝不了，扔了又怎样。”

二王子道：“你知道酿这一瓶酒要浪费多少人力物力吗？你知道这三十万珠币能让多少人……”他说着又顿了下，没好气地道，“所以我才讨厌你们这些当兵的，一个个就跟碎纸机一样，把钱不当钱！”

他惯常喜怒不形于色，这会儿倒是罕见地生起闷气。

谢汐打量着他这模样，倒比之前那皮笑肉不笑的模样有趣多了。

二王子看看晕乎乎的老三，再看看开了封的酒，给自己倒了一杯：“不能浪费。”他一饮而尽。

行吧，老三醉了老二醉，谢汐坐一旁看热闹。

等到三王子倒桌不起，这顿饭才结束。

二王子也摇摇晃晃的，谢汐看着剩下的两枚月牙瑚果，心动地道：“二殿下，这个没吃完，我能打包带走吗？”两个刚刚好，明早剥了皮直接当早餐。

他这话音一落，二王子眼睛一亮，拍他的肩膀道：“你是个好孩子。”

说完二王子亲自拿起两枚月牙瑚果放到了谢汐的手里，顺道给他科普了一通：“今年我们加大了资金投入，一定让月牙瑚果的产量翻一番，这是个好东西，多少老百姓就指着它们填饱肚子……”

谢汐捧着月牙瑚果，心里嘀咕：真没看出来你是这样的二王子。

二王子的侍从把他接走，谢汐也送三王子回了寝殿。

三王子这边的侍从很少，只偶尔有几个侍卫，这些侍卫负责的也不是他的生活。好在水里浮力大，谢汐没怎么费事就把三王子放到了床上。

这家伙酒量差，还非要喝酒，这会儿醉得人事不省。

谢汐看到他胳膊上露出来的青紫瘀痕，想到他今天在演武场待了一天，估计也是累极了，如今酒劲上来才会睡得这么沉。

他看了眼红色进度，心思一动。

这是个好机会，他可以趁机入梦，也许能直接把信任值刷满。

本以为搜集六王子的心是个无法完成的任务，如今因为叉烧包的忽然进化，难度骤降，谢汐的心情也好多了。

尽快完成主线任务吧，也许可以尝试做一下支线任务，直接把这个准世界通关。

想起支线任务是搜集一百万吨垃圾……谢汐就头疼。

算了，他还是先去三王子的梦里看看吧。

谢汐用了入梦术，很顺利地进入了三王子的梦里。

谢汐眼前一黑，再睁开眼时却感觉到了一阵强大的冲击力。

他大惊失色，急忙拉住前头的人，可惜却碰不到了，只听到了三王子的厉喝声：“你这条恶龙，把他放了！”

谢汐一头雾水。

叉烧包实时转播：“爸爸你被恶龙抓走啦！”

谢汐一脸蒙，这都是些什么乱七八糟的梦。

他感觉自己的身体被一个爪子扣住，紧接着有一个像极了二王子的声音低低响起：“他是我的了。”

哦，恶龙是二王子。

这梦很像三王子的风格。

第五章

失落的亚特兰蒂斯 下

－1－

谢汐也搞不清三王子这梦的是什么童话故事。

三王子生在王室，从小受的教育就比普通人鱼全面，他们接触了不少陆地上的知识，包括各种各样的童话故事。

谢汐此时就在陆地上，被二王子牌恶龙抓住，悬在空中。

他倒是没有之前在陆地上的灼热感，大概在三王子的梦里他不是人鱼，而是陆地人。

没有灼热感，谢汐却被阵阵强风给吹得睁不开眼睛。

叉烧包兴奋道："三王子来救你啦！"

谢汐被这个梦给弄得头疼。

只听一阵破空声传来，一身骑士装的三王子从高处一跃而下，稳稳地落在了恶龙的后背上。

"放了科林王子！"

他喊得那叫一个严肃认真，谢汐要不是被恶龙抓着，他真想摔下去当个肉饼！

梦外头谢汐是三王子的小跟班，梦里头就成了科林王子。

戏这么多，你不愧是大设计师的魂意啊！

加尔・亚特兰蒂斯骑士勇斗恶龙的场面，谢汐是无缘看到了，恶龙与三王子打得不可开交，他被摇来摇去，脑袋搅成一团快昏过去了。

好在这是三王子的梦，所以三王子必定会救下"科林王子"。

于是恶龙放下狠话："我还会回来的！"

恶龙爪子一松，谢汐垂直落下，这逼真的失重感让他寒毛倒竖，他怀疑自己要死在三王子的梦里！

好在三王子不想让他死。三王子放弃追击恶龙，径直向地面冲过来，在谢汐即将落地时用力抓住了他。两人在草地上翻滚数圈才停下来。谢汐奇迹般一点儿伤都没受，连块皮都没擦破……

三王子就惨多了，他为了护住谢汐，胳膊外侧一直在地面上摩擦，血肉模糊。

谢汐急忙道：“你还好吗？”

三王子扶着胳膊站起来：“我没事，王子有没有受伤？”

他这个称呼让谢汐很不适应，谢汐愣了一下。

三王子以为他怕血，把胳膊放下道：“是我无能，没能抓住恶龙。”

谢汐只得配合道：“要不是你出手相救，我早就被恶龙抓走了。你会失手也是因为恶龙狡诈，把我丢下来，我知道你是为了救我才会放走它的。”

说完这番话，谢汐就看到红色进度条涨到了百分之十五。

天啊，这么好说话的吗？谢汐简直要笑出声了。

三王子稳重地说道：“让王子担惊受怕了。”

谢汐心情好，还挺乐意陪他做梦的，看向三王子的胳膊道：“我帮你处理伤口吧。”

“不要紧。”三王子不想让他看到那血肉模糊的胳膊。

谢汐道：“你为我不顾性命，我怎么能不管你。”

说着他拉过三王子的胳膊，三王子在外头是硬汉，在梦里更是硬气得很，伤成这样眉头都没皱一下，仿佛感觉不到痛。

谢汐道：“怎么伤得这么厉害。”说着谢汐小心地给三王子吹去粘在伤口上的杂草，尽力清理着。

谢汐一边给他处理伤口，一边想到了现实中三王子的胳膊上还真有青紫。莫非他睡着了还觉得胳膊疼，所以梦里才会伤到胳膊？

还真有可能。这么一想，谢汐处理得更仔细了。

这时远处传来了马蹄声，谢汐抬头看去，三王子道：“是您的护卫队到了。”

谢汐心想，没错，护卫队总是姗姗来迟。

接下来就是勇士击退恶龙，救下帝国王子的消息传遍了王国，等他们骑着高头大马踏进都城时，道路两旁已经全是围观喝彩的百姓。

谢汐留心观察了下，发现这些人的五官不是模糊的，而是非常清晰，各不相同。

三王子可不是五王子那样的艺术家，梦里也这么真实，看来都是受了 X 的影响。这本事也挺厉害的，难怪能设计出真实的世界。

百姓们高呼着帝国之名，勇士之名，簇拥着在前头的三王子和谢汐。谢汐有种不太好的预感。他觉得自己十有八九要进入剧情高潮了。

他们一路进了王宫，这王宫就很不讲究了，大概三王子也不知道陆地上的王宫是什么样，所以照搬了海底王宫的样子，连国王都照搬了海底世界的老国王。

老国王接见了勇士加尔，对他大肆夸奖，基本上能用到的赞美词汇都用上了。

三王子一脸谦逊，十分含蓄，一副不需要夸奖，他就是做了分内之事的本分模样。可惜这是他的梦，老国王说的话是他做梦都想听到的，他这含蓄就……

谢汐拼命地憋着笑。

老国王绕了半天，终于说到重点了：“加尔，你立下如此大功，想要什么奖赏？尽管告诉我！”

三王子看了一眼谢汐，谢汐怕笑出声，死命咬着下唇，不敢看他。

三王子喉结耸动了下，他低声道：“不需要任何奖赏，能救下王子殿下，我已经心满意足。”

老国王是个称职的NPC，拍了拍他的肩膀道：“你如此英勇，如此优秀，却又不慕名利，不贪强权，我很欣赏你，决定你以后做科林王子专属护卫！”

谢汐一个踉跄，差点儿摔倒。

谁知始作俑者的三王子还矜持起来了：“这、这怎么能行？我一介草民，无功无禄，怎么护得住王子殿下……”

老国王道：“要不是你，我唯一的儿子已经被恶龙抓走，你救了他，就是我们整个国家的大恩人！”

三王子还在假客气：“如此大事，还是要看王子的意愿。”说着他看向谢汐，问道，“科林王子，您愿意……”

谢汐不愿意，可他愿不愿意有用吗！

三王子也是早有准备，他怕谢汐说不出心里话，于是在梦里给谢汐安排了个侍从，这侍从立马替谢汐表明心迹：“您为王子不顾性命，救他于危难之中，王子心中的护卫早就非您莫属！”

三王子这梦做得很稳，并不想多生事端，于是老国王拍板，就这么定了！

谢汐也懒得较真了，毕竟是梦嘛，做梦的人说了算。

这边刚定护卫，那边就开始筹备扩府，谢汐看看自己这老爹，竟比三王子还急！

三王子完美贯彻人设，可有面子了，一点儿不急，简直是在等着国王来请人。

可惜这是他的梦，一想到所有人动作这么快全是他的心意，谢汐就忍不住想笑。

装，看你能装到什么时候。

梦里的时间一闪而过，眨眼的工夫几天就过去了。

谢汐发现自己在一个花园的亭子里，慢悠悠地喝着茶，他的侍从从远处跑过来，喘着粗气道：“殿下，加尔先生马上要路过花园，您赶紧去看看他吧！”

他刚起身，三王子就“路过”了，侍从大叫着：“加尔先生，殿下等您很久了。”

三王子几步就走了过来，步子很稳，声音也十分平静，就是那双眼睛滚烫得很：“外边风大，冷吗？”

谢汐摇摇头，刚想说一点儿都不冷，就觉得一阵邪风吹来，他忍不住打了个喷嚏。

三王子赶紧上前，把自己的披风围在谢汐身上。“这样十分失礼，但天气太冷，殿下体弱，只能暂时委屈你了。”

说着他围得更紧了些。

-2-

谢汐他听到三王子忧心忡忡地说道："几日不见，殿下怎么又瘦了些。"

谢汐暗道不好，果然他的侍从开始吟唱"苦情体"的桥段了。

"加尔先生，我们殿下这几天，睡不好也吃不下，整个人都憔悴了！"

谢汐这一口好牙都快被酸掉了。

三王子关切地说道："殿下怎能这样不爱惜自己？马上就是重要的日子了，到时礼数繁多，还要登山祭祖，受万民敬拜，您这样怎么撑得下来？"

谢汐心想：还不是你做梦非得让睡不着！

侍从就是个应声虫："是啊，我也劝过殿下，可殿下就是睡不着，我实在是心疼得不行。"

三王子轻叹一口气："殿下，请您好好吃饭，好好睡觉，好吗？"

这次侍从竟然没帮着说话，谢汐嘴角抽了抽，明白了，这是三王子想听他自己说呢！

谢汐知道怎么说才能让梦完美地进行下去，但是……他好难开口啊！

三王子又催促了一遍："殿下？"

谢汐看了看快满的红色进度，一咬牙，闷声道："我也想吃饭睡觉，但这几日，就觉得山珍海味都没有味道，躺到床上也毫无睡意。"

说出来了！他说出来了！鸡皮疙瘩请稳住，别闻声起舞！

三王子心里乐开了花，但是嘴硬："再过几日，殿下就不必这样辛苦了。"

辛苦？不，谁辛苦谁心里有数。

侍从又来推动剧情了："加尔先生不如多待一会儿，让我们殿下好好吃顿饭睡个觉，他再这样下去，身体真的要撑不住了。"说完侍从竟还开始抹眼泪，十分真情实感。

三王子这么讲礼数的人自然说道："这不妥，于理不合。"

谢汐心中吐槽，但梦中他只能配合演出……他抬头看着三王子。

侍从再次劝道："加尔先生，难道这世间还有什么比殿下的身体更重要吗？"

三王子还在犹豫。

侍从又道："您这般英勇之人，怎么能让王子殿下受如此委屈！"

谢汐快笑死了，这叫什么？来个侍从人设在三王子的梦里合理推动剧情？没台阶自己找人疯狂搭台阶吗？他憋得身体微颤，三王子自然感受到了，于是将"梦念"传给侍从。

侍从立马大叫道："加尔先生！您看殿下都饿得发抖了，您再拘于礼数，殿下就要饿昏过去了！"

谢汐："扑哧！"这谁忍得住！

侍从大概有把一切事情都变成三王子脚下台阶的本事："您听！殿下哭了！"

可算了吧，谁哭是这动静！

三王子这百炼钢终于连忙道："是我愚笨了，忽略了你的身体！"

侍从趁机加戏："加尔先生，殿下都站不稳了，您快跟他进屋，我这就去准备可口的晚餐！"

三王子低声道："殿下，冒犯了。"

他们到了屋里，谢汐需要找点儿冷水平静下自己马上要压不住笑的面部表情，他低头道："我去整理下。"

整理完，谢汐再出来，外头已经摆满了吃的。

谢汐扫了一眼后，桌子上全是各式各样的海鲜。三王子一个土生土长的海底人，并不能理解陆地人的饮食，所以这些全是按照海底的标准来的。

让谢汐有点儿欣慰的是，三王子还记得他爱吃什么。大螃蟹、大龙虾、三文鱼，还有满满一盘月牙瑚果……

侍从特别识趣，直接退了出去，三王子细心地给谢汐处理着硬壳海鲜，看着他吃。

谢汐还真有些饿了，认真吃了起来。

看见他这般举动，三王子很开心，说道："你要好好吃饭，行吗？"

谢汐心想你不在我可能吃得更自在些，嘴上却道："我会尽力的。"

三王子更满意了。

他们吃过饭，三王子带着谢汐消了消食，这就飞速到了睡觉时间。

谢汐只能在他梦里尝试着睡一觉。

二王子甚至说道："殿下放心，我就在这边。"

谢汐斟酌了一下，领悟了台词："等下你是不是就要走了？"

三王子没出声，算默认了。

谢汐道："也是，总不能让你守一宿。"

三王子道："殿下快睡吧。"

谢汐根本睡不着！但他只能努力配合睡觉。然而谢汐还是低估了三王子的"戏精"本质。

过了一小会儿，侍从急匆匆地跑进来，焦急道："坏了！教养婆婆来了！"

啥？啥婆婆？

侍从又道："加尔先生，千万不能让她看到您啊！看到的话她一定会训斥王子殿下的！"

谢汐一时间竟不知这是什么路数。

三王子懊恼地说道："我这就离开。"

侍从立马道："来不及了，她马上进来了，您一走她肯定会看到您，到时候更说不清了！"

谢汐心道：你们王室事真多啊！

三王子道："这可如何是好！"

侍从可真是个小机灵鬼："加尔先生不如先躲到床上去！等婆婆进来，我告诉她殿下睡了。"

谢汐可算知道这是个什么路数了！想法挺多啊，小加尔！

三王子愣了下，他掀开床幔，看向谢汐："殿下，我……"

谢汐还能怎么样？还不是陪着他做梦："快些吧，婆婆要进来了。"

闻言，三王子一咬牙，到了床上。

谢汐不在意和他睡一张床，都是男人嘛，睡一起又不会少块肉。

不多时，传来了开门声，侍从和一个老妇人的交谈声响起。

"婆婆，殿下这些天都没睡好，刚才累极了，躺下睡了。"

婆婆道："殿下近日无眠，今日可算能安心睡下了。那我就不打扰王子了！"

婆婆走了，谢汐动了下，谁知三王子忽然问道："殿下发烧了吗？"

发什么烧？

侍从这时也过来了，掀开床幔道："婆婆走啦！"

三王子皱眉道："刚才殿下一直在颤抖，是不是觉得冷？"

不、不冷，他只是在憋笑！

侍从也紧张了："这些天殿下一直吃不好、睡不好，今天又在外面吹了冷风，莫非真发烧了？"

被他俩这么一说，本来啥事都没有的谢汐貌似真的中招了。

他缩了下，真觉得冷。

三王子假正经地说道："殿下，我试试您的额头。"说着，因常年征战而带了薄茧的掌心落在谢汐的额头上。

谢汐眨巴着眼睛看着他。

三王子松口气道："还好，不太烫。"

谢汐也松了口气，他还以为自己要在梦里体会下生病的滋味呢。

侍从问："那怎么会这么怕冷？是屋子里温度不够吗？"

谢汐无语，还能因为什么！还不是因为三王子的"梦念"嘛。

谢汐抖了下，牙齿打战。

三王子赶紧给谢汐裹上被子，又送上火盆，问道："这样暖和些吗？"

– 3 –

谢汐小声道："辛苦你了。"

"不会。"三王子道，"为您做任何事，我都不觉辛苦。"

谢汐满意了。

这一宿，三王子倒是没再作妖。由此可见，三王子还是相当知礼数的。

也亏了他没继续作妖，这要是惹恼了谢汐，江斜好不容易靠三王子卖蠢涨上来的信任值准得暴跌到 -999。

第二天也是眨眼的工夫就到了，谢汐看到了一脸黑眼圈的三王子。明明就过去一秒钟，三王子就给自己画上了熊猫眼，做梦做得这么敬业，实在让人佩服。

三王子问他："睡得好吗？"

谢汐道："一夜无梦，睡得特别好。"

三王子又问："还有哪儿不舒服吗？"

谢汐拿不准三王子想不想让他舒服，只能说一句模棱两可的话："好多了。"

三王子松口气道："那就好。"他起床，腿刚动了下就眉峰紧皱。

谢汐明白了："腿麻了？"

三王子摇头道："不要紧。"那腿却一动不动，不像麻了，像断了！

"这是什么意思？"谢汐揣测着。

三王子道："没事，一会儿就好了。""断了"的腿却悄悄往谢汐这边挪了挪。

谢汐腹诽：三王子您有话直说不好吗？做个梦您还拐弯抹角的！

谢汐道："昨晚你是怕吵醒我吧，所以一动不动，这样维持了一宿很累吧？我以前也麻过腿，按一按会好得快些。"

三王子道："不用按了，我能下床。"说着他挪了下腿，作势要下去，结果倒吸一口气，额间沁出了冷汗。

兄弟你这真不是腿麻，你这绝对是腿断了！

三王子"尝试"失败后，懊恼地说道："殿下别管我了，等一下它就好了。"

谢汐哪能不明白？行吧，看在任务进度不知不觉飙升到百分之十六的分上，就给你按按吧。

谢汐带着些许凉意的手刚靠近他的小腿，"断腿"的三王子一蹦而起，痊愈了！三王子几步下床，哪还有什么腿麻的模样，他闷声道："我没事了！"

谢汐促狭地道："真没事了？"

三王子道："我、我去洗漱，殿下先更衣吧！"

他转身出去，捧了把水拍到脸上，怔了片刻，接连又是好几捧水拍在脸上。

谢汐完全不知道三王子抽什么风，不过总算起床了。谢汐更完衣，三王子沉着冷静地说道："殿下，我先回去了。"

谢汐顺口道："吃了早饭再走吧。"

三王子道："万一……"

不用谢汐开口，侍从兄立刻喊上了："加尔先生，您就陪他把早饭吃了吧！"

为了努力赚取三王子的心，谢汐只能开口道："吃了再走吧。"

三王子这才说道："既然是殿下的命令，那我绝不违背。"

吃过早饭，三王子终于要走了，他叮嘱谢汐："殿下请一定要好好吃饭，好好睡觉。"

谢汐点头应下，琢磨着不会这么简单。

没想到，三王子还真是吃完饭就要走，他又对谢汐说：“殿下这几天要多加注意，我总担心那恶龙不肯轻易放过您。”

谢汐道：“我不会离开王宫的，恶龙应该不敢闯进来。”

三王子忧心忡忡地道：“但愿如此。”

临走前，三王子又开始“挤眉弄眼”，谢汐跟不上他的脑电波，不确定他还要干什么。

好在有侍从这个“明白人”，只听侍从哀声道：“加尔先生啊，您有时间请一定来看看我们殿下。”

三王子听到了想听的，才颔首轻声对谢汐说：“殿下放心，我会再来看您的。”

谢汐怕自己一开口就破功，勉强维持着尴尬又不失礼貌的微笑。

好在三王子本来就分不清真笑还是假笑，看他笑了就觉得满意了，好骗得很……

三王子一走，谢汐这儿的时间就飞速流逝，一眨眼到了中午。

侍从催促他：“殿下，该吃饭了。”

谢汐刚吃完早饭一秒钟，现在吃得下才有鬼了。

侍从唉声叹气道：“果然您又不吃饭了。”

谢汐就猜到侍从会来这么一句。

侍从道：“你这样不爱惜自己，是不行的。”

谢汐诚恳地说道：“我不饿。”他真不饿，撑得很。

“您既然不想吃饭，”侍从道，“那就去花园散散心吧。”

谢汐不置可否，这梦不像要结束的样子，估计后头还有事。

他俩去了花园，谢汐刚坐进那小亭子，侍从眼尖地说道：“殿下，是加尔先生！”

谢汐有些纳闷，这才离开几分钟，他又回来了？

侍从道：“加尔先生肯定是不放心，回来看您了。”

谢汐跟着侍从走过去，想看看三王子这次又要做什么。

谁知他刚靠近，还没开口说话，眼前的“加尔”邪魅一笑，低声道：“这次可没人能救你了。”

声音是二王子的，这一笑是真邪魅，邪得他牙疼。三王子你这么脑补你哥，你哥他知道吗？

侍从大叫：“啊——是恶龙，恶龙扮成加尔先生的模样闯进王宫了！”

谢汐已经被恶龙抓住，腾空飞起。

加尔勇士不在，王宫里的士兵们就像烂白菜一样，恶龙翅膀一扇，倒了一片。谢汐被风给吹得头疼，竟有些怀念海底世界。

三王子大概并没有经历过被陆地上的大风狂吹的感觉，所以在梦中对风的设定很奇怪，地表没有风，但高空却狂风大作，吹得人怀疑人生。

谢汐被风吹得实在难受，竟在三王子的梦里昏过去了。

恶龙对王宫一通狂轰滥炸，嚣张地叼着谢汐飞走了。

谢汐再醒来时，发现自己在一个漆黑的洞穴里，这里阴暗潮湿，只是前方有一大片金灿灿的光芒。

谢汐坐起来，看到了坐在一堆金银财宝上的二王子。这二王子“活灵活现”，那似笑非笑的模样和二王子一般无二。

谢汐品了品，竟理解了三王子的梦境。在老三眼里，老二可不就是头霸占巨大财产又一毛不拔的恶龙嘛，没毛病！

二王子道：“我已经给你的父亲留信，想救你回去，就要把王宫里所有的金银财宝都奉献给我！”

谢汐懂了，这还是绑票呢。

谢汐懒得理这条龙，等着做英雄梦的三王子来救他。

谁知这条龙的戏份还挺多，二王子说：“离我的金子远一些，你要是碰一下我就砍了你的手！”

神经病。

过了会儿二王子又说：“你身上的珠宝也都是我的，”说着他竟把谢汐的腰带纽扣甚至是鞋子上镶的一块小金子给撬走了。

神经病啊！

又过了不知多久，二王子丢给他两个月牙瑚果：“你只能吃这个，不吃就饿着吧。”

谢汐看了看那两枚月牙瑚果，明白了。

难怪二王子有这么多台词……三王子这是在梦里都不忘黑自己亲哥啊！

财迷、抠门、斤斤计较，请人吃饭只请月牙瑚果……

嗯，这的确是三王子眼中的二王子。

－4－

三王子在梦里黑了自己的亲哥整整二十分钟！二王子自黑的话比侍从说得都多！黑得谢汐月牙瑚果都啃不动了，三王子才姗姗而来。

他灭起他二哥不费吹灰之力，花里胡哨地耍了波帅后，恶龙“扑通”一声坠地，含恨而终：“输在你手上，我认了。”

谢汐觉得真正的老二不会认，老二只会想打死熊弟弟。

三王子焦急上前，抱住谢汐，千哄万哄：“是我不好，没能及时赶到，让殿下受委屈了……”

侍从不知从哪个犄角旮旯里冒出来，大呼道：“加尔勇士击败恶龙了，他得到了恶龙的所有财富，而他要将这些巨额财富送给我们的王子殿下，我们加林国未来百年衣食无忧了！”

你这是在报幕吗？还加林王国，加尔和科林的意思吗？还百年衣食无忧，生活是你梦得这么简单吗？

别说谢汐了，叉烧包都笑成傻猫了：“三王子是名加尔，姓‘沙雕’吗？”

谢汐的右下角出现了提示：梦境即将关闭，请做好离开的准备。

的确可以结束了，三王子功成名就了，该醒来面对下残酷的现实了！

谢汐没有停留，立刻出了梦境，他知道三王子常年征战，警惕性强，即便宿醉，醒来后也会比常人清醒得快，再加上被刻意练过的五感，他走得慢了很有可能被发现。

梦里的三王子别称“沙雕”，现实中可是声名显赫的一军统帅，没那么好糊弄。

谢汐离开得很快，径直回了自己的住处，准备稍微补一觉。

一般人做梦其实都挺短的，只占睡眠的一小部分，三王子这梦却长得很，贯穿了整个夜晚，也让谢汐一宿没睡。好在这梦整体风格很轻松，谢汐并不讨厌。

回到寝室，谢汐洗了个澡后倒头就睡。

睡前他看了眼任务进度，属于三王子的红色进度条已经到了百分之十六点五，很快就满了。

说起来三王子这梦比五王子简单得多，基本上顺风顺水，全程“逗比”。

单看现实中的他们，三王子可比五王子“苦大仇深”多了。按理说五王子的梦该轻松些，可惜在五王子的梦里谢汐死了。

估计这还是心理问题。

五王子看起来自由自在无拘无束，其实内心深处全是不安，对身处的位置不安，对未来不安，对自己毫无信心。

反观三王子则截然不同，他虽出身卑微，母族一直是众人口中的笑柄，却幼年壮志，拼着性命上了战场，打拼出了这一片天地。

他是自信的，他掌握着自己的命运，所以梦里才会那样欢乐吧？

谢汐只睡了三四个小时，他的通信器就把他叫醒了。

三王子的信息弹了出来：“吃早餐。”

谢汐困得要死，还没从之前的梦里走出来，很随意地发了条语音：“不饿，不吃。”他的声音微哑，带着没睡醒的迷糊。

三王子正坐在餐厅里，周围有陪他晨练后蹭饭的将士，他点开语音后，这声音就传开了。

索尔孚等人都愣了下。

三王子也愣了下，紧接着他清清嗓子，淡定地说道：“傲娇。”

副将眨巴眨巴眼睛。

三王子扬眉：“愣着干什么，去把他叫醒，这都几点了还睡，不成体统。”

副将领命起身，一步还没迈开，三王子又道："算了，让他睡吧，早餐也别吃了，饿他一顿。"

听起来可严厉，可有威严了。

谢汐下午才起来，刚要找些吃的，又收到了三王子的消息："我要是像你这么能睡，早死在敌人的枪下了。"

谢汐无语，他为什么睡这么久，还不是三王子的梦太长！

谢汐慢腾腾地回复："回殿下，属下醒了。"

三王子："现在知道用敬称了？没大没小。"

谢汐面无表情地发了个笑脸。

三王子心飞扬："快点儿洗漱，带你去吃点儿好的。"

谢汐这才知道三王子的座驾就停在他的门外。

他们吃过午饭，三王子还有事要忙，谢汐真成了他的小跟班，走到哪儿被他拎到哪儿。

谢汐还是很有紧迫感的，二王子的进度也有百分之六了，应该也能梦到他了，晚上找个机会试试，把进度刷满，他就得去认识下大王子和四王子了。

下午的时候，三王子去了大王子的宫殿，似乎是在商量都城的守卫工作。

谢汐在外面候着，倒也没闲着。

他趁机搜集了不少大王子殿里的面孔，先储备下，以后肯定用得上。

兄弟二人一忙就是一下午，晚上的时候大王子留了三王子吃饭。

这时谢汐才被三王子拎进去，他向大王子介绍："王兄，这是我的小跟班。"

谢汐向大王子行礼，目不斜视。

大王子的视线落在他身上，似乎停顿了许久。

三王子道："他叫科林·霍尔，现在还只是个小侍卫，不过人很机灵，多点儿历练后必能有出息。"

谢汐嘴角抽了抽，还是没办法适应这三王子式的夸奖。

大王子这才出声道："起来，不必多礼。"

谢汐起身站到了三王子身边，不知道为什么，他总觉得大王子一直在看着他。

不是他自作多情，实在是之前准世界里的管家兰迪给他留下的阴影太深了。这缕魂意在上个准世界也是滴水不漏地憋大招的性子，谁知道这个准世界会怎样？

大王子不会也喜欢 2 号脸吧？这张脸已经分配给二王子和三王子了，可不能再招惹一个。

两个他已经很吃力了，三个他得累死。

一顿饭的时间，谢汐都没正眼看过大王子，三王子还以为他是拘束，安慰道："没事，你别犯错，大哥不会罚你。"

谢汐并没有被安慰到！

一整个晚上，谢汐都不敢抬头，生怕自己不小心招惹了大王子。

好在进度条四平八稳的，并没有出现新的颜色。这让谢汐松了口气，却也更加紧迫了。他得找机会先用 1 号脸在大王子那里刷刷存在感，免得徒增事端。

当然，今晚他还是先去二王子的梦里看看，尽快把任务进度刷上来。

谢汐有了昨晚的经验，今天先提前补觉，等到凌晨时才起床混进二王子的宫殿。

他打着哈欠进来，到了寝殿才发现里面没人。

二王子还没睡？

谢汐溜达了会儿，在书房里看到了还在工作的二王子。

这么晚了还在工作？老二这官当得也不容易。

谢汐躲在角落里，揉着叉烧包，等着二王子去休息。

叉烧包早习惯了谢汐的动作，还觉得挺享受，眯着异瞳，喵喵喵得快睡着了。

谢汐也有些犯困，等了半小时后打算先找个地方睡一觉，隔一个小时再来看看。

谁知二王子竟忙了一整宿，天刚亮便又起身去了议事厅……

谢汐白等了一晚上，一想到白天还要被三王子“折磨”，顿时生无可恋，只想倒在床上睡一觉。

他刚回到侍卫处，叉烧包便叫了声：“是六王子！”

谢汐微怔，他没看到人。

叉烧包因为六王子的眼睛特别喜欢他：“就在爸爸以前睡觉的地方，好像还有五王子。”

叉烧包在空中飞，所以视角要广阔得多，而且没人看得见。

谢汐心思一动，不知道这兄弟俩凑到一起要干什么。

六王子马上要出征了，去塞因的住处看看倒也正常，五王子又去干什么？

谢汐不太放心，换了张储备面孔，偷偷摸了过去。

这会儿正是清晨，整个海底世界都安静得很，大多数人还没醒。

谢汐因为顶着别人的脸，所以不怕被六王子和五王子发现，他挺靠前的，听到了他们的谈话。

五王子道：“我会配合你的，一定要活捉海丘国的国师。”

六王子声音冷凝：“消息可靠吗？”

五王子沉声反问：“难道不值得一试？”

六王子看了一眼塞因的居所，垂眸道：“只要他能活过来，我做什么都可以。”

这是什么情况！

－5－

活过来？你们要让谁活过来？塞因·霍尔吗？

不，别乱搞，他不想活过来，死了就死了，请让他入水为安！

谢汐十分惊讶，他没想到还有死而复生这种诡异的事。这个准世界的背景看起来挺正常的，陆地和海底都是科技社会，怎么就有了这种事？

也许只是个谣言，五王子和六王子误信了？

谢汐拿不准，心里虚得很，他得去查查，看看这个准世界有没有这样的设定。

储备面孔是有使用时间的，一张脸使用时间不能超过半小时，谢汐一直用得很谨慎，尤其是一些重要的面孔，因为不确定是否可以重复搜集，所以他都是掐着点用的，不敢浪费。

当然这样做有很大的风险，通过层层考验进入系统库数据最里面，万一还有隐藏的摄像头之类的东西，那他换成自己的脸后就完蛋了，所以他还备了不少相似面孔。那些面孔属于那种近看有区别，远看或者只看背影很难察觉的类型。

这样也有危险，可总比暴露了自己的原本容貌要强得多。

谢汐连夜潜了进去，这一查真是冷汗直流。

还真有这方面的记载。

海丘国本身就挺玄妙的，是原生的海底智慧生物，与人类截然不同。他们嗜血好斗，缺乏同理心，连同胞都经常撕碎生吃。

他们尤其喜欢人类，以前亚特兰蒂斯海陆两栖时，他们时不时上岸袭击，只要能吃到人，哪怕死在岸上也在所不惜。

亚特兰蒂斯沉入海底后，他们盯上了王室，前仆后继地冲过来，残害了不少王子和公主。

比较讽刺的是，因为海底王国的存在，他们越不过这道防线，吃不到陆地上的人类。陆地人渐渐忘记了海丘国的威胁，也不知道海底王国帮他们挡下了一种多么凶残的生物。

海底有很大一部分主站派的心结就在这里，亚特兰蒂斯保护了人类，而人类不知回报也就罢了，还不停地毁坏海洋环境。

肆意捕猎导致物种灭绝，垃圾的过度排放也让海水成分越发复杂，海底人对水的要求比陆地人对空气的要求还要严苛。

陆地人受不了雾霾天，海底人更受不了被污染的海水，他们的肌肤会因为长时间接触污染的海水而溃烂生疮，喘息间会连内脏都会被腐蚀，重污染区还难以隔离。

帝国每年投入了极大的人力、物力来净化海水，可惜成效极低。

如果这些污染是海底人制造的，他们还没那么愤怒，可这些灾难是源自陆地人，是这帮被他们“保护”的陆地人。

如此恩将仇报，海底人怎能不恨？

最偏激的主站派甚至想将海丘国的疯子放到陆地上，报复陆地人。

当然这个做法很不理智，海丘国虽然缺乏同理心，却是一帮高智商的生物，掌权者更是很有头脑，要真放他们出来，转头吃掉的可不只是陆地人。

海丘国的国师非常神秘，他比海丘国的士兵还弱上许多，却有着让人无法理解的强大力量。

死而复生是有真实记载的。

之前的海丘国国王在战场上被三王子斩杀，如今又活了过来。此次率军出征，就是要报之前的夺命之仇！

谢汐看到这里，心里直打鼓："真能复活？"

叉烧包道："爸爸又没死，复活也没用呀。"

谢汐："万一这国师知道我没死呢？"

叉烧包可聪明了："那你就去见见六王子嘛，他那么帅！"

谢汐叹了口气，他是被三王子传染了才会和傻猫商量正事。

该看的都看完后谢汐不敢久留，他先溜出去，回到住处后已经冷静了下来。

想太多没用，当务之急是要抓紧时间！

他要赶紧完成任务离开这个准世界，这样就不怕露馅了。

至于支线任务，谢汐本意是不想集一百万吨垃圾的，与通关这个准世界相比，他更想尽快离开这里。

可离开之后呢？没通关的准世界不会被封锁，万一他再搜索到怎么办？

他应该不会这么倒霉吧？

谢汐想想自己连续三次搜索到 X 设计的准世界的这份运气，有点儿坐不住了。

不行，谢汐不敢放弃这个支线任务了，他得完成，得通关，得让这个准世界"独立"！

不是为了任何人，为了自己他也得这么做！

他绝对不能再进入这个准世界！

谢汐打起精神，第二天就找了个机会从三王子那儿跑出来。

三王子其实很好说话。谢汐稍微做出些不舒服的样子，三王子就放他走了，准他回去偷懒。

谢汐立马换上 1 号脸，随便接了个送东西的差事去了大王子的宫殿。

这次他运气比较好，大王子刚回来。

谢汐和他迎面碰上，因为心虚，他还有些拘束。

"殿下好。"他行了个礼。

大王子看向他，没让他起来，而他也没走。

谢汐低着头，又生出了那股被人审视的感觉，大王子在看着他，就像看 2 号脸时那样……不，之前他用自己的脸在议事厅第一次见面时，大王子也曾这样看过他。

谢汐的心一紧，难道大王子认出他了？

不可能……

这易容术改变的可不只是一张脸，身形气质和很多的小习惯都改了，不可能认得出来。

谢汐的身体都僵了，他轻声问：“殿下？”

大王子终于开口了：“起来吧。”

谢汐直起身，却不敢抬头。他是想接近下大王子的，这会儿却发现自己不知道该怎么做。

五王子、六王子、二王子和三王子，谢汐都不需要主动出击，他们全都“无比自觉”，仔细想想，简直是争先恐后地帮他刷好了任务进度。

大王子与他们截然不同，他一直在观察谢汐，用某种谢汐不了解的情绪审视着他。

谢汐只能硬着头皮把东西放下，说道：“殿下没什么吩咐的话，属下回去了。”

大王子“嗯”了一声，就让他走了。

谢汐白跑一趟，毫无头绪。该怎么办，大王子的心要怎么搜集？

谢汐又去了四王子的宫殿，这趟和之前一样，还是连门都没进去，把带来的东西放下后就离开了。

四殿下身体不好，谁都不见，谢汐也无可奈何。

谢汐没有任何收获。他回到了1号脸的寝室，打算把这里收拾一下，以后没准儿要时常过来歇一歇。

他刚回来，就听到一个低沉的声音在身后响起。

“你究竟是谁？”

谢汐被吓了一跳，后背僵直。他慢慢转过身，看到了沉着脸的大王子。

谢汐反应还算快，他面上微讶，先行礼，然后道：“见过大殿下。”

大王子看着他，一双海底罕见的漆黑眸子盯着他，犹如能穿透皮囊照出本质的射线。

谢汐的手心都出汗了，他不清楚大王子这句话的意思，道：“属下叫杰西，是霍尔一族的旁支，不知殿下过来，失礼了。”

他回答得中规中矩，可是大王子的眸子却还在盯着他，什么都不说。

谢汐试探着抬头，一下子看进了他的眼中。

那一瞬间，谢汐以为自己看到了管家兰迪，看到了他平静之下的无限绝望。谢汐的心一滞，他快速低下了头。

大王子似乎眨眼的工夫就来到了谢汐面前，他强迫谢汐抬头，二人四目相对，眼睛中倒映着彼此。

谢汐面色微白，一句话都说不出来。

大王子盯着他，修长并带着凉意的手指落在了他的面颊上。

海水是凉的，他们的身体也是凉的，但大王子的手指却比这些更凉一些，像藏在深渊里的冰，接触到皮肤后凉得微微疼痛。

谢汐屏住了呼吸，这一瞬间他以为自己会死，他以为大王子会掐断他的脖颈。

但这让人窒息的气氛很快就消失了，大王子松开了谢汐，声音也不再是之前那样毫无温度，他深深地看了谢汐一眼，轻声道：“抱歉。”

谢汐半天都回不过神来。

“别怕，我不会伤害你，”大王子与他拉开距离，顿了下道，“我总觉得在哪里见过你。”

谢汐一惊，更加不敢抬头了：难道大王子是火眼金睛，真的认出他这几张脸了？

他勉强说道：“我一直在王宫当值，殿下也许是在其他地方看到过属下。”

大王子不出声。

谢汐不敢多说，怕多说多错。

“是我认错了。”大王子又道，“打扰你了，快回去休息吧。”

谢汐实在是摸不准这位大殿下，行了个礼道：“那属下先回去了。”

大王子应了一声后先一步离开。

他一走周围的气氛瞬间变了，再也没了那种让人不能呼吸的压迫感。

谢汐看着大王子远去的背影，心里十分忐忑，总觉得哪里不太对劲儿。

晚上的时候，忙完的三王子过来找他吃饭，谢汐装出没什么胃口的模样，三王子见他精神不好，也没多留他，看着他吃了几口后就放他走了。

谢汐换上储备面孔后去了四王子那里。

大王子如此反常，他对四王子也很放心不下。

四王子一直深居简出，以身体不适为由拒不见客，可究竟如何谁都不知道。

他要提前去看看，稍微了解一下，免得像大王子那样被弄个措手不及。

谢汐之前来过四王子的宫殿，所以存了不少面孔。他换了张脸后没怎么费事便潜了进来。

四王子的居所十分幽静，像是海底的世外桃源，与外头的纷扰世俗截然不同，他这更像是隐士的居所，不沾烟火气。

谢汐闻到了淡淡的冷香，似乎是某种药草的香气。

叉烧包忽然道：“有人过来了！”

谢汐立刻藏进了珊瑚丛。

不一会儿有脚步声传来，谢汐透过珊瑚丛看到了四王子。

四王子脚步很慢却不沉重，面色白皙却不是病态的苍白，唇瓣的颜色很淡，但却像冬雪融化后盛开的樱花，满溢生机。

四王子根本没生病！

谢汐的脑中刚闪过这个念头，他就听到了一声低喝：“谁？”

谢汐的心猛跳，他被发现了！

他一动不动，离四王子至少五六米远，四王子却看到他了！

叉烧包大叫：“他过来了！”

谢汐在储备面孔中犹豫了一下，最后还是没敢用四王子殿里的人，他换了张陌生的面孔，快速冲了出去。

四王子下令道："抓住他。"

有人鱼侍卫冲了过来，谢汐反倒松了口气，他只要跟侍卫稍微拉开点儿距离，就可以换成宫殿里的其他面孔，蒙混出去。

从四王子那里离开，谢汐的心怦怦直跳，累得直喘气。大王子和四王子都不简单，他不能莽撞行事。

过了好一会儿，谢汐才平复了呼吸，他看了看易容术上的倒计时。

还有二十一天，他得抓紧时间，必须在这之前搜集完六个王子的心和一百万吨垃圾。

大王子那里毫无头绪，四王子那里更是十分危险。

谢汐想了下，决定再去二王子那里看看。他要先把能刷到的进度刷完，剩下的再慢慢来。

谢汐理智上知道自己该补觉，可是却毫无睡意，他干坐了好一会儿，思索着大王子和四王子的事，想不出什么头绪，却又没办法不想。

大王子会认出他吗？四王子又为什么装病？想害死六王子的人是谁？目前看来二王子、三王子、五王子都不像会残害手足的人，那大王子和四王子呢？

谢汐拿不准。

一直耗到凌晨，谢汐去了二王子的宫殿，这次他直接守在了书房里，如他所料，"工作狂"二王子是在书房小憩的。

也不知道他会不会做梦？

谢汐只能悄悄上前去试试。

提示出现：入梦术使用成功，即将进入艾克斯·亚特兰蒂斯的梦境。

谢汐松了口气，再睁开眼时已经换了个地方。

老二和老三一样，竟然做的都是陆地上的梦。

谢汐看到了一间装修华丽的客厅，头顶的水晶吊灯价值不菲，真皮沙发散发着昂贵的光泽，还有那宛如镜面的大理石楼梯……

"啪"的一声，是重物落地的声音。

谢汐猛地回神，看到一套精美的茶具被摔在地上，瓷器碎了一地，茶水也弄得到处都是。

紧接着是暴怒的三王子的声音："好，你走，你现在就走！"

谢汐一脸蒙。

他没入错梦吧？怎么眼前的人是三王子？

－6－

谢汐发现这屋子里只有他和三王子，所以老三这是在和他吵架？

谢汐十分确定自己没入错梦，不说面板提示，单单是三王子这浮夸的表情、浮夸的动作、浮夸的话语就能说明问题。

“成天只知道唠叨，我买辆车怎么了？我买飞机怎么了？我赌个球又怎么了？我花你钱了？”

谢汐无言以对，老三说得如此有道理，真没花他的钱。

“我家的钱是花得完的？给你十双手十辈子你也花不完！”

谢汐斟酌了一下，顺着梦的逻辑说道：“我是为了你好……”

他这路子果然对，三王子更火了：“你懂个屁，抠抠搜搜也不嫌丢人，你真为我好就别管我花钱！”

谢汐在心里翻了个白眼：老二你这心结不小啊，被弟弟骂了挺多次吧，台词这么顺。

谢汐不吭声。

下一瞬，画面一转，他和三王子已经坐在了某个会议室里，眼前放着股权转让协议，旁边有位律师。

哦，看来是合伙人闹崩了。

三王子恶狠狠地说道：“你不是勤俭节约嘛，你不是不稀罕我的臭钱嘛，那就拿好你的破烂儿滚吧！”

协议上简单粗暴，一行字占满了整张 A4 纸——全是加尔的财产。

虽然是做梦，但也太不讲究了吧，老二你身为帝国财政大臣，正经写个股权转让协议很难吗？

三王子把钢笔摔到他身上：“签吧！”

谢汐嘴角抽搐，拿起钢笔签下了自己的名字。

画面又一转，谢汐发现自己凄凄惨惨地站在倾盆大雨中。

这些王子对陆地的了解都缺少实践性，海底人是最亲水的，根本理解不了陆地人站在雨中的滋味。

二王子对陆地的了解虽然比三王子多，从之前那个家里的构造就看得出来，但对雨水这种东西，他一个海底人还是无法体会。

所以淋着雨的谢汐不仅没有湿漉漉的不适感，还有种站在清晨森林中心旷神怡的感觉。说来也是，对于登陆后的海底人来说，陆地上淋雨的滋味的确舒服。

这时梦的主人总算登场了，一双干净的黑皮鞋出现在谢汐的视线里，他迎着雨抬起头，看到了打着雨伞的银发男人。

这个发色一般人很难驾驭，但放在艾克斯的头上却是相得益彰。他天生优雅贵气，穿着笔挺的西装，那头银发毫无违和感，仿佛从画中走出的人。

谢汐看得微怔，这梦有滤镜吧，二王子有这么帅吗？

“怎么自己在这儿，老三呢？”艾克斯温声问他。

谢汐明白了，看来你俩梦里也还是亲兄弟！

谢汐刚被“抛弃”，黯然神伤地说道：“我们老了。”

艾克斯一愣，声音里带着愠怒：“怎么回事？加尔又在闹什么！”

谢汐也想知道这兄弟俩是在闹什么！

谢汐没开口就是一副孤零零可怜兮兮的模样，艾克斯眉心皱了皱，对他说：“别在这儿淋雨，小心着凉，先跟我上车吧。”

谢汐点点头道：“谢谢。”

艾克斯道：“和我客气什么……”他顿了下，没继续说下去。

谢汐上了艾克斯的车，艾斯克递给他一条毛巾，谢汐简单地擦了擦身上的水。

艾克斯道：“我带你去找他，不能让他这样胡闹。”

谢汐摇头道：“我不想见他。”

艾克斯声音放缓道：“才一个月，怎么就闹成这样了？”

谢汐刚要开口，就感觉鼻尖微痒，他打了个喷嚏。

艾克斯立马道：“是不是着凉了？”

谢汐揉了揉鼻尖道：“没事。”

“淋了这么久的雨怎么会没事？”艾克斯顿了下道，“先跟我回家。”

谢汐犹豫了一下，不确定自己在这个梦里是不是应该去。

艾克斯又道：“我记得你是外地人，在这也没什么朋友吧？”

谢汐懂了，是非去不可。他为难地说道：“麻烦你了。”

艾克斯轻叹一口气道：“没事，你还是可以叫我哥。”

谢汐嘴角抽了抽，叫不出口。

艾克斯带他回了家，老二这抠门深入骨髓，梦里也不肯放过自己。他住的公寓倒也不小，二百多平方米，装修得也还不错，只是和他弟弟的豪宅比起来，实在是非常简朴。

艾克斯道：“进来，屋里暖和。”

谢汐走进去，因为脚底湿漉漉的，他留意着没踩那洁白的地毯。

这么个不经意的举动，谢汐就看到右下角的紫色进度条闪了闪。谁能想到瞧着风流倜傥、万人迷的二王子竟然洁癖！

艾克斯道：“别讲究这些，你先去洗个澡，我去给你拿衣服。”

真不讲究你就别涨进度啊，口是心非。

谢汐看着自己身上湿漉漉的，应道：“谢谢。”他去了浴室。谢汐一边冲凉一边想：“X 果然是个大变态。”

江老邪膝盖中了一箭。

谢汐洗完澡舒服多了，他听到外头传来艾克斯的声音：“我把衣服放在门边了，可能有些大，你先凑合穿。”

谢汐低声道谢，开了门去拿衣服。

艾克斯绅士地避去了厨房，谢汐觉得怪怪的，他把衣服拿进浴室开始穿。

这是套很简单的衬衣和西裤，只是码数太大，哪都大……谢汐真没觉得自己比魂意矮多少，可在这些王子的梦里，他就是莫名其妙小了一截。

他明明有一米八，怎么在他们眼里就成了一米七？那十厘米呢，麻烦能还给他吗？

艾克斯至少一米九的身高，这衣服穿在缩水到一米七（可能还不到一米七）的谢汐身上能不大吗？衬衣也就算了，裤子怎么办？裤腿可以挽挽，腰呢？腰带都不给他？

谢汐别无他法，只能先凑合着穿上。

艾克斯给他端了杯热牛奶："抱歉，没有新的衣服了……"

他还没说完，就愣住了。

谢汐抬头看着他，无奈地说道："有腰带吗？"

艾克斯快速说道："我去找找。"

谢汐道："麻烦了。"他没想太多，只是觉得自己穿成这样很好笑，艾克斯估计是在看笑话吧。

艾克斯很快便回来了，拿了根棕色的皮腰带。

谢汐接过来，努力给自己系腰带。可惜这裤子的腰围实在不符，谢汐的衬衣又太长，好不容易塞进裤子里，裤子又拼命向下滑，折腾来折腾去把他折腾得心烦意乱。

谢汐有些怀疑自己了，他这么蠢吗，蠢得连衣服都穿不明白了？还是说……

谢汐仔细一看，低声道："皮带上扣眼不够。"这皮带很明显是艾克斯的，艾克斯的腰围和谢汐差不少，皮带上没有那么靠里的扣眼。

这可怎么办？

好在艾克斯还算冷静："我给你去买身衣服吧。"

－7－

外头下着雨，要出去买衣服？

艾克斯解释了一下："我的意思是这衣服不合身，我出去给你买衣服。"

听起来很有道理的样子。

谢汐志在刷进度，于是说道："已经很麻烦你了，别再去破费了，我这样穿着就行。"

艾克斯道："我的衣服你穿着不合适。"

谢汐道："裤子不太合适，但衣服还好，我就先这样穿着吧。"

艾克斯愣了下。

谢汐看了一眼右下角，十分满意噌噌涨起来的紫色进度，果然对付二王子就要用这招，怎么省钱怎么来，怎么勤俭怎么搞，进度涨得飞快。

水幕前的江斜噌地一下站了起来，高背椅都跟着晃了晃。他在通信录上点了下：“老秦。”

秦戈争直接出现在花园里，问：“怎么了？”

江斜道：“你的等价交换多少级了？”

秦戈争道：“中级，经验刚过半。”

江斜道：“我这有个地级任务，我们组队过一下。”

S++ 级以上的任务有地级、天级和圣级。

秦戈争微怔：“你不是……”江斜这阵子一直待在花园里，全神贯注地看着那位有史以来唯一选中他的孩子，怎么忽然要出任务了？

江斜道：“帮你把等价交换刷满。”

秦戈争还是不明白：“你要用它做什么？”

他这个技能挺邪性的，看起来什么都能做，但其实又什么都不能做。所谓等价交换其实并不等价，往往付出的远比得到的多。

江斜道：“下个准世界我要和他组队。”

秦戈争无语，这个“他”肯定是那孩子了，以江斜现在的力量，Zone 是禁止他进入低等准世界的，他设计的最高准世界是 S+ 级，低于 S+ 级的准世界理论上他都不可以再进去。

当然规矩是死的，人是活的。只要想做，还是可以做到的，虽然有些折腾。

等价交换理论上什么都可以交换，只要付得起代价。

江斜想去低等准世界，用“等价交换”的确可以，但是这个技能最坑爹的地方是代价随机，指不定会被换走什么。

连秦戈争这个技能持有者都无法控制，所以他很少用它。

秦戈争提醒他：“值得吗？以你的等级想进入低等准世界，交换的代价可小不了。”

江斜道：“先把技能升满，我再研究下它的机制。”

秦戈争没再说什么。他和江斜认识太久了，了解江斜的性格。

如果提这个要求的人是颜哲，他理都不会理。但江斜不一样，这么多年来，这个男人做事胆大心细，有勇有谋。

谢汐哪知道这些。他还在维持勤俭人设，努力刷紫色进度。

艾克斯收拾好房间后，回来看到谢汐正在洗衣服。

艾克斯道：“放着吧，晚点儿让阿姨来洗。”

谢汐道：“没事，洗了明天能干，我就可以穿了。”

艾克斯没再说什么，只是默默地在心里给他点了个赞，反馈到谢汐这儿就是进度条闪了闪。

谢汐琢磨着，他要是不用洗衣机换成手洗，是不是会涨得更多？算了，有洗衣机还非得手洗，勤俭是勤俭了，就是可能脑子不大好。

搞定了衣服，谢汐出来，安静地坐到了外头的沙发里。他想了一下，自己应该忧伤一些，于是怔怔地发起呆来。

艾克斯道："你衣服不合身，我们也不方便出去吃饭……"

谢汐摇头道："别麻烦了，我不饿。"

艾克斯轻叹一口气，坐在他的对面道："你俩到底怎么了。"

谢汐也想知道他和老三怎么了，恐怕艾克斯你比谁都明白吧？

谢汐眉心皱了皱，他说道："大概是我太烦了，加尔受不了了。"

艾克斯道："他从小娇生惯养，是脾气大了点儿，你辛苦了。"

谢汐还真没觉得三王子哪里娇生惯养，但这是二王子的梦，三王子就安心当个纨绔吧！

"我和他是两个世界的人……"谢汐顿了下，自卑地说道，"我和你们都不一样，我家里很普通，一直过得很节俭，学不会……奢侈的生活。"这应该很符合老二的心意吧？

果然，艾克斯拧眉道："他那根本就是铺张浪费！"

谢汐轻声道："加尔说他的钱是花不完的，是我太小家子气。"

"花不完？"艾克斯没好气地说道，"这天底下还有花不完的钱？他成日里只知道吃喝玩乐，一点儿正事不干，哪里知道金钱的价值，哪里知道还有人连饭都吃不上！"

谢汐黯然神伤。

艾克斯看他这样子，说道："他就是因为这些事和你吵架？"

谢汐道："我太啰嗦了，管得太多。"

艾克斯道："他那些坏毛病，就应该有个人制约。"

谢汐摇头道："说到底是我们的观念相差太多。我真的不是穷酸，我只是觉得钱没必要乱花，应该花得不能少，不该花得完全可以省下来。一味大手大脚，反而会成为金钱的俘虏。"

谢汐这掏心窝子的一番话，足足说出了百分之三的紫色进度。

他不敢抬头，怕偷笑被发现。

艾克斯非常认可他的话，道："你们的确不合适合作，但不是你的问题，而是他的错！"

谢汐心道：嗯嗯嗯，您说得都对。

艾克斯又问他："你以后有什么打算？"

谢汐垂眸道："重新找工作，再租个地方安顿下来。"

艾克斯道："你别着急，可以先住在我这里，等工作的事稳定了再去另找房子。"

谢汐连忙道："这不太好……"

艾克斯道："有什么不好的，我们也还是朋友。"

谢汐脑袋瓜一转，开口道："那我不能白住，我付你房租吧？"

艾克斯道："我这房子本来就空着，多个人才是不浪费。"

"我不能白住。"谢汐局促道，"不过，我现在还没有钱，只能先欠着，但我会做饭、会做家务，一定不会给你添麻烦。"

艾克斯的眼睛亮了下："你会做饭？"

谢汐略有些紧张地说道："只会一些家常菜。"

艾克斯道："那太好了，我不喜欢在外面吃，又不耐烦请人来做，你要是会做饭的话就太方便了。"

谢汐道："可能味道没那么好……"

"会做菜已经很厉害了。"艾克斯道，"这样吧，你也不要提房租什么的，只要心情好了做顿饭就可以了。"

谢汐起身道："那我这就去准备晚餐。"

艾克斯道："我来帮忙。"

谢汐连忙说："不用，我自己就行。"

谢汐会做菜，他常年自己住，不会做饭是要饿死的。

他并不讨厌下厨，能亲手为自己准备一顿丰盛的晚餐，在很长一段时间里都是他给自己最好的奖励。

谢汐挺喜欢二王子这厨房的，打扫得很干净，装修得很简单，该有的都有，不该有的都没有。

他随手炒了几道菜，端上了餐桌。

艾克斯这个海底鱼，吃过的陆地菜屈指可数，这一尝之下，他惊讶道："好吃。"

谢汐看了一眼闪烁的进度条，笑道："能吃就行。"

"你太谦虚了。"艾克斯道，"非常好吃，我从未吃过这样的菜。"

海底人醉心于生鱼片，哪是吃货帝国的对手。一顿饭结束，紫色进度条升到了百分之十三，谢汐心情大好。

艾克斯笑了下，说道："早点儿休息，明天见。"

谢汐点点头，他可不认为自己有机会睡觉，入梦次数多了，他早明白了，梦里的时间是由做梦的人决定的。做梦的人说一夜过去，那就是一夜过去。

谢汐刚才还在收拾桌子，画面一转，他正在超市里买菜。

艾克斯问道："这种硬邦邦的东西会好吃吗？"他拿着一个土豆。

谢汐愣了下才跟上这跳转，道："好吃，有很多种做法。"

艾克斯看了一眼价格："这土豆好便宜。"

谢汐闷笑道："它的产量大，吃起来也放心，是性价比极高的作物。"

艾克斯若有所思道："如果月牙瑚果也能这么便宜……"

谢汐装作没听到："嗯？"

艾克斯道："没什么，今晚我们吃土豆。"

"好啊。"谢汐本想买点儿牛肉炖着吃，转念又想到自己是勤俭人设，便放弃了这个念头，打算直接做椒盐土豆块。

果然，吃完土豆后，艾克斯大加赞赏："真的很好吃。"

谢汐默默给他补上一句：还便宜。

他不是笑话艾克斯，只是挺感慨的：二王子一点儿不小气，他是心太大，装着黎民苍生。

恍惚间似乎过了很多天，谢汐每天都给二王子做饭，做得都是家常菜，食材都是陆地上产量很大的作物。

这天谢汐给艾克斯烤了个地瓜，尝到这甜如蜜糖的滋味，二王子道："很好吃。"

谢汐道："是这个地瓜好，红瓤的糖分高。"估计也有梦的滤镜加成，他其实做菜很一般，但在二王子这梦里，简直成了美食专家，随便什么菜都是信手拈来。

艾克斯说："还是你会做。"

谢汐一点儿不饿，看着艾克斯吃。

艾克斯抬头看着他："你不吃吗？"

谢汐看着艾克斯，忽然道："你和加尔是亲兄弟，可是性格完全不一样，你比加尔拥有的财富还多，为什么会这样节约地过日子？"

其实谢汐觉得自己不该问，但又十分想问。

梦里的艾克斯是干什么的谢汐不清楚，但现实中的艾克斯是帝国的王子，他站在权与利的巅峰，却还是那样节省，甚至被自己的弟弟笑话。

艾克斯竟也回答他了："只有这样才能有概念，才能知道每一块钱的价值，才能体会到真正的生活，才能踏实做事。"

谢汐愣住了。

生在王室，周围全是花团锦簇，含着金汤勺出生的王子们天生不知人间疾苦。这样的人适合当帝国的财政大臣吗？适合掌管民生大计吗？会心心念念想着为民谋福吗？

不适合，所以艾克斯走出花团锦簇，放下金汤勺，过着约束的生活，为的是脚踏实地。

谢汐笑了下。

艾克斯道："我来收拾盘子。"

谢汐说："没事，我来就行。"

谢汐满脑子都是"民生大计"，早忘了什么乱七八糟的人物设定了。

"啪"的一声，盘子落在了地上。

谢汐十分肯定自己抓住了盘子，但盘子就是碎了！

他弯腰去捡地上的碎片，更加确定的是，自己的手指没有被盘子碎片割到，但还是流血了，而且根本不痛！

“小心。”艾克斯拿起他的手指，帮他止血。

这时，房门“叮”的一声开了，加尔的声音响起：“哥，你在家吗，我还没吃饭，你……”

他推门而入，看到了两个人，一个是他哥，一个是他讨厌的“前合伙人”。

－8－

谢汐被吓了一跳，老三为什么会突然出现？老二你为什么要梦到这样的情景，做个梦而已，还要和自己过不去吗？

梦里的三王子是百分百蛮横不讲理的人设，所以他爆炸了：“好啊，我看你就是图我们家钱，和我散伙就找上我哥？”

他这突然出现，二王子也愣住了，好一会儿都没回过神来。

谢汐十分瞧不上他那震惊模样，震惊个鬼啊，这不都是你梦的嘛！

二王子听不下去了：“住口！”

老三又来了一句：“你这个恬不知耻的……”

话没骂出来，二王子一巴掌扇了过去，打得三王子侧过脸去。

二王子面色冷凝：“你够了。”

三王子捂着脸，一脸震惊：“你打我，你竟然打我。”

二王子眼眸闪了闪，似有些后悔，但说出的话却很坚定：“你不要再伤害他。”

三王子愣了好一会儿，怒极反笑：“好，很好……你、们、很、好！”最后四个字是咬牙切齿挤出来的，他吼完便头也不回地推门而出！

他一走，屋子里瞬间陷入死一般的寂静。

谢汐完全没有这方面的经验，不知道该怎么办。

谢汐想了半天，终于有头绪了，起身道：“这些日子麻烦你了，我、我找了新的地方，不打扰你了。”

他作势要离开，应该没问题吧？看到兄弟俩闹成这样，他还赖着不走也太奇怪了。当然他不觉得自己走得了。

艾克斯急声道：“别……”

谢汐垂首站在他身前。

艾克斯拧了下眉，声音很低，情绪复杂到了极点：“不用走。”

谢汐站在原地不动，不敢抬头看他。

艾克斯顿了下，总算找到一个差不多的理由：“都这么晚了，先住下吧。”

谢汐也不知道自己能去哪儿，点点头应了下来。

距离睡觉时间还早，但发生了这么尴尬的事，谢汐有意避开，所以先回了客房。他关门前，艾克斯轻声道："加尔说的那些话，你别往心里去。"

谢汐看了看百分之十五的紫色进度，心中有底，欲言又止："艾克斯……"

艾克斯移开了视线，没说什么。

谢汐顿了顿，终究还是转身回屋了。

直到半夜的，谢汐的房门响了，艾克斯的声音低低传来："你安心住下，别折腾了，大门的锁我更新了，除了我们谁都进不来。"

谢汐斟酌了一下，没出声。

艾克斯又轻声道："对不起……"

这句对不起是什么意思？谢汐拿不准。

第二天谢汐没提离开的事，他琢磨了一下，觉得这样也好。按照梦里的逻辑，他不愿走才符合设定。

果不其然，紫色进度涨到了百分之十五点三。

昨晚被加尔一闹，两人相处的气氛全变了，之前的和谐相处变得奇奇怪怪。

如此反复，紫色进度涨到了百分之十五点四。

一眨眼，又到了晚餐时间，艾克斯不在家，谢汐习惯性地去厨房，想提前把晚饭做出来。

他打开冰箱就无语了。

做梦厉害啊，做梦任性啊，做梦真是可以为所欲为啊。

昨天明明把冰箱塞得满满的，今天竟然空无一物，所有食材不翼而飞，更奇葩的是连酱油调料都不见了！

这意思太明显了，是让他出门去买。

谢汐知道自己一开门就会有事，可"上帝"都暗示得如此明显了，他不开门也不行。

谢汐披了件外套，准备去超市买东西。

他刚开门，剧情迎面扑来。

三王子也不知道在外面守了多久，见他出来时竟踉跄了一下。

猜不透啊猜不透，老二的梦他是真的猜不透！

三王子一改之前的疯样，开口便是："对不起，科林。"

现实中的三王子没对不起他，而梦里的三王子他不想原谅。

三王子诚恳地说道："我错了，我真的错了，科林"他摇摇头道，"我是昏了头才会和你散伙，我后悔极了……"

谢汐等着后续剧情。

三王子继续道："科林，我们继续合作吧，我以后全听你的，你让我做什么就做什么，我不乱花钱，不铺张浪费，再也不惹你生气了！我真的知道自己错了。"

老三说得情真意切，声泪俱下。

谢汐一抬头，毫不意外地看到了二王子。他手里拎着购物袋，似乎是去超市买了一堆食材，回来时看到了这一幕，也听到了三王子说的话。

艾克斯察觉到谢汐的视线，嘴角扬了扬，笑得满是歉意。

谢汐竟觉得心被刺了下。

谢汐深吸一口气，看向三王子道："我们已经散伙了。"

三王子愣了下，二王子也愣住了。

谢汐干脆利落地说道："加尔，我们已经没有任何关系了，该说的也都说清了。"

如此直接地把话说清楚，两位王子都蒙了。

谢汐看向二王子，眼睫轻颤了一下，抿唇道："我很遗憾没能早些遇到你……"

谢汐移开了视线，难堪地说道："如果早些遇到你，一定不会这么狼狈散伙。"

果然紫色进度嗖的一声冲到了百分之十六点六六……

成功了！

谢汐刚松了口气，就见右下角出现了提示：梦境即将结束，请提前准备离开。

二王子刚梦到好消息就醒了？还真是梦。

谢汐迅速离开梦境，出了二王子的宫殿。

二王子从梦中惊醒，坐在床上久久不能回神。

原来是场梦。

艾克斯的手指按在了太阳穴上，他不明白自己为什么会作这样一个梦。

一个梦就搞定了二王子，谢汐还挺意外的，不过这是好事，现实中他和二王子几乎没有接触，他大可以从此躲着二王子，再也不与二王子见面，这样就能省去很多不必要的麻烦。

谢汐睡了一天，醒来时三王子正在皱眉盯着他。

谢汐吓了一跳："殿、殿下……"

三王子伸手试了试他的额头："你这身体也太弱了。"

他不弱，只是昼夜颠倒，作息紊乱而已。

谢汐起身，竟有些头晕，可能是一整天没吃饭的原因。

三王子扶住他问："怎么了？"

谢汐的肚子替他说话了，咕噜噜，饿死啦！

三王子微怔，笑道："睡到连饭都忘了吃吗？笨！"说罢他拉起他径直走了出去，"走吧，带你去吃好吃的。"

谢汐吓了一跳，连忙道："殿下快放开我。"

三王子道："你都快饿晕了，还有力气挣扎？小心我一松手，让你摔倒在地上。"

谢汐还真有点儿怕。

他刚放弃挣扎，就听三王子扬声道：“二哥？”

谢汐转头，看到了长身而立的二王子。

一瞬间，他以为自己还在梦里！

二王子怔了下，视线落在了谢汐身上。

三王子道：“这小子没力气了，我先带他去吃饭。”

二王子什么都没说，只是略微让开了些。

谢汐虽不想再节外生枝，既然二王子那已经刷满进度了，就……

等等！

谢汐定睛一看，意外地发现本来变成绿色的进度条竟又变回了紫色，满额百分之十六点六六……倒退成了百分之十六点一。

有毒啊！

谢汐慌了，这满额后不就锁定了吗？还能再倒回去吗？

－9－

谢汐完全没想到会是这样，变绿的进度条竟然还会变回去！

毕竟五王子和六王子都锁死了，绿色的进度条没有任何变动，所以他认定二王子这里的进度条变绿了就稳妥了。

哪想到老二不走寻常路，给出来的进度还能再收回去！

谢汐嘴角抽了抽，说道：“我昨晚值夜班，所以才睡了一个白天，虽然有些饿，但也不至于走不了路，您放开我。”尤其他还是个鱼尾巴，在水里还能摔倒吗？

说这一箩筐其实都是说给老二听的，翻译过来就是：三王子也是刚过来，请不要乱想！

谢汐解释完又满心悲哀，追根究底，全怪X，全怪“沙雕”设计师设计的“沙雕”准世界。

某地级准世界，秦戈争看向江斜：“怎么了？”

江斜摇头，一剑将眼前废话连篇的某魔王给穿成糖葫芦：“没事。”

秦戈争看看倒地的“世界公敌”，想起了颜哲的那句话——和江老邪组队刷任务，毫无趣味可言。

江斜作为人偶被召唤时是看不到信任值的，可现在他是自己在准世界，所以看到了那 -1，-1，-1，-1……

老邪忧心忡忡：怎么又下红雨了？是哪个魂意在作死？

谢汐的解释起了作用，掉到百分之十六点一的紫色进度悄悄涨了一点点，成了百分之十六点二。

谢汐瞅了一眼紫色进度，一咬牙道：“三殿下，我不出去吃饭了。”

三王子扬眉：“怎么了？”

谢汐没看二王子，但说的话全是往二王子心尖上递：“总出去吃太浪费了，我可以自己做，简简单单吃一下就行。”

他本以为这话一出，三王子的红色进度会暴跌，谁知老三十分感兴趣：“你会做饭？”

谢汐道：“侍卫处的餐厅去晚了就没什么可吃的了，我又经常值夜班，所以会自己做饭。”

三王子眼睛一亮：“你要做什么饭？我也要吃。”

谢汐心里吐槽：我都快饿晕了还要伺候你这个大爷？

三王子又想起来了：“还是下次吧，这次你太饿了，我们出去吃。”

谢汐惦记着二王子，不敢和他去：“没那么饿，我家里还有月牙瑚果，吃一块就好了。”

三王子是真的对谢汐做的饭感兴趣，问：“你真的可以？”

谢汐明白自己是甩不开这个大号牛皮糖了：“殿下要是不嫌弃的话留下一起吃吧。”

三王子美滋滋地道：“你可真厉害，竟然会做饭。”

他是不可能走了，看这样子怕是要吃空谢汐的存粮。

二王子静静地听着，他想到了自己做的那个梦，原来科林真的会做饭……

二王子眉心皱了皱，他有点想离开这里。

谢汐看着跌到百分之十五点九的紫色进度条，急得不行：有点儿耐心啊，别擅自把给出来的东西收回去！

谢汐看向二王子，礼貌性地开口：“二殿下用过晚餐了吗？”

二王子一愣。

老三立马开口：“二哥肯定吃过了。”

二王子快速道：“还没。”

谢汐这分寸拿捏得十分合理，他只是个小侍卫，眼前是两位王子殿下，邀请了这位自然要问问另一位，他假装客套地说道：“我会做的菜不多，按理说这样很冒犯，但属下还是想斗胆问一下，您要尝尝吗？”

三王子道：“二哥当然……”

二王子薄唇一扬，总算露出了惯常那似笑非笑的模样：“好啊，老三都这么期待了，我也很好奇。”

谢汐道：“两位殿下稍等，我这就去准备。”

他前脚刚走，就听这俩兄弟吵起来了。

老三压低的声音里全是火气：“你留下干什么？”

老二也恢复了漫不经心的语调：“你能留下凭什么我不能？他也邀请了我。”

老三没好气地道：“你堂堂一个王子，他见着了能不礼貌性地问一下？”

老二老神在在：“你也是堂堂的王子殿下，小科林只是不得不理睬你吧？”

三王子秒炸，二王子也不尿。

谢汐满头黑线，恨不得一头撞死。

唉……难不成他真要死一死？叉烧包那里还有两条命，而且带着致命伤免痛的效果，死一死似乎也无所谓。

2号脸也死了的话，老二和老三的进度是不是就锁死了？

谢汐很快便打消了这个念头，他可没忘海丘国还有个能让人起死回生的国师。

五王子和六王子已经出动，再加上战神三王子和财神二王子，这海丘国师即便是有十八条尾巴也别想跑。到时候五王子和六王子复活了塞因·霍尔，二王子和三王子复活了科林·霍尔……

这画面太可怕，谢汐想想都满头大汗！

稳住，他不能死，死了才是真的开启了地狱模式。

别看老二和老三现在“沙雕”，鬼知道会进化成什么神经病！

海底的菜没什么创意，谢汐简单做了做便端盘上桌。

三王子惊讶得很浮夸：“科林你真的会做饭。”

谢汐翻了个白眼，心道：你们海底人管这不叫做饭，叫切菜！

二王子道：“刀工很好。”

三王子不愧是当兵的，行动敏捷，先把三盘菜拦到了面前。

老二嘴角抽搐地看着这个莽夫。

谢汐为了任务进度，解围道：“菜很多，三殿下你一个人吃不完的。”

三王子道：“你还不知道我的胃口？”

二王子：“是啊，你一个人吃就行了，让小科林饿着。”

三王子：“我吃得多不代表要吃光，当然是和科林一起吃。”

谢汐委婉地说道：“二殿下也在……”

三王子挑出一片生鱼片，放到了二王子碟子里：“尝尝吧，尝完就走。”

他嘴里说的是走，听起来像滚。

二王子不愧是做梦都在挖墙脚的人，十分有耐性，道：“小科林才是主人，老三你这样越俎代庖合适吗？”

三王子道：“我和科林没那么见外的。”

二王子扬眉：“哦？”

谢汐看看颤巍巍的进度条，只能硬着头皮道：“是属下安排不当，做得太少了，二殿下稍等，我再去做一些。”

三王子一听，立马说道：“别去折腾，够吃了。”

谢汐道：“没事的，三殿下您吃着，我再去弄。”

二王子看着弟弟冷笑。

三王子没好气地将三盘菜推了出去："吃吧，二哥真有能耐，连一个小侍卫的家底都不放过。"

二王子不为所动："比不上三弟，毫无礼仪教养。"

谢汐好想把他俩扫地出门！可是他谁都惹不起。

谢汐从未吃过这样心累的晚饭，稍微对三王子亲近一些，二王子的紫色进度条就给他摆脸色；稍微对二王子和颜悦色，三王子就竖起眉毛，一副要谋杀亲哥的架势。

谢汐左也不是右也不是，真是要死了。

X，出来受死！

晚饭结束，谢汐比没吃饭的时候还累。

三王子的通信器响了下，他有事必须得离开，谢汐大大松了口气，巴不得他赶紧走。

老三走也得把老二拖走，三王子道："饭都吃完了，二哥还不走？"

二王子道："你有事先走吧，我帮科林收拾下。"

三王子坚决不给他和谢汐独处的机会："那好吧，我正要去向父王请示下研发623水能炮的事……"

二王子眉峰一挑，唰地起身："请示什么，那什么用都没有的烧钱玩意儿你想都别想！"

三王子道："我已经想了，就看父王同不同意了。"

说完他转身离开，二王子理智上知道三王子这是故意引他离开，可又怕这疯子真的趁机搞事……

谢汐巴不得他俩快走，连忙道："殿下有事快去忙吧，我自己收拾就行。"

二王子终究是不放心，不敢久留，临行前勉强扳回一局，"今晚的晚餐很好，下次换我来，请一定赏光。"

谢汐不敢拒绝。

总算送走了这两尊大神，谢汐看着进度条沉默了。

三王子的红色进度条是百分之十六点六三，二王子的进度条是百分之十六点六二。

你俩一个三，一个二，真是人如其名啊！

谢汐心累，需要换口气。

他暂时不想见到任何一位王子，干脆换张脸去研究下支线任务。

和搜集王子们的心比起来，一百万吨垃圾都变可爱了！

－10－

搜集垃圾不难，可搜集一百万吨垃圾就是量变产生质变，十分可怕了。

谢汐甚至没有一百万吨垃圾的概念，他完全无法想象那是怎样的一座巨山。

这支线任务听起来很像愚公移山，区别是人家愚公移山还能移出点儿矿，他呢？要一百万吨垃圾干什么，熏死自己吗？

谢汐轻出一口气，并不气馁。

和搜集六位王子的心相比，一百万吨垃圾实在不算什么。

他刚做完饭，家里也有一些生活垃圾，但他实在搞不懂怎样才算搜集。

把这些放在家里算，还是要挨个碰一下？谢汐一一尝试了下，系统面板并没有给出任何提示。

谢汐根据经验知道，如果搜集成功了，会给出进度提示，现在却什么都没有，显然是没摸对路子。

谢汐琢磨着……难道不能搜集自己制造的垃圾？或者是这些垃圾太少了？

都有可能，这些垃圾已经是他的了，再搜集就重复了，如果可以重复，那他对着这堆垃圾不停搜集，就可以刷到一百万吨了。

谢汐动身出门找垃圾。

海底人对环境的伤害比陆地人小太多。他们的饮食很单一，没有复杂的烹饪方式，这本身就大大降低了生活垃圾的产量；他们的衣服也是特制的，普通人鱼大多是扣个贝壳完事，有职位的也都有专门的制服，从王室到侍卫的制服都是由一种亲水性极好的特制布料做成的。

这种布料极其耐用且不用清洗，又避免了一部分生活垃圾的产生。

衣食住行，说了前两个再说说后两个。

海底王国的住所都是拼接式的，因为类似黏稠剂的东西基本都受不住海水的长时间浸泡。

出行更是与大陆截然不同，人鱼的尾巴可比人类的双腿靠谱得多，他们在水里游的速度好比人类长了翅膀在天空飞，只要体力够，游起来的速度不比大多数交通工具慢。

即便体力不够，也可以驯化大型鱼类，这些鱼的速度可比马快得多。

再说贵族们使用的飞艇等，能源方面也很厉害，竟然是直接加水，虽说转换机器十分昂贵，不易于推广，但这项技术对环境堪称零伤害。

海底人与大海相处融洽，是完美的共生状态，可惜却被陆地人给硬生生打破了。

陆地上的垃圾倾倒于海底，造成了巨大的污染和不可估量的后续隐患。

谢汐查过资料，单单是那些图片就让人触目惊心，他想完成这个支线任务，不仅是因为自己要通关这个准世界以免再回来，也希望能为海底做点儿什么。

哪怕一百万吨垃圾对整个海洋来说，只是九牛一毛。

谢汐为了省时间，搭乘了一辆飞艇出了王都。他之前一直留在王都，看到的全是海底王国的梦幻与美丽，等他出了王都，来到被陆地垃圾充斥的海域时，整个人都愣住了。

图片所展现的恐怕连现实的千分之一都不到。

山一样的垃圾，刺鼻的恶臭，还有混浊不堪的海水。谢汐捂着口鼻，可惜用处不大，他感觉刺痛从皮肤传来，还带着让人心烦意乱的瘙痒。

“大哥哥，别再往里面走了！”一个稚嫩的声音响起，一只手拉住了谢汐。

他转头看到一个小人鱼，她有着漂亮的红发和蓝色的眼睛，白嫩的面庞上全是稚气与天真，仿佛是童话故事中向巫师乞求双腿的小公主。

谢汐向后退了一步，皮肤上的不适轻了许多：“谢谢。”

小人鱼对他笑了笑，说：“大哥哥是外地人吧，为什么会来这里？”

谢汐道：“我有位朋友在这里，想来看看他。”

小人鱼眼睛一亮：“他叫什么，我可以帮你找他！”

欺骗这么单纯的小姑娘，谢汐惭愧得很，他心虚地说道：“不用的，他一会儿就来了。”

“这样啊，”小人鱼道，“那好吧，大哥哥你千万不要太靠近那边，会生病的。”

谢汐点头道：“谢谢，我会小心的。”

小人鱼放心了，摇了下尾巴道：“我要去领月牙瑚果啦，大哥哥再见。”

谢汐知道这是海底王国的低保。

他与小人鱼道别：“再见。”

小人鱼对他灿烂一笑，摇着尾巴转身离开。

谢汐刚扬起嘴角，可惜笑容在看到小人鱼的后背后消失了。

普通人鱼是不穿衣服的，所以整个后背都裸露在外，那白皙得像豆腐一样的肌肤上有很大的一块溃烂面，它像撕烂了美好的魔爪，在这花瓣一样稚嫩的身体上留下了触目惊心的痕迹。

谢汐心一紧，唤道：“你……”

小人鱼又转过头：“大哥哥还有事吗？”

谢汐顿了下，轻声问道：“你的后背……痛吗？”

小人鱼有些不好意思：“很丑是吧，妈妈说等我长大些就给我买件衣服，挡起来就看不到了。”

谢汐的心犹如被针刺了一下，他上前道：“这伤……”他其实知道答案，所以问到一半就问不下去了。

小人鱼道：“大哥哥见完朋友就快点儿回海底吧，这边不好，待久了皮肤都会生疮的。”

谢汐顿了下，说道：“等一下，我帮你处理下伤口。”

小人鱼微讶：“大哥哥是医生吗？”

谢汐当然不是医生，但他的道具栏里有治疗药水，一些外伤是可以轻松治愈的。

谢汐道：“我可以帮你治好，只是有些痛。”

谁知小人鱼竟说道："不用啦，好了又会变坏，不用麻烦了。"

谢汐的心一窒，呼吸间有种拉扯着的疼痛。

"不麻烦。"谢汐拿出了治疗药水，仔细给她抹到溃烂面上，"别怕，一会儿就好了。"

这治疗药水的等级很低，谢汐买的时候看到过描述，备注里写得很清楚：受伤是痛苦的，治疗也是痛苦的，谁让你等级低买不了更好的药水。

谢汐没用过，所以也不清楚到底有多痛，但备注都这样写了，肯定会痛的。

药水涂好了，伤口以肉眼可见的速度愈合，小人鱼却只轻轻皱了下眉头。

谢汐问道："痛吗？"

小人鱼扬着笑脸道："痛了一下，但现在一点儿都不痛了，好舒服！"她高兴得转起圈来，像只想抓到自己尾巴的小猫咪。

谢汐的心却越发沉重了，如果不是早就适应了，一个娇嫩的孩子怎么会有这样的承受力。

小人鱼开心极了，由衷地说道："谢谢大哥哥，你真是太好了，像艾克斯王子一样好！"

艾克斯是二殿下。

是了，把月牙瑚果当低保，并监督执行到底的正是二王子。

二王子在百姓中声望极高，起初谢汐以为是他那张脸赚来的，现在才明白，他是用切实的行动换来的拥戴。

相较二王子，谢汐做的实在太过微不足道，他摇头道："这不算什么，快去领月牙瑚果吧。"

小人鱼兴高采烈地游走了。

谢汐悄悄跟了上去。到了小镇上，他的心更是揪到一起了。

海洋很大，在地球上的占地面积远超陆地，同样海洋的神秘莫测也更甚于陆地。

就好比谢汐生活过的地方，偌大的版图，人口聚集地却小得可怜。不是所有陆地都适合人类居住，也不是所有海洋都适合人鱼居住。

人鱼间等级森严，有个极大的原因是力量悬殊。

王都在深海处，那里海压巨大，普通人鱼去了根本无法生活。讽刺的是这些垃圾也到不了深海，只能疯狂地侵蚀着浅海，疯狂地"欺负"着这些最脆弱的人鱼。

最适合这些人鱼生活的海域是邻近陆地人的地方，而这些地方又是陆地人肆意投放垃圾的地方。

他们不是不想迁徙，而是无处可去。

面对源自陆地的污染，他们只能承受，谢汐切实地体会到了主站派的愤怒。

凡是看到这一幕，看到同胞不得不遭受这样的痛苦，谁能忍住怒火，谁能忍住怨气，谁会不想惩治那些罪魁祸首！

他们原本只是在平静地生活，凭什么要习惯有毒的海水，习惯皮肤被腐蚀，习惯这源源不断、无休无止的垃圾？

谢汐拧着眉离开，回到了垃圾堆前。

这里有个防护罩，勉强将垃圾与小镇隔离，但渗透出来的海水依然给小镇带来了伤害，可想而知走进去会怎么样。

谢汐不怕，大不了被毒死。

谢汐闭了闭眼，径直走进去，那犹如被针扎一样的刺痛蔓延了整个肌肤，他的鱼尾上有鳞片，是非常坚硬的保护层，可随着不断往里走，连鱼尾都传来了尖锐的刺痛，他甚至能感受到鳞片在脱落！

这到底是些什么？

这些无法被处理、堆积成山的垃圾到底繁衍出了什么样的怪物？

叉烧包心疼死了："爸爸，你还好吗？"这种疼痛是缓慢的，不会致命，所以无法免痛。

谢汐硬生生受着，眉心皱得很紧。

叉烧包急得围着他团团转，拿小爪子去剥开漆黑的海水，可惜却帮不了谢汐。

谢汐终于走到了垃圾山前，轻出一口气，火辣辣的水流进喉咙里，像喝了口硫酸，将五脏六腑都腐蚀了。

终于，他的视线右下角出现了提示：当前可搜集物超过一万吨，是否搜集？

谢汐立刻点了确定。

果然如此，想要触发任务需要足够的量，一百万吨这个基数太大，几十斤垃圾根本达不到计数标准，所以没法搜集。

谢汐点了搜集后，又弹出一个提示：道具栏已满，请清理。

谢汐一愣，他一共就三个道具栏，能放下一百万吨垃圾？

是叠加！同类别可叠加，这些玩意儿虽然五花八门，但现在全成了垃圾，所以只要腾出一个道具栏就够了。

谢汐想了下，叫来叉烧包："帮我个忙。"

叉烧包哭唧唧的："爸爸你快捅自己一刀吧。"太惨了，赶紧捅一刀它就能帮他免痛！

谢汐摇头道："我没事，你帮我把这些治疗药水涂到小镇的人鱼身上。"

叉烧包呆了呆。

谢汐问："能做到吗？"

叉烧包连忙点头："可以！"

谢汐拍拍它的小脑袋："快去吧。"

叉烧包抱着药水飞走了，谢汐这边也腾出了一个道具栏，他再次点确定，犹如神迹降临般，将整片海域都染成地狱的垃圾全都搜集起来。

谢汐看了看道具栏，那里多了一团黑漆漆的东西。

他看了一下详情。

名称：垃圾

品级：无

详细：生产了请处理掉，随手丢弃，散发的是源自制造者的恶臭。

谢汐的视线右下角终于出现了支线任务的进度，是非常讽刺的环保绿——百分之一。

这么多垃圾，连绵不绝，竟然只有一万吨。

那一百万吨是什么概念？

这样无边无际的垃圾堆还有一百个。

更加让人头皮发麻的是，一百万吨相较于几十亿人口制造的数十亿垃圾不过是九牛一毛。

谢汐眉心紧皱，身上的痛都感觉不到了。

叉烧包回来时还剩下一些治疗药水，它焦急地说道："爸爸，我给你抹药吧？"

谢汐不想浪费药水，刚想说死一次算了……

他瞳孔一缩，看到了主线任务上出现了新的进度条。

白色？

这是谁的？

大王子还是四王子？他们在附近吗？

谢汐用了一瓶治疗药水，稍微治疗了一下，让自己不受刺痛的困扰。

下一瞬，一股淡淡的冷香传来，穿着青蓝色制服，身形修长的男人走了出来。

他面色冷凝："你是什么人？"

是四王子！

他刚才一口气把所有垃圾都清理掉的画面被四王子看到了！

谢汐直直地站在原地，不知道该怎么解释。

四王子走了过来，垂下的眼眸深不可测："或许我该问，你是人吗？"

– 11 –

值得庆幸的是，谢汐出门前用的是 1 号脸，要是他用了科林的脸，可就热闹了，王宫里那俩斗鸡眼还没摆平，再招惹一个，他怕是这辈子都别想刷满进度了！

虽说用的是 1 号脸，眼下这局面也有些麻烦。

四王子这话耐人寻味，海底人也是人，他这么问是在质疑谢汐的身份。毕竟一个普通人不可能抬抬手就把一堆垃圾给弄得无影无踪。

刚才的那一幕该怎么解释呢？

谢汐看向四王子，定声道："我是杰西·霍尔。"

四王子视线下移，看到了他身上的衣服："王宫的侍卫？"

谢汐穿着侍卫的浅蓝色制服，虽然被污水给弄得变了模样，但仔细看也分辨得出来。

谢汐向四王子行了礼："属下见过四殿下。"

一瞬间，周围的水收缩了一下，谢汐感觉到一阵冷冽的杀气，四王子抬手掐住了他的脖颈。

他的手冰凉，那冷香气扑面而来，细闻才发现其中带了点儿苦涩，像某种药草的味道。

谢汐被掐住了喉咙，却无所畏惧，他抬头看着四王子，双目冷静。

四王子的手收紧，声音低沉："你到底是谁？"

谢汐呼吸困难，面上升起薄红，一双眼也不受控制地溢满了水汽。

他这张脸本就生得俊美，此刻这模样配上他无畏的表情，更是好看。

四王子眯起眼睛，手上力道松了些："别撒谎，否则我杀了你。"最后一句话是贴着谢汐的耳朵说的，谢汐毫不怀疑，四王子一旦发现他撒谎会立刻要了他的命。

这个深居简出的四王子，不仅没病没灾，瞧着还异常狠厉。

谢汐道："我是王宫的侍卫，叫杰西·霍尔。如有半句假话，殿下尽管取我性命。"

四王子追问："你刚才在做什么？那些垃圾去哪儿了？"

谢汐说得很直白："我也说不清楚，只是忽然间多了个能力，所以想来试试。"

四王子盯着他："什么能力？"

谢汐道："能够消除垃圾。"

他这番话若是放在平时说，估计会被人当成神经病，这算什么能力？消除垃圾？怎么会有人有这样的能力？

可四王子亲眼看到了，看到他走出了隔离罩，看到他站在一片污海之中，看到他不过是伸手碰了下，就让那令人作呕的垃圾消失不见了。

他看到了，再听这番话就不得不相信了。

谢汐很坦然，一来是他对 1 号脸的身份很有自信，二来是他说的话并非全是胡扯。他的确是莫名其妙得到了特殊能力，可以让垃圾"消失不见"，虽然垃圾被放在了自己的道具栏里，但在别人眼里就是消失了。

说谎的最高境界就是七分真三分假，谢汐以前不懂，现在非懂不可。

四王子看了他好一会儿，一双深灰色的眸子像探照灯般要把他里里外外都照透。

谢汐坦荡之余又露出一丝胆怯与不安，情绪拿捏得十分到位。

这也是船踩多了的好处，在向左还是向右那个不演戏就得死的准世界，谢汐习得了一手本领。

四王子终于松开了谢汐，他仍是面无表情，声音也冷冰冰的：“能消除垃圾？”

谢汐松了口气，说道：“是，只要用手碰一下垃圾就会消失不见，但有数量限制，太少的话不管用。”

四王子道：“跟我来。”

谢汐赶紧跟上。

四王子果然一点儿病没有，身体好得不像话，就这速度，去参加百米冲刺一准拿冠军！

谢汐虽然用了药水，还穿着侍卫制服，但鱼尾巴却是在外面的，之前被海水腐蚀，受了伤。他本来身体素质就一般，即便没受伤，也很难跟上。

四王子顿了下，又折回来道：“把手给我。”

谢汐不明所以，但因为惹不起这个阴晴不定的神秘王子，只得将手递了过去。

四王子握住他的手，下一瞬就带着他“飞”了出去。

之所以用“飞”，是因为速度实在太快，“游”这个字显得太柔弱无力！

谢汐不用出力，却也被扑面而来的水给挤得脸生疼。好在他这易容术很厉害，这要是普通的整容术，现在他的脸就变形了！

四王子平日那柔弱的样子果然是装出来的，这身手，老三都比不上吧！

总算到了目的地，停下来时谢汐倒吸了口气。他尾巴上的伤肯定裂开了，疼得要死。

四王子看了一眼他的尾巴，什么都没说。

谢汐也顾不上了，因为眼前又是一个垃圾堆。之所以用堆而不是山，是因为这里是海，所有垃圾泡在海里，全部摊开后占地面积极广，连绵不绝……

就像是陆地上某个地方的空中飘着无数的腐蚀物，连空气都被染成了肮脏的死灰色，这是何等的触目惊心，而海底人却时常在看着这些东西，还不得不与它们生活在一起。

四王子道：“消除给我看。”

谢汐早就猜到了，他乐得如此。

谢汐镇定了一下，闭上眼往里面游去，即将走进去时，四王子喊住了他：“等下。”

谢汐转头看着他：“嗯？”

四王子竟然当着他的面开始解扣子。

谢汐眨眨眼睛，跟不上这位大爷的脑回路……他这是一言不合就脱衣服？

四王子一把扯下制服外套，甚至还脱了上衣，露出了性感的身体，他不仅和病弱没有一毛钱关系，还练得十分结实！

光着身体的四王子也没有丝毫不自在，他径直走过来，将制服裹到了谢汐的身上。

四王子的个子很高，衣服很长，谢汐因为尾巴，本身就矮了一大截，此时这制服在他身上长出一大截。

谢汐总算明白了，道："没事……"

四王子却游到最下方，将鱼尾巴全部塞了进去。

谢汐道："殿下，我尾巴上有伤，会弄脏您的衣服。"

四王子游了上来，冷冷的眸子里毫无情绪起伏："去吧，如果骗我，这就是你的丧服。"说着他把自己的上衣盖到了谢汐的头上。

你厉害，惹不起还不行嘛！

谢汐就这样笨笨地游了进去。因为有了经验，他屏住呼吸，省得伤到内脏，可即便如此，手却没有遮挡的东西，手背上的肌肤以肉眼可见的速度溃烂着。

谢汐又不是受虐狂，即便不死也怕痛，他赶紧点了确定搜集。

支线任务的进度条涨到了百分之五。

这堆垃圾竟然有四万吨，好样的！

他搜集得非常彻底，不仅垃圾全没了，连极具刺激性的海水都被净化了，只可惜他身上的伤却无法复原。

四王子紧皱眉心，一动不动地飘在那儿。

谢汐回头看着他："殿下，我没骗您。"

这能力放到这个准世界真的很逆天，是用逻辑解释不了的。

四王子似乎还不信邪，又握住了谢汐的手："跟我来。"

谢汐完全没有发言的机会，这辆人形飞车快得很，一眨眼就冲出去了。

叉烧包挂在谢汐的衣领上，被海水冲成球，它叫道："刺激哟，刺激，好刺激哟。"

要不是怕露馅，谢汐真想把它拎出来打屁股。

四王子又带他来到一个垃圾堆前，谢汐高兴得很，巴不得四王子就这样带他把支线任务给刷完。

他们来回"飞"了一晚上，谢汐搜集了整整三十三万吨垃圾，任务进度涨到了百分之三十三。

四王子总算停了下来，看看谢汐身上的衣服，说道："回去了。"

谢汐还没搜集够，但他没有发言权，只能老实跟着。

四王子入宫走得是小道，直接带他回了自己的宫殿。

殿里没有别人，连个侍从都没有。四王子走近他，一把将他身上烂透的衣服扯掉。

因为被包裹得太严实，所以谢汐没怎么受伤，只是裸露在外的左手很惨，这么多次跑下来，整个手背都血淋淋的。

四王子微微皱了下眉，对他说："等着。"

谢汐飘在殿里，老老实实地等着。

不一会儿，四王子回来了，他身上的冷香气味更重了些，谢汐看到他手里拿着个小盒子，打开时那药味扑鼻而来，和四王子身上的气息一般无二。

谢汐微怔。

四王子已经俯下身，仔细地给他的手背上药。

这药的效果出奇地好，刚涂抹上谢汐的手就不痛了，甚至还感到伤口在慢慢愈合。

好厉害的药！

四王子给他涂完了手，又半跪在地上，给他的尾巴上药。

谢汐低头看到他专注的神态，一时间竟有些恍惚。

这个四殿下，浑身都是谜，实在让人看不透。

等药上好后，谢汐身上也全是这幽幽的冷香气味。不知为何，谢汐心中竟冒出一个念头，莫非四王子身上的香气是因为经常抹这种药吗？

为什么要抹？是因为浅水区的那些垃圾吗？

谢汐开口问道："四殿下为什么会在那里？"

四王子顿了下，答非所问："这药有个副作用，药效起来的时候会浑身无力，你去里面躺着吧，等好了再回去。"

谢汐刚要说话，便感觉身体像是被抽空了力气一般，竟连维持直立都做不到。

四王子并不意外，直接抱着他，将他带到了屋里，让他躺在床上。

谢汐怎么都没想到这药的副作用会这么强，他这不只是浑身无力，根本就是连手指头都抬不了！

四王子又道："别担心，等药效退了，伤口也就没了，你便可以恢复如初了。"

谢汐怔了怔，想开口竟发现连说话都十分吃力。

四王子看了看他，轻声道："这能力以后别用了，也别去接近那些垃圾堆。"

谢汐以为自己听错了，艰难地开口道："为什么？"那些垃圾伤害了那么多人鱼，清理掉不是在保护他们吗？

四王子垂眸，声音毫无温度："因为没用。"

谢汐一愣。

四王子看向他，慢慢说道："垃圾可以清理，但只要陆地人还在，很快就会产生新的垃圾。你这能力的确有趣，可惜毫无用处，一味地把垃圾处理掉，只会让陆地人变本加厉。"

最后一句话，谢汐听出了刻骨的恨意。

四王子声音温柔了许多："休息吧，侍卫处那里我会帮你请假。"

谢汐抬头看着他，发现他灰色的眸子深处，是坟墓一般的死寂。

四王子走了，谢汐好一会儿才回过神。

他无意中瞥向了右下角。

主线任务的进度条上又有了新的颜色。

黑色……

百分之八……

这是怎么回事？

现在只剩下大王子了，怎么忽然就出现了，还涨了百分之八？

－12－

主线任务的进度条有五种颜色，五王子和六王子的心已经搜集完成，是绿色，三王子和二王子那要满不满的红色和紫色，现在又多了白色和黑色。

因为信息面板是透明的，所以进度条的白色也很显眼，不至于看不清。

白色是四王子，那黑色只能是大王子了。

这很容易就能明白，可为什么大王子的进度忽然涨了近一半？百分之八，这是付出了百分之五十的心，他什么都没做，连面都没怎么见，怎么就到一半了？

谢汐盯着进度条看了好一会儿，换了个思路，也许白色的才是大王子？他清理垃圾时大王子也在场，先涨了进度，但紧接着四王子出来，他误以为是四王子了？

这忽然涨起来的百分之八的黑色进度是四王子的？

即便是四王子，这涨幅也很莫名其妙，之前都无动于衷，上个药就突飞猛进了？

谢汐想不通，摸不着头脑。

可惜叉烧包不能离他太远，否则他都想让它去大王子那里打探一下了。

谢汐也想不了太多，这药效彻底上来后他连脑袋都迷迷糊糊的，闭上眼后竟踏踏实实地睡了一觉。

谢汐再醒来时又是傍晚，他倒是不慌，科林那张脸他早就请了假，要回家住两天。他实在是怕了老二和老三，暂时不想看到那两个神经病。

谢汐活动了一下，惊讶地发现自己的伤口全好了，鱼尾巴上还有些许痕迹，估计是鳞片恢复得比较慢。

这药真神奇，谢汐觉得海底的某些技术比陆地上厉害太多。

他刚出门，外头候着的人鱼恭声道："殿下吩咐了，您醒了可以直接离开，殿下有事出去了，不能送您。"

谢汐连忙道："已经很叨扰殿下了，不敢再麻烦。"

谢汐跟人鱼客套一阵后，离开了四殿下的宫殿。

谢汐挂念着黑色进度条，偷偷去了大王子的宫殿，发现这个勤政的王子殿下天黑了都没回来，还在加班。

黑色进度条真是他的吗？谢汐等了好一会儿也没把他等回来，只能先作罢。

他“请假”的时间不长，得赶紧完成支线任务！

上次因为有四王子帮助，谢汐一口气搜集了三十三万吨垃圾，让支线任务飙到了百分之三十三。本以为这是个很难完成的任务，如今看来还真不难，只要受点儿皮肉伤就能轻松完成！

谢汐打起精神，继续去找垃圾，他路过最初的镇子，心里惦记着那个小人鱼，想去看看她……

他刚游到边缘，又感觉到了那带着瘙痒的刺痛感。

谢汐抬头一看，心猛地沉了下去。

他昨天已经处理掉了垃圾，已经把一万吨垃圾都收进了道具栏，可此时此刻，同一个地方又成了垃圾堆。

叉烧包纳闷地问道：“怎么回事呀？爸爸我们是来错地方了吗？”

他们没来错，这里就是那个小镇。

四王子的话在他耳边响起——垃圾可以清理，但只要陆地人还在，很快就会产生新的垃圾。

所以说，这是新的垃圾？

一夜之间制造了这么多垃圾？

谢汐脑袋嗡嗡作响，他想着几十亿的陆地人口，想到他们这庞大的基数，即便每个人一天只制造一点儿垃圾，但乘以几十亿，数量也是非常可怕的。

只是把垃圾处理掉，的确会让陆地人变本加厉。

一味纵容，人们只会不断突破底线。

谢汐搜集了这里的，又去了昨晚去过的几个地方。没有四王子，他的速度很慢，还游得气喘吁吁，好在他记住了路，要不更麻烦。

谢汐越走越心寒，越看越能体会主站派的心情。

垃圾被清理了，一夜之间又冒出来了。

谢汐可以“一键清理”，海底人又要靠什么来清理？

谢汐清理到第三堆垃圾时，四王子冷冷的声音在他身后响起：“我不是说了让你别再使用这能力？”

谢汐回头，看向四王子：“殿下之前就清理过垃圾了是吗？”

事到如今谢汐还有什么不明白的。

四王子会说出那样的话，肯定是早就经历过了。

这些垃圾伤害了那么多国民，王室怎么会坐视不理？

他们肯定有组织地在不断清理垃圾，可就像四王子说的那样，清理了也没用，很快就会有新的，反而因为能够被清理，陆地人越发有恃无恐。

四王子嗤笑一声，满眼都是讽刺。

谢汐又问：“您一直在宫中养病，是因为用了那药吧？”

四王子的确没病没灾，却也是真的在养病。

谢汐有一键清理的功能都被腐蚀得浑身是伤，四王子他们只能用寻常办法去清理垃圾，受到的伤害只会更大，那药能治疗伤口，却有浑身乏力的副作用，四王子……

谢汐不敢想象为了清理这些垃圾，海底人付出了多大的代价，而好不容易清理了，面对再度被堆满的海域，他们心中萌生的又是何等的绝望。

四王子面无表情地说道："所以说，不要再做这种无用功了。"

谢汐喉咙发紧，口腔里全是苦涩。

四王子看向谢汐，低声道："你这能力有缺陷。"

谢汐没反应过来，不太明白他这句话的意思。

四王子勾唇，笑容狠厉偏执："陆地人才是最大的垃圾，为什么不让他们全部消失！"

谢汐的心猛震，后背一片冷汗。

"走吧。"四王子拉起谢汐，"我送你回去，不要再用这个能力，它谁都帮不了，反而会给你带来麻烦。"

谢汐听出了四王子的言下之意，反手握住了四王子手臂："殿下能带我去陆地吗？"

四王子微怔。

谢汐道："我从未去过陆地，您能带我去看看吗？"

四王子拧眉问："你要做什么？"

谢汐沉声道："以彼之道还施彼身。"

四王子瞳孔微缩。

他没再问，握住谢汐的手道："岸上很热，受不住的话就离我近一些。"

说罢，他用了极快的速度冲出去，带着谢汐向海平面游去。

谢汐当然知道岸上的滋味，不过他不会在岸上久留，只是暂时烘烤也没什么。

没一会儿，他们就出了海面。谢汐呼吸到灼热的空气后整个胸腔一片滚烫，他给叉烧包使了个眼色。

叉烧包虽然不知掉爸爸要干什么，但却懂得这个眼神，这是让它四处看看的意思。

它飞得很高，睁大眼睛看了一会儿后回来汇报："海滩上没人！"

谢汐眨了下眼睛，叉烧包便挂到他的领口上了。

四王子问他："你到底要做什么？"

谢汐道："其实我之前骗了殿下，我这个能力不是将垃圾消除，而是搜集起来了。"

四王子皱眉："搜集？什么意思。"

谢汐打开道具栏，看向那五十五万吨的垃圾，轻出一口气道："就像这样……"

他一股脑将所有的垃圾都倒出来，全部堆在了陆地上。

这景象实在惊人，无数垃圾像从潘多拉魔盒里涌出来一般，疯狂堆到沙滩上，将整个海岸都堆得满满当当。

陆地不是海里，这些垃圾堆在一起，就是一座巨山，一座让人震惊的垃圾山！

四王子怔怔地看着，许久不能回神。

谢汐看了下自己的支线任务进度条，果然随着他将垃圾全取出来……进度从百分之五十五跌到了零。

昨天晚上和今天晚上全都白忙活了，但是他一点儿都不后悔。

谢汐道：“一味地清理垃圾没有用，那将他们丢弃的垃圾还给他们呢？”

纵容只会诞生更大的恶，适当的惩戒才会让他们看清自己到底做了什么！

四王子那双比坟墓还死寂的灰色眸子里燃起了希望的火苗：“你……”

他嗓音微颤，竟有些说不出话。

谢汐轻声道：“我明白殿下的心思，知道您恨透了陆地人，知道您想将他们赶尽杀绝，可战争是解决问题的最坏打算，到最后换来的只是两败俱伤。您爱着您的百姓，一定不希望他们从一个火坑跳进另一个火坑。”

四王子怔怔地，薄唇抿成了一条线。

谢汐仰头看着他：“我来帮您好吗？我们把垃圾还回去，借此在陆地上制造舆论，让他们以为自己触怒了神明，自发收敛这种行为。”

这是谢汐能想到的最好的解决办法。

战争是解决不了问题的。

激化海底人和陆地人的矛盾，只会让双方陷入灾难。

海底人肯定也想过这种办法，但是他们不能像谢汐这样——轻轻松松地搜集垃圾，轻轻松松地还回去。

四王子终于回过神来，拧了拧眉，轻声道：“这……也不过是治标不治本。”

他嘴上这么说，谢汐这边的白色进度条却一口气涨到了百分之十三。

谢汐笑了笑。

四王子别开视线道：“走吧，一会儿你的皮肤该受伤了。”岸上的空气对人鱼还真挺致命的，谢汐的确很不舒服。

四王子带他回到了海里。

海水包裹而来，谢汐整个人都舒坦了，听到四王子的声音在耳边响起：“不许自己去搜集垃圾，也不许独自将垃圾放出去。”

谢汐仰头看着他。

四王子：“这是秘密，不准告诉别人，知道吗？”

谢汐笑了下：“殿下是在保护我吗？”

四王子眼睫轻颤了下：“你不了解陆地人，要是让他们知道你的能力，你只会被终身囚禁。”

谢汐这个陆地人当然了解自己的同胞。

谢汐发现这些王子鱼都挺可爱的，道："嗯，全听殿下的。"

白色进度条一下涨到了百分之十六。

谢汐觉得好笑又不敢笑，这一个个的是不是都太单纯了，难不成那位大设计师其实也很单纯？

嗯……

谢汐收回了这个念头，拒绝相信。

X是个死变态，不会有错！

– 13 –

科林"休假"的这几天，二王子和三王子纷纷发信问候。

二王子："小科林，家里的事麻烦吗？有需要尽管找我。"

三王子："办完事了吗？不要在家偷懒。"

翻译过来就仨字——快回来！

谢汐统一回复："多谢二（三）殿下关心，没什么要紧事，会尽快回去的。"后头附带一个笑脸。

谢汐这几天一直在四王子这里，起初对四王子的那点儿成见也全消失了。

四王子某些方面和六王子有些像，都喜欢一个人，做事我行我素；有些地方又和五王子相近，都有着对亲近人掏心掏肺的热忱；再仔细想想其实和老二老三也有相似之处，他对海底百姓的心不亚于老二，对危险的敏锐性也不比老三差……

他们六兄弟各有各的特点，又彼此相似。

好吧，这毕竟是一个人的魂意，会相像也正常。

谢汐的支线任务总算在起起伏伏中完成了。

搜集垃圾可比搜集心稳多了，只要满一百万吨这个数值，即便再倒出去也不会降低进度，都会显示已完成。

他和四王子奔波数日后，四王子道："可以了，你暂时都不要再用这个能力了。"

他们几乎跑遍了与陆地接壤的海洋，把从海底搜集的垃圾，返还给了陆地。世界各地都出现了这样的情况，陆地人的社会已经引起了动荡。

四王子安排的人也开始发动舆论，谴责人们对海洋造成的破坏，批判人类这种自取灭亡的行径。

陆地人对海底人的情况也是知道一些的，只不过彼此接触极少，很多人将信将疑。

如今这垃圾堆反噬，让陆地人意识到他们海底的邻居发火了，而且这垃圾堆出现得如此迅猛、如此突兀、如此大规模，让他们感受到了海底的神秘力量。

谢汐也没再瞎出主意，在政治方面海底有专业人士，懂得如何抓住机会，震慑人心。

眼看“假期”要结束了，谢汐也该从四王子这里离开了。

四王子的进度太好刷，这几天工夫已经涨到了百分之十六点六，差一点点就满了。

然而谢汐有前车之鉴，不敢怠慢，和他相处得非常谨慎。

这天他俩回到王宫，四王子又嘱咐他：“我不在的情况下，一定不准捡垃圾，知道吗？”

谢汐听得耳朵都要生茧了，但他知道四王子是担心他的安危，于是点头道：“知道，谨遵殿下命令。”

四王子笑了下：“坐下，我给你上药。”

虽然不再往陆地上投放垃圾，但谢汐还是坚持把重污染的地方清理了一番，反正垃圾都是可叠加的，他空着的那个道具栏也没什么想放的东西，干脆造福海洋吧。

想想那些可爱的小人鱼，他更希望他们能快活地在水里游来游去，而不是满身伤痕。

四王子陪着他，并且给他专门做了套衣服，只可惜谢汐想搜集垃圾必须用手接触，所以左手还是会受伤。

四王子仔细地给他上药，只不过上了一会儿，谢汐就感觉浑身没力气。

四王子道：“去屋里睡会儿吧。”

谢汐也不和他见外，迷糊道：“好的。”

谢汐睡了一会儿，醒来时手已经恢复如初，半点儿伤痕都没有。

紧接着，他听到外间有谈话声。

叉烧包也跟着睡了一觉，谢汐一动它也醒了，小猫咪打着哈欠，去外头瞄了一眼：“是大王子！”

谢汐的耳朵竖了起来，他好奇地挪了过去，斟酌着要不要出去。

黑色进度的百分之八让谢汐十分在意，这肯定是来自大王子的，可他和大王子说过的话屈指可数，怎么就忽然涨了这么多？

越是不懂，越是好奇，谢汐凑了上去。

刚走一步就听大王子问道：“那些垃圾，你到底是怎么做到的？”

四王子道：“这个大哥你就不要问了，只要利用好这次事件，让陆地人收敛行为就行。”

大王子顿了下，竟也没再追问。

两人沉默了一会儿，谢汐几乎以为大王子离开了，却不想他忽地开口：“老六遇袭，是你安排的人吗？”

谢汐一愣，耳朵竖得更高了，他也想知道究竟是谁干的。

其实之前谢汐也怀疑过四王子，目睹了那么多百姓受难，四王子对陆地人恨之入骨，可惜海底人对于开战一事一直持保守态度，总欠那么一把火。要是牺牲一个无用的王子就能换来海底的太平盛世，主站派恐怕会毫不犹豫地动手。

但相处了这么些天后，谢汐很清楚四王子不会做这样的事，他不需要那把火，若不是顾忌战争会带来更大的灾难，四王子早就和陆地人打起来了。

四王子嗤笑道：“我只是想让陆地人死，可不想亲兄弟死。”

大王子没再出声。

四王子道：“老五这几天不太对劲，你……”话没说完，他改口道，“怎么了？”

谢汐好奇得很，想知道外头发生了什么。

叉烧包及时转播：“大王子脸色苍白，差点儿晕倒。”

谢汐一头雾水：老大怎么了？

四王子扶住了大王子，拧眉道：“你也注意下身体，这是几天没睡了？政务是处理不完的，你这样折腾下去，迟早会撑不住的。”

大王子声音微哑，说道：“最近睡眠不太好。”

四王子道：“你一天睡四五个小时太少了。”

“不是，我早习惯了。”大王子道，“只是最近总在做梦。”

四王子并未想太多，道：“适当休息是有必要的。”

大王子应了声，忽然眯起眼睛：“谁在那儿？”

谢汐是故意出来的，他目露茫然，带了些刚睡醒的迷糊。

大王子看到他后，怔住了。

谢汐也看到他了，立马行礼：“见过大殿下。”

四王子走到谢汐身前，问道：“好些了？”

谢汐道：“回殿下，已经没事了。”

也不知道是不是谢汐的错觉，他总觉得四王子故意隔开了大王子的视线。

大王子很快回神，轻轻按了下太阳穴，道：“你忙吧，我回去了。”

四王子挡在谢汐身前道：“大哥要注意身体，好好休息。”

谢汐确定以及肯定，四王子的确是故意隔开了他和大王子。

这样子，他连行礼道别都做不到。

大王子点点头，似乎又看了一眼谢汐，但终究什么都没说，转身离开。

谢汐紧张地说道：“我突然出来，会不会太失礼？”

“不会。”四王子拿起他的手，仔细看了看，确定一点儿伤痕没有后，抬头看着他：“不过你要离大殿下远一些。”

谢汐心中疑惑，面上当然不显：“我一个小侍卫，不会和大殿下有交集的。”

四王子盯着他，仍是不放心地说道：“千万不能让大哥知道你的能力。”

谢汐道:“我绝对不会告诉任何人。”

四王子点点头，解释道:“大哥心理上有些问题，天生情感缺失，所以十分冷漠严苛，做事只考虑利弊得失，不会考虑感情。如果让他知道你的能力，你可能会成为他手中的筹码。”

谢汐愣了下:“情感缺失？”

四王子应道:“嗯，体会不到任何感情，爱情、友情，包括亲情。”

谢汐眨了眨眼，心中满是疑惑。

情感障碍的话，那黑色的百分之八进度是哪来的?

四王子见他神游，又叮嘱道:“不许好奇。”

谢汐回神，连忙应下道:“不好奇！”

四王子薄唇扬了下:“一切以安全为先，知道吗？”

谢汐点头道:“嗯！”

四王子看着他，欲言又止。

谢汐察觉到了，问道:“殿下还有什么吩咐吗？”

四王子顿了下，忽然道:“我并不想继承王位。”

谢汐更迷糊了，不太懂这话题的走向。

四王子垂眸，声音更轻了些:“我的母妃也不会管我，所以我……”

谢汐眨眨眼睛:“嗯？”

谁知说到一半四王子又停下了，他笑了下:“没什么。”

谢汐虽然纳闷，也没想太多。

从四王子这里离开，嘴上说着绝对不接近大王子的谢汐转眼就去了大王子宫殿。

他怎么可能不接近?必须接近!

眼看着任务进度都快满了，他怎么能不去大王子那儿?只要搞定这位，没准儿就可以离开这个准世界了!

谢汐换上储备面孔，没怎么费事就潜了进去。

大王子还在书房，而且还有个人鱼老头在和他汇报事情。

这位大王子实在敬业，明明眼底乌青却还在强撑着，更让人佩服的是，都累到这个地步了，他说的话仍旧条理清晰，让人感觉不出他有丝毫困倦。

谢汐借着仆人的身份偷偷打量着。

大王子是天生的情感缺失?只是看的话是看不出什么的，顶多觉得他沉稳冷静，处事果决，让人看不透。

黑色的进度条是他吧?到底为什么忽然涨到百分之八了呢?

谢汐想到了大王子对四王子说的话——他说自己最近经常做梦。

这是关键点吗?是梦到什么了?

谢汐拿不准。

人鱼老头终于离开了，大王子捏了捏眉心，神态间总算露出了些许困倦。

谢汐眼睁睁地看着这位王子殿下累得在书桌上单手撑着头睡着了。

真的睡了吗？

谢汐谨慎地给叉烧包眨眨眼，小猫咪飞了出去，贴着大王子晃了好几圈，回来道：“呼吸均匀，真的睡了！”

谢汐又等了一会儿才出来，他脚步很轻，怕吵醒大王子，但大王子睡得比他现象中还要沉，丝毫没有要醒来的意思。

他不确定入梦术会不会成功，毕竟只是小憩，会做梦吗？做梦的话会梦到他吗？

不过机会摆在眼前，还是要试一试。

谢汐使用了入梦术。

提示显示：恭喜您，入梦术使用成功，即将进入兰迪·亚特兰蒂斯的梦境。

谢汐眼睛一亮，成功了！

大王子还真的梦到他了。看来这个百分之八的进度之谜，得去他梦里找原因了。

谢汐再睁开眼时，竟有些恍惚。

这是……

昏暗的天空，阴森的古堡，空气中是挥散不去的浓重的血腥气。

男人低沉的声音响起：“少爷，该用晚餐了。”

谢汐抬头，看到了管家兰迪暗淡无光的漆黑眸子和唇边那病态的笑。

谢汐吓了一跳。

怎么回事？是管家兰迪，这是向左还是向右那个准世界！

他不会认错，这是自己死了无数次，最后想死都死不成的那个准世界，他一辈子都不会忘记。

一脸好奇的叉烧包唤回了谢汐的心神：“爸爸变小了，衣服好漂亮。”

向左还是向右里的塞因少爷是个穿着华服的纤细少年。

谢汐回过神来，这是梦，是大王子的梦。可为什么大王子的梦里会是这样的？是同一个魂意的原因吗？大王子有了管家兰迪的记忆？

谢汐想了下那个准世界的结局，顿时头皮发麻。

完了，他不会在梦里还要花式受死吧？

– 14 –

在向左还是向右那个准世界里，谢汐最后做得很绝，不仅和所有人都撕破了脸，还为了求死而假装自己是被塞因召唤来的恶魔，最终被三个变态给捅死了，这才完成了任务。

本以为再也不会经历和那个准世界有关的事，万万没想到大王子的梦竟然是“前世”的记忆！

这可怎么办？兰迪记起了多少？

如果是闹掰前，那还好说，反正是梦，谢汐哄一哄，没准就完成任务了，可如果是闹掰后呢？

他清楚地记得自己对管家兰迪说了什么——不过是一个用人，有什么资格得到我的信赖？要么是人不人鬼不鬼的怪物，要么是身份低贱的奴仆，我怎么可能会……

他一心求死，真是说了不少了难听的话啊！

谢汐心惊胆战，只能希求大王子没想起那么多，至少没想起最后的“惊天大揭秘”！

兰迪笑得很温柔，只是面色过于白皙，眸色没有一点儿光泽，扬着薄唇，他轻声道：“少爷，不吃晚餐是不行的。”

谢汐想回应他，却发现自己开不了口，说不出话。他试着动了下身体，又发现原来自己连身体都是僵直的，根本动不了。

这是什么情况？

“少爷听话。”兰迪垂首道，“我带您去用餐。”说着他伸手将谢汐扶了起来，仔细安置。

谢汐连眼珠子都转不了，只能任他摆布。

兰迪小心地扶着他，仿佛在捧着脆弱的瓷娃娃，怕自己稍一用力就弄碎了。

谢汐能感觉得到他的悉心，可又体会到了一种难以形容的惊悚，仿佛自己此刻真的是个瓷娃娃……

兰迪扶着他走进餐厅，古堡中的装修仍旧华丽非凡，只是光线很暗，摇曳的烛光让一切都变得不真实，仿佛随时会有鬼魂出没。

谢汐万万没想到，自己有一天会被别人的梦给吓到。

倒不是怕鬼，他只是怕这个场景，也怕这个杀了他很多次的男人。

兰迪把他放到了高背椅上，细心地帮他放好餐巾，还将他的胳膊轻轻抬起，放到了刀叉旁边，只可惜谢汐动弹不了，手臂毫无力气，根本握不住刀叉。

兰迪温声道：“少爷稍等一下，我这就去为您上菜。”

什么事都要兰迪亲力亲为，看来这梦里的古堡是只有他自己了。

谢汐不想等也得等，他根本动弹不了！

过了一会儿，兰迪回来了，手里端着银色托盘，上面盖着半圆形的盖子，瞧着都挺正常。

谢汐心里有些疑惑，他连话都说不了，真的能吃饭吗？

兰迪已经将托盘放下，低声道：“让您久等了。”

谢汐说不出话也点不了头，连眼珠子都动不得，只能默默听着。

兰迪也没想要他的回应，英俊的脸上挂着温柔的笑，戴着白手套的手打开了餐盘盖子。

谢汐的视线是固定的，一眼就看到了餐盘里的东西。

叉烧包捂着小鼻子道："这是什么，心吗？"

拿出这种黑暗料理的兰迪仍面带微笑，还在低声说着："我来伺候少爷用餐。"

谁要吃这种东西！

兰迪眼睫垂着，眸色深沉："少爷先凑合吃，等明天我去给您弄人类的心脏。"

谁、谁要吃人类的心脏！

叉烧包吓坏了，挂在谢汐的领口，小声说："爸爸，大王子好可怕。"

谢汐也害怕，即便是做梦，他也不想体验生吞心脏的滋味！

兰迪是教养良好的管家，一举一动都优雅得体，让人不禁以为那是一盘火候刚好的顶级牛排……

谢汐是打死都不会吃的！

兰迪的声音里全是耐心："少爷乖，不吃饭不行的。"

不吃饭的确不行，但谁要吃这种鬼东西！

兰迪满是无奈地说道："不喜欢动物的心脏吗？是我不好，没提前多准备一些人类的心脏。"

谢汐真是无力吐槽了：麻烦你不要用这种哄小孩的语气说这么惊悚的话啊！

兰迪轻声道："先吃点儿好吗？晚上不吃东西，您会不舒服的。"

说着他又将那东西送了过来，眼看就要放到谢汐的嘴上了，谢汐也不知道哪来的力气，竟然能动了！

他推开叉子，嗓音干巴巴地说道："不……"

兰迪愣住了，手中的叉子落地，那团生肉粘在了华丽的地毯上，触目惊心。

谢汐不清楚自己这样做对不对，但他宁愿滚出这个梦也不要生吃心脏！

因为这个反抗，他似乎可以掌控自己的身体了，他动了下，抬头看向兰迪。

兰迪漆黑的眸子闪了闪，紧接着犹如漆黑的夜里亮起晨星般，声音也难掩激动："少爷……"

谢汐的眼睛动了动，他有些僵硬地说道："兰、兰迪。"

兰迪近乎癫狂："您终于醒了，您终于……终于回来了。"

谢汐一脸蒙，只能被动地任他摆弄。

兰迪向来沉稳持重，鲜少有失态的时候，可现在他整个人都失控了。他执着谢汐，极其用力，仿佛稍微松一下，谢汐就会化成一阵风飘走，又仿佛这是一场美丽的梦，随时会醒来面对绝望。

谢汐的心一紧，他觉得大王子八成是全想起来了，包括他最后说的那些话。

所以这个梦是那个准世界的延续？是他离开那个准世界后发生的事？

他走了，塞因·霍尔肯定死了，而管家兰迪仍不死心，尝试着让他复活？

谢汐之前动弹不了也说不了话，是因为他这身体本身就是具尸体？

这么一想，谢汐后背全是冷汗。

果然是神经病……正常人哪会做这样的事！

谢汐前前后后想了一遍后总算有了头绪，他跟着梦里的节奏，目露茫然道：“兰迪你怎么了？”

他一开口，竟感觉到冰冷的液体落在自己的掌心。

兰迪哭了。

谢汐看不到，却意外地有些难过。

倘若在那个准世界他离开后兰迪还在，那兰迪承受的到底是怎样的痛苦与绝望，还真是不敢想象。

可以确定的是，在那里塞因不可能活过来，他精心照顾着一具尸体，在犹如坟墓的古堡里一天挨过一天，是何等的凄凉和孤寂。

“到底怎么了……”谢汐做出茫然的样子，轻声问他，“到底发生什么了？”

也许这是兰迪的心结吧，上个准世界的经历映射到了这个准世界，才让他患上了情感缺失。

谢汐的出现唤起了他零星的记忆，以梦的形式缠绕着他，困扰着他。

是不是只要解开他这上个准世界的心结，就能完成大王子的任务了？

管家兰迪毫无疑问是绝对忠诚于塞因·霍尔的。可是大王子对这段记忆却是排斥的，是不是只要让他接受，就可以了？

怎样才能让他接受呢？

必然不能是这样的悲剧，应该给他一个更加圆满的结果。

谢汐心里还有些忐忑，上个准世界可不止兰迪一人，二王子和三王子也都在，他俩会不会也有“前世”的记忆？

以及前世的艾克斯和加尔是什么样的结局？

管家兰迪都这么惨了，那俩肯定也好不到哪儿去。

谢汐不知道，其实连江斜暂时也不知道，不过等魂意回到本体，他就知道了。

眼下是大王子的梦，谢汐就不想那两位了，先把这个梦给了结了再说。

被谢汐突如其来的一问，兰迪身体僵了下，情绪倒是平静下来了，他松开了塞因，面色仍旧是苍白的，眸子依然是漆黑的，却不再像之前那样毫无生机。

他轻声道：“没什么，您回来就好，我一定不会再让您受到任何伤害。”

兰迪不愿多说，谢汐也不敢刺激他，只能乖乖点头，做出疲倦的模样。这心脏他是打死都不能吃的，不如去睡觉。

兰迪立刻感觉到他的疲惫，问道：“有哪里不舒服吗？”

谢汐道：“有些累，想回屋休息。”

兰迪道：“我扶您回去。”

谢汐连忙道："我自己走就行。"

说着他站起来，动了动腿，发现僵硬得要死，努力走了一步，还是同手同脚。

兰迪眸子微黯，轻声道："您刚醒还不适应，我来扶您吧。"

谢汐还真有些使唤不了这身体，于是点点头，应允了。

兰迪将他送回卧室里。

谢汐躺在床上后却毫无睡意，想了下觉得是烛光有些刺眼："把灯熄了吧。"

兰迪微怔，什么都没说便熄了蜡烛，屋里瞬间陷入伸手不见五指的漆黑中。

谢汐仍旧不想睡，不过他勉强闭上眼，假装睡着了。

兰迪守了一会儿，才起身离开。

谢汐睁眼到天亮也不觉得困，他的身体还是僵硬的，走起路来膝盖都不会弯曲，要多古怪有多古怪。

兰迪推门而入，看到他这样只是垂下眼眸道："少爷饿了吧，先去用早餐。"

谢汐真觉得饿了，昨晚的"饭"让他倒足了胃口，今天应该是正常饭菜了吧？

兰迪又将谢汐带到了餐厅，随后便去上菜。

餐盘打开，冒着热气的烤小羊排让谢汐食指大动！总算能吃上正常饭菜了，谢汐很是欣慰，他手指动了动，想拿刀叉却握不住。

兰迪眸色闪了闪，轻声道："我来帮您。"

谢汐眼巴巴地等着，看他切了一小块羊排，递过来时……

叉烧包大叫："爸爸，那是人的心脏吧，还在冒着热气呢！"

谢汐定睛一看，哪有什么烤小羊排，根本是一颗鲜红的心脏，在冒着诡异的热气……

怎么回事？他刚才看到的明明是正常的食物，是味道鲜美的烤小羊排，怎么一下子就变了？

叉烧包道："好可怕……"它缩到了谢汐的怀里，成了个小毛团。

谢汐却顾不上它了，让他觉得不可思议的是，他竟然又把心脏看成烤羊排了，而且空气中还飘着焦香味，让人食指大动。

他不动声色地掐了小猫咪一下，小猫咪大叫，谢汐这才看清了面前食物的真面目。

为什么会这样？难道在兰迪的梦里他就该吃这东西？

谢汐抬头看向他，意外捕捉到他眼底一闪而过的戾气。

谢汐反应过来了！是了……上个准世界的塞因·霍尔使用了唤魔术，他假装自己是被召唤的"恶魔"。

所以现在的兰迪是在试探他吗？

－15－

谢汐大胆猜测，这心脏肯定是给恶魔吃的。

虽然搞不清兰迪是怎么复活他的，但显然兰迪怕自己复活的是一个假塞因真恶魔，所以在试探他。

那么问题来了，谢汐很确定自己不是恶魔，可他怎么就觉得这心脏像烤羊排一样美味可口呢？更要命的是他还越来越饿，想吃的冲动一波比一波高。

要不是有叉烧包，他早把心脏当成烤羊排吃得津津有味了。

然后就被兰迪在梦里弄死，任务进度归零……也不知道以后还有没有机会再入梦！

至于谢汐为什么会把心脏看成烤羊排，肯定是因为兰迪，这是兰迪的梦，发生的事都是受他的意志驱使的。

兰迪觉得自己复活的不是塞因，是个恶魔，所以认定谢汐会想吃心脏，在他强烈的意志干扰下，本来不想吃的谢汐硬是把心脏看成了烤羊排。

谢汐冤，真的太冤了！

不过从另一个角度想，是不是也意味着“前世”的兰迪的确复活了一个恶魔，所以这次的记忆才会如此根深蒂固呢？

这么一想，谢汐又觉得眼前的死变态很可怜。

谢汐心情很复杂，面对着时而香喷喷时而血淋淋的诡异玩意儿，谢汐忍住了，拧眉道：“为什么要给我吃这个？”

兰迪微怔，声音有着几不可察的轻颤：“您不喜欢吗？”

喜欢个鬼，谁想吃心脏！

完了，谢汐又感觉心脏变成烤羊排了，烤得火候刚好，外酥里嫩，香气扑鼻，好饿……

谢汐掐了一把小叉烧包，小猫一叫，他瞬间冷静：“这不是生的心脏吗？这能吃吗？”

兰迪瞳孔猛缩，深处有着不敢置信：“是我不好，是我糊涂了，竟然拿这种东西给您吃，我这就撤下去，给您换上您最爱的烤小羊排。”

谢汐已经被恶心得吃不下小羊排了！

兰迪端走了热腾腾的心脏，很快又回来了，他面带微笑，眼中有了温度：“少爷久等了。”

他掀开餐盖……

谢汐沉默了。

这怎么还是心脏！一颗完整的，通红的，还在动的鲜活心脏！谢汐没见过人心，只见过猪心，不过听说人心跟猪心长得挺像，所以……这是人心吧？

这怎么回事？难道露馅了？难道兰迪还在考验他？至于来两次吗？

兰迪温声道："吃吧，您肯定饿了。"

我吃你个大头鬼，谢汐看着鲜红的心脏，都快吐了。

叉烧包嗅了嗅，喵声喵气地说道："好香，这就是烤小羊排吗？"

谢汐彻底蒙了。

叉烧包馋得不行："猫能吃羊吗？看起来好好吃。"

随着叉烧包开口，谢汐再看向餐盘时，血淋淋的心脏成了烤小羊排。

这……

他不动，兰迪的声音又低了下来："少爷？"

谢汐心一提，听出了他语气中的怀疑。

他再不吃就要被"误会"了！可他下不去手啊，只要叉烧包不出声，他看小羊排就是心脏，散发着刺鼻的腥气，要多恶心有多恶心，即便知道它是烤羊排他也下不去口！

在兰迪心里，他就是个地地道道的恶魔吧？

既然这么笃定，还试探什么，杀了就好啊！

谢汐是理解不了这种心情的——不是在最绝望的边缘，谁会死死抓住这么根一碰就断的头发丝？

兰迪眼中涌起的喜悦又褪去了："您不想吃吗？"

谢汐知道，只要自己硬着头皮，把这个看起来像生心脏其实是烤羊排的玩意儿吃掉，就能打消兰迪大半的怀疑。

但是……他做不到啊！

他勉强吃一口也绝对会吐出来的！

这种生理上的抗拒，不是凭借意志就能改变的。

兰迪扬了扬唇，又露出那神经质的笑容："您果然还是想吃刚才的……"

"可能是刚才的腥味太重了，不想吃这油腻的东西，兰迪……"谢汐仰头，用记忆中塞因惯有的表情道，"我想吃点心和红茶，可以吗？"

谢汐没记错的话，讲究的贵族是不能正餐吃点心的，但塞因时常挑食，有时候会这样向兰迪要求。

兰迪的神态又放缓了一些，他纵容地说道："好，我这就去准备。"

点心是非肉类，应该会好一些吧！

谢汐这次总算赌对了，兰迪端来了热腾腾的红茶和精致的小点心。

点心就是正经的点心模样，谢汐十分谨慎，特意戳了下小猫咪，叉烧包还在怀念刚才的小羊排，扭头道："最讨厌巧克力了，不好吃。"

谢汐松了口气，知道自己没看错。

他的确是饿了，也为了让兰迪安心，于是吃了一块巧克力酥。

这本该甜甜的东西到了谢汐的嘴里却索然无味，活像在吃土……

恶魔的味觉和猫咪一样，都尝不出甜味吗？

兰迪问他：“味道怎么样？”

好在谢汐是个人，即便尝不出巧克力的味道，却记得，他道：“好吃。”他做出心满意足的模样。

兰迪看着他，说道：“慢些，不着急。”

谢汐一点儿都不急，谁会急着“吃土”？

考虑到五花八门的生心脏，吃土瞬间变得十分美味。

快看，谢汐满脸都写着开心呢。江斜那里却收获了和心脏一样红彤彤的几盘子都装不下的 -1。

总算通过了晚餐的考验，谢汐稍稍松了口气。

兰迪问他：“我备好了水，您去泡个澡吧。”

谢汐拿不准前方是否还有坑……但接下来的确该泡澡准备睡觉了。

洗吧！

谢汐心想着：该来的躲不掉，只能见招拆招了。

为了能刷满进度，谢汐拼了！

到了浴室，谢汐刚要入浴……

叉烧包已经跳进了水里，它一只小猫咪竟然还很爱洗澡，可惜刚跳进去，小猫咪就哭了：“好冰，这水怎么这么凉？”

果然有坑！

谢汐不动声色，先迈进去一只脚试了下。这水温对他来说一点儿都不凉，还很舒服，像炎炎夏日里洗个海澡。

“嘶……”谢汐假惺惺地倒吸口气，皱眉道，“水怎么这么凉？”

兰迪黑眸微凉，问道：“水温不合适吗？”

很合适，太合适了，要不是叉烧包在，他早就躺进去，然后被摘掉脑袋了！

谢汐发挥了平生最大演技：“很冷，兰迪你不是说备好水了吗？为什么会这么凉？”他的话里还带了些责备的意味。

谢汐这样的语气，兰迪不仅不生气，反而面露喜色，连忙道：“您稍等，您稍等一下，我马上加热水！”

谢汐只在腰间围了块布，一点儿都不冷，但他懂得举一反三，主动拿起衣服把自己裹起来，做出很冷的样子。

兰迪懊悔极了，一边自责，一边快速换上热水。

浴桶里热气蒸腾，叉烧包跳进去后开心地游起来：“爸爸快进来，这会儿舒服啦！”

谢汐把脚伸进去，瞬间一激灵。

兰迪问他：“温度合适吗？”

谢汐看着游来游去的小猫咪，咬牙切齿地说道：“合适。”

他快被烫死了！

兰迪松口气道："进去吧，小心受寒。"

谢汐抱着"死猪不怕开水烫"的决心，慢腾腾地进了浴桶！

恶魔的体温很低，正常的温水对他们来说就是滚烫滚烫的，谢汐不仅得咬牙硬撑，还要做出舒坦的模样，真是……

X滚出来，鞭尸！

谢汐要气死了，他一个活生生的人，为什么要被当成恶魔来备受折磨！

叉烧包还在仰泳："舒服舒服，热水澡最舒服啦。"

谢汐只觉得好烫，好想跳出去！

也不知道撑了多久，谢汐余光瞥到黑色进度条涨了一点儿。他眼睛一亮，紧接着感觉到水温正常了……这是终于通过考验了？

兰迪不再怀疑他是恶魔了？兰迪终于相信他是人类了？他终于可以做个人了吗？

呸，他本来就是人！

兰迪的疑虑降低后，谢汐连身体都没那么僵硬了。他洗完澡出来，感觉到了久违的神清气爽。

兰迪给他准备睡衣，谢汐轻出一口气，终于掌握了主动权："兰迪……"

"嗯？"兰迪温柔地说道，"少爷有什么吩咐？"

谢汐垂眸道："我是不是错了？"

兰迪的手一顿："少爷怎么会有错？"

谢汐轻声道："我利用了那么多人，为了报仇什么都不顾，甚至不惜去召唤恶魔……"

兰迪猛地抬头，一双黑眸死死地盯着他。

谢汐难过地说道："我已经失去了很多，已经快什么都没有了，兰迪……我有时候会想，如果我什么都不去管，什么都不……"

他话没说完便停下了，因为右下角出现了提示：梦境即将结束，请立刻离开。

后面的倒计时是三秒。

谢汐哪还敢再废话，赶紧离了梦境，回到现实中。

怎么回事？梦这就结束了？是他说的话刺激了兰迪？

谢汐赶紧换上储备面孔，找了个地方躲起来。

这时外头传来了敲门声。

谢汐松了口气，原来大王子是被人叫醒了。

他有些遗憾，醒得太不是时候了，他刚得到兰迪的信任，刚有时间刷一下进度，怎么就醒了。

下次再想入梦就得三天后，而且……

谢汐怔住了。

右下角，主线任务处的黑色进度条消失不见了，本来只有百分之九，现在竟然直接满了，变成了绿色的百分之十六点六六……

这样就满了？他只说了那样一句话就满了？这会不会太简单了？

转念一想，谢汐又隐约明白了。

兰迪等了太久，在绝望的深渊里挣扎了太长时间。

他所求不多，只需要一点儿希望，他就会付出所有。

谢汐嘴中竟蔓延出一股苦味。

这时外头的声音唤回了谢汐的心神。

一个秘书官模样的人鱼游了进来，他简单行了个礼，匆忙对大王子说：“殿下！六王子大捷，将海丘国击退到了海底深渊！”

大王子刚回神，道：“好！我们海底王国又多了一员猛将！”

秘书官又道：“六殿下活捉了海丘国的国师，海丘国这次元气大伤，应该很长时间都不会再发动袭击了！”

大王子拧眉：“海丘国国师？”

秘书官压低声音道：“属下听闻，六殿下似乎想借国师的力量，复活一个人。”

– 16 –

六王子效率这么高吗？这才几天就击退了来犯的海丘国还抓到了国师？

海丘国你们是怎么回事？说好的凶猛残暴呢？别动不动就被王子给打回午夜深渊区啊！

谢汐真想去把不争气的海丘国国师拎过来暴揍一顿。有这么厉害的本事就好好保护自己啊！这么轻易被抓到算什么！

谢汐要被气死了！

大王子拧眉问道：“复活一个人？”

秘书官敛神道：“听说是王室里的一名侍卫，之前六王子遭遇袭击，是这个侍卫以身护主，救了六王子。”

大王子道：“他请命去击退海丘国为的就是这名侍卫？”

秘书官压低声音道：“六王子似乎对他……”

谢汐在心里默念着：别问名字、别问名字、别问名字！

可惜这不是谢汐的梦，任他意志再强也撼动不了大王子的想法。

大王子问：“这个侍卫叫什么？”

秘书官道：“塞因·霍尔。”

叉烧包隆重宣布，他爸爸已经是条咸鱼了。

听到这个名字，大王子眼睛微睁，平静无波的眸子里涌起了波涛：“叫什么？”他重复了一遍。

秘书官跟大王子很久了，十分了解这位殿下的脾性，大王子永远冷静，永远镇定，从不会为任何人、任何事动容，可现在……

他心里犯嘀咕，嘴上很老实地说道：“塞因·霍尔。”

大王子薄唇颤了下：“有他的资料吗？”

秘书官当然搜集了关于塞因·霍尔的资料，毕竟是六王子不顾一切想要复活的人，他肯定要查明白了才能向大王子汇报。

“属下这就传给您。”秘书官打开了自己的通信器，准备将塞因相关的资料全部传给大王子。

大王子竟等不及传输的时间，道：“直接放给我看。”

秘书官一愣。

大王子眉心紧皱，面色很不正常：“愣着干什么！”

秘书官被他这声低喝给唤回神，连忙道：“好、好的。”

说着他将塞因·霍尔的资料投屏到了水里。

照片里是一位生得十分好看的男子，他乌发如墨，白皙的肌肤仿佛躺在黑丝绒中的珍珠，散发着柔和的光芒，五官十分秀美，眼睛很明亮，他径直看着前方时，仿佛海底美景全部倒映其中。

大王子看愣了。

他以为那不过是个荒谬的梦，以为那不过是午夜梦回时不切实际的幻想，以为这世上不可能存在一个让他甘愿倾付所有的人。

然而梦成了现实。

他叫塞因·霍尔，与梦中之人长得一模一样。

而他也感觉到了与梦里一般无二的绝望与痛苦，失去、得到、患得患失……到最后已经不敢相信的狂喜。

真的，都是真的，梦里的人是真实存在的。

塞因、塞因、塞因……

唤着这个名字，他甚至分不清自己身在何处。

“殿下？”秘书官唤回了他的心神，“您怎么了？”秘书从未见过大王子如此落寞，仿佛失去了所有，仿佛连灵魂都被抽走了……

大王子猛地回神，漆黑的眸子一片空洞，声音也不受控制地轻颤：“他死了，他……”他为了救西里斯死了。

秘书官心里直打鼓，拿不准眼前这情形是什么情况，难道大王子和塞因·霍尔也有关系？

秘书官道：“是的，殿下……六王子登岸的船被动了手脚，塞因·霍尔被炸得尸骨无存。”

尸骨无存……

大王子的脑袋嗡嗡作响，道：“是父王做的，是父王杀了他。”

秘书官吓了一跳，面色苍白地说道：“殿下您……您……”这话太过了，他都不敢出声了。

“他对陆地有执念，一直想成为全世界的王，但我和艾克斯不主战，他也奈何不得……”所以他才会动用特卫队袭击六王子，想借此引起民愤，刺激加尔向陆地开战。

其实这些大王子早就知道，他之所以不发作，一来是天生的情感缺失，二来是西里斯没死，而他也不会再让老国王为所欲为。可现在……他感觉到了从未体会过的窒痛。

听到这些谢汐并不意外，能调用王室特卫队，总共也就那么几个人。不是王子们干的，那就只有老国王了。本来谢汐还觉得老国王动机不足，现在听了大王子的话，他能理解了。

普通的父亲有这么多优秀的儿子，只怕会高兴得合不拢嘴。一个雄心勃勃的帝王却不见得会高兴，尤其是儿子们掌权，架空了他的地位，那就越发意难平了。六王子本来就不受宠，老国王牺牲他来达成自己的私愿，太正常了。

秘书官被吓蒙了：“殿下，殿下您怎么了？”

大王子的情况的确骇人，他面色苍白如纸，连唇瓣都失去了颜色，漆黑的眸子却黑得瘆人，额间暴起的青筋显露出他是多么痛苦。

谢汐看得很着急，可是不敢露面，只能躲在那里干着急。

好在兰迪咬牙强撑了一分多钟后终于平静下来。

秘书官都吓出了一身冷汗，连声问道：“殿下，我这就去传医务官。”

大王子摆摆手道：“不用。”

秘书官道：“您……”

大王子已经站了起来，双眸沉静，却不再是之前的冷淡无情，道：“走，去看看老六。”

他们一走，谢汐也心急如焚，赶紧跟上去。

往日里门可罗雀的六王子宫殿如今热闹非凡。他此行大获全胜，前来祝贺的人络绎不绝，老国王更是赏赐了很多东西，一时间风头无两。

大王子一来便将外人都赶走了，理由是名正言顺的：“老六还在养病，各位先回吧。”虽然是大胜，但六王子也受了伤，这是在所难免的事，毕竟海丘国也不是吃素的。

谢汐也担心六王子，刚溜进去就闻到了淡淡的冷香。

是四王子那个药的味道。

想到那药的奇效，谢汐松了口气，有这东西在，六王子的外伤肯定不要紧，只是需要好生歇息。虽然这么想，但在看到六王子苍白的面庞后，谢汐的心还是揪了下。

只身闯入万千敌军，将对方打得头破血流还掳走了重要的国师。这听起来轻巧，六王子到底付出了多少，真是千言万语难书其一。

谢汐有些不能理解。

为什么要这么执着？人都死了，为什么不肯放弃呢？谢汐体会不了，他没有过这样炽烈的执念。

大王子也好、六王子也好，还有五王子……

六王子这次能如此顺利，五王子在背后也是功不可没。他这些年虽然疏离政治中心，母族的势力却一直都在，有他帮助六王子，六王子才能凯旋。

大王子看到虚弱的六王子，摆手道："好好休息，不必多礼。"

六王子挨在床边，说着此次的经历，他说得轻描淡写，但字字句句都触目惊心，谢汐听得胆战心惊。

叉烧包更是早早扑了过去，拿小脑袋蹭着六王子，边蹭便喵喵："辛苦了，辛苦了，还好没伤到眼睛……"

谢汐真想把这小浑球给拎回来：重点是眼睛吗？人不重要吗？

大王子交代完正事，开门见山地问道："海丘国国师在哪儿？"

六王子道："在五哥那里。"

大王子微怔："老五？"

六王子应道："嗯，他受了伤，五哥带他去治疗了，应该要回来了。"

他刚说完，五王子便带着一条中年人鱼走了进来。

谢汐恨透了这个国师，要是眼睛能杀人，这国师已经被大卸八块了！

海丘国国师长得很普通，就是条海底常见的人鱼，要说有哪儿与海底王国的人鱼不同，就是他的手上有鱼蹼，将五根手指连在一起的鱼蹼。

国师被治疗过，可脸上还是青一块紫一块的，想必没少吃拳头。

大王子看向他，问道："你当真能让死去的人活过来？"

国师没出声，六王子的视线看了过来，他立马抖成筛子，畏畏缩缩地道："能……能的，只不过有、有几个条件……"

大王子薄唇紧抿，问道："什么条件？"

国师不敢出声，看向六王子。

五王子眯起眼睛道："说！"

国师也不知道经历了什么，完全被吓破了胆，道："死、死亡时间不能超过十五天。"

谢汐掐指一算，后槽牙疼，就差两三天就过了十五天了，海丘国你们就不能争气点儿吗？

国师又道："必、必须有他生前的用具。"

这个太简单了，塞因·霍尔的寝室早就被老五和老六封存起来了。

最后国师说出了第三个条件："有、有怀念着他的人，至、至少三人的鲜血。"

叉烧包补刀："三个？小意思，有六个人呢！"

谢汐想谋杀亲猫。

显然这三个条件老五和老六早就知道了，如今再听一遍，他们也是眉心紧皱，神色不郁。

国师又道：“如果找不到这样的三个人，是、是无法复活的。”

五王子看向六王子道：“塞因的家人都不行，这第三个人……”

他们好不容易抓到了海丘国国师，好不容易有了希望，最后却在最后一步被斩断。

三个人，他们去哪里找这第三个人。

大王子突兀地开口：“用我的血。”

五王子和六王子齐齐地看向他，目露惊愕。

五王子更是解释道：“大哥，必须要深深怀念着塞因……”

大王子打断了他的话：“试试吧。”

– 17 –

老五和老六都愣住了，完全没想到大王子竟然……

老五还是不相信：“大哥你见过塞因吗？”

大王子拧眉道：“我一时间也解释不清楚，但如果你们找不到这第三个人，我可以试试。”

六王子靠在床侧，若有所思。

海丘国国师毫无身为国师的尊严，小声道：“如、如果不行，阵、阵法就不会发动。”

谢汐真想跳出去掐死他：少说两句能死吗？

大王子道：“所以试试吧，实在不行你们再去找别人。”

他想知道这个塞因是不是他梦中的塞因，如果是，他就可以复活塞因；如果不是，他也可以看透。

前世今生这种事，怎么可能会真实存在？

大王子神色黯了黯。

谢汐心道一声不好，果不其然，绿色的进度条变回了黑色，进度从满额退回到百分之十六点一。

虽然不会读心术，但谢汐也能猜到大王子在想什么。他在怀疑梦的真实性吧？在怀疑塞因是否真实存在吧？因为这个怀疑，所以进度才会掉，就像二王子那样。

果然用梦境刷起来的进度不稳啊！

怎么办？

塞因不复活，大王子的进度该怎么搞？塞因复活的话，老五和老六锁死的进度会不会也倒退？还有老二、老三和老四，他们的进度也都还差那临门一脚！

谢汐盯着进度条，犹如热锅上的蚂蚁，慌得不行。

两个绿色满额进度，黑色进度百分之十六点六一,二王子百分之十六点六二,三王子百分之十六点六二,四王子百分之十六点六四……

这种眼瞅着就要通关，大BOSS已经血量全空，自己却没蓝条，用不出技能只能疯狂走位无奈平A的挫败感实在憋屈！

更要命的是，这个大BOSS可能还有第二条命。他有百分之九十九的可能会前功尽弃……

谢汐头痛，抓过小猫咪，一通乱揉。

小猫咪还挺享受，眯着眼睛让他给按摩。

外头也有了结果，六王子低声道：“大哥都这么说了，那就试试吧。”

不知道是不是谢汐的错觉，他总觉得老六这语气很古怪，尤其是叫大哥的时候……

塞因这还没复活呢，就要兄弟反目了，这要是复活了……

谢汐真的头疼！

老六都这么说了，老五也面无表情地应道：“好。”

他们的心情有多复杂，无须多言。

谢汐也很复杂，塞因到底该不该活过来？这国师到底能做到什么地步？

像是要打消他的侥幸心理一般……

大王子问国师：“这个阵法成功启动后，会复活失败吗？”

国师道：“不、不可能失败，我一、一生只能复活两个人，这、这是第二次。”

六王子的视线飘过来，国师抖得像筛子：“一定会成功，除非他没死！”

这下完了，绝对不能让老五老六知道他没死。要是知道了，还绿色呢，分分钟退到零，他还想离开这个准世界？

看看海丘国国师的下场吧！现在的小六可不是之前的小可怜！

六王子道：“那就开始吧。”

大王子看向他：“你的身体能行吗？”

老六用了药，浑身乏力，这滋味谢汐知道，倒也不难受，只是需要巨大的毅力才能让身体听使唤。

六王子轻出一口气，从床上走了下来：“不能再耽搁时间了。”

他没说清楚但在场的人都懂，万一大王子不行，他和老五还得尽快去找第三人。毕竟有十五天的时间限制，再拖下去就真的无力回天了。

谢汐抱着小猫咪，后槽牙都快咬碎了！

一行人去了塞因的寝室，谢汐立刻跟上，悄悄躲在外头听。他不敢靠太近，只能把叉烧包放出去，让它实况转播。

叉烧包道：“开始放血了！”

这实况转播一点儿都不靠谱！

对于死而复生这件事，谢汐始终持怀疑态度。

真的能死而复生吗？人死了到底会怎样？再活过来又是怎么样？人类追寻的究极命题——死亡，难道是可以轻松逆转的事吗？

这是准世界，难道这里真的可以超脱生死，凌驾于死亡之上吗？还是说正因为这是个准世界，所以才会有这样的 Bug？

谢汐对于中庭，对于 Zone 都还处于一知半解的状态，他经常思考，也试探着问过 X，可惜得到的信息仍旧十分浅薄。

以目前他的理解来看，设计者设计了准世界，经过 Zone 的审核成为可以进入的准世界。探索者、搜集者、记录者进入准世界去完成任务，进而通关准世界，最终让准世界成为一个自由的世界。

所以说这是在创造世界吗？可为什么他遇到的通关任务都这么有病！是因为设计者脑子有病吗？

是 X 脑子不好吧，否则怎么会搞出这样神经病的主线任务！

每当谢汐觉得“中庭”很神秘，“设计者”很厉害时，想起 X 就……

呵呵，死变态。

江斜眼巴巴地看着信任值狂掉。

颜哲来凑热闹：“小蔷薇还没出来？”

江斜：“快了。”

颜哲道：“怎么样，他和你的魂意玩耍得开心吗？”

可开心了，就差提刀砍人了。

江斜不出声。

颜哲觉得自己这个话题不妥，于是换了话题：“我听老秦说你忍不住了，下个准世界要亲自去陪小蔷薇？”

江斜是真忍不住了。

颜哲又道：“你说你进自己设计的准世界，算不算作弊啊？”

江斜道：“等他出来，应该会去开放世界。”

开放世界所有人都可以进入，和集结任务类似，也是多人任务，不用搜索就能进入。

但开放世界的难度与集结任务截然不同。

集结任务仍旧是设计者设计，开放世界却是源自中庭，是自主形成的准世界。

开放世界随机生成，除了江斜这种设计者，其他职业等级都可以随意进入，甚至有高级玩家出没。这样的世界按理说新人是不敢去闯的，与收获比起来，丢掉性命才是最可能出现的结果。

但江斜可以确定，谢汐为了刷掉他的任务，一定会去开放世界。

颜哲想歪了："你这个老油条，是要故意骗小蔷薇去开放世界吧！"

颜哲道："别以为我不知道你的脏套路，让小蔷薇去开放世界见识到人心险恶，你再趁机卖好，啧啧，你这个老邪坏得很。"

江斜沉默了一会儿，说道："路见不平，拔刀相助，天经地义。"

想想上次的拔刀相助（掏粪池子），江斜这心有点儿虚。

毫无意外，法阵发动成功。

大王子、五王子、六王子的血全部符合条件！

大王子怔怔地，许久都回不过神来。

梦是真的。

塞因·霍尔就是梦里的塞因·霍尔。

他甚至都没跟塞因说过话，却发现了前世的主人，为什么会有这样奇妙的事。那些梦真的是前世的记忆吗？他竟将前世的记忆也都带过来了吗？

这样的事说出去，会有人信吗？

谢汐听闻法阵启动，差点儿就要冲进去。

他想明白了，塞因得活过来，而且必须活着！否则大王子的进度条只会越来越少，即便再入梦也起不了作用，毕竟那是"前世"，前世的记忆越多，只会将现实衬托得越残酷。

至于活过来后要怎样，谢汐也想通了！

塞因·霍尔和老大、老五、老六都没交心，活过来又怎样？他可以巧妙周旋，没准儿、没准儿能在老五和老六进度不掉的情况下刷满老大呢！

形势逼人，谢汐同志终于主动走向劈腿的康庄大道了！

这时国师说了句人话："法、法阵启动了，需、需要至少二十四个小时，他才能复活……"

叉烧包把这话传回来时，谢汐眼睛一亮。

二十四个小时！

原来不是瞬间复活？他还有二十四个小时吗？

为什么不是二百四十个小时……那样他肯定能完成任务……

谢汐冷静下来，二十四个小时已经很好了，能做很多事了。他要用这个时间把老二、老三和老四搞定，否则等塞因复活，他面对六个王子，怕是要乱成毛线球！

用二十四个小时搞定三个，再在"复活"后稳住老五和老六，搞定老大，他就可以完成任务了！

谢汐想得很好，可惜命运不打算这样轻松放过他。

不能耽误时间，谢汐离开了塞因的寝室，换上 1 号脸去找四王子。

去的路上，谢汐看了眼通信器——他带了2号脸的通信器。

里面有两条信息。

二王子:“小科林，回来了吗？”

三王子:“还没回来？我要去你家拎你了！”

谢汐赶紧回道:“路上，快到啦！”

两位王子同时发来消息，连内容都是一样的:“来我这儿，有事和你说。”

有什么事？谢汐想了下全答应了，他也要找他们，只有24个小时了，不管怎样都要把进度刷满！

谢汐来找四王子，不承想四王子正要出门，两人碰面后，四王子道:“正想去找你。”

谢汐看看进度条，想着无论如何都要先搞定四王子！

“殿下找我有什么事吗？”

四王子顿了下，道:“进来。”

谢汐跟了进去，发现殿里一个人都没有，不过老四喜欢清静，没人是常态。

四王子顿了下，把上次没说完的话说出来了:“我无意继承王位，所以……”

谢汐睁大眼睛。

加入我的阵营吧！

谢汐受到了惊吓。

“吓到你了？”四王子道，“我认真想过了，你什么都不用顾忌，全海底，只要你愿意，都是你的家。”

谢汐眼巴巴地看着进度条，嗓子眼里像堵了块石头。

四王子又道:“别急，好好考虑一下，我等你。”

谢汐总算找回了声音，结巴道:“我……我……”

四王子道:“没事，明天再给我答复吧。”

谢汐浑浑噩噩地离开了四王子的宫殿，满脑子都是怎么办……

答应的话，进度条肯定会满；不答应的话，百分之百前功尽弃！

他只剩下二十四个小时了！

这时他的通信器响了下，谢汐呆呆地拿出来，是三王子的消息:“还没回来？”

谢汐摇摇头，先不想四王子的事，去看看三王子。他回道:“马上到！”他换上2号脸，调整了一下心情，去了三王子的宫殿。

这一进去他就感觉到了不对劲。索尔孚副将你那表情是怎么回事？这些将士都偷瞄他干吗？侍卫们都捂嘴偷笑什么？

谢汐在看到穿着崭新的军装、眼神不自在地晃着的三王子时，他心咯噔咯噔的。

加尔看了他一眼，又飞快地挪开视线。

谢汐向他行礼:“殿下。”

加尔握住他的手，开门见山地问:“你觉得我的军队怎么样？”

为什么要问这个？老三你要干什么？

谢汐结巴了一下："当、当然很好啊。"

加尔满眼都是笑意，却又在努力端着。

果不其然，这家伙摸摸鼻子，不自在地说道："很好的话……加入我的阵营吧。"

三王子说了和老四差不多的话："你不用顾虑俗礼，身份地位都不是问题。

– 18 –

不！谢汐不想！

然后他看了看进度条，给自己补了一刀：不，你想。你想不想都只能想……

三王子眼睛亮亮的，开心中带着点儿小紧张，"呃……我知道有些突然，你大概是欣喜若……，我是说你可能太高兴了，以为这是梦，但我要认真地告诉你，这不是梦，科林·霍尔，我是认真的。"

谢汐还真希望这是梦，一个睁开眼就能甩掉的噩梦！

"殿……下……"谢汐勉强找回自己的声音，"我们才认识没多久，您忽然……"

三王子不认同地说道："时间长短能代表什么？"

谢汐无言以对！

他这样犹犹豫豫的，三王子眸子沉了沉："还是说……"

谢汐看看进度条，接受不了它再往下掉，赶忙道："我当然愿意。"

三王子好哄得很，立马喜笑颜开："既然一样，那就不要磨叽！"

认识这么短的时间就说这样的话。

三王子行事瞧着粗莽，其实心很细，一直都在全心全意地为谢汐着想。

谢汐实在是应不下来，内心愧疚是一方面，另一方面也怕翻船，毕竟还有个老二……

如谢汐所料，他这边一答应，进度条便从鲜艳的红色变成了绿色，飙到百分之十六点六六……

三王子搞定了！

可惜谢汐高兴不起来，这会儿搞定了，回头船一翻……

不能想不能想，一想叉烧包的头都要秃了！

"我这就去给你办手续……"三王子不愧是行动派。

谢汐既然敢答应，自然是有了应对之策。他哄住三王子道："殿下别急……"

三王子不理解地道："为什么？"

谢汐装出难堪的样子："我的出身要加入您的阵营，必定惹人匪议。"

三王子道:“不要怕，没人敢欺负你。”

谢汐道:“明枪易躲暗箭难防。”

这倒是提醒了三王子，他有自信能保护好谢汐，可惜得牺牲一些谢汐的自由。

“我也不想变成那任人围观的稀奇物什……更何况,”谢汐继续说道，“如果殿下反悔了，那我……”他低头，可怜巴巴的。

三王子连声道:“我怎么可能会反悔？我既然说了这样的话，就会负责。”

谢汐轻声道:“那么殿下就给我这点儿时间吧。”

看着谢汐这谨小慎微的模样三王子应了下来:“听你的，你说什么就是什么，只要别哭就行。”

谢汐好歹哄住了老三，道:“时候不早了，我该回去了。”

三王子不想让他走，但却包容道:“回去吧，明天我去找你。”

谢汐心里愧疚，可惜已是箭在弦上，收不住了，他只得道:“殿下别随便去找我。”

三王子不乐意了:“为什么？”

“你总出现在侍卫处也太奇怪了,”谢汐赶紧补充道，“所以请让我来找您。”

一句话骗得老三眉开眼笑:“行，你随时都能来找我。”

谢汐牙疼:“嗯。”

谢汐不是牙疼，是牙都快掉光了!

他心一横，又道:“我会给您发信息。”

老三这地主家的傻王子又开心了:“好。”

谢汐点点头，可以说是落荒而逃了。

从老三这出来，谢汐直接去找二王子。横竖都是死路，干脆赌一把，拼了!

刚到二王子的宫殿，谢汐就知道自己没猜错。

这“寒酸”的宫殿，估计这辈子都没这么像座宫殿过！要不是有大事发生，二王子那抠门神会下功夫打理自己的宫殿?

谢汐见着老二时，又是一愣。

老二生得最风流，银发白肤、五官精致，眼睛微弯似笑非笑时，估计哪个女孩都把持不住。此时他换了一身银色制服，非常贴身，将修长的体形完美勾勒，像极了精灵王子。

谢汐倒不是因为他的外貌给惊到了，而是被他这“盛装打扮”给惊到了。

谢汐向他行了礼。

二王子不像三王子那样开门见山，他细细问了一番谢汐回家的事。

可是谢汐有些急——狂风暴雨快点儿来吧！他还要赶下一场呢!

偏偏老二话多得很，问半天都不说重点。

谢汐时间紧迫，索性主动开口了:“殿下您说找我有事，是什么要紧事吗？”

他一问二王子顿住了。

谢汐一晚上经历两次惊吓，对这第三次已经生不出什么惊悚紧张惶恐不安的情绪了，他只想快点儿搞定!

二王子却是人生头一次，慎重得很："之前，我做过一个梦。"

谢汐怎么有种还要铺垫一万字的感觉?

果不其然，谋定而后动的二王子娓娓道来，把梦讲述了一遍。

他这梦谢汐知道。

二王子总算铺垫完了，看向谢汐："我思来想去，觉得这个梦是警示。"

谢汐这样呆呆的，二王子并不意外，轻声道："可能你会觉得这有些突然，但我的确是认真思考过了，你能加入我的阵营吗？"

谢汐已经是一回生二回熟三回满嘴跑火车了，他十分意外地说道："殿下您……"

二王子道："你讨厌我吗？"

谢汐小声道："不讨厌，谁会讨厌您呢。"

老二这点儿自信还是有的，所以他信了："那么你讨厌我平时做的事情吗？"

谢汐摇头，颤着嗓子道："您不是在和我开玩笑吧？"

二王子道："我说的话如果有半句假话，那就让我遭天打雷劈。"

谢汐连忙道："殿下不要说这样的话！"

随后做出不安的样子："您贵为王子，我只是个小侍卫……"

"这个你不用担心。"二王子不愧是三王子和四王子的哥哥，脑回路一样一样的，"我不需要看任何人的脸色，况且我不是那些不谙世事的毛头小子，我的事我自己能做主。"

这话还真没错，以老二如今手中的权势，他只要不贪图那最大的，还真没人能轻易撼动他的决定。

二工了又道："你不用怕，无论遇到什么问题，我都会解决，不会让你受到困扰。"

谢汐觉得火候差不多了，咬牙道："听您这么说，我很开心。"

二王子追问道："你愿意是吗？"

谢汐瞄了一眼进度条，点了点头。

嗖一下，紫色进度条变成了绿色，达到了百分之十六点六六……

谢汐松口气，继续套路他："殿下，我觉得自己像在做梦。"

二王子薄唇扬了扬，道："放心，我会让现实比梦还真实。"

谢汐还在担心："我怕会有心怀不轨的人……"

这句话反倒提醒了老二，他想的是另一码事，老三之前也很关注科林，万一……

二王子对谢汐说："再给我些时间，我会把一切都处理妥当，让你没有后顾之忧。"

谢汐巴不得如此，连忙道："我全听殿下的。"

"别怕。"二王子温声道，"我不会让你身处险境，更不会让你有任何困扰。"

他这样自行咬钩，还咬得死死的，谢汐竟有点儿愧疚。

不，不能愧疚，他要麻利跑路，再拖下去就死无葬身之地了！

搞定二王子，谢汐又回到了四王子那里，准备接受他。

二王子、三王子、五王子和六王子的任务都搜集完了，只剩下大王子和四王子了。

四王子也搞定后，他就装成塞因复活，最后搞定大王子。

只要大王子的进度满了，他就可以离开这个准世界了，其他的……就和他无关了！

谢汐快到四王子的宫殿时，叉烧包提醒道："爸爸，你不换脸吗？"

谢汐一愣，才意识到自己顶着的是 2 号脸。多亏了小猫咪，要不然他又摔坑里了。

果然会混乱啊，这么多人，这么多脸……

谢汐换上 1 号脸，去见了四王子。

老四见他回来，满脸惊喜："怎么了？"

谢汐还有些转不过来，调整了下情绪才道："我考虑好了。"

四王子清淡的眉眼间带着些许笑意："不着急的。"

"不……"谢汐深吸一口气，看向他道，"我等不到明天了，我现在就想告诉你。"

四王子微怔，喉咙有些发紧："真的想好了？"

谢汐郑重地说道："我想好了。"

谢汐用力点了点头。

可以了吧……谢汐偷偷瞄向进度条，想看看自己突破下限后的收获……

黑色百分之十六点六一，白色百分之十六点六六……

谢汐："？"

黑色是大王子的，白色是四王子的。

为什么没满？为什么没变绿？他已经答应了，答应四王子了啊。

四王子拉住他道："不知道你穿白色军服会不会适合？"

谢汐蒙了……难不成，四王子这里必须入队才能刷满吗？

可问题是，他该怎么样才能在保证不穿帮的情况下完成任务。

谢汐前所未有地感到——他需要的不是易容术，而是分身术。

可他现在……分身乏术啊！

－19－

谢汐不出声，四王子唤他的名字：“杰西？”

这一瞬间，谢汐竟不知道他在叫谁……哦，是他这 1 号脸的名字，好陌生！

谢汐稳住情绪：“我希望能低调入军队的。”

最好简单到谁都不通知，现在就办，然后刷满进度！

显然这是痴心妄想，谢汐盯着那只缺了一点点的进度，恨不得自己手动写上去，再把白色涂成绿色！

绿色多好，四王子你这么个环保达人，为什么不把自己变绿！

四王子心情很好，道：“我也想简简单单的，不请太多人也不搞太烦琐的仪式。”

谢汐沉默了一下，心里乱七八糟的，好在四王子并未多想。

谢汐焦头烂额中，想到了新的方案。

他是不是可以入梦满足他的心愿后就能刷满进度？

如果时间算好的话，还来得及去假装成复活的塞因，这样就可以搞定大王子，然后完成任务了！

那么，就等着四王子睡觉吧！

生生熬了两个小时后，谢汐问：“殿下还不休息吗？”

四王子道：“你累了？”

谢汐累，心比身体还累：“有些困了。”

四王子道：“那你去睡吧。”

谢汐看向他：“您不睡吗？”

四王子给了他会心一击：“我那个药用多了有些副作用，会作息混乱，经常是七八天不睡，然后再连睡三四天。”

四王子又道：“你用的次数不多，不会有副作用。”

七八天不睡？你在逗我吗？

四王子以为谢汐在担心他，耐心解释道：“你别担心，我不会再随便用那个药了，只要停上一阵子，最多几个月我的作息就调过来了。”

四王子竟然能七八天不睡……

别说这么多天了，谢汐连十个小时都等不了！

四王子这里搞不定，大王子那里又不能再拖下去。

二十四个小时一过，塞因必须活过来，否则大王子的进度就黄了。

活过来之后呢？即便能够立刻刷满大王子的进度，又该怎么稳住五王子和六王子？更不要提还有二王子和三王子两枚炸弹……

谢汐愁得直揉小猫咪，叉烧包哼哼唧唧地说道：“爸爸你挑个好日子，把他们同时办了呗。”

这小猫咪的节操堪忧啊！

转念之间，谢汐又很自责，是他的错，自身不正，带坏了小孩子。

不，都是 X 的错，一切的罪魁祸首都是他！

四王子不睡觉，谢汐不能在他这里耽误时间了。

四王子说："你困了睡就好。"

谢汐做出不好意思的模样，说道，"我还是回去吧！"

四王子也不勉强他，说了再联系后就让他走了。

入梦的方案告吹，谢汐还有 B 方案！

他深吸一口气，去了塞因的寝室。

活是一定得活，剩下的就全靠演技了！

谢汐嘱咐小猫咪："去帮我看着，留意国师的神色，他浑身哆嗦，吓得不行时赶紧叫我。"

叉烧包不解地问道："为什么要看国师呀？"

谢汐道："如果塞因不能复活，他肯定会被当场弄死，所以只需要看他的表情就好，他怕得不行的时候，就是塞因该活过来却又没活过来的时候。"

虽然说了是二十四个小时，但这种事情不好把握，最好的办法就是通过国师的表情来判断。

叉烧包十分捧场："爸爸好聪明！"

谢汐一个抛物线把小猫咪扔了出去。

"啊——"叉烧包落在了他最喜欢的六王子脑袋上。

这小猫咪是不属于这个准世界的，所以六王子根本感觉不到。叉烧包赞叹了一番六王子的漂亮眼睛后，开始认真观察。

谢汐想得没错，临近二十四个小时，海丘国国师开始瑟瑟发抖，眼神飘来飘去，脸色也难看得要死，额头还渗出了汗珠子。

在场的三位王子都是人精，立刻看出了国师的异样。

大王子沉声问道："怎么，出什么问题了？"

海丘国师瞥了一眼六王子，吓得要死，道："没、没问题啊，都、都对的，法阵启动得很成功，肯定、肯定能把他复活的。"

六王子眯起眼睛："那你慌什么？"

海丘国国师额头冷汗直冒："可能是时间不够，再、再等等吧，应该、应该……"他说不下去了，按理说该出现了啊，为什么没有丝毫反应？

五王子看向他："你最好老实点儿，别说谎。"

国师抖得更厉害了，一双鱼蹼手搅成团了，道："不会错的，条件都达到了，只要他真的死了……"

这话太扎心，五王子听不下去了，一把揪住他的衣领："难道他……"

国师疯狂摇头道："不是的，我不是这个意思，我是说他一定会回来的！"

大王子更镇定一些："复活后他会出现在这个法阵中央？"

国师连忙道："按、按理说是这样的……也有可能在附近……"其实他也不知道啊，按理说真的该活过来了！

大王子道："我出去看看。"

刚好游到屋顶"待命"的谢汐吓了一跳，赶紧躺平。

他想过了，自己不能冲进去，也不可能瞬移到法阵中央，只能退而求其次，躺在法阵上方，虽然隔着屋顶……但也是法阵上方了！

那个……人都复活了，就别强求那么多了好吗？

海底的屋顶可不比陆地，鱼来鱼往的，和地面没什么区别，所以谢汐不能提前躺上去。

大王子刚到高处，就看到了"昏迷"的谢汐。

墨色的头发、白皙的肌肤，在水底的他更像一颗美丽的珍珠了。

塞因·霍尔。

大王子猛地一震，那些梦一股脑涌上来，将他的思绪搅成了一团乱麻。

他是塞因·霍尔。

他的失控让周围的水流都震荡起来，五王子和六王子王子纷纷出了屋，一起看到了昏迷着的谢汐。

他们两人都怔住了，六王子先回过神，疾步上去，哽咽的声音里有失而复得的狂喜："塞因、塞因、塞因……"

除了低喃他的名字，六王子什么都说不出来。

他此生见到的第一缕光，被残忍剥夺的光……回来了。

– 20 –

紧跟出来的五王子站住了，眼睁睁看着塞因，却没办法上前一步，也没办法说一句话。

他能说什么呢？

塞因·霍尔是为西里斯而死，他们生死与共，如今醒来，还有他什么事？

说到底他和塞因的相处也不过短短几天，虽然做了那样一个无比真实的梦，可梦到底是梦，再真实也不是现实。

塞因不是梦里的塞因。

谢汐正在心疼六王子。

这个小可怜实在太惨，爹不疼娘不爱，兄弟姐妹太多也没谁能顾及他；他孤零零地长大，还被父亲当作弃子扔了出去，本来失望到放弃一切，连命都不要了，却又遇到了塞因·霍尔。

一个照亮他生活方向的人。

可这束光转瞬即逝，只在他心里留下了一道深邃的残影。

如今塞因死而复生，他该是何等狂喜……

谢汐心疼到一半就心疼不下去了，好久不见的橙色进度条出现了，本来变成了绿色进度条……退到了橙色的百分之十六点六五！

五王子动摇了！

谢汐不用想都知道五王子在想什么，毕竟是梦里刷满的进度，回到现实就会有巨大的落差，像老二和老大都有这样的后患。

万万没想到，自己这刚活过来，老五就要放弃了！

不要退缩啊！

谢汐怎么也没想到自己有一天会发出如此“渣男式呐喊”！

眼看着进度条还在闪，还有继续掉的趋势，谢汐顾不上心疼老六，连忙启动了B方案。

“你是谁？”谢汐声音很微弱，似乎说出口的瞬间就会被水流给冲走了。

可在场的人都耳聪目明，听得明明白白。

六王子怔了怔，扶着他的手松开了。

“我在哪儿？我……”谢汐话没说完，便紧皱着眉头，做出了痛苦的模样。

他在上个准世界死了很多次，对于模仿痛苦表情很有一套，毕竟是被摘过脑袋、挨过刀、被箭刺穿过心脏的男人！

叉烧包最先上当，焦急地拿小脑袋蹭谢汐：“爸爸你怎么了？哪里痛？是不是要死了，死了要免痛吗？”

这个小笨蛋！

五王子一把拉开了六王子：“他刚醒，你别吓到他。”

谢汐看到五王子的进度条重新变成了绿色。

六王子整个呆住了，踉跄地后退一步，面色苍白。

五王子靠近，对谢汐说：“我们先回屋好吗？”

谢汐“一视同仁”：“你们到底是谁？我在哪儿？我……我是谁？”

失忆三连问，完美达成。

这句我是谁一出，五王子也怔住了，轻声问道：“你……都不记得了？”

谢汐的B方案可不只如此，他尖叫一声，死死地抓住了头，做出痛苦不堪的模样。

五王子连忙后退了一些：“你别急，想不起就先别想了，我们先进屋。”

六王子将谢汐带回到了屋里。

海丘国国师正在满头雾水……他们海丘国复活的人，头一次遇到这么奇葩的情况……

六王子一把揪起海丘国国师的衣领，面色阴沉地问道：“到底是怎么回事？”

海丘国国师抖成了筛子：“我……我不知道啊……都……都正常啊，人……人也复活了，按理说不会有问题啊……”

五王子声音冷冽：“他什么都不记得了。”

海丘国国师哪里知道是怎么回事！

他从未见过有谁是在复活阵外复活——即便这屋顶是在复活阵的上方，也从未见过有谁复活后就穿着衣服，更从未听说过有谁复活后还会记不起以前的事……

他甚至要怀疑塞因根本没死，只是躲在哪里，等复活阵一启动，自己游到屋顶躺下去的……

海丘国国师觉得自己要疯了，怎么可能会有这样的事？

当然他心里想的这些一句都不敢说，他怕说出来就被这六王子给一巴掌拍死。见识过六王子屠杀海丘国的力量后，海丘国国师吓得都要尿裤子了！

谢汐生怕这个不靠谱的国师瞎说话，赶紧把王子们的注意力给吸引过来了。

这很简单，只要……

他捂着头，低吟着做出了痛苦不堪的模样。

这管用得很，老六和老五瞬间丢下国师，齐齐靠过来。

可惜他们越是靠近，谢汐越是痛苦，他眼眶通红，也不知流了多少泪（在海里就这点好，即使哭不出来也能误以为流泪），他白皙的手指用力到关节凸起，死死揪着头发的模样痛苦极了。

老五和老六心急如焚，一时间都慌了手脚。

镇定下来的大王子走进来，低声道：“别刺激他了。”

五王子和六王子齐齐看向他。

大王子道：“我叫了老四，他一会儿就过来了，让他看看吧。”说着他使了个眼色，他带来的侍卫将海丘国国师带下去了。

老国师还在哀号：“殿下，我救活了您的人，我是不是就不用死了，我……”

吃了那么多海底人，还想活着？海丘国的人智商实在是不算太高……

谢汐缩到床角，把自己抱成球。

他谁都不敢看，什么都不想听，只是死命捂着耳朵，闭着眼睛，闷声低吟着。

他这个样子，三位王子都不能靠近也不敢离开，只能远远站在那里，等着四王子过来。

老四不仅是环保达人还是海底最牛的医学院士，精通各种疑难杂症。

谢汐心里发虚，前脚刚和老四商量完大事，后脚老四就来给他看病……

他的确有病，是心病！

没多久，四王子到了，他看到屋里的情况后，愣了下。

大哥、五弟和六弟都在一个人鱼侍卫的居所，这是怎么回事？

大王子拧眉道：“老四，你去看看他是怎么了？”

四王子的视线挪向床铺，看到了那个瑟缩成一团的人鱼。

四王子猛看到谢汐时，差点儿以为那是小杰西。但很快，鱼尾的不同唤醒了他，这个家伙怎么可能是杰西？

四王子回过神，走过去给谢汐检查。

谢汐明知道不会被认出来，可还是心虚得很，好在他现在正在“犯病”，埋头不看四王子也不要紧。

四王子拿着仪器，仔细给他检查了一番后说道：“体征正常，没什么问题，不过可能是心理上的问题，他有些怕人，最好还是给他一些独处的时间，让他冷静一下。”

他这样说，满屋子除了那只傻猫外都松了口气。

大王子、五王子和六王子只要塞因身体没问题，其他的都能接受。

塞因死得那么惨，冷不丁活过来，会缓不过神来也很正常。

谢汐想要的就是这个结果，老四字字句句都说到了他的心坎里，他需要独处，需要冷静，他需要一个人！

四王子对谢汐的状况很好奇，但见大哥、五弟和六弟的状态都不太对，所以没多问，只嘱咐了句：“你们还是先回去吧，都戳在这里，他精神紧绷，会很痛苦的。”

老六神色微黯，问道：“他当真不会有事吗？”

四王子道：“身体是肯定没事，至于心理上……这个不好说，具体还要看他自己。”

五王子眸色闪了闪，他对六王子说：“给他点儿时间吧，我们先不要打扰他了。”

很好，谢汐心中一喜，请老五同志继续保持！

六王子紧皱着眉，想走又不想走。

五王子压低声音道：“那些记忆他忘记了也未尝不是好事。”

这话说得十分精妙，六王子怔了怔。

的确，死亡这种事，如果能忘记，的确是好事，可是其他事也忘了……

五王子又道：“只要他健健康康的，以后的事再慢慢说吧，难道你想看他这样痛苦吗？”

六王子闭了闭眼道：“走吧，我们回去，让他好好休息。”

大王子自始至终都离得最远，只是盯着谢汐，让人猜不透他到底在想什么。

谢汐知道自己不想搞什么前世的梗，虽然这可能会立马刷满大王子的进度，可之后呢？怎样才能稳住老五和老六的进度？

送走了王子们，谢汐还得演戏，只不过有机会哄哄傻猫了。

叉烧包眨眨眼：“爸爸在演戏啊。”

谢汐给了它一个白眼："不然呢？"

叉烧包十分捧场："好厉害，我都信了。"

不是他厉害，是小猫咪太笨！

谢汐对小猫咪说："出去帮我看着，有王子来了就喊我一声。"

叉烧包精神振奋地说道："好的！"它飞出去放哨了。

谢汐哪都不敢去，只能窝在床角。

其间六王子来偷偷看了看他，五王子也来了，大王子是最后来的。

可能是怕谢汐不舒服，他们三个都没进来，只是在外头远远看着，每人站了大约一小时后离开了。

清晨时，谢汐假装睡着了，大王子、五王子和六王子又分头来看他，这次大概是知道他睡了，全都进了屋，不过也没吵醒他，各自当了半小时木桩后离开了。

谢汐根本没睡，送走这三尊大神后，他翻身爬起来。

"叉烧包，你留在这里，有状况赶紧喊我！"

幸好谢汐这几张脸的身份都是侍卫，所以住处离得不远，这个范围叉烧包勉强能看过来。

谢汐换上2号脸，去科林那里拿了通信器，再换上1号脸，去拿杰西的通信器。

他一打开通信器，就被迎面而来的信息给炸得头疼。

四王子："中午等我，一起吃饭。"

二王子："我上午有工作，等忙完了去接你，中午一起吃饭。"

三王子："我在营地，中午回来，带你吃好吃的。"

还吃饭呢，他看都看饱了！

21

谢汐现在脑袋灵活得很，这要是放到以前，他打死都不信自己能找出这么多理由。

如今……

谢汐回复老二和老三："不好意思殿下，我刚出城，准备向家里人说一下……"后头的笑脸是一定不能少的。

这典型的复制粘贴。

老二温柔地说道："你怎么不早些告诉我？我送你过去。"

老三别扭地说道："这有什么好说的，难道他们还会不同意吗？"

谢汐赶紧回复二王子："殿下那么忙，我不想打扰您，还是我自己先回去下比较好。"谢汐发送的时候确认了好几遍，不同内容就这点不好，特别容易发错。

谢汐确定无误后，又给三王子回复："殿下难道在和我开玩笑吗？这种事情当然要和家人说一声。”

谢汐又检查了一遍，觉得语气、情绪都很到位，发送！

这俩人估计是盯着通信器呢，回得特别快。

老二：“什么时候回来提前告诉我，我去接你。”

老三：“我会拿这种事和你开玩笑？哼，什么时候回来？我去接你。”

谢汐：可别来接我了，我怕吓死你们！

他回复三王子：“殿下你千万不要过来，他们就是小老百姓，会害怕的。”

谢汐又换了个说辞发给老二。

这说得合情合理，多了不敢说，拖个两三天不成问题。

谢汐也想过直接让科林死掉，把老二和老三的进度给锁上，反正他有叉烧包的致命伤免痛，死一次也没什么。

可他仔细想想就觉得这样做风险极大。

老二、老三的情况与老五、老六截然不同。

当初塞因什么诺言都没许，死了后这俩人是靠自己脑补刷满了进度，所以在他们心中，塞因就是不会磨灭的白月光，越是思念，进度越稳。

老二和老三就不行了，科林对他俩许诺了太多。这要是死了，他俩得闹成什么样子？一闹就知道彼此的事了，知道科林同时踩了两条船。

如此一来，死去的科林还值得他们付出吗？他们心中的幻想破灭，那进度条得跌成什么样？

所以科林不能死，他只有好好活着才能稳住这俩人！

虽然谢汐心累得想死，但应该快结束了吧。

谢汐看看进度条，觉得自己只差这最后一脚了，要么踢上去离开这个准世界，要么摔下去死在他们手里。

这么一想，谢汐反倒斗志昂扬，有种要和大 BOSS 决战的热血澎湃感。

只是他这边的 BOSS 稍微有点儿多，战斗的模式也有点儿奇怪……

谢汐搞定老二和老三，才有空回复老四。

“殿下想吃什么？”

“看你，你有什么想吃的吗？”

谢汐打死都不要离开侍卫处，于是他提议道：“一直都是殿下请客，这次由我做东好不好？”

四王子回道：“好啊，由你做东，去哪儿吃？”

谢汐连忙道：“殿下常去的那些地方我肯定请不起，其他的只怕殿下也吃不惯，不如委屈下您，来我这里吃？”

四王子直接给他发来视频：“去你那儿吃？”

谢汐笑道：“对啊，尝尝我的手艺。”

四王子灰色的眸子仿佛闪着光芒：“我很期待！”

谢汐松口气，总算不用离开侍卫处了。

叉烧包的警惕范围只有这么大，要是出去吃饭，回头哪个王子去看塞因就坏事了。

谢汐麻利地准备午餐，刚切了几个拼盘，四王子发来消息：“杰西，要不我们还是出去吃吧？”

谢汐不懂四王子为什么忽然变卦，问道：“怎么了，有什么事吗？”

四王子道：“可能还有别人，在你那吃的话，太麻烦你了。”

谢汐的心咯噔一下，他默默祈祷着，千万不要是其他的王子。

像是听到了他的祈祷一般，四王子说道：“我碰到了二哥和三哥，他们都想见见你。”

谢汐沉默了。

四王子道：“你不用紧张，他俩私底下都挺好的，三哥的脾气也没那么暴躁。”

谢汐当然知道老二和老三的为人，可问题是……他不想见他们啊！

虽然易容术不会露馅，可谢汐实在不愿冒险。而且二王子和三王子都吃过他做的饭，万一露馅了怎么办？

四王子又道：“所以我们还是出去吃吧，下次我再去你那儿，好吗？”

谢汐走不了！他死都不能离开侍卫处！

还是要想办法推掉这次午餐，用什么理由？

他已经没有理由了！

谢汐一咬牙，拼了：“我已经做好菜了，不吃的话岂不是浪费了？”

四王子愣了愣。

谢汐道：“如果二殿下和三殿下不想来的话，我们改天再请他们行吗？”说完他又补充了一句，“我这样是不是很没礼貌？”

“不会。”四工了笑道，“就这样吧，我问问他们，他们要去我就带点儿酒菜过去，要是不去，就我们俩人吃。”

谢汐继续祈祷：别来，别来，别来，请一定别来。

他的祈祷都是反的！老二和老三就这么恬不知耻地来蹭饭了！

四王子向老二和老三介绍：“杰西·霍尔。”

谢汐真是笑得要多僵硬有多僵硬。好在他只是个小侍卫，见到这么多王子会“僵硬”也正常。

老二还挺客气，温文尔雅地递上礼物。

老三也带了礼物，但他却不按常理出牌，开口就差点儿把谢汐的心脏病给吓出来：“你认识科林·霍尔吗？”

二王子的视线嗖地转了过来。

谢汐手心全是汗，他凭着惊人的毅力稳住了，疑惑地道：“科林？好像听过这名字，但没见过面。”

“哦。”三王子道，“你们同一个姓，长得有……嗯，我还以为你们是亲戚。”

谢汐赶紧道：“霍尔是大姓，不一定都认识。”就像隔壁老王一样，全中国不知道有多少。

四王子疑惑地问道：“科林·霍尔是谁？”

三王子嘴角扬了扬，谢汐的心一提，好在这家伙还警惕着老二，改口道：“一个小侍卫，没什么。”

二王子嘴角也扬了扬，有些意味深长，随后说道：“来吧，我们来尝尝杰西的手艺。”

谢汐尾巴一抖，差点儿摔在地上。

四王子扶住他，对二王子道：“二哥别这样说，他紧张。”

老二温和地笑笑。

谢汐干笑一下，不敢看他。

因为知道这俩会来，谢汐在饭菜上下了功夫，使出浑身解数，用了和之前截然不同的刀工，保证在不给四王子丢脸的前提下又能让老二和老三看不出来。

功夫不负有心人，谢汐同志又给自己续了波命！

吃饭的时候，老二和老三少不了问一问四王子和谢汐是怎么认识的。

四王子还挺意外的，二哥和三哥不对付，往日里两人见面就是刀光剑影，今天怎么这么和气？

他们饭吃到一半，四王子说起了今天的新鲜事：“你们知道吧，老五和老六俘虏了海丘国国师，让他复活了一个人。”

老二接话道：“好像是个小侍卫？”

老三冷笑：“胡闹。”

谢汐默默吐槽：你哪来的资格说别人胡闹！

四王子道：“稀奇的是大哥也在。”

老二和老三都怔住了：“大哥？……”

“对。”四王子道，“大哥的血成功启动了法阵。”

可惜叉烧包在外头望风，否则它肯定会来一句：“你们的血也可以哦。”

老二满脸都是惊讶：“不可能吧，大哥那毛病好了？”

老三冷笑：“丢人现眼，三个王子为一个小侍卫。”

四王子道：“那孩子好像受了刺激，谁都不肯见，具体情况我也不太清楚了。”

老二道：“这些私事我们也帮不上忙。”

“是啊。”四王子看着谢汐。”

老二和老三同时点头，十分认可。

谢汐这个当事人听得心情十分复杂。

这要是被他们知道实情，他估计十条命都不够送的吧！

眼看午餐就要结束，谢汐以为自己逃过一劫，能喘口气歇歇了。

谁知叉烧包那里出问题了。

小猫咪大叫着：“爸爸，爸爸！大王子来了，还差四五米就要进屋了。”

谢汐的心一下又提了起来。

小猫咪急哭了：“我一直在认真看着的，他忽然出现了，之前好像隐藏了气息，我没感觉到。”

谢汐猜到了大王子、五王子和六王子会突然袭击，但没想到大王子会隐藏气息。这可怎么办？四五米走进屋，他即便现在赶过去也来不及啊！

四王子察觉到他的异样：“怎么了？”

谢汐尴尬地说道：“抱歉，我去下洗手间。”

四王子笑道：“去吧。”

谢汐用了平生最快的速度游到了洗手间，叉烧包还在尖叫：“到了到了，已经要推开门了。”

谢汐觉得自己来不及了……绝对来不及了……

大王子发现赛因不在，会……会出大事！

谢汐深吸一口气，召唤 X 的分身：“能瞬间移动吗？”

江斜怕谢汐出事，比他还急，可惜还得装面瘫：“可以。”

谢汐道：“带我去小精灵那里。”

江斜托起他，瞬间来到了塞因的寝室。

谢汐也顾不上那么多了，他躺平睡下，又对江斜说：“把自己藏起来。”

这时门被推开了，大王子走了进来，谢汐也顾不上看 X 了，赶紧闭眼。

江斜出了屋子，对小猫咪说了句话。

叉烧包刚想说话，江斜就捂住了它的小嘴巴：“别让他听见。”

– 22 –

叉烧包点点小脑袋，眼睛亮晶晶的。

江斜问它：“记住了？”

叉烧包连连点头：大帅哥好厉害，声音都是直接出现在它脑袋里的！

江斜又道：“不要告诉他是我说的。”

叉烧包不懂：“为什么呀？大帅哥是在帮爸爸呀。”

江斜顿了下，瞎胡扯：“这叫做好事不留名。”

这么酷吗？叉烧包秒变迷弟，哦，是迷猫。

谢汐可不知道外头那一人一猫的事，他心还在怦怦直跳，这太刺激了，心脏不好的怕是会当场死亡。

这应该没什么问题了吧？

他准时到位，也解除了易容术，现在用的是自己的脸。

易容术这点还算给力，是瞬间释放，只要他自己没记混就不会耽误。

来的只有大王子，他故意掩藏气息肯定不是因为叉烧包，而是为了避开老五和老六。

这是个机会！

谢汐决定动手了。

虽然老四还在等他，但他把洗手间的门反锁了，又做出了肚子不舒服的模样，应该能拖十分钟左右。

机会难得，为防夜长梦多，谢汐决定拼了！如果他能搞定大王子自然是好事，搞不定也能总结下经验。

谢汐的心一直是慌的，他有种不太好的预感，总觉得后面还有个大坑。他必须尽快完成任务，这样在钢丝上起舞的日子太艰难了，必须速战速决，否则肯定要摔成烂泥。

谢汐酝酿了一下情绪，感觉大王子在看他后，他皱着眉，眼珠子在眼皮下打转，表现出一副做梦的样子。

大王子一怔，稍微离得远了些，怕吵醒他。

谢汐当然不会醒，竖起耳朵听动静，察觉到大王子后退了一点儿后，轻声呢喃着一个名字。

“兰迪。”

极轻的低语，仿佛隔世般遥远。

大王子听到了，听得明明白白——塞因在梦里喊了他的名字。

谢汐怕大王子没听到，又重复了一遍。

大王子愣住了。

谢汐虽然闭着眼，却看得到右下方的进度条，黑色的进度在一点儿一点儿地增长，这一点点涨起来的数字将谢汐的心提到了嗓子眼。

快了快了，黑色进度条很快就满了！

谢汐不会“记起前世”，那太麻烦了，会让老五和老六备受刺激。但却可以利用一下“前世”，他在梦中叫着兰迪的名字，足够给大王子无限的想象。

大王子的确想了不少。

他十分确定自己和眼前的这个塞因毫无交集，王子的名字在海底是禁忌，在等级森严的海底王国，普通人连叫王子名字的勇气都没有。

谢汐却叫了他的名字。

的确是塞因·霍尔。

塞因·霍尔是不是也有前世的记忆？

不……塞因·霍尔之前应该没有前世的记忆，但被复活后不一样了。

是不是因为他的血，所以塞因·霍尔也找回了前世的自己？他醒来后会这么混乱，是不是因为他模模糊糊地有了前世的记忆，所以才分不清自己在哪儿也分不清自己是谁？

这个可能太美好了，大王子他忍不住靠近了谢汐。

谢汐全神贯注地听着，察觉到他靠近后，忽然睁开了眼睛。

两人对视，看着彼此。

谢汐眼睛不眨，嘴角洋溢着笑，微微弯着的眼角写满了开心。

大王子仿佛回到了梦中，仿佛看到了那个穿着华服，仰头对他微笑的小少爷。

塞因·霍尔果然记得。

果然是塞因·霍尔，是他的少爷。

谢汐快撑不住了，在看到黑色进度条冲到百分之十六点六六……变成绿色后，他立马“惊醒”，眼中的甜美瞬间消失，他猛地起身，一脸恐惧地看着眼前的男人。

大王子怔住了。

谢汐连连后退，缩到了墙角，用迷茫又惧怕的眼神看着大王子，神经紧绷到了极点，仿佛下一瞬就要绷断。

他这样无异于往兰迪心上撒盐：“别怕，没事的，我……”

谢汐紧紧闭着眼，唇瓣也在颤抖，害怕到了极点。

这副模样就像刚复活时见到五王子和六王子那样。

四王子的话涌到了大王子的脑海中，大王子连忙说道：“你好好休息，我这就离开，不要怕，我不会伤害你。”

可惜谢汐什么都听不见，只拼命往后缩着，像是要把自己藏到墙缝里。

这演技……可惜没有观众，要不肯定喝彩连连，给予百分之百的认可。

所以啊，人总会成长。

看谢汐同学就生生从十九岁的纯情小哥哥长成了玩弄人心的小渣鱼。

大王子走后，谢汐为保险起见又待了一会儿。

叉烧包飞进来：“好险好险，幸亏有大帅哥帮忙。”

它不说谢汐还忘了：“他走了？”

三分钟过去了，X 的分身应该是消失了。

叉烧包道：“‘嗖’的一声就不见了！”

谢汐点点头，心里却有些疑惑，他告诉 X 的分身自己要去小精灵的身边，可叉烧包在屋外，他本想着先到屋外再瞬移到屋内，以 X 分身的速度肯定赶得上，可没想到的 X 的分身居然直接把他送到了屋里面，而且是床上……

他没说这么精准，为什么 X 分身会知道？ X 分身怎么知道自己要去床上装睡？

之前时间紧迫，谢汐来不及想太多，如今细想觉得处处都不对劲。

叉烧包知道爸爸着急赶下一场，连忙说道：“爸爸，我们只剩下四王子没搞定了吧？”叉烧包也看得到进度条。

难得这小家伙愿意动脑子，谢汐说道：“只差一点儿了。”

他的易容术还有十多天的时间，应该问题不大。

不过要拖着另外五个人十多天，谢汐想想都头疼。

叉烧包道：“也许不用入队呢？”

谢汐：“嗯？”

叉烧包道：“如果是我的话，爸爸送我个毛球球我就很开心啦。”

叉烧包喜欢圆形的东西，尤其喜欢毛球，只可惜毛球没法“隐身”，叉烧包玩球的话，落在别人眼里就是球自己滚来滚去，画面太惊悚，所以谢汐寻常都不敢让它玩。

它这么一说，倒是启发了谢汐。

谢汐有了点儿想法，也许自己可以送四王子一份他喜欢的东西，能表现出自己的心意，如此一来，是不是就能把最后的这点儿进度给刷满了？

这可比入队仪式轻松多了，而且省时！他现在最缺的就是时间，多一秒就多一分风险。他不知道自己还能瞒多久，自然是越快搞定越好。

谢汐沉吟道：“有道理，晚点儿我去查一下四王子喜欢什么。”

他可能查不到，不过先试试，实在不行就换上储备面孔用更高的权限查。

当然，现在他该回去了，四王子还在杰西家等他呢！

谢汐这次没法瞬移了，只能自己跑回去，好在他对侍卫处熟得很，能用最短的时间到达杰西的居所。

叉烧包仍旧在塞因处待命，随时观察王子们的动静，以便呼唤谢汐。

谢汐心中装着事，一边怀疑 X 的分身，一边想着四王子喜欢什么，忽然他又怔住了……

叉烧包不谙世事，怎么突然提出了这样极具建设性的建议？

谢汐忍不住又想到了 X 的分身。

不会吧，那难道不只是 X 的分身？

谢汐想想自己对 X 的分身做过的事，心咯噔一下。X 是个变态这毋庸置疑，他得罪了一个变态会有什么下场？

因为一路上都在想东想西，又因为叉烧包这双大眼睛不在，所以谢汐并未察觉到他的身影被另外两人看到了。

三王子疑惑道：“那不是杰西吗？”

二王子也看到了，他扬眉道：“看来我们这位小侍卫不简单。”

他们临时有事不得不离开，杰西在洗手间，他们也不好去道别，就先和老四说了声，一起出来了，谁承想竟见到了不知从何处急匆匆赶回来的杰西·霍尔。

他不是在洗手间呢？怎么跑到外面去了？

三王子立马道：“我这就去告诉老四。”

二王子一把拉住他：“别打草惊蛇。等着，我去查查他的底细。”

三王子也冷静下来了，道：“我来查。”他倒要看看这小侍卫在做什么。

谢汐根本不知道这些，回到居所后，四王子关心地问他身体怎么样。

谢汐顺势道：“可能是吃坏了东西，没事的，我休息会儿就好了。”

四王子道：“我给你去拿药，吃了就没事了。”

谢汐道：“不用啦，常用药我有，已经吃过了。”

四王子道：“那好，你去休息，这里我来收拾。”

谢汐也没再推脱。

等四王子一走，谢汐赶紧和叉烧包换班，去塞因的居所缩着，他怕老五和老六来看他。

果不其然，没多久，老五和老六都来了。

谢汐一视同仁，用纯熟的演技把他们送走。搞定这一波，谢汐才有空去查四王子喜欢什么。

这一查还真让他查到了。四王子竟然喜欢蔷薇花……

一个海底鱼竟然会喜欢陆地上的花！

不过海底还真有陆地上的蔷薇花，海底人对陆地的东西有着浓浓的好奇心，就像陆地人喜欢珊瑚、珍珠、各种贝类一样，海底人也对海底没有的、陆地上的植物很感兴趣。

只要有人喜欢就会有人钻研。

在陆地上，蔷薇花很常见，经常爬满墙，美是美，却不珍贵，可这玩意儿到了海底就成了一顶一的奢侈品。

人鱼们想在海底培植一株蔷薇花，需要付出的代价着实不小，首先要有一个抗压罩，还要配一个空气循环器……

蔷薇花不值钱，但这套设备搞下来，贵得要死。

谢汐想了想，决定买了！

这么一株蔷薇花，放到陆地上，不亚于一块全球限定、价值百万的手表。

虽然老四是王子，什么好东西都见过，但他一个小侍卫，倾家荡产送四王子这么份大礼，于情于理也该感动吧！

谢汐给自己安排的这个身份还算小康，把房子抵押掉是买得起这盆花的。

当然他现在没时间去办这些手续，只能先用储备面孔劫富济贫了。

哦，他劫的也是自家人——冤大头老三。

谢汐哪知道，老三已经扒出他的第一层马甲了！

三王子不查不知道，一查真是吓一跳。

他调了王宫的监控，盯着杰西·霍尔看。他发现这小子竟然是从塞因·霍尔的居所出来的！

至于他是怎么进去的……连监控都没拍到。

不过很快，杰西·霍尔又去了塞因·霍尔的住处，接着老五和老六分别进去，接着他们又失落地出来，等他们一走，杰西·霍尔又出来了，回到了自己的居所。

老二也看到了这些，兄弟俩面面相觑，都从彼此眼中看到了震惊。

这究竟是怎么回事？

难道杰西·霍尔和塞因·霍尔是一个人？

这太玄幻了，俩人都不敢相信。

谢汐还真是防不胜防，其实他早就用储备面孔去监控那边动过手脚，可惜他到底是没经验，业务不熟练，没办法关掉所有监控。

更不要提老三是禁卫军统领，有自己的一套系统，将整个王宫都保护得密不透风，谢汐虽然能换脸，却不是专业人士，哪里搞得了那么明白。

其实老二和老三不起疑的话，也根本不会去查这些，侍卫处的监控有什么好看的？

但如今……

三王子凝声道："这件事得告诉老四。"

二王子也道："大哥和老五、老六那里也得说一声。"

"这样……"三王子眯起眼睛，"我们叫上大哥、五弟和六弟，直接当场拆穿他的真面目。"

监控还不能说明问题，这个人既然有本事在四个王子之间周旋，肯定有些能耐，不能再给他任何机会，要切断他的一切退路，这样才能让执迷不悟的四个人幡然醒悟！

要是时光能倒流，也不知道老三会不会想打死现在的自己……

谢汐可算买到了珍贵的蔷薇花，还是特别干净的纯白色。

这颜色也是谢汐精心挑选的，四王子的进度条是白色，是不是代表他适合这个颜色？

谢汐不敢浪费一点儿时间，带着白蔷薇去找四王子。谢汐觉得应该能行吧，只差这最后的一点儿进度了……

四王子应该会喜欢吧？

谢汐有些紧张，总觉得心有些慌，可细细想来似乎又没什么问题……

进度条都很稳，大王子、二王子、三王子、五王子、六王子的都成了绿色，只剩下四王子的白色进度条还有一点点没满。

不会有问题的！谢汐走进了四王子的宫殿。

老四见到他过来，十分开心："怎么忽然来了，这……"他看到了谢汐手里的白蔷薇。

谢汐想到即将离开这个准世界，难免有些兴奋，道："我想来想去也不知道该送您什么，看到这株白蔷薇时，我觉得殿下一定会喜欢。"

四王子很喜欢，他天生对蔷薇花有特别的情感，从骨子里喜欢蔷薇。只是海底不适合蔷薇生长，所以哪怕喜欢他也不曾买回来过。而现在……杰西送他一株如此美丽的白蔷薇。

他说他想送自己一份礼物。他买了一株白蔷薇，送给自己。

谢汐看到白色进度条闪了一下，他紧张地咬住了下唇。

“老四！”三王子的声音响起，他厉喝道，“别被他的花言巧语骗了，他不是杰西·霍尔。”

谢汐一愣，转过身，看到了站在门边的五个王子。

大王子兰迪、二王子艾克斯、三王子加尔、五王子兰德尔、六王子西里斯。

这是怎么回事?

谢汐这一瞬间的脑袋是空白的。

三王子冷笑，说道:“你是塞因·霍尔吧！”

随着他这句笃定的话落地，谢汐看到了右下角的提示:独创面孔被识破，易容术失效。

谢汐睁大了眼睛。

这见鬼的易容术还会失效?被识破了竟然会失效?

完了……这下他完蛋了……

电光石火间，谢汐切换到了科林·霍尔的面孔。

他不能变成塞因·霍尔，已经生疑的大王子、五王子和六王子如果看到塞因·霍尔的脸，进度肯定会掉。

谢汐也不能随便换成其他储备面孔，因为他背对着四王子，如果衣服跟着变了，四王子那里就来不及了！

所以他只能换成同为侍卫，且身形相似的科林·霍尔。

至于老二和老三，他们冷不丁看到科林的脸，只会震惊到无法思考。

而这仅有的瞬间，就是谢汐唯一的机会。

在镇住二王子和三王子后，他背对着四王子，颤抖着肩膀说道:“对不起……”

在这危急时刻，在这最后一瞬，在这要么四分五裂，要么得道升天的最后关头，谢汐仅用声音和背影就展现出了无与伦比的高超演技。

“对不起殿下，我瞒了您很多事。但有一件事我从未骗过您，能遇见您是我一生的荣光。”

话音落下的瞬间，谢汐一跃而起，与他们拉开距离后，启动了一直随身携带，随时准备赴死的水能弹。

“砰”的一声，谢汐置身于耀眼的光芒之中，被炸得尸骨无存。

他面无表情地看着进度条，等着那最后的白色。

如果变绿，他就可以离开这个准世界;如果不变，他就死遁。

好在他把握住了最后的机会，也没再给任何人思考的时间。

系统提示:恭喜您，通关 S+ 准世界失落的亚特兰蒂斯。

- 23 -

结束了。

谢汐感觉仿佛过了一个世纪，身心俱疲。

主线任务——搜集六个王子的心。

支线任务——搜集一百万吨垃圾。

全部完成。

这果然是核心任务，完成后这个准世界也被通关了。

通关了好，他不用担心再回到这个准世界。

不过他们会怎么样呢？

谢汐想想最后那一幕就头皮发麻，完全穿帮，彻底翻船，所有王子都得疯。

他虽然巧妙地利用惊吓让他们失去了思考能力，却也只是暂时的。

他一走，冷静下来的王子们会怎么样，简直不敢想象。

塞因·霍尔、科林·霍尔、杰西·霍尔是同一个人。

幸好他再也不会回到那个准世界，否则就不是碎尸万段那么简单了！

不过他还是十分惭愧，仔细想想，那个准世界里的六个王子比向左还是向右的三个神经病好太多。

老大兢兢业业，只是为前世所困。

老二一心为民，身为财政大臣却抠门得十分可爱。

老三脾气暴躁，可粗中有细，身边几乎没人真正怕他，倒是真心敬他。

老四也是心系苍生，为了沐光区的人鱼，不惜天天受伤、天天用药。

老五是最单纯的，却也最敏感多情，创造的艺术给漆黑的海底带去了无与伦比的亮丽色彩。

老六爹不疼娘不爱，经历了那样糟糕的童年也没有心生恶念，最后甚至还为了父亲的决定而牺牲了自己。

谢汐是心疼他们的，可惜这该死的任务硬逼着他把他们给“渣”了个遍。

他不禁又想起了最后那一幕……

谢汐低吟一声，实在是惨不忍睹。他自个儿惨，六个王子更惨！

他已经到了中庭，睁开眼后还有些不适应，这种亮到极致的光芒，会让人有一瞬间身处黑暗的错觉。

太亮和太黑一样，都会看不清。

谢汐缓了下，总算适应了光芒。

他已经不是新人了，不会再迷茫地停留在光束中，他走出来径直去了水幕。

谢汐先查看了一下任务奖励，S+等级的准世界，要是奖励很差，他就打死X！

谢汐刚到水幕前就看到了一行大字——公告：S+级准世界失落的亚特兰蒂斯已通关，设计者X，通关者匿名。世界剧情已上架，欢迎购买。

这个消息一出，水幕前的人瞬间沸腾。

“天啊，S+ 的准世界！又是 X 神的！”

“我记得前阵子才通关了一个 S 级新手试炼吧？怎么又来一个！”

“不会是同一个人吧……”

“不可能！一个新人凭运气通关 S 级新手试炼我相信，但通关 S+ 的准世界，打死我都不信。”

“那这人也很厉害了，S+ 的准世界，这是运气和实力并存啊！”

听到“幸运”这个词，传说中的“欧皇”谢汐面无表情。这样的“幸运”谁要谁拿走，他感恩戴德。

让谢汐更无语的是世界剧情的开放购买，就他经历的那些事，再放到水幕上播放一遍，无异于公开处刑好吗？

为什么会有公布世界剧情的脑残设定，这种破剧情，买来看了也是浪费钱！

除了能显示设计者是神经病外，还有什么价值？

谢汐想想自己干的那些事就头疼。

让他意外的是，水幕上又出现了一行字——公告：失落的亚特兰蒂斯世界剧情已被 X 买断，商城下架，不可购买。

周围有人哀号：“干什么要买断？这不都已经通关了吗？不可能再进入了，完全没必要买断独自研究啊，再说 X 不是设计者吗？他买了干什么……大佬有钱也不是这样浪费的啊！”

“对啊，世界剧情销量好的话，设计者不是有巨额提成吗？”

“我 X 神不差钱！”

“可问题是他不仅得不到分成，还要付买断钱，我要是没记错的话，这买断的费用都能淘个紫色技能了。”

这个比喻一出，周围一片沉默，紧接着异口同声道：“大佬的世界我不懂。”

谢汐松了口气，能不公开最好不过，他在亚特兰蒂斯里的表现太渣，放出来怕闪瞎群众智慧的双眼。

不过谢汐也不会感激 X。

X 买断肯定是为了他自己，就他设计的这个破剧情，除了让人怀疑他的脑子有问题外，没有任何价值！

世界剧情公开，受损最严重的绝对是 X，反正谢汐匿名，没人知道那是他。

X 就不一样了，身为设计者可没法匿名，他这是花钱买面子，谢汐才不会感激！

这时，水幕上又出现了第三行字——诚邀失落的亚特兰蒂斯的通关者加入云阁。

这也很眼熟了，通关向左还是向右时，谢汐也看到了这条消息。云阁对于网罗“人才”可真是不遗余力，但谢汐不想加入任何组织。

他心累，暂时不想见任何人。

谢汐终于点开了自己的系统面板。

准世界里加了一行——S+ 级准世界失落的亚特兰蒂斯已通关。

原来是 S+，的确比向左还是向右要难，那么奖励呢？

谢汐接受了奖励。

只听“哗啦”一声——奖励金币 10000。

谢汐愣了下，他记得向左还是向右才奖励了 1000 金币，等级上带了个 + 号就直接翻十倍？这要是选了奖励金翻十倍的特权……

哦，没用，谢汐等级太低，有钱都没地方花！

谢汐视金钱如粪土，他比较好奇的是特殊奖励，完成 S 级以上的准世界是有特殊奖励的。

其实这个特殊奖励也不一定全是好的，像我们的“非酋”江老邪同志，得到过无数鸡肋到人神共愤的特殊奖励。

比如只能查看中级玩家及以下的信任值技能（可能还坏掉了，要不怎么会有 -444 这种数值出现），再比如变帅一秒钟的技能，且不说他已经够帅，即便不够帅，这只变帅一秒钟到底有什么用？还有就是那枚金色精灵蛋，众所周知它除了卖萌毫无价值……

当然“非酋”和“欧皇”是不同物种。

我们谢小汐的运气就不一样了。

恭喜您，获得被动技能——通关准世界后可随机带走一样物品。

谢汐皱眉看了看，暂时没感觉出这个技能有什么特别之处，不过总比召唤 X 的分身好很多！

谢汐看了下搜索准世界的按钮，犹豫了一下。

要不要搜索呢？

伸头是一刀缩头也是一刀，早晚得面对，谢汐点了搜索按钮！

小漏斗转了一会儿后，弹出了一个子页面，与此同时，谢汐收到了来自 X 的消息。

消息界面挡住了子页面，谢汐先看到了 X 的话。

“见个面？”

谢汐面无表情地点叉，谁要见你，又打不过。

谢汐看到了新的准世界……

饶了他吧，任谁看到都会爆粗口的！

准世界：妙笔绘山海，难度未知，设计者 X，未挑战。

谢汐盯着设计者 X 这四个字，脑袋嗡嗡作响。为什么又是 X 的准世界？

他来到这个鬼地方后，总共搜索过三次，全部都是 X 设计的准世界，这是运气的事吗？这是诅咒吧？

这时 X 又给他发来了一条信息：“想不想知道你离开准世界后魂意的情况？”

谢汐回道："X 神，要怎么和你见面？"

他要见 X，他要了解 X，他要摸清 X 的底细，然后想办法干掉 X！

江斜看着血淋淋的信任值，说道："我给你发了邀请，点了就能传送过来。"

谢汐回他："好的。"后头跟着一个 ^_^。

江斜明确地感觉到了什么叫笑容中满是杀气。

- 24 -

谢汐收到了邀请，他点了接受后，自己瞬间换了个地方。

一个一个的准世界走多了，谢汐对这种忽然换地的情况也没那么紧张了。

他定了定神，抬眼看去。

这一看与他想象中完全不同，这里甚至没有一栋房子，只有无边无际的花海，白色的蔷薇花像天国的云朵，一簇一簇，一丛一丛，生得如梦似幻……

不得不说，这里很美。

谢汐对人的美丑没太大概念，但对其他事物却是有正常审美的。

他喜欢站在这里的感觉，视线开阔，神清气爽，仿佛所有的疲倦与烦恼都随着摇曳的白蔷薇远去了。

以至于当他看到不远处的异瞳男子时，觉得都没那么讨厌了。

哦，这情绪就维持了三秒钟，之后……谢汐觉得真是糟蹋了这么漂亮的蔷薇花！

谢汐回过神来了，心里的嫌弃都快化作数字飞出来了——X 怎么有脸种这么多白蔷薇！

白蔷薇代表纯洁，死变态懂什么叫纯洁吗？

不！他不懂！

谢汐笑眯眯的，声音客气有礼："你好，X 神。"

江斜一边被谢汐可爱的表情萌得心颤，一边被红雨兜头浇醒，这冰和火的滋味与他的眼睛很相称了。

江斜说了自己的名字。

谢汐愣了下："僵邪？"

同音字里最糟糕的俩字谢汐都想到了。

这名字真难听。

江斜不用读心术都知道谢汐想什么，解释道："是'江水流春去欲尽，江潭落月复西斜'。"

这是张若虚的《春江花月夜》里的诗句。

谢汐总算知道了不是僵邪而是江斜，那又怎样？反正都是变态。

谢汐的名字江斜早就知道，他也没必要再做介绍，谢汐比较好奇的是：“X 神是地球人吗？”

自从经历了童话小镇那个准世界，谢汐便知道被选进中庭的玩家不全是人类，像阿龙就是一条龙，仲金看起来是人形，但跟阿龙是朋友，也说不准本体是什么。

这倒也不难理解，如果所有游戏都是即将独立出去的新世界，被选中的肯定也来自万千世界，别说其他世界，单单是谢汐所在的宇宙可能就不只人类这一种智慧生物。

江斜是故意绕到这个话题的，总得和小朋友拉近一下距离，信任值再这么掉下去，他怕这玩意儿从信任值变成仇恨值。

虽然现在的 -444 瞧着也很像仇恨值了。

“来这边。”江斜侧身，谢汐看到了花园里的小亭子。

谢汐不禁想起了在向左还是向右里面，兰迪时常带他喝下午茶的小亭子。

样式是一点儿都不像，准世界里的小亭子更接地气些，这里的小亭子像云做的一样飘忽，好看得不真实。

谢汐跟了过去，坐在了一张柔软的宽背椅上。

江斜俯身给他倒茶。

谢汐瞬间看到了管家兰迪的影子……

江斜眼尾看着他，忽然说了句：“少爷，请用茶。”

谢汐瞬间后背僵直，眼睛微睁。

江斜逗谢汐的后果是，-444 上飞了一片 -1，-1，-1，-1……

嗯……

江斜老老实实地转移话题：“我是人类，理论上我们是同源。”

这话一出，还真把谢汐的注意力给转移了，谢汐刚才是真被吓住了，不过他很快就想起准世界剧情的事，江斜肯定看过，所以他经历的事江斜都知道。

那句“少爷，请用茶”是在捉弄他吧，谢汐一气，又给江斜刷了波负值。

可怜江老邪“叱咤风云”无数世，如今是碰上了真铁板！

“我们虽然同源，”江斜赶紧说正事来拯救岌岌可危的信任值，“但也只是平行世界。”

谢汐还是很想知道这些的，他暂时收起偏见，问道：“意思是我和您的世界不是同一个吗？”

“不需要用敬称，”江斜继续道，“其实只要时间线不同，都可以理解为不同的世界，我和你所在的世界大框架是一致的，属于同源世界，只是设计者不同，通关任务不同，独立后有了不一样的分支，也就变成了不同的世界。”

谢汐怔住了，忍不住倒吸一口气：“设计者不同？”他所在的那个“真实”世界也是被设计出来的吗？

江斜道：“通关后的世界，都是独立且真实的世界，这一点你不用怀疑。”

谢汐回过神来，反问道：“所有世界都是被设计出来的？通关后独立，中庭再从独立后的世界中选取玩家来通关新的准世界？”

这听起来是个循环。

设计者设计出准世界，搜集者、探索者、记录者进入准世界中完成任务，他们或是发现或是修复或是记录甚至是测验准世界的问题，等达成了通关任务，这个准世界就会成为新的世界。

在这个过程中，玩家势必会被大量淘汰，于是中庭再从新的世界里选取新的玩家，如此周而复始。

谢汐难以想象自己的世界也是被设计出来的，是谁设计了那样一个恢宏庞大、逻辑缜密的世界？

哦……失落的亚特兰蒂斯也很恢宏庞大，逻辑缜密。

这么一代入，谢汐瞬间对自己世界的“创世神”失去了好奇心。

谢汐心思一动，问道：“中庭也是设计出来的吗？”

江斜目露赞许，引导道：“谁知道呢，也许我们只是个准世界，还有我们理解不了的存在正在尝试完成这里的通关任务。”

谢汐被镇住了。

这很有可能，就像俄罗斯套娃一样，你以为这就是世界的全部了，可其实上面还套了一层又一层……

这很荒谬、很渺小，小到找不到自己存在的意义。

江斜道：“这个问题可以思考，但不要质疑自己的存在。”

他质疑了又如何？

谢汐忍不住看向江斜，认真说道：“如果否定自己的存在，自己就会消失吗？”

江斜回答得很笃定：“不会。”

谢汐敏感地察觉到江斜说的不会指的是前半句，他问道：“你是说，没有人会否定自己的存在？”

江斜笑道：“对。”小朋友是真的很聪明。

没人能够真正否定自己的存在，因为一旦否定，存在本身就成了悖论。

否定即不存在，而一旦存在就无法否定。

连自己的真实性都无法否定，那会不会消失的问题就没必要追问了。

江斜又道：“无法否定但会质疑，而质疑会模糊很多东西，你需要做的是坚定地相信自己。”

谢汐若有所思。

这些问题只用嘴巴说，其实很难想透，更多的是要在历练中思考，用时间查找属于自己的真相。

谢汐心中还有疑惑，他又问道：“为什么会选中我？”

估计每一个来到中庭的人都会好奇这件事。

为什么他会成为“玩家”？为什么他会离开原本的世界，来到中庭？

江斜眸色轻闪，声音里有些心疼：“因为你所在的世界，没人再需要你……”

谢汐呆住了，一股凉意从脚底直向上冲，将整个胸腔都冻住了。他所在的世界没人再需要他。

是的，他的母亲谢素怀孕了，有了新的孩子，有了新的家庭，他已经是个实实在在的累赘了。

江斜低沉的声音还在继续：“同时你也对那个世界没有牵绊。”

谢汐明白了。

他在那个世界唯一的牵绊就是谢素。

虽然恨她、怨她，却也还是爱着她。

那是他的母亲，是他唯一的亲人。

谢素怀孕了，彻底放弃了他；他知道母亲有了新的生活，终于放下了。

仅有的牵绊断了，于是他来到了这里。

他怔怔地，脸上没有过多的情绪，安静的模样却让人心疼。

江斜并不知道谢汐在自己的世界经历了什么，但他看得到谢汐孤寂外表下那颗柔软的心。

即便被放弃，即便只剩下自己，他也还在坚强地面对。

“挺好。”谢汐轻出一口气，说道，“来到这儿也挺好的。”

他并没低沉太久。

谢素放弃了他，谢汐没什么好意外的，他也放弃了她，他们之间谁也不欠谁的了。

他已经没了任何牵绊，那来到中庭、开始新的生活也挺好的。

唔，要是他没遇到 X 就更好了！

江斜好不容易靠嘴皮子加的一点儿信任值，又被减掉了……

江斜想，什么垃圾技能，肯定坏了吧。

谢汐振作起来，有了新的问题：“X 神，我通关后，王子们怎么样了？”

他还是想知道，虽然想到最后那一幕，他觉得自己没资格问。

江斜沉吟了一下，斟酌着说好话：“你不用愧疚，会发生那样的事也是没办法。”

谢汐不愧疚，会发生那样的事不是没办法，而是你这个大变态设计的！

谢汐嘴上不说，江斜看看信任值也能猜到。

他清清嗓子，先为自己拉拉分：“虽然准世界是我设计的，但通关任务到底是什么我并不知道，即便没签订准世界保护法也无法知道，因为通关任务是不固定的，会随着世界情况以及通关者而变化。”

谢汐心里冷笑，面上却是微笑：“这么说来，会刷到这个任务是我自身的原因？”

还真是你自身的原因，当然江斜不敢这么说，他主动背锅道："是我的原因。"

谢汐后槽牙直痒痒："设计者不是干涉不了通关任务吗？"这个大骗子！

江斜轻咳一声道："我的魂意还留在准世界，是他们影响了通关任务。"

这话谢汐不懂。

江斜详细解释道："你可以这样理解，你进入准世界后，我的魂意们苏醒过来，他们本质上是造物主，也是准世界无法独立的因素之一。通关任务会受他们影响，他们满意了，这个世界才能够独立。"

谢汐还是不明白："难道我脚踏六条鱼，他们就满意了？"

江斜委婉地说道："如果他们每个人都想和你亲近呢？"

谢汐："嗯？"

江斜谨慎地说道："他们见到你都想亲近你，每个人的意愿都很强烈，汇集到一起就成了……"

江斜特别强调："如果是别人进入这个准世界里，接到的任务肯定不是这个。"

虽然别人进不来，但江斜也得努力澄清下："失落的亚特兰蒂斯本质是个探讨种族融合、海陆共存、环境保护、艺术无国界等主题的准世界。"

江斜说的话深刻又正经，可因为谢汐进到这里，一切都不正经了。

谢汐无语地想：这么看来还真是他自身的原因了？

谢汐的假笑快绷不住了，他问道："为什么您的魂意会想亲近我？"

江斜冷静地说道："大概同病相怜的默契吧。"

– 25 –

谢汐彻底笑不出来了。

果然，江斜连假笑都不配拥有。

谢汐面无表情："请您不要开玩笑。"

他用的是敬称，却暗藏着咬牙切齿。

江斜看着他，幽幽地说道："你觉得我像是在开玩笑吗？"

谢汐："呃……"

江斜道："我之前说过我们很有缘，这不是空话，我们的契合度是真的很高。"

谢汐一点儿都没感觉到，甚至想把契合度这三个字给抠下来。

江斜不得不把话题扯得再远一些，道："这些年中庭的情况不容乐观，正在面临黄昏期。"

他说起的正事又是谢汐不知道的，很快就把小朋友的注意力拽过去了。

谢汐问："黄昏期？"

江斜道："这个时期的中庭设计者匮乏，新的准世界无法诞生，循环就会出问题。”

谢汐问：“为什么设计者会匮乏？”

了解了中庭的原理后就能知道，设计者是这个循环中至关重要的一环。

没有他们设计出新的准世界，搜集者、探索者和记录者也就无法去通关，最后自然不会有新的独立世界。

而没有新的准世界，也就不会有新的玩家，如此一点点消磨下去，结局可想而知。

江斜道：“原因不明，只是能够成为设计者的玩家一年比一年少，而已有的设计者又在消失。”

这就像是典型的人口问题，老人去世，新生儿却越来越少，最后人口基数也就大幅度缩水了。

这时候江斜说的消失，谢汐并未想太多，他以为是正常死亡，虽然来到了中庭，但生命总归有时限，不可能一直活下去。

谢汐又问道：“为什么能够成为设计者的玩家越来越少？”

江斜慢慢地说道：“要成为设计者是需要天赋的。”

谢汐等着他的下文。

谁知江斜竟说：“我没有天赋，勉强成为设计者也只是在讨巧。”

这话要是说出去，估计整个中庭的玩家都不会相信。

天啊，这简直是跨世纪的笑话，X 神没天赋？那这中庭还有有天赋的人吗？

放眼整个中庭，各大组织，哪个不是挖空心思地想把 X 神请回家？

云阁的头号掌舵人更是放出过狠话：只要 X 神加入云阁，他立刻退位让贤。

如今江斜说自己没天赋，是要把多少人的脸给打肿。

谢汐也知道 X 神“声名显赫”，道：“你设计了那么多准世界，而且等级很高，怎么会没天赋？”

虽然两个准世界都给他留下了心理阴影，但如果不是魂意作妖，其实江斜设计的准世界还是很完美的。

江斜道：“如果我不把魂意放进去，我根本设计不出准世界。”

谢汐眼眸微睁：“难道魂意不是必需品？”

他这模样很可爱，江斜笑了下：“不是谁都能把魂意剥离出来。”

谢汐：哦，原来是大变态的专长。

江斜耐心地说道：“每个设计者的设计方式都不一样，我只会剥离魂意，让他们去建设准世界。”

就像捏娃娃一样，每个人的手法都不一样，谢汐大概理解了，道：“那这也是一种天赋啊。”

江斜摇头道：“不是，这样强行设计出来的准世界有着非常大的局限性。”

谢汐隐约觉得前方有坑，但还是问道：“怎么了？”

江斜道："我的准世界，魂意不认可的人不能进入。"

谢汐："啊？"

江斜道："没人进入的话，准世界会一直定格在中庭，永远不会成为真正独立的世界。即便我能够设计出框架完整的准世界又怎样？它们始终是死的。"

所以江斜才说自己没有天赋。

他设计了不少准世界，而且等级很高，在水幕上公告时会引起轰动，会让玩家们震惊他惊人的能力。

可实际上这些准世界毫无价值。

设计者设计了准世界，能够被玩家进入、检查、测验，最终通关成为独立的新世界，才是一个完整的循环。

X设计了准世界，非常完整、非常漂亮，可惜没人进得去，没人能进去就无法被通关，一个不能成为独立世界的准世界，有什么用处？

好比有人建了一栋华美非凡的宫殿，可是大门锁死，谁都没有钥匙，谁都进不去，里面再漂亮再恢宏壮丽，又有什么意义？

没人居住的宫殿，就是一个摆设。

江斜见小朋友怔怔地出神，趁热打铁道："还好你来了。"

谢汐打开了紧锁的大门，让江斜建造的"宫殿"有了存在的价值。

在中庭的黄昏期，在设计者极度匮乏的时候，谢汐的出现让设计者X有了意义。

他设计的准世界不再是死物，而是一个个真正独立的世界。

是谢汐把这些准世界带入了良性循环中，是谢汐给中庭注入了新的生机。

老司机不愧是老司机，这一通深明大义、拯救世界的忽悠，硬是给自己的信任值抬到了-400。

信任值总算不是-444了，值得庆贺。

然而下一秒，谢汐就捕捉到了重点："所以说，你设计的准世界只有我能通关？"

江斜："对。"

啪，-400的信任值又成了-444。

这不科学，说那么多话涨起来的分，凭什么一个字就掉没了！

谢汐脑袋转得快，他想到了更可怕的事："在失落的亚特兰蒂斯里，大王子、二王子和三王子是不是第一个准世界里的兰迪、艾克斯和加尔？"

江斜预感自己还要承受一波暴风雨，但没招，现在不说以后只怕会掉得更凶："对。"

谢汐不意外，他更在意的是："为什么兰迪会有上个准世界的记忆？"

江斜顿了下，死猪不怕开水烫："因为你。"

谢汐："什么？"

江斜道："你通关了第一个准世界，那个世界独立出去后，我的魂意也会离开。当你进入第二个准世界，参与设计这个准世界的魂意会苏醒，他们某些意愿太强烈的话会影响到这个世界的自己。"

谢汐睁大眼睛："所以兰迪是意愿太强了？"

"对。"江斜道，"第一个准世界在你离开后，兰迪因为接触过黑魔法，知道复活术的存在，执着地想复活你。"

但第一个准世界已经独立成为新世界了，脱离中庭的世界会自行修复玩家的痕迹。

江斜的魂意也无法留在那里，可以理解为魂意暂时沉睡，像X设计的那些准世界一般定格了。

等谢汐进入失落的亚特兰蒂斯，兰迪这个魂意也跟着苏醒，又因为他在上一个准世界的执念太深，影响了这个准世界，所以他才会记起之前的事。

艾克斯和加尔并不知道复活术的事，反倒没了执念。因此他们在失落的亚特兰蒂斯顶多是对塞因·霍尔有些在意，并未彻底记起上个准世界的事。

谢汐心里凉飕飕的："你是怎么知道这些的？"

看世界剧情的话，江斜不可能知道谢汐没经历过的事，可他却知道谢汐死后艾克斯和加尔殉情以及管家兰迪想复活他……

江斜道："因为我收回了兰迪这个魂意。"

谢汐倒吸了一口气。

江斜并不想吓他："我知道你是无心的。"

谢汐小声问："为什么兰迪可以被收回？"

他真正想说的是，你敢不敢把六个王子都收回来！

江斜知道谢汐怕什么，他也很无奈，道："我签订了准世界保护法，自己也不知道魂意参与了哪些准世界的设计，想收回魂意，就只能等准世界被通关。兰迪之所以回来了，是因为他只参与了这两个准世界的设计。"

这么说二王子、三王子、四王子、五王子和六王子都没回来！

谢汐现在是一点儿都不心疼王子们了。

因为失落的亚特兰蒂斯已经通关，重启为新世界。随着他的离开，魂意们也被定格，并不会在那里停留。

可问题是还有下个准世界！

执念太深的话，他们会有这个准世界的记忆。

至于执念深不深……谢汐想想最后那一幕，这要是没执念，他把脑袋切下来给他们当球踢！

他搜索到的下个准世界还是X设计的，不管碰到他们中的谁，他都是死路一条！

谢汐实实在在地被吓住了，一动不动地坐在那儿，脸白得像身后的白蔷薇。

江斜十分心疼，他这边连红雨都不下了，可见小朋友是真的被吓坏了。

他赶紧宽慰谢汐：“没那么严重。”

谢汐抬头看着他。

江斜道：“只要你和别人组队进入准世界，就会轻松得多。”

谢汐又不傻：“你的准世界……别人进得去吗？”

江斜道：“别人进不去，但我可以。”

谢汐怔住了。

江斜道：“设计者无法搜索到自己设计的准世界，但你能搜索到，只要和你组队，我也可以进去。”

谢汐顿了下：“我记得等级太高的玩家不能进入低等准世界？”

江斜道：“我有办法进入。”只是得付出些代价。

谢汐皱了下眉：“为什么？”

以江斜如今的等级，进入自己设计的准世界毫无益处，完成任务只会被倒扣收益。

江斜道：“你会遭遇这些都是因为我，我不会放着你不管。”

谢汐听他这么说，心情十分复杂……

江斜又道：“你是唯一能进入我的准世界的人，我也希望它们能够成为真实的世界。”

这话反而触动了谢汐，可他一想到那些魂意，一个头两个大！

谢汐问：“难道我只能搜索到你设计的准世界吗？”

还真是这样……

其实这也不怨江斜，真正的根源反倒在谢汐身上。

不知道是什么原因，谢汐的幸运值特别高，高得离谱。

以目前谢汐的情况，他搜索到 X 的准世界性价比最高。

X 的准世界等级高、奖励丰厚，通关任务却比同等级中的其他准世界简单得多。

其实有两个方法可以让谢汐避免进入 X 的准世界：第一是江斜讨厌他；第二是谢汐的等级高过 X 设计的准世界。

这不可能，江斜怎么可能会讨厌他？

第二条也不可能，谢汐想升级就得做任务，做任务就得搜索新的准世界，一搜索就是 X 的准世界，这是个死循环……

江斜实在不忍心打击小朋友，说道：“明天会开启开放世界，你可以去看看。”

犹如被霜打的小蔷薇振作了些：“开放世界？”

江斜：“嗯，由 Zone 发布的，不属于准世界，也很难独立成为新的世界，它是随机开放的，所有玩家都可以申请进入，会遇到什么全看个人机缘。”

只要不遇到那些魂意，谢汐就感恩戴德了！

– 26 –

开放世界给了谢汐活下去……啊呸，是战斗下去的勇气。

不过这个开放世界也不是那么轻松的事，江斜见谢汐感兴趣，便细细地给他讲了一番。

虽说开放世界没有人数限制，所有玩家都可以申请进入，但不是所有人都能进去。

递交的申请也不是百分之百通过。

比如江斜这类的，递了中庭也会无视，太强了，是BUG，不让进。

再比如连资质系统都没激活的新人，太弱了，不让进。

有机会进去的，一般是走过三个准世界以上的初中级的玩家。

高级玩家也可能申请成功，但高级玩家正处于一个上不上下不下的阶段，他们有更多更好的选择，大多数情况下不会进入开放世界。

谢汐松了口气："我应该可以申请成功。"

不过他进去了大概是最弱的一批玩家，但谢汐无所谓，和那些魂意比起来，他看谁都觉得超级可爱。

哦，眼前的X除外。

这时江斜发来了组队申请。

谢汐抬头看着他："嗯？"

江斜道："开放世界对现在的你来说危险重重，我陪你一起去。"

谢汐考虑了一下，点了同意。

他得罪不起江斜，毕竟下下个准世界还指望这位本体去安抚疯掉的魂意。

之前江斜说的，谢汐大体明白了。

没有被通关的准世界是定格状态，就像按下了暂停键般被封存在中庭。

一旦有人搜索到相关任务，准世界才会动起来。

玩家完成任务，离开准世界，下一个玩家再进入……直到有玩家通关了这个准世界。

完成通关任务后，准世界脱离中庭，同时抹去所有玩家的痕迹，成为真正的世界，在他们所不知道的地方独立运行。

就像谢汐刚刚经历过的失落的亚特兰蒂斯。

在他进入之前，这个准世界是静止的，在谢汐进去的瞬间，一切运转起来，魂意们才苏醒过来，像拿到了各自的角色和剧本般，开始测试这个准世界。

谢汐通关后，测试成功，失落的亚特兰蒂斯会抹去谢汐留下的所有痕迹，成为一个真正的世界。至于其中还会发生什么，就与谢汐无关了，而魂意们也会随之离开。

如果只是这样，谢汐没什么好怕的，甚至还很庆幸，好歹王子们不用惨兮兮地面对那巨型翻船现场。

可是还有下一个 X 的准世界！

魂意们只要没有回到江斜这儿，就意味着还参与了其他准世界的设计。

江斜说过，执念过深的话，魂意会受到影响，甚至在下个世界里想起“前世”的事。

谢汐怕的就是这句话，除了兰迪，其他的魂意都没回来，倘若他们都参与设计了妙笔绘山海这个准世界，那么……

要是他们带着这些执念去了妙笔绘山海，那这个准世界还能看吗？

谢汐这是开局就要单挑 999 级而且有五条命的超级大 BOSS 啊！

所以谢汐一定要带上江斜——如此惨淡的人生，大家一起面对。

江斜很有自知之明，知道自己越是套近乎，小家伙可能会跑得越越远，于是他说道：“你是唯一能够进入我的准世界的人，所以我必须护你周全。”

这话合情合理，也没有让人摸不着头脑的枷锁，谢汐卸下了些许防备，问道：“我们组队，你的申请就能被通过？”

当然通过不了，江斜道：“我有办法进去，不过需要你配合一下。”

谢汐还是很重视的，如果这次能成功，那下下个准世界也能成功，这样才能拖着江斜一起去体验他设计的“美丽”准世界。

“需要我做什么？”谢汐做好了心理准备。

江斜温声道：“不用你做什么，不过进入开放世界后，我可能会失去某样东西，而你千万不要帮我找回这样东西。”

谢汐微愣：“失去一样东西？”

江斜不想瞒他，直接说道：“我的朋友有个技能可以等价交换，只要我心甘情愿，他就可以对我施法。我可以用它交换一个准世界的进入权，不过它会随机取走我的一样东西。”

谢汐皱眉道：“这太冒险了。”

随机付出代价，鬼知道会被拿走什么！虽然他嫌弃 X，但也不想 X 出事。

“没那么严重。”江斜道，“所谓等价交换重点在等价，准世界的进入权不是什么大不了的事，它取走的东西也不会是太重要的。”

谢汐不认可：“总归是你自己的东西。”

江斜道：“我东西很多。”

谢汐很机警：“万一不是身外之物呢？”

江斜目露赞赏，继续说道：“所以我才希望你千万不要帮我找回这件东西。”

谢汐不太明白，但很快他眸子一亮：“你的意思是，等出了准世界，可以把失去的东西换回来？”

江斜笑道：“要利用时间差，这座花园可以设定时间相对静止，只要施法者在这里施法，我们从准世界走一个来回就是瞬间的事，而三秒内这个法术是可逆的，前提是我身上的东西没有被拿走。”

这是江斜帮秦戈争把技能刷满，又多次试验后得出的最佳方案。

谢汐松了口气：“那还好。”

不管失去什么，只要离开准世界就能重新拥有，那问题不大，毕竟他们总会回到中庭。

转念谢汐又想到：“它不至于换走你的性命吧……”

“不会，没那么高的代价。”江斜会把力量尽力压缩，拉近与开放世界的距离后，付出的代价不可能太大。

谢汐想想也对，只是进入准世界而已，代价是性命也太夸张了。

嗯……

谢汐不是怕 X 死，他只是不希望 X 因为这种事死掉，要是 X 被他乱棍打死或者被自己的魂意们给气死，那是再好不过的。

该说的都说完了，队也组好了，江斜倒是想帮谢汐参谋下资质系统，再帮他在中庭圈块地买套房种满蔷薇花……

谢汐堆起笑脸道：“没什么事的话我先回去了，等开放世界见。”

江斜：“好。”

别贪心了，回头这好不容易涨到 -388 的信任值再狂跌到 -444 怎么办。

谢汐点了离开，又回到了水幕前。

他心中还抱有那么一点儿期待，万一从开放世界出来，能把 X 的准世界刷掉呢？

虽然可能性很低，但人不能没有梦想！

谢汐精神振奋，开始研究新开通的资质系统。

完成三个主线任务后，资质系统随之开通，谢汐终于可以提升自己了！

他点开资质二字，水幕上弹出一个子页面。

第一列是搜集者专精，第二列是探索者专精，第三列是记录者专精。

与之对应的是无数的小分支。

谢汐看得眼花缭乱，不过他大体摸清楚了，当前职业选择当前专精是性价比最高的，想选择其他职业专精最好先转职，否则就要多付出近三倍的金币。

不过职业没有达到高级，转职后会失去当前所有的经验值，还是很亏。

谢汐通关了三个准世界，虽然第二个级别很低，但因为是通关，所以奖励的经验不低。

他现在是初级搜集者，经验值 60 点，满额是 100 点。

向左还是向右贡献了 20 点经验值，童话小镇贡献了 10 点，剩下的 30 点经验值全是失落的亚特兰蒂斯贡献的，足以见得准世界之间的差距有多大。

普通玩家完成一个 D 级任务，也就能得到三四点经验值，谢汐能拿到 10 点是因为他通关了童话小镇那个准世界。

之前的宋戚之所以花大价钱刷新支线任务，为的不只是最后的奖励，更想要经验值。

做F级主线任务最多也就一两点经验值，攒满100点经验简直是猴年马月的事。

所以当有人通关S级准世界后，水幕前的玩家才会那样羡慕嫉妒。

这是一劳永逸啊，一个任务抵得过别人几十个任务！

虽然难度也是其他任务的几十倍……

谢汐想想自己的经历，再看这60点经验值便觉得艰难得很，他不转职，他舍不得这辛辛苦苦换来的经验值！

好在搜集者专精还挺适合他。

搜集者在视觉、洞察力、嗅觉以及承重力上有加成，后期甚至可以扩展道具栏。

这时金币的好处可算是显现出来了，商城里的东西还是用银币交易，而这里起步就是十金币，相当于一千银币，以F级准世界的奖励来换算，想增强资质，怕是要刷任务刷到吐。

谢汐就不一样了，轻轻松松就把初级搜集者现有的资质全部点满。

因为还有余钱，他又在“身轻如燕”上花了六百金币。

这个资质是初级记录者的，效果是跑得快一些，谢汐想想自己分身乏术的赶场经历，急需腿脚灵便。

谢汐把感兴趣的都点了，还剩下两千多金币。

这要是让其他玩家知道，只怕要眼红！

开什么玩笑？

他们多少人都是经验值满了，通过初级考核，晋升到中级玩家了却还在为初级资质愁到秃头！

穷！

没钱！

加不起资质！

保存资质后，谢汐感觉到一阵暖流涌入身体，他像被里里外外洗涤了一番，视线开阔了，身体轻松了许多，抬抬腿似乎能轻松跑个马拉松。

这挺有趣。

谢汐扬唇，总算有种付出没白费的欣慰感。

反馈到江斜那里，就是飘了好几个绿色+1。

为了组队进入开放世界，谢汐又去了那座花园，这次白色蔷薇花成了天空般的浅蓝，一片一片的，像翻涌的海浪。

谢汐心道：难怪四王子会喜欢蔷薇花，是因为X吧，本体喜欢，魂意也喜欢。

谢汐见到了江斜的朋友，一位高大冷峻的男人，叫秦戈争。

江斜给他们做了介绍，谢汐留意到秦戈争的耳朵是尖尖的，不像人类。

不过这是 X 的朋友，本着物以类聚的基本原则……

谢汐敬而远之。

谢汐通过了中庭申请，所以他轻松地进入了开放世界。

他刚落地，还没顾得上看任务面板，就发现江斜在他身边。

谢汐十分好奇他被拿走了什么……

异瞳男子微微皱眉，居高临下地看着他：“你是谁？”

KUWEI
酷威文化
图书 影视

游戏加载中

下册

龙柒 著

江苏凤凰文艺出版社
JIANGSU PHOENIX LITERATURE AND ART PUBLISHING, LTD

目 录

Contents

第六章
开放世界 上

－1－

进入准世界不是什么了不起的事，被交换的也不是什么重要的东西。由此可推出 X 的脑子……哦，是记忆并不重要。

谢汐瞬间失去了好奇心，认真看信息板了。

本以为带了个满级高手下副本，谁知道一秒变“菜鸟”，谢汐的确需要冷静冷静。

他凝神看向任务信息板，和之前的准世界不同，这次没有游戏名，直接是欢迎来到开放世界，请仔细阅读以下内容。

下一行内容就让谢汐看得微怔。

注意事项：禁用所有技能，禁用道具栏，禁用宠物。

全都被禁了，这一刹那，谢汐更嫌弃自己的队友了。用不了技能，用不了道具，还没了记忆，他这队友到底有什么用？

可怜叉烧包也没法出来玩了，谢汐怪心疼的。本来回到中庭后，为了不惹人注意，他把小猫咪放在了宠物空间，这下好了，想拿都拿不出来了。

罢了，开放世界不比准世界，还是有很多玩家的。准世界的原住民看不到小猫咪，但玩家却可以看到，小猫咪本身太珍贵，他抱着小猫咪就像一个穷学生背着几万块的包，旁人不侧目才怪。

至于禁用技能和道具，谢汐也还能接受，反正他等级低，本身就用不了太强大的道具。

技能的话，如今 X 没了记忆，他也不敢召唤 X 的分身。而最新得到的那个随机带走一样物品的能力不是战斗技能，本身在世界里的作用就不大，用不了就用不了吧！

如此分析下来，谢汐越发觉得自己根本没必要组队进入！

他继续向下看，是主线任务：1. 欣赏出生的太阳。

谢汐一脸蒙，这叫什么主线任务？

主线任务无法看品级，但谢汐相信自己在这方面的运气，一般不会刷到比较差的任务。

什么叫欣赏出生的太阳？这个开放世界想看出生的太阳是很难的事吗？

谢汐没忽视那个序号 1，难道这个主线任务有后续？

谢汐暂时无法确定，只能继续向下看支线任务。

支线任务是需要搜索的，谢汐搜索了一下，很快就弹了出来：1. 搜集一捆树枝。

这么简单吗？

支线任务能够看品级，这个明晃晃的紫色任务让谢汐无法掉以轻心。

难度等级是从灰色到金色，以这个开放世界的等级估计很难出现金色任务，紫色就是最高了。

而谢汐这个搜集树枝的任务竟然是紫色的。

是树枝太难搜集，还是系统中风了？

后者肯定不是，前者也没道理，所以……谢汐盯着那个序号 1，觉得秘密应该在这上面。

欣赏出生的太阳还需要等时间，搜集树枝却不用，一会儿他就可以去试试。

谢汐继续向下看，开放世界是不可以读档的，又因为不能用技能和道具以及宠物，所以玩家只有一条命。

死了就是真死了，没法复活。

谢汐绷紧神经，不敢大意。

查看信息面板并没用太多的时间，这些念头不过是在谢汐脑中一闪而过。放到现实里，他也就是呆了一下。

江斜还在看着他，模样高深莫测。

如果谢汐不是知道他已经失忆，还真要被他给镇住。

可现在……装，接着装！

谢汐不理他，淡定地看向四周，先打量环境……

他们在一个高坡上，脚下是肆意生长的野草，前头是一望无际的森林，后头是高耸入云的山。

非常别扭的是，这高山光秃秃的，连根草都没有，裸露在外的岩石更是写满了不科学。

前头的森林也很古怪，树都是一个样子，只不过粗细高低不同。

再看脚下的野草，更加随意地密密麻麻铺了一地，浓浓的复制粘贴既视感。

这么敷衍！好歹也是由 Zone 开启的世界，至于这么糊弄吗？

这一对比，谢汐竟觉得 X 设计的准世界很高级，大概就是 2D 像素小人和画面精良的 3D 大作之间的区别。

除了有些粗糙，暂时没发现有什么危险，谢汐收回视线，看向了身边的江大爷。他拿出在两个世界训练出来的演技，疑惑地看江斜："怎么了？"

江斜微眯着眼睛。

谢汐扬起笑容，一副与他相熟的模样，他得试探下江斜都忘了什么。

江斜盯着他，视线极具穿透力。

谢汐竟被他看得有些别扭，笑容十分僵硬。

江斜走近他："为什么心虚？"

这么敏锐吗？记忆都没了就不能老实点儿！

谢汐受不住这种压迫感，后退一步拉开些距离："你怎么会问我是谁？我们是一个队的。"

江斜眼睫微垂，似乎是在查看系统面板。

谢汐凝神观察他，心里有了点儿底，看来这家伙还记得中庭，只是把他给忘了。想来也是，江斜不知道在中庭待了多久，记忆太多，哪会全部被抽走。

谢汐稍稍松口气，想的是：这家伙好歹没失忆成傻子，还有些用处。

谁知江斜下一句就是："我为什么会和你组队？"

这让他怎么回答！

谢汐肯定不能说实话，因为不能让江斜想起失去的记忆，这样的话他离开开放世界就会彻底失去被拿走的记忆了。

唔……好像没了也没什么。谢汐感觉江斜只是把他给忘了，反正他俩也没多大关系，忘了就忘了呗。

不行！

谢汐马上想到，坚决不能让江斜忘了他，他还指望下个世界和江斜一起去面对疯狂的魂意呢！

就这么忘光了，X 不再和他组队了怎么办？

况且谢汐也不能确定江斜究竟忘掉了什么，万一不只是他呢？

江斜会进入这个世界，是为了帮他。谢汐虽然嫌弃江斜，但也不能这样坑一个想要帮自己的人。

谢汐脑袋瓜一转，有主意了。

他眨眨眼睛，看向江斜："师傅，你把我忘了吗？"

江斜愣住了。

谢汐道："你不是说要带我来开放世界见见世面吗？难道全都忘了？"

江斜眉峰皱了皱，似乎在思考。

谢汐心里有了主意，也不心虚了，不让江斜想起他的最好办法就是弄一段虚假的记忆。反正江斜都忘了，他瞎扯一通，能把江斜糊弄住就行！

嗯……糊弄不住也没关系，江斜怀疑的话，只会离真相越来越远，这样也不会有找回记忆的风险。

谢汐发挥着骗过六个魂意的精湛演技："这可怎么办，你是把我们的事全忘了吗？"

江斜不愧是魂意们的"老祖宗"，顿了下，问道："我们的事？"

"对啊，"谢汐略带些不好意思地说道，"我现在想想也觉得不可思议，我不过是个新人，一无所长，竟然会被您收为徒弟，真是受宠若惊。"

江斜盯着他看了好一会儿："我是你师傅？"

谢汐用力点头，认真地说道："您还带我去过花园，里面的蔷薇花太美了。"

这话让江斜眸色微闪，他轻声问道："蔷薇花是什么颜色的？"

幸亏谢汐是真的去过，他道："有一次是白色的，还有一次是蓝色的，都特别好看！"

谢汐回答得不错，警惕的 X 师傅神色放缓，他轻声道："别骗我。"

谢汐扬着灿烂的笑脸："我怎么会骗您。"

谢汐心里翻着白眼：骗不死你。

谢汐勉强稳住了江大爷，心里还挂念着自己的任务，问江斜："师傅您的任务是什么？"

这声师傅叫得江斜心一麻，他道："主线任务是探索地下迷宫，支线任务是搜集树枝。"

他们虽然组队了，但没共享任务的话是看不到的。

探索地下迷宫？听起来不太容易，不过支线任务似乎和他一样？

谢汐问道："只是搜集树枝？"

江斜直接把任务共享给他。

谢汐看到了，主线任务搜索地下迷宫是看不到品级的，而支线任务搜集树枝是灰色的。

同样的搜集树枝，谢汐因为有个序号 1 就是当前世界最高品级紫色的，江斜的则是最低品级灰色的。

谢汐轻咳一声。

江斜道："我的任务无所谓，你不说我是来陪你的吗？"

"对，"谢汐道，"师傅本来看不上这么个低等世界，通关了也没什么奖励。"

这话好听，江斜问："你的主线任务是什么？"

谢汐把自己的任务共享了。

做了半辈子"非酋"的江老邪同志沉默了。

谢汐问："是不是太简单了？"

江斜道："你运气很好，引导性任务大多奖励丰富。"

谢汐好奇地问："引导性任务？"

江斜道："完成一个还有下一个，按照序号持续出现新的任务。"

果然有后续任务！

谢汐随口奉承道："师傅懂得真多。"

江斜眸子闪了闪："别高兴得太早，引导性任务的难度是逐步递增的，你完不成最后一个任务就无法离开这个世界。"

谢汐笑道："不怕，有师傅在。"

谢汐又问："师傅不会丢下我，对吧？"

江斜生硬地移开视线，大步向前道："去搜集树枝。"

谢汐看了看他，不由得笑弯了眼睛，这样的江斜有种三王子加尔的既视感。果然魂意反应的是本体性格！

谢汐跟着他下了高坡，去森林里搜集树枝。

树枝的确很好找，遍地都是，捡就行，谢汐能随机搜到这个支线任务，运气真是好。

谢汐很快就捡了一大捆，江斜的支线任务直接完成，而谢汐这里出现了后续任务：2. 就近找个山洞。

江斜问："接下来的任务是什么？"

谢汐愣了下："您看不到吗？"

江斜道："共享任务只共享当前任务，引导性任务会刷新，需要重新共享。"

原来是这样，谢汐嘟囔："这么麻烦，那岂不是每次刷新都要共享一次……"

江斜道："不共享也没关系。"

谢汐已经共享了，但他想到以后会有更多任务，便道："那好，下次我直接告诉师傅！"

江斜眸光微闪，应道："嗯。"

谢汐察觉到江斜还在怀疑自己，不过谢汐也能理解，一个失忆的人，忽然碰到个陌生人说是他徒弟，谁都会怀疑吧。

慢慢来，反正他又不打算坑江斜。

就近找山洞也简单，完成这个支线任务后，又出现了 3 号任务：生起篝火。

谢汐不会生火，江斜却有丰富的野外生存经验，没怎么费事就点着了火，谢汐赶紧找干草引燃，折腾了一会儿后完成了 3 号任务。

谢汐为了让江斜安心，哄他道："师傅真厉害。"

外头天色已暗，篝火的橙色光芒照在少年白净的脸上，线条秀美可人。他的声音也特别好听，清脆悦耳，说的话更是像抹了蜜一样甜。

江斜要不是看到那 -365 的信任值，真要信了他是自己的小徒弟。

－2－

在开放世界中所有技能都是被禁用的，当然也包括查看信任值的技能。江斜看到的数值是进入开放世界前最后一瞬间的数值。

他进来后无法继续使用这个技能，所以信任值停在了-365，无论是涨还是掉，都不会再刷新。

江斜自从拥有这个鸡肋能力，从没见过这么低的分数。

原来这玩意儿还有负数，还是-365，这一天减一点儿，也得嫌弃一整年才能凑够。他到底做了什么，惹得小朋友这么嫌弃他？

江斜是不信谢汐的那通师徒论的，他不可能收一个信任值跌成这样的徒弟。

可惜他忘了前因后果，也弄不清自己到这个开放世界做什么。不过他既然和小朋友组着队，就先看看吧。

篝火升起来后，谢汐的支线任务又刷新了，他说："师傅，4号任务出来了。"

江斜越发确定这不是他的徒弟了，就这一声声的师傅叫着，他的耳朵怎么受得住。他心里这样想，面上却四平八稳，不要太有师傅范儿："是什么？"

谢汐哪知道江斜心里那些弯弯绕绕，皱眉念道："坚持十分钟。"

这叫什么任务？坚持十分钟？坚持做什么……

谢汐想不明白，江斜却猛地起身，一把将他拽到身后："小心。"

谢汐虽然加强了搜集者的资质，但毕竟只是初级，并没有察觉到洞口的变化。

江斜将他拉到身后，随手抄起一根树枝，猛地刺出，只听"扑哧"一声，竟是贯穿了某个东西。

谢汐这才隐约看清楚！

洞外不知道什么时候已经一片漆黑，是连月光和星光都没有的黑，仿佛挡了一块厚重的黑布。

而黑布上有影子在摇晃，是人形的，迟钝笨拙，像是……像是……僵尸！

被江斜刺中的影子倒地，摔在了洞口，绿色的腥臭液体从它的脖颈处涌出，腐烂的头部也在摇曳的篝火下显出可怖的形状。

谢汐哪里见过这阵仗！

江斜眼角瞥到小朋友苍白的脸，他低声道："待在这儿。"

谢汐点点头，倚着墙壁站在了山洞最里面。

江斜抄起树枝，对上不断涌进洞口的僵尸。

谢汐睁大眼看着这惊心动魄的一幕。

开放世界禁用了技能和道具，所以江斜没有武器，而他竟把一根树枝使出了这样的威力！

那树枝还是谢汐捡的，他很清楚那就是普通的树枝。可如今它哪里像根树枝，说是神兵利器也不为过！

只是听别人说X有多厉害，谢汐还不觉得怎样，真正看到才深深体会到初级玩家和真正的设计者之间的差距。

要知道X没用任何技能和道具！

谢汐屏气靠在边上，没有上前，他帮不了忙，过去了反而碍手碍脚。他算是知道 4 号支线任务的意思了，坚持十分钟，是要在僵尸的袭击下坚持十分钟！

这要是没有江斜，他坚持得住吗？谢汐握着树枝的手全是汗。别说十分钟了，他连十秒钟都坚持不住！这么多僵尸，源源不断地涌过来，正常玩家都坚持不住吧！

再说坚持十分钟之后呢？难不成这如海般的尸潮会退下去？

绝不可能！

怎么办？

他忍不住想，如果江斜不在，这个任务难道就完不成了？

不对，谢汐冷静下来，江斜说过引导性任务的难度是递增的，这才 4 号任务，难度不该一下子提高这么多。

3 号任务只是生起篝火，4 号任务怎么就要人命了？

篝火……

谢汐心思一动，他看向那些面目溃烂的僵尸。

这开放世界外头的草木石头都粗糙得很，僵尸却逼真得让人作呕，腐臭的脓血，青紫的肌肤，歪掉的五官和扭曲的四肢……

谢汐忍着恶心，凝神打量了一会儿后，大声道："师傅，是篝火把它们引过来的！"

江斜微怔。

谢汐咬牙上前，拿起一根点燃的树枝，对着僵尸扔了过去！

僵尸看到火苗，立马像飞蛾般扑了过去。

他猜得没错，这些僵尸是被山洞里的火苗给吸引过来的！

树枝到了外头就熄灭了，僵尸又转回来。

谢汐冲向篝火，江斜道："等下。"

谢汐看向他。

江斜快速道："别让篝火熄了。"

谢汐睁大眼："可是……"不熄灭篝火会引来更多的僵尸，照这样耗下去，哪怕是江斜也会撑不住的！

江斜拿起一根燃着的树枝，向标枪一样掷了出去。

僵尸们看起来是没太多思考能力的，他们虽然被篝火吸引过去了，但只要见到更近的火苗，便又一股脑地冲过去。

这只是暂时的，投掷出去的树枝很快就会熄灭。

谢汐虽然不知道江斜为什么要制止他熄灭篝火，但他本能地信任江斜，所以没有贸然行动。

江斜趁着僵尸分散注意力时，快速说道："他们很多都没有眼睛，看不到火焰，应该是感觉到的，如果把篝火熄灭，我们两人的体温会成为吸引他们的新目标。"

谢汐心里一惊，瞬间明白，僵尸不是趋光，而是在感受热源。

他刚才要是把篝火熄灭，山洞里只剩下他们两个人，可就完蛋了！

江斜说话的同时熄灭那些快被烧光的树枝，接着拿起所有还在燃烧的树枝……

谢汐意识到他要做什么，瞳孔猛缩，心一急，顾不上叫师傅了："你……"

江斜竟还笑了下："这么聪明的小徒弟，为师当然要保护好。"

谢汐一怔，江斜已经拿着所有还在燃烧的树枝冲了出去。

僵尸像疯了一样地去追他，一个都没留下。

谢汐闭了闭眼，告诉自己：江斜不会有事，这是个低阶世界，他不可能出事！

他虽然这么想着，却在不受控制地颤抖，谢汐手心全是汗，后背也全是汗，可是却没缩在原地，他用力踩着刚熄灭的树枝，将它们的余温分散到坚硬的石头上。

可惜这山洞里连土都没有，否则他肯定会用土将这些焦黑的树枝给埋个干干净净。

江斜当然不会有事，这些行动迟缓的僵尸怎么可能伤得到他？不过他怕小朋友担心，虽然他不知道信任值 -365 的小朋友会不会担心他……

他没跑太远，怕再有僵尸去山洞欺负小朋友。

江斜回到山洞时，看到凝声静气躲在边上的谢汐。

外头没有光，山洞里也一片漆黑，江斜的视觉资质很高，有夜视的能力，所以看得清清楚楚。谢汐却什么都看不到，但他在这样漆黑的危险环境里，已经做到了最好。

江斜看到了被踩得毫无温度的木炭灰，也看到了努力一动不动、喘气声都很轻、睁大眼睛尽量环视周围可其实什么都看不到的小朋友。

"是我。"江斜开口，"暂时安全了。"

他话音刚落，便见谢汐紧绷的身体放松下来，睁大的眼睛也弯了弯，像只警惕的小猫收起了爪子。

谢汐在江斜走近后才模模糊糊看清了他的轮廓，松口气，伸了伸手，抓住了江斜的衣服。

谢汐靠近他，小声道："多谢师傅，幸亏有你在，否则我死定了。"

师傅叫得假模假样，道谢却是真心的。

谢汐道："我太鲁莽了，要是真的熄灭篝火，这会儿就糟糕了。"

江斜不乐意听："是你发现篝火引来的僵尸。"而且是在那样危险、紧张的时刻用那么短的时间发现的。

谢汐很惭愧："我以为是光，完全没想到是温度。"

江斜又道："那是因为你看不清僵尸的模样。"如果谢汐有他这样的夜视能力，早就会知道是温度引来的僵尸了。

谢汐眨了眨眼睛："我是在反省。"

江斜无语。

谢汐乐了，又道："师傅，严师出高徒。"

两人说话的工夫，4号任务完成了，谢汐默默松了口气，他很怕这个坚持十分钟指的是在僵尸的围攻下坚持十分钟，看来只要在山洞里坚持十分钟就行。

江斜很敏锐，知道他在想什么，刚想安慰他，又忽地顿住了。

"有人来了。"他压低声音对谢汐说。

谢汐睁大眼睛，可惜他的视觉资质只比普通人好一些，根本看不清楚。

江斜轻声道："三人，两男一女。"说完他不出声了，因为那三人已经跑了过来。

谢汐听到了脚步声，也听到了他们急促的喘息声和说话声。

"这里有个山洞，我们先进去躲躲！"说话的是个男人。

一个声音粗犷的男声响起："放开我！你们不管他，我要管！"

"啪"的一声，似乎是谁打了他一巴掌，一个女人道："陈庆已经被僵尸咬了，你回去也是救一个僵尸！"

那粗犷的男声道："我不能丢下他，他就是变成僵尸也无所谓，只要能完成任务，回到中庭……"

"你疯了！"女人道，"他变成僵尸就是死了，死人是不可能回到中庭的！"

粗犷的男声怒道："他就是死了，我也要把他的尸体带回去！你们放开我！"说罢他忍无可忍，开始反抗挣扎。

谢汐看不清楚，只能靠听力去分辨，那粗犷的男人似乎被绑着，这会儿剧烈挣脱，另外的男人和女人已经压不住他了。

女人道："孔戎良你这个死脑筋！要死就去死吧！"说罢她似乎松开了手。

那叫孔戎良的男人什么都没说，冲出了山洞。

女人跺了跺脚，骂了一句后追了出去，留在山洞里的男人犹豫了一下，居然也跟了出去。

三人自始至终都没看到江斜和谢汐。

江斜自然是看得明明白白，不过他是陪谢汐来这个世界的，所以他问道："要出去看看吗？"

谢汐面色平静，声音也没多少起伏："去看看。"

江斜嘴角弯了弯："想救他们？"真是个善良的小朋友。

谢汐："师傅在说什么？素不相识谁救得了谁？我们不能一直留在山洞里吧，外头的火很快就会熄灭，在这里岂不是死路一条？"

谢汐虽然这么说，视线却飘啊飘，忍不住找那三个人。

开放世界的确奇怪，刚才还是伸手不见五指，这会儿天色却亮了起来，周围环境都能看个大概。

谢汐抬头，没有见到太阳。

看来他那个序号 1 的主线任务没那么简单。

也不知道是不是天亮的原因，这边的僵尸少了很多，可前头的森林还是漆黑一片，让人毛骨悚然。

这时响起了凄厉的惨叫声：“走，老孔你走，别管我！”

谢汐看到了那两男一女，还有一个趴在地上的男人。那人下半身血肉模糊，还在汩汩冒着脓血，散发着腐臭味。

谢汐猜这个人肯定就是被僵尸咬了的陈庆。

孔戎良声音粗犷，个子也很高，长得像他的姓氏一样孔武有力，他步子大，跑得飞快，径直向趴在那儿的陈庆跑去。

陈庆忍着剧痛，大声喊道：“我让你走，老子让僵尸咬了！两条腿都没了！你再过来，老子就把你也咬了！”

孔戎良却没有停下来，额间青筋暴起，嘴唇颤抖着，似乎在自言自语，可惜离得太远，谢汐听不清他说了什么。

谢汐皱眉，他想说话又忽地顿住了。

支线任务刷新了——

5. 救他们。

5. 杀了他们。

序号 5 的任务为什么会有两个，而且是自相矛盾的？

– 3 –

谢汐把新的支线任务共享给了江斜。

江斜看到后眉峰微扬，为他解惑：“要做选择，不同的选择会导向不同的结局。”

谢汐问：“他们都是玩家，为什么会被分配到任务里？”

江斜反问：“这是个真实的世界，玩家为什么不能成为任务？”

谢汐如醍醐灌顶。

准世界是真实的世界，玩家也是真实的存在，在中庭世界里，这两者没有任何区别。准世界里的一切都可以被用来发布任务，那玩家也可以被安排到任务里。

谢汐盯着远处的四个人，脑子转得很快。

任务是救他们或者杀他们，谢汐盯着“他们”这俩字。他们指的是谁？陈庆和孔戎良，还是说那四个人都要救？

从目前的情况来看，他们那边还算安全。

陈庆被咬了，目前没有变成僵尸，即便变成僵尸，一个没了双腿的僵尸战斗力也很低，就算孔戎良心软，他身后的一男一女也不会坐视不理。

那么危险到底是什么？为什么不是救陈庆而是救他们？

以谢汐现在的视觉看不到太远，他问江斜：“师傅，他们身后是不是有僵尸？”

“我看看。”江斜眯起眼睛，定睛看了下后说道，“森林里的黑雾是向外扩散的，照这样下去，里面的僵尸会靠近他们。”

江斜这么一说，谢汐明白了，看来救他们就是要带他们远离黑雾和僵尸！

江斜知道谢汐有了决定，但他还是问了句：“怎么选？”

救还是杀，都无所谓。江斜见多了这种选择题，很清楚重点是什么——看清本心才是最重要的。

这里没有救世主也没有恶魔，不后悔是真正的信条。

谢汐道：“先救，救不了再说！”

他只是个普通人，做不到说杀人就杀人，也不可能为了陌生人不顾性命。他能做的只有尽力，救不了无非放弃任务，支线任务又不是非做不可，没必要为了点儿奖励而背负杀人的罪恶感！

江斜并不意外，嘴角扬了扬：“嗯。”

怎么救，谢汐是有想法的。虽然这些僵尸数量多且凶猛残暴，但很好对付，他们没脑子，只知道跟着热源跑，要救那几个人，只要往反方向引火就行。

这时，孔戎良已经赶到了陈庆身边，二话不说，也不管陈庆下身的脓血腐臭，低头就要把人给抱起来。

陈庆还在骂他：“孔戎良你有点儿脑子行不行，我都这样了你救个屁啊！我活不成了，我腿都没有了，也用不了道具，只有死路一条！”

孔戎良闷不吭声，已经把人抱了起来。

“你个大傻子！”陈庆骂着骂着，眼泪一把鼻涕一把，本就污秽不堪的脸更难看了。

这时那女人尖叫一声：“僵尸……僵尸又来了！”

森林的黑雾忽然加速，里面的僵尸像是闻到肉味的野兽一般，发出让人头皮发麻的低吼声，不断靠近。

那男人面色苍白，终于忍不住了：“程菡，别管孔戎良了，我们快走吧！”

程菡看看越来越近的黑雾，再看看浑身沾了脓血却死也不肯丢下陈庆的孔戎良……

她咬牙，终于狠下心：“管不了他们了，田涛我们先走！”说罢她跟着田涛飞快地向着明亮处跑去。

他们的资质应该都不错，腿脚特别快，跑了没一会儿就不见踪影了。孔戎良却是力量型的，他抱着陈庆，大概也怕太过颠簸会加重他的伤势，所以跑得很慢。

眼看黑雾靠近，僵尸就要扑过来了。

陈庆声音都哑了：“孔戎良你个傻子，能被中庭选中的都是被原世界抛弃的废物，我早就该死了，不值得……”

“不。”孔戎良瓮声瓮气地道，“你不是废物，上个世界要不是你，我早死了。”

陈庆骂道：“那你就珍惜你这条狗命啊！老子救你不是为了让你送死的！”

孔戎良又不出声了，继续跑。

谢汐在放火，听不太清他们说了什么，只隐约听到了陈庆的大嗓门——被中庭选中的都是被原世界抛弃的废物。

X 也告诉过他，他会被选中是因为没人再需要他，而他也不再需要那个世界，所有玩家都是这样吗？

那……X 呢？

谢汐脑中闪过了六王子西里斯。他说过的那句话让谢汐始终无法忘记——塞因，海底没有光。

火点着了，谢汐不再多想，努力让火势蔓延开来。

江斜道：“这里交给我，你先过去。”

他们将火点在了孔戎良和陈庆的反方向，这样僵尸就会放弃那四个热源，向这边奔过来。江斜催促谢汐先去孔戎良他们那里，这样比较安全。

谢汐道：“我们在一起。”

“客气什么。”江斜弯唇道，“我不是你的师傅？”

江斜这似笑非笑的模样让谢汐有些心虚，谢汐觉得 X 肯定知道自己在骗他，肯定知道他们不是师徒关系！

但是……越是如此，谢汐越不能让他想起来。

谢汐眨眨眼睛道：“正因为你是师傅，才要在一起。”

江斜：“嗯？”

谢汐又道：“徒儿跟着师傅，不是天经地义？”

江斜明知道这小骗子在瞎说，却还是嘴角微扬，罢了，只能看看信任值来让自己清醒下了。

这里大火熊熊，僵尸们果然被转移了注意力，一个个向着这边走来，连带着那黑雾也向这边蔓延开来。

江斜和谢汐立刻从侧翼离开，两人一前一后追上了孔戎良。

孔戎良脑袋一根筋却不傻，他一看那火势就知道是人为的，此时谢汐和江斜一出现，他立马明白了：“多谢！”

谢汐道：“火很快就会熄了，我们赶紧找个地方躲起来！”

孔戎良连连点头，怀里的陈庆又开始骂人：“你把我放下来，别再拖累了旁人！”

谢汐看了他一眼，又很快挪开，果然近看更可怕……这又是脓血又是腐肉的，亏了孔戎良不在乎。

江斜一眼就知道谢汐在想什么。他稍微提速，不动声色地隔开了谢汐和孔戎良，刚好挡住了陈庆。

谢汐一怔，看向他。

江斜对他眨了下左眼。

谢汐僵硬地转头，直视前方，心里冷不丁蹦出四个字——花里胡哨！

考虑到这很不尊师重道，于是谢汐忍住没说出来。

江斜和谢汐放得这火不小，足足烧了七八分钟。这么长的时间足够他们与僵尸拉开距离，暂时躲到了一个山脚下。

僵尸追逐热源却又怕这世界的光，所以这亮堂的岩石下是相对安全的。

孔戎良把陈庆放下，又向谢汐和江斜道谢。

谢汐摇头说："没什么。"他的确没做什么，只不过放了把火而已。

江斜看向他，没开口，谢汐却知道他是在问任务进度。

谢汐看了一眼便愣住了。

江斜不明所以。

谢汐直接把支线任务共享给江斜。

6. 给他找双腿。

6. 杀了他们。

居然又是选择题，而且什么叫找双腿？给谁找，陈庆吗？找了又怎样？还能安回去不成？

另一个选项更毒，不找腿就不找呗，干吗要把人给杀了？还要杀他们？是担心只杀陈庆，孔戎良会报复？所以全杀了灭口？

这支线任务怎么这么不正经！

谢汐看向江斜，江斜也在看他。

谢汐嘴巴动了动："我去找腿。"

江斜："等着，我很快。"

谢汐："我去。"

江斜："徒儿要听话。"

谢汐有点儿后悔假装师徒了，他就该说自己是江斜的救命恩人，江斜为报恩情才来陪他做任务的，所以要听话的是江斜才对！

可惜已经晚了。

不过，找双腿不是什么难事，这里遍地是僵尸，以江斜的身手，很轻松就能找到一双腿。

孔戎良正在焦头烂额："怎么办？你这伤势我该怎么帮你处理？"

陈庆骂他："处理个屁，老子只剩上半身了，神仙也救不了！"

孔戎良道："只要能回中庭，就可以治好。"

陈庆道："回不去了，我这样怎么能完成任务！"

孔戎良说："我会帮你，一定能行的。"

陈庆道：“做梦吧你，等我变成僵尸，先咬死你！”

谢汐看向陈庆，陈庆在孔戎良那里凶得要死，看见谢汐却老实了许多，声音也正常了些：“这位小哥，你赶紧带这傻子走吧，我真的会拖累死你们的！”

谢汐想想自己以后得面对更恶心的僵尸，便强迫自己多看看这半吊子僵尸：“我们走了你怎么办？”

陈庆一顿，道：“大不了就是死。”

谢汐道：“死很容易，万一你想死却死不了呢？”

陈庆一愣。

谢汐语重心长地道：“你看你这样子还没失去理智，说明这没脑子的僵尸也不是那么好当的，万一你成了新物种，有理智、会思考却有吃人的冲动怎么办？”

“别说我没提醒你，”谢汐眯起眼睛，“到时候你可是求生不得求死不能。”

傻大个和半吊子僵尸被唬得一愣一愣的。在不远处弄双腿的江斜耳朵太好使，听了个清清楚楚。他低笑：“这小骗子。”

江斜拖了双腿回来时，孔戎良和陈庆都老老实实、安安静静的，甚至有些凄凄惨惨的。

谢汐一副耳根清净的模样。

江斜知道他怕这恶心的东西，把腿放在了身后：“找到了。”

谢汐眼睛一亮，奉承道：“师傅你果然很快。”

很快算夸奖吗？姑且算吧，江斜将腿扔到了陈庆旁边，顺势把陈庆给整个挡住。

他示意了谢汐一下，谢汐明白，去看下一个任务。

7. 把双腿给他安上。

7. 杀了他们。

－4－

谢汐分享了新任务，眼神里写满了：傻大个和半吊子僵尸是得罪这个开放世界了吗？为什么总要他们死。

江斜读懂了他的眼神，却说了与此无关的话：“你运气真好。”

给半吊子僵尸安装僵尸腿是运气好，还是说杀人是运气好？自从离开了原本的世界，谢汐就信不过自己的运气了。这“好运气”给他带来的全是生死时速修罗场！

孔戎良和陈庆都看到江斜带回了两条僵尸腿，两人都是满脸蒙的表情。

孔戎良更是来了句：“你们要是饿的话，我这里还有吃的。”

陈庆一双腿没了也不妨碍他给孔戎良一棒槌：“闭嘴！”

孔戎良老实了，但眼中还是写满了：恩公要是想吃饭我这里有更好吃的，僵尸腿什么的还是……

谢汐翻了个白眼，对杀了他们这个选项有点儿心动！

“陈庆，”谢汐看向半吊子僵尸，“你想站起来吗？”

陈庆愣了愣，有些不明白。

谢汐心中有了些模糊的概念，只是不太确定，不过这不妨碍他发挥演技开始忽悠。

“我不确定是否会有副作用，也不确定你受不受得住，甚至不确定你还能保持理智多久。”他天生一张白净的脸蛋，瞧着稚嫩，可一旦用这种没有起伏的声调说话，反而有种别样的震慑感。

陈庆脸上全是污垢，只一双眼睛亮起来了：“你能让我站起来？”

谢汐道：“可以试试。”

比陈庆更激动的是孔戎良：“恩公！请救救他吧！”说完，这大汉“扑通”一声跪下了。

“别高兴得太早，我不确定会发生什么，”谢汐眼神凌厉，压低声音道，“你也看到了，这是条货真价实的僵尸腿，也许你能凭借它站起来，也许你会被它感染成为真正的僵尸。”

陈庆冷静下来了。

谢汐盯着他问：“即便这样，你也想试试吗？”

如果陈庆不想，谢汐就不会做。

这是谢汐的任务，却是陈庆的未来，不经过当事人的同意，贸然行事与杀人无异。一个支线任务而已，大不了放弃。

陈庆直勾勾地看着那双僵尸腿，一声不吭。

谢汐也不说话，等着他给出答复。

过了好一会儿，陈庆开口：“能答应我一个要求吗？”

谢汐问：“你说。”

陈庆道：“如果我彻底变成了僵尸，请杀了我。”

老孔同志瞬间泪眼汪汪。

谢汐看着这个满脸污垢、淌着脓血，已经看不清原本面目的男子，点头道：“可以。”

听到他这平静的两个字，陈庆如同卸下了重担一般，坦然道：“麻烦了！”

能活着，谁会想死？能有一线生机，谁会舍得放弃？哪怕是踩在针尖上，踏在钢丝绳上，只要能踏过黄泉，回到现世，谁都会硬着头皮走到底！

谢汐在傻大个和半吊子僵尸这儿装得沉稳冷静，其实心里没底，他看向江斜。

江斜满眼笑意，薄唇动了动：“安就行。”

谢汐没太看懂，眼睛里有迷茫：“按住？”

江斜喉结滚动了下，慢慢说："对准，放好。"

谢汐可算看明白了些，又忍不住问："能行？"

江斜想想他方才那"胸有成竹"的模样，有些好笑地道："可以的，小神医。"

谢汐只看懂了前半句，后头的没看懂："小什么？"小心些？

谢汐轻出一口气开始安腿了。

支线任务给了这样的提示，就不会是无法完成的任务，所以应该是能够把腿给安上的，至于怎么安就得摸索着来了。

让谢汐比较犯愁的是这画面太恶心了。

江斜应该是选了双比较齐整的僵尸腿，可冲击力也极大。亏得谢汐在之前的世界死多了，对血腥画面的承受力强了许多，要不真要破功，先去一边吐了。

江斜倒是想帮他，可这个支线任务不比找腿，找腿他可以帮忙从远处找来摆在这儿，也算是谢汐找到的。安装就不行了，必须谢汐亲力亲为。

他看着小朋友恶心得面色苍白，在心里苦笑：江斜头一次知道自己还有犯贱的属性，要不怎么会对着 -365 还觉得心疼？

不过，江斜又想，等出了这个世界，信任值肯定会大变样，保守估计……怎么也得正 365。

谢汐把僵尸腿摆在了陈庆的身下，看着两坨烂肉，眼睛都快被熏得睁不开了。这样真的能行？

谢汐看了一眼支线任务——还真的行！

7 号任务消失，又出现了新的任务：

8. 对他使用修复术。

8. 杀了他们。

谢汐直接无视了第二个选项，盯着第一个选项看。

修复术？这是什么意思？

谢汐把新任务共享给了江斜。

江斜一点儿都不意外，低声道："技能。"

谢汐连忙点开系统界面，进入了技能的子页面。他一共就两个技能，全都是禁用状态，而现在多了一个新的技能——初级修复术。

这个开放世界不是禁用所有技能吗？

谢汐点了下，看到了技能说明。

初级修复术：把两个东西拼起来，好不好用看缘分。

这么不靠谱吗？

下面还有一行字：此为支线任务奖励技能，离开当前世界后消失。

原来如此，谢汐明白了。

难怪江斜会说他运气好，江斜是知道这个支线任务后续会给他一个技能吧。

虽然开放世界禁用所有技能，但在这个世界得到的技能却不会被禁用。即便初级修复术只能在当前世界使用，也是极大的福利了！

谢汐使用了技能，僵尸腿和陈庆的身体以肉眼可见的速度连接在一起，让人高兴的是，随着身体的融合，那些脓血也消失了，虽然腿还是青紫色的，但只要穿条裤子挡一挡问题就不大了！

孔戎良和陈庆看得目瞪口呆，等修复结束，孔戎良忍不住问道："这个世界不是禁用技能吗？"

谢汐没解释。

陈庆还没回过神来。

谢汐问他："感觉怎么样？"

陈庆活动了下双腿，发现自己真的可以站起来了！他瞬间红了眼眶，向谢汐鞠了一躬："救命之恩无以为报，日后刀山火海，尽管吩咐！"

谢汐不过是在完成任务，并不想承这份人情，泼他冷水："别高兴得太早，如果你成了僵尸，我会亲手杀了你。"

陈庆哽咽道："感激不尽！"

孔戎良鼻涕一把泪一把，哭得话都说不明白了。

救人果然很麻烦。

孔戎良是个没眼力见儿的，因为救命之恩，非要留下来做牛做马，帮谢汐和江斜完成任务。

半吊子僵尸却是个头脑机灵的，看出江斜和谢汐能力不凡，他和傻大个别帮不上忙反而拖后腿，所以没过问他们任务的事，只是把自己和傻大个的任务信息交代了一遍。

"孔戎良的主线任务是杀死魔女希拂，我的主线任务是在角斗场活下来；我们的支线任务分别是蓝色品级的旋转木马和体验我爱你 。"

分享任务等于分享情报，一般情况下玩家都不会主动分享，毕竟玩家之间可能有竞争关系，交了自己的老底等于把自己置于危险之地。

但陈庆和孔戎良没有这个顾忌，谢汐的救命之恩，他们没什么可回报的，能把自己知道的分享一下也是应该的。

谢汐听得一愣，这都是些什么乱七八糟的任务。

主线任务还好，杀死魔女希拂，说明有个叫希拂的魔女存在，在角斗场活下来也好理解。支线任务就很迷茫了，旋转木马和体验我爱你都是些什么鬼？蓝色品级的话也不算低了。

陈庆又道："魔女希拂在地下迷宫，那片森林是地下迷宫的入口，可惜有一大片僵尸堵着，我们本想偷偷摸进去，结果被一个会飞的僵尸袭击……"然后他丢了一双腿。

地下迷宫？

谢汐看向江斜，江斜的主线任务是探索地下迷宫。

陈庆继续说："之前和我们一起的程菡、田涛的主线任务也和地下迷宫有关，他们没有细说，但我推断这个开放世界的主要战场应该在那儿。"

谢汐点点头，说道："也许有其他入口，再找找吧。"

陈庆明白："有可能。"

谢汐又观察了陈庆一阵子，发现他没有任何僵尸化的倾向后放下心来。也不知道是陈庆运气好，还是这初级修复术厉害，反正老陈同志就这么一半人一半僵尸地活下来了。

因为看出谢汐和江斜无意与他们同行，陈庆和孔戎良在修整妥当后出发去找迷宫入口。

他们走之前，孔戎良把所有的吃的都留下来了，谢汐说不用，孔戎良一米九的大汉哽咽道："请一定收下，一定收下！"

谢汐怕了他了，只得当"医药费"把这些吃的全收下。

他们一走，谢汐松口气，总算清静了。

江斜问："新的任务是什么？"

这也是谢汐支开傻大个和半吊子僵尸的原因，他道："我共享给你。"

9.开启地下游戏场。

任务变了，总算放过那俩人了，可新的任务也让人摸不着头脑，开启地下游戏场是什么？

为什么是开启而不是进去？

这地下游戏场和迷宫有什么关系？

-5-

支线任务做到现在，谢汐明白江斜为什么称其为引导性任务了，这一个又一个任务仿佛在指引方向般将他带往某个路线。

先是搜集树枝，然后找山洞，生起篝火引来了僵尸，坚持十分钟之后才遇到受伤的陈庆，接下来就是救不救，选择救，他得到了一个初级修复术。

要是选择杀了他们呢？是不是就错过修复术，直接开启地下游戏场的任务？

那么这个地下游戏场又将引出什么后续任务？

谢汐满脑子都是问号，他问江斜："这会不会是地下迷宫的另一个入口？"

江斜道："应该是。"

谢汐道："那我们开启吧。"

江斜的主线任务是探索地下迷宫，森林那边无法突破的话，就得另辟蹊径。

虽然觉得这个地下游戏场里可能有坑，但都来到这个开放世界了，畏首畏尾是没用的，大踏步地向前走，兵来将挡水来土掩才是硬道理！

江斜看了看那片黑色的森林，道：“开吧。”

谢汐察觉到了他的目光，问道：“师傅不会想一路杀过去吧……”

还真让他说对了。

进入地下迷宫有两条路，一个是冲进黑色森林，击败无数僵尸，一路杀进去；另一个大概就是跟着支线任务提示，先去游戏场，再通往地下迷宫。

以江斜的脾气，会一路像穿糖葫芦一样把僵尸穿成串，直接杀进地下迷宫。

可如今他不是一个人，身边还有个小朋友。

江斜有把握保护好谢汐，也可以轻轻松松地带他刷完任务，但这样一来，进入开放世界的初衷就没了。

谢汐需要的不是被保护，而是磨砺与成长。

在中庭待久了，江斜比谁都清楚：能保护自己的只有强大的本领，其他人都是爱莫能助。

江斜笑着问他：“你觉得我能一路杀过去？”

谢汐一半真心一半哄他道：“师傅这么厉害当然能做到，但我不行，会拖累师傅。”

江斜语调很谦虚：“即便是我，要杀光所有僵尸也得花些时间，还是去游戏场吧。”

“只是为了省时间？”

江斜更谦虚了：“再说还有支线任务，错过了怪可惜的。”

谢汐沉默了。

江斜厚颜无耻地道：“怎么，徒儿不相信为师的能力？”

谢汐见过厚颜无耻的，没见过这么厚的，他扬起笑容，一脸“崇拜”：“怎么会？师傅这么厉害，肯定是遇神杀神遇佛杀佛，那几个小僵尸算得了什么！”

江斜自带屏蔽，把这言不由衷的话照单全收。

这个任务简单得很，不需要谢汐额外做什么，只要确定开启就行。

界面上又弹出了一个对话框：“是否开启地下游戏场？”

谢汐在心里默念：“是。”

对话框消失，支线任务又刷新了……

然而谢汐还没来得及看看新的任务是什么，这个世界就如同被按下了某个开关一样，发生了天翻地覆的变化。

一个刻板的机械音响起，仿佛响在天边，却又像直接落在人的脑子里。

“地下游戏场启动，请幸存玩家前往体验。”

“游戏场免费开放，所有项目都可以尽情享受。”

“游戏场开放时间为七十二小时，时间一过将永久关闭。”

“请玩家七十二小时内至少体验三个项目，低于三个项目将被永远留在游戏场。”

“体验三个项目后，可优先前往地下迷宫。”

“开启游戏场的两位玩家将分别获得一个特权。”

“杀死他们，其他玩家可以继承这个特权。”

“地下游戏场准备就绪，预祝各位玩得开心。”

话音落下，谢汐感觉脚下一空，土地像是被抽走了一般，成了一个黑得深不见底的洞，失重感让他心一慌，紧接着一个炽热的手握住了他的手臂。

江斜的声音响起：“别走散。”

谢汐反手握紧了他，两人一上一下，笔直地向下落。

过了一会儿，谢汐已经冷静下来，甚至还有余力去观察。

四周漆黑无比，黑色总会给人带来未知的恐惧。但谢汐感觉还好，因为江斜也在。

过了几十秒钟，谢汐感觉下落的速度慢了下来，像是被撑开了一个无形的降落伞，他们稳稳地落在了地面上。

谢汐转头，一眼看到了江斜。

江斜薄唇动了下：“观察。”

谢汐明白。

不一会儿的工夫，很多人都落到了这个银白色的平台上，男男女女、高高矮矮、老老少少，至少有几百人。

这就是进入开放世界的全部玩家吗？

谢汐觉得不止这些人，毕竟之前那声音说的是幸存玩家。

虽然僵尸的战斗力低，但挡不住数量多，而且进入这个开放世界的玩家又没有技能和道具，冷不丁遇上僵尸，肯定会有伤亡。

这么多人在一起，不一会儿就吵闹成一团了。

“怎么回事？地下游戏场是什么？”

“这好像是玩家开启的？哪两个浑蛋，出来挨揍！”

“呵，不是他们触发了这个游戏场，你们只怕还在外头喂僵尸！”

“鬼知道这游戏场是怎么回事？”

“对！没准这里比外头还危险！”

“怕死你们就在这儿缩着，我要去地下迷宫！”

“这个开放世界是由中庭发布的，应该不会太危险吧……”

…………

开口说话的大多是新人，从他们混乱的话语和慌张的神态就能看出来。

谢汐留意看了看，没发现熟人，但他知道孔戎良和陈庆肯定也进来了。

他们的支线任务是旋转木马和体验我爱你，如今看来估计都是游戏场里的项目。

想要离开游戏场，必须在七十二小时内体验至少三个项目。粗略听来，这似乎并不苛刻，如果是普通的游乐园，别说是三个项目，七十二小时能玩三十个项目了。可是看看这阵仗，这地下游戏场怎么可能会是普通的游乐园。

谢汐可不会天真地认为这个开放世界是由中庭发布的，就会善待玩家。真善待的话，外头就不会有那么多吃人的僵尸了！

这时，正前方一亮，一个闪着五彩光辉的大门凭空出现。

它很像寻常游乐场的大门，造型充满了童话风，闪烁的霓虹灯也非常梦幻，纯白色的门柱上还盘绕着美丽的花朵。

大门缓缓开启，里面先是一片漆黑，下一瞬又陡然亮起，就像天边炸开的焰火一般，绚丽夺目。

谢汐看到了华丽的双层旋转木马，还有高耸的摩天轮以及惊险刺激的过山车、大摆锤……

这么看似乎就是普通的游乐场，只不过出现的地方诡异了些。

一个僵硬的少年声响起：“欢迎来到地下游戏场，请各位依次排队抽取游玩项目。”

居然要排队？谢汐立马想到游乐园的项目有限，但人数过多，排队太长，最后根本玩不了几项。不，谢汐很快反应过来，七十二小时很长，即便项目再少，就这么几百人也不至于排不上队。

可惜他反应过来了，有的玩家却反应不过来，他们一听排队，就疯了一样冲上前，都想抢先进去。

不进去是不可能的，游戏场内还有时间限制，能早点儿体验项目，才能尽快离开！所谓的永远留在游乐场，鬼知道是生是死！

有这心思的人很多，尤其是后面的人，更是拼命向前挤，不想落在后头。

谢汐的位置是在中间，后头的人往前挤，他瞬间被挤得不成样子。

江斜一把将他整个护住：“我们去那边。”

谢汐动弹不得，轻轻地说：“嗯。”

谢汐很感激，江斜力气大，挡住了人群，让他少受不少罪，于是他又说了句：“谢谢师傅。”

人群往前，他们往外，没一会儿他们就出来了。

不盲目上前的人也不少，大多都靠在一边，看着前面的人。

谢汐不想惹人注意，和江斜一起混在了这边的人群中。

这时前头有人大叫道：“为什么是抽取？不可以自己选择项目吗？”

那声音僵硬的少年站在那儿，面无表情道：“请玩家抽取项目，三秒后不抽取，将随机分配。”

那人好不容易挤到前头，为的就是选一个相对安全的项目，哪知道竟然是抽取的。他骂了句脏话，抽了一个卡片出来。

少年道：“恭喜您抽中了过山车。”

那人一听，面色惨白。

这运气也是可以了，即便是正常的游乐场，过山车都是很刺激的项目了，他居然在这里抽到了。

谢汐留意到的是："一次只抽取一个？"

江斜轻声道："第一个项目都完不成，抽了其他的岂不是浪费时间。"

这倒也是。

那人已经硬着头皮进去了，少年又道："过山车限定人数为十二，请稍后。"

后面的人继续上前抽取项目。

谢汐凝神听着，记下了被抽到的项目和所需人数。

除了过山车外，又有人抽到了激流勇进，限定人数十；碰碰车，限定人数十六；旋转茶杯，限定人数八；海盗船，限定人数三十；旋转木马，限定人数二十；摩天轮，限定人数二十……

玩家进去了三分之一后，少年忽然道："过山车人数已满，游戏即将开始。"

过山车是室外项目，虽然他们还在游戏场外，却也看得到那盘旋的轨道。他这话一出，所有人都看了过去，只见那站在过山车等候区的十二人瞬间消失。

谢汐睁大眼努力看着，江斜却是眼睛微眯，他的视觉比谢汐好，即便站得远也能看清楚。谢汐凑近了问他："能看清吗？"

江斜道："是独立空间。"他看得很清楚，过山车根本没有启动，人也没有坐上去，但游戏却开始了，只能是被传送到了独立空间中。

谢汐虽然没遇到过，听名字也能猜到一些。

第一拨人参与了游戏项目，大家都很忐忑，不知道结果如何。

少年又道："旋转木马人数已满，游戏即将开始。"又是二十人消失不见。

旋转木马正对着大门，所以谢汐看得清清楚楚，那木马上什么都没有，根本不知道人去了哪里，又去体验了怎样的旋转木马。

江斜道："走吧，我们也该过去了。"剩下的人不多，继续待下去未必是好事。

谢汐点点头。

江斜压低声音对他说："多加小心。"

谢汐明白他的意思，他和江斜组队，是两人开了游戏场，所以都有一个特权。

这个特权放在了他的技能栏里，是致命伤免疫，只能用一次，也就是说他和江斜都分别多了一条命。

他们有这样的特权，之前的公告却说：杀了他们，可以继承特权。

既然是致命伤免疫，玩家又怎么杀得死他们？这不是自相矛盾吗？

谢汐的理解是——这个致命伤免疫极有可能只针对游戏场，而对玩家无效。

这个致命伤免疫或许只限定游戏中所受的伤，而不限定玩家对他们造成的伤害。所以玩家才能杀了他们并且继承这个特权。

快要到他们时，江斜又道："无论如何，保护自己是最重要的，知道吗？"

谢汐抬头看着他。

江斜问："记住了？"

谢汐认真地说道："你也是。"

江斜道："不用担心我。"

只要他们不分开，江斜自然能护谢汐周全，只怕有些项目是单人的，他没法守在小朋友身边。

谢汐走近了才发现这声音僵硬的少年是个僵尸。

难怪声音会那样死板，毫无声调，不过他和外头的僵尸截然不同，皮肤的颜色虽然也不太正常，但五官还算齐整，没那么吓人。

谢汐轻吸口气，抽了一张卡片。

僵尸少年看都没看便道："恭喜您抽中了游戏我爱你 VS 讨厌你。"

谢汐眨眨眼，这叫什么项目？游乐场里还有这种游戏？

他好像记得有个聚会游戏叫这个，玩法似乎是只能对左侧的人说我爱你，对右侧的人说讨厌你？

这时僵尸少年又道："多人项目支持组队进入，当前人数已满，游戏即将开始。"

江斜没抽，直接在组队情况下跟着谢汐进入了游戏。

－6－

被传送的感觉对谢汐来说已经习以为常，他甚至还能在这个间隙中思考。他不敢说记住了之前被玩家抽取的所有项目和对应人数，但可以肯定的是，他记住了出现过的所有项目。

里面绝对没有"我爱你 VS 讨厌你"这个游戏。

僵尸少年说人数满了，是指这个游戏只有两个人玩？

如果这是谢汐了解的那个聚会游戏，就不是两个人能玩起来的。所以这个游戏要么不是他知道的那个，要么就是还有其他玩家，而这些玩家的入口和谢汐他们不一样。

谢汐更倾向于后者，因为他留神观察了外面的人，始终没有看到孔戎良和陈庆。他们才分开不久，这俩人不至于这么快死掉。

既然幸存却不在这里，就说明入口不止一个。

这个问题的答案其实只要进入游戏就知道了。如果只有他和江斜两人，大概率说明入口只有一个，而孔戎良和陈庆凶多吉少。

谢汐睁开眼，看到另外四个陌生玩家时，稍稍松了口气。

江斜对于传送更习惯，谢汐能想到的他早想了一遍。他一直留心观察着谢汐，见小朋友这松口气的模样，微微一笑。

这小骗子，其实还是很在乎那俩人。

谢汐不再挂念孔戎良和陈庆，凝神打量起环境和眼前的人。

他们一共六人，围着一个粉色的圆桌分别坐在六把粉色的高背椅上。圆桌冰凉，似乎是某种玉石所制，上面还有白色的蕾丝花纹，充满了少女心。

谢汐看不到自己坐的高背椅，但想来这六把都是配套的，风格和圆桌一致，也是冰凉的粉色玉石，搭配着纯白色的蕾丝花纹。

圆桌之外一片漆黑，这个之外包含了他们四周、头顶以及脚下。

谢汐个子的确没有江斜高，却也没腿短到够不到地面，所以他们待的地方极有可能是悬空的。

这很诡异，无形中给人带来了紧张与不安。

谢汐飞快地看了一眼另外四人，对方也在打量着他们。

谢汐左侧是一个梳着双马尾的少女，瞧着最多十七八岁的样子，她眼睛睁得大大的，有不安和紧张；少女的左侧是个穿着西装的中年男人，五官普通，眼睛弯着，却笑得让人很不舒服；西装男的左侧是个穿着白色裙子的年轻女人，她的黑发又长又直，很安静的模样；年轻女人左侧是个穿着无袖紧身 T 恤的青年，他身材健壮，看起来英俊帅气，只是视线中透着几分不安。

青年的左侧是江斜，江斜来这个世界前改变了下瞳色，如今是一双碧蓝色的眼睛，瞧着人模人样，那少女和年轻女人的眼睛都盯着他。

江斜的左侧是谢汐，他们刚好围成一个圆。

江斜察觉到谢汐的视线，也看过来。谢汐心领神会，装作不认识他。

这个陌生的环境，一堆不认识的人，还有个摸不清状况的游戏，最好的做法就是别暴露自己的底细。

这时一个僵硬的笑声响起，从上而下，仿佛刀刃划在玻璃上，尖锐又刺耳。

谢汐看到一双粉色的小皮鞋，紧接着是粉色的裤袜，粉色的蓬蓬裙，粉色的蝴蝶结和粉色的小礼帽。

看身材像个八九岁的孩子，可当那张青紫色的脸出现时，大家都知道这是个僵尸。

僵尸女孩笑道："大家好，我是爱爱，欢迎你们来玩我的游戏！"

她努力让声音变得甜美，但僵硬的声线，死气沉沉的青紫色面孔，全都甜美不起来。连粉色这种很少女的颜色，在她身上也变得阴森诡异。

谢汐以前在网上看过一个名词——死亡芭比粉。

他记得这是姑娘们用来吐槽口红颜色的，现在他觉得，眼前的僵尸女孩就是死亡芭比粉本粉了！

她一出现，所有人都看向她，那四人或多或少地露出了恐惧的模样。

僵尸女孩毫无所觉，依旧在努力甜笑着："在讲游戏规则之前，请大家来做下自我介绍吧！就从……"她扫视一圈，指着谢汐，"最漂亮的人开始，依次向左！"

谢汐记得自己的属性是“欧皇”来着，怎么越来越“非酋”了！

僵尸女孩飘到他身后，开心地说道：“快点儿快点儿，告诉大家你叫什么。”

谢汐开口，简单地说了自己的名字。

之后是谢汐左侧的少女，她的声音是真甜，和僵尸少女形成了鲜明的对比：“大家好，我叫蓝灵灵，是记录者。”

她左侧的西装男人微笑道：“我叫潘申云，是搜集者。”

下一个是年轻女人，她轻声道：“我叫谈蕾，是探索者。”

穿着紧身 T 恤的男人挺直了上身，说道：“我叫彭驰，是搜集者。”

最后做自我介绍的是江斜，他一本正经地扯着：“我叫江斜，探索者。”

江斜这名字在中庭是很陌生的，因为那位鼎鼎有名的设计者是 X，不是江斜。

自我介绍完，僵尸女孩开心地说道：“太好了，来玩游戏的都是这么优秀的人，希望你们能在爱爱的游戏里顺利通关！”

“接下来，就由爱爱来为大家讲一下游戏规则吧！”僵尸女孩又飘到了圆桌上方，用僵硬死板的面孔和声音，努力扮可爱。

“游戏名字叫我爱你 VS 讨厌你，根据座位顺序，每个人只能对左侧的人说我爱你，对右侧的人说讨厌你，只要有人说错了，那么这个回合就结束，说错的人要接受惩罚。一个回合中不可以对同一个人说超过三次，超过次数也要接受惩罚哦！”

果然这个游戏就是谢汐知道的那个聚会游戏。

规则很简单，只要记准了是对谁说我爱你，对谁说讨厌你就行。这考验的无非是应变能力，集中精神的话不太可能犯错。

其他人明显松了口气，大概都觉得自己抽中了一个相对简单的游戏项目。

的确，这个和过山车、大摆锤、跳楼机比起来实在是又简单又安全。

但真的会这么简单吗？

谢汐没有掉以轻心。

僵尸女孩又道：“只是说的话大家可能会不明白，这样，我们来试玩一下，大家很快就能明白啦！”她补充道，“因为是试玩，所以不用接受惩罚！”

这时那个叫蓝灵灵的少女小声问道：“惩罚……是什么样的惩罚？”

僵尸女孩笑了下，只是看着很诡异：“爱爱不能说哦，等正式开始你们就知道啦。”

少女胆子挺大，居然又问道：“那怎样才算游戏结束？”

僵尸女孩失望地说道：“还没开始玩游戏就想着结束，你不想玩爱爱的游戏吗？你不想找到自己的爱情吗？”

她扮可爱的时候一点儿都不可爱，吓人的时候倒是真吓人。

少女面色苍白，快速摇头。

僵尸女孩又扬起僵硬的笑脸，说道：“好啦，开始试玩，等玩起来你们就会和爱爱一样开心了！”

正常人恐怕都开心不起来吧！

大概是因为蓝灵灵之前的提问，僵尸女孩飘到她身后道：“就从你开始吧，请对你左侧的人说一句我爱你！”

少女一愣，僵尸女孩那青紫色的手放在她的肩膀上，隔着衣服竟都让她感觉到了刺骨的冰寒。

她脑袋空白了一瞬，也顾不上这三个字是多么难以启齿，转头对着左侧的西装男说道：“我爱你。”

西装男顿了下，轻笑道：“讨厌你。”

僵尸女孩开心极了：“对，就是这样，随随便便向人说爱你，当然要被骂一句讨厌你啦！”

蓝灵灵的脸色更加难看了。

大家都知道这是因为她的提问，僵尸女孩故意恶心她。

僵尸女孩又催促西装男：“继续啊，不要停，停顿超过三秒钟也要遭到惩罚哦！”

西装男立刻转头，对左侧的年轻女人说：“我爱你。”

年轻女人面无表情地回道：“讨厌你。”

她接着又转头，对自己左侧的 T 恤男说：“我爱你。”

T 恤男有些慌张地说道：“讨厌你。”

接下来就是 T 恤男对江斜说了，僵尸女孩开心地说道：“男孩子向男孩子说这个最有趣了，快点儿快点儿！”

T 恤男尴尬了一下，居然又转回右侧，对着年轻女人说了句：“讨厌你。”

年轻女人一愣，反应也还快：“我爱你。”

接着她便对右侧的西装男说：“讨厌你。”

这个 T 恤男为了不向江斜说我爱你，所以掉转了方向。

这也是符合规则的，而且是游戏的关键所在。

A 的话传到了 B，B 可以选择继续对 A 说也可以选择对 C 说，这样一来就不是一个固定的顺时针或是逆时针，更加考验反应能力。

眼瞅着又传回到少女这里，少女可不想再对西装男说我爱你，于是便对谢汐说：“讨厌你。”

谢汐并未太在意，一个游戏而已，他回道：“我爱你。”

接着转头看向了江斜。

僵尸女孩兴奋地说道：“来啦来啦，这次是躲不开了！”

的确躲不开，只要谢汐对江斜说了，江斜就必须回复他。

谢汐说：“讨厌你。”

江斜笑眯眯地道：“我爱你。”

接下来江斜可以转向自己的右侧对 T 恤男说讨厌你，T 恤男就必须回他一句我爱你。

但江斜不想听，于是他看向谢汐，又说：“我爱你。”

谢汐愣了下才反应过来，立马回道：“讨厌你。”

又转回到谢汐的主场，谢汐可以选择对少女说我爱你，也可以选择继续对江斜说讨厌你。

谢汐犹豫了一下，对江斜说：“讨厌你。”

江斜嘴角扬着：“我爱你。”

“哇，声音好好听！”僵尸女孩道，“不过帅哥我得提醒你一下哦，你已经对他说了三次我爱你，再说的话就输了哦！”

江斜仍旧看着谢汐，说道：“我爱你。”

叮咚！僵尸女孩没等谢汐说出讨厌你这三个字，就飘到了江斜身后，说，“超过三次，要接受惩罚啦！”

“当然啦，这是试玩，不会有惩罚的！我们再试一次，这回逆转一下，改成对右侧的人说我爱你，对左侧的人说讨厌你，大家不要弄错哦。”僵尸女孩又飘到了少女身后，说道，“还是从你开始。”

说少女已经镇定了许多，她看向左侧的西装男，说道：“讨厌你。”很真心实意。

西装男也不生气，对她说：“我爱你。”

少女一脸被恶心到的模样。

西装男可以转头对年轻女人说讨厌你了，但是他没有，他又对少女说了一遍：“我爱你。”

少女快速回道：“讨厌你！”

主场在少女这里，她不想再和西装男纠缠，转头对谢汐说：“我爱你。”

谢汐的语气很平静：“讨厌你。”

接下来他可以选择少女或者是江斜。

谢汐不想对江斜说我爱你，但继续对少女说讨厌你也挺欺负人的。再说了这不过是个游戏，等正式开始了，他也是要说的。

所以……

谢汐对江斜说：“我爱你。”

谢汐盯着他，对他眨眨眼。

江斜开口了，说的却是：“我很开心。”

– 7 –

你开心个鬼啊！

僵尸女孩飘到江斜身后：“又是你呀！你又犯错啦，他对你说我爱你，你要说讨厌你才对！”

江斜无奈地说道：“能换座位吗？靠着他，我可能会输得很惨。”

僵尸女孩好奇地问道：“你们认识吗？”

江斜撒起谎来眼睛都不眨：“不认识。”

僵尸女孩：“那你怎么……”

江斜含蓄地说道：“大概是因为这个游戏的真谛吧。”

在场所有人都无语了，尤其是谢汐！

谁知僵尸女孩竟开心地说道：“哇，好厉害！”

江斜微笑不说话。

僵尸女孩转了个圈，粉色的蓬蓬裙舞成了一朵小花，可惜她的模样实在太凄惨，可爱不起来，只听她又道：“太好啦，实在太好了，希拂大人最喜欢厉害的人了，爱爱也最喜欢了！”

听到希拂这个名字，江斜眼尾瞥了谢汐一眼。

谢汐当然记得！

孔戎良的主线任务是杀死魔女希拂，所以说这个僵尸女孩是希拂的人？

难不成江斜这一通胡闹是在试探僵尸女孩？是在套话？

这么一看，X 神果然是通关过无数世界的老司机。

呵呵！

X 的嘴，骗人的鬼！

谢汐信他才怪，这家伙就是在胡闹，借着试玩不会被惩罚，瞎搞！

僵尸女孩睁大眼睛道：“哎呀，是爱爱太开心了，怎么把大人的名字说出来了？好啦好啦，试玩结束，正式游戏开始，请大家记准规则，再犯错的话，要被惩罚哦。”说着她看向江斜，道，“位置现在不能换！”

谢汐留意到她话中的“现在”二字，位置现在不能换，难道以后可以换？

听出这个漏洞的人不少，大家若有所思。

游戏正式开始，凡是了解规则的，都清楚这游戏谁先开始谁倒霉。如果所有人都不说错，一直顺着说下去，那么第一个开口的人势必会最先说第四次，而一旦对同一个人说超过三次就会被惩罚。

到底是什么样的惩罚，谁都想知道，却都不想第一个体验。

那么谁先开始呢？

僵尸女孩道：“我来转，指针对着谁，谁先开始！”

她话音一落，一个粉色的圆盘从桌子中央冒出来，圆盘很大，中间有一根细长的指针，圆盘被分成了六份，最外围写着他们每人的名字。

谁先开始，竟然是靠运气！

谢汐忍不住看了一眼江斜，江斜神色泰然，稳得很。

谢汐松了口气，觉得江斜风里雨里走过来，运气应该不会太差……

僵尸女孩道:“开始啦!”

她青紫色的手指拨动了转盘，明明用力很小，但转盘上的指针却转得飞快，视线都快跟不上它的速度了!

这一刻所有人都屏住呼吸，谁都不想成为第一个，谁都不想尝试那个惩罚。

别看试玩这么轻松，谁知道开始后会怎样?

如此诡异的游戏场，如此阴森的环境，还有这个僵尸女孩，怎么看都透着邪门和恐怖!

快速旋转的指针终于慢了下来，已经能看到那转动的针尖了……粉色的针尖粉色的转盘，每划过一个人名，都让人心惊肉跳!

指针转动得越来越慢，越来越清晰，眼看着要停下来了……

指针划过谢汐的名字，以慢得不能再慢的速度划向了江斜。

照这个速度，可能会停下来。

谢汐提了一口气，紧张地盯着指针，恨不得给它吹口气，让它别停下!

江斜本来就不按常理出牌，再成为第一个的话，会出事的!

江斜看到小朋友这么慌，心里别提有多高兴了，这种游戏他遇到过很多次，以自己的“非酋”体质，几乎十次有九次都会被选中。

这次……

让所有人都意外的是，这慢得不能再慢的指针却没有停下来。

它像一只年迈得快死了的蜗牛，顽强地爬过了江斜的名字，落在了彭驰的名字上。

虽然只超过了几根头发丝的距离，但指针的确停在了彭驰的名字上!

谢汐默默松了口气，江斜微讶，人生头一次被幸运女神眷顾。

僵尸女孩开心地说道:“彭驰!好啦，从你开始，因为你是第一个人，所以可以选择向左说我爱你，还是向右说我爱你!”

彭驰就是那个穿着紧身 T 恤，对自己身材很满意的年轻男人，他愣了愣，反应过来后脸上已经没了血色:“我……我吗?这……”

“对呀!”僵尸女孩道，“快一些哦，十秒钟后你没开口的话就要接受惩罚了哦!”

彭驰看了江斜一眼，转向年轻女人说:“我爱你!”他选择了向右边的人说我爱你，这样就开始循环了!

年轻女人似乎并不意外，回道:“讨厌你。”

然后，她转向了西装男。

游戏正式开始!

其实彭驰会选年轻女人在谢汐的意料之中，但他可没天真地以为是彭驰觉得对男生说我爱你太别扭。

彭驰是为了让游戏变成“向右边的人说我爱你”，他抱有一丝侥幸，他想让谢汐对江斜说我爱你，期望不按常理出牌的江斜再胡闹一次！

这样江斜成了第一个接受惩罚的人，彭驰就可以摆脱这个第一人的灾难。

谢汐还真有些慌，真怕江斜不管不顾地胡来……

这只是个低等世界，江斜会不会低估了这个游戏？谢汐总觉得这个惩罚不会简单，甚至这个游戏都不会轻松结束！

大家都没商量，却像是约好了一般，全向右边的人说我爱你，没有破坏顺序。这很正常，只要不破坏顺序，受到惩罚的只是彭驰，因为他肯定会最先说第四次！

如果是普通环境下，朋友们玩这个游戏，当然会打乱顺序，故意制造难度，但在这个环境下，谁都不想得罪人，谁都不想出头，谁都没心思真正玩游戏！

少女蓝灵灵对谢汐说："我爱你。"

谢汐回完她，并不敢停留，立马对江斜说："我爱你。"说完他有些紧张，眼睛里几乎写满了：别搞事别搞事……

江斜弯了弯唇，低声道："讨厌你。"

他一开口，所有人都愣了下，不是因为他说了这三个字，而是那语气，太温柔了。

僵尸女孩捧着脸道："哎呀，你的声音可真好听，骨头都要酥掉了！"不只是她，在场的另外两个女性也都看了江斜一眼。

不搞事能死吗？算了算了，好歹没违反规则，没当出头鸟！

江斜又看向右侧的彭驰，神态冷淡，声音也冷得像冰："我爱你。"能把这三个字说得这么有杀气，也是个能力！

彭驰的脸色难看极了，他恶狠狠地说道："讨厌你！"

他这次没有转向年轻女人，而是又对江斜说了句："讨厌你。"

于是顺序变了，从逆时针变成了顺时针，但大家说的话还是一样的。

其实这样没有意义，因为一问必有一答，他掉转了顺序，也只是变成了对江斜说两次讨厌你，很快还是会超过三次。

要说唯一的用处，大概就是给大家制造些混乱，打乱顺序后也许会有人说错，而只要有人说错，那么他就得救了！

但是谁会说错呢？

这样一个游戏，谁不是精神紧绷，全力以赴？

在场的都不是新人，都是至少走过三个世界的人，既然进入了这个开放世界，谁会连这点儿反应能力都没有？

大家依次说完，绝不打乱顺序，像约好一般，非要将彭驰送上"断头台"。彭驰也明白，如果换作是他，他也会这样，转盘的结果就代表了一切。

运气不好，能怨谁？

但是……他不甘心！

凭什么，凭什么要牺牲他！彭驰不想接受惩罚，他不想成为他们的"试验品"，不想为他们去尝试这个游戏的难度！

越不想越紧张，越紧张他的脸色越难看。

眼看着又转到他这里了，再说一句就是第三次了，只要再来一圈，他就……

“先暂停！”僵尸女孩忽然开口，“你们真厉害，两圈了都没人说错，爱爱很开心，要给你们一个小奖励！”

她一开口，大家都凝神看向她。

奖励？谢汐有种糟糕的预感，他可不觉得这奖励会是什么好东西。

僵尸女孩道：“我这里有张卡片，已经放到了转盘上，指针指到谁，这张卡片就属于谁！”

她话音一落，转盘再度弹了出来，里面有张黑色的卡片，它轻轻地落在了指针上，仿佛一阵风就能吹走，可却在指针旋转后纹丝不动。

大家都搞不清这是什么卡片，只感觉这是个变数。

僵尸女孩不会让他们这么轻松地玩游戏，肯定要制造困难。

指针停下了，对准了谢汐左侧的少女蓝灵灵。

蓝灵灵睁大眼，满脸都是不安。

僵尸女孩道：“幸运的小姐姐，快点儿拿起卡片吧，把上面写的字读出来，记得要一字不差哦。”

蓝灵灵伸出手，紧张地拿起卡片，她看到了卡片内容，一张脸瞬间没了血色。

大家都紧张地看着她，想知道卡片上的内容。

蓝灵灵看了看僵尸女孩，僵尸女孩重复道：“一个字不能差哦，要是错了会受到惩罚的。”

蓝灵灵倒吸一口气，紧张地道：“禁言卡，使用后其他五人里随机一人禁言一分钟，可弃用，本轮后失效。”

她念完后低头，紧张地拿着卡片。

禁言卡！竟然还有这种东西！这游戏果然不是单纯地说我爱你 VS 讨厌你。

随机一人禁言一分钟，这意味着被禁言的人肯定会输！

他们只有六个人，一人说话的间隔不能超过三秒钟，一圈下来绝对用不了一分钟，这人被禁言肯定是说不了话的，既然说不了话，那就必定会受到惩罚。

听到这个卡片内容，彭驰的眼睛一亮，整个人都燃起了希望。

如果蓝灵灵用了，他就可以摆脱这第一人的灾难了！过了这一圈，下一圈他就要说第四次了，到时候就是他接受惩罚。

可如果有人在这一圈里被禁言，那这个人就要接受惩罚，一旦有人接受惩罚，本回合立马结束，他们可以重新开始！

彭驰激动地看着蓝灵灵，恨不得她立刻使用这张卡片。

蓝灵灵根本不敢看他，她死死地握着卡片，下嘴唇都快被咬破了。

谢汐知道她在痛苦什么……

这张卡片对使用者无效，只是随机禁言其他五人，那么蓝灵灵用还是不用对她自己都没有伤害。

可事实上这张卡非常恶心，蓝灵灵用不用都会得罪人。

她不用卡片，接受惩罚的是彭驰，如果惩罚非常可怕却不致死，那彭驰一定恨透了蓝灵灵。因为他本来有机会不被惩罚的，是蓝灵灵没给他这个机会。

如果蓝灵灵用了这张卡片，那么接受惩罚的就是别人，而这个人无论是谁都恨透了她，因为他原本也可以不被惩罚，是蓝灵灵害他受到惩罚！

抽中了这张卡片，虽然蓝灵灵本身不会受到惩罚，但势必会得罪一个人。

如果惩罚是要了这人的命还好说，如果不是呢？不要命却残酷的惩罚太多了。

蓝灵灵看向僵尸女孩："我……"

僵尸女孩道："一定要选哦，不选的话受惩罚的就是你。"

蓝灵灵面无血色，最终选择了："我弃用。"

她放弃了，彭驰满眼都是绝望……这种有了希望又破灭的滋味远比一直身处绝望中更让人痛苦！

"哎呀，"僵尸女孩道，"这么棒的奖励竟然放弃了，好吧，不用就不用啦，游戏继续！"

气氛更紧张了，一圈说下来明明才几十秒，却像度过了数个春秋，彭驰满头大汗，整个人慌得不行。

没人犯错。

没人会在这种简单的言语游戏中犯错。

最后，当江斜对彭驰说完后，仿佛死神镰刀架在了彭驰的脖子上。

彭驰已经没有办法，他看了一眼僵尸女孩，又看了一眼低着头的蓝灵灵，最终向右侧的年轻女人说："我爱你。"

他话音一落，僵尸女孩死板的声音里带了点儿诡异的甜意："第四次了哦，对一个人说我爱你四次都没被接受，肯定要受到惩罚的，爱爱最讨厌这种死缠不休的男人了！"

也不见僵尸女孩做了什么，只听一声凄厉的惨叫响起。

彭驰的右胳膊被切断，鲜血激涌而出，喷了年轻女人一身血，更让人毛骨悚然的是，僵尸女孩拿起断掉的胳膊，张嘴吃了。

－8－

僵尸女孩嘴角还挂着血，嘴里似乎还在咀嚼，一副吃了好东西的模样。

这一幕要是让普通人看了，估计会转身吐一地。不过在场的都是经历过三个世界的玩家，倒不至于连这样的血腥场面都受不住。

被喷了一身血的年轻女人也只是轻轻皱了下眉头，没有恐惧。她看都没看惨叫的彭驰，只慢慢用手帕擦拭着自己身上的血。

谢汐很着急，可惜在看到胳膊被僵尸女孩一口吃掉后，知道自己没办法了。

虽然不确定初级修复术对彭驰是否有效，但谢汐可以确定的是——没了胳膊，他的修复术就失去了使用条件。

只是丢了胳膊，及时治疗不致命，但血这样流下去，命就快没了。

蓝灵灵终于抬头了，盯着惨叫的彭驰。

僵尸女孩吃完后，开心地说道：“味道不错哦，谢谢款待，我来帮你止血吧。”

她话音落下，彭驰肩膀处的血停了，但看他五官狰狞，显然非常痛苦。

能止血已经很好了，至少不会失血而亡。

蓝灵灵收回视线，眼中闪过遗憾，她想彭驰死，因为她知道彭驰不死，一定会报复她。

谢汐就在她身边，看得明明白白，他胸腔渗出阵阵凉意，不禁攥紧了拳头。

“好啦！”僵尸女孩道，“第二轮开始了！不知道下一个接受惩罚的是谁？”

彭驰已经勉强冷静下来，浑身都是血，脸色蜡黄，额间更是冷汗滚滚，整个人都憔悴极了，但一双眸子却像漆黑的深渊，恨不得把所有人都拖入地狱。

蓝灵灵皱了皱眉，后背挺得笔直。

僵尸女孩道：“我要开始转盘了，看看谁是幸运的第一人。”

粉色的轮盘转了起来，这次的气氛却比之前更加紧张。

如果看到惩罚前大家还抱着一丝侥幸心理的话，那现在就是站在地狱的独木桥上，不惜一切代价也要让自己活下去！

粉色的指针由快变慢，仿佛逐渐临近的死亡钟声。

指针慢下来了，走过了蓝灵灵名字，到了谢汐的名字，它没有要停下来的趋势，直直地划到了江斜的名字，指针慢了下来，像上一次一样，以慢得不能再慢的速度转动着……

所有人都屏住了呼吸，彭驰更是紧张得死咬牙关，如果第一人又是他，那他肯定完了，这些人一定会牺牲他。如果再承受一次惩罚，他……他就……

彭驰死死地瞪着转盘，恨不得一扑而上，掀了它！

指针停下了，稳稳地停住不动了。

彭驰视线都恍惚了，在看清它距离自己的区域还有一根头发丝的距离时，他松了口气，整个人都虚脱了。

江斜道：“是我。”

相较于江斜的平静，谢汐反倒紧张得很。

有了第一轮的示范，大家已经心中有底，而这第一人仍然很危险，受惩罚的概率比其他人大。

惩罚又是那么残忍，谢汐想想就头皮发麻。

僵尸女孩看向江斜，开心地说道："长得好看的人味道最好了，我很期待哦。"

江斜还笑得出来："谢谢夸奖。"

僵尸女孩心情更好了："你真有趣，我最喜欢吃有趣的人了。"

谢汐恨不得去捂住江斜的嘴，让你皮！

江斜却不在意，看向谢汐，做好了准备。

僵尸女孩还挺懂他："好啦好啦，第二轮开始！"

江斜不负她所望，对谢汐说："我爱你。"

谢汐担心得不行，再看这家伙老神在在的模样，没好气地道："讨厌你！"

第二轮的循环开始了，谢汐对蓝灵灵说了我爱你，蓝灵灵回他讨厌你。

按照上一轮的顺序，她应该转向西装男说我爱你了，但她没有，她又对谢汐说了句："讨厌你。"

谢汐快速回道："我爱你。"

仅仅用了一秒钟，谢汐就明白了蓝灵灵的意图。

她故意逆转顺序，是要给彭驰一个措手不及，让他在断臂的剧痛中慌了手脚，再度受罚！

更可怕的是，她算准了谢汐必须顺着说下去，而不会再度逆转。

因为如果谢汐逆转顺序，超过四次的就会是谢汐！

这才第一圈，谢汐先对蓝灵灵说了我爱你，蓝灵灵回他讨厌你，这算是两人扯平了，都只说了一次。

接着蓝灵灵又对谢汐说讨厌你，谢汐回她我爱你，两人又扯平，都说了两次，而且是蓝灵灵先说的，谢汐是安全的。

如果这时候谢汐为了彭驰而再度逆转，也就是主动开口对蓝灵灵说我爱你，等蓝灵灵回复他讨厌你，他们就都是三次，但先说的人却成了谢汐。

这时候如果蓝灵灵放弃谢汐，跟西装男说，西装男只要继续顺下去，等转到谢汐这里，谢汐要先回复江斜一次讨厌你，哪怕他再对江斜说一次讨厌你，逆转方向避开了蓝灵灵，可他已经跟江斜说了三次……

之后无论再怎么转，除非有人半道牺牲，否则谢汐都会比蓝灵灵先说第四次！

更加可笑的是，假如谢汐冒险是为了救彭驰，那这样不停地逆转，以彭驰的状态，只怕会最先出错，蓝灵灵也就如愿了！

谢汐感觉到了彻骨的寒意，对江斜说："讨厌你。"

江斜的声音里全是宽慰："我爱你。"

谢汐抬头看江斜，而江斜没有停顿，对彭驰说了："讨厌你。"

这一连串想法想起来很多，但其实发生得极快，一个人不过两三秒钟，到了彭驰那里才八九秒钟。

他本就被胳膊折磨得疼痛欲死，又因为刚才的转盘而神经绷到了极点，如今好不容易喘口气，蓝灵灵的忽然逆转让他慌了……

听到江斜的“讨厌你”，彭驰愣住了，过了好一会儿才：“我……我……”

叮咚！僵尸女孩开心道：“你又犯错啦，我爱你就是我爱你，我我是什么呀？还有两个你不成？”

彭驰一脸惊悚：“不……我……不……”

僵尸女孩道：“玩游戏要遵守规则，输了就要接受惩罚哦。”

她话音一落，彭驰的一条腿被生生拽了下来。惨叫声让人头皮发麻，彭驰几乎要疼昏过去！

僵尸女孩还是给他止了血，说道：“昏倒了也要玩游戏，说不了话还是要接受惩罚的！”

这句话让彭驰死咬住下唇，将所有惨叫声都生生咽了下去。

他没了一条胳膊一条腿，剧痛又时刻消耗着他的体力和精神，已经濒临极限了！

他看向了蓝灵灵，求生欲与彻骨的恨意麻痹了他的神经，让他强撑下来。

第三轮开始，这次指针指的是谢汐，谢汐成了第一人。

谢汐愣了下，看向江斜道：“我爱你。”

江斜心疼得很，可他比谁都清楚，这个游戏难度不高，如果在高等世界，惩罚绝不是丢掉胳膊这么简单，是真正的求生不得求死不能，是普通人无法想象的。

谢汐来到了中庭，只能不断成长。

这次蓝灵灵没有逆转顺序，她知道彭驰有了防备，她贸然逆转，可能会被他算计。

眼看着第二圈结束了，如果没有任何改变的话，那么身为第一人的谢汐就会受到惩罚。

就在蓝灵灵对谢汐说第三次我爱你，谢汐回复了讨厌你，即将开口对江斜说第四次我爱你时……

僵尸女孩开口了：“暂停！又有奖励来啦！”

谢汐的心都提到嗓子眼了，他猜到了会有卡片，但没想到会在这时候！

僵尸女孩说：“好可惜呀，全场最漂亮的人肯定味道很好，可惜吃不到呢。”

僵尸女孩又道：“也不一定，总之先看看奖励吧！”

粉色转盘弹出来，上面又放着一个黑色卡片，僵尸女孩拨弄了一下后，轮盘开始旋转，指针转到谢汐这里时明显慢了下来。

谢汐很紧张，如果这张卡片停在他面前，他有很大的概率可以自救，停在江斜面前，相信江斜也不会不管他，但如果停在别人那里……

谢汐眼睛一眨不眨地看着，把最坏的打算都想了。

他有一次致命伤免疫，大概可以撑到游戏结束，但下个游戏呢？第一个项目都这么难，之后两个呢？更不要提还有地下迷宫！

谢汐可不会天真地认为自己的主线任务与地下迷宫无关。

他也管不了那么多了，连第一个项目都过不去，哪来的后话！

指针停下了，停在了强撑着的彭驰面前。

蓝灵灵瞳孔一缩，有些紧张。

僵尸女孩道："快用你另一只手拿起卡片，把上面的内容读一下，记得不要读错哦，读错也要接受惩罚。"

彭驰面色阴冷，忍着剧痛拿起了那张卡片，他声音沙哑，喘着粗气，像临死之人不甘心的怒吼。

"换位卡，指定两个人调换座位，可弃用，本轮后无效。"

他读完卡片上的内容，一双满是仇恨的眸子死死盯着蓝灵灵。

蓝灵灵的脸上瞬间没了血色，她嘴唇颤动："不……我……我不是故意的……我……"

彭驰苍白的嘴角扬起，露出了一个舒心又疯狂的笑容："我使用换位卡。"

僵尸女孩问道："那么你要指定谁和谁调换位置呢？"

这还用问吗？所有人都猜得出来。

彭驰道："指定蓝灵灵和谢汐调换座位！"

－9－

这轮游戏已经玩了三圈了，所有人都说了三次，下一个无论是谁开口，都将受到惩罚。

按照顺序，应该是谢汐开口了，接下来受到惩罚的也应该是他。但是彭驰用了换位卡，让蓝灵灵和谢汐换了位置，那么开口的人就成了蓝灵灵，受到惩罚的人也换成了她。

蓝灵灵满目惊悚，说道："不……不要……我不要换……"

然而根本不需要她动弹，她已经和谢汐调换了座位。

僵尸女孩道："游戏继续，不开口的话也是要受到惩罚的哦。"

蓝灵灵面如死灰，看向彭驰的视线满是不甘："我不是故意害你的，那张禁言卡本来就是个陷阱，你为什么……"

"说错话啦。"僵尸女孩道，"你身边有这样两位优秀的男士，为什么还要去看其他人呢？爱爱最讨厌这种不专一的人了！"

蓝灵灵知道自己躲不掉惩罚，索性利用这个机会质问彭驰。

她一开口，这轮游戏就结束了，彭驰也有了说话的机会，他冷笑道："禁言卡不是你的错，可之后呢？你趁我走神逆转顺序，害我又没了一条腿，你根本就是在逼死我！"

蓝灵灵道:“是你自己没反应过来! ”

彭驰道:“怎么所有人都不逆转,就你逆转了! ”

蓝灵灵咬牙道:“就算我没逆转你也不会放过我! ”所以她要先下手为强,排除隐患。

僵尸女孩道:“好啦,别吵了,你俩不适合。”

彭驰和蓝灵灵的脸色全都难看到了极点,可惜却不敢反驳僵尸女孩。

僵尸女孩飘到了蓝灵灵身后,说道:“虽然我不喜欢吃女人,但规矩就是规矩,定下了就一定要遵守。”

话音落下,蓝灵灵的惨叫声响起,她的右胳膊没了。

她的右边是江斜,江斜的左侧不可避免地沾上了血迹,只是他个子比女孩高,所以血没溅到他脸上。

在坏运气这件事上,江斜从未这么庆幸过。

挺好的,至少没弄脏小朋友。

僵尸女孩吃了蓝灵灵的胳膊,嫌弃地说道:“不好吃……”

蓝灵灵咬着下唇看着她。

僵尸女孩勉为其难地道:“好啦,还是要给你止血的。”她撇撇嘴,不开心地小声嘟囔道,“死人是玩不了游戏的。”

这话她说得声音很小,谢汐离得近,所以听得清楚,他心思微动……

僵尸女孩道:“好啦,继续玩游戏! ”

在场的六个人,有两人已经受伤,彭驰没了一条胳膊和一条腿,蓝灵灵也没了右胳膊。他俩都在承受着巨大的痛苦,并且怨恨着对方。

局势已经乱了,再这样下去,他们只有死路一条。

怎么办?到底该怎么办?难道这真是个死局?只能这样不停地玩下去,最后所有人都死在这里?

不可能!

谢汐仔细回忆着进入这个游戏后的细节。

僵尸女孩说了很多话。

彭驰第一次受到惩罚时,僵尸女孩说的话谢汐记得清清楚楚。

——对一个人说我爱你四次还被拒绝的话,就要受到惩罚。

说我爱你四次被拒绝要受到惩罚,这话听起来像随口说的,毕竟规则就是超过三次要受到惩罚。

但如果这不只是规则呢?如果这规则是建立在某个目的之上呢?

最初听到这句话时,会让人禁不住想:假如年轻女人也对彭驰说我爱你,是不是就没事了?

不可能,因为规则是不能超过三次,第四次才回答我爱你,僵尸女孩八成又会说:“爱他的话,为什么不早点儿接受?还是他不够优秀吧,还是要接受惩罚哦。”

可如果在三次中回答我爱你，年轻女人又违反了只能对我爱你回答讨厌你的规则，那么受惩罚的就会是她。

这是无解的，说四次后不被答应会被惩罚，而在三次内又没人敢答应！难道僵尸的本心就是吃人？

如果一个游戏的存在就是为了让玩家死，那中庭也未免太残酷了。

谢汐知道在中庭眼中，玩家与万千世界甚至眼前的僵尸女孩并无不同。中庭不会偏爱玩家，却也不会厌恶。

所以……这个游戏一定可以通关，那么通关的点到底在哪里？

谢汐忍不住看向江斜。

江斜察觉到他的视线，也看了他一眼。

两人没有说话，谢汐却意外地懂了他的意思——沉住气。

谢汐微怔。

对，想要通关就不能被眼前的一切给迷惑，真正的线索肯定藏在里面，他需要冷静！

不要被游戏干扰，不要被僵尸女孩干扰，更不要被仇恨与恐惧干扰。

新的一轮游戏开始了，指针停在了年轻女人面前，她顿了下，对西装男人说：“我爱你。”

西装男人回答了年轻女人后对谢汐说：“我爱你。”

谢汐之前并未察觉，离近了他竟感觉西装男有种诡异的熟悉感，回道：“讨厌你。”

他继续转头对蓝灵灵说：“我爱你。”

蓝灵灵哽咽道：“讨厌你。”

她似乎疼极了，眼眶通红，身体颤抖，看向彭驰的视线里全是怨恨。彭驰也不遑多让，他把这一切灾难的元凶都指向了蓝灵灵。

其实害他们变成这样的是这个游戏，但是他们反抗不了僵尸女孩，所以迁怒到了彼此身上。

僵尸女孩在他们心中埋下了仇恨的种子，而他们将仇恨滋养成了参天大树。

一圈平稳结束，在即将开始第二圈时，僵尸女孩忽然道：“哎呀，又有奖励了，暂停领奖吧。”

年轻女人神色放缓了一些。

奖励对于第一人来说，反而是避免惩罚的转机，但对于其他人来说，可能是灾难。

大家都凝神看向轮盘，蓝灵灵咬着下唇，祈祷着不要指向彭驰，彭驰反倒无所谓了，与死亡相比，他更想发泄怒火！

转盘停了，指向了江斜。

僵尸女孩开心道："你的声音特别好听，快点儿念一念，让大家知道是什么卡片。"

江斜拿下卡片，看到上面的字后，瞳孔微缩，紧接着嘴角溢出了一缕笑意："反话卡，使用后只能说相反的话，可对其他五人随机使用，也可以自己使用，不可弃用，本轮结束将自动生效。"

反话卡？

谢汐怔了下，西装男也在思索，年轻女人有些紧张，彭驰和蓝灵灵却是慌张极了。

这张卡片如果在前期出现，对所有人来说都还好。

他们都是反应能力不错的人，脑子也转得快，不至于因为说反话而转不过弯。

现在不行了。

尤其是受伤的彭驰和蓝灵灵，他们正常回答已经是在强撑！如果被用了反话卡，他们真不一定能反应过来！

年轻女人的紧张却是因为这张卡片的效果太一般，不像之前的卡片那样。无论谁被用了反话卡，都不一定会犯错，如果不犯错，那么受惩罚的人将是她。

而谢汐却看到了破局的关键！

江斜道："我自己用。"

僵尸女孩道："真的吗？你可要考虑清楚哦，不小心说错了可是要受惩罚的。"

江斜看着她："随机不好，万一选中我的朋友怎么办？"

僵尸女孩转起圈圈，像个天真的小姑娘般开心："哎呀，你真的如此在乎他吗？"

江斜笑了笑。

僵尸女孩又问："那他呢？"

江斜道："我还不知道。"

僵尸女孩道："那你要赶快对他说我爱你呀！"

江斜道："我会的。"

僵尸女孩兴奋地说道："真开心，要是你们能在爱爱的游戏里通关，爱爱可以一直饿肚子！"

这暗示得很明显了！

关键点就在这里，只要有了反话卡，那么当对方说我爱你时，因为要说反话，所以江斜的回答也会是我爱你，这样就达到了互相告白的条件！

是不是等蓝灵灵对江斜说我爱你，而江斜回应了她，这个游戏就结束了？

谢汐紧张地看着他，希望游戏能就此中止！

虽然彭驰和蓝灵灵都受了伤，但只要能离开这个开放世界，回到中庭后都是可以治疗的！真的可以这样结束吗？

暂停结束，游戏重新开始，年轻女人咬着下唇对西装男说："我爱你。"

西装男回复她后转向谢汐，低声道："我爱你。"

谢汐看向他，眯了下眼睛。西装男嘴角微扬，面部肌肉动得有些违和。

这时江斜的视线扫了过来，西装男立刻恢复如常。

谢汐不敢耽误时间，只得继续进行游戏。轮到蓝灵灵对江斜说我爱你了，用了反话卡的江斜原本该说讨厌你，现在却要说我爱你。

按照推断，他们说完，游戏就该结束了！

谢汐紧张地看着他们……

蓝灵灵道："我爱你。"

江斜也道："我爱你。"

这是游戏中唯一一次说了同样的话。

会怎样？谢汐转头看向僵尸女孩，僵尸女孩无动于衷，一点儿要喊结束的意思都没有。

谢汐脑袋"嗡"的一声，心冰凉。

难道他想错了？难道这个游戏真的不会结束？难道这真是个要把所有玩家都喂给僵尸女孩的游戏？

不……不可能，如果真是这样的死局，就不会留这么多线索！

所以说，一定是他忽略了什么，到底是什么？

显然年轻女人也想到了一些，但蓝灵灵的"告白失败"让她大失所望。

下一个被惩罚的将是她，她比谁都紧张。

这轮游戏她一直避免看向彭驰，一直都是向西装男说的，但这次她忽然逆转了方向，对彭驰说："我爱你。"

彭驰一愣，反应还算快："讨厌你。"

年轻女人死咬着下唇，看向了江斜。

谢汐猛地反应过来，是的，顺序！

谢汐终于想起了关键点。

江斜铺垫过的，在最初的游戏试玩阶段，他就做好了铺垫。

他"一见钟情"的对象是谢汐。

所以江斜要向谢汐说我爱你，而谢汐也说一样的话，才能结束游戏。

但谢汐被彭驰用了换位卡，和蓝灵灵换了位置，两人中间隔了一个人，江斜根本没法向他说。

如果是这样，那岂不是没法结束游戏了？

也能结束，只要蓝灵灵被淘汰，那么江斜的旁边就是谢汐了。

谢汐的心里仿佛被放了一块冰。

倘若蓝灵灵没有抱着先下手为强的目的折磨彭驰，那彭驰也许就没有这么强的报复心，如果彭驰放弃了换位卡，那么等江斜抽到反话卡，他们就可以结束游戏了。

最后的结果可能有三人丢掉胳膊，但与死亡相比，已经是万幸了。

也许是想到了什么，也许是被忽然掉转的方向与反话卡，还有失去胳膊的剧痛给弄昏了头，当江斜对蓝灵灵说讨厌你时，她回道：“我爱你。”

话音刚落，僵尸女孩笑着飞了过来：“哎呀，说错了呢，女孩子要矜持一些嘛，他都对你说讨厌你了，你怎么还能说我爱你呢？”

蓝灵灵呆呆的，通红的眼眶有泪水滴落：“不……不要……我……”

僵尸女孩吃掉了她的左腿。

蓝灵灵的尖叫声异常凄惨，完全没了最初的甜美声线。

在她左边的谢汐感受到了血液的黏腻与腥臭……

僵尸女孩吧唧下嘴道：“好啦，开始新一轮游戏。”

血止住了，可剧痛仍在，蓝灵灵趴在了桌子上，似乎连直起身子的力气都没有了。

她无声地哭着，死咬着的下唇上全是鲜血。

难道真的要淘汰了她才能结束游戏吗？谢汐不禁攥紧了拳头。

新一轮开始了，这次指针对准了西装男。

这看起来是个运气转盘，却十分微妙地没有重复，每次的第一人都是不一样的。

西装男神态平静，对谢汐说：“我爱你。”

谢汐总觉得他怪怪的，可细究的话又想不到什么。

游戏向下转，蓝灵灵虽然趴在了桌面上，但还有力气说话，能够继续游戏。

彭驰似乎已经适应了剧痛，当说反话的江斜对他说“讨厌你”时，他反应过来了，接的是讨厌你。

眼看着转完了两圈，谢汐忍不住看向僵尸女孩。

僵尸女孩过来了：“又有奖励啦！不过我这里的卡片只有三种，没法给你们太多惊喜了。”

谢汐眼睛一亮。

这个游戏果然不是死局！只有三张卡片的话，他们有概率随机得到换位卡，这样他就可以和蓝灵灵换位，与江斜一起结束游戏。

换位卡，换位卡，换位卡……

谢汐死死地盯着轮盘，都快默念出声了。

好歹是一代“欧皇”，在抽卡转盘这种事上，他仿佛真的有迷之意念……

指针停下，指到了西装男身上。

像选取第一人时一样，游戏中出现了四次奖励，每次都是不同的人，谢汐毫不意外，倘若游戏继续下去，下个得到卡片的人要么是谢汐要么是年轻女人。

这是一个看运气却又不全看运气的游戏。

西装男人拿起卡片，慢慢念道：“换位卡，指定两个人调换座位，可弃用，本轮后无效。”

真的是换位卡！

谢汐激动地看向他。

西装男几不可察地扬了扬嘴角，道："我要使用这张卡片。"

僵尸女孩道："好呀，那你想让谁和谁调换位置？"

西装男看先谢汐，略带遗憾地说道："让谢汐和蓝灵灵调换位置。"

谢汐顾不上去想西装男略怪的语气，只是暗暗惊叹：太好了，这个男人肯定也看出了破局的关键！

僵尸女孩道："可以。"她话音一落，谢汐和蓝灵灵换了位置，谢汐再度来到了江斜身边。

他看向江斜，亮晶晶的眼睛里全是期待。

江斜心里像抹了蜜一样，别管原因是什么，反正小朋友在期待他的那句我爱你。

西装男对蓝灵灵说："我爱你。"

蓝灵灵将话传了过来，谢汐略有些紧张地对江斜说："我爱你。"

江斜要说反话，所以他也说："我爱你。"

条件达成了，游戏结束了吗？谢汐忍不住看向僵尸女孩……

僵尸女孩一动不动，没有丝毫要宣布游戏结束的意思。

难道他想错了？

谢汐的心揪成了一团，这时江斜低语响在他的耳畔："我爱你。"

一瞬间，谢汐乱糟糟的思绪理顺了，他笑了笑，对江斜说："我爱你。"

僵尸女孩开心道："太好啦！你们在爱爱的游戏中顺利通关，爱爱好高兴！可惜时间不多了，游戏结束了，只能下次再见啦！"

– 10 –

江斜微笑以对，谢汐心惊肉跳。

好在僵尸女孩没再说什么，她小手一挥，一切粉色的东西都消失了。参与游戏的他们瞬间从高处坠落，径直向下摔去。

受伤的蓝灵灵和彭驰都发出了倒吸气的声音，好在这高度虽高，却有股浮力，不至于摔伤。

他们终于落地后，谢汐对上了一双血淋淋的眼睛。

谢汐被吓了一跳，惊叫出声。

江斜握住他的手臂道："没事，都是死人。"

都是死人还叫没事吗？

谢汐缓过劲，才发现他们落地的地方类似乱葬岗，周围都是乱七八糟的尸体，有的没了胳膊有的没了腿，更可怕的是有的四肢全没了，成了活生生的人柱……

江斜温声道："恶心的话就别看了。"

谢汐很受用，别开眼问："难道这都是在游戏中死去的？"

江斜道："嗯。"

谢汐皱眉道："其实这个游戏不难。"可是却死了这么多人。

江斜道："很多时候，游戏的难易和死亡率不是一码事。"游戏难不一定会死人，游戏简单不一定会活下来，因为人是种很奇怪的生物。

他们这些四肢健全的还好说，蓝灵灵和彭驰却歪倒在地，面如死灰。他们活下来了，却没了一条胳膊和一条腿，连路都走不了，接下来的两个项目又要怎么办？

完不成的话会被永远留下，这些死人就是被永远留下来的！

尸体中有不少都是没了一条胳膊和一条腿，能够想象他们是活到了游戏结束，却因为身体，再加上没人帮忙，只能绝望地死在这里。

蓝灵灵和彭驰看到他们就好像看到了不久后的自己！

年轻女人站起身，冷漠地看了他们一眼，转身向出口走去。非亲非故，谁会去救一个陌生人，更何况这俩人伤得这么重，救了只会把自己给拖死。

谢汐看向蓝灵灵和彭驰，说道："这个游戏看起来全靠运气，其实有着固定的规则，谁是第一人靠运气，但之后每个人都会当一次第一人。抽卡看起来是运气，但一共只有三张卡，而且每次得到卡片的人都不同。如果你们没有互相怨恨对方，三轮我们就能结束游戏。"

最多是失去胳膊，不至于像现在这样，没了行动能力，只能等死。

可其实这也是这个游戏的陷阱，没人会甘愿当第一人，没人想牺牲，只要心中不甘，一定会出现各种状况。

可现在说这些又有什么用呢？已经晚了。

谢汐看向江斜，问他："你早就看透了这个游戏的关键，所以才在试玩的时候做了铺垫？"

虽然不想承认，但江斜的胡闹的确是这局游戏破局的关键。是他抓住了僵尸女孩透露的信息，利用试玩的两次机会铺垫了的线索，这样才让反话卡生效，他们才结束游戏。

谢汐不太能理解的是，其他玩家中肯定没有江斜这种"老司机"，他们没有提前铺垫，又该如何制造通关机会？

江斜解释道："没铺垫也可以，关键是付出。"

谢汐："付出？"

江斜道："反话卡用在自己身上是关键，不过前提是不能轮换位置。"

谢汐懂了，正常人是不可能在试玩时说那么多话的，游戏的设定是在大家都是陌生人的前提下进行的？

所以位置很关键，僵尸女孩对蓝灵灵说过一句话："你身边有这样两位优秀的男士，为什么还要去看其他人呢？”也就是说只有最初相邻的两个人互相说我爱你才有效，同时这个人得把反话卡用到自己身上。

因为反话卡的规则是，要么对其他五个人用，要么对自己用，不能弃用。只有自己用了，才是付出。

这时，一声轻笑声响起，是还没离开的西装男人。西装男人道：“你们真有趣。”

谢汐看向他，开门见山道：“我们认识吗？”这种熟悉感是骗不了人的，谢汐应该在哪里见过他。

西装男但笑不语。

江斜冷不丁开口：“面具做得挺精细。”

他语调轻缓，却带了些冷意，西装男连忙摆手道：“我没恶意，说来我也算是帮过谢汐吧。”

谢汐一愣。

西装男伸手在脖子上扯了下，一张人皮面具掉了下来，露出了他原本的面目。

仲金！

把谢汐骗进童话小镇，并且一路追杀他的男人。他哪来的脸好意思说帮过自己！

仲金眨眨眼睛，说道：“祝你们游戏愉快，我先撤了。”

他一副脚底抹油的模样，好像要跑路，可他那嘴角的笑意表示着他并不是真的害怕。

谢汐完全没想到会在这里遇到他，不是说中庭玩家数不清吗，怎么这么巧！

江斜提醒他：“他这张脸也是假的。”

谢汐一点儿都不意外！

江斜又道：“他是你在童话小镇遇到的人？”

谢汐和他讲过童话小镇的事，便点了点头，大体说了一下。

江斜道：“这人不简单。”

谢汐也觉得：“我会小心的。”

这场游戏里，仲金明显是早就看清了，恐怕比谢汐看得还明白，不过谢汐挺疑惑的，他用换位卡时，为什么要露出遗憾的表情？是在遗憾什么？难道不想结束游戏？还想看热闹？谢汐觉得很有可能，毕竟这个男人的本性真的很恶劣。

然而，谢汐之所以在死人堆里说这么久的话，为的当然不是解说游戏。他只是在等西装男走，等这里没有人，然后……

谢汐看向蓝灵灵和彭驰，说道：“我有个办法也许能让你们站起来，你们想试试吗？”

蓝灵灵和彭驰猛地抬头，看向他的眼睛里都闪着光。

彭驰道：“只要能让我站起来，这辈子我就为你当牛做马！”

蓝灵灵也激动道：“请帮帮我吧，我不想死在这里，只要能回到中庭，我把我所有的东西都给你。”

“不用。”谢汐根本不想和他们有任何牵扯，道，“不一定会成功，但你们愿意的话，我们可以试试。”

两人异口同声：“愿意！”

哪里会不愿意呢？只要能站起来，只要能行动，他们就有希望活着回中庭，而一旦回到中庭……他们还有无限可能！

谢汐点点头道：“我只能给你们随便找腿和胳膊，不太好看的话也凑合用吧。”

蓝灵灵和彭驰都听得一脸蒙。

老邪同志多自觉，哪里会让谢汐动手，早就去捡了两条胳膊和两条腿，也算用心了，好歹是分男女的。

谢汐虽然见多了残肢，但还是觉得恶心，他只能用面无表情来稳住自己。

“别抱太大希望，”谢汐道，“能不能行就看运气了。”

他对修复术实在没太大信心，之前能成功是因为是僵尸腿，算死物，这活生生的……哦，这胳膊腿的倒也不是活生生的了。

谢汐将胳膊和腿摆好，依次用了初级修复术。胳膊和腿是连在一起了，至于能不能用，谢汐没管，道：“过会儿你们自己试试吧。”

蓝灵灵和彭驰都还在蒙着，这是什么技能？居然能随便把别人的胳膊和腿安到他们身上！这……这要是能用的话也太逆天了吧！

还有，这开放世界里不是不能用技能吗？这人……

等他们回过神时，谢汐已经离开了。

谢汐走远后，江斜带着笑意问他：“不怕他们把你的技能说出去？”

谢汐道：“说了也无所谓，别人知道我这技能，也不会伤害我，无非是麻烦些……”他这初级修复术可以说是开放世界里的一口奶，即便有人知道，也不会傻到去杀奶妈。

虽然麻烦些，但也不能因为麻烦就见死不救。

– 11 –

谢汐又想到了特权，这个其实挺麻烦的，开启游戏场的人被赐予了一个特权，而且玩家杀了他们就可以继承特权……

谢汐对江斜说道：“如果他们把修复术当成特权也无所谓，这种只可以给别人修复却没法对自己使用的技能，抢去了又有什么意义。”

他借口一大堆，其实就是心软。

江斜说道：“你做得很好。”

谢汐莫名有些脸热，道：“我不是非得救他们。”说完他就后悔了，这不是欲盖弥彰嘛！

江斜说：“你当然不是故意的，只是顺手而已，就像路边有个塑料瓶，随手丢进垃圾桶。”

江斜道：“你看多巧，那边刚好有那么多断胳膊断腿，你又刚好有这个技能，顺手帮他们安上也是……”

谢汐听不下去了，抬头瞪他：“你是在哄小孩吗？”

小孩生气了，江斜笑道：“是在表扬小徒弟。”

他不提，谢汐都快把徒弟的人设给忘了。

游戏里太惊险刺激，他脑袋全用来想正事，哪还有工夫想那些有的没的。

谢汐忽然叫不出师傅二字，索性扭头，大步走了出去。

江斜没再多嘴，毕竟信任值 -365，还是要稳扎稳打。

他们一出来才发现已经在游乐场里了，站在这儿看，风景还挺美。

摩天轮、过山车、大摆锤、海盗船，都造型华丽精美，闪着夺目的光，和现实中夜晚的游乐园并无二致。

谢汐看得微愣。

江斜留意到了：“喜欢游乐园？”

谢汐摇头道：“不喜欢。”

“说起来，”江斜道：“这是我第一次进游乐园。”

谢汐转头看他：“第一次？”

江斜道：“自己一个人的话，来这种地方也太无趣了。”

一句话砸到了谢汐的心上，他蹙了下眉：“你……”一直一个人吗？这话谢汐没问出口，他觉得很冒犯。

江斜打趣道：“虽然没来过，但这个第一次还是很有趣的。”

谢汐想了想那断胳膊断腿的游戏，无奈地道：“相当有趣了。”

江斜还想给自己拉点儿分：“有趣是因为和……”

他还没说完，两个超大电灯泡冒了出来：“恩公！”

江斜的话被硬生生憋了回去：支线任务是对的，这俩货就该剁了。

来人正是傻大个孔戎良和半吊子僵尸陈庆。

陈庆不知从哪儿弄了条裤子，穿上后还挺不错，看不出是条僵尸腿，他的脸也洗干净了，露出一双凤眼、高鼻梁和薄嘴唇。

谢汐顿觉赏心悦目，倒不是帅不帅，而是单纯觉得他洗白净了像个人了。

孔戎良一见他俩就激动得不行：“我远远看着就觉得是恩公，你们没事真是太好了！”

陈庆也道：“你们过了几个项目了？我们刚从第二个出来，真是太要命了！”

谢汐问道：“你们玩完两个项目了？”

孔戎良又开始激动了，这么高大一汉子，热泪盈眶起来实在让人受不住：“多亏恩公，我们真是多亏了恩公啊！”

谢汐不明所以。

陈庆给了他一巴掌，郑重地向谢汐鞠了一躬：“幸好有这双僵尸腿，我俩才能在刚才的游戏里活下来。”

谢汐和江斜马上就要进行下个游戏了，能多知道些情报也是好事。陈庆也明白得很，不等谢汐询问便如实地把自己经历的都说了出来。

大概是支线任务的缘故，孔戎良抽到的是旋转木马，他俩是组队模式，所以一起进去了。

这旋转木马可不是寻常游乐场里的童真游戏，用陈庆的话说就是，除了名字一样，这俩游戏再没一点儿相似的地方。

他们一进去就在一只僵尸马上，这马浑身溃烂腐臭，骑在上面那感觉……承受力弱一些的，当场就吐了个稀里哗啦。

游戏开始后，僵尸马开始旋转，可不是像旋转木马那样的一起转，而是每匹马都在原地打圈，彼此的距离又近，马头撞到一起也不停，转得极其疯狂，马的眼珠子都甩了一地……

谢汐听得直恶心，祈祷自己可千万别抽到这个游戏。

陈庆继续说：“这僵尸马的速度还越转越快，到后头简直跟风火轮一样。”

谢汐问：“那怎样才算通关？”

孔戎良接话道：“坚持十分钟。”

谢汐想象了一下那场景，觉得这十分钟怕是比十年还难熬。

陈庆道：“游戏规则之一是不能从马上掉下来，一旦落地就会被僵尸马踩成烂泥。”

孔戎良又道：“规则二是僵尸马不能停，如果停下，连人带马一起被踩碎。”

谢汐听得头皮发麻：“僵尸马会被撞死？”停是不可能停了，只能是死了。

陈庆道：“对，场地很小，二十匹马站着不动挤在一起，转起来后更是乱成一团。”

孔戎良补充道：“自己的马要是死了，可以抢别人的马。”

可以想象这个十分钟的游戏有多凶残了。

僵尸马本身恶心得要死，还越转越快，这要是心理素质差一些，只怕会早早摔下马被踩成烂泥。即便稳住了，也要小心自己的马死掉，倘若有人抢马，那将会是怎样的混乱，真是无法形容。

“一起参加游戏的人有两组人是仇家，趁机报复对方，最后……”陈庆叹口气道，“就活下来四个人。”

旋转木马的限定人数是二十个人，十分钟竟然死了十六个人。

孔戎良道：“我的位置很偏，再加上我打小骑术就好，这才躲过一劫。”

陈庆感慨道：“我是真的多亏了恩公，要不是你给我这双僵尸腿，我肯定活不下来。”

谢汐顿了下：“这腿用着方便？”

“不是方不方便，而是……”孔戎良很激动了，“阿庆成了不死之身。”

谢汐以为自己听错了：“不死之身？”

陈庆万分感激：“对！我好像真成僵尸了，不管身体成了什么样都不要紧，总能恢复。”

谢汐诧异地道：“可我只是……”给他用了修复术。

江斜道：“看来是因祸得福。”

谢汐反应过来了，道：“应该是你之前被僵尸咬了，被感染了却活了下来，所以……”

“如果不是恩公给我安了这两条腿，我也活不下来！”陈庆由衷地说道。

这还真是误打误撞……

唔，谢汐想起自己的支线任务，想起了那个出现多次的“杀了他们”选项。

如果他真的选择了杀了他们……

陈庆这个不死之身，该怎么杀死？

杀不死不说，他得罪了这个“有脑子的僵尸”，只怕还麻烦得很。

谢汐道：“还是你福气大。”

陈庆也是感慨良多，这真是置之死地而后生的典型了。

旋转木马用时很少，过了后他们就进行了下一个游戏，这次是陈庆抽，根据他的支线任务，他抽到的果然是我爱你 VS 讨厌你。

当然他们和谢汐这边不是一个场地，遇到的也不是僵尸女孩，而是个男孩。

游戏规则是一致的，但有陈庆这个 BUG 在，这游戏简直像儿戏，陈庆背了三轮的锅，等反话卡一出，大家都明白是怎么回事了，赶紧用了，游戏顺利结束。

陈庆又问谢汐他们的游戏。

谢汐说了。

孔戎良松口气道：“这个游戏还是挺简单的。”

谢汐想想自己当时的状况，很是心酸：和这俩人比起来，他觉得自己不配再当“欧皇”。

陈庆又道：“可惜从这里出来的都是通关了我爱你 VS 讨厌你的，也没太多其他游戏的情报。”

像他们这样一口气完成两个项目的人屈指可数，大多数人才完成一个，甚至是死在了项目里。

谢汐也没指望能得到太多情报，要是通关的人都能聚在一起，那这游戏场的难度会直线降低，轻松就能通关。

孔戎良顿了下道：“可惜这个开放世界里没法组队，不然我们就能在一起了。”有陈庆这个 BUG 在，的确能轻松很多。

谢汐道："没事，我这边也问题不大。"

他们俩也很放心，谢汐有那样一个技能，江斜的身手他们也见识过，倘若他们进了旋转木马那个项目，只怕江斜能把所有搞事的都踹下马。

因为有时间限制，他们没再多聊，分头去下一个项目了。

谢汐和江斜来到抽卡处，谢汐道："这次你来吧。"

他们是一个小队，一个人抽了，另一个就会跟进去。

江斜立马道："你来。"

谢汐道："万一我抽个不太好的怎么办？"

江斜认真地说道："要是让我抽，一定会抽到这个游戏场里最难的项目。"

谢汐："你手气很差？"

江斜道："相信我，都是血泪史。"

谢汐眨眨眼，怪好奇的："你以前也遇到过这种世界吗？"

江斜道："遇到过很多次。"

谢汐道："那你是怎么过的？"

像我爱你 VS 讨厌你，虽然不全看运气，但如果运气很差，真的会很惨。

江斜顿了下，幽幽地说道："如果是我的话，可能会直接从森林去地下迷宫吧。"他宁愿去穿僵尸糖葫芦，也不来这里碰运气。

运气竟然差到这种地步吗？差到不走寻常路？

江斜这么多年来，早就深刻地明白了自己的"非酋"体质。

一切能用力量解决的事就别去指望运气。在别人那里百分之九十九的生机，他只有百分之一。

谢汐有点儿心疼，哄他道："师傅这么厉害，不需要运气加成。"

江斜道："还是想要点儿好运气的。"

如此可怜，谢汐竟不知该说什么。

"不过和你在一起后，我运气好多了。"江斜眨了下眼睛。

谢汐深吸一口气，抽了卡片，下个项目的名字出现了——小鸡总动员。

"听起来还不错。"江斜道。

谢汐说："游乐场里有这样的项目吗？"

江斜道："正常游乐场里也不会有我爱你那种游戏吧。"

"不能掉以轻心。"谢汐道，"旋转木马都那样了，这个小鸡总动员估计也好不到哪里去。"

负责抽卡的僵尸少年道："多人项目支持组队进入，当前人数已满，游戏即将开始。"

他话音落下，谢汐和江斜便被传送到了小鸡总动员的游戏区。

一睁眼谢汐一愣。

眼前的景象太过正常，是正常游乐场的准备区，正前方站着五个人，像是在等他们一般。

是玩家还是……

谢汐愣神的空当，那五人中的一个长发女人便问道：“你叫什么？”她问的是江斜。

江斜眉峰微扬。

长发女人身边的男人道：“云小姐问你话呢，快回答！”

江斜说了自己的名字。

那被称为云小姐的女人很是倨傲：“这是个小组对抗的游戏，我这里已经有了足够的情报，进去后会有两辆车，每辆限定六个人，我们还缺一个人，你过来吧。”

江斜道：“不了，我和他一起的。”

云小姐瞥了一眼谢汐，对江斜说：“别说我没提醒你，这个游戏很残酷，不进我的小队，你肯定会死在这里。”

“哦，”江斜道：“进你的小队，还不如去死。”

虽然谢汐经常被他气，但看他气别人竟还挺高兴。

云小姐愣了下，没想到会有人这么不识趣。

她身边的人火了：“不识好歹！要不是看你身体不错，你以为我们会带你一起？”

另一个男人也道：“不知天高地厚，你当这里真是游乐场啊。”

云小姐看了看江斜，忍不住又说道：“再给你一次机会，这里十分凶险，要是队友不行，任你再怎么厉害也只有死路一条。”

江斜道：“我队友很强。”

对面的男人嗤笑道：“等你们见着了，就知道那是些什么队友了！”

云小姐还不死心。

他身边的男人道：“小姐，快要开始了，我们别浪费时间了，之前那个也还行，我们……”

云小姐看了看江斜，最终还是放弃了，道：“愚蠢！”

这帮人一让开，谢汐才发现原来后面还有人……

小鸡总动员是十二个人，每六个人一辆车，具体怎么回事还不清楚，想来是需要六人协力通关。

那位云小姐集结了一帮厉害的家伙，剩下的就是“歪瓜裂枣”。

谢汐定睛一看，可算明白他们为什么站在这里等人了。

倒在那里的五个人，两个没了胳膊，两个没了腿，还有一个好一些，只是没了手，因为江斜拒绝入队，那位云小姐为了凑人数，带上了他。

没了手的青年感动得热泪盈眶，一个劲儿地向云小姐鞠躬。

云小姐嫌恶地道：“算你好运。”

被丢下的四个人都是面如死灰。

－12－

这四人全是男性，如果没断胳膊断腿的话，想必身手都不错。

想想这个游乐场的残酷，谢汐毫不意外，这些人十有八九是刚经历完我爱你VS讨厌你。

这样分配也是为了避免他们在游戏中交换情报。

不过刚才的云小姐说他们有足够的情报，可能是像谢汐碰到孔戎良他们那样遇到了玩过这个游戏的熟人。

总的来说这种概率还是很小的。

首先这个人得完成了两个项目，且第二个项目和她一样，这样才能出现在同一个休息处，两人还得熟悉得能够交换情报……

即便交换了情报，他也得运气好才能抽到这个项目。

这概率已经小得可以忽略不计，游乐场并不介意有这么几个“幸运儿”。

像谢汐只不过是得到了旋转木马的情报，却没有抽中这个项目，当然谢汐打心眼里不想抽到骑在僵尸马上转圈的脑残项目！

没了左胳膊的伙计看看江斜后垂头丧气地说道：“你也太傻了，留下来只会是两个都死。”

中庭的名人、堂堂S+级大设计师X一天之内被两人说傻，谢汐竟觉得……挺开心。

没了右胳膊的兄弟也说：“还是不要感情用事，虽然兄弟情重，但也……”

江斜道：“我们不是兄弟情。”

重点是这个吗？语重心长地给他剖析人生问题的没胳膊兄弟俩都有些生气。

江斜冷静地说道：“我们是……”

谢汐总觉得这没了记忆的X要搞事，他连忙接话道：“他是我师傅！我们是师徒情！”

江斜看着他。

谢汐扬起笑脸：“师傅您真好，我就知道您不会丢下我。”

江斜笑笑，温声道：“我什么都可以丢下，唯独不能丢下你。”

“死到临头了，你们还有心情说笑。”开口的是个没了一条腿的短发男人。他长得比在场的人都瘦小些，脸色也最难看。

我爱你VS讨厌你那个游戏给了他巨大的刺激，刚才的那帮人又断了他的希望，所以他现在的情绪十分不稳定。他近乎癫狂地说：“你们知道那女人是谁吗？”

谢汐心想：能是谁？反正不会是女版X。

短发男人用要将他们吓死的语气说：“她是云阁大小姐！云阁你们知道吧？中庭最大的组织，有高级玩家，甚至还有优秀的设计者团队！”

哦……然后呢……

他说出这么轰动的消息，江斜和谢汐竟然都无动于衷，他气恼地说道："真是一无所知的新人！"

一直没说话的那位兄弟似乎很怕疼，他到吸着气，小声道："她叫云蝶，这次带了十几个精英一起刷开放世界，其中还有个中级探索者，我见过他，他应该是把中级资质都点满了，非常强！"

那人能有多强……会穿僵尸糖葫芦不？

没左胳膊的人说道："说这些也没用了，他们都已经上车了，我们也走吧。"

没腿的短发男人抗拒道："我不去！我宁愿在这里等死也不要去喂僵尸。"

没左胳膊的拧眉道："你不去少一个人，车子就不会启动，难道我们要和你一起在这里等死？"

听了这话，谢汐就知道云蝶他们为什么非得找一个人凑数了，游戏规则是人满才发车。

短发男人冷笑："在这儿有什么不好？还能死个痛快！"

另一个没胳膊的脾气比较暴："你想死，我们还想拼一把呢！"

短发男人道："拼个屁，这么一群残废，就是去送死！"

没右胳膊的气道："不试试怎么知道？不就是没了条腿吗，你连血性都没了吗？"

短发男人嗤笑："反正我……"

他话没说完，谢汐便站到他面前，垂眸问："你想死？"

短发男人抬头看着他，刚想骂人却愣住了。

居高临下的年轻人面若冷霜，他有一双非常好看的眼睛，此时却带着露骨的杀意，淡色的唇微扬，声音像埋在深渊的冰刃："我可以帮你。"

短发男人面色蜡黄："你、你要做什么！"

谢汐慢条斯理地说道："你在这儿等死多没劲。"

短发男人本就心力交瘁，此时更是被吓蒙了："你杀了我，你们人数不够，也是死路一条！"

谢汐道："反正你又不上车。"

短发男人："我……"

谢汐道："左右都是死，早死早超生，你这么着急的话，我先帮你。"

经过第一个世界的洗礼，谢汐很有装神经病的心得，轻而易举就把短发男人给唬得一愣一愣的。

都是玩家，哪怕长得嫩也不能当他是小孩，更不要提他们都缺胳膊断腿，这年轻人真想弄死他们是轻而易举的事。

不只这短发男人，其他三人也都蔫蔫的。

只有江斜，他嘴角的笑都快压不住了——完了，这小孩怎么做什么都这么可爱。

短发男人爆了句粗，爬起来道，“真是遇上疯子了。”他一条腿蹦得还挺快，一下就上车了。

谢汐看向另外三人，他们也都麻利地上车，半个字都不说了！

其实他们四人也不全是被吓的，而是心中又升起了那么点儿希望。毕竟这俩健全的人看起来胸有成竹，万一真的能以一抵六呢？

嘴上说着死啊死的，谁真想死？他们缺了胳膊缺了腿，还顽强地来到了第二个项目，又哪里是甘心等死的人！

上车后，游戏开始。

一个叽叽喳喳的声音在他们耳边响起：“欢迎来到小鸡总动员，请努力打败这些讨厌的小鸡！第一轮得分高的队伍会升级战车，第二轮会更安全哦！加油吧！小鸡实在太烦了，请一定把它们杀光！”

谢汐快速浏览了一遍信息。

任务是击败小鸡，通关要求可能是杀光。目前看来至少有两轮，而且是小队竞争模式，得分高的可以升级战车，有利于第二轮的作战……

云蝶他们早就出发了，估计已经领先了不少，谢汐刚想是不是会有个计分器之类的东西，就看前头冒出一个荧光牌，上面的字简单粗暴。

1号车：22分

2号车：0分

不用想也知道谢汐他们这边是2号车，之前的短发男人又开始说丧气话：“这要是能活下来才有鬼了！”

他们已经上了车，谢汐就懒得理他，挨着江斜坐下。

残废四人组还是想活的，他们根据序号纷纷入座，每人负责一个方向。

战车是圆形的，六个座位对着六个方向，每个座位上都有一把长刀，单看这位置就明白小鸡八成是从六个方向过来，需要一人负责一边，所以云蝶他们才希望找个高手组队。

这样的六个方向，有一个缺口都挺致命的，最好是六个人都能稳住，这样存活率最大。

谢汐的战斗力一般，真不一定打得过小鸡。所以他很自觉地挨着江斜坐，好歹能彼此照应下。他拿不太准的是……

“给他们安上鸡腿，能好用吗？”

江斜闷笑道：“如果鸡的个头很大，那应该会挺好用。”

谢汐想了一下那个画面，纠结道：“他们会不会嫌太丑？”

江斜道：“他们怕死。”

“也对。”谢汐松口气道，“但愿是大鸡！”

车子启动了，谢汐可算是看到了鸡。

遗憾的是鸡很小，也就是正常的公鸡模样，长得很凶，鸡冠还五颜六色的，一看就不是正经鸡！

虽然鸡小，但让人惊喜的是它们一人骑着一头僵尸，看样子还能操纵这些僵尸，一个个横冲直撞地向着他们冲了过来！

残废四人组一个个面色惨白，浑身颤抖。这游戏果然不简单，小鸡根本就是摆设，真正总动员的是僵尸！这么多僵尸……密密麻麻地看不到尽头，别说他们受了重伤，即便四肢完好也杀不完这么多僵尸！

那俩人身体健全又如何？哪怕是中级资质全部点满，面对这样的僵尸也只能落荒而逃啊！

完了，完了，这下是真的死定了。

短发男人道："我早就说过了，上了车也是……"

"扑哧"一声，他身边的男人砍断了僵尸的胳膊，因为角度刚好，黏稠的脓血喷了他一身。

短发男人僵着脸转头，看向江斜。

江斜早就烦他了，满嘴没用的话，小朋友的耳朵是他能污染的？

谢汐这边也砍了一个僵尸，对江斜说："帮我顶一会儿。"

有僵尸就好办了，这四个残废就可以满血复活了！

1 号车。

云蝶看了看计数器。

她身边的周武卫说道："小姐放心吧，第一轮肯定是我们赢了！"

他们已经 26 分，2 号车还是 0 分，估计那帮人连上车的勇气都没有吧！

云蝶想想那俊美不凡的男人，惋惜道："没想到是个傻子。"

"2 号车有分数了！"

"大呼小叫什么？他们有分数又怎样？带着四个残废，能得个十分我把头切……"周武卫话说一半说不下去了，他目瞪口呆。

云蝶问："怎么了？"她抬头看向计数器，也愣了。

这怎么可能？

2 号车怎么忽然就 25 分了！

– 13 –

江斜用一根树枝都能横扫千军，眼下还给了他一把长刀，他砍起僵尸像切白菜，刀一挥，僵尸被劈成两半，画面十分凶残，并且他保证了胳膊腿齐整，同时让僵尸丧失了行动力。

普通僵尸是很难自我复原的，谢汐觉得咬陈庆的那个僵尸肯定不简单。

僵尸倒地，骑在上面的小鸡毫无战斗力，一个个喔喔喔地坠地，被其他僵尸给踩成肉泥。然而倒下一批还有一批，僵尸和鸡的数量多得数都数不清。

残废四人组直接看傻了，他们看得出江斜很强，但怎么也没想到会强到这个地步！

禁用了技能和道具，还能有这样的身手，这人……这人是谁啊！

谢汐一点儿时间都没耽误，他拎着一个僵尸胳膊来到没胳膊的男人旁边。

没胳膊的男人正在用另一只手砍着僵尸，看动作还是有些章法的，想必健全时也是个能人。

"怎么了？"

谢汐冷不丁过来，他弄不清楚。

谢汐直接问："介意有个僵尸胳膊吗？"

谢汐也只是礼貌性问问，这种时候，哪管你想不想，不想也得用，否则就去喂僵尸吧！

谢汐用了初级修复术，僵尸胳膊以极其诡异的角度连到了没胳膊男人的肩膀上。

江斜一人照顾着三个位置还有空偷看，他毫不客气地笑出了声。

谢汐脸一热，想欺师灭祖。

——不、不就是安反了吗？卸了重安就是了！

他挥刀，将安好的僵尸胳膊又砍了下来……

没胳膊的男人完全反应不过来发生了什么。这僵尸胳膊怎么长到他肩膀上了？怎么这小哥又给一刀砍了？怎么……怎么又长回来了！

谢汐清清嗓子道："凑合用吧，先活着出去再说。"

没胳膊的男人动了动僵尸胳膊，一脸震惊："我、我、我……"

这时一个僵尸扑了过来，一口咬在了他的僵尸胳膊上。

没胳膊的男人愣了一下，半晌才反应过来——一点儿都不疼，而且还很有劲，他猛地一挥，直接把僵尸给扇了出去。

谢汐有些惊讶于他的力气，但面上却很冷静："能用就行，不用太珍惜，坏了可以再换。"

没胳膊的男人活动了一下，激动地喊道："我叫曹广，以后你就是我大哥了！"

可能比他小十岁的谢汐并不想认他这个小弟。

他们都在一辆车上，这动静根本藏不住，僵尸胳膊安到人身上，还灵活自如，这简直是……太棒了！

没错，不是惊悚，而是棒。

他们都不是普通人，敢到开放世界闯荡，都是有见识的。中庭里什么奇葩技能没有？给人安僵尸胳膊腿什么的……嗯……挺方便的！

曹广兴奋地用僵尸的胳膊打僵尸，把另外三人给看得心潮澎湃。

谢汐既然用了修复术就不会厚此薄彼，要修当然是一起修。

江斜麻利得很，早就备好了胳膊腿，谢汐上去啪啪啪，给卓柳和庄义分别安上了腿和胳膊。

之前说了不少丧气话的短发男人叫朱黎，他早就看蒙了，这会儿想起自己说过的话，懊悔死了。要是谢汐因此恼了他，而不给他安腿，那他……那他……

谢汐走到他面前时，他结结巴巴地道："我之前……"

没等他把话说完，谢汐已经给他安上了腿。

朱黎眼眶瞬间红了，猛地抬头。

谢汐道："少废话，有这工夫不如留着砍僵尸。"

说完谢汐转身，拿起自己的长刀，将扑过来的僵尸刺了个透心凉。

谢汐虽然是个地地道道的新人，但挡不住钱多，只不过走了三个世界就快把初级资质点满了，所以身体素质还不错。

不过作战看的不只是身体素质，还有技巧和实战经验，这方面谢汐很缺乏，所以哪怕力气不小，身体也很灵活，但应付起来却很难。

他旁边就是江斜，江斜一直留神看着，不会让他受伤。其实这个游戏对江斜来说太简单了，即便带着小朋友和四个残废，也太简单。限制技能和道具，对有些人来说是致命的，像打死不近战的颜哲，来到这里估计只能靠脸活命。

但这对江斜来说也就还好，毕竟战斗技巧和经验是融进骨髓的，身体素质也是一顶一的，没了技能无非是从毁天灭地的原子弹变成了小型炸弹，可在这个世界里，小型炸弹也足以毁天灭地了。

他完全可以不费吹灰之力一路杀过去。可这样一来，就没谢汐什么事了。

他来这个世界最主要的不是通关，而是陪伴。他要照看着谢汐，看谢汐像个小树苗一样，一点点成长起来。

有了腿的朱黎像换了个人一样，之前还是个垂头丧气的丧家犬，这会儿就成下山猛虎了。

他大概是憋屈久了，一旦恢复行动力，立马厉害得不行。

"老大！"朱黎对谢汐说，"你去歇着，这里交给我了！"

谢汐："嗯？"你在叫谁？

朱黎一手一把刀，舞得飞快："老大你去中间，保护好自己，我们断了胳膊腿，还有你来补，你要是受了伤可就麻烦了！"

他一开口，曹广也说道："没错！你给我们安了胳膊腿，肯定大耗元气，快快休养生息！"

另外俩人也稍微挪了下位置，异口同声道："你放心，我们能守住！"

谢汐被挤到中央，团团护住。

江斜嘴角挂着笑："保护我方奶妈。"

谢汐瞪他。

江斜嘴巴动了动，无声道："这也是实力。"

不是谁都能让队友心甘情愿地保护，也不是谁都能一口气得到这么多人的拥护。

虽然江斜有心磨炼下谢汐的对敌经验，但这种经验不局限于持刀杀敌，从谢汐决定使用修复术后，就已经开始积累经验了。

倘若没有江斜，谢汐要怎么办？他必须得用这个技能，无论后续会发生什么，也只能冷静面对！

他们五人抵挡住了僵尸的攻击，中途曹广的僵尸胳膊受了伤，越来越不方便，最后更是被僵尸给一口咬断……

曹广自备胳膊，退下来道：“谢哥，麻烦了。”

十九岁的谢汐被三十好几的大汉叫谢哥，浑身难受：“不用这样叫我。”

曹广立马改口：“老大！”

谢汐手一抖，差点儿又给安反了。

谢汐仔细观察过了，他们虽然也用了僵尸胳膊腿，却没有任何复原能力，不像陈庆，被踩成泥还能恢复过来。

看来陈庆的不死之身还是因为被咬了一口，谢汐有些介意咬他的僵尸，如果它也是不死之身，那这地下迷宫可能没那么轻松。

虽说残废四人组不是不死之身，但有谢汐在，只要不伤到身体，四肢什么的随便伤，像曹广已经领悟了花式卖胳膊的招式，反正胳膊没了还能换，都被他给当成消耗品来用了。

越到后头这几人越是游刃有余，说的话都没法听了。

曹广道：“老朱，这条腿不错，你要不？我帮你收了。”

朱黎道：“不用，我看上一条更结实的，又粗又壮，和我很配！”

曹广：“你可别整出高矮脚。”

朱黎：“开什么玩笑，我本来就腿很长好吗！”

这是互相帮忙的，还有彼此竞争的。

曹广大叫：“卓柳，那条胳膊是我的，你别抢！”

卓柳：“你疯了吧！要两个右胳膊干吗？顺拐很有趣？”

曹广：“我是右撇子，安两个右胳膊没准能发挥百分之两百的力气！”

卓柳：“不行，这胳膊是我先看上的。”

曹广：“谁砍到是谁的！”

在中间默默围观的谢汐心想：能尊重一下辛苦袭击他们的僵尸先生吗？

更厉害的是沉默寡言的庄义。

谢汐面无表情地说道：“这是条女僵尸腿。”

庄义不好意思地说道：“我一直觉得自己该是女孩子来着……”

这都是哪来的神经病！

好好一个血腥残酷、紧张刺激的僵尸游戏，愣是被这些半吊子僵尸给“玩”

出了“逗比”风！

他们这边轻松刷分，1号车那边已经全蒙了。

计数器上的数字像疯了一样狂涨，一个僵尸一分，这会儿工夫2号车竟然飙到了44分！

这个数字简直像是在嘲讽他们。

周武卫道：“不可能的，肯定是哪里出问题了，他们怎么可能杀这么多僵尸！”

云蝶咬着下唇道：“那个男人果然不简单！”

周武卫不信：“肯定是计数器错了，也许是障眼法，故意欺骗我们……”

“又涨了！”有人惊呼道，“88分了！”

怎么可能！这么一会儿他们就杀了88个僵尸？

周武卫道：“这不可能，绝对不可能，这个开放世界不能使用技能和道具，哪怕是点满资质的高级玩家也不可能在这么短的时间里杀死这么多僵尸！更何况高级玩家怎么会到这种小世界来！”

来的还真不是高级玩家，而是神级。

而且这个划水的神级设计者只杀了最初的二十多个僵尸，其余的都是热血上头的半吊子僵尸们杀的……

没手的那个哥们儿才惨，他本以为自己踏上了诺亚方舟，成了最后的幸存者，谁知道这方舟是假的，对面那艘破船才是真正的宇宙飞船！

有个黑发女人说道：“再这样下去，第一轮我们就输了。”

云蝶猛地回神，说道：“还有时间，快点儿抢分！他们那边就一个人在强撑，等他筋疲力尽，肯定会慢下来！”

她这样想倒也合理，四个残废加一个小白脸，任凭那个男人再强，也有自顾不暇的时候！

周武卫也回过神来了，道：“对！不能被他们给吓住了，他们这只是暂时的，现在那些残废还能帮那个男人挡住一面，等他们筋疲力尽了，那个男人腹背受敌，就是有滔天的本事也别想撑到底！”

距离第一轮结束至少还有四十分钟，一个人是不可能撑这么久的，那些残废肯定也要守不住了，等那些人慢下来，他们很快就能把分数给追平。

然而随着时间推移，越来越撑不住的反而是1号车上的人。

太累了，僵尸太多了，六个人全都拼尽全力也不过是勉强自保，哪还有精力去多杀僵尸来抢分。

计数器上的分数没停。

他们30分了，2号车130分了；他们40分了，二号车200分了，他们……

没人再说话，用什么都解释不了了，即便1号车的人全死了，他们也追不上这夸张的分数差。

云蝶怒道：“他肯定是在报复我们！他们那个阵容，即便拿到了第一轮的奖励又怎样？根本过不了第二轮！”

没人敢接她的话。

云蝶又道：“我明明邀请他了，是他自己不来，现在又不顾一切地拖我下水，真是太过分了！”

这话要是让2号车的人听到，残废四人组大概会把她喷死：公主病是重症，得治！

临近结束十分钟时，2号车的分数终于慢下来了……

1号车的人已经筋疲力尽，勉强抵挡着僵尸的进攻。

周武卫眼睛一亮：“他们肯定出事了！”

没手的男人一脸菜色：“那又怎样，这分数我们追不上了。”

计数牌上：1号车122分，2号车600分。

这差距太大了，不可能追上的。

周武卫冷笑道：“他们赢了又怎样？活下来的肯定也是伤痕累累，第二轮非常凶险，必须六人都在才能压住阵眼，否则绝无胜算！”

－14－

2号车上还真是“伤痕累累”。

曹广道：“我发现胳膊不在壮，好用则灵。”

卓柳没好气地道：“这就是你抢我胳膊的理由？顺拐怪！”

曹广得意：“嘿嘿嘿。”

正所谓乐极生悲，一只僵尸扑过来，一口咬在他的胳膊上……

曹广呆了下，怒了：“我最心爱的一条胳膊啊！”他挥刀劈过去，送僵尸一个横切。

僵尸要是有脑子，怕会气得螺旋升天，它冤不冤？气不气？恨不恨？被只鸡骑着，好不容易咬到一口，口感差到爆炸，味道臭到想吐，还没来得及嫌弃居然被砍成两截！

嗯……僵尸先生们辛苦了。

曹广是只要是好用连顺拐都不嫌弃，另一位则是好不好用在其次，好看最重要。

庄义看着两条女僵尸腿，拿不定主意。

谢汐无语地问道：“还换不换了？”

“换是要换的，但是您看这两条腿，1号小腿好看，纤细匀称还没伤，2号整体协调，笔直健康像活腿。”

谢汐默了默：“火腿？”

庄义解释：“是活着的腿。”

谢汐不懂，半吊子僵尸的世界，他真的不懂！

还有更神经的，朱黎过来，神秘兮兮地问道：“老大，咱能不能安俩？”

谢汐看看他完好无损的另一条腿：“你这条原装腿也不想要了？”

朱黎快速摇头，认真地说道：“我是说一边安俩。”

谢汐没反应过来。

朱黎又道：“要是能一边安仨就更好了，六条腿舞起来那绝对是……”

六条腿还舞起来，你是想要把僵尸们给活活吓死吗？

谢汐冷酷无情地说道：“不行！”

朱黎遗憾地说道：“不行啊。”

曹广插话：“肯定不行啊，你想要六条腿首先得有六个胯关节。”

朱黎道：“那先安胯关节？”

曹广道：“也不行吧，胯关节也需要支撑点，你还需要六个腰。”

朱黎：“那不行，太不方便了，操作不来。”

谢汐真要分不清到底车上的人是怪物还是车下的僵尸是怪物了！

江斜笑道：“都歇歇，马上要第二轮了。”

大家都看得到计数器，这翻几倍的差距让他们很安心，歇歇也没事，对方绝无反超的机会。

谢汐能理解他们为什么撒欢地砍僵尸。

受伤前这四人都不弱，都对自己的能力很自信，奈何我爱你 VS 讨厌你这个游戏太坑，运气不好一样得断胳膊断腿。好不容易撑过来，他们又遇上了云蝶的小队。

他们有小鸡总动员的资料，直接判了残废四人组死刑。像朱黎这种人被消磨没了斗志，丧到了极点。

可上车后，谢汐给了他们新的希望，而且是这样厉害，犹如开挂一般的希望！

胳膊腿可以随便换，简直给战斗添了无数种可能。从绝境到顺境，从地狱到天堂，也难怪他们疯了一样地杀僵尸。那疯狂涨上去的分数就是他们压抑许久的不甘与愤懑。

他们看不到1号车上的人的表情，但能够想象那帮人看到这分数时，脸上得是何等的五彩斑斓。他们越是这样想，越是干劲十足，砍起僵尸来越是得心应手！

直到江斜喊停。

虽然胳膊腿可以随便换，不痛不痒还挺好玩，但砍僵尸可不只是用这一条胳膊一条腿，他们的体力消耗也不小。

他们发泄一通，和对方拉开比分，让对方追无可追后就该休养生息了。他们该缓口气，下一轮才是硬战。说到底，1号车不算什么，他们真正的敌人是这个游戏。

1号车这边可不知道他们的情况，1号车上的人以为自己推测正确，是那个男人撑不住了，2号车上的人濒临全军覆没。

周武卫冷笑：“一个人再强又怎样？这是个协作游戏。”

云蝶轻叹一口气：“可惜了。”

“小姐，没什么好可惜的。”周武卫道，“这种没脑子的莽夫，空有一身力气也是毫无用处。”

云蝶道：“能做到这个地步，他是个人才，这么毁了让人难过。”

立马有人讨好道：“是小姐太善良了。”

“对，小姐心真软，他们这样鱼死网破地害我们，您也不计较。”

站在角落里的没手的男人听得鸡皮疙瘩直蹦。善良心软？他快不认识这几个字了。

第一轮结束，2号车以毫无争议的巨大优势取得胜利。

公告声在车子里响起：“辛苦各位驱赶小鸡，那些小鸡实在烦人，但还有更烦人的大家伙，请各位做好准备，战车即将升级，升级后请再接再厉，击溃烦人鸡！”

接着是一阵咔咔声，他们这辆圆形的小破矿车瞬间更新换代。

“是枪！”

“我这是火炮！”

“我这还有仨手雷！”

谢汐也看到了，他这……

江斜就在他旁边，看一眼后笑了：“挺好。”

谢汐气道：“为什么我是防弹衣？”

另外四人异口同声：“保护我方……”

谢汐回头，半吊了僵尸们改口道：“老大就是要坐镇中央！”

奶妈和老大……谢汐也分不清哪个称呼更讨厌了！

战车这波升级应该是根据之前的战斗来分派的，倒不是按照杀僵尸多少分配，而是根据“职业定位”。

比如朱黎拿到的是火炮，和他之前的画风很像，一炮把僵尸轰飞。

曹广拿到的是冲锋枪，还是两把，刚好一手一把，突突起来很带劲。

卓柳是手雷弹，符合他“苟一苟带走仨”的作战风格。

庄义美滋滋的：“这电鞭真带劲！”唰一抽，火花四射。谢汐看看他的大长腿，悟了：这是把他当成女兵了吗？

可怜谢汐一直“躲”在中央，被当成了受保护对象，分配的竟然是一套防弹衣！

谢汐不服，他也能战斗，他也能一炮轰一片！

然而半吊子僵尸们是不会让他出手的，他珍贵的双手是用来给他们安胳膊安腿的，怎么能碰这些玩意儿。

其实和枪炮比起来，谢汐更不想碰这些僵尸的胳膊腿!

车子驶进第二轮场地后，小鸡和僵尸都不见了，他们停在了一个空旷的大殿中。

过分的喧嚣之后，平静总让人有些不适应。大家都凝神看着，防备着忽然出现的怪物。

喔喔喔……鸡叫声响起，紧接着像是交响乐般，响起此起彼伏的鸡叫声。

“嗖”的一声，顶着五颜六色鸡冠的小鸡涌了出来，这次它们没骑僵尸，而是自己冲过来。

这是什么情况？大家都有些蒙。

这一幕没持续多久，不过三四秒的工夫，成千上万的小鸡聚集在一起，成了一只足足有五六米高的大公鸡!

大公鸡像小山一样高，仰头挺胸喔喔喔时，声音大得似乎能把人的耳朵给震聋!

朱黎被它喔喔得脑袋疼。曹广他们也好不到哪去，一个个死命捂着耳朵。

谢汐转头看向江斜。江斜的手按在谢汐的耳朵上，把他的耳朵捂得严严实实。

谢汐耳朵滚烫，嘴上却道：“我自己有手。”他自己能捂耳朵，不用江斜费心。

江斜惭愧地说道：“是我这手不好，反应太快了，脑子都管不住。”

这时公鸡喔喔声停了，江斜放下手道：“揍它！”

朱黎他们早就等不及了，一个个拿好武器下车，向着大公鸡开火狂轰。

谢汐眼尖地看到江斜的耳郭处渗出一丝鲜红……

他一愣，想到了江斜那神级的资质：资质越高，五感越发达，同时也越敏锐，刚才那鸡鸣声对江斜来说只怕比在场所有人的冲击力都大。

谢汐心揪成一团，想说什么，可惜这家伙已经冲了出去。

半吊子僵尸四人组本来战斗力就不弱，再加上有了合适的武器，一个个凶得不行，把这山一样的大公鸡给打得狼狈不堪。

谢汐留在了车上，但视线像是黏在了江斜身上，总忍不住去看江斜的耳朵。

这个距离谢汐是看不清的，看江斜的神态更是看不出丝毫异样，好像方才看到的那一丝血迹是谢汐的错觉。

“退后！”江斜忽然开口，其他四人反应很快，齐齐向后退去，一起回到了车上。

只见方才还奄奄一息的大公鸡忽然振奋起来，瞬间满血复活!

这是怎么回事?

四人组不信邪，又一顿狂轰滥炸，大公鸡再次被打得灰头土脸，可就在下一瞬，它一个抖擞，精神百倍，更加不可思议的是它的战斗力还变强了，速度提升了不止一个档位，一低头居然啄到了曹广的胳膊。

曹广大叫："我最心爱的胳膊！"

本来还凝神观察战局的谢汐差点儿破功——最心爱个屁，都给你换上多少条最心爱的胳膊了！

因为"负伤"，四人回到战车上，谢汐一边给某人换"心爱"的胳膊，一边说："别胡来，弹药有限，用光了很麻烦。"

卓柳也道："这大公鸡不太对劲。"

朱黎道："我也觉得，它这腿太有劲。"你的重点只有腿吗！

庄义若有所思地道："它恢复状态时好像有六道光闪过，你们发现没？"

他一提其他几人也都正经起来："的确有！"

谢汐也看到了，说："是闪了一下，好像有什么东西冲进了它的身体里。"

曹广脑洞大开："会不会是小鸡？"

谢汐一怔，还真有可能，这只大公鸡本来就是由无数小鸡组成的，所以说当它消耗过大，快要倒地时又会有新的小鸡补充进来？所以它才能快速恢复？

谢汐早就纳闷云蝶他们为什么那么重视六个人的能力？仅仅是要六个人才能发车？那随便找个凑数，早点儿刷分不更好？

第一轮的僵尸固然厉害，可也没到非得六个高手应对的地步。这六个人是在后头的关卡才大有用处吧。

谢汐道："我记得光束点，我们一人站一个方向！"

残废四人组大惊失色："老大你不能下车！"开什么玩笑，奶妈有个三长两短他们还怎么浪！

谢汐无语了，这帮浑蛋是把他当弱鸡了吗！

不……残废们其实是把他当小公主来着。

谢汐率先跳下车道："别大意轻敌，当心都不知道是怎么死的。"

残废们立刻跟上，眼睛都盯着谢汐，很怕他出事。

谢汐都不想给他们修胳膊腿了！

江斜笑着跟过来，谢汐忍不住看了他的耳朵一眼。

江斜怔了下。

谢汐刚要开口，大公鸡已经开始发狂。

罢了，他们先杀鸡！

他们推断得没错，大公鸡被打得不行后就会有新的小鸡来补充能量，他们六个人站的地方刚好堵住了小鸡们的去路，小鸡们跑得飞快，但却是零战斗力。

他们挡住了小鸡的去路，大公鸡根本受不住他们的炮火攻击，乒乒乒一阵乱轰，战斗结束！

朱黎上前去打量了一番，惊喜地说道："这条鸡腿还完好无损！"

曹广说："你想干什么，你连鸡腿都不放过？"

朱黎道："你就不想试试鸡翅膀？"

“老大！”被点透的曹广眼巴巴地问道，“鸡翅膀能安吗？”

谢汐脚下一踉跄，送他们一人一个字：“滚！”他这都是遇到了些什么神经病！

残废们并不死心，围着大公鸡评头论足。

谢汐听不下去了，走到江斜身边。

江斜含笑看着他。

谢汐顿了下，轻声问道：“耳朵疼吗？”

江斜眼中笑意更深：“有点儿。”

谢汐心一紧，看过去问道：“伤到耳膜了吗？”这种伤他是修复不了的。

江斜勾着的嘴角压都压不住了，他低声道：“没事……”

谢汐蓦地睁大眼睛。声音如秋风扫落叶：“看来是我多心了，师傅年纪大了，耳朵本来就背，听听鸡叫，清醒清醒也好！”

江斜扎心了。

相比谢汐的年纪，活了挺久的江斜还真……有点儿老！

江斜不服，抓住谢汐的手腕：“我真是你师傅？”

– 15 –

江斜看着他。

谢汐试着挣了一下，江斜瞧着好像没用力，却像给谢汐戴了个手铐一样，锁得死死的。

怎么办？江斜不只是怀疑，他根本不相信他们是师徒，那到底该怎么解释他们一起来到开放世界的原因？很明显在正常情况下，江斜不会来这里，可现在他来了。本来还胡扯着是带徒弟，可如果不是师徒的话江斜又凭什么带他？

谢汐脑袋乱糟糟的。

曹广适时叫他：“老大，鸡翅膀真不行吗？”

谢汐看向他：“你要一只鸡翅膀干什么，当自己是独翼天使吗！”

曹广道：“这么大个的翅膀，哗啦啦一挥，啧啧……什么妖魔鬼怪都扇没了。”

谢汐无语：安了这翅膀，你就是最大的妖魔鬼怪吧！

好在朱黎同志放弃了大鸡腿，他惋惜地说道：“安了这腿，我就得一条腿跳，太累了。”

只是累吗？难道不是又丑又难看又神经病吗？

江斜走过来时，公告声响起：“感谢各位杀死了烦人的大公鸡，最后一轮是竞赛模式，通向宝藏的轨道只能容纳一辆车，请两辆战车做好对战准备，即将进行一对一战斗，战斗中不可使用武器，六局四胜才有资格得到宝藏，如果是三胜三负，谁都没资格得到宝藏哦！”

最后一轮竟然是单挑赛，两辆战车一共十二人，六场比赛拿下四场胜利就可以结束。

谢汐仔细听了公告：“输了的话只是不能得到宝藏，不会被困在这里。”不贪心的话活命没问题。

残废四人组异口同声地道：“输？”

朱黎热血激昂地道：“老大你们在一旁看着就行，我们足够了！”他们四人拿下四分，谢汐和江斜的确是只要看着就行。

曹广也道：“老大放心，我要是输了，就……自断臂膀！”

有点儿诚意行吗？你这臂膀怕是比衣服还不值钱吧！

卓柳嘲笑他：“𡲆货，我就不一样了，我要是输了，我就剁了曹广的胳膊！”

曹广道：“你不𡲆，你凭什么要剁我胳膊！”

卓柳眼珠子一转：“你这胳膊我挺中意的，偶尔顺个拐也是新鲜的人生体验。”

这要是之前，谢汐就不理他们去江斜那边了，可现在……他不大敢靠近江斜，只能听这帮人耍贫嘴。

他们的确轻松，有什么好怕的？即便1号车全胜，谢汐这边的人也能打他们个落花流水！更何况1号车那边哪还有全胜的状态？他们狼狈不堪，有几个已经是出气多进气少了。

第二轮的大公鸡虽然被谢汐他们无情碾压，但实际上人家是很厉害的，那小山一样的体魄，那傲人的鸡翅膀，那矫健的鸡大腿，好歹是个关卡BOSS，正常情况下是能把玩家给虐到哭爹喊娘的！

2号车有各种武器，打起来很轻松，但1号车却只有长刀，这刀砍僵尸还行，对上大公鸡无异于以卵击石，周武卫头一个冲上去，一刀砍在那让朱黎垂涎三尺的大鸡腿上……

“砰”的一声，鸡腿没啥事，刀断了！周武卫愣了一下，被大公鸡一翅膀扇飞，撞到墙上吐了口老血！

周武卫身手不错，资质又全点在了力量上，这样拼命一刀，大公鸡竟然毫发无伤，足以见得大公鸡皮有多厚！

还好他们有“攻略”，云蝶道：“别急，先站好位置，尽量攻击它的下腹！”

那里有一块被羽毛遮住的软肉，对准了是能够造成致命伤害的。

周武卫脸色很难看：“这公鸡皮糙肉厚，他们即便有武器也很难击败它！”

云蝶道：“击败也没用，没人堵住位置它很快又会活过来，升级后给的武器弹药有限，他一个人不可能赢。”说完她神色微黯，到底是有些可惜，长得如此英俊的男人她平生第一次见。

周武卫振奋起来，组织队友找准位置，站好了开始攻击大公鸡。

他们这六人，除了没手的男人外战力都不错，不过经过第一轮的洗礼，都有些筋疲力尽，而大公鸡实在强悍，哪怕他们有攻略，知道它的弱点，也生生磨了半个小时才打倒它。

大公鸡死了，他们也狼狈不堪。

云蝶的肩膀受了伤，整只胳膊都抬不起来；周武卫左腿骨折，得让人架着走；其他四人也好不到哪儿去，有一个最惨的黑衣男，后背被大公鸡啄了一口，血流成河，也不知道能不能活着离开这个游戏。

周武卫气喘吁吁地道：“放心吧，第三轮是一对一对抗，我们稳赢。”

云蝶点头：“宝藏肯定是我们的！”

这个项目他们付出的代价不小，但只要能拿到僵尸的宝藏，就有机会恢复！

这时公告声响起：“欢迎来到第三轮，请各位递交名单，稍后将开始第一场比赛。”

听到这里，谢汐这边的人兴致勃勃，朱黎道：“我第一个！谁都别和我抢！”

曹广道：“那我第二个吧。”

卓柳说：“我第三。”

庄义道：“那就由我来终结比赛吧。”他是第四个，如果全赢了，那的确可以宣布比赛结束了。

谢汐一直躲着江斜，这会儿却躲不开了，他问：“你呢？”

江斜道：“第五吧。”他们要是谁翻车了，他再补上一分。

谢汐还是很自觉的，他们六个人里他的战斗力最低，放在最后也是没办法。

谢汐又确认了一遍顺序，大家点头表示没问题，他才提交了名单。

江斜满心都不是正经事：“小汐……”

谢汐被吓了一跳，江斜叫他什么？

谢汐被吓得一退三步远，差点儿撞到朱黎身上。

朱黎正热血沸腾：“老大你怎么了？

1号车那边也提交了名单，第一个是周武卫，他虽然一条腿骨折了，但他非要第一个出场，理由是现成的：“不知道对面有没有人，没准儿我们就是走个过场！”

大公鸡这么凶险，2号车没人站位的话，只能一败涂地！

第三轮又不能用武器，任那个男人再强，经过了第一轮和第二轮，即便活着，肯定也是站都站不稳了吧。

周武卫心里窝着火，非要亲手教训下那个不知天高地厚的狂妄男人。要不是他嚣张地拒绝他们的邀请，他们至于这样两败俱伤吗！

名单提交完，车子动了起来，他们走进一扇铁门，来到了一个类似角斗场的地方。

经过两轮游戏，两辆车的玩家再次聚首。

进入游戏时1号车全是精英，只有一个勉为其难带上的没手男；2号车除了江斜和谢汐，其他的不是断胳膊就是断腿，惨得不行。

如今……反过来了。

1号车的人全都蒙了。云蝶和周武卫更是面色惨白，一脸的不可置信。

怎么可能？2号车的六个人怎么都在！而且那个狂妄的男人竟然毫发无伤？

不只是他，那个好看得过分的年轻人也一点儿事都没有，让人心惊肉跳的是他好像连衣服都没脏……

反观1号车这边，真是要多惨有多惨，别说受伤的人了，连高高在上的云小姐都狼狈得像是在猪圈里打了几个滚。

云蝶和周武卫他们都怀疑自己出现了幻觉，否则怎么会发生这样不可思议的事？

那个男人真的强大到一个人毫发无伤地杀了六百个僵尸？还轻轻松松地杀死了第二轮的公鸡？

这怎么可能！

朱黎、曹广他们看到对面一车人的表情，别提有多爽了！

刚进入游戏时，云蝶等人对他们的嫌弃狠狠地刺伤了他们。

诚然他们身体残缺，组队后不利于通关，但云蝶他们不组就是了，凭什么嘲笑讽刺他们？凭什么判他们死刑？凭什么拿他们的绝望和痛苦取乐？

公告声响起："第一场比赛即将开始，参赛玩家即将进入比赛场地。"

周武卫回神，一脸惊悚地看向江斜。

这个男人肯定会杀了他！但很快他就知道……他根本不配当江斜的对手。

白光一闪，两辆车上都消失了一个人。

1号车的周武卫、2号车的朱黎，他们被传送到了正中央的高台上。

朱黎动动脖子，活动下手脚，咧嘴笑得凶神恶煞。

周武卫已经快抖成筛子了。

谢汐远远看着，默默吐槽：可别笑了！都分不清谁是反派了！

战斗毫无悬念，周武卫被揍得鼻青脸肿，他不甘心地问道："你的腿是怎么回事？你不是……"

朱黎给了他一拳："少废话！"

周武卫万分屈辱，只能喊道："我、我认输！"

只要认输，比赛就结束了。这对抗赛毫无悬念，从双方一出场就胜负已定。

四场全胜后，2号车得到了宝藏。

1号车上的人虽然伤痕累累，但这个游戏其实只要走过第二轮就算是通关了，第三轮只是为了最后的奖励，得不到也无所谓，不致命。

公告声再度响起："2号车脱颖而出，得到了僵尸公主的青睐，请前往宝藏库领取属于你们的特别奖励！"

僵尸公主的青睐？总觉得不太美丽。

谢汐看了一眼1号车，看到了发呆的云蝶。

四场比赛，云蝶没出场，她捂着肩膀，满脸都是茫然，好像还没从震惊中回过神。

1号车是离开游戏，2号车是通向宝藏库，方向刚好相对，两辆车交错时……

一道银光闪过，笔直地向谢汐袭来。

方才还怔怔出神的云蝶面露厉色，手中的薄刃对准了谢汐的心脏。她咬牙道："难怪你们这么有恃无恐，原来你有特权。"只要杀了他，这个治愈术就是她的了！

谢汐没有半点儿惶恐，面无表情地看着她。

云蝶心一惊，发现谢汐手中竟有一把漆黑的枪，枪口早已对准了她！

－16－

对于云蝶的忽然袭击，谢汐其实早有防备。她那蹩脚的演技，谢汐也一早就看穿了。迷茫、震惊、不知所措，这些表情谢汐不知道做了多少回，他冷不丁看别人演，只觉得有点儿尴尬。

谢汐很清楚，当缺胳膊断腿的朱黎四人完好无损地出现在高台上时，肯定会引起对方的猜疑。

这个世界不能用技能，但能在这么短时间内"长出"手脚，只能是某个技能的效果。

所有人都没有技能，只有一个人能用，那么这个人用的肯定是开启游戏场的特权。而特权是可以继承的，只要杀了他。

这就是云蝶他们的想法。

云蝶并不知道是谢汐还是江斜救了这帮残废，但游戏场开启时，公告说的是两个人都有特权！

云蝶偷袭谢汐，纯粹是在找软柿子捏，可惜这个"柿子"一点儿不软，还很凶！

刀和枪哪个更快是显而易见的事。

云蝶惊恐地说道："你不能杀我，我哥哥是云阁的长老，你杀了我，他不会放过你的！"

她不说这话还好，一说才是必死无疑。

对于杀人这件事，谢汐是抵触的，但他来到了中庭就势必会经历这种事。他给了云蝶机会，如果他们就这样离开，谢汐不会做什么。可是云蝶太贪心，因为一个特权就毫不犹豫地下手杀人。

她蠢也就罢了，还如此心狠手辣，这人不能留。

谢汐一句话没说，他扣下了扳机，"乒"的一声，子弹脱膛而出。

这么近的距离完全不需要瞄准，云蝶错愕地低头，看着自己胸口涌出的鲜血，至死都不敢相信："你……你……"

1号车里的人愣了一瞬，反应过来："你们居然敢袭击云阁的大小姐！找死！"

他们扑了上来，江斜将谢汐拉到身后，朱黎等人反应很快，立马迎了上去。

两伙人打在一起，江斜带着谢汐退到了一旁。

谢汐手里的枪早就掉了，他怔怔地看着，手在不受控制地发抖。

他告诉自己：必须杀了云蝶，她如此恶劣的个性，放了她日后会更加麻烦，如果她真的是云阁的人，那更不能留着，云阁势力很大，让她回到中庭，动用了云阁的力量，更是后患无穷。虽然这样也得罪了云阁，但只要处理得当，他们短时间内不会知道是谁做的……

"没事没事。"江斜握住他颤抖的手道，"你做得很好，不必担心，她即便是云阁的成员，也不会是什么重要角色。"

谢汐也想过这点，进入中庭的人都是被原世界放弃的，根本不会有家族纽带，而只要去了中庭，所有人都失去了繁衍后代的能力，也就不会有骨肉至亲……

所谓的大小姐也许只是那个女人借了云阁的名头来这个低等世界耀武扬威。

"对，是这样的，你想得没错。"江斜宽慰他。

谢汐愣了下，这才意识到自己不小心把心里话都给说出来了。

江斜心疼得不行："早知道我……"就帮他杀了那女人，虽然锻炼得有，但也不急在一时，以后有的是机会。

公告响起："宝藏库即将关闭，请各位尽快领取宝藏。"

谢汐冷静下来，道："快点儿去拿奖励，错过了太可惜。"

众人上车后，车子开进了宝藏库。

虽然得到僵尸公主的青睐听来让人毛骨悚然，但这个宝藏库还算一本正经，没有什么恐怖元素，只是一个相对亮堂些的屋子，正中央放着一个金光闪闪的宝箱，一看就知道里面藏着好东西。

曹广说："我不行的，我手气特别差，不能开箱子！"

其他几个人纷纷摇头，他们一起说道："老大你们来吧，不管开出什么我们都开心！"

这话不掺假，能遇到谢汐，能重新拥有四肢，能通关这个项目，对他们来说已经是最大的幸运，实在不敢肖想太多。

江斜道："我要是开这个箱子，没准能开出个僵尸公主。"

残废四人组一脸惊悚。

谢汐一边上前，一边好奇要真让江斜开，到底能开出什么。

算了，他总觉得左眼在跳，稳妥起见，这种活儿还是交给他吧。

其实开出"僵尸公主"这事还真发生过，那时候江斜还不信邪，非要自己去开宝箱，结果宝贝没开出来，开出个大BOSS，这BOSS非要绑颜哲回去做压寨夫人，最后被他们乱棒打死。

从这之后，即便江斜不死心，颜哲他们也不会让他碰一下宝箱。老邪同志打架行，开宝箱这种小事就交给别人吧！

谢汐轻轻一抬，箱子打开了。

刹那间金光四射，让人不必凑近都知道里面肯定躺着好东西！

残废四人组投来兴奋的小眼神，虽然已经心满意足，但能锦上添花也只会更开心。

公告声响起：“恭喜你们，获得僵尸公主的亲吻，每位玩家都可以选择开启一个被禁用的技能。”

这话一落，在场的几个人都愣住了。

朱黎骂了一句娘：“这奖励绝了啊！”

曹广也回过神来了：“老大你这手气逆天了！”

卓柳最皮，扑通一声跪下：“‘欧皇’在上，请受‘非酋’一拜！”

庄义最神经病：“我终于可以变回女人了！”

谢汐完全不想知道这些家伙都有些什么技能！

江老邪还在蜜糖里泡着，十分不清醒：“来握个手，给我沾点儿好运气。”

说着贼手就摸了过来，谢汐一把拍开，瞪了他一眼。

江斜厚颜无耻地说道：“别这么小气嘛。”

谢汐转头不看他。

这个奖励的确是太棒了，在一个大家都被禁用技能的世界里可以选择开启一个技能，真是太惊喜了！

即便他们等级低，技能都很一般，但有和没有也是天差地别！

残废四人组都开始认真琢磨着该开启哪个技能。

谢汐没什么好琢磨的，他一共就俩技能，召唤X不能用——他已经想打死X了，还召唤呢，唤个鬼！

剩下的就是随机带走一样物品的被动技能，虽然不觉得这个世界有什么值得带走的，但不用白不用，谢汐选择了它。

其实这个奖励带给谢汐最大的好处不是可以开启一个技能，而是让他的修复术合理化。

残废四人组都有了技能，这样其他人就不会再猜疑谢汐的修复术是特权，无形中避免了很多麻烦。

残废四人组打僵尸时有点儿傻，但其实都挺聪明。

朱黎说：“我选的是火爆术。”

曹广说：“我的是喷火。”说着他还张嘴喷了一下。

卓柳的比较洋气：“悬浮。”自己直接飘起来了，可惜飘得有点儿低。

庄义果然不负众望：“变装术。”他一转身，好好一个汉子成了烈焰红唇的大美女。

谢汐虽然很想吐槽，但也感觉到了他们的心意。

他们都故意选择比较扎眼的技能，离开这个游戏后会立刻使用技能，这样做的目的只有一个——帮谢汐遮掩特权。

谢汐的修复术，谁见了都会以为是特权。可只要他们都用了技能，那么就会混淆视听，没人会死盯着谢汐了。

所有人都选好了，只有江斜还在犹豫。

谢汐是不想和他说话又忍不住要和他说话：“选好了吗？”

江斜没选好，他在查看信任值这个技能上犹豫了好一会儿。

谢汐问：“怎么了？”选个技能而已，这么为难吗？

江斜当然不会把信任值的事给暴露了，淡定地说道：“技能太多，一时之间不知该选哪个了。”

在场所有人都沉默了。

– 17 –

面对呆滞的众人，江斜问：“怎么了？”

残废四人组报以尴尬又不失礼貌的微笑：毕竟是老大，怎么也得捧个场。

谢汐不想吐槽他，因为 X 的技能是真的多得数不清吧？

这次江斜还真没说假话，只是陈述事实，可惜大家都不信！

选择技能也是有倒计时的，江斜的眼睛在查看信任值上转了又转，最后他还是放弃了。

不能用这个，因为没法展示也就不好解释。

如果回头小朋友问他：“你开启了什么技能呀？”

江斜：“查看你对我有多少信任值。”

小朋友：“你竟然能看我对你有多少信任值？”

啪嗒，万一已经涨到 365 的信任值一秒加负号，怎么办？

江斜沉稳地想着，成熟的男人是不需要看信任值的，于是他换了一个。

谢汐好奇地问他：“选了什么？”

江斜没出声，伸手在空中抓了一下。

他的手指生得笔直修长，手型也很好看，这动作也够帅，大家又都见识过他的实力，十分想知道他选了个什么样的技能，尤其是残废四人组，眼睛里简直有小星星。

下一刻，江斜摊开手，一朵白色的蔷薇花凭空出现。

众人皆无语。

谢汐居然还挺平静。

江斜把蔷薇花递给他："这个技能可以把碰触到的死物甚至是空气变成蔷薇花，不过只能维持一分钟。"

残废四人组在内心尖叫：你挑来选去搞半天，就选了这么个技能吗？

江斜问谢汐："好看吗？"

谢汐面无表情，甚至有点儿想暴揍师傅。

事实证明老邪同志不选查看信任值是对的，这要是选了，他看着满屏红雨还怎么浪得起来。

"这样呢？"他伸手在空中画了个圈，紧接着无数白蔷薇在空中绽放，又像飘雨一样落在了地上，这空荡荡的屋子瞬间铺满了白蔷薇，在金光闪闪的宝箱衬托下，梦幻得像童话故事。

朱黎、曹广和卓柳三个汉子都被大佬的花式秀技能给震到了，默默走开。

超级捧场的是变成美女的庄义，他捧着脸："啊，太浪漫了！"

谢汐连吐槽的力气都没有……打又打不过，还能怎样？他只能转头走人。

江斜立刻跟上，小声解释道："我虽然技能多，但都挺鸡肋的，这个算有用处的了。"

其实江斜选什么技能谢汐都没关系，他这个人出现在这个开放世界已经是最大的 BUG 了。可是变蔷薇花这个技能……真是……一言难尽！

江斜又道："这里僵尸多，你又看了恶心，我可以把它们都变成蔷薇花。"

谢汐怔住了。

江斜道："你给人安胳膊腿的时候我也能用，这个技能只是个障眼法，物品的本质不变，而且一分钟后就失效。"

谢汐那满肚子的吐槽因为江斜的这番话全变成了汩汩热流。他的胸腔好像从未这样温暖过："我……没有恶心。"

江斜笑道："你只是不喜欢看。"

谢汐觉得自己的嗓子眼好像被什么给堵住了，居然不知道该说什么。

江斜又随手抓了下，一朵淡蓝色的蔷薇花出现在手里。

谢汐看了一眼，把它拿了起来，他细细地看着这朵漂亮的花朵，轻声问："为什么喜欢蔷薇花？"他的花园里也全是蔷薇花。

江斜道："不知道，只是看到它们就觉得安心，好像很久之前曾在一个种满蔷薇花的地方待过。"

谢汐看向他："你的花园？"

江斜摇头道："中庭花园是我的精神倒影，不是真实的。"所以他受伤后那些蔷薇花才会枯萎。

谢汐盯着这朵蔷薇花，认真地看了好一会儿才小声道："很好看。"

声音太小，但江斜听到了，可他故意道："什么？"神级资质也可以装聋。

谢汐吼道："没什么！"

江斜装聋卖傻："之前那公鸡叫得太响，我有些耳鸣，听力可能没之前那么好。"

谢汐真信了，看向他的耳朵问："很严重吗？"

江斜道："还好，只要你说大声点儿就行。"

说话间他们已经走了出来，来到了这个项目的休息处。

小鸡总动员和我爱你 VS 讨厌你属于两种截然不同的游戏，也说不好哪个更强一些。

武力值高的自然更倾向于小鸡总动员这种，而武力值一般的可能更期待我爱你 VS 讨厌你吧，毕竟后者不要命，而前者是真的会被团灭。

能走出来的都是身手不错的，而且基本都得到了最后的宝藏，就是不知道他们开到什么了。

残废四人组一出来就开始了他们浮夸的表演。

曹广最像卖艺的，他扎稳马步，对着空气一声大吼。

谢汐被他吓了一跳。

随着一声大吼，一道火焰从曹广的嘴里喷出来，杀伤力如何不知道，阵仗是真大！他这一搞，大家都纷纷看过来，看到他喷火后都目露讶色，有人更是低呼出声："这是开启游戏场的特权吗？"

第二个出场的是朱黎，他拿起一块石头，扔出去后在落地时像个小炸弹一样炸开，这技能比喷火术洋气多了！

围观的人愣住了，窃窃私语："就是他俩开启了游戏场吗？"

"这特权看起来也不咋样啊？"

何止是不咋样，根本就是很寒酸！

这时卓柳也发动了自己的悬浮术，他飞得太低，不仔细看都有点儿看不清。

曹广强行给他解说："兄弟你这悬浮术很不错，过个悬崖什么的不用桥。"

他话一落，卓柳就气喘吁吁地落下来，擦把汗道："悬崖大于一米就过不去了。"

一米宽的悬崖跳过去不好吗？用得着悬浮术吗？

庄义这边也准备好了，他的技能视觉冲击力最大，毕竟是从汉子变美女，这美女还性感迷人十分抓人眼球。

朱黎也来捧他场："兄弟你这……这……"他想半天，灵机一动道，"胸真大！"

庄义一抬腿高跟鞋踹到了朱黎的屁股上，喊着："臭流氓！"庄义模样变美女，声音却还是粗汉子！

他们这耍杂技一样的表演，可把周围的人给惊到了。

"怎么回事？怎么四个人都有特权？"

"不可能，公告说了只有两个人有特权。"

“你们傻吧，特权会是这样的低阶技能？”

“可这个世界禁用技能啊，为什么他们……”

有人反应过来了，他们震惊地说道：“难道是开宝箱开到的？”

“不可能吧！宝箱里还有这种宝贝？”

“我们开到的是一人一把手枪。”

“我们是受的伤全部愈合。”

“我们是一人一个肉包子……”

最后这位仁兄成功夺去了大家的关注：“普通的肉包子？”

仁兄拿出冒着热气的包子，咬了一口后面无表情地说道：“味道还不如普通的肉包子，总觉得有股僵尸味。”

众人瞬间心理平衡了——这位“非酋”实在太惨！

残废四人组其实没必要暴露自己的技能，他们这么做全是为了谢汐。

谢汐心里是热乎乎的，他低声道：“谢了。”

他们压低声道：“老大你在说什么，要不是有你，我们早死了。”

谢汐笑了笑，没再多说。

他救人的目的没那么高尚，更多的是为了自己过关，但救了这样的四个人，他打心里舒坦。

这时，谢汐一直没后续的支线任务动了。

10. 修复一百人。

谢汐微怔，把任务共享给了江斜。

江斜凑在他耳边轻声道：“幸亏是你去开的宝箱。”

如果没开到开启技能的宝藏，那谢汐这个支线任务可真不好完成。修复一百人不难，但修复的这么多人里难保不会有云蝶那种贪心不足蛇吞象的人，到时候救人不成反而会惹出一身腥。

现在不怕了，有四人组的倾情表演，他们又是一起出来的，大家都会认为这个修复术是开宝箱开到的。

只要没有杀了人就能继承能力这个前提，谁都不会伤害谢汐。独一无二的奶妈，谁会脑残到去断了自己的后路？

江斜道：“你等我一会儿。”他鼻子灵得很，什么味道都闻得到，包括尸体。

没一会儿工夫，江斜回来了，拿了一捧蔷薇花。

谢汐知道这是什么，嘴角扬着，说：“我没那么娇气。”

江斜道：“有技能为什么不用？”

谢汐眼睛弯着：“谢谢。”

江斜道：“不用谢。”

谢汐抽过白蔷薇，去修人了！

从小鸡总动员出来的残废很多，毕竟是全程都在战斗的游戏。

谢汐刚过去他们还十分警惕，但只要他说明来意，一个个都惊得目瞪口呆。

朱黎那几个人的表演他们也看到了，只不过断胳膊断腿的不愿意过去凑热闹。

谢汐稍微一说明，他们都激动得不能自已：“多谢！”

谢汐摇头道：“举手之劳。”他只是在刷任务，并不需要他们的感激。休息处人不多，他只修复了十二个。

朱黎他们都很感动：“老大真是好人！”

曹广：“难怪运气这么好！”

卓柳：“活生生的积德行善啊！”

庄义的角度比较独特：“人还这么美……”

被修复的人都快跪下喊爸爸了，没被修复的人也想混个脸熟，万一自己胳膊腿掉了也好找大师给修修。

谢汐的任务还差八十八个人，巴不得他们现在就把胳膊卸下来换个新鲜的……

呃，他就是随便想想。

这里没人可修复，也没必要着急，反正过了第三个项目，去了地下迷宫，缺胳膊断腿的肯定不止这个数，随便修修也就刷完任务了。

谢汐道：“我们走吧。”

要分开了，残废四人组很是不舍：“老大……”

谢汐道：“最后一个项目了，好好加油，地下迷宫见。”

这话让四人振作起来，纷纷道：“好，我们地下迷宫见！”

最后一个项目，江斜老实地说道：“你来抽。”

谢汐也不敢用他，主动抽了张卡片。

谢汐轻声念道：“梦想成真？”

这是什么游戏？

江斜也凑过来看了看：“听起来很不错。”

这时负责抽卡的僵尸少年出声了：“此为双人项目，组队生效，即将进入游戏。”

居然是双人项目？谢汐有些紧张，他看向江斜：“会不会是对战类的？”

江斜道：“没事，我们有特权。”

开启游戏场给他们真正的特权是致命伤免疫，也就是每人多了一条命，如果这是个对战游戏那也无所谓，江斜完全可以送谢汐一条命。

谢汐松口气：“也对，如果是对战类，你就杀了我直接通关，我大不了再去抽一个项目。”

江斜微怔，嘴角弯着：“不可能，只能是你杀我。”

谢汐不赞同地说道：“你手气差得很，我走了你万一抽到最难的游戏怎么办？”

江斜的心软成一团，他道：“没遇到你之前，我每次抽到的都是最难的。”他还是一路走过来了。

谢汐心一揪，竟不敢想这家伙都经历了些什么……

江斜又道：“我觉得我们想太多了，你抽的游戏不会太糟糕。”

谢汐还是忧心忡忡，毕竟前两个游戏都说不上太好。

传送开始，他们进入游戏。

公告声响起：“游戏即将开始，请进入睡眠舱。”谢汐一眼就看到了并排放着的两个睡眠舱。

江斜道：“不合理，睡觉不该在床上吗？”

谢汐懒得搭理他，先一步进了睡眠舱。

舱盖合拢，游戏开始了，谢汐感觉到了浓浓的睡意。

梦想成真……

这是让他做梦吗？如果是自己做梦的话，为什么会是双人项目？谢汐闭上眼，陷入沉沉的梦乡。

谢汐再睁开眼时，愣了愣。

他坐在了宽敞的教室里，脑袋里乱糟糟的，总觉得有哪儿不太对，可又感觉不出来。

他在大学教室？可他不是……

他怎么了？好像也没什么不对。

对啊，他好不容易攒够了学费，好不容易学了心仪的专业，已经入学半年了，能有什么不对的？

谢汐按了按太阳穴，平静下来。这时铃声响了，班里一阵躁动。

“听说新老师帅得不行！”

“年纪轻轻就评了教授职称，真的很厉害！”

“教授职称算什么？他主持的科研项目能改变世界好吗！”

“真的帅吗？真的帅吗？”

“你见到就知道了！”

谢汐很无语，推了下眼镜，低头看向课本。

这时门开了，有人走了进来，本来喧闹的阶梯教室瞬间安静，静到针尖落地都听得清清楚楚。

怎么了？谢汐抬头，好奇地看过去……

讲台上站着一个年轻男人，他穿着深灰色的衬衣，袖口挽到了手肘处，撑着讲台的手修长有力。他的声音低沉，在安静的教室里响起，仿佛音乐会上的大提琴独奏：“同学们好，我是你们这学期软件技术课的任课老师，江斜。”

谢汐抬头，看见了一双异色的眼睛。

第七章

开放世界 下

－1－

这眼睛……

老师也戴美瞳吗？还戴这种颜色，真是……花里胡哨！

谢汐低头，只希望他讲课的时候别犯中二病。

好在课还挺正常的，而且课堂纪律特别好，大概是这位江教授的魅力太大，平日里聚头讨论化妆品、韩剧、综艺节目、各种八卦的小姐姐们都坐得笔直，听课听得无比认真，甚至不允许前后左右的男生们开黑玩游戏、睡觉打呼噜……

因为上课质量特别好，所以谢汐心情不错，没那么嫌弃这位花里胡哨的江教授了。

下课后，原本一窝蜂往外跑的同学们都变得异常好学，随便逮着个问题就开始向老师请教。

这位江老师也不是一般人，估计是见多了大风大浪，遇到女学生提的白痴问题，他微笑着道："这个问题都不懂的话，建议不要浪费时间，尽早换个专业。"

一句话逼退了不少蠢蠢欲动的女学生，好歹给真正问问题的人留了点儿时间。

谢汐是有点儿问题想问老师的，但是这位新教授太扎眼了，他不想引人注目，干脆先放下了。

上完这堂课就到了午饭时间，谢汐先去了趟图书馆，待了约莫一个小时他才慢腾腾地往食堂走。

饭卡里只剩下二十块钱，打工的钱要周六才能结，他这两天必须少吃少吃再少吃才能熬过去。二十块钱给其他同学，大概一顿饭就没了，谢汐却得用两天。早饭不吃的话也有四顿饭，一顿饭只能用五块钱，普通女生都不够。

谢汐很饿，走进食堂，闻到各种各样的香味，馋得直吞口水。

他也想吃麻辣烫，要放培根、火腿、里脊肉；也想吃酸辣粉、土豆粉、过桥米线还想吃煎饼果子……那个油滋滋的手抓饼瞧着也很不错，可惜……手抓饼不放蛋都要四块钱，还只有巴掌大，吃了太不顶事。

谢汐的目标是食堂正中央的饭和菜。

与各色小吃相比，有学校补贴的饭菜是最实惠的，虽然难吃，偶尔还会出现圣女果炒熟鸡蛋这种绝味，但总体来说，性价比最高！

两块钱一份菜，米饭的话，谢汐对阿姨笑笑能多给一勺，吃饱是没问题的。一顿饭控制在三块钱，余下的钱就能凑合顿早饭了！

谢汐之所以这么晚才来，是因为谢汐买的那些素菜根本不用提前来排队抢。

日子过得再紧，谢汐也不愿让别人知道。他只想正常地读完大学，而不是在别人同情的目光中成为一个特殊的存在。

今天也和往常一样，谢汐买了份白菜炖豆腐，满满当当的两大勺米饭，总共花了两块五，堪称完美。他找了个最偏僻的角落，坐下来吃饭。

人饿极了，吃什么都觉得香，哪怕这米饭是黏黏糊糊的一团。

谢汐正认真吃着，对面坐下一个人。

他微愣，先看到的是炸成金黄色的开背虾，然后是一整条银鲳鱼，还有一份土豆炖牛腩，更夸张的是连汤都是小罐煲好的菌菇汤！

谢小汐这辈子都没见过这么好的食堂饭！他忍不住抬头，看到了眼睫微垂的男人。

谢汐一怔，立刻道："老师好。"是那位花里胡哨的新老师！

江斜看着他的餐盘，眉心微皱："怎么就吃这么点儿？"

谢汐握着筷子的手微微用力，有些局促。

江斜不赞同地说道："正是长身体的时候，别想着减肥。"

谢汐愣了下。

江斜把自己的开背虾和银鲳鱼推给他道："你们现在的年轻人，审美真有问题，那么瘦干吗？男人还是要结实点儿。"

谢汐看着金黄色的虾和散发着浓郁香味的鱼，饿得肚子都疼了，他咽了下口水道："老师您吃吧，我不爱吃这些。"

江斜道："鱼和虾是高蛋白，吃了不长肉。"

江斜这样的误会让谢汐心里挺舒坦，但也不想接受，他摇头道："我对海鲜过敏。"

"这样啊，"江斜又把自己的土豆炖牛腩和菌菇汤推了过来，"吃这个。"

谢汐好久没吃肉了，看到牛腩，真要把持不住了："我……"

江斜打断他："这是作业，必须吃光。"

谢汐还是一动没动，吃了这顿又怎样，下一顿更难受。

谁知江斜竟端着餐盘起身道："那帮小姑娘又看到我了，我先走了。"

谢汐愣了下，张口道："老师你的菜……"

江斜已经走了，步子迈得很大，走得很快。

人都走了，桌子上摆着的土豆炖牛腩、菌菇汤还有银鲳鱼、开背虾都可怜巴巴地看着他。

谢汐喉结滚动了一下：不吃的话就浪费了，浪费很可耻。

他也不能端着这些去追那位江教授。

果然还是……

谢汐拿起筷子戳了牛腩一下，色泽鲜亮的牛腩弹了下，溢出香香的酱汁，酱汁裹住了土豆，一切都恰到好处。

再不吃就凉了，凉了也是暴殄天物。

谢汐筷子悬空三秒钟终于下定了决心。

吃了！不吃白不吃！

反正老师都走了，与其便宜垃圾桶，还不如满足一下他的胃。

谢汐夹起牛腩，一口吃掉，肉的滋味让他幸福得要死。

真好吃！真是太好吃了！

等谢汐回神时他已经把桌上的所有东西都一扫而空，连那点儿汤汁都拌着米饭吃掉了。

十八九岁的年纪，正是吃再多都不嫌撑的时候。谢汐时常饿着，冷不丁吃这么一顿，真的太满足了。

总觉得晚上可以不用吃了，又省下三块钱，回头去打工要是太晚就能坐夜班车回家了！

谢汐心里美滋滋的，连带着对江斜的印象也一百八度大改观。虽然生得花里胡哨，但这位江老师还是很不错的！

下午的时候，大二的学长孙穆青找到谢汐：“小谢，最近有空吗？”

谢汐入学时，孙穆青是新生接待员，十分照顾谢汐，谢汐很感激这位热情的师兄。

谢汐道：“师兄有什么事吗？”

孙穆青眼睛一亮道：“我最近接了个活，你要是有空就来帮忙吧，我给你开工资！”他知道谢汐一个人生活，手头不宽裕。

这对谢汐来说无异于及时雨，他连忙应道：“好！”他得攒下学期的学杂费，恨不得打十份工！

孙穆青拍拍他的肩膀道：“放心吧，师兄肯定不会亏待你。”

谢汐道：“师兄一直都很照顾我，能帮上忙我很高兴。”

今天真是幸运日，谢汐吃饱了坐在教室里，心满意足。

下午就一节课，上完后谢汐问孙穆青，孙穆青说不急，等过两天会通知他，谢汐点头应下，先回家了。

他没住校，虽然住宿费很便宜，但能不花钱就不花钱，谢汐一点儿都不介意用半小时跑回家。

别人还要抽时间跑步，他这一来一回也算是锻炼了！

家里只有他一个人，母亲谢素早就搬出去了，谢汐也早就习惯了自己住。

老楼里到处都破破烂烂的，卫生条件极差，谢汐有时间的话会打扫一下楼道，清一清小广告，做些力所能及的事。

不过最近太忙了，他已经很久没打扫了。

谢汐跑得气喘吁吁，看看时间还早，再加上中午吃得饱，他拿出扫把，麻利地把楼道给扫了一遍！

清小广告的时间是没有了，他回到屋里摘下眼镜，擦把脸后便出了门。

谢汐浑身是汗，走在入冬的天气里不禁哆嗦了下，他很想洗澡，但家里的热水器太耗电了，他舍不得。

跑一跑就热了，等去了那边再洗！

谢汐轻出一口气，一路跑到了轻烟酒吧。这是他一个月前找到的新工作，在酒吧当侍应生。

这份工作挺适合谢汐的，主要是时间好，晚上六点到十二点，不会影响他正常上课，而且工资还不错，等这周发了工资，他的日子就不用这么艰难了！

谢汐从后门进了酒吧，和他一起打工的青年小李道："你也太拼了，坐个公交车能咋地，有学生证不就几毛钱？"

可惜，谢汐连充值公交卡的钱都没有！

谢汐道："最近忙，等下周我就去办张公交卡。"

小李道："不用公交卡也没事啊，一块钱坐个公交车都要省吗？"

谢汐没再说什么，他道："我去换衣服。"

小李："先去冲个凉吧，记得把头发吹个型。"

谢汐应下来，去了更衣室。

冲了个热水澡后谢汐觉得舒服多了，肯定是中午的能量午餐给了他充足的力气！

谢汐换上小西装后，把遮住眼睛的头发向后抓了抓，露出光洁的额头。

小李刚好过来，看到后说道："你这张脸啊，真是……"他看了多少次都觉得不适应，也太好看了吧！

谢汐笑了下道："你很帅。"

小李撇嘴道："你不在的时候，我还觉得自己挺帅，你一来……啧啧……"

谢汐并不喜欢自己这张脸，从小到大它就没给自己带来什么好事。

"走吧，时间差不多了。"谢汐岔开话题，打起精神道，"该和陈哥他们换班了。"

轻烟酒吧是个清吧，格调高，气氛好，来这儿放松的都是些精英人士。

谢汐在学校里特别低调，低调得像隐形人，来到这里，他为了工作只能挺直身板把整张脸露出来，而他一露脸，或多或少总会惹上点儿事。

连续近一个月一直来的那个中年人，眼睛都快盯在他身上了。

谢汐很不自在，可也没办法，那人只是这样看着他，只是点他去送酒，其他的并没什么。

大约八点的时候，谢汐去6号卡座送酒，刚到他就愣住了。卡座正中央的男人也怔了下。

谢汐快速低头，手心全是汗——是新教授，是今天新来的那位江老师！

- 2 -

谢汐不想被认出来，不想被任何人知道他在这里打工。

谢汐放下酒，头都没抬就离开了。

对方什么都没说，应该没认出来吧。

谢汐走出去很远才敢停下脚步……江教授肯定认不出来他的，他这模样和平时差距太大了，他们在学校里仅有一面之缘，不至于认出来！

然而，谢汐却不敢往那边去了，不愿意再给那桌送任何东西。

小李兴冲冲地说：“那人真帅啊！”小李对长相俊美的男人一直非常感兴趣。

谢汐勉强笑笑。

小李道：“也不知道是干什么的，瞧见他手腕上的那只表没？够我们吃喝玩乐半辈子了！”

谢汐想起白天同学们的八卦，知道这位年轻教授的家境不错。

小李给予他高度评价：“啧啧，有钱有颜身材好，人间极品啊！”

谢汐什么都不能说，酒吧里的人并不知道他还在念书，更不知道那是他的老师。

小李知道谢汐对男人不感兴趣，自说自话了会儿后觉得没趣儿，就去找别人聊了。

谢汐去了趟洗手间，努力让自己平静一下。他看看镜子里的自己，安慰自己：“认不出来的，肯定认不出来的！”

他洗了把脸，冷水顺着面颊滑落，滴在脖颈时他哆嗦了一下。很冷，谢汐快速擦干脸，可还是觉得很冷，酒吧里是恒定的舒适温度，他穿这样不可能会冷，难道是要感冒了吗？

谢汐有些慌，他不想感冒，生病的代价太高了，一盒感冒药都要二十多块钱，他买不起。

其实感冒只要硬熬个七八天也就自愈了，但还是太麻烦了。

头昏脑涨会影响听课，还会影响工作，万一让被领班发现了，肯定会让他回去休息。少干一天就少赚一天的钱，谢汐不想。

不要感冒，不要感冒，谢汐倒了一大杯热水，咕咚咕咚喝了下去！

身体稍微暖和一些后，谢汐稍稍安心，等回去再熬个姜汤，没准就好了！

可惜今晚特别忙，谢汐来回跑，还去帮着卸酒，里里外外跑了几圈后又出了汗，等歇下来后已经头昏脑涨了。

人的身体不是铁打的，他整天吃不好，本就营养不良，又打工到很晚，睡眠不足加疲劳过度，不生病才怪。

小李察觉到他的状况："你怎么了？脸有些红。"

谢汐摇头道："没事，我去趟洗手间。"十一点了，快下班了，再坚持坚持。

小李道："你要是不舒服就先回去吧，我在这就行了。"

下班的时候领班会点名，提前走要扣钱，谢汐摇头道："不要紧。"

他迷迷糊糊的，身体忽冷忽热，难受得恨不得现在就回家躺在被窝里。

"小谢。"男人粗哑中带着讨好的声音在他身后响起。

谢汐心一紧，转过头来："王先生有什么事吗？"跟在他身后的是近一个月来一直盯着他的中年人。

王青树贪婪地看着他，被酒气掏空的眸子里写满了可耻的欲望，他将酒杯送到谢汐面前道："陪我喝一杯吧，你看我这一个月一直过来。"

谢汐向后退了退："不好意思王先生，我不会喝酒。"

王青树道："喝酒有什么会不会的？喝了就明白了。"他将酒杯递过来，态度强硬。

谢汐的脸色很难看："王先生，请不要为难我！"

王青树道："我这叫为难你？请你喝杯酒就这么难？装了一个月也差不多了吧！"

谢汐退到了墙上，冰冷的墙壁让他头皮发麻："我只是在这里工作，我……"

"不就是想要钱吗，"王青树高大的身体靠近谢汐，"喝了酒，你想要多少我给你多少！"

谢汐脑袋嗡了一声，抬手给了他一拳！

王青树冷不防被他打到脸上，火了："敬酒不吃吃罚酒是吧！"

正常情况下，谢汐能跑掉，可现在他身体状况差到了极点，腿像是灌了铅一样，根本抬不动，刚才那一拳已经用尽了他全身的力气。

"你今天不喝也得喝，等你喝了这个，我看你还……"王青树态度强硬地想往他嘴里灌酒。

谢汐知道这酒里肯定加了东西，他摇着头，大声叫着……

"啪"的一声，酒杯落在地毯上，红色的液体洒了一地。

王青树愣了下，怒道："是谁多管闲事？"

这时一脚踹过来，正中他的胸腔。这一脚的力道很大，王青树一百八十斤的体格竟被踹得直接摔了出去。

“你……咯……”王青树捂着胸口直咳嗽。

江斜冷着脸从阴影里走出来，他双手插在口袋里，居高临下地说道：“滚。”

王青树面色微变，挣扎着起身：“等着，你们给我等着！”他嘴上说着狠话，却跑得飞快。

谢汐靠在墙上，惊魂未定。

江斜看向他，眉心轻蹙着。

谢汐低头，哑着嗓子道：“多谢。”

谢汐不敢看江斜，怕被他认出来。本来在这里工作就很难堪了，又发生了这样的事……

谢汐感觉到了无法形容的屈辱，他不怕穷，不怕日子苦，不怕饿肚子也不怕辛苦，可却不愿自己像个被扒光的乞丐般暴露在众目睽睽之下。

江斜没出声，谢汐只觉得如芒刺背，一秒钟都待不下去了。他转身，强压着身体的颤抖，想要离开。

“谢汐。”江斜准确无误地喊出了他的名字。

谢汐站住了，面上连一点儿血色都没有了。

江斜认出他了，甚至连他的名字都记得。

江斜走近他，问道：“为什么要在这里工作？”

谢汐后背僵直，被这个问题问得哑口无言，为什么？江斜那样的家境，那样的身份，怎么可能理解他的生活！

如果有其他选择，他会想来这里工作吗？如果不是缺钱缺疯了，他会把自己折腾成这样子吗？

江斜怎么能懂，他一晚上喝的酒，谢汐几个月的工资都买不起，他怎么能懂！

谢汐没回头，只倔强地说道：“我成年了，做什么老师也不必管了吧。”

江斜眉心紧拧着：“像刚才那种状况，你……”

谢汐强压着的屈辱一股脑冲了上来，他忍不住拔高音量：“即便老师不在，我也可以解决！”说完这话，他疾步离开。

他不敢再去人少的地方，只能待在前台，硬耗着时间。刚才是江斜帮了他，要不是有江斜在，会发生什么简直不敢想象。谢汐却说了那样的话，他很后悔，恨不得给自己一巴掌。

他应该好好谢谢江斜，应该好好和江斜解释，仔细说清楚，而不是说那样无理取闹的话。

可是，谢汐忍不住，完全压不住那翻腾的情绪。

江斜肯定很失望吧，出手相助却得到这样的回应。

谢汐的心颤了颤，他只觉得更加无力了。

就这样吧，他和江斜本来也是天差地别的两类人，不会再有任何交集了，也没什么可遗憾的。

谢汐熬到了十二点，下班时他脑袋嗡嗡直响。

小李问他：“你还好吧？”

谢汐抬头看着他，半天才反应过来他说了什么：“没、没事。”

小李道：“实在不行你就打个车回去吧。”

谢汐快速说道：“不！不用！”从这里回家不远，打车却要十块钱，他打死都不会打车的。

外头有人在等小李，他也顾不上谢汐了，说道：“那行，我先走了，你实在不舒服明天就请个假。”

“嗯！”谢汐应道，“放心吧。”

小李走了，谢汐换回自己的衣服，又喝了一大杯热水，准备回去。

一出门，初冬的冷风从后颈直直灌入，谢汐紧紧地抱住自己，冷得直哆嗦。十一月的天很凉，他只穿了一件薄外套，平常还不觉得怎样，这会儿真是冷得要死。

他应该发烧了吧。

谢汐打着寒战，走几步就忍不住停下来，他缩在路边，忽然想起了卖火柴的小女孩。不面临真正的困境，根本体会不到那种无助与绝望。可惜谢汐连根火柴都没有，他连梦都不配做。

一辆漆黑的车子缓缓停下，车窗落下，江斜看向他：“上车。”

谢汐站在原地，一动不动。

江斜皱眉，解了安全带下车，走近了才看清谢汐眼中的茫然。少年有着过分漂亮的五官，白皙的面庞上浮着一层薄红。

江斜心一紧，问道：“那酒你喝了？”

不对，他到得很及时，应该是全拍开了才对。

谢汐茫然地看着他，根本反应不过来他说了什么。

江斜伸手碰了下他的额头：“怎么烧得这么厉害？”

谢汐终于看清了，他那无力的自尊心又蹿了上来，他拍开江斜的手道：“我没事。”

江斜道：“我带你去医院。”

“不！”谢汐立刻说道，“不行，我不去医院，别带我去医院！”去医院挂个号都要十几块钱，他怎么能去！

江斜温声道：“没事的，不一定要打针，只是去看看……”他以为谢汐怕打针。

谢汐快速摇头，“不要带我去医院，我不去医院……”他央求道，“拜托了江老师，我不想去医院。”

他的声音微哑，这样说话像是在要求……

江斜怔了下，喉咙微干，道：“好，不去医院。你上车我送你回家，你得吃退烧药，好好休息。”

谢汐胡乱应道：“我……”

江斜打开车门，带他上车。

谢汐冷得不行，感受到车里的暖风，到底忍不住上了车。车里空调开得很舒服，谢汐迷迷糊糊，一时间竟分不清自己在哪儿。

江斜轻叹口气，发动车子去找药店，先给小同学买些药，等回家就能吃了。

江斜买好药，回到车上时发现谢汐已经歪着脑袋睡着了。他缩成一团，白皙的手腕露在外面。江斜想起中午在食堂见到他时，他吃的那盘菜。

整天吃那些，能长肉才怪了。

江斜当然不会真以为谢汐是在减肥，他那样说不过是顾忌谢汐的自尊心，不忍心戳破。

今晚在酒吧看到谢汐，江斜一眼就认出来了。

江斜猜到他家境不好，但也没想到他会在这里打工。即便是个清吧，也是鱼龙混杂的地方。一个刚满十八岁的少年，在这里打工怎么想都觉得不安全，尤其这孩子又长得……太好看了些。

江斜轻唤他：“谢汐？”

谢汐皱了皱眉，本来就缩得很小了，竟又缩了缩。

江斜的心揪了一下，声音更轻柔了：“你住哪儿？我送你回家。”

谢汐本能地摇摇头，家里很冷，他不要离开这个温暖的地方。

江斜顿了下，低声道：“我先带你回我那儿，你这样一个人也不行。”

虽然不知道谢汐的具体情况，但一个在校生这样拼命打工，想必是家里出了什么事，父母十有八九是指望不上的。

谢汐恍惚间似乎回到了很小很小的时候……

那时候他生病了，妈妈一直守在床边，喂他吃药，给他擦汗，用无比温柔的声音哄着他，告诉他，别怕，妈妈在，汐汐没事的。

这是属于他的记忆吗？他的母亲真的爱过他吗？

谢汐分不清，总觉得这全是自己的错觉，是他太渴望被人爱而产生的幻觉。

不是真实的……

他的父亲丢下了他，他的母亲也不想要他。他一个人孤零零的，总是一个人，不知所谓地活着。

“别哭。”一个低沉的声音在他耳边响起，带着浓浓的关爱。

谢汐猛地睁开眼睛，入目的景象是完全陌生的。天花板上的吊灯像一弯漂亮的月牙，周围甚至还有星星闪烁。这不是他家，他家哪有这么漂亮的灯具。

谢汐起身，从头部传来的剧痛让他低吟出声。

这时门开了，穿着深灰色 T 恤和棉质长裤的江斜走进来，他手里端着餐盘，上面有散发着香气的热粥：“醒了？感觉好些了没？”

谢汐呆呆地，他低头，发现自己连衣服都换了。

江斜道：“你昨晚吃了退烧药后发汗，我帮你换了身衣服。”

谢汐不知道怎么接话。

江斜又道：“你是先去洗个澡还是先吃饭？”

谢汐张口：“我……”他嗓子都哑了。

江斜将餐盘放在床头柜上，弯唇道：“还说自己成年了，昨晚也不知道是谁一直哭，嗓子都哭哑了。”

谢汐的脸噌地红了。

江斜又道：“我说带你去医院，你哭着闹着不去，喂你吃药，又开始掉金豆豆，后来给你换衣服，你……”

谢汐整个人都蒙了，这、这不可能！

江斜抿嘴笑道：“好了，别硬装大人了，小屁孩哭一哭挺可爱的。”

－3－

谢汐听完他的话，一脸生无可恋。

他竟然对着一个只认识一天的人又哭又闹，这个人还是他的老师，还是正在任课的专业老师……

他怎么会这么蠢！只不过是感冒而已，连脑子都烧傻了吗！

谢汐懊恼得要死，真希望这是在做梦！

其实昨晚根本不是江斜说的这样。谢汐的确哭了，却是无声地哭，连啜泣声都没有，紧闭着眼，烧得迷迷糊糊，无声地流着眼泪。

那模样实在太让人心疼，江斜只看了一次就绝不想再看第二次。

到底是什么样的生活才会将一个半大的孩子折腾成这样？

那一滴一滴流下的泪，仿佛滚烫的岩浆，在江斜的心上烙下了难以磨灭的痕迹。

不想他哭，更不想他回忆起那些糟糕的记忆。所以江斜在他清醒后说了这样的话，想让他卸下硬撑的坚强，也想更靠近他一些。

“来吧，小朋友，喝点儿粥补充下体力。”江斜端起粥碗，用勺子轻轻搅拌着，等温度差不多后送到了谢汐嘴边。

谢汐还在怀疑人生，没听明白他说了什么。

“啊……”江斜来劲了，真把他当小孩子，还做了个口型，让他张嘴。

谢汐可算回过神来了，看向张着嘴的江斜，十分无语。

江斜眨眨眼，一点儿不尴尬，道：“看来这会儿是真醒了。”

谢汐哪会让他喂？他看到这明显熬了很久的粥，心里热乎乎的，于是接过碗道："我自己来。"

江斜也没再逗他，将碗递给他："吃吧，温度刚好，再放就凉了。"

谢汐低头盯着粥："谢谢你。"

"客气什么。"正经一秒钟大概就是江斜的极限了，他又道，"一日为师终身为父，老父亲照顾小孩子还不是天经地义的事。"

这老师果然不是正常人！

"快喝粥。"某老父亲语重心长地道，"我熬了两个小时，可别浪费了。"

谢汐心里又是一暖，自己昨晚烧糊涂了，肯定没少折腾江斜。这人虽然嘴巴皮了些，却是个好人。

谢汐点点头，舀了一勺子粥放到了嘴里……

他差点儿喷出来！

江斜十分自信："还行吧？我放了海参鲍鱼和龙虾，营养绝对够了，味道应该也差不到哪儿去。"

谢汐盯着这碗昂贵至极的海鲜粥，忍了忍还是没忍住："老师你尝过吗？"

江斜道："我这分量没估准，熬得有点儿少，就没舍得吃。"小朋友饭量大得很，他怕谢汐不够吃。

谢汐嘴角抽了抽，问道："你放了几勺盐？"

"一勺，菜谱上……咯……我是说你感冒了，吃清淡点儿比较好。"

谢汐可没漏听"菜谱"俩字，做个粥还要查菜谱吗？而且查了菜谱还放了半斤盐？

江斜看出来了，问道："粥咸了？"他拿起谢汐用过的勺子舀了一口，尝了尝，然后猛地起身，去洗手台吐了。

这哪是咸了，这是要齁死人！

江斜再回来后，他的风度翩翩有点儿崩塌："别喝了，我叫外卖。"头一次做饭就遭遇滑铁卢，江老师觉得很丢人。

谢汐却忍不住弯了下嘴角，问："老师，你那勺子有多大？"

江斜指了指谢汐碗里的勺子："一样的。"

谢汐手里的勺子足足有鸡蛋那么大，他笑出声："是菜谱不好，都不说清楚用多大的勺子。"

江斜虽然觉得丢人，但看到小朋友这样舒心的笑又觉得很值。这好像是他第一次见谢汐笑，其实他们认识的时间并不长，但江斜却觉得他肯定很少笑。

谢汐觉得身体好多了，感冒这东西，发烧时是真要命，可一旦退了烧就轻松得很。

他起身下床，说道："别叫外卖，这么好的粥倒掉太浪费。"又是海参又是鲍鱼又是龙虾的，谢汐听着都肉疼。

江斜说："可是太咸了，没法吃。"好不容易熬的，竟然成这样，这是加分不成反扣分了吧！

谢汐道："我来重新煮一下就能吃了。"

江斜微怔："你还在病着。"

谢汐说："一点儿感冒而已，哪有那么严重。"

谢汐光脚下地，江斜立马道："等着，我去给你拿拖鞋。"

谢汐微怔，说道："没……"

江斜已经转身出去，很快便拎了一双棉拖鞋进来："屋里有地暖，但厨房没有，你刚退烧，要小心些。"说着他自然而然地弯腰，把拖鞋放在了谢汐脚边。

谢汐看着他宽阔的后背，心一热，一句谢谢涌到了嗓子眼竟有些说不出来。

只是道谢也太苍白了。

谢汐问："老师你还没吃饭吧？"

江斜根本没有吃早餐的习惯，但怕影响小孩子，但还是道："我晚点儿吃。"

谢汐道："那等会儿，我们一起吃。"说着他出了屋，这一推开门，谢汐愣了下。

倒不是因为这宽敞的公寓，也不是因为雅致的装修，更不是因为那一看就价值不菲的壁画，他愣是因为……这里好乱！

真皮沙发上堆着衣服，长毛地毯上全是杂志，茶几上还有几个空易拉罐，连投影仪上都摆着个烟灰缸！

江斜清清嗓子道："我一个人住，没太讲究……"

这是讲究不讲究的问题吗？

谢汐也一个人住，还住的是最廉价的老楼，可也没乱成这样。

从那碗粥就看出这位精英学者没太多生活经验，但谢汐也没想到会这么严重！谢汐没说什么，径直走向了厨房。

江斜没跟过去，悄悄收拾了一下客厅，好歹把自己的衣服藏一藏……

谢汐进了厨房，看一眼就明白了超咸海鲜粥对于江斜而言的意义。

这厨房漂亮得很，可以放到广告里当样板，可惜却没有一点儿被主人眷顾的气息。谢汐可以想象，这个厨房自从诞生以来，大概就只产出了这一碗咸得让人怀疑人生的海鲜粥。

江斜估计是大清早跑了趟超市，什么东西都是照着菜谱现买的，连那罐盐都是刚开封，还有那"始作俑者"的勺子，都快把盐罐子堵上了。

谢汐感觉挺好笑的，却又让人胸口滚烫。

江斜这一晚根本没睡吧，照顾发烧的他还一大早去买了这么多东西。海鲜粥虽然做得没法吃，可心意却是明明白白的。

他想让谢汐吃些有营养好消化的食物，那个时间点又在外面买不到，索性自己回来做了。

这不会是江斜生平第一次做饭吧？

谢汐觉得八九不离十，于是这乱七八糟的一幕就变得笨拙又可爱了。

江斜是个好老师，很好。

谢汐挽了下衣袖，准备把海鲜粥重新加工一下。

咸了也没事，大不了再熬一些粥，掺和掺和味道就均匀了。没用多久，真正的海鲜粥新鲜出锅。

江斜颇为诧异："小朋友很厉害嘛。"

谢汐也懒得纠正他的称呼了，道："凑合吃吧，材料都是好的，扔了太可惜。"

江斜尝了一口后："这哪是凑合？太好吃了！"

谢汐眨了下眼睛，打趣他："好吃不敢说，能吃是肯定的。"

听出谢汐的调侃，江斜淡定地说道："老师也不是万能的，活到老学到老嘛。"

这人说话真是一套一套的！

谢汐笑着应道："老师说得对。"他笑着端起粥碗。

谢汐昨晚没吃饭，又病了一场，早晨能喝这么一碗粥别提多舒服了。

两人吃饱喝足，江斜道："碗筷放着就行，回头让家政阿姨打扫。"

谢汐道："就俩碗，有什么好放的？"他顺手洗了，还顺手把江斜的厨房给收拾了一下。

江斜看得怪心酸的，正常情况下，十八岁男孩会把家务做得这么娴熟吗？这孩子真的太招人疼。

江斜白天还有课，出门前说道："你好好休息，我已经给你请了假。"

谢汐心里一急道："我不要紧了！"不能耽误课，大一的课程特别满，落下一天的课……

江斜说："放心，抽空我给你补课，事半功倍。"

谢汐犹豫着。

江斜又道："假已经请好了，我和你们导员说你病得下不了床，你要是去了，我岂不是在撒谎？"

谢汐闻言才打消了去学校的念头，说道："那我回家休息。"

江斜道："别折腾了，我这里没旁人，你安心睡 觉。"

谢汐还想再说，江斜又道："你看还有半只龙虾，你要是中午不做了吃掉，回头我就只能扔了。"

几百块钱一斤的东西说扔就扔吗？谢汐肉疼。

"那你……"他问江斜，"中午回来吃饭吗？"

江斜还真想回来，但他中午和人有约了，"就是因为中午赶不回来，才希望你留下把它给吃掉。"

谢汐就这么被忽悠住了。

江斜走了，谢汐又吃了一次药。药也是江斜买的，虽然不知道多少钱，但瞧包装也知道不便宜。钱是没法还了，不是有没有的问题，而是没法还。

江斜不会在乎这点儿钱，更何况，这份情哪里是结清药钱就还得清的。

谢汐看了看乱糟糟的屋子，挽起袖子开始收拾，他能做得不多，能帮江斜一点儿是一点儿！

晚上江斜回来时，还以为自己走错了。这是他家？他家是藏了个田螺姑娘？

翌日，江斜上课时毫不意外看到了把自己遮得毫不起眼的小朋友。他坐在角落里，却听得最认真。

江斜放学后才找到谢汐："跟我来。"他很有老师范儿。

谢汐跟在江斜身后去了他的办公室。

他们一进屋，江斜反手关上门，老师的假象就掉地下了。江斜弯唇道："昨晚我回家时，还以为家里来了个田螺姑娘……嗯……应该是田螺少年？"

谢汐把他的屋子打扫得实在太干净了。

江斜嘴上说着有家政阿姨，可其实他根本不想让外人进自己的家门，宁愿自己凑合住。

谢汐居然有点儿习惯了他的不正经，道："昨天麻烦老师照顾我了。"

"那没什么，"江斜问他，"你还要去轻烟工作吗？"

谢汐没回答。

江斜眉心微拧，又问："找份别的工作不行吗？家教什么的。"

谢汐道："周末有两份家教的工作。"

江斜微怔："还不够吗？"

谢汐从未和谁说过这些："只是家教的话不行，我得攒下学期的学杂费，而且大二后会有很多实践课，我得……买台电脑。大一的课程很满，一整天都在上课，我只有晚上能出去打工，轻烟那里是最合适的。"说出这些对谢汐来说需要很大的勇气。

他习惯了一个人，习惯了所有苦都自己吞，也习惯了不依靠任何人，所以就没必要和人说。说了也没用，只能得到让他更难堪的同情。

谢汐感激江斜，说这些并不是在希求他的帮助，只是单纯地不想欺骗他，也不想他误会自己。

江斜怔怔的。

谢汐很局促，勉强笑笑道："等……等过阵子就好多了，我认识的一个学长想做个项目，我会抽空帮他，如果做得顺利，应该可以辞掉轻烟的工作了。"

江斜回过神来，心疼得不行，却不能表现出来，这孩子自尊心太强了，自己的心疼对他来说反而是尖锐的伤害。江斜顿了下，调整了语气道："你帮我工作吧。"

谢汐一怔。

江斜弯唇，又不正经了："来当我的田螺少年怎么样？"

－4－

田螺……什么？

江斜道：“你也看到我那儿的情况了，真是太需要你帮忙了。实不相瞒，我之前的家政阿姨到期了，我也不喜欢她做事一小时拉媒牵线六十分钟的套路，所以想换一个……”他哪有什么家政阿姨，也没有哪个家政阿姨会这么没职业素养地给雇主介绍对象！

可怜谢汐涉世不深，被江斜忽悠得一愣一愣的。

“你要是来帮忙的话，我就不用费心去找别人了，”江斜问他，“你没有给人介绍对象的喜好吧？”

这话题转移得真快，谢汐完全被带到沟里去了：“当然没有。”

江斜眼中含笑：“那真是太好了。”

谢汐看到他眼中的戏谑，才回过味来，道：“我不是专业人士，也没做过这样的工作……”

江斜打断他的话：“你做的我很满意，这样就足够了。”

谢汐顿了下。

江斜又道：“你需要工作，我需要你来工作，咱们一拍即合，何乐不为？”

谢汐还在犹豫。

江斜又开始瞎扯了：“你还小，不懂单身成年英俊男人的痛，我工作忙自己没空收拾，请个家政回来大多是女性，年轻的不敢用，年长的用不起，真的不容易。你看你反正也是出去打工，来我这儿不好吗？”他扯着扯着，又开始忽悠了，“都说一日为师终身为父，你就当可怜可怜孤寡无助的老父亲？”

这不是一日为师终身为父，这是一日为师终身掉坑！

江斜见小朋友脸色终于松动，又问：“怎样，我的田螺少年？”

大概当老师的都练过说话，反正江斜的声音特别好听。谢汐耳朵轻颤了下，终于开口了：“不了。”

江斜一怔，以为自己的大忽悠术失灵了。

小朋友下一秒说道：“我不是田螺什么，但这份工作我接受。”

老司机被摆了一道，却开心得像天降几十亿。

谢汐正色地向江斜行了个礼：“江老师，谢谢你。”

江斜的一片好心谢汐是知道的，之所以犹豫绝不是瞧不上这份工作，而是觉得欠的人情太多，怎样都还不清了。可是这真的太诱人了，可以不用去酒吧工作，可以不用见那么多人，真是太好了。况且江斜是真的需要一个家政，如果他以前的家政到期了，那自己去帮忙也不算抢人工作。

这么好的事，他真的不想错过。

江斜心情大好，一得意就露了点儿马脚：“就这么定了，薪水的话一小时二百怎么样？”

谢汐猛地抬头，一双乌黑的眼睛直眨巴。

二百少了？说起来 X 大的学费是多少？一台电脑的话，他前阵子让助理买过，好像花了五万？

谢汐道：“怎么可能这么多？老师你之前在哪家家政公司找的？这也太坑人了吧。”

高、高了啊？江斜话锋一转，说得毫无违和感：“一天二百很多吗？你可不是打扫下卫生就完事，还得给我准备午饭和晚饭。”早饭的话就算了，小朋友正是长身体的时候，起太早不好。

谢汐明显松了口气，道：“我听你说一小时二百。”

江斜淡定地说道：“你听错了。”好险。

谢汐道：“一天二百也很高了，我……”

江斜正色道：“你别低估了这份工作，我希望你能抽空帮我处理一下源文档，也算是个小助手吧。”为了让金钱合理化，江老师绞尽脑汁。

其实一天二百对于全职家政来说不算高，然而江斜不了解行情，他完全是在看谢汐眼色行事。

谢汐眼睛一亮：“我、我还可以做您的助手吗？”谢汐太惊喜了都用上敬称了。

江斜纠正道：“是小助手。”他这样说纯粹是觉得小孩太可爱。

谢汐却以为是自己阅历浅年纪轻，郑重地点头道：“好，我一定不辜负您的期望！”

在江斜的督促下，谢汐下午就打电话给轻烟酒吧，把工作给辞了。

领班已经知道了昨晚的事，对谢汐也很愧疚，他知道谢汐的一些情况，说道：“行，本来也是临时工，你不想做就算了，至于工钱你放心，我明天让财务那边直接给你打到卡上。”

谢汐很感激，向他道了谢。

领班也挺欣赏这孩子的，虽然长了一张很容易惹事的脸，但性格却十分沉稳，废话少做事多又守规矩，这样勤快努力的年轻人，谁会不喜欢。

谢汐放下心来，江斜道：“来加个微信。”

“嗯。”谢汐扫了江斜的二维码，添加了好友。

江斜看了眼他那右上角裂开的二手国产手机，怪心疼的。二人加完好友，谢汐收到了江斜的信息，他点开一看，怔住了。

江斜转给他六千块钱！

不等谢汐开口，江斜便道：“先预支你一个月工资。”

谢汐道：“不行！哪有这样的，我这还什么都没做。”

江斜道：“不听老师话？”

这哪儿跟哪儿！

江斜拿过他的手机，一边点收款一边道：“钱先给你又怎样？反正你又跑不了。”

谢汐眼睁睁看着六千块钱入账，魂都飞走了：“真不用这样的，轻烟那边明天就给我发工资了，我……”他的确很缺钱，但明天酒吧就能结算工资，够用了。

江斜和他完全不在一个频道：“对了，还有买菜钱。”他直接拿着两个手机，用自己的手机给谢汐转账，用谢汐的手机接收。

谢汐哪见过这样的操作，目瞪口呆地看着自己的零钱里又多了一万块钱！

这辈子都没见过如此巨款的小谢同学震惊了！

江斜把手机还给他：“行了，未来一个月我就把自己交给你了。”

太震惊的谢汐完全顾不上他话里的问题，他问道：“这是一个月的菜钱？”只有两顿饭，这一天天的是要吃什么！

江斜道：“怎么可能是一个月？”

谢汐松了口气，刚想说：“不用一下子给我这么多月……”

江斜：“一个月一万哪够？这是一周的。”

谢汐一时说不出话来了。

江斜又道：“先试试，不够的话你再告诉我。”

谢汐忍不住了：“一周一万块，一天就是一千多，老师你是要吃什么？”以及……老师的工资这么高吗？他也想当老师了！

江斜顿了下道：“总之你别给我省钱，什么贵咱们吃什么。”反正花不完。

谢汐好半天才回神，道：“我会记账的，应该是用不了的……”

江斜想了下仔细记账的小朋友，说道：“走，我们去超市。”他要买记账本！

谢汐以为是买晚上的菜，道：“我自己去就行。”

江斜道：“没事，我开车带你。”

谢汐想了下也没推辞，自己刚开始工作，老板审查下他的采购经验也是有道理的，于是跟着江斜去了停车场。

谢汐上车后，江斜道：“系好安全带，我们去个远点儿的超市。”

谢汐尽职地问道：“是你常去的吗？”他以后是不是也得去那里买菜。

江斜哪有什么常去的超市？他去超市的次数一只手就数得过来。江斜笑道：“远点儿好，避嫌。”省的附近超市被熟悉的同学撞见，小同学该害羞了……

谢汐的心一暖，他道：“没关系的，我不怕被同学看见。”

谁想到江斜开口就是：“这男才男貌的，一起逛超市买菜，我怕他们误会我对你图谋不轨。”

说完江斜有点儿紧张，但看看小朋友薄红的耳朵尖，又觉得血赚。

谢汐磕磕绊绊地说道：“不、不会的。”

“不会？”江斜道，“那行吧，我们就不绕路了，直接过去。”

谢汐急了！

江斜适可而止，弯唇道："好啦，开玩笑的，其实是我自己不想去。"

谢汐的神经还紧绷着，他顺口问道："怎么？"

江斜道："我好歹也是X大的名人，去了周边超市肯定会被小姑娘们围追堵截。"江斜可正经了，"你也看到了，一下课隔壁班的姑娘都来堵我。"

谢汐不想说话了，转头看向窗外，默默地在心里吐槽：江老师果然不正经！

江斜开了足足半小时的车，可算找到一个瞧着还不错的超市，两人一起下车，这会儿倒是不用怕会遇到熟人了。开出来这么远，能遇到才有鬼了！

谢汐推了个小车，认真地挑选食材。

谢汐问江斜："喜欢吃鱼吗？"

"不吃淡水鱼。"

谢汐记在心里，去了海鲜区，江斜似乎特别偏爱海鲜，基本上都爱吃，还问："你会做章鱼小丸子吗？"

谢汐眨眨眼。

江斜道："我很小的时候好像吃过，之后再没吃到过。"

谢汐想了下说："这个倒是不难，只是需要专门的机器。"

江斜道："超市有卖吗？赶紧买一个，我们晚上吃章鱼小丸子。"

谢汐哭笑不得："这里不会有的，等回去了去网上搜搜，过几天吧。"

江斜略遗憾地说道："好吧。"

谢汐心思一动道："你很想吃吗？"

江斜说："不急，过几天再说。"

谢汐说："这种东西商场里一般有卖的，你要是想吃……"

江斜道："我想吃你做的。"

－5－

谢汐笑道："章鱼小丸子不贵，而且应该很近，我去给你买。"

江斜顺着他的脑回路说："不是贵不贵的问题，而是不该花的钱不能乱花。"

这话说得……很有道理，可好像又有哪儿不太对？谢汐没反应过来。

江斜道："所谓浪费是花没必要的钱，我不急，等你做给我吃。"

谢汐又被拐沟里了，点头道："那好，等过几天我给你做！"

江大忽悠嘴角微扬，心满意足。

他们买好食材，江斜拐到了文具区。谢汐不疑有他，跟着江斜走进去。

没想到，江斜指着一个奶白色的本子，问："好看吗？"

谢汐没说话。

江斜又打量了一下笔记本："不好看？"

奶白色的小本子，上面还有几朵……大概是蔷薇花的压痕？造型圆不溜秋的，十分幼稚。江斜把本子翻开，里面五颜六色的纸张刺痛了谢汐明亮的双眼。

江老师一个大男人竟然喜欢这一款吗？果然……花里胡哨！

谢汐干笑道："挺好看的。"每个人的审美都不一样，他不敢苟同，却也不该歧视。

江斜道："送人的话，合适吗？"

"合适！"谢汐松了口气，原来是送人的……小姑娘，应该比较喜欢这样的本子，他鼓励道，"这么漂亮的本子，对方肯定会喜欢。"

江斜："我也觉得。"随后他把本子递给了谢汐。

谢汐疑惑地抬头。

江斜一笑，露出洁白的牙齿："送你了。"

谢汐接过这少女心爆炸的本子，一脸蒙："为什么送我？"他像是会用这种本子的人吗？江老师对他到底有什么误会！

江斜道："你不是说要记账吗？"

谢汐忍不住说道："我那儿有本子，不用这样的……"

"没事，"江斜道，"你好好记，我要检查的。"

谢汐沉默了一下，郑重地说道："老师放心，我会好好记录工作账目的。"

江斜道："我很期待。"

两人大包小包买了一堆东西，一起拎回家后，谢汐挽起袖子道："老师你去忙，晚饭好了我叫你。"

江斜不想去忙，想看谢汐做菜。

谢汐道："你放心，这些我都做惯了，没问题的。"

江斜不好再继续待着："好。"他去了书房，却是仍惦记着厨房。

谢汐麻利地炒了一荤一素，还做了个汤，摆上桌时江斜实在忍不住，不等谢汐叫他就先出来了。

谢汐笑道："饿了吧？"他以为江斜是饿得等不及了。

"闻起来很香。"江斜道。他确实有些饿，但更多的是他也说不清的期待。

谢汐说："尝尝吧，哪里不合口味了告诉我，我再调整。"

江斜点点头，坐到餐桌前，迫不及待地夹了一筷子。谢汐还有点儿紧张，眼巴巴地看着他。

江斜怔了一下，展颜笑道："好吃。"

谢汐松口气，也笑了："老师喜欢就好。"

江斜看着他的笑容，心里冒出一句话：何止是喜欢，简直是太喜欢了！

"过来一起吃。"江斜招呼他。

谢汐摇头道："不用，我一会儿……"

江斜说："别和我客气，一个人吃饭很没意思的。"

江斜这话狠狠戳中了谢汐的痛处，一个人吃饭的滋味他比谁都懂。谢汐本来觉得很不合适，忽然就觉得同病相怜。他们都是一个人，都明白一个人的滋味。

谢汐道："那我就不客气了。"

吃过饭，谢汐收拾碗筷，江斜用尽洪荒之力才控制住自己的双手，没去帮忙。毕竟谢汐是他以保姆为名请回来的，他得忍住。

可管住了手却管不住腿，江斜跟着谢汐走到厨房，看到谢汐在用手洗碗，立马道："用洗碗机。"

谢汐："嗯？"

江斜道："洗碗机很好用的。"

谢汐惭愧地说道："我不会用。"他哪用过这东西。

江斜也没用过，但这种现代化的电器都很好操作。

江斜道："我来教你。"

谢汐不疑有他："好。"

江斜快速看了一眼操作面板，心中有数后立刻装出动作娴熟的模样。别管会不会，样子要做足。

谢汐是真不懂，十分捧场地说道："原来是这样。"

大概是这样吧……江斜道："很简单对吧？"

谢汐连连点头："很方便！"

江斜说："以后就用洗碗机，还能高温杀菌，比手洗好。"小朋友手那么嫩，哪能总泡在水池里。

谢汐由衷地感慨着：有钱真好，他以后也想留校当老师！

谢汐收拾完厨房，又勤快地拿起吸尘器开始打扫卫生。

江斜又被赶回了书房，他坚守了一会儿后以倒水为由出来偷看，瞧见那笨重的吸尘器后，他再回到书房，开始搜索——原来有扫地机器人。

不行，买了扫地机器人，谢汐觉得没活可干，辞职了怎么办？江斜点了筛选，挑了个最贵最轻快的无绳手持吸尘器。

谢汐等洗衣机把衣服洗好，又晒到阳台上才算工作结束。时间指向了九点，谢汐检查了一圈，确定没问题后他去敲了书房的门。

"进来。"

谢汐推门进来，说："老师，我先回去了。"

江斜看看时间，起身道："好，我送你。"

谢汐微怔，推辞道："不用，我自己回去就行。"江斜的家离他家有些远，但他现在有了钱，完全可以坐公交车。

"那怎么行？"江斜又扯出那套歪理，"一日为师终身为父，老父亲当然要送孩子回家。"

谢汐哭笑不得地说道："真不用，我可以坐公交。"

江斜又道："你也算在我这里打工，照顾员工安全也是老板的义务。"

谢汐还想推辞，江斜已经穿好了外套，拿了车钥匙，比他都快。

谢汐说："这样太麻烦了……"

江斜道："你要是赶紧跟我上车，现在你都到家了。"

谢汐只能小跑才能跟上他的步子。

接下来的一周，谢汐过得快乐无比，他活这么大，从没有过如此持久的好心情。谢汐喜欢这份工作，也喜欢风趣幽默的江老师，更让人满足的是每次晚饭都被吃得干干净净。这无疑是对厨师最大的鼓励！

谢汐还喜欢新到的吸尘器，原来吸尘器还可以这么轻便，不仅无线还吸力极大续航超强，还有七八个不同的吸头可以更换。

这一周，江斜也很开心，孤零零二十多年，身边冷不丁有了人气，这种幸福和满足是没经历过的人难以想象的。

开心的两个人却都有点儿各自的小烦恼。谢汐的烦恼是每天晚上江斜都要送他回家，这实在太麻烦了，可无论他怎么说，江斜都要送他；江斜的烦恼是工作太忙，不能按时回家吃饭。

这天江斜有个会，开到了晚上九点多钟还没散。

谢汐问他："回来吃饭吗？"

江斜在微信上回他："嗯。"

谢汐就在家等他，一直等到了十点左右。江斜这个会从下午两点开到十点，嗓子都哑了，人也有些倦。谢汐看他回来，连忙把饭菜重新下锅，还做了个清淡的汤。

江斜倚靠在厨房门边道："不用折腾，这样就行。"

谢汐头都没回道："很快的，老师你等会儿。"江斜就等在这儿了。

谢汐转身时吓了一跳："老师？"

江斜一怔，捏了下眉心道："有些累了，站着都要睡着了。"

谢汐笑道："开了八个小时的会，谁都会受不了，来吧，先吃饭，吃了就可以早点儿休息。"待两人吃过饭，谢汐道，"今晚别送我了，我自己回去。"老师今天很累了，再开车送他太折腾。

江斜顿了下，说："我有个想法……"

谢汐正在往洗碗机里摆碗筷，用久了之后他发现了很多小技巧："嗯？"

"这个想法吧……你要是能同意，我们都会轻松很多。"

谢汐转头看他："老师你说，只要是我力所能及的，我一定同意！"

江斜嗓音微哑，在夜晚中有种特别的味道："搬来和我一起住吧。"

谢汐吃了一惊。

江斜捏捏眉心，做出疲惫的样子："这样我就不用担心你晚上回家不安全，早上你也可以顺道给我准备早餐。”

－6－

谢汐好半天才小声道：“这个……不太合适吧。”

江斜既然敢开口，自然是做足了准备，那一肚子歪理全都做好准备，就等破闸而出。

他说道：“我一直有不吃早饭的毛病，明知道这样不好，但就是没法改。”

谢汐嘴唇动了动，没敢接话。

江斜继续道：“倒也可以在外面买早餐吃，可你也发现了吧，其实我这人吃东西有些挑，外头的要么是油重了，要么是盐太多，要么是米不太好……总之就不爱吃。”

这还真不假，相处了一周，谢汐留意到江斜的喜好，他大多数东西都吃，不算挑食，但却挑食材。每次去超市都一定要买最好的，稍微差一些的他就皱眉头。

谢汐犹豫了一下道：“老师想吃早饭的话，我可以早点儿过来给你做。”

江斜道：“你坐公交车过来得一个小时，我七点起床的话，你五点就得出家门，你正长身体的时候，睡眠不足导致长不高我岂不是罪过了？”

谢汐也知道这不太现实，自己住的那地方没有直达江斜住处的公交车，他还得跑十多分钟去另一个公交站，真要准时去做早餐，可能四点半就得起。一天两天还行，时间长了他自己也受不了。

江斜又道：“你要是搬过来住就方便了，我吃得到早餐，你也不用来回折腾，再说了这客房本来就空着，空着就是浪费。”

谢汐还是觉得不妥：“账不是这么算的……”两个人住和一个人住不一样的。

江斜继续说：“如果你搬来，我们就可以一起去学校。”

谢汐不用每天为了那一块钱公交车费跑步上学了，说不动心那是假的。看谢汐还有犹豫，江斜进一步规劝：“你住在这里，我晚上不用送你，这一来一回，油钱都省不少。”

江斜还有撒手锏，他轻叹口气，借用沙哑的声音十分犯规地说：“一个人住，真的很无趣。”

谢汐瞬间心软。

江斜知道谢汐心特软，幽幽地道：“偶尔晚上醒来，就觉得这屋子空荡荡的，安静得像坟墓……”

谢汐连忙道：“这么好的屋子怎么会是坟墓？”

江斜又道：“连坟墓都比不上吧，好歹双人墓里还是两个人。”

谢汐的心软瞬间没了！

江斜是故意的，他本来是想示弱来刺激小朋友，但见小朋友真的难过了，又怪舍不得的，只想逗谢汐开心。

江斜清清嗓子道："搬来住吧，只要你能让我吃到早饭，我给你工资翻倍！"

其实谢汐早就想答应了，他也想有个人陪伴，他比谁都了解一个人住的滋味，那种空荡会把整个屋子变成另一个空间，一个与世隔绝的冰冷空间。

谢汐垂眸道："我可以搬来住……"

江斜的心猛地一跳，呼吸都屏住了。

谢汐干咽了一下，继续道："我会负责你的早饭，如果你熬夜我还可以给你煮夜宵，但是不用给我加工资，我就……就不付房租了。"他话说到最后，声音已经小到不行。

江斜这会儿不聋了，耳朵好得连顺风耳都自愧不如，拍板道："就这么定了！"

谢汐仍觉得惭愧，所以握紧了手："如果老师觉得我麻烦，我……"

"说出去的话泼出去的水，你可别想收回去！"江斜怕他反悔。

谢汐一怔："我是说如果以后老师觉得俩人住不方便……"

江斜根本不让他说完："不会。"永远不会有那么一天。

谢汐展颜笑了，点头道："嗯。"没关系，真有那么一天，他会悄悄离开。

江斜轻出一口气！趁热打铁的说道："今晚就住下吧。"

谢汐微微惊讶："今晚吗？"

江斜道："对，反正都要搬来了，今天明天都是搬。"

谢汐无奈地笑道："我得收拾一下的。"搬过来住不是嘴上说说的，他的换洗衣服洗漱用品等等都得搬过来。

江斜起身走到玄关处，把正下方的储物柜打开，哗啦啦倒出来一地东西。

谢汐眼睛睁大，目瞪口呆地看着这一大堆。新的被褥、新的床上用品、睡衣、居家服、浴袍、毛巾、漱口杯、电动牙刷、牙膏、洁面皂……甚至还有一套男士护肤品！

"这……"谢汐震惊得说不出话。

江斜既然要把人拐过来，当然是早就准备妥当了，他除了贴身衣物没好意思买，其他的全都给谢汐买齐了，就等人过来了！当然，语言攻势不能减弱："说了不怕你笑话，其实这些东西我早就准备好了。"

谢汐不解。

江斜"忧伤"地道："我有个远方表弟，说是要考到X大，打算住到我这里，我实在讨厌一个人住，很期待他到来，谁知道那小子放我鸽子，滚去国外了。"多么完美的理由，既遮掩了自己的神经病，又在谢汐那儿刷了一波可怜兮兮，一箭双雕！

谢汐被唬住了："老师还有个表弟？"

江斜道："和你同岁，但比你差太远，一点儿不懂事，他不来住我也清闲了。"

谢汐看看这一堆东西，样样都是精品，说明江斜还是很期待表弟过来的，真是……让人心酸。

江斜趁火打劫，说道：“还好你要搬过来了，要不然我这些东西就只能堆着落灰了！”

谢汐忍不住弯起嘴角：“有时候总觉得……”

江斜接话道：“一切都恰到好处是吗？”

谢汐笑了，摇头道：“是很巧。”的确是恰到好处，一切都那么自然而然，好像命中注定一般，显得不真实。

谢汐就这么住下了，倒不是因为这堆东西，而是不想疲惫的江斜今晚再去送他。江老师很累了，刚才在厨房倚在门边都要睡着了，哪还能再让他折腾一圈？

谢汐于心不忍。

谢汐考虑到江斜很困，说道：“早点儿休息。”

江斜装了一晚上疲倦，这会儿再精神抖擞实在不像话，于是老实回屋了。

他说：“我屋里还有个浴室，外头的你用就行。”

谢汐点头应道：“好。”客房是没有洗手间的，只能去客厅旁边的。

江斜怔了下，嘴角的笑容漾着他自己都不知道的甜蜜。

人生真像一场梦。前半段是恨不得快些醒来的噩梦，后半段却成了让人甘愿沉沦的美梦。如果梦这么好，醒不醒来又有什么关系。

这一宿两人睡得截然相反。

谢汐睡得特别好，躺在无比舒适的床上，睡得安稳又香甜。

江斜就却兴奋得一宿没睡，一想到小朋友就在隔壁，以后还会一直睡在隔壁，他就毫无睡意！

第二天，谢汐精神抖擞地起床做早餐。

江斜熬到凌晨才眯了会儿，奈何他听力好，听到谢汐轻手轻脚地起床，立马醒了。他在床上左右翻滚，好不容易熬到饭点儿，才装作睡眼惺忪的样子走出屋。

谢汐看到他，弯唇笑道：“面刚煮好。”

江斜站在原地，看着清晨的薄光落在谢汐的身上，仿佛看到了从天而降的天使。如果以后每天都是这样，那他此生再无他求。

日子过得特别快，眨眼间就放寒假了。江斜往年一个人懒得过年，就跑去国外做学术交流，比平日里还忙。

但今年……

谢汐问：“老师你过年有什么安排吗？”

江斜沉吟道：“有。”

谢汐微怔，垂眸道：“那我……”“搬回去住”四个字还没说，江斜便道：“我买了只六斤的帝王蟹，还买了一大份佛跳墙的原材料，用来当咱俩的年夜饭怎么样？”

谢汐无言。

江斜又道："我还买了红纸，晚点儿我们一起写福字，一起贴。"

谢汐努力忍着，可眼眶还是红了。

江斜看到了，不禁心疼，声音更温和了："我们待在家里，两个人一起过年，好吗？"

谢汐鼻尖酸透了，不敢多说，怕自己一开口就是哭腔："嗯！"

第一次，他切身体会到了年的味道。

－7－

独自一人时，最清楚节日的寂寞。谢汐懂，江斜也懂。

现在他俩在一起，这个年就与之前截然不同了。

临近年关，谢汐开始大扫除，江斜这次是说什么都不肯歇着了。他的理由可正当了："过年了你也该放个假了！"

谢汐道："没关系。"

江斜道："不行，连我都放假了，你也得有个假期。"

谢汐眼睛弯着："我即便是放假，也该给家里大扫除。"

他话中的"家里"二字可把江斜给高兴坏了，别说是大扫除了，谢汐就是想把整个地球都打扫一遍，他也会陪着！

"咳……"好险还没昏头，江斜道，"那我也该给家里大扫除。"他忍不住加重了"家里"二字。

谢汐听出来了，他之前说的时候其实有些不好意思，怕自己是自作多情。但江斜回复他了，也用了家里这个词，谢汐心中的温暖是连他自己都不能明白的。

家人是什么样的？

他的母亲谢素不是。

但江斜一定是。

谢汐不再坚持，和江斜一起打扫卫生，老江同志样样通样样精。

谢汐拿起吸尘器，他接过来，除了在谢汐屋里多待了会儿，其他屋子最多只用三分钟；谢汐拿起拖把，他一把抢过去，先去了谢汐屋子，连床底都拖得干干净净；谢汐拿起抹布，江斜直接把盆端走，指挥道："你屋里有几本书，你去找个地方放好。"

谢汐一回到自己屋，差点儿被亮得发光的地板给闪瞎眼！厉害了，这地板……他都不舍得落脚了！然而，只有他屋里是这么亮，和外边一对比，其他屋的地板怕是要哭了。

腊月二十六，江斜道："我们来写福字吧。"

谢汐眨眨眼："不是年三十才贴吗？"

江斜分明连个正经年都没过过，却懂得很："过了小年，吉利事都要赶在双日子。"

谢汐笑道："年三十也是双数嘛。"

江斜把他安排得明明白白："今天写福字，写完去买年货，二十八贴福字，等年三十我们哪儿都不去，准备年夜饭！"

谢汐特别喜欢这种过年的仪式感，郑重点头："都听老师的！"

红纸早就买好了，江斜把它们摆在了书房里，挽起袖子磨墨。

谢汐连忙道："我来。"

江斜说："我磨，你先写。"

谢汐惭愧地说道："我不大会。"

江斜道："没关系，写了福再贴上，明年肯定福气满满。"

谢汐是不会写毛笔字的，但是他喜欢江斜说的话，拿起毛笔像写钢笔字一样写了个福字。

谢汐笑道："好丑！"

江斜道："很可爱。"

谢汐说："是幼稚吧。"

江斜认真地说道："真的很可爱。"

谢汐心里暖暖的，拿起笔又认真写了一个，然后……

"果然很难，"谢汐让开位置道，"老师你来。"

江斜接过毛笔，随意挥洒，一个龙飞凤舞的大字落在了红纸上。

谢汐眼睛一亮，毫不客气地夸赞："好看！"

江斜心情好，又换了字体，写了几张。

谢汐看得目瞪口呆："这个是瘦金体吗？好漂亮。"他也就认识这个字体了，比较有辨识度。

江斜道："喜欢这个？"

谢汐点头道："都喜欢，这个好像简单些。"

江斜把笔给他，说道："我教你写。"

谢汐并未想太多，说："这个需要时间锤炼吧，不是说教就……"话说一半他顿住了，因为江斜站在他后面伸手握住了他的手。

"手腕放松，感觉一下笔势。"江斜的声音在他耳畔响起。

"像这样。"江斜手臂动了，带着他的手一起在红纸上游走，一个漂亮的瘦金体福字端丽清秀地浮在了纸上。

江斜问他："怎么样，有感觉吗？"

谢汐颤抖着声音道："老、老师！"

江斜："嗯？"

谢汐让自己冷静下来，道："我……自己试试。"

江斜起身，弯唇道："好，你自己来写一个。"

谢汐死命低着头，握着毛笔的手一点儿力气都使不上。

江斜又道："别着急，你要是喜欢的话，我以后有时间慢慢教你。"

"不用了！"谢汐放下毛笔，说道，"这个还是太难了，我就不浪费红纸了！"

江斜看看小朋友，没再开口。

谢汐远离了书桌道："我去下洗手间。"

江斜道："好，回来时顺便给我倒杯水。"

谢汐去洗手间洗了把脸，又盯着镜子看了自己半天。他轻出一口气，擦干脸后去倒开水。

餐桌上有两个杯子，一模一样的骨瓷杯，上面有半朵蔷薇花。江斜特别喜欢蔷薇花，谢汐早就知道了。

他刚把杯子买回来时，谢汐愣了下："一样的吗？"

江斜说："我看它好看，所以买了俩回来。"

谢汐拧眉道："一模一样的话，我们喝水会不会分不清哪个是自己的杯子？"

江斜"恍然大悟"地说道："是啊，我还真没注意。"

谢汐道："没事，我在自己杯子上贴个标签。"

江斜道："别，这么好看的杯子，乱贴东西太难看了。"

谢汐犹豫道："那……怎么区分呢？"

江斜又说："就这样用吧，我放左边你放右边，错不了。"

谢汐也挺喜欢这杯子的，点头道："行！我尽量不放错。"本来是两人口头应承的小事，谢汐努力没放错，江斜却总是马马虎虎的。刚开始谢汐还纠正，后来江斜每次都打马虎眼，搞得谢汐都怀疑自己的记性了。

到了今天，谢汐想给江斜倒水时才发现连他都分不清了。

－8－

谢汐纠结了一会儿，闭着眼随便挑了一个。哪个都行，反正……江斜都用过。

江斜还在写福字。他神态专注，执笔的手修长，露在外头的小臂结实有力，很多时候谢汐觉得江斜不像个会站在讲台上的老师，也不像个会握住毛笔的人。

他身上没有一点儿书香气，可当他做这一切时又让人觉得理当如此。

江斜很神奇，他做什么都让人觉得他能做好。这是一种源自他内心的自信，是谢汐没有的。

哪怕他们同样孤身一人，哪怕他们都只有自己，他们也活得截然不同。

谢汐嘴角扬了扬。他很幸运，能遇到江斜，他真的很幸运。

谢汐端着水过来，江斜刚好写完一个字，他起身时谢汐刚好俯身，两人差点儿撞到一起。

江斜扶住了他："小心。"杯子里的水洒了，他俩写的字就全完蛋了。

谢汐弯着眼睛笑了。

江斜问："怎么了？"

谢汐道："老师这儿沾了墨。"他指着自己的左侧脸颊。

江斜笑道："没把墨吃了就好，是这边吗？"他能感觉到是哪边，手却故意瞎晃。

谢汐无奈地说道："别动，我来给你擦。"

谢汐拿起纸巾，仔细地给他擦拭。

江斜问："能擦掉吗？"

谢汐道："能……啊，不过你还是赶紧去洗脸吧。"

俩人可算是写完了福字，谢汐把所有的字都铺在了地上晾干。看着自己的蹩脚字，他笑道："我写得好丑。"像混在天鹅里的丑小鸭。

江斜像是知道他在想什么一样，说道："丑小鸭长大了才是最美丽的天鹅。"

谢汐对练字没兴趣，道："可惜它长不大啦。"

江斜又道："那也没关系，懂得欣赏的人永远会把它们视作珍宝。"

江斜换了话题："走吧，时间不早了，我们去买年货。"

谢汐轻声道："好。"

他俩换了衣服出门，江斜道："就去附近那个超市吧。"

谢汐没意见，虽然他并不觉得家里缺什么，但是囤年货是个仪式，需要认真办的过年仪式之一。

俩人停好车后，进了超市。在一起这几个月，他俩逛超市的次数多了去了，毕竟成天在家吃饭，买菜买肉都要过来。

江斜推车，谢汐在前头选东西。

江斜道："窗花是要买的，不能在窗户上贴福字。"

谢汐忙点头道："好。"

江斜拿起一沓窗花扔到了小推车里，谢汐看了一眼，小声道："这个是囍字。"上面一个硕大的"囍"字。

江斜道："不分吧，过年也是喜事，我们已经有那么多福字了，窗上贴喜字吧。"

谢汐道："这是个双喜。"

江斜指了指"囍"字说道："左边是你的，右边是我的，来年咱们都有开心事，不好吗？"

谢汐顿住。

江斜便又道："难不成来年你只想自己开心，不想老师开心？"

完蛋，在说“理”这事上，谢汐毫无胜算！

江斜阴谋得逞，别提多开心了。

小朋友是太缺关爱了，冷不丁有人对他好，才会这么乖。

江斜也不想谢汐拒绝。

差不多要结账时，谢汐想起家里的酱油快没了，这边离调味区有些远，江斜说：“等着，我去拿一瓶。”

谢汐不放心地说道：“老师你认得出是哪种吗？”酱油品牌一大堆，他怕江斜买错了。

江斜道：“买最贵的就行吧？”

好吧，没毛病。

谢汐先去收银区排队，刚站在队尾，一个声音响起：“小谢？”

谢汐一愣，转头看到了推着小车的孙穆青，展颜笑道：“师兄。”

孙穆青被他笑得一怔，挠挠头发道：“居然真是你。”他们好久没见了，自从谢汐接了江斜的工作，把孙穆青的活儿推了以后，就没再见。

谢汐因为这事还觉得对他挺抱歉的。

孙穆青看了眼谢汐购物车里的东西，有不少是进口区的贵东西，问：“你自己一个人？”

谢汐有些紧张，道：“还有家里人。”

“哦。”孙穆青也没多问，只道，“你看起来比在学校精神多了。”

谢汐笑笑，不知道该怎么接话，他有些紧张，怕江斜这时候回来，要是被孙穆青看到，总觉得有些不好解释。好在孙穆青前头的人结完账了，孙穆青上前道：“我先走了，开学见。”

谢汐点头道：“提前祝你新年快乐。”

孙穆青也向他说了同样的话，先结账走了。

谢汐等了一会儿，江斜才过来，他拿了三瓶酱油，说：“刚好有促销，说买三送一。”

谢汐眨眨眼：“买三送一，送的那瓶呢？”

江斜一脸问号：“不是结算的时候送吗？”

谢汐笑道：“当然不是！是买的时候直接绑在一起的。”

江斜呆在了原地。

谢汐把他按在购物车旁，说道：“等着，我去看看。”难得看到江老师出错，小谢同志心情特别好。

两人买了满满一车东西，三个大号购物袋都装得满满当当的。放好购物车后，江斜拎了两袋，谢汐拎了一袋。

两人把东西放进后备厢，谢汐整理着这些瓶瓶罐罐。他弯腰整理着东西，不知道远处有双眼睛正盯着他。

孙穆青远远地看到谢汐和一个高大男人一起上了车。他愣了下。

谢汐和江斜回到家时已经不早了，谢汐下厨做饭，江斜非要帮忙，谢汐拗不过他，只能把洗菜这种简单的活给他。老江同志干得很认真，都快把西红柿的皮给洗没了！

谢汐一边看一边笑，险些切到自己的手。

可算是做熟了一顿饭，两人吃过后都有些乏。

谢汐道："我先去冲个澡。"

江斜刚好还有点儿事要处理，就去了书房。

等谢汐洗完，看到江斜忙完了，好整以暇地坐在沙发上。

江斜拍拍身边道："来。"

谢汐坐过去，找话道："要喝点儿什么吗？"

江斜忽然问："喝点儿红酒？"

谢汐："啊？"

江斜起身道："反正没什么事，喝点儿助眠。"

他去厨房另一侧的小吧台抽了瓶红酒出来，开瓶醒酒一气呵成，很快就端了两杯过来。

谢汐看着红色的液体，半晌才找回自己的声音："我不太会。"

江斜戏谑道："都成年了，喝点儿酒没事。"

谢汐接过酒杯，略有些紧张地问："不会喝的话，喝了岂不是浪费？"

江斜笑道："它生来就是给人喝的，你不喝才是浪费。"

谢汐看了看酒瓶子，还是忍不住问道："很贵吧？"

江斜："你要是一天只喝一瓶的话，我应该还供得起。"

谢汐无言以对。

江斜摇晃了一下酒杯，和他碰了一下："尝尝。"

谢汐轻轻抿了一口，然后……眉心皱成了一团。

江斜明知故问："怎么样？"

小朋友很诚实："不好喝。"和葡萄汁差远了！

江斜低笑出声："你还小，等以后就知道这东西的好处了。"

谢汐不敢苟同，瞅着这杯红酒犯愁——这么贵不喝可惜，可是真难喝！

江斜从他手中接过酒杯："不喜欢就算了，不用勉强。"

谢汐松口气道："我去倒杯果汁。"果汁便宜又好喝。

江斜含笑道："行，你喝果汁吧。"

谢汐微讶："老师还要喝吗？"

江斜道："心情好，再喝点儿。"江斜说完，打开电视，放了部电影。

电影是一部老片，叫《初吻》，其中的一句话让谢汐呆了好一会儿——世界上有那么多有钱人、有才华的人、多愁善感的人、野蛮人，就只有这个人会让你开心地笑。

谢汐忍不住看向身边的江斜。

这时江斜竟也转头，对着他弯起嘴角。

谢汐不由自主地跟着笑了。他何其幸运，能让他开心地笑的人，就在他身边。

下一秒，江斜仿佛知道谢汐心中所想，微笑着说："我也觉得很幸运，很开心。"自从遇到谢汐，他每天都比前一天开心，是谢汐给他苍白的生命添上了无限的光彩。

谢汐愣了一下，随即也笑了，温暖如冬日艳阳。遇到江斜，是他这无趣的人生中最大的幸运。

大年三十晚上，江斜和谢汐一起守夜，守到十一点，谢汐就困得睁不开眼了。坚持到了十二点，当新年的钟声敲响时，两人一起看向了荧幕。

新的一年到了，这是他们彼此第一次在有人陪伴的情况下过年。

江斜轻声说道："新年快乐。"

谢汐也轻声道："新年快乐。"

初一、初二，两人都待在家里，他俩都没什么可走动的至亲。谢汐收到了谢素的信息，简单的一条——新年快乐。

谢汐看了一眼就删掉了。

五年前，谢素还邀请他一起过年，在谢汐拒绝了一次后，谢素就没再提过一起过年的事，只是打个电话问候，再后来就成了发短信，谢汐觉得再过几年，谢素连这条短信都不会发了。

其实谢汐很了解谢素的心情，她是他的母亲，却是最想他消失的人，即便现在的谢汐早已不需要她照顾，可他还是她心上的负担。

谢汐时常怀疑——他到底是不是谢素亲生的？

这世上怎么会有这样的母亲？一个生下了孩子，却不想管他的母亲。

– 9 –

眨眼的工夫，寒假结束了，江斜和谢汐都该回学校了。

江斜这个老师比谢汐还"厌学"，他道："不想出门。"

谢汐经过一个假期，对江斜早就没了当初的敬畏之心："有你这样当老师的嘛！"

江斜道："有你这样当学生的嘛。"

谢汐扬眉："我哪儿不对？"

江老师为老不尊："好学生不得提前准备老师需要的东西吗？"

谢汐哭笑不得，直言道："快起床！"说罢，他却还是从衣柜里拿出衣服，放到江斜面前。

开学后，两人的日子还是过得轻飘飘的。但后来，谢汐隐约感觉到江斜在忙什么。不过江斜没说，谢汐也没多问。

直到……

谢汐的生日是3月17日，提前小半个月江斜就说："等你生日我要给你个惊喜。"

以前谢汐从不过生日，他不喜欢过生日，不喜欢"生日"这两个字。

所谓生日，即诞生之日，可是他很长一段时间都希望自己没诞生。

如果生活注定是孤独寂寞与无趣，那活着的意义是什么？谢汐找不到自己诞生的价值，所以从不觉得生日有什么可庆祝的。

现在却不一样了，他遇见了江斜，有了满满的温暖与生活的动力。

听到江斜这么说，谢汐心里很开心，嘴上却道："什么惊喜？可别只有惊。"

江斜改口道："那就给你一个意外之喜。"

谢汐抿唇笑道："好吧，我等着老师的意外之喜。"

3月17日是周日，偏偏在15日这天，江斜要去外地开个座谈会。

一大早收到通知的江斜就很火大："我要陪小同志过生日，谁都别想让我离开。"

周五这个会应该挺重要的，谢汐怕江斜翘班，说道："你快去快回，没准周六就能赶回来。"

江斜冷笑："我今晚就回来。"

谢汐推他："赶紧走！"他还以为江斜得好几天能回来。

江斜挣扎不过，最终坚持把谢汐送到学校才去机场，谢汐嘴上嫌弃着："快走快走，我这么大人哪用你接来送去的。"

等江斜真走了，谢汐心里又空落落的，原来他已经适应不了这种安静。江斜总是很热情，谢汐面皮薄，说不了他那么多话，却很喜欢这种热热闹闹的生活。

如果现在告诉他必须得离开江斜……

谢汐惊愕地发现，他早就没了再次面临那漆黑深渊的勇气。

上完上午的课，中午没有看到江斜，谢汐很不习惯。

这时他的手机响了，谢汐接起电话，听到江斜那边说："吃饭没？"

谢汐还没来得及开口。

江斜又道："我担心你和我一样，顾不上吃饭。"

谢汐说道："好好吃饭！"

江斜其实并没有正事，逗了会儿小朋友，嘱咐道："你要好好吃饭，别像我这样。”

谢汐嘴角扬着，语气却是凌厉的：“绝对不会！”

江斜惆怅地说道：“不会就好。”

也许是这通电话的缘故，谢汐午饭吃得还不错，整个下午心情也不错，听课听得很认真。

放学时，因为江斜不在家，他也没太着急，一边收拾着东西一边想着家里还有什么菜。江斜后半夜才能回来，要给他准备点儿夜宵垫垫肚子……

正想着，他的手机响了。

谢汐以为是江斜，正想接，却发现是孙穆青。

谢汐接通电话：“师兄？”

孙穆青的声音有些急：“你有空吗？我们见个面。”

谢汐愣了下，问：“有什么事吗？”

“要紧事，见面说吧。”

听声音，孙穆青是真的很急，谢汐一直记着入学时他对自己的照顾，连忙应道：“好。”

他们约在了学校外，孙穆青一见他便说道：“小谢，你要帮帮我啊！”

谢汐又问：“师兄你到底遇上什么事了？”力所能及的话，他不会不管。

孙穆青一脸惭愧与懊悔，好半晌才把事说出来。

其实他说得很含糊，估计隐瞒了不少，但仅仅透漏的信息都让谢汐寒毛倒竖。孙穆青竟然与人合伙盗窃学校的内部资料，包括出勤记录、就寝记录、奖学金登记，甚至是期末试题……

谢汐怔住了：“你怎么能做这些事？”太糊涂也太胆大妄为了！

孙穆青道：“我是一时昏了头，是毕业的学长让我做的，他们说这个……这个很赚钱，我……我的家庭情况很一般，我鬼迷心窍，就……”

谢汐问他：“老师们都知道了？”

孙穆青道：“是……他们还在找同谋，所以没公布，但只要收网，我就、我就完了啊！”

的确是完了，这是犯罪，开除都是轻的！孙穆青只说盗取了这些资料，鬼知道还有没有其他的！

谢汐皱眉道：“师兄你和我说这些也没用，我帮不了你，你还是去老师那里坦白……”

他话没说完，孙穆青急了：“你能帮我的，只有你能帮我了。”

谢汐道：“我就是一个学生，怎么帮得了你？”

孙穆青不出声了，一双眼睛盯着他，好像在逼他说实话。

谢汐愣了下，心中升起了不好的预感。他的确帮不了孙穆青，但如果是江斜的话……谢汐后背升起一层冷汗。

难道孙穆青……

孙穆青其实并不确定那天在超市停车场和谢汐在一起的男人是江斜，只是看那男人的衣着非富即贵，想着社会上的人总比他们这些学生有办法，只要谢汐帮他去求个情，他没准能逃过一劫！

他死马当活马医地恳求道："小谢，师兄求你了，你就帮帮我吧，我知道你有办法的，你别见死不救啊！"

谢汐心中冰凉，他万万没想到自己信任的学长会做这样的事，更没想到孙穆青竟然把主意打到江斜身上。

孙穆青见谢汐不出声，发狠道："你要是不帮我，就别怪我把你那些事抖出来！"

谢汐声音冷下来了："我不知道你在说什么。"

孙穆青破罐子破摔："行，你不知道，你等着我把照片发到校内网上，我看你还知不知道！"

他竟然有照片！

谢汐脑中转得飞快，强迫自己冷静。谢汐深吸口气，声音异常平静："你这事谁都帮不了你。"

孙穆青也是站在悬崖上了，道："我不管，你不帮我，我就拖你垫背！"

谢汐额头青筋鼓起："我从没得罪过你，你为什么要拖我下水！"

孙穆青发狠道："谁让你正事不干，去走后门……"

他话没说完，谢汐给了他一拳。

孙穆青震惊地看着他："你……"

谢汐冷着脸道："我没干伤天害理的事，你既然犯了罪，就等着接受该有的惩罚！"

孙穆青捂着一边脸道："好好好，你骨头硬，你看我把照片发出去，你在学校还有什么立足之地！"

谢汐不怕，只怕江斜名声受损，但是让他帮助孙穆青，是绝对不可能的！

谢汐冷笑，盯着孙穆青道："你去发吧，大不了我退学！"

孙穆青睁大眼睛，满脸不可置信。

– 10 –

孙穆青以为自己说得还不够狠，又威胁道："你以为我真的不会把照片发出去吗？"

谢汐面无表情："你随便。"说罢他转身离开。

孙穆青气急败坏地吼道："你疯了！连前途都不要了吗？"

前途……

谢汐面色苍白，但后背却挺得笔直。他本来就一无所有，也不惧怕一无所有！

退学了又如何，他还会努力学习，还会继续提升自己，大学固然重要，但不读大学不意味他的人生就完了！

总之……他绝不会给孙穆青这种人任何机会！

谢汐走回了家，开门进屋时，他那一直挺得笔直的后背终于塌了下来。

谢汐靠在门上，他不后悔自己的决定，事实上他早就做好了面对一切的准备，退学没什么，有所得就得有付出，人不能太贪心。

谢汐想得很明白，可还是会不安。如果他大学都毕不了业，江斜还会不会带着他这个累赘……

谢汐觉得冷极了，停了地暖的屋子异常冰冷。

江斜紧赶慢赶，回家时也已经凌晨一点了。他怕谢汐睡了，开门声很轻，脚步也放得极缓。

谢汐睡不着，缩在沙发上。这细节谢汐全部感受到了，他心中的寒意瞬间被蒸发，钻到了鼻腔，带来阵阵酸意。

江斜刚脱了外套就看到了沙发上的谢汐，他微怔："还没睡？"

谢汐起身，眼睛一眨不眨地看着他。

屋里只开了灯带，暖黄色的灯光让人看不清面容，江斜笑道："怎么，我没回来你自己睡不着？"

他一边说一边走过来，等走近了才看到要哭不哭的小朋友。江斜的心立马揪成一团："这是怎么了，哪儿不舒服吗？"认识久了，江斜知道谢汐有着远超同龄人的坚强，除了最初相遇时那场感冒，他再没见过他脆弱的模样。

谢汐死命忍着，可越是忍越忍不住，他强笑了一下，说道："我还煲着大骨粥，我去给你盛一碗。"江斜肯定没正经吃饭。

他转身要走，江斜一把将人拉回来，问道："怎么了，是遇到什么事了吗？告诉我。"

谢汐眉峰紧皱，想低头却又怕眼泪没出息地掉下来，只能别开视线道："老师。"

江斜着急得不行："到底怎么了？"

谢汐轻声道："如果我连大学都没法毕业，你……"

他的话没说完，江斜便蹙眉打断："你怎么可能会毕不了业？"谢汐的努力他看在眼里，这孩子做起事来有些一根筋，那股子执着劲让人看着很心疼却又舍不得打扰。那么喜欢这个专业，那么努力向上的谢汐，怎么会毕不了业？

谢汐没打算隐瞒孙穆青的事，他轻出一口气，把今天和孙穆青说的话重复了一遍。

江斜听得愣住了，看着谢汐，久久都回不过神。

谢汐勉强笑了下："我退学也没事，反正有老师在，我还可以继续学习，老师你不总说想单独教我吗？以后就……拜托你了。”

江斜可算回神了，反应过来小朋友是怕连累他落人口实，低声道：“你这个小同学。”怎么会有这么坚强这么执着的。

第二天，谢汐还在忐忑的时候，江斜已经发挥特长，解决了孙穆青制造的麻烦。

孙穆青根本没机会把照片发出去，江斜直接黑了他的手机、电脑等一切设施，把照片给删了。其实照片也没什么，根本没拍到正脸，只是模模糊糊的背影。

照片就算发出去又如何？造不成任何影响。

这个祸害，江斜当然不会手软，顺藤摸瓜找到罪证后直接把孙穆青送进了监狱。

后来，谢汐跟随着江斜一路向前！不知不觉地过了十年，二十年，三十年……

等谢汐六十四岁，江斜七十四岁时，他们还像初见时那样，珍惜着彼此的陪伴。

退休后江斜亲手盖了栋金灿灿的房子。

谢汐在江斜盖的屋子外为江斜种了一大片蔷薇花。

两个暮年老人，待在大片美丽的蔷薇花里，看着太阳升起，看着夕阳落下，数着日子，过得温馨又平静。

江斜活到了九十四岁，他终于皮不动了。

谢汐待在他身边，神态平静。

江斜轻声道：“这辈子我很知足。”

谢汐握着他的手道：“我也是。”

江斜看着他，浑浊的眸子里满是不舍。

谢汐也满目深情：“你这个贪心的老东西。”

江斜几乎用最后的力气说道：“下辈子还做我的学生，好吗？”

谢汐的眼睛已经干涩得流不出泪水，他道：“不好。”

江斜笑着说：“你很贪心啊，下下辈子也想做我的学生吗？”

谢汐轻抚着江斜，替他顺气：“永生永世，我都做你的学生。”

江斜闭上了眼，嘴角带着满足的笑容。

料理完江斜的后事，谢汐也一睡不醒。

他们相识六十余年，从此不再孤单一人。

谢汐从睡眠舱中醒来时还没法回神。

这是一场梦，却是无比真实的一场梦。他和江斜都输给了这个游戏。

梦想成真，美好得让你不愿醒来。

他们真正死在了这个游戏中，之所以又睁开眼，是因为开启游戏场时得到的那个特权——致命伤免疫。

这个特权被他们用掉了。

－ 11 －

来到中庭的玩家都是被放弃的人，之前的人生或多或少都留有遗憾，说是与原世界毫不相干了，可这种不相干是无奈的、是不得不放下的，又怎么会甘心？

这个梦想成真结合玩家的真实经历给出他最渴望最想要最无法拒绝的梦境。

哪里醒得过来？即便能看透这是个梦，又哪有醒来的勇气？面对灾难与逆境，很多人都能强撑过去，可面对心心念念的美好，谁又拒绝得了？拼尽一切活着，图的到底是什么？真有这样的一场梦，醒来的意义又是什么？残酷与美丽放在一起，即便保持着清醒的头脑，恐怕也会选择后者。

谢汐知道江斜就在旁边，可是却不敢看他。

梦太真实了，长达六十多年的陪伴在他的灵魂里扎根，长出了一片繁花。

这个男人自信、热情，就连他的一大堆胡话都全是温暖。他的好、他的一颗心，谢汐都看得明明白白。

在梦里时谢汐常觉得一切美好得不真实，回到现实中竟也有种强烈的不真实感。因为太过美好，美好得自己不配拥有。

“生生世世……”江斜低语，是在自言自语，可那语调里的温柔像裹满糖浆的糖葫芦，很甜却又带着微微的酸。

谢汐终于没忍住，转头看向他。

江斜一直在看着他，和梦中一般无二，把他整个人都裹进了心里。

谢汐的心猛地一跳，他别开了视线，胸腔里一片温暖，手指都在微微颤抖，可是却不知该怎么面对这个醒来后的现实。

他甚至无比荒唐地想着：倘若没有致命伤免疫，也没什么不好。真正死去，那游戏的过程就是现实了。

江斜从睡眠舱中走出来，很平静地问谢汐：“你来中庭前，被退学了？”

不愧是老司机，做了这样的美梦也没有得意忘形，反而精准地选了个最棒的切入点——一个能让谢汐从梦中醒来，直面现实的切入点。

而且这个切入点很自然，能够缓解谢汐的不自在。

谢汐明显愣了下，脑中的乱七八糟散了不少，轻声道：“嗯……当时我在酒吧也遇到了那件事，后来是领班赶来，让我提前回家，我那时就有了辞职的念头，之后孙穆青刚好找我帮忙做事，我就去了……”

这是没有江斜的过去。

谢汐同样遇到了王青树的挑衅，他甚至还喝了半口酒，但他拼命反抗和大叫，最终喊来了领班。轻烟酒吧很注重格调，哪里会让这种事发生，领班毫不客气地赶走了王青树，安抚了谢汐。

因为怕谢汐闹，领班给了谢汐一定的补偿且结清了工资，谢汐也没法在那里做下去，于是就顺势离职了。

他怕了酒吧这种地方，所以过得更加谨小慎微，孙穆青找他帮忙，他立马就去了。那时候谢汐的专业能力很弱，只能做些简单的数据整理，根本不知道核心工作内容是什么。

后来……

江斜很是心疼地说道："那人渣把事都推到你身上了？"

谢汐摇摇头，说道："我发现了他在做什么，把他给告了。"

江斜微怔，旋即又畅然：是的，这的确是小朋友会做的事。

谢汐虽然不懂，但做久了也发现了猫腻。他起初不相信师兄会做违法犯罪的事，但搜集到的证据像雪花一样密密麻麻，容不得谢汐不信。

那时候已经过去了几个月，孙穆青自认已经把谢汐拖下水，所以没怎么瞒着谢汐。谢汐终于确定了孙穆青正在做的事，义无反顾地举报了他。

没错，现实世界中，是谢汐告了孙穆青。

孙穆青被抓，谢汐因为举报有功免了刑罚，却避免不了被退学。

当时的事情闹得很大，谢汐本来就没有朋友，一个人活得形单影只，少不了被人揣测。很多人都不信他不知情，只以为谢汐是和孙穆青利益分配不均才翻脸举报了他。

谢汐无力去解释，更何况他的确是个彻头彻尾的帮凶，一个愚蠢的从犯。他从此大门不出，靠着代练维持生计。

直到谢素怀孕，他们母子彻底放弃了彼此，他才来到了中庭。

这就是现实，和美丽的梦相比，短暂且残酷。

其实这些事谢汐以为自己一辈子都不会说出口，无论他在不在中庭，无论他走过多少世界，这件事带给他的伤都是无法磨灭的。

可现在他说出来了，大概是因为那个梦。即使是梦，也淡化了心底的痕迹，让无法回忆的过去变得可以面对。

尤其是江斜……给了他太多无法言说的温暖，冲淡了残酷的现实，谢汐忽然觉得自己的身体和心都轻松了很多。

他从睡眠舱中出来，轻声道："这个游戏真难，毫无过关的头绪。"

他看向江斜，问道："老师有遇到过这种游戏吗？"

他很自然而然地用了这个称呼，没办法，叫了六十多年，脑子不给他反应的机会。

江斜心里一暖，冷静道："也不是没有头绪，这种游戏只要意识到是梦，就可以醒过来。"

谢汐道："即便知道是梦，也不想醒来吧。"没有的全得到了，渴望的全拥有了，哪怕知道是梦，又怎么愿意醒？

游戏中他们多次探讨过梦的话题，但两人都避开了，不愿意相信这不是现实。

江斜道："我以前遇到过挺多次这种游戏的，都很快醒过来了。"

谢汐微怔，看向他："可是这次……"

江斜笑了下，慢慢说道："如果一个人做这样的梦，是很假的，你会发现得到了梦想中的东西，心里也是空落落的。"那种失望只会加重寂寞。

谢汐懂了。

假如他自己进入这个游戏，那他很可能梦不到江斜，更不会遇到江斜给他的这一切，他可能会摆脱王青树，可能会摆脱孙穆青，甚至可能会得到谢素的爱，却是他一个人的臆想，是彻头彻尾的不真实。这种不真实对于头脑清醒的人来说很容易打破。

一旦打破，也就从游戏中挣脱了。

江斜之前无数次都是这样醒过来的，但这次他醒不过来。

谢汐没敢问，江斜主动说了："这次我是真的毫无所觉。"他完完全全地沉浸其中，完完全全地当成了真实，彻头彻尾地沦陷。

谢汐又何尝不是。

江斜问他："你觉得怎样算真实？"

谢汐被他问住了："怎么样算……"

江斜嘴角弯了弯，声音无比坚定："这的确是一场梦，可我们两人是真实的。"

谢汐猛地一震，浑身都仿佛被电到一般，轻轻战栗了一下。

一场梦，却是两个人的真实。

梦里发生的一切都是不存在的，可他们两人却是真实地参与其中。他们相处的点点滴滴，全都是无比真实的。

因为自始至终都是他们两人，梦里也好，现实中也好……

江斜，谢汐，都是切切实实存在的。

从梦中醒来，现实也还是他们两人。

– 12 –

他们虽然输了游戏，但游戏场的规则是只要体验过三个项目就可以离开。

当然，这个游戏能活着走出睡眠舱就算赢了，哪怕江斜和谢汐实际上已经死过一次。

谢汐还有些混乱，却没那么迷茫了。他需要一些时间思考，需要想一想他和江斜对彼此来说的意义。

毕竟江斜不是梦里简简单单的江老师，而是一位凌驾于无数世界之上的设计者。

江斜在梦里失去了一切记忆，可眼前的设计者 X 却经历了无数个六十年，有无数经历和记忆，有无数谢汐所不知道的……

谢汐并不了解他，哪怕这六十年对谢汐来说已经是一辈子，可对梦醒的江斜来说不过是弹指之间吧。

不过谢汐相信江斜说的话，相信梦里的两个人都是真实的。没有江斜的话，他想象不出这样的美好，他做不了这样的美梦。毫不夸张地说，是江斜将他从过去里拉了出来，给了他新的人生，给了他另一种可能，一种他无法想象的生活。

这种感觉真的很好。

谢汐轻声说：“谢谢。”

江斜：“嗯？”

过了六十多年，江斜还记得自己的“设定”，他凑过来一些：“你刚才说什么？我耳朵还嗡嗡的。”是之前被大公鸡给震的。

谢汐想起来了，凑近江斜，道：“谢谢！”

江斜忽地转头，他的视线稳稳地落在谢汐眼睛上：“有什么好谢的，能做这样一个梦，我该谢谢你才对。”

谢汐赶紧向后挪了下，说道：“这个梦都是我的生活，是你帮我从过去走了出来。”

江斜却道：“这梦里也全是我所渴望的。”

谢汐一愣，问江斜：“老师以前……”

江斜解释给他听：“我从出生就开始克父、克母、克朋友，来中庭前，我所有认识的人都去世了。”

谢汐听得心一揪。

江斜道：“我唯一渴望的就是人生能遇一知己。”

他俩在最美好的年纪相遇，携手走向了生命的终点。江斜永远记得最后他即将死去时，那个强装着平静，心却已经随他而去的谢汐。

江斜甚至说不出让他好好活着的话，他不愿谢汐独留，因为不忍心。

谢汐抿嘴笑了笑。

江斜又来了一句：“我刚才说错了。”

谢汐和他有几十年的相处经验，几乎瞬间感觉到他要说胡话。

果不其然，老江同志一脸淡定地说道：“准确点儿说，我唯一的渴望是能和你成为知己。”

谢汐含笑看着他。

江斜退而求其次，又砍了四个字：“那就做个好朋友嘛。”

谢汐笑出声道：“还是先离开这个世界，等你想起一切再说吧。”

江斜比较在意这个，问：“之前到底发生什么了？”

谢汐不忽悠他，只认真给了他两个字：“别想。”

这就是从梦里带出来的默契了，如果是之前谢汐这样说了，江斜只怕会更加好奇，进而更加胡思乱想，更想知道缘由，但现在……他本能地感觉到了“危险”。

谢汐还是担心他多想，转移注意力：“不知道现实中过了多久？”

江斜说：“不会太长时间，这个睡眠舱没有营养设备，要是做梦太久就直接饿死了。”

游戏场限定了七十二小时，他们现在还没超过这个时间。

谢汐忽然想到：“如果身体感觉饿了，是不是就会醒了？”

江斜道：“身体饿之前，精神已经死了。”

谢汐觉得挺奇妙的：“在梦里的几十年感觉很长。”

其实从游戏中醒来后，那六十多年的生活已经有些朦胧了，虽然大多数事都记得，但没有那种沧桑感，甚至因为想起了现实的事而让梦变得更像梦了。

江斜问他：“你怎么理解时间这个概念？”

谢汐接触过一些哲学书籍，道：“是人类的感觉？”

时间这个概念是人类创造的，人类总觉得时间是切实存在的，是不断向前流逝的，但其实这可能只是源自人类的感觉。人类理解不了不同形式的时间，所以时间就只能是这个样子。

江斜道：“你要记住，你的时间不等于别人的时间，别人的真实也不一定是你的真实。”

谢汐怔怔的，若有所思。

江斜笑了下道：“等有机会，你可以去试试晋升设计者。”

谢汐想起向左还是向右和六个王子，对设计者毫无兴趣：“再说吧。”

江斜道：“成了设计者后，你会看到更多的可能。”

这话让谢汐有些心动：“会更加了解时间与真实吗？”

谁知江斜竟摇头道：“会更加不了解。”

“为什么？”

“因为光明之外，漆黑无限。”

谢汐呆住了。

江斜道：“走了，我们该出去了。”

谢汐回神，有很多想问的，却又感觉无处可问。

设计者吗？一个接近上帝的角色，的确会看得更远一些吧？谢汐有些心动。

梦想成真的休息处安静得不像话。

之前的两个项目，凡是活下来的都在庆幸，哪怕缺胳膊断腿也是生机勃勃的。这个休息处人很少，稀稀落落的几个人都是独身的，他们分开坐着，像是丢了魂一般。

谢汐皱了皱眉，能理解他们的心情。从那样的美梦中醒来，的确会丧失面对现实的能力。即便能够分辨出梦境的虚假又如何？醒来的现实更加冰冷。他们会忍不住生出一种留在里面也不错的念头，会后悔醒来。

谢汐最初的时候不也想着要是没有致命伤免疫就好了，是江斜把他拉了出来。

一场梦，两个人的真实，唤醒了谢汐。

这时一个面色苍白的女人走了出来，她竟然是谢汐认识的人——在我爱你VS讨厌你那个游戏里活下来的年轻女人。

谢汐记得她叫谈蕾。

谈蕾在那个残酷的游戏中始终保持着冷静，到最后也毫发无伤。在谢汐的印象中，她是个冷静坚强的女人，可此刻她踉踉跄跄，神态憔悴。谢汐隐约觉得不太对劲……

他转头看向江斜，江斜摇了摇头。

游戏场里没有光，休息处死寂得犹如一个地下坟墓。

这时谈蕾停下了，她抬头看了看漆黑的天空。她怔怔地看着天，不知道在想什么，也许是梦中的美好，也许是过去的残酷，也许是对未来的迷惘与绝望……

最后她闭上了眼，从衣服里掏出一把锋利的匕首，刺穿了自己的心脏。

谢汐："别……"

江斜拉住他的手。谢汐知道江斜的意思，可是……

江斜道："她已经死了。"

不是死在刚才，不是死在那把匕首之下，而是已经死在了梦里。谈蕾走出了游戏，却失去了活着的信念，已经没有了继续走下去的勇气。江斜之所以制止谢汐，是因为他很清楚，谁都救不了一个已经死去的人。

谢汐心里很不是滋味。

江斜知道他心软，宽慰他道："对她来说，死亡未尝不是一件好事。"

谢汐忽地用力握住了江斜的手。

江斜微怔。

谢汐一声不吭，只紧紧地握着他的手。

江斜以为谢汐是看到谈蕾而想到了自己。

这种游戏很折磨人，越坚强的人反而越想不不开。

努力醒了过来，努力打破了梦境，努力活着走出了这个游戏，可实际上还不如没走出来。这种失落与绝望，江斜比谁都懂。

江斜道："别想太多，你……"他还没把"很坚强"这三个字说出来，谢汐便开口了。

谢汐抬头望向他："你以前是怎么坚持下来的？"

江斜愣住了，没想到谢汐是在担心他。

谢汐的心密密麻麻地疼着："你遇到过很多这种游戏，老师你是怎么走过来的？"

江斜呆了好一会儿才弯唇笑了："你老师有多厉害，你还不清楚吗？"

行吧，在讨打这件事上，老邪认第二，没人敢抢第一的宝座了！

江斜和谢汐安置了死去的谈蕾，至于休息处的其他人，他们做不了什么。精神上的问题，不是轻轻松松就能修复的。

他们完成三个项目后，就可以走出游戏场了。

谢汐这边还有个支线任务，要修复一百个人。他对这个不着急，他比较在意的是自己的主线任务 1：欣赏出生的太阳。

他们已经要进入地下迷宫了，可是这个任务却毫无头绪。

主线任务也是引导任务，支线任务已经这么多了，主线任务估计也会有几个，可现在他连第一个都没完成。

谢汐正想着出生的太阳到底是什么，他和江斜已经走了出来。

公告："恭喜你通过了游戏场的试炼，得到了进入地下迷宫的钥匙！请前往地下迷宫，找到回家的路。"

公告里的信息量不少，看来地下迷宫就是最后一关了，估计大多数人的主线任务都指向这里，只是不知道要如何完成。

公告结束，谢汐和江斜被传送出去。

谢汐刚睁开眼就被吓了一跳！

在正常世界里待了几十年，谢汐再看到这僵尸胳膊僵尸腿，心情很复杂！

残疾四人组齐齐扑了过来，犹如那没娘的孩子见着了亲人："老大啊！我们想死你了！"

这里人很多，谢汐不想被当成神经病！

朱黎单腿蹦过来："老大，我想要腿！"

谢汐也没必要多问，估计是被第三个项目折腾的。谢汐给他安完腿，曹广和卓柳他们也都过来了，情况基本一样，都是缺胳膊断腿。

谢汐一一给他们修复完毕，问道："这些胳膊腿是怎么回事？"都堆成一座山了，四人组就是螃蟹也能用几辈子了！

朱黎吞吞吐吐的，说道："那个……我们稍微找了点儿同胞……"

谢汐不知道的是，他不过做了个梦，就成了一个大型组织的神秘头目……

– 13 –

曹广一把推开他，开始向大佬们汇报情况。

谢汐听得一脸蒙，好在他蒙起来也是面无表情，瞧着还挺唬人。只有某位老司机知道自家小朋友在蒙，他看着谢汐。

江斜这视线谢汐早适应了，没太大异样感觉。

后来，从曹广他们的对话中谢汐才知道原来他和江斜在梦想成真这个游戏里足足睡了二十个小时。

这二十个小时，外头可是热闹得很。

朱黎和卓柳的第三个项目只用了一个小时就通关了，曹广和庄义也用了一个半小时，和他们同期抵达迷宫的人不少。

大家好不容易从游戏场逃出生天都很开心，想着齐心合力过最后一关，离开这个世界。

谁知这地下迷宫比游戏场还坑，他们毫无头绪，被虐得惨不忍睹。

曹广嘴皮子溜得很："要不是老大给我安的这个我最心爱的胳膊，我早就死在里面了……"他事无巨细地描述自己遇到了怎样的危险、怎样的陷阱、怎样机智地利用自己最心爱的胳膊……

朱黎给了他一拳："说重点！"

曹广这才结束了个人秀，讲述他们到底遭遇了什么。

在最初的时候，残疾四人组多次尝试探索迷宫，可惜连第一个拐角都过不去，这缺的胳膊腿不是在游戏场第三个项目折损的，而是在迷宫里没的。

后来陆陆续续来了更多的人，这些人的四肢有健全的，也有被游戏场的项目折磨得惨不忍睹的。大家进行了初步尝试后都被吓到了，不敢轻举妄动。

单打独斗不好过，那就一起行动吧！

先想到这法子的当然不是残疾四人组，而是云阁的一名新秀，叫张瑞震。

听到云阁二字，谢汐眉峰皱了皱，他都生理性厌恶了。

早在与云蝶对峙时，谢汐就想到云阁肯定还有别人在这个开放世界，如果没有别人，这云蝶从哪来的小鸡总动员的一手消息？

这张瑞震既然能入云阁，也不是什么善类。

来到地下迷宫后，他们试了下迷宫难度，便开始号召人一起探索。他们来者不拒，别管是身体健全还是身有残缺的，都组织到一起，商量着怎么过迷宫。

能走到这里的人，最后的任务都与迷宫有关，不管想不想，都得进去闯，所以听到他们的号召还挺感激，一个个凑上来出谋划策。

张瑞震摆出了一副慈善嘴脸，满嘴都是大家齐心合力，肯定能走出去的冠冕堂皇的话。大多数人考虑到云阁的名气，信服这张瑞震，听他差遣。

谁知进了迷宫，他残忍的本性便暴露出来。他之所以组织伤残人员，可不是心善要带他们通关，而是让他们当炮灰去探路！

死了几十个人，他们只走过了第一个拐角，不得不退出来，张瑞震竟撕破脸道："想过关的就老实听我的，否则我现在就杀了你们！"

经过第一轮折腾，本来轻微伤残的成了重伤残，还有些四肢健全的也受了伤，唯独张瑞震的人全都零损伤，还搜集了大量资源与信息，对第二个拐角也有了推测。

虽然很多人都看不惯他的作风，但面对生死，不少孤身一人且尚有作战能力的都选择了跟随张瑞震，哪怕会被利用，也比什么都不做等死强。

张瑞震还不甘心，非要驱使那些缺胳膊断腿的人去“垫路”。

大家只是缺了胳膊断了腿，又不是没了脑子，哪会再去给他当炮灰？他们不去，张瑞震心狠手辣，竟下手杀人。

刚好朱黎四人出来，他们出手制止，救下了那帮四肢不全的兄弟。

张瑞震见到他们的技能，十分震惊，想拉拢他们，但朱黎四人早见识过云蝶的残忍，果断拒绝了。

他们拒绝后，将所有受伤的人聚拢起来。

张瑞震贪图他们的力量，所以没下杀手，只等着他们四人被现实压垮，主动向他投诚。

被虐惨的玩家们一个个如惊弓之鸟，见朱黎等人都紧张得很，怕朱黎等人也和张瑞震一样利用他们。

朱黎他们就开始疯狂地给那些人洗脑，身为四个称职的“汐皇吹”，他们的用词都不带重样的。

曹广说：“各位兄弟姐妹不用慌，等我们老大就位，我们就把人渣给杀个片甲不留！”

卓柳说：“你们做好心理准备，等我们老大出来，你们可能会承受不住那死而复生的刺激！”

朱黎深沉地说道：“曾经的我以为自己是天下第一，无人能及，自从见到了老大，我明白了自己的短视与无知……”老朱同志这辈子的嘴皮子都用在这一刻了！

庄义大美女媚眼一飘，粗着嗓子道：“我以为自己够美了，但见到老大才懂得什么叫天仙下凡。”

有他们那信心满满的狂吹，谢汐瞬间成了所有人心中的神！

有人问朱黎：“汐神那么强，真的会管我们这些缺胳膊断腿的人吗？”

朱黎爽快地道道：“老大最喜欢缺胳膊断腿的了！”

这位大人的口味挺、挺特殊啊！

又有人问：“我这站都站不稳了，进了迷宫也是送死，汐神真的不嫌弃吗？”

卓柳神秘兮兮地道：“相信我，等你见着我们老大，你能跑几千米！”

那人：“啊？”

还有个只剩一条胳膊的仁兄奄奄一息地道：“谁都救不了我，我已经毫无希望。”

曹广拍他的肩膀道：“兄弟稳住！你将是我们小队的最强先锋！”有三个部件可以狂换，跟不死族有什么区别！

一条胳膊的仁兄：“咱、咱能别拍肩膀吗？我这条胳膊也是摇摇欲坠了。”

有这么一帮“脑残粉”的自信吹捧，谢汐还没走出游戏场就已然成了所有人心中的信仰。

残疾四人组高呼：“张瑞震是菜鸡，迷宫是纸老虎，只要老大在，一切皆可破！”

起初这些人还觉得有些底气不足，但随着张瑞震的队伍越来越小，缺胳膊断腿的越来越多，他们的气势也越来越足了。

一个个喊起口号，等着救世主降临……

如今谢汐可算来了，要不是怕亵渎汐神，他们早就一拥而上，把他给团团围住了！

谢汐从头听到尾连吐槽的力气都没有了。

他当初就不该救这四个“沙雕”，不救这四个“沙雕”，他现在也就不会成为一个“沙雕”！

朱大将军凝神道：“老大，我们该反击了！”

谢汐给他脑门一下：“反个屁！”

老朱眨眨眼，谨小慎微地道：“老大你放心，张瑞震只剩下十几个人，我们这边有几百人，不用偷袭，直接踩过去就行。”

谢汐克制住了自己，不能再打这傻大个了，怕越打越傻！

江斜低笑出声，谢汐瞪他。

江斜心痒痒的，忍不住拽住谢汐道：“下个开放世界，Zone 怕是要把你隔离出去。”

手被拽住，谢汐也没有不适应，他冷笑道：“我还不想来这样的白痴世界了呢！”

修复术简直就是个 BUG，也怨不得残疾四人组发疯，体验过小鸡总动员后，他们见着僵尸的胳膊和腿就像巨龙见到宝石一样，恨不得扛回洞穴藏起来。

对于在场的其他缺胳膊断腿的人来说，张瑞震给了他们巨大的心理压力，身体上的残疾更让他们陷入了绝境，这时候别说是四个“沙雕”，就是四头猪，只要叫得好听，他们也能奉为精神信仰！

以谢汐的性格是不乐意这么高调的，但毕竟支线任务摆在那儿，自己的名声反正也毁得差不多了，无所谓了。

这时，张瑞震等人被迷宫给虐得灰头土脸地出来了，他们损失惨重，没走过第二个拐角，已经气昏了头。他看到这帮缺胳膊断腿的人竟然喜气洋洋，怒道：“笑个屁，一群等死鬼！”

庄义这次是后勤人员，一直在组织还能行动的人从迷宫里搜集僵尸的胳膊和腿，只要资源够多，他们就是无敌的！

张瑞震刚好见到庄义出来，毫不客气地嘲笑道：“不男不女的，竟然喜欢这些臭烘烘的僵尸腿。”

庄义眉峰一挑，狭长的凤眼看过来。

张瑞震气急败坏地道：“看什么看，你们这群疯子！要是早听我的，我们现在就闯过迷宫了！现在可好，全死在这吧！”

庄义道：“道歉。”

张瑞震愣了下，反应过来他说了什么，震怒道：“我道你……”他的脏话没说完，庄义一鞭子抽到了他的嘴上。

张瑞震冷不防挨了一下，更疯了：“我今天非把你们这些废物全杀了！”

张瑞震迟迟无法走过迷宫，积累下的怨恨和绝望全都迁怒到了重伤玩家身上。要不是这帮该死的废物不去铺路，他至于走得这么艰难吗？反正他们也是在等死，帮他一把又怎么了？不自量力的废物就该死！

张瑞震一刀刺向就近的玩家，那是个纤细的女人，膝盖以下都被咬断了，坐在那里十分凄惨。

他这样刺过来，她根本无处可躲，只能等死。电光石火间，庄义的长鞭舞了过来，卷住张瑞震的长刀，甩了出去。

女人面无血色，半条命都吓没了。

谢汐远远看到这一幕，不再耽搁时间。

江斜忽然说道：“我来帮忙。”说着，他递上来一捧花。

谢汐接到他递过来的蔷薇花时愣了一下，他差点儿忘了，江斜的技能是把接触到的死物变成蔷薇花。谢汐不再浪费时间，将一朵朵蔷薇花放在众人的关节处，那些人瞬间“长”出了新的四肢。

这画面太震撼了，在场的所有人都屏住呼吸，满脑子全是那漂亮的白蔷薇和比蔷薇花还好看的年轻人。

原来他真的是神。

– 14 –

“重获新生”的人们关注不了那么多细节，他们先是被蔷薇花唬住，然后又被谢汐这张没有过多表情却漂亮得过分的脸蛋给镇住，接着自己又长出了胳膊和腿……他们都快把谢汐当上帝了！

残疾四人组难得冷静。

朱黎盲目崇拜：“我们老大真厉害，胳膊腿变成蔷薇花也分得清左和右。”

曹广眼尖得很：“仔细看！是江大佬变蔷薇花时动了手脚，左边的花朵向左歪，右边的向右歪。”

卓柳补充道：“胳膊是冷白色的，腿是奶白色的，女性的蔷薇花小一圈，男性的要大一圈。”

朱黎目瞪口呆："你俩看得真仔细！"

曹广和卓柳一起嫌弃道："是你眼瞎！"

他们三人都没说出来的是——这俩配合真默契啊，总感觉在这二十多个小时里俩人共同经历了什么了不得的事。

谢汐埋头刷任务，不一会儿就完成了修复一百人的支线任务，这个引导任务可算停下来了，显示已完成。

可惜谢汐还得修复，总不能厚此薄彼，现场这么多缺胳膊断腿的人，总得都修修。虽然这技能消耗很少，但他这样跑来跑去也很累，尤其是胳膊和腿虽然变成了蔷薇花，但分量不变，沉死他了！

等把现场几百人都修复完，谢汐轻出一口气，可算能歇歇了。这时他视线右下角弹出一行小字——初级修复术经验值已满，可晋级。

谢汐微怔，这个临时技能还能晋级？

不过只显示可晋级，并没有提示晋级，是不是意味着没法立刻晋级？

谢汐小声问江斜，江斜道："品阶高的技能想晋级需要做任务。"

原来还有这个说法，谢汐道："也是，这个修复术肯定品阶不低。"这么逆天的技能，让整个开放世界的难度都锐减。

江斜想得更多一些，开放世界里遇到了引导任务，又得到了一个专属技能，要不是这个技能和任何职业都不相关，江斜几乎要以为谢汐遇到了罕见的转职任务。

要是能够完成转职任务，是可以申请设计者的晋升任务的。

但是这修复术太不符合已有的设计者技能体系，所以江斜否定了这个猜想，也就没和谢汐提，免得惊喜变失望，而且他总觉得谢汐对设计者这个职业有点儿排斥。

江斜又道："不过这个技能是暂时的，离开这个开放世界就没法用了，晋不晋级也无所谓。"

谢汐懂了："晋级任务要到中庭接取？"

江斜应道："对。"

那的确不必想太多了，一个带不出去的技能，即便可以晋级也做不了晋级任务，等于没法晋级。

谢汐想起了自己的那个被动技能——可以从准世界随机带走一样东西。

嗯……技能不算东西吧？再说是随机的，这概率估计亿万分之一，哪会那么巧。

谢汐收起念头，没再多想。

张瑞震才是全场最蒙的人，他目瞪口呆地看着这一幕，久久都回不过神。怎么会有这样的技能？怎么可以放一朵花就长出胳膊腿？这样的治疗术即便是放到中庭也足够掀起惊天骇浪了吧！

一个低等开放世界，一个低阶玩家，怎么会有这样的能力？

张瑞震发着呆，庄义一鞭子抽了过来。

他面色如霜，声音也带着凛然的杀气：“只会欺负女人的垃圾！”

刚才张瑞震的确恶心，他仗着女孩柔弱，又没了双腿，才找她泄愤。这种残忍恶劣的人，的确罪该万死。

原本站在张瑞震这边的人都犹豫了，他们也对张瑞震的行为不满，只是碍于强者生存的法则才选择跟随他。此时情势大逆转，他们自然不会再帮张瑞震。

张瑞震打不过庄义，很快招架不住，怒道：“都傻愣着干什么，来帮忙啊！”

没人动，有鬼精的甚至还混入人群，试图和他撇清关系。

当然，这些人都被庄义他们记住了，为了生存连做人的基本原则都放弃的人，不值得给予信任。

到最后，张瑞震说了和云蝶一样的话：“你不能杀我，你杀了我……云阁不会放过你的！”

庄义当着几百人的面毫不犹豫地抽掉了他的脑袋。得罪就得罪了，这人不能留，与其牵连到谢汐身上，不如由他提前处理了。

朱黎刚好赶过来，拍拍他的肩膀道：“兄弟，靠谱！”

庄义斜了他一眼。

朱黎改口：“呃……我是说大妹子……”

庄义“哼”了一声，要不是声线太粗，还真有点儿娇俏的模样，朱黎鸡皮疙瘩都蹦起来了！

全部修复完毕，大家总算看到了消失的僵尸山以及自己长出来的僵尸胳膊和僵尸腿。

谢汐向他们解释道：“这不是治疗术，只是修复。因为没有其他材料，所以只能帮你们安上僵尸的胳膊和腿了，嫌弃的话可以自行砍掉，不会有痛感。”

谁会砍掉！凡是走到这里的人，哪个不是历经千辛万苦的狠人？别说是安了个僵尸腿，只要能活着回到中庭，就是给他们安个蜘蛛腿也没问题！

这时有人行了个礼道：“多谢了！”是那位只剩下一条胳膊的仁兄，他站起来了，而且伤口一点儿不痛，还能灵活地使用四肢，他心中的感动实在无法言说。

生死一线，他被人拉了一把！

庆幸、感激、后怕以及满满的希望，所有复杂的感情涌上来，让这个硬汉红了眼眶。

其他人也都凑了上来，纷纷道谢。

谢汐挺平静的，冷静地说道：“不过是举手之劳，至于能不能走出迷宫还要看各自的本事。”

所有人都很感激，所有人都甘愿为他肝脑涂地，可谢汐并未被冲昏了头脑。在这个从死到生的瞬间，他们是无比感激的，但这种感激之情能持续多久就不好说了。

谢汐可不会天真地以为自己救的人都是残疾四人组那样的。大家现在正热血上头，所以感激不尽，之后呢？这么多人鬼知道会出什么幺蛾子。

谢汐没有搞什么组织的兴趣，也无心去经营，所以他坦然地说道：“这个技能是临时的，我也不知道什么时候会消失，大家还是尽快去探索迷宫吧。”这话给他们沸腾的热血泼了桶冷水，很多人都冷静下来了。

曹广凑过来问：“老大是不放心他们吗？”

谢汐道：“人多杂乱。”

卓柳忍不住说：“没有老大，他们……”

谢汐看向他：“我给他们修复只是随手的事，并没图什么，他们想怎样就怎样，我无所谓。”

一句话将卓柳给镇住了。

江斜嘴角扬着，只是带着淡淡的笑意，心里却似锣鼓喧天！

在中庭有不少大型组织，云阁就是其中的翘楚。按理说以 X 的声望，随便招呼下，募集到的人也不会比云阁少。组织的好处是显而易见的，各种资源的汇集、整理以及新人的培养和对“未来”的开荒等都是事半功倍。

当然有利就有弊，组织也是束缚和累赘。

江斜自由惯了，不愿意找根绳把自己拴起来。

谢汐那番话说起来容易，可其实很多人是看不透的。被推成人上人，被无数人敬仰与崇拜，又有这样一个可以收买人心的技能，稍微有点儿野心的人，都会想借机做点儿什么。

但谢汐拒绝了，他和江斜一样，也不想把自己拴起来。

就像在那场梦里一样，谢汐和江斜过的是自由自在、无拘无束、只有彼此的生活。

– 15 –

虽然谢汐表了态并不想一起行动，但他们走进迷宫时，大多数人还是跟了上来。迷宫路线很复杂，经过十几个小时的探索，那些人已经摸出了一些路，至少在第三个岔路口前是没问题的。

谢汐没管其他人，只带着朱黎他们一起向前走去。

迷宫的路并不窄，能容纳四五个人并肩而行，只是围墙高高竖起，仿佛跟天连在了一起，给人巨大的压迫感，仿佛整个世界都被压缩了。不少人是第一次进来，警惕地四处看着，目露惊疑。

谢汐也在认真打量着，墙壁上有清晰的打斗痕迹，到处都有僵尸的残尸，大概是庄义他们的功劳，这些僵尸都尸身不整，本就丑陋不堪，如今只剩下脑袋和身体，更加骇人。

江斜大可以把它们都变成蔷薇花，但是这样会影响谢汐的判断力，他再怎么不忍心，也不能挡住小朋友向阳生长的道路。

谢汐轻声对他说："第一个拐角看来是僵尸堵路。"从这密密麻麻的尸体就能看出来。

江斜点点头。

谢汐和他在梦里相处六十多年的好处是培养了很多属于两个人的默契，比如身为学生的谢汐很喜欢把自己的想法说给身为老师的江斜听。

谢汐不自觉，一边走一边分析着："过了第一个岔路口，张瑞震他们大意了，遭遇了后头僵尸的追捕，才导致在第二个岔路口碰了壁。"

这是真碰壁，第二个岔路口有一扇移动的铁刺墙，在封闭空间里，铁刺墙快速推进，会让人无处可躲。

曹广插嘴道："张瑞震那垃圾，竟然用人去堵墙！"

第二个拐角很恶心，只要走过第一个岔路口，就会有大批僵尸从后头偷袭，前面又是铁刺墙，腹背受敌。

张瑞震大概是意外发现人力能减慢铁刺墙的速度，所以故意把人赶到前头去减缓铁刺墙的推进速度，再借机对付后面的僵尸，他硬是在清理了僵尸后，从血肉模糊的铁刺墙上找到了机关。

谢汐皱眉道："为什么不用僵尸来减缓铁刺墙的推进？"

这才是真正的破局方法，看似前后夹击，其实只要且战且退，把僵尸放过去，就可以一箭双雕，既清理了僵尸，又让铁刺墙减慢速度，从而找到机关。

江斜扬唇道："真聪明。"

谢汐不吃他这套，问他："老师还有别的法子？"

"嗯……"江斜沉吟了一下，道，"有。"

谢汐还挺好奇的："说来听听。"

江斜说的是正经话，然而所有听到他说话的人都忍不住在心里吐槽！

他说："只要打破铁刺墙，就可以过去了。"

谢汐忍不住嘟囔一句："蛮干。"

江斜厚颜无耻地道："我有力气，你有脑子，这才叫绝配。"

谢汐无语，他无语的是江斜好意思说自己没脑子！

江斜又道："其实我以前过迷宫都是一路打穿的。"

残疾四人组一脸惊悚，看了看侧边的墙壁，忍不住问道："这个能打穿？"

江斜笑眯眯地道："给你们表演一下？"

四人组立马一脸崇拜道："大佬请！"

江斜撸起袖子……

谢汐无语地看着五个人——一个爱演，四个爱看。

江斜放下袖子道："你们老大不让。"

朱黎最傻，兴冲冲地道："老大你就批准一下嘛，我们想看看大佬发威。"

谢汐想：这跟我有什么关系！

江斜无奈地说道："他皱一皱眉头，我一动不敢动。"

谢汐恼羞成怒，压低声音道："还走不走了？"

江斜就差立正敬礼了："走！"

他转头又对四人组摊手道："没办法，谢汐就是天。"

他们来到第三个岔路口时，遇到了选择题。

这个岔路口看起来很安全，只有两扇高耸入云的门。

一扇门看起来冷冰冰的，上面印着一个弯弯的月亮；另一扇门看起来像块烧红的铁，上面印着圆圆的太阳。

曹广自言自语："月亮门和太阳门？"

他转头看向谢汐："老大，我们走哪扇门？"

谢汐一看到这两扇门，心里已经有了主意，他的主线任务和太阳有关，他肯定要走太阳门，但这不意味着太阳门是正确的选择。

谢汐道："我要走太阳门……"

他话没说完，朱黎便道："OK，我们去太阳门。"

谢汐顿了下，还是把话说完："我是因为任务才要走跟太阳有关的门，可这个门不一定是正确的，你们要想清楚。"

他们大多数的主线任务都是探索迷宫或者是杀死希拂，没有像谢汐这样欣赏出生的太阳的。

四人组代表曹广说："我们跟着老大走。"

谢汐说："可能是白费功夫。"

他们四人道："要是没有老大，我们早死了。"

谢汐怔了下。

庄义说："如果这扇门后很危险的话，我们好歹能帮忙探个路。"

这话让谢汐心里一热。

他们四人可不弱，有胳膊有腿的，加一起不比现在的江斜差多少。

虽然跟着谢汐能随便更换四肢，但前提条件是得有的换。这太阳门总给人一种火烧火燎的感觉，里面真的有僵尸胳膊腿可以换吗？

这还真不好说。

可他们还是毫不犹豫地跟了过来，只是因为他们想帮谢汐做任务。

江斜道："一起吧，错不了的。"像这种选择题，跟着"欧皇"走肯定错不了。想当年颜哲他们遇到这种情况也都会问老邪的意见，如果老邪说咱们走太阳门吧，他们就直奔月亮门，准没错！

江斜认可谢汐的好运气，四人组可不清楚。

谢汐看他："运气这东西……"

江斜薄唇扬了扬："你可是被神眷顾的男人。"

谢汐眨了下眼睛。

江斜凑近他，压低声音道："我大概是被神遗弃的男人……"

他又在说胡话，没个正经的时候！谢汐瞪了他一眼。

－16－

谢汐不再理他，怕江斜顺藤摸瓜想起点儿什么。他说道："那我们走吧，进去看看。"

即将推开门时，谢汐心情有点儿复杂，他想完成任务离开这个开放世界，却又有点儿不想。眼前的江斜是陌生又有些熟悉的，等回到中庭呢？

谢汐不喜欢X。那个待在蔷薇花园里，看透一切的设计者X，谢汐总觉得和他之间有着说不清道不明的距离感。

可是……X就是江斜，江斜就是X，他们从头到尾都是一个人。

谢汐收回思绪，盯着太阳门。果然这扇火红色的门预示着炽热，只不过推开一条缝，谢汐便感觉到了扑面而来的热气。

江斜上前道："小心烫到。"他一用力，把门彻底推开。

谢汐视线落在他的手上。

江斜宽慰他："没事，皮厚。"

谢汐刚刚有点儿关心之意，江斜又道："我皮糙肉厚的，就是脸皮薄。"

谢汐懒得和他贫，将他的手拿起来，果然上面一片红，还烫起了水泡。谢汐刚才就发现了，那扇门越推越热，江斜一下子推开，最后的温度肯定高得很。

谢汐又心疼又好气，最后一狠心道："疼着吧，这边也没药。"

江斜也怕他担心："真不疼。"

谢汐凝神看向门内。推开门，里面是一片火海，似乎连落脚的地方都没有，看到这一幕，原本还想跟着一起进来的人都默默向后退了退。他们不用进去，单看这画面就知道有多凶险。

曹广道："我先去看看。"说着他一边口里喷着火一边进去了。

朱黎也赶紧道："我和他一起。"

他俩都有跟火相关的技能，用起来后有一定的抗火性。

谢汐也不急，先等俩抗火的去稍微探探路再进去。

没一会儿曹广和朱黎灰头土脸地出来了："里面全是火，不过好在没什么烟，只要小心些，还是能过去的。"

这周围也没有水，没办法把衣服打湿，进去后引火上身的可能性极大，到时候里面全是火，又怎么灭火？进去的人多了反而会乱成一团。观望的人都不太想进这扇门了，总觉得太危险。

即便谢汐能给人安胳膊和腿，意义也不大，这一把火烧过来，指不定会烧到哪儿，到时候都没法修。

当然也有小心谨慎的人跟了过来，谢汐对此毫无意见，他不会引导别人，也不会拒绝别人，迷宫就两扇门，每人都有自己选择的权利。

曹广主动说道："我走前头。"他一来可以抗火，二来胳膊可以随便烧，不怕疼。

朱黎道："我断后。"

卓柳和庄义虽然不抗火，但他们身手敏捷，自保没问题。

谢汐其实也不弱，他的初级资质几乎点满，比大多数新人都要强。

四人组的意思是让他在中间，谢汐摇头道："我的视力资质比较高，我跟在曹广后头。"他走前头的话可以看得更清楚、更仔细，能第一时间发现变故。

朱黎还想说点儿什么，江斜反问："信不过你们老大？"

朱黎一愣，回过神来了：他们老大可不是手无缚鸡之力的纯奶妈，他可是雷厉风行、判断力精准果决的前线战士！

想想在小鸡总动员时，云蝶偷袭他，他们四人组毫无防备，但老大早就拿走了枪，毫不犹豫地杀了那个女人。

要是指望人救，他们老大早不知道死多少次了！

朱黎挠挠头道："是我糊涂了！"

阵容就这么定下了，曹广在前头，谢汐第二，江斜当然要靠着谢汐，后头依次是卓柳、庄义以及朱黎断后。

还有其他人也跟了进来，但他们管不了那么多，这是条羊肠小道，他们在前面摸出路，后头的能跟住就跟住，跟不住的话也没办法。

一行人小心走了进去，这门后全是火，其他的根本看不清，这条小道要不是有曹广和朱黎摸索，估计也很难发现。

谢汐打起十二分的精神，在火烧火燎中努力将五感扩散到了极致。他的眼睛努力在火红中看着，耳朵努力在噼啪的火烧声中听着，整个人高度集中，生怕有什么东西忽然从火中蹿出来。

就这样走了约莫半小时，所有人都汗流浃背，被烤得头昏脑涨。

曹广道："这路这么长吗？"

谢汐低头看了看："再往前走走。"

他们出发后一直在做记号，如果是原地转圈，总会看到留下的记号。

曹广也知道，应道："好。"他走了三步后停下了。

不等他说，谢汐也看到了他们留下的记号，果然是在转圈，看来这个岔路口不是笔直走就能走过去的。

曹广问道："怎么办？转圈的话就不能闷头走了。"

而且这样也坚持不了太久，即便曹广和朱黎抗火都快受不了了，更不要说其他人。

谢汐皱眉想了下道："再走一会儿，我总觉得之前听到过什么声音。"

江斜嘴角弯了下，没说什么——他这次是真不敢说，毕竟小鸡总动员的时候装聋讨了那么多福利，这会儿耳朵又好使了，岂不是讨打？

再说他的听力本就不符合这个开放世界，他样样都提醒，本来就满身挂的小朋友岂不是毫无游戏乐趣？

多亏秦戈争和颜哲不在，要不肯定会骂他一句："你还知道'游戏兴趣'这四个字怎么写？"

其他四人都在发蒙："有什么声音吗？"

谢汐道："我也不确定，但好像……听到了小孩的哭声。"

卓柳道："小孩哭？这地方怎么会有小孩？"

曹广说："走吧！如果是圆形的，我们肯定还会经过那里，老大你留神听着。"

他们真的什么都没听见，大概是因为谢汐的听力资质比较高。他比之前更加精神集中，整个人都被烘烤得泛红，但眼睛却始终是乌黑沉静的。

其实谢汐很紧张，其他人都是因为他进了这扇门，如果他不能带他们走出去，那他……

他不能胡思乱想，一定可以走出去！

谢汐凝神听着，在走了约莫十分钟后，他低声道："停！"

就是这里，之前还模模糊糊的，现在听得更清楚了，的确有个小孩子在哭。

谢汐问他们："你们听到了吗？"

朱黎四人纷纷摇摇头，他们什么都听不到，这火也不知道是靠什么燃起来的。

谢汐又听了一会儿，十分确定地说道："是个幼童，大约在九点钟方向。"

众人看过去，朱黎一愣道："的确有！"

众人认真看，果然在火焰中看到一个浑身红光的小宝宝。他飘在火焰中，也没有被烧伤，只是哭得很凶，声音也越来越大，这下所有人都听到了。

朱黎道："我过去看看。"

谢汐扯住他的衣服："能行？"

朱黎道："死不了。"

"别急。"谢汐道，"他好像发现我们了。"

小宝宝的确发现有人在看他，他的哭声小了些，歪着脑袋看过来。

神奇的是，当他不号啕大哭时，这漫天的火焰竟一下子小了不少，本来冲天而起的大火，现在降到灌木丛的高度。

众人眼睛一亮："这小孩是关键！"

可惜只那么一瞬，小孩又号啕大哭起来，这火焰猛地蹿起，似乎比刚才还大了。

朱黎又道：“我去看看情况。”如果能让小孩不哭，那就能轻松走出这片火海。

然而不等他走过去，小孩竟落到了地上，一边哭一边蹒跚着走过来了。他生得白白嫩嫩的，在火里也没被烧伤，泪水瞬间被烧干，只能听到他可怜巴巴的声音。

小孩走近后，朱黎忍不住小声道：“小宝宝，别哭啦。”

小宝宝看了他一眼，“哇”的一声哭得更凶了！

庄义是女性模样，亲和力应该更高一些，他努力让声音很温柔：“小家伙……”

小孩这下看都不看，直接哭，随着他哭得越凶，这火烧得越旺！

本来就窄的小道更窄了，他们几个人连动都不敢动。

卓柳不敢去哄他了。

小宝宝哭了好一会儿，声音慢慢小了些，委屈巴巴地道：“妈妈，爸爸妈妈都不要宝宝了。”

众人一脸蒙，谁是他的爸爸妈妈？

接下来让人更蒙的一幕出现了，江斜弯腰将小宝宝抱了起来，温声道：“好了，不哭。”

谁知小宝宝竟真的不哭了，他看着江斜，小嘴撇着：“爸爸……”他刚叫完就委屈得不行，又哭了起来。

这下惨了！

火焰是从这小孩身边散出来的，卓柳和庄义要不是躲得快，怕是要被烧到！

神奇的是，江斜没被烧伤，他英俊的五官在火光中尤其耀眼，只听他温柔地忽悠：“你妈妈在这，再哭就不抱你了。”

这话竟然管用了！小宝宝不哭了！

四人组一脸惊悚，心中想的是：大佬你这是和谁搞出了私生子？

然后众人见江斜把孩子给了谢汐，说道：“不要烫到妈妈哦。”

谢汐一头雾水，但还是接过了小宝宝，和他大眼瞪小眼。

小宝宝盯着他看了一会儿，粲然一笑：“妈妈！”

小宝宝叫得震天响，估计门外的人都听得见！

与此同时，火全灭了。

– 17 –

本来熊熊燃烧的火焰把所有进来的人都隔开了，因为噼啪的声音，也听不清说话声。现在可好了，火全熄了，小宝宝这奶声奶气的声音一出，所有人都惊了。

这么危险的地方，怎么会有孩子喊妈妈？

小宝宝伸着浑圆的小胳膊，又叫：“妈妈！”

一群人唰地转头，作惊悚状盯着谢汐：难怪这么漂亮，原来蔷薇仙子是女的！

多亏谢汐没有读心术，否则他一准拿刀砍人，把他安上去的胳膊腿全卸下来！蔷薇仙子是什么鬼！女的又是什么鬼！都眼瞎吗？

小宝宝叫了两声妈妈，谢汐都没反应。

他葡萄似的大眼睛盯着谢汐，看了好一会儿后小嘴一撇，“哇”的一声又哭了。

刹那间，熄灭的火蹿起八米高，比之前的火势更猛！

谢汐手忙脚乱地说道：“怎、怎么办？”他无助地看向江斜。

江斜道：“你别不理他。”

谢汐要怎么理他？他虽然多活了六十多年，但也没照顾过孩子啊！

小宝宝瞧着小，居然还挺精，见谢汐还不理他，哭得更凶，眼看着再不哄，连小道都要着火了……

谢汐连忙道：“别、别哭。”谢汐毫无经验，只能放软声音同他说话。

小宝宝瞬间不哭了，眨着挂泪的大眼睛看着他：“妈妈……”

谢汐不答。

小宝宝嘴巴一张，又是一通火烧火燎！

江斜小声道：“你就答应一下嘛。”

谢汐转头看着他：“我不是他妈妈！”

江斜道：“只是哄哄他。”

谢汐忍不住道：“我是男的！”

“当然，”江斜道，“我们都清楚。”

谢汐崩溃得很，啊啊啊，他想把这一大一小扔到火里去！

“好了好了，”谢汐别扭死了，“宝宝不哭。”

小宝宝倒是听话，不让哭就不哭，只是开口就叫：“妈妈……”

谢汐硬着头皮应了一声：“嗯。”

小宝宝可算高兴了，伸着小胳膊抱住他的脖子，叫着：“妈妈妈妈妈妈妈……”

谢汐嘴角抽搐，还不敢不答应！他听过逼良为娼，还是头一次见识到逼男为妈！

所有人都惊疑不定地看过来，搞不清这是什么情况。

江斜故意抬高了音量，装作向四人组说话，其实是说给周围人听的：“估计是因为我们推开了太阳门，所以这小家伙把我们认成父母了。”

老朱同志不懂就问：“那为什么老大是妈妈？是因为老大比较温柔漂亮吗？”

谢汐一个眼神扫过来，老朱觉得腿有点儿疼！

其他三人都敬他是条汉子！

江斜怕小朋友气成河豚，又解释道：“大概是因为他第一个碰了门。”

是这么回事？

江斜就是有把猜测说成事实的能耐：“试想一下，小孩子最先接触的人不就是妈妈？”

听起来像这么回事。谢汐虽然觉得江斜是在忽悠，但这理由倒也有些逻辑可循，估计是有道理的。

大家这才松了口气，不再质疑谢汐的性别。

这时江斜凑过来，装作逗小宝宝，低声问谢汐：“主线任务有动静吗？”

很明显，太阳门里的小宝宝，还一哭就冒火，肯定和太阳有关。这欣赏出生的太阳，十有八九是欣赏这个小屁孩。

出生而不是初升，估计就是因为太阳是个小宝宝。

谢汐摇头道：“没完成。”

江斜道：“看来还得继续哄他。”

出生的太阳十有八九就是他了，之所以没完成恐怕是在欣赏二字上，可一个小屁孩有什么好欣赏的？

小太阳在谢汐的脸颊上吧唧亲了一下：“妈妈！”

谢汐想了下，在他嫩嫩的小脸上亲了下：“乖。”

小家伙立马开心得浮了起来，他一激动身上就滚烫滚烫的，谢汐差点儿抱不住他。

江斜一把将他拎过来：“说好了不许烫到妈妈。”

小太阳喜笑颜开道：“妈妈最喜欢宝宝了是吗？”

江斜摇摇头。

小家伙嘴巴一撇，就要哭……

谢汐怕了他的熊熊烈火，连忙道：“最喜欢你。”

小太阳开心了，在空中转了个圈，身上带着金色的光芒，一点儿也不烫，像冬日的正午阳光般暖暖的。

谢汐看得嘴角微弯。这小娃娃虽然哭起来惊天动地，但不哭了却像个小天使。

这时他的视线右下角出现了提示——主线任务1：欣赏出生的太阳已完成。紧接右下角着又弹出了一个提示——主线任务2：杀死魔女希拂。

谢汐共享给了江斜，江斜道：“可以出去了。”

谢汐抱着小太阳和江斜一起走在前头，出了这个岔路口。之前的孔戎良也是这个任务，不知道他们走到哪儿了。

因为哄好了小家伙，周围没有火，谢汐除了抱着胖娃娃胳膊有点儿酸外，没什么不妥的。

中途江斜提议道：“让爸爸抱好吗？”

谢汐道：“没事，我不累。”

小太阳立马得意了，抱着谢汐的脖子冲江斜做鬼脸：“看吧，妈妈最喜欢我了！”

江斜想拎起他的屁股打几下。他俩这样闹别扭，谢汐竟还挺喜欢这小胖墩的，要是他不是一口一个妈妈地叫，谢汐就更喜欢了。

出了太阳门，外头是个十分空旷的大厅，两边的墙壁上爬满了藤蔓，地上也湿漉漉的，像一片沼泽。

谢汐停了下来，抬头看去。

这时曹广倒吸一口气：“是不死者！”

不少人也看到了，纷纷露出了羡慕的眼神。

曹广给谢汐解释道：“老大，那边在战斗的三个人很强，其中有一个是僵尸变异，无论被打成什么样都能活过来，强得可怕！”

卓柳凝重地说道：“他们是第一批来到迷宫的人，也是第一批拒绝张瑞震拉拢的人，他们三个人进了迷宫一直没出来，张瑞震说他们早就死在里面了，现在看来他们不仅没死，还先一步挑战了魔女希拂。”

朱黎也认真地说道：“我们在第一个岔口时见识过他们的实力，非常强！不过有些不合群，一直独来独往，也不知道这次他们……”

一帮人疯狂地给谢汐介绍前头的三个人，态度认真且凝重，搞得谢汐都不好意思说是老熟人了……

那三人中，有个背对着他们的不知道是谁，但露脸的俩人谢汐全认识，一个是傻大个孔戎良，一个是半吊子僵尸陈庆。

没想到他俩也成名人了。

曹广深思道：“我去交涉一下，看他们要不要同我们合作。”

谢汐说：“不用了。”

曹广道：“那个不死族很强，他自己就能长出胳膊腿。”

谢汐当然知道……

这时孔戎良看到了谢汐，他一愣，立马大叫道：“恩公！你们来啦！”

大厅里一堆人同时震惊。

谢汐现在都怕了有人叫他。

被小太阳叫声妈，万众瞩目。

被孔戎良叫声恩公，又是万众瞩目。

小太阳不乐意地说道：“你要干什么？这是我妈妈！”说着他抱紧了谢汐。

孔戎良招呼了陈庆一声，俩人且战且退，来到这片沼泽地后，那一团黑影便没再追过来，只听她怒喝道：“狂妄之徒，休想踏入圣地半步！”

这三个人一过来，谢汐怔了下。

他怎么都没想到这第三人又是个熟人……

仲金打个招呼：“嘿。”

谢汐面无表情：嘿你个大头鬼！

孔戎良好奇地看看谢汐怀中的奶娃娃："这是……"两日不见，恩公都生娃了？好快！

谢汐怕了这些傻大个，解释了一番。

陈庆道："原来恩公走的太阳门。"

谢汐懂了："你们走的月亮门？"

陈庆一言难尽地说道："月亮门太凶残了，我们快被里面的一只小白兔给整死了。"

小白兔？

陈庆便一五一十地说给谢汐听。

总的来说，"欧皇"还是"欧皇"，选择得太对了，太阳门虽然开门时一团火，瞧着凶险，但只要发现小太阳，把他哄住了就能轻松过去。

月亮门就不一样了，里面伸手不见五指，还有个黑影蹿来蹿去，只要被它碰到就会受重伤。

要不是有陈庆这个 BUG，他们都得死在里面。

孔戎良心有戚戚焉："那小兔子跑起来快如闪电，要不是阿庆护着，我早不知道死多少次了！"

谢汐问："那兔子呢？"

陈庆摇头道："我们也是勉强出来，它是不是还留在里面就不知道了。"

如果还在里面，那选了月亮门的人恐怕凶多吉少了……

不过现在也顾忌不了太多，眼前的魔女希拂看起来也很麻烦。

陈庆又道："这个希拂太变态了，简直是那只兔子的加强版，速度快，攻击狠，我们与她缠斗了好久都没结果。"

谢汐道："简单说一下她的特点，我们一起想办法。"

陈庆一五一十地说着，呆住的残疾四人组可算回过神来。

他们面面相觑，半晌才出声道："那个……那个老大你和陈先生……"

陈庆赶紧说道："我这条命就是恩公给的！大家不用和我客气。"

谢汐摇头道："只是顺便帮忙。"

不提这事还好，一提孔戎良就激动得不行："要不是恩公，陈庆早被僵尸吃了，现在他不仅活着，还变得这么强……"

他如同竹筒倒豆子一般说了一通，四人组都蒙了。同样是安了胳膊腿，怎么差距这么大呢！早知道他们也去找个僵尸咬。

既然是自己人，那不用多说废话，齐心协力干就完了！

陈庆凝神道："这魔女希拂应该是个高等僵尸，她有极强的复原能力，只要在黑暗中，无论受了怎样的伤都能自愈。"

谢汐微怔："黑暗中？"

陈庆道："对，这边有烛火，所以她不会过来，但只要走过去就会被攻击。"

卓柳提议："那为什么不把烛火丢过去？"

仲金慢条斯理地道："她巴不得你把烛火丢过去，只要烛火熄灭了，她就会肆无忌惮。"

陈庆道："对，她那边非常潮湿，烛光很弱，过去了很快就会熄灭。"

曹广道："这个简单，我可以去喷火。"

仲金摇头道："我试过了，她不怕火光。"他没有喷火技能，但可以燃烧东西。

虽然谢汐讨厌仲金，可这家伙的确有脑子，他暂时放下成见："烛光不是火光？"

仲金道："这蜡烛很特殊，发出的光很温暖，像灯泡一样。"

"灯泡？"谢汐看了看怀里的小太阳。

小太阳堆着笑脸："妈妈！"

谢汐微微一笑，在他嫩豆腐似的小脸上亲了一下。

小太阳立马升天，浮在空中闪闪发光："妈妈亲我啦，妈妈真好，宝宝最爱妈妈！"

谢汐骗出光来就不笑了："这样行吗？"

陈庆和孔戎良心服口服："必须行！"

太阳门才是破局的关键吗？早知道他们也去太阳门啊！虽然不知道这小子会不会认他们当娘……

谢汐抱着闪闪发光的小太阳走下了台阶，那一团黑影立马扑了过来："不许踏入圣……""地"字还没说出口，黑影的声音猛地顿住了。

在小太阳的光芒照耀下，黑影散去，一个面色苍白的女人出现在众人面前。她看着小宝宝，满眼震惊。

小宝宝毫无所觉，在谢汐怀里转圈圈。

魔女希拂忽然大叫一声："不可能，这个世界是属于月神的！"她目眦欲裂，又退回黑影状态，袭向小太阳。

大家哪会让她得手，纷纷上前挡住了她的攻势。

小太阳被吓了一跳，撇着小嘴要哭，谢汐赶紧在他的脸上亲了一下："不怕，我在这里。"

这安抚很到位，小太阳散发出更加耀眼的光芒，魔女希拂像是被光线腐蚀了一般，黑影都淡了许多。

大家趁机发起攻击，总算压制住了她。

不少人的任务都是杀死希拂，但这是个真实的世界，不是游戏，不会倒下一个希拂再站起来一个。

当然中庭也没那么缺德，不会发布一个完不成的任务，只要任务目标一死，哪怕这个玩家没动手，甚至不在现场，都可以归为完成任务。

不过，奖励锐减到 10%，但很多时候，能活着回到中庭就有无限的可能。

孔戎良出了大力，补了最后一刀，他不知道谢汐也有杀死希拂的任务，要是知道肯定会让出来。

主线任务一完成就会被传送走，整个大殿里不少人消失了。孔戎良没走，他和陈庆组队而且共享了主线任务，可以留下。

对谢汐而言，杀死希拂不过是一个环节，能完成就行。这时，谢汐看见右下角又弹出新的任务——主线任务3：镇压月亮。

月亮门里的兔子是月亮吗？还是说另有其人？

这时谢汐感觉手中一沉，他惊讶地发现本来只是个奶娃娃的小太阳竟然长大了。谢汐抱不住他，一松手，落在地上的奶娃娃已经成了个红发小正太。

谢汐眨了眨眼睛。

小太阳嘴巴甜甜地喊道："妈妈，我长大了！"

谢汐看到他长大了，但是不懂他为什么忽然长大了，是因为杀死了希拂？

小太阳道："肯定是妈妈的吻让我茁壮成长。"

这时周围的一切忽然暗了下来，一道银色的光芒从远处流淌出来，它仿佛有厚度一般，闪着无数的星辉，像银河一般铺在了地上。

下一刻，一个银发少年走了出来。

他穿着白色长袍，身量修长纤瘦，仿佛耸立在寒山上的一株雪松。

随着银光倾泻，他冷淡的眉眼也显露出来，没有光泽的瞳孔，毫无血色的唇，尖尖的下巴带了些阴柔与死气。

小太阳兴奋地喊道："哥哥！"

银发少年开口，声音冷若寒霜："滚。"

– 18 –

小太阳主动凑上去，却被冻得瑟瑟发抖，但长大一截的小太阳也没放声大哭，只是委屈得要哭不哭的样子。

这模样比哭起来还可怜，谢汐竟有些心疼。

被唤作哥哥的银发少年冷冷地看了小太阳一眼，不为所动。他径直绕过太阳，停住脚步后道："竟然闯到这里，不知死活。"

随着他冰霜般的声音落下，那流淌的银色光芒忽然加快速度，铺满了整个大厅，本来阴森潮湿满是藤蔓的大厅瞬间银光闪烁，站在其中的人仿佛踩在了绚丽的银河之上。

如此美景却有着森然的寒意，众人没看到银发少年做了什么，银色光芒却陡然凝固……

朱黎大叫："小心！"

可惜已经晚了，银芒结冰，将所有人都冻在了原地。

有反应快的抬起了腿，但没什么用，这周围全被银芒覆盖，根本没有落脚的地方。

朱黎习惯了单腿站立，所以挺的时间比较长，可也没多大意义，另一只脚还是被冻住了，单腿站着只是在浪费力气。

谢汐扫了一眼，发现整个大厅只有小太阳的脚下没有冰，只有他没被困住。不知道是月亮手下留情，还是太阳的体质特殊，不会被这银芒困住。

这时一阵酸麻感从脚底传来，谢汐神色微变。

孔戎良道："这冰有问题！"

有身体素质差一些的人惊叫出声："我……我的腿……"

这美丽的冰竟然不只是把人冻住，还能让人僵尸化！被冻住的脚开始腐化僵硬，随着冰缓慢向上移动，所有被冰覆盖的地方都开始失去知觉……照这样下去，等冰将整个人覆盖，他们就是一群僵尸了！

不少人都开始拿刀砍，可惜这冰的质地诡异，无比坚硬却又有一定的韧性，刀砍上去竟使不出力。

朱黎和曹广都有与火相关的技能，他们对冰狂轰滥炸，可惜没有丝毫用处。

怎么办？别说是镇压月亮了，现在都无法靠近他。

谢汐看向了小太阳。

惨兮兮的小太阳可算回神了，他身上金光暴起，瞬间覆盖了满地的银色，那砍也砍不动、烧也烧不化的冰竟然奇迹般地融化了。更加神奇的是，他们本来僵尸化的部位居然也都复原了。

谢汐看得微怔，不禁想起外头那数都数不清的僵尸……

说起来这个世界很奇怪，除了玩家外没有一个属于这个世界的正常人，只有数不清的各种僵尸。起初谢汐以为是开放世界的特色，所以也没有问江斜。但现在想想，每个世界都是真实的，僵尸不会凭空出现，也不会自行繁衍，那么他们是怎么来的？

此刻他看到银发少年的这个能力……

莫非这些僵尸都是被月亮僵尸化了的正常人？再想想希拂的那句话——这个世界是属于月神的！

那么所谓的镇压，也许不是杀死……而是让这个世界恢复原样？

这时银发少年转身，盯着太阳："你以为我不会杀你？"

谢汐这边看不到月亮的神态，但听声音都觉得毛骨悚然——阴柔、轻缓，明明极好听的声音却带着浓浓的杀气。

小太阳明亮的眼睛微黯，唇瓣轻颤："不要伤害妈妈。"

这话一出，饶是谢汐这个被逼为娘的心也跟着颤了下。

银发少年嗤笑出声："妈妈？你有亲人吗？"

小太阳抬头，大声道："我有哥哥，现在还有了妈妈和爸爸！"

他这样大喊出来，天真又诚挚，不禁让人心酸。爸爸、妈妈是假的，这位哥哥对他也杀气腾腾，可怜的小太阳是真的没有亲人。

银发少年竟然笑了，虽然眼中仍旧毫无光泽，但弯起的薄唇却像乌云散去的皎月般清冷动人："他们只是在哄骗你、戏弄你、利用你。"

小太阳怔住了。

银发少年走近他，弯起的嘴角落下，弧度凉薄嘴说着残忍的话："我也是。"

小太阳睁大眼，蓄满了光芒的眸子里蒙上了一层灰色的雾。

银发少年绕到了小太阳的身后，双手落在他的肩膀上，眉眼冷淡："告诉我，哪个是你的妈妈？"

小太阳看向了谢汐。

银发少年盯着谢汐，讥讽道："一个男人？"

小太阳咬住下唇道："就是妈妈！"

银发少年低头，银丝般的长发像月华一样落在了小太阳的肩膀上，他凑近小太阳低语："你去问他，是不是你的妈妈，他骗得了你，可不敢骗我。"

小太阳怔住了，看向谢汐的视线要多可怜有多可怜。

"我不是他的妈妈。"谢汐不等小太阳开口，先出声了。

银发少年薄唇弯起，小太阳如遭雷击。

谢汐径直走过去："不是妈妈又怎样？这世上的感情不仅限于此，即便没了亲情，能让我们拼死守护的感情也有很多！"

他话音落下，已经将小太阳抢了过来！

– 19 –

小太阳立马泪眼汪汪："妈妈……"刚才银发少年那么说他都没哭，这会儿成泪包了。

谢汐是典型的吃软不吃熊，孩子熊起来他无动于衷，软起来他就招架不住了。他因为自身的经历而对妈妈这个词汇没有一点儿好感，所以他不愿意欺骗小太阳。一个孩子对妈妈的依赖是没失去过母爱的人无法体会的！

之前为了任务不得不哄他时，谢汐已经很不是滋味。如今能直白地说出来，他反倒坦然了。不是妈妈又如何？不是妈妈又怎样？没有亲情、没有血缘关系又如何？

人和人之间的关系不止如此，多活了六十几年的谢汐无比清楚这一点。

银发少年盯着他们："巧舌如簧，我倒要看看你们的感情有几斤几两！"

他抬手，银芒又冲了过来，大家有了防备，哪会再轻易中招？大家动作极快地扑向银发少年！既然大家挣脱不了银芒，那就制住银发少年！

银发少年冷笑，他的面前升起了一道银墙，轻而易举地拦住了所有人的攻击。

谢汐已经冷静下来，凝神看着，脑袋转得飞快。

月亮看起来很强，似乎能轻易碾压他们，但考虑到这个开放世界的设定，谢汐觉得他也不会强到哪里去。否则一群没有技能、没有道具的普通玩家要怎么单挑满级 BOSS？

这不合逻辑。

镇压月亮的关键应该在小太阳身上，只是这孩子太小，也不太了解自己的能力，再加上他似乎对月亮很依赖，指望他做什么不太可能。

估计还是得由他们压制住月亮，另寻契机。

谢汐眼尖地发现地上的银芒在分束，他心中先是一喜，以为月亮的力量有限，用过一次后就衰弱了，但很快他就意识到这是个……

“大家小心！别被银芒击中！”

这是个精准攻击，可惜谢汐还是提醒晚了，银芒击中了众人，包括孔戎良、陈庆以及残疾四人组在内全部中招，唯一躲过的只有谢汐和江斜。

虽然不知道银芒是做什么的，但总觉得不太妙。

小太阳反应很快，身上金光刚刚暴起，月亮冷冷的声音就响起了：“你确定要和我为敌？”

一句话让小太阳泄了气，他看向月亮，哀求道：“哥哥，不要再伤害别人了。”

月亮忽地笑了：“我只是想让你看一下人类的感情有多脆弱。”

小太阳怔住了。

月亮温声对他说：“听话，来哥哥这边，等杀了他们，我天天陪着你。”他说这话时笑得很温柔，银色的眼睫轻颤，薄唇也挂着美丽的笑容。

小太阳如同被蛊惑了一般，神魂颠倒。

谢汐听得眉心轻皱，他刚想叫小太阳，周围异变陡生！被银芒击中的人没有僵尸化，反倒是愣住片刻后捂住了胸口，紧接着发生了让人更加惊讶的事——

银芒从他们胸口脱离，慢慢形成了一个个虚幻的影子，很快影子凝聚成了人的模样。这时，此起彼伏的叫声响起：

“阿风！”

“小田你……你……不是死了吗？”

“妈妈……”

“爸爸……”

“小妹……”

随着他们的呼唤，一个又一个无比真实的人出现在了他们面前。

谢汐心一紧，大声道：“是幻觉！”

可惜没人听得到，他们痴痴地看着眼前的人，如同被抽走了神魂。

月亮走了过来，牵住了太阳的手，轻声对他说："你看，这都是他们的至亲之人……"说着他看了谢汐一眼，继续道，"很快他们就会为了自己活命而杀死自己的至亲。"

谢汐道："那都是假的！"

"假的吗？"月亮道，"那可是他们心心念念想着的人，只要不杀死他们，他们就会永远活着。"

他这么一说，谢汐想到了梦想成真。

月亮道："你不是玩过梦想成真吗？你觉得那是假的吗？"

那个游戏果然是月亮设计的！

如果真是那种程度的真实，他们可能真要出事，走不出来，太难了。那种即便知道是假的，分明体会到了莫大的空虚，却也不愿醒来的绝望感，太难抵抗。人心很坚强，同时又极度脆弱，这个特质在这个幻术中真是被展示得淋漓尽致。

大厅里清醒着的只有谢汐和江斜，月亮却不打算放过他们。

他空洞的眸子微闪，凑到太阳的耳边低语："看看你所谓的爸爸妈妈，又是如何杀死心中至亲的人吧。"

太阳瞳孔一缩，拉住他的手道："不要！"

月亮垂眸看着他："不听哥哥的话了？"

太阳手松了些，可还是咬着下唇道："哥哥，这样不对，不该是这样的。"

"你懂什么？"月亮甩开他，看着前方，"不过没事，我会教你看清人类这种肮脏的生物的。"

月亮速度极快，纤细苍白的手几乎要碰到谢汐，而江斜也很快，他挡在了谢汐面前。月亮的攻势未减，一掌拍在了江斜的胸前。

谢汐着急地道："别被他的幻术骗了！"

江斜道："没事，这个幻术对我无效。"

谢汐微怔，难道基础资质里还有抵抗幻术的技能？不对，如果能够抵抗，那江斜就不会在梦想成真里丢掉一条命了。

月亮皱眉退开了一些："你至亲的人就在大厅里？"

江斜薄唇微扬道："没错。"

他继续道："如果只是让我看到至亲之人，那抱歉，他就在我眼前。"

小太阳的眼中又有了光芒，他道："哥哥你看。"

月亮愣了下，秀气的眉紧紧皱起。

谢汐半晌才回过神来，心一热，也说不上来是什么滋味。在梦想成真里他们相互陪伴了六十多年，的确是彼此的至亲。

他们都曾一无所有，相遇后成了彼此的伴，亦师亦友，就是一家人。看到从游戏中出来的江斜居然还如此在乎这六十多年，这让谢汐有些意外，也……很感动。

“那又如何？”月亮道，“他们彼此都觉得对方是至亲吗？”

小太阳立马道：“当然！”

月亮轻笑，看向江斜道：“你也这么觉得？”

要是没有那六十多年，江斜想到 -365 的信任值，当然是毫无底气，可现在，他觉得这信任值怕是 365 都打不住，谢汐当然也觉得他是至亲的人。

“不如让我来帮你试试他怎么样？”月亮道，“如果他也觉得你是至亲，那么我这幻术不会生效，如果生效了……”他嘴角的笑容冰冷极了，“你也可以知道真相。”

江斜立刻道：“不需要，情感不是用来测试的。”

月亮道：“哦，看来你并不相信他。”

江斜道：“两个人之间的事，无须他人置喙。”

月亮道：“如果有信心，又怎会怕我的幻术？”

谢汐主动说道：“用吧。”

月亮扬唇：“这么自信？”

江斜眉心微皱，对谢汐说：“他可能会动手脚。”

谢汐看向月亮道：“动不动手脚他心里清楚，我想他比我们更渴望看到真相。”

这句话似乎刺痛了月亮，他嘴角的笑容消失了：“我不会动手脚，也没必要，我会让你们明白人心是有多么令人作呕。”

谢汐没再说什么，他不怕这个幻术。

从梦想成真出来后，谢汐是有忐忑和不安的，可再怎么矛盾，有一点是毋庸置疑的，给了他真正的家与温暖的人只有江斜。

他至亲的人是江斜，哪怕醒来后一时无法接受，可这一点是错不了的，而江斜就在他身边，所以这个幻术对谢汐来说毫无用处。

江斜还在犹豫，谢汐看向他，嘴唇动了动：“这可能是破局的关键。”

月亮明显有心结，不撬开一条缝是很难完成任务的。

江斜顿了下，点点头，其实他应该高兴，谢汐如此坦然地面对这个幻术，说明在谢汐心里他也是谢汐至亲的人。那一场梦没白做，六十多年的相处已经印在了谢汐的心底。

谢汐提了个要求：“如果幻术无效，你能把所有人都放了吗？”

月亮扬唇，讽刺道：“行，只要无效我不仅可以放了所有人，还可以关闭月潮，让太阳升起。”

谢汐眼睛一亮，看向江斜。

这么简单吗？只要挺过这个幻术，就可以镇压月亮了？毫无疑问太阳升起，月亮自然就会下去，也就是所谓的镇压吧！

月亮冷笑：“别高兴得太早。”他那白皙的泛着微光的手落在了谢汐的心口上。

谢汐只感觉心脏一颤，接着仿佛有什么东西被抽走了……

月亮的掌心出现了丝丝缕缕的银线，银线流淌到地上，慢慢有了一点儿人的形状。

谢汐不禁睁大眼睛，怎么可能？虽然看不清是谁，但这个幻术生效了！

月亮笑了，笑得比哭还难看：“这就是你的至亲，这就是你们的相互信任，这就是你满嘴的谎话！”

所有人都怔住了，本来嘴角微扬的江斜抿紧了薄唇。

谢汐有些慌，开口道：“这不……”

江斜道：“他用的的确是同一种幻术。”即便没了技能，眼睛又没瞎，他看得明白。

谢汐愣住了，他从未听过江斜这样的声音，遥远又疏离，很陌生。

这时那银色的虚影越发清晰，现出了一个高大修长的男人，他有着英俊的五官，一双异色瞳孔尤其打眼，和江斜如出一辙。

谢汐愣住了。

他怎样都没想到幻化出来的竟然是六王子西里斯！

月亮收住了笑容，眼中全是讥讽：“同样的眼睛不同的人，你分得清自己至亲的人是谁吗？”

– 20 –

谢汐的脑袋嗡嗡作响，为什么会是西里斯？虽然这也是江斜，但为什么会把江斜的魂意给幻化出来？至亲的人，怎么想也该是和他相处了六十多年的江斜啊。

西里斯也是江斜，可……

江斜听着月亮的话，心下一片冰凉。

眼前的男人是谢汐心里至亲的人，这个人的眼睛和他一模一样，可却不是他，难道谢汐是因为这双眼睛而认错了人？

江斜攥紧了手。他到底忘记了什么？谢汐又为什么会对他是 -365 的信任值？

他们六十年的相处都没办法抹杀这个人在谢汐心中的地位，这个人对谢汐来讲究竟有多重要？

想到这里，江斜尝到了涌到嗓子眼的腥甜。

谢汐总算猜到了一些缘由，这个幻术的规则是幻化出至亲的人，巧的是江斜就在旁边，所以不会再幻化他，而作为江斜魂意的西里斯也符合标准，所以把他给幻化出来了？他是不是该庆幸还好没一下子幻化出一排王子？

问题是……谢汐要怎么向江斜解释？

他不能说明缘由，因为这是江斜失去的记忆，说了江斜要是想起来，到时候反而把他给忘了怎么办？

不好……谢汐想到了西里斯这张脸……

虽然江斜签订了准世界保护法，不记得魂意的模样，但毕竟是自己的魂意，万一他觉得眼熟怎么办?

谢汐心慌地看向江斜，这目光落到江斜那儿就成了心虚。

腥甜涌到了口腔里，江斜强压着，却仍觉得眼前一片漆黑。他告诉自己，冷静一些，不能在这里……

月亮问谢汐:“难道你不想解释一下吗?对着一个被你欺骗了的人。”

谢汐看到了江斜的眼睛，那瞳孔在变化。在一起这么久他很清楚，这个男人心情好时眼睛的颜色接近黑色，不细看几乎看不出红和蓝，可一旦情绪有波动，颜色就会变，波动越大，红色越红，蓝色越蓝。

而此时江斜那双眼睛几乎成了鲜红和湛蓝!

他要怎么办……他解释不了，可什么都不说的话也太伤人了!信誓旦旦地接受了幻术，却是这么个结果，江斜他……

谢汐心里也是密密麻麻的痛，但是他不能说，他不想江斜忘了他，一点儿都不想!他无法接受江斜因为这个可笑的开放世界而把曾经的六十多年都忘了。

这一切本就像一场虚幻的梦，如果当事人忘了，那就……就真的只是一场梦了。

谢汐很难受，他的心从未像这样绞成一团过。

月亮道:“为什么要骗他?这样愚蠢的谎言真是一戳就破。”

谢汐眼睛一眨不眨地看着江斜。

月亮轻笑道:“像你这样巧言令色的人，活该下地狱。”话音落下，月亮出手，一道银色光刃径直刺来，对准的正是谢汐的心脏。

且不说谢汐现在精神恍惚，即便在正常情况下他也很难躲过这么近距离的攻击。

小太阳震惊，大叫道:“不要!”

谢汐听到了，却躲不开……

电光石火间，江斜一把将谢汐拉到身后，躲开了光刃。

谢汐抬头看着江斜:“老师……”

江斜没看他，薄唇抿成了一条线，没了那随口瞎扯的闲适模样，更没了那时时刻刻都包容的视线。

对谢汐来说这是一个完全陌生的江斜，谢汐觉得好像有一坨冰砸在了他的胸腔里，六十多年的陪伴有多温暖，现在就有多难受。

相熟的两个人，最怕的就是忽然间的陌生。

月亮对江斜怒道:“他一直在骗你，还把你当成别人的替身，你为什么还要护着他?!”

这话不只是往江斜的心上戳刀子，更是让谢汐的心脏窒痛，谢汐急道:“不是……我……”

江斜道：“不用说了。”

谢汐面色苍白。

江斜的声音沉了下来：“我们该离开这个世界了。”

最后一个任务，按理说他应该让谢汐独自完成，但现在他待不下去了。江斜将谢汐放在旁边，随手捡起地上的一把长刀。

月亮不甘心地说道：“你是不是傻了？他背叛了你，他……”

江斜没理他，径直走向人群，手起刀落，精准地把所有幻化出来的人都给砍成了一片残影。

月亮瞳孔猛缩，本就白皙的面庞更白了。

与此同时，从幻术中醒来的人惊诧地看着江斜。江斜目不斜视，每一刀都砍在幻影上，他的动作迅速、准确，更可怕的是那利落的动作，就连自诩刀术精湛的人都自愧不如。

这不是靠点资质点出来的能力，而是真真正正地挥刀无数次，在数不清的实战中硬生生磨炼出来的技巧和经验。

所有人都愣住了，明明从幻术中醒过来却仿佛还在做梦。这个男人太强了！

幻术被强行打破，对于施术者来说会有反噬，月亮站得笔直，唇瓣却浅得没有了颜色。他怎能甘心让江斜肆意破坏！他催动银芒，用尽手段阻止江斜！

可惜无论月亮的速度多么迅速，角度多么诡异，这个男人都能轻松躲开，或者直接劈碎，他手里拿的是最普通的一把刀，可此刻却像神兵利器，遇神杀神，遇佛杀佛！

因为大家都被江斜吸引了注意力，所以没看到小太阳随着月亮的衰弱竟然又长大了一些。

最后只剩下西里斯了。

江斜站在这个幻影面前，定定地看着他。他们一样高，连身体轮廓都有些相似，又有着同样的眼睛，要不是五官截然不同，简直就是一个人，可惜不是。

对谢汐来说重要的人是谁，幻术已经给出了答案，等离开这个世界，谢汐也许会立刻去找这个人。他不顾一切追到这个世界，图的是什么？难道谢汐和这个人会因为短暂的分开而忘记彼此？

不会，六十多年的相处都无法取代谢汐对这个人的感情。

江斜劈碎了这个幻影。所有的幻术都被破掉了，消耗过度的月亮踉跄了一下。江斜抬手，刀尖指向了月亮。

“你这个……执迷不悟的……疯子……”月亮元气大伤，一口鲜血涌出，顺着嘴角流下。

这时一道金光乍起，将整个空间都包裹住了，小小的太阳像小树般快速长大，从萌萌的正太长成了高大的红发青年。

与此同时，本来已经是少年形态的月亮竟然退化为了大眼睛嫩脸蛋的小正太。

月亮看看自己缩小的手，对着江斜凶道："我要杀了你！"可惜他的声音奶声奶气的，没有一点儿威慑力。

成年的太阳抱起了小月亮，弯唇道："好了，我回来了。"

月亮眼睛大大的，看了太阳一眼后别开眼眼道："滚！"

太阳薄唇微扬，在他的额头亲了一下："是我不好，辛苦你了。"

月亮紧皱着眉，扭头不看他。

太阳抱着小月亮对谢汐和江斜鞠了一躬，说道："多谢各位相助，让我们兄弟二人得以团聚。"

小月亮谁都没看，趴在了太阳的肩膀上。

谢汐的视线右下角收到了提示：恭喜您完成了主线任务。

第八章

妙笔绘山海　上

－1－

谢汐的主线任务比支线少很多，只有三个，完成最后的镇压月亮后，谢汐被传送出了开放世界。江斜虽然告诉了谢汐自己的主线任务，却一直没有共享给他，故而，此时谢汐出来了，江斜却因为任务还未完成而没有出来。

谢汐站在中庭发了好一会儿呆。

结束了……江斜最后还是毫不犹豫地救了他。

西里斯应幻觉出现，江斜的心情可想而知。就像月亮说的，谢汐欺骗了他，背叛了他们六十多年的相处。可即便这样，江斜最后还是一心为谢汐着想，别说是伤害他了，连句重话都没忍心说。

江斜回到中庭应该会想起一切，这些误会无须解释，可谢汐心里仍旧很不是滋味。设身处地地想，谢汐做不到江斜这样，如果他知道江斜欺骗了他、背叛了他，他……

谢汐摇摇头，强迫自己停止胡思乱想，决定先去看看任务奖励。虽然这么想着，心里却仍像住了只小猫，不停地挠着他的心尖，让他心神不宁。

江斜怎么还不出来？探索迷宫应该不是多难的任务吧？

谢汐很后悔在开放世界时为什么不主动要求和江斜共享主线任务，这样江斜就不会一个人留在里面了。不过先出来似乎也是好事，他不在了，江斜在开放世界里找回记忆的可能性会大幅度降低。

谢汐心安了一点点。

他来到水幕前，把手放上去，通过查看任务奖励来分散注意力。

开放世界不存在通关一说，他只是体验。

当然体验也有等级之分，谢汐连续两个引导任务的等级很高，判定为 A 级，这应该是开放世界的最高等级了。

谢汐接受了奖励，奖励并不多，那些金币对谢汐来说不痛不痒。技能那里闪了闪，谢汐点开一看，愣了。

被动技能随机带走准世界的一样物品发动成功，已将初级修复术带回中庭。

没想到竟然真把它给带回来了，谢汐虽然想过这个可能，但当时觉得可能性不大，也就没深究。其实谢汐还是很喜欢这个修复术的，简单粗暴好用，而且经验值已满，能带回中庭就有机会做个晋级任务把它升到中级了！

谢汐还不太清楚这个晋级任务要去哪里做，但不着急，等江斜出来……

谢汐一想到他，嘴里又泛起苦味。

谢汐摇摇头，赶紧打开了宠物栏，把小猫咪叉烧包给放了出来。

宠物栏的时间与外头不一致，谢汐这都走过一个世界了，对叉烧包来说也就是睡了一觉。小猫咪一出来就扑到谢汐怀里，使劲蹭。

谢汐怪想它的，揉搓着它软趴趴、毛茸茸的小脑袋.

叉烧包抬头，眨巴着异色的瞳孔道："爸爸，我做了个梦，梦到你有其他小孩了！"

谢汐心里一虚。

叉烧包忧伤地说道："那是一只非常丑的红毛狗，一哭就喷火，特别不懂事。"

谢汐还真被逼成娘了，虽然不是狗，但小太阳的确是红发，也还真是一哭就火烧火燎的。

谢汐："啊？"

叉烧包撒泼打滚："不行不行，你不能有别的崽，我不同意！"

谢汐满胸腔的想念愣是被这个小戏精给作没了，他锤它脑壳："闭嘴！"

叉烧包可怜巴巴地道："这么可爱的我都满足不了你吗？"

谢汐堵住它的小嘴巴，威胁道："再嚷嚷我让你变孤儿。"言下之意就是扔了这臭小子。

然而叉烧包不愧是傻 X 的崽，脑回路异于常人，它哇的一声："爸爸你不要死啊，我不要变孤儿啊！"

谢汐真是输给这帮红蓝眼睛的家伙了！然而，他也舍不得再把这小浑蛋放进宠物栏，于是就揉着它的脑门，把它给晃晕。

忽然，他的好友栏弹了下，谢汐的心一紧，他以为江斜出来了。他连忙点开，发现不是江斜。

陈庆请求添加您为好友，是否同意？

孔戎良请求添加您为好友，是否同意？

下面还跟着残疾四人组的四条好友请求。

谢汐全都点了同意，他很好奇，问陈庆："你怎么找到我的？"

他们只互换了姓名，回到中庭后很难再找到彼此，即便好友系统可以搜索人名，但谢汐这个名字怎么看都很寻常，指不定有多少个。

陈庆回他："当然是把所有同名的中级以下玩家都申请了一遍！"

陈庆建了个群，把孔戎良拉了进来。孔戎良说："也没个批量申请，我们点了几百下才找到恩公！"

谢汐忍不住笑了："还能这样……"的确可以，如果把范围缩小到中级玩家以下再广撒网，只要其中有谢汐，他肯定会同意他们的申请，到时候就联系上了，其他同名的谢汐即便同意了，只要聊一句发现不是，道个歉说认错人删除就是了。

一般情况下其他同名的谢汐是不会接受的，这里的好友可不是随便加的，有好友权限是可以查到很多东西的，万一是敌人的眼线，岂不是暴露了底细？

相对的，陈庆他们这样盲目添加也是把自己置于风险之中。

谢汐说："你们也太冒险了。"

陈庆道："没什么，能联系上恩公就好！"

孔戎良道："没有恩公，我们早死了，哪还管得了那些？"

谢汐道："别再这样叫我了，太见外，我们患难一场，早就是朋友了！"

他们两个都很开心，改了称呼，叫汐哥。

谢汐想想陈庆和孔戎良那明显三十好几的脸蛋，嗯……行吧，他加上梦里的岁数都八十多岁了，也当得起这声哥。

残疾四人组也来问好，他们找人的方式和陈庆孔戎良如出一辙，谢汐心里很热乎，把他们也拉了个群，让他们彼此能加上好友。

一阵闲聊后，大家开始晒奖励。

开放世界的品级不算低，最高 A 级对很多初级玩家来说已经是可遇不可求的奖励了。

曹广道："我这还是头一次见到三百金币，真是太多了，换算成银币我都数不清了。"

朱黎道："瞧你那寒酸样，我可是有八千……"顿了下，老朱暴躁了，"凭什么！凭什么我只有八千银币！"

一金币等于一百银币，三百金币是三万银币，可怜的老朱才得了八十金币。

卓柳幽幽地说道："知足吧，我这五十金币的也没说什么。"

庄义道："五十金币怎么了？能买五十套裙子、二百管口红、四百根眉笔以及……"哦，女装大佬也得了五十金币。

谢汐此时再看自己的六百金币，顿觉珍惜，不比不知道，一比……咦，竟是宝。

话又说回来，他通关向左还是向右时拿到的可是整整一千金币。虽然经历惨痛，但报酬的确丰厚。如果上天再给谢汐一次机会，他……还是不想去脚踏四条船！

谢汐记得陈庆也是探索迷宫的主线任务，怎么他出来了，江斜还没出来？

不过探索迷宫这种任务不像杀死希拂那样可以躺赢，这个就是得实打实地自己去探索。又过了一会儿，谢汐忍不住去看了下好友栏，这一看他怔住了。

江斜名字后面的“游戏中”不见了。他回来了？可是……江斜却没联系他？

谢汐的心咯噔一下：难道千防万防还是没防住？江斜把他忘了吗？

中庭花园。

颜哲看着枯掉的蔷薇花，骂道：“老邪又作什么死？嫌命太长了？”

旁边的秦戈争不出声。

颜哲没好气地道：“你也是，陪他发什么疯！”

秦戈争木讷地说道：“好不容易有人能进到他的世界里……”

颜哲道：“我当然知道，可也不用这么猴急吧！人家小蔷薇对他的信任值高居不下，他耐心等等，不迟早将他收入自己的阵营！”

秦戈争不接话了。

颜哲给躺在枯败蔷薇花丛中的某人治疗。他一边用治疗术，一边紧皱着眉嘟囔：“明明都回来一个魂意了，怎么还这么虚弱？”

秦戈争道：“只要不完整，始终不稳定吧？”

颜哲又气道：“明知道自己的情况，还去找刺激，这是活太久活腻了吧！”

秦戈争又不出声了。

过了一会儿江斜醒了，他头昏脑涨，好一会儿才缓过劲来。一睁眼看到怒气冲冲的颜哲，江斜想躺回去装死。

颜哲骂道：“再装死我就把小蔷薇叫来看看你这熊样！”

老邪同志立马坐得笔直：“什么？装死？我是那么无聊的人吗？”

颜哲心梗：你是不是心里没点儿数吗？

秦戈争问他：“到底发生什么了，怎么犯病了？”

颜哲也不打趣了，盯着他看。

江斜揉了揉眉心道：“没什么，就是情绪波动有些大。”

他们都知道江斜这毛病，一受刺激就会出事，视刺激大小而定。

颜哲问道：“到底发生什么了？你不是和小蔷薇在一起吗？”

江斜哪说得出真相？说出来他得被嘲笑一辈子。江斜清清嗓子，岔开话题道：“谢汐对我的信任值涨到 999 了。”

颜哲一愣，羡慕嫉妒恨：“啊啊啊，小蔷薇这么乖的孩子，怎么就被你这么个老东西给拐骗了！”

江斜道：“最高值就是 999 了吧？”

颜哲和秦戈争无言以对，得意什么，好想打死他！

谁知江斜又道：“其实我之前没说清楚。”

颜哲："嗯？"

江斜给自己脸上贴金："之前他对我的信任值是 -315 来着。"

负……负数？还负好几百？

江斜微笑道："一下子涨了 1314 点信任值。"

颜哲真后悔，他就不该给江斜治疗，就该让他躺着，省得他睁开眼就显摆！

江斜轻叹口气道："你们没体会过不知道，看着信任值从 -36……啊，是 -315 涨到了 999，我的心脏都快爆炸了。"

颜哲捕捉到了他的语病："你这老狗，不会是自己凑的数吧？"他不信会那么巧，怎么刚好涨了 1314？

江斜面不改色地道："这有什么好凑数的？这算什么？"

颜哲觉得自己就不该问。

江斜不想放过他们，又道："那里面有个幻境，我们在里面相处了六十多年，虽然生没同日，但总归死同穴……哎，别走啊……"

颜哲疯了才会留下来！

江斜道："我还没说完，我们相遇的时候是个美丽的夜晚，他穿着笔挺的西服，系着白色的领结，看向我的视线充满了浓浓的……"

颜哲已经在花园里消失了。

江斜摇头道："年纪一大把了还这么没耐心，难怪找不到同伴。"

走到一半的秦戈争踉跄了一下：他们这几个人里面年纪最大，一直没招收到同伴的就是江斜吧！

一看秦戈争还没走，江斜便道："来来来，老秦，我给你说说我是怎么把负几百的信任值努力变成 999 的……"

秦戈争直接花金币用传送术滚蛋了！

– 2 –

人都走了，江斜看看信任值，还是忍不住……他一边给蔷薇花浇水，一边向它们倾诉自己的"追分"之道。

可惜蔷薇花没长腿，要不一准弃园逃命。

把花园恢复原样，保证小朋友不会察觉到任何异样后江斜才敢联系他。这花园是他的精神映像，不弄得鲜活明亮些，他哪能让小朋友过来。

谢汐盯着好友栏看了许久，快把江斜的名字盯出窟窿了。江斜是不是真的忘了他？想想那几乎占据了他大半个灵魂的六十多年，谢汐感觉到了抽筋剥骨的痛。

不！谢汐咬住了下唇，想：忘了又怎样？他可以去找江斜！哪怕记不起以前的事，他们还有无尽的未来。即便现在的江斜是高高在上的设计者 X，他也要去争取一下！什么都不做就放弃，那他也太蠢了！

谢汐点开了江斜的名字，这时一条邀请弹了出来。

X邀请你前往花园，是否接受？

谢汐的心猛地一跳，手在否上点了一下。

谢汐拒绝了你的邀请。

谢汐急了，他刚想说自己点错了，江斜又发了一条邀请过来，还附带一条留言：“暂时不方便的话可以挂起，什么时候方便了过来就行，我等你。”

谢汐看到这句话，心里像被塞了团棉花糖，又软又胀还带着丝丝暖意。他毫不犹豫地点了是，被传送到了花园里。

大片白色的蔷薇花中，长身而立的男人尤其瞩目，他站在极耀眼之处，嘴角挂着的笑比吹拂着花瓣的微风还要温柔。

谢汐怔怔地看着，好一会儿都没回过神来。

风景如画人如玉，原来美这个字是这样简单易懂——欣赏就是最直接的美。

江斜走过来，轻声道：“我都记得。”

谢汐松了口气。

然而老邪下一句就让谢汐从“美”中清醒过来。江斜低声道：“你皱一皱眉头，我都一动不敢动。”

谢汐强行岔开话题：“为什么会是西里斯？”他问的是最后月亮用的那个幻术，谢汐怎么都想不明白为什么出现的会是西里斯。谢汐能猜到可能是因为江斜在现场，所以幻术幻化了他的魂意，可魂意有六个，为什么偏偏是西里斯？

江斜看着他泛红的面颊心里痒，可也得稳住，不能吓到小朋友。他正经回答道：“因为眼睛吧。”

“眼睛？”

江斜点头：“那几个魂意里和我长得最像的就是西里斯。”

谢汐想了下后道：“不对吧……五王子兰德尔更像一些。”

江斜问：“你觉得兰德尔和我更像？”

谢汐点头道：“脸型很像，都是眉眼修长，鼻梁很高，嘴巴的话，笑起来时特别……”好看。

谢汐打住了！

江斜问：“特别什么？”

谢汐面无表情地道：“丑。”

江斜才不信：“丑？”

谢汐不答。

江斜轻咳一声道:“五官像不是真的像，重点是气质像。”

西里斯和江斜气质像？别说谢汐了，估计认识江斜的人都会把大牙笑掉!

在失落的亚特兰蒂斯里，六王子西里斯就是个小可怜，爹不疼娘不爱，独自一人在诅咒中长大，却仍真挚单纯，最后他得知自己被父亲牺牲，毅然决然地选择死亡，更是让人心疼极了。

谢汐对 X 第一次改观就是因为六王子这个小可怜。现在江斜说西里斯最像他？到底哪里像了？哦，只有眼睛。

江斜幽幽地道:“其实我强大的外壳下住着一个小可怜。”

谢汐毫不客气地给了他一个白眼:“老师，咱能说人话吗？”

江斜继续说道:“真的，没遇到你之前我就是西里斯。”

谢汐觉得气氛很熟悉，可又有些不自在，道:“您不好好说话，我就走了。”

江斜怕人跑了，赶紧正经地说道:“每个魂意都是我的某一个时期，西里斯的确是最像我的。”

谢汐怔住了。

西里斯——被诅咒的六王子，是江斜最需要人陪伴的时期。是这个缘故吗？谢汐还有些理不清。

江斜总算正经解释了:“其实月亮的那个幻术个人情绪很强，月亮希望能够施术成功，这样的意志动摇了幻术，它会剖析你的内心，却处理不了太复杂的情况。我就在你面前，它判定为无法释放，可你心里又记挂着一个连你自己都不了解的我，所以它将西里斯呈现出来了。”

谢汐想了一会儿才弄清楚了:梦里的江斜对谢汐很重要，但谢汐知道江斜并非完整的他，所以他希望更了解江斜，而唯一展现了江斜一部分过去的魂意就是六王子西里斯，所以他作为江斜的过去被幻化出来了。

那不是西里斯，那是一个谢汐想要去了解的更加完整的江斜。不只是江老师，不只是设计者 X，不只是魂意，而是一个完完整整的江斜。

谢汐怔住了!

江斜一醒来就想明白了是怎么回事，那一瞬间真是差点儿喜极而泣。

哪怕被反噬得浑身刺痛，哪怕连一根手指头都动弹不得，哪怕整个精神花园都成了一片枯草，可心底的那一束光亮却成了生命的源泉，持续不断地向他输送着无穷无尽的力量。

江斜笑出弧度:“我很开心。”

— 3 —

谢汐有六十多年的经验，很清楚自己根本说不过这个人！他转移话题道:“开放世界后来怎么样了？”

飘在棉花糖上的老邪同志一点儿都不想管别人的事，他敷衍道：“就那样。”

谢汐装作渴了，去亭子里找水喝，这是让江斜转移注意力的最好办法，这家伙果然勤快地去准备喝的，根本不让谢汐动手。谢汐尝到了最喜欢的热可可，心暖暖的，问道：“就哪样？”

江斜问他：“好喝吗？”

当然好喝，是谢汐喝惯的口味，无论温度还是浓度甚至是甜度都恰到好处。谢汐没回答他，继续问道：“太阳和月亮到底是怎么回事？还有那些僵尸，是人类吗？”

江斜也不用问了，看看谢汐弯下的眼角和扬起的嘴角就知道味道不错。江斜也给自己倒了一杯热可可，喝了一口后他就放下了，实在喝不来：“开放世界也有世界剧情，想不想去体验一下？”

谢汐好奇地问道：“体验？”

江斜道：“对，我们可以扮作里面的角色，走一下他们的剧本。”

还有这种操作？

谢汐纳闷地道：“这有什么用处？”

江斜道：“体验就是成长，这种剧本的安全性很高，只要按部就班地走下来，也能收获少量经验。”

谢汐问：“是初级升中级乃至高级的经验吗？”

江斜道：“更是成为设计者的经验。”

谢汐微怔。

江斜道：“毕竟设计者是玩家们努力的目标。”

“可是设计者不是很少吗？那成不了设计者会怎样？”

江斜没回答，反倒是重复了一下谢汐早就知道的规则：“初级玩家只能在中庭停留两天，中级是两周，高级是两个月，只有神级才无限制。”

谢汐懂了，初级也好、中级也好、高级也好，因为无法在中庭久留，必须不停地接受准世界的任务，而准世界都是凶险的，进入准世界就会面临死亡。

江斜又道：“目前已知的神级职业只有设计者。”

所以玩家才想成为设计者，因为只有成为设计者才能自由地在中庭停留，才能获得一定的自由，才能拥抱“永生”。

谢汐皱了皱眉：“已知的神级职业？”

江斜道：“我们以前聊过这个中庭也许是别人设计出来的，那么设计这个世界的又是谁？”

谢汐懂了：“设计者设计不出设计者的世界。”

这话很绕，反过来讲就是“设计”中庭的另有其人，这个人不一定是设计者，也就是说设计者之上还有更高级的存在。然而，中庭只是“套娃”的一层，所以他们看不到上面更大的“套娃”。

江斜笑了下：“这些还不急，你还没到中级。”

谢汐看了下自己的经验说：“已经75点了，只要再通关一个S+的准世界，应该就能升级。”

开放世界给了15点经验，还不错，比向左还是向右少，但比通关童话小镇多。失落的亚特兰蒂斯给了他30点经验，按照这个比例，只要下个世界是S+，他足够升级。

江斜巴不得谢汐赶紧升到中级，等中级以上他就看不到信任值了，到时候锁死在999，岂不妙哉？于是他热切地问道：“下个世界搜索了吗？”

谢汐看了他一眼。

江斜眼睛弯了：“还是我的？”

谢汐：“废话！”完全是甩不开也躲不掉，“妙笔绘山海”五个大字印在那里！

江斜道：“没事，下个世界我陪你一起去。”

谢汐斜了他一眼：“再把记忆扔了？”

江斜说：“上次是个意外。”

谢汐心里不踏实：“你还是别乱来了。”太危险了，之前谢汐巴不得江斜跟着自己去破世界里受罪，现在……

江斜坚持要去，说：“说好了要一起去。”

谢汐道：“我自己能应付。”

江斜说：“不行，不想你被一群人争夺。”

谢汐沉默了一瞬，给江斜致命一击：“难道你去了，他们就不理我了？”

江斜无言以对。

皮了大半辈子的老邪同志感觉到了来自世界的恶意！

老邪倔强地道：“那我也要去。”

谢汐想了下，说道：“对了，那个初级修复术被我带出来了。”谢汐解释了一下自己的技能。

江斜微怔。万年“非酋”江老邪被“欧皇”谢小汐给镇住了。这是何等夸张到极点的好运气？简直闻所未闻、见所未见。

谢汐道：“我也没想到会把它给带回来。”

江斜沉默半晌，没再开口。

谢汐一本正经地说着自己的想法：“我这个修复术要是升级了，有没有可能修复你失去的东西？”

江斜的心一暖。

谢汐解释道：“当然不能在准世界里修复，但是……我是说万一……”他其实连这个万一都不想说，可总得把最坏的情况想到了，“万一你找不回交换出去的东西了，我有没有可能帮你修复？”

初级修复术已经这么强了，升级后的修复术会不会更厉害？如果能够修复江斜失去的东西，那江斜陪他一起去准世界，谢汐就不用担惊受怕了。

这个问题连江斜也解答不了，可他感受到了谢汐对他的担忧和关心。江斜不忍让他失望，说："没准可以，但是晋级任务大概率会随机出现在准世界，所以你还是得先去下个世界。"

而下个世界就是江斜的妙笔绘山海。

谢汐说道："下个准世界让我自己去行吗？我先把修复术升级了……"

江斜认真地说："不行。"

江斜是铁了心要去，反正两个人在同一个小队里，谢汐也甩不开他。

他又问谢汐："要不要去体验太阳和月亮的故事？"

谢汐犹豫了一下："我们有可能变成太阳和月亮吗？"

江斜道："体验的话，是有可能的。"

谢汐道："可我……"只是想看看小太阳和月亮怎么样了，他记挂着那个可怜巴巴的小太阳。

不用他说完，江斜就明白了，嘴硬心软谢小汐，一个字都不差。江斜道："没事，可以不体验，只查看。"这样只是损失一些经验。

谢汐问道："那会不会给他们造成困扰？"

"当然不会。"江斜道，"开放世界也是真实的世界，我们离开他们就自由了。"

谢汐又问："那我们看到的……"算什么？

江斜道："是真实也只是一瞬。"

谢汐还有些犹豫，江斜已经迈开了步子道："走吧，担心的话，就去看看吧。"

谢汐的确放心不下，能去看一看也好。

江斜打开世界剧情时，谢汐看到了下面的"独享"字样。

谢汐微怔："买断？"开放世界的剧情也能买断？得花多少钱！

江斜清清嗓子道："怎么说那小子也是我们的儿子，还是要给他们保留一些隐私。"

谢汐嘴角抽了抽，没拆穿他。

最后那一段江斜太犯规，简直是在"欺负"大 BOSS 月亮。现场虽然目击者很多，但都是低阶玩家，看了顶多是惊讶，不会想太多。可要是被高等玩家购买了世界剧情，一看就会发现猫腻。回头设计者 X 去低等开放世界虐菜的新闻爆出来……江老邪就颜面无存啦！

老邪同志在谢汐这儿没脸没皮，但人前那必须是死要面子的 X 神。

谢汐在最后将要离开开放世界时是有些恍惚的，所以没怎么留意长大的小太阳，如今冷不丁看到这红发青年，还真认不出来。反差太大了，这英俊爽朗，一笑仿佛整个世界都温暖了好几度的青年就是那个小哭包？

谢汐这个"亲娘"都不敢认。

更让谢汐错愕的是，太阳的肩膀上挂着个白生生的小家伙，他的银发很长，铺满了整个身体，一张小脸被衬得精致柔软，银灰色的眼睛上扬，小嘴下压，凶巴巴地道：“都说了不要帮他们，杀了多省事！”

－4－

谢汐忍不住对江斜说：“小月亮好可爱。”他声音很低。其实声音大点儿也没事，他们看的不过是类似回放的东西。

江斜脑补了一下：“你小时候是什么样子？”

啪嗒，绿色的999信任值成了998。

江斜瞬间呆住，他的心在滴血，如同那亏损了五百亿的集团老总。

谢汐别开视线道：“好了，看剧情了。”

江斜的心一揪。

梦里的六十多年，他们对彼此了解，可那是梦里的江斜和谢汐。现实中江斜是个“永生”的设计者，谢汐却只是个疲于奔命的初级搜集者。

他们差距这么大，难道让谢汐一直依附江斜吗？谢汐做不到。被人需要不是失去自我，他很清楚自己想要的是什么。是并肩而行，是相互扶持。

谢汐前所未有地坚定地说道：“等我，终有一天能够和你并肩而立，一起前行。”

江斜几乎一瞬间就明白了谢汐的意思，轻声道：“好，我等你。”等他长大，等他踏实，等着他们的并肩作战。

谢汐把心里话全说出来了，他扭过头道：“不许打扰我看剧情了！”

江斜连连点头：“不打扰。”

太阳和月亮的这段剧情并不是他们离开开放世界后的延续，而是更早之前。开放世界的确有居民，都是正常的人类，瞧着科技不算发达，处于农耕社会。不知何时，世界诞生了日月，这时候太阳是成人，有着强大的力量；月亮是小孩，看起来弱小可爱。

起初太阳只是帮了一群快要饿死的人类，月亮很不高兴，嫌他多管闲事。太阳微笑地点他小脑门：“只是顺手帮忙。”

月亮皱着小眉毛道：“会很麻烦的。”

太阳道：“不可以这么冷漠。”

月亮别过头：“哼！”

太阳笑了笑，眉眼中隐隐有些忧虑。他们明明一起出生，可月亮却始终维持着幼童的相貌，没有丝毫长大的迹象，太阳不知道缘由，又实在担心，这才走出了圣地，想要找寻原因。

小月亮皱眉道："我不喜欢这里。"

太阳道："再看看，实在没意思我们就回去。"

小月亮不出声了，安静地趴在他的怀里。

兄弟二人其实都单纯得很，尤其是太阳，有着一身"神力"，又是个爽朗亲和的性子，很快就吸引了一群人。月亮性格冷淡，不爱见人还说话难听，但因为他只是个小孩模样，旁人也不在意，只围着太阳转。

起初太阳只帮他们一些小忙，后来人越来越多，帮的忙也越来越麻烦。这天有人来请太阳帮忙盖房子，要离开几日，月亮不愿意，太阳允诺了三根糖葫芦，才算蒙混过关。

太阳一走，小月亮待在屋里，一等就是一天。太阳不在，他无法出门。外头光线太强烈了，没有太阳，他会被灼伤。

然而太阳并未如期归来，原来他在盖房子的时候发现林中有不明黑影，他怕那黑影出来祸害村民，于是，盖完房子的太阳又去驱赶黑影。

小月亮日复一日地等，虽然没过几天，但百无聊赖的他感觉时光无比漫长。

忽然，小月亮听到远处有动静，他以为太阳回来了，高兴得跳下床，谁知竟是几个陌生人。他耳聪目明，把那压低的声音听得完完整整。

"就是这个孩子？"

"对，是他。"

"带走他，真的能让太阳去我们城里？"

"肯定啊，就算他是神，也有软肋。"

"我们绑走了他的儿子，太阳会不会……"

"怎么能是绑走？我们只是带他去玩，一个小孩子，还不好哄得很？"

听到这些话的月亮气疯了，这就是太阳在不停帮助的人，就是把太阳累得日夜不眠吃睡不安的人！而这些人，为了一己私欲不惜使用这样肮脏的手段！

倘若月亮真的是个不知世事的幼童，还真可能被他们哄骗住，沦为奴役太阳的工具，然而月亮不是，当那几个人拿着各种新鲜玩意儿进来时，他怒喝道："滚出去，你们别想带走我！"

谢汐看到这里，心咯噔了一下。

江斜拍了拍他的肩。

谢汐低声道："他们还是太单纯了。"

无论多强的力量，无论多高的资质，只要没在人世里打过滚，就是单纯的幼童。人类征服这个世界，用的从来不是过人的力量和资质，而是累世的经验。

月亮这一张口就暴露了一切，来人互相看了一眼，生了恶意，本来还想哄骗他，不和太阳撕破脸，但月亮看穿了他们的意图，他们即便走了也会被太阳嫌恶，索性一不做二不休，直接绑了！大的惹不起，小的还搞不定吗？

他们一拥而上，轻而易举地制服了月亮。

小月亮慌了，他不能走出这间屋子，可眼前这些人显然是非要带他出去。他那性子是不可能求饶的，他宁愿被外头的光烧死，也不会向这样恶心的一群人求饶！

这群人费了好大力气才把小月亮带出了屋子，一被光照到，小月亮便不受控制地闷哼出声。

太疼了，真的太疼了。好像有无数根针在密密麻麻地扎他，每一根都带着倒刺，刺进去又掀出来，留下一片鲜红累累。

他的模样吓到了这些人。

“这、这是怎么了？”

“他怕光！”

“他身上好烫，快烧起来了！”

抱着月亮的人把他扔到了地上，小小的幼童倒在泥土中，血肉模糊的模样凄惨又可怖。

很久很久以前，月亮和太阳是一样大的，他们都是幼童的模样，在圣地里相依为命。有一天，在圣地待得无聊的月亮十分好奇外面的光景，他独自走了出去，却被光灼烧得动不了。那时候他以为自己要死了，以为自己要被光给烧成灰了，是忽然长大的太阳找到了他，用结实的手臂将他抱了起来。月亮眼睛都睁不开了，太阳清脆的少年音在他耳畔响起：“好了好了，不痛了，吹吹就不痛了。”月亮果真不痛了，在太阳的怀里，贴着他的身体，烫伤慢慢愈合了。

从那以后，太阳逐渐长大，月亮却始终维持着幼童的模样，再也没有成长过。

太阳赶回来时，看到的就是蜷缩成一团，浑身血肉模糊的小月亮。太阳面色苍白，额间青筋暴起：“怎么回事？”从没有人见过他这样震怒，从没有人见过他生气，从没有人知道原来温暖的太阳会成为残暴的凶火！

那些将月亮带出房子的人都被烧成了灰，就连追随太阳回来的人也都受了伤，大火绵延不绝，将无数田地都烧成了一片残渣！

这是一场让人惊恐的灾难……

唯独小月亮在太阳的熊熊烈火中逐渐恢复了。小月亮睁开眼时，太阳眼眶通红：“对不起。”

小月亮皱着眉，虚弱地凶他：“早就说过让你不要管他们。”

太阳拥住他，声音哽咽：“是我不好。”

小月亮伸出恢复白嫩的小胳膊，抱着他的头道：“我们回家吧，好吗？”柔软的童音，带着前所未有的哀求，太阳听得心都化了，可是……

“再等等，”太阳道，“我想找到你身体无法长大的原因。”

太阳知道小月亮有多在意自己的身体不能长大。他经常看到月亮独自一人盯着出口发呆，看到他站在镜子前盯着自己幼小的身体出神。

谁想永远被困在一个地方？谁甘愿失去自由？谁想永远当个孩子？太阳不愿

意看月亮不快乐。

月亮松口了，歪在他的肩膀上闷声道："我不想长大，我想回圣地。"如果代价是让太阳变小，那他宁愿永远这样。

太阳说："再等等……等桃花开了，如果还找不到让你长大的办法，我们就回圣地好吗？"

找到了我也不想让你变小。小月亮没说出来，点头道："行，等桃花开了你还不走的话，我就自己回去了。"

太阳说："一言为定。"

他们留下了，可惜生活却因为这场大火而凶潮暗涌。

太阳有一个怕光的孩子、太阳能一把火烧了整片森林，人类慕强却又惧怕真正的强者，尤其太阳和月亮这样明显的异类。

月亮是恶魔的谣言悄悄传开，等发酵到不可收拾之时，兄弟二人才有所察觉。而这时已经晚了，人类为自己的贪心找到了正义的理由，他们打着消除恶魔的旗号抓住了月亮，并以此威胁太阳。

月亮太弱小了，太阳怕他受伤，答应可以帮他们做任何事。

人们哪里能满足？他们开始想要太阳的力量，想要他永葆青春的秘诀，想要知道他"永生"的秘密。

桃花盛开时，太阳掉进了人们制作的陷阱，整个人都被由他冶炼出来的长矛给刺穿了。

太阳昏迷时，照亮整个世界的光消失了。

月亮走了出来，他一步一步，面无表情，身体随着流淌的银芒逐渐拉长，从稚嫩的幼童长成了高挑的少年，最后变成银发垂地的俊美青年。他所到之处，漆黑漫天，脚下的银色光芒像流动的水银，绽放出无与伦比的美丽，也带来了死亡。

人们惊恐万分，纷纷将手中的武器投向他，可惜却伤不到他分毫。银芒铺满了大地，像是要洗净污秽般把所有人为的痕迹都抹掉了，包括人类。

从此这个世界再没有人类，只有干净的行尸走肉。

月亮将变成婴儿的太阳抱起来，太阳变得太小了，已经什么都不记得了，睁开眼看到月亮时也只露出了灿烂的笑容。

月亮看着他，声音清冷如冰："白痴。"话音落下，泪水却顺着眼角滑下。

谢汐看得怔住了："他们……一直是此消彼长吗？"

江斜道："继续看。"

之后就是由月亮统治的世界，漆黑、冰冷、暗无天日，犹如一个巨大的坟墓。月亮要将所有人都僵尸化，要把整个世界都掌控在自己手里，所以他需要维持巨大的力量。

此消彼长之下，太阳连幼童的模样都维持不了，一直是婴儿状态。他什么都忘了，也什么都不知道，还不敢离开圣地。因为外面的漆黑会腐蚀他，就像月亮会被光芒灼烧一样。

月亮知道只要自己放过外头的人，太阳就能慢慢长大一些，至少可以记起之前的事，但是他不想，他要终结这让人作呕的一切。直到某天，什么都忘了的太阳看到月亮，奶声奶气地叫道：“哥哥。”

这两个字犹如在万年寒冰上放了块烧红的烙铁。

月亮不再见太阳，可是却能听到他的声音。

哥哥、哥哥、哥哥、哥哥……

一声又一声，像一把锋锐的小刀，将封住月亮心脏的冰一点点刮掉了。

再之后玩家进入开放世界，地下游戏场大大消耗了月亮的力量，等江斜彻底击败他，太阳回来了。

谢汐看到了自己离开后的开放世界，只有一个片段。

太阳抱着小月亮走出了漆黑的圣地，唤醒了僵尸化的人类，却再没参与他们的生活。

小月亮生着闷气，太阳道：“我不会再重蹈覆辙。”

小月亮说：“人心就是那样的！”

太阳说：“人心不是恒定的。”

人心有贪欲也有克制，有邪恶也有善良，有残暴不仁也有普度众生，没必要神化人类，也没必要嫌恶他们。

太阳又说：“他们不是神也不是魔，他们只是人。”

太阳站在最高的山上，用尽最大的力量将一个火色的圆球放到了天空正中央，如果细看，会发现那是一个天真的孩童笑脸，散发着无数的光和热，照耀着整个世界。

月亮闷不吭声，太阳转头看他：“我只能维持一段时间，等我累了换你来好吗？”

月亮不屑地道：“我只会把他们变成僵尸！”

太阳说：“挺好的，就让他们在月亮的照耀下好好睡一觉。”

月亮道：“睡个屁，我要让他们做噩梦！”

太阳笑道：“可以。”

月亮又道：“我还要让天黑地黑，所有一切都是黑的。”

太阳：“好。”

月亮：“还要放出僵尸捉不睡觉的人！”

太阳依旧点头道：“嗯。”

月亮不甘心：“还要……”

“都可以，”太阳说，“你想做什么就做什么。”

月亮想了无数“残暴”的手段，最后他“喊”了一声：“懒得折腾。”

于是这个世界有了太阳和月亮，有了温暖的白日和冰冷的夜，有了平衡和制约。

剧情到此结束。

谢汐好一会儿才回神。

江斜道："像不像童话？"

在谢汐的世界里，太阳和月亮可不是这样的，它们是两个星体，而且月亮还小得很，只是地球的卫星。

谢汐道："挺好的。"这样的世界也很好，有逻辑分明的理性世界，也有充斥着情感与梦幻的感性世界，这才是真实的。

江斜又道："这下放心了？"

放心了，小太阳有月亮照顾，小月亮有太阳照顾，他们两个人在一起，相互平衡彼此依赖，是最完美的。

－5－

谢汐点了传送离开了花园。

江斜有点儿事，所以没去追他，只给他发了条消息："进入世界前和我说一声。"

谢汐回他一个字："嗯。"谢汐虽然不想江斜去冒险，但拦也拦不住，与其任他胡来，不如放到眼皮子底下看着。

江斜在固定群里发了个消息："有空？"

颜哲短时间内不想看到他，无视掉。

秦戈争比较老实："怎么了？"

江斜说："演武场里走一走？"

整个群都鸦雀无声。

江斜说："别怕，我站住不动，给你们当沙包。"

颜哲闹不清他葫芦里卖什么药："你这是终于疯了？"

江斜："我消耗下力量，去下个世界时代价会比较小。"

原来如此……

颜哲来兴致了，可以名正言顺地暴揍江老邪，简直不要太爽！

江斜又道："我知道你们下不去手，所以我先告诉你们一个好消息。"

群里几个人顿时有了一种不好的预感。

江斜清清嗓子故意发了个语音："谢汐说以后要和我并肩前行，一起作战。"

众人哑然。

江斜又补了一刀："阿哲你别来了，站着给你打，你也打不动，浪费时间。"

"神级纯奶"颜哲沉默了一秒钟，破口大骂。

江斜道："以后和我说话不要这么粗鲁，成什么样子。"

这下妥了，吐血三升的颜纯奶去不了演武场了，他要去杀人了！

到了演武场，江斜淡定地道："一起上吧。"

江斜道："我赶时间。"不能让小朋友等太久。

一句话点爆现场，成功让出生入死的兄弟们"反目成仇"！

这一顿狂轰滥炸看着凶险，其实全都有数，到最后一群人筋疲力尽，站着的居然只剩下挨揍的江斜。秦戈争没"参战"，毕竟他一会儿还得用等价交换术，回头没力气用了可怎么办？

他们中武力值最高的南翼摆摆手道："不行了不行了，老子被榨干了。"

其他几个人更是连话都说不出来了。

江斜拍拍身上不存在的灰，老神在在地道："你们可以的，要是真使出全力，我也招架不住。"更气人的在后头，江斜微微一笑，"毕竟我魂意丢得太多，现在也就只留了三五成的功力。"

众人竟然无法反驳！

被榨干的南翼抖着腿站起来："老、老子……"他狠话没放出来就倒地不起了。

他旁边的宗夏比较务实，已经给颜哲发消息："颜神，求奶。"

颜哲破口大骂："这么多人一起都剁不了江老邪还想要奶？滚滚滚！"

江斜就不一样了，人家不用奶，明明多走一步都累死累活，还能装得云淡风轻的仿佛刚喝完下午茶。

冲这点，大家伙是服的。有人能把厚颜无耻和死要面子完美结合到这种程度，怎么敢不心服口服！

江斜这一番折腾也是无可奈何。去一趟开放世界竟然付出了那样大的代价，这是江斜始料未及的。丢失记忆听起来不痛不痒的，但那可是和谢汐有关的记忆，这些记忆对江斜来说有多重要是别人无法想象的。有人能进入他设计的世界，有人能通关他设计的世界，有人能把他的魂意解放出来……

单单这些就已经是他性命攸关的事。

更不要提他还生平第一次有了一个真正懂他，愿意陪伴他的人，与谢汐相关的这段记忆是对他整个生命的救赎。

当然会付出这样大的代价是因为开放世界等级过低，他想进去要违背的原则大，所以付出的代价也大。他自己设计的世界等级相对较高，他进入的话付出的代价要小很多。

可他想进入自己设计的世界，也会违背原则，如此算来的话他付出的代价也小不到哪里去。

江斜只能尽力拉低自己与准世界等级的距离，来减小代价。

尽管这可能意义不大，但即便他一个道具不带，还消耗过度，甚至封锁一些比较变态的技能，单凭满级资质就可以碾压所有S级世界了。

愁，别人都是愁着怎么提升力量叱咤风云，江斜是愁着怎么压缩力量好跟在谢汐身边……

谢汐不能在中庭待太久，十多个小时后江斜发来消息："准备得怎么样了？"

谢汐说："我自己真的可以……"

他话没说完，江斜便道："你可以我不可以。"

谢汐的手快把水幕戳破了："你还去不去了？"

江斜立马道："去！"

秦戈争即将发动等价交换时，江斜握住了谢汐的手。他信不过自己的运气，但相信谢汐。

谢汐隐约间察觉到江斜的一丝不安。谢汐轻轻握了他的手一下，在即将进入准世界时说道："没事，忘了也没事……"

江斜心猛地一震，想再说什么却已经说不出来了。

没事……

忘了也没事……

谢汐还记得……

谢汐会一遍一遍地告诉他……

江斜听到了这话，他的灵魂仿佛都跟着融化了。

谢汐嘴角微扬，信息面板都没来得及看，先找了找江斜。

人呢?

信息面板有倒计时，再不查看就要错过了，错过了可就麻烦了，谢汐只得先去查看这个准世界的情况。

欢迎来到准世界，请仔细阅读以下信息。

游戏名：妙笔绘山海

游戏概要：山海大陆群雄争霸，圣兽与妖兽分庭抗礼，究竟是圣山的统治更得民心，还是妖海的自由更让人向往？且看这一支妙笔如何绘出气象万千，绘出山海图卷，绘出群英璀璨！

主线任务：搜集圣兽图鉴

支线任务：待刷新

读档次数：无

携带道具：初级搜集者可携带三种

特权：奖励金翻十倍、易容术、傀儡术

别的不提，谢汐只是看到这个特权嘴角就忍不住抽了抽，有两个都是老朋友了，奖励金翻十倍和易容术，前者忽略不计，毕竟金币对谢汐来说意义不大，后者……

谢汐忘不了这位“老朋友”，毕竟在亚特兰蒂斯它陪他“出生入死”，走过了无数修罗场！看到这个特权，谢汐就仿佛看到了魂意们排排站的凶残景象。

这个准世界里的魂意……

不止一个是肯定的，谢汐只求别超过一只手的数量就好！

怎么办？选老朋友还是选新朋友？

谢汐看了下游戏概要，对这个准世界的背景略担忧。这又是圣兽又是妖兽，还山啊海的，十有八九是神话鬼怪的背景，这种准世界里储备面孔可能意义不大，毕竟很多人都会变身什么的，没准儿轻易就能被识破。

如果被识破的话，易容术的威力便大打折扣，虽然独创面孔有战略意义，但魂意一旦数目大于二……

等下，谢汐看了一眼主线任务，不禁有了那么点儿侥幸心理。这个搜集圣兽图鉴看起来似乎没那么神经病，圣兽图鉴而已，又不是六个王子的心，也许他可以不用去招惹那些魂意。

下一秒，谢汐飞速否定了自己的想法，可算了吧，向左还是向右也是正常的生存七天，结果呢？结果他还不是脚踏四条船，死在第七天！

谢汐先刷新了支线任务，弹出来的是“搜集妖兽图鉴”。

瞧着和主线任务是同类型的，应该是核心任务。

谢汐财大气粗，花了三百银币随机刷了一下，依旧是这个任务，他就没再浪费时间了。主线任务和支线任务暂时都给不了太多线索，那么……到底选什么特权呢？

－6－

谢汐看了看新技能傀儡术，没有任何介绍，只有选了才知道。到底选什么呢？

在页面即将关闭时，谢汐选了傀儡术。

虽然易容术是“老朋友”，但这个世界和亚特兰蒂斯不同，谢汐怎么想都觉得易容术用处不大，不如冒险试试傀儡术！

终于进入游戏中，谢汐这才有空打量周围环境，顺便找某个万一又丢了记忆的皮皮怪。

叉烧包惊呼道：“爸爸、爸爸你在哪儿！”

这猫的一双鸳鸯眼终于瞎了？无头苍蝇一样乱撞，着急得很。

谢汐刚想开口，才发现自己这情况不太对？他……好像……不是人？

这时一道紫光闪过，一“只”能用貌美如花来形容的女人没好气地道：“你这熊孩子，竟然逃跑！”

谢汐在心里默念：不是我，不是我，一定不是我。

女人道：“还敢变回原形，你好意思承认自己是朵纯洁白色蔷薇花吗？”

一语惊醒梦中人，谢汐可算知道自己是什么玩意儿了！

花……

蔷薇花……

白色蔷薇花……

谢汐安慰自己：总比大白鲨什么的强一些。

可是……强个鬼，大白鲨好歹还是动物，这次他都成植物了！

谢汐试着动了下身体，面前的紫衣女子已经将他拎起来：“看看你这可爱的小脸蛋，看看你这纯洁的白色，想想你的花语，你怎么能逃跑！”

谢汐对此毫不知情。

“还装样子！”紫衣女子戳他的小叶子。

谢汐心里是服的，佩服这位女士竟然能分清一朵蔷薇花是在装样子还是没在装样子。

“我跟你讲，你就是一哭二闹三上吊，这缔约之事也非成不可，你也不想想我们蔷薇族凭什么才有的今天，要不是青龙圣人庇护，我们还在藤蔓上苟延残喘呢！”

原来这位紫衣女子也是朵蔷薇花……

说起来，蔷薇花不就是藤蔓植物吗？正常生长怎么就苟延残喘了？算了算了，在这么个蔷薇成精的“玛丽苏”世界，追究这些毫无意义。

谢汐被人拎在手里，不得不做出侧耳聆听的姿势。

紫衣女子又道：“别给我装可怜，当初青龙圣人来百花山，我千叮咛万嘱咐让你不要去凑热闹，你小小一朵蔷薇花，人形都稳不住，去那地方……”

谢汐冤，他要是早来一会儿，他肯定不会去什么百花山，他就直接下山了！毕竟任务是搜集圣兽图鉴和妖兽图鉴，可不是花啊草的。

“偏你也傻人有傻福，竟然被青龙圣人救下！”紫衣女子虽然在骂他，但似乎也很疼他，“青龙圣人不嫌你冒犯，还悉心照顾你，你会答应永生追随他我也能理解，只是我真的不放心，毕竟身份悬殊，青龙圣人一时觉得你可爱，待你千好万好，等新鲜劲过了又该怎么办？你小小一个精怪，在那圣山上哪有立足之处！”

谢汐不知道一朵蔷薇花该如何说话，只能在心里吐槽：“既然不放心，逃跑不是省事了嘛！”

原来这样就说出声了！

紫衣女子气得猛摇他：“你还好意思说风凉话，你也不想想那是谁！是你想跑就能跑的吗？得罪了青龙圣人，我们整个蔷薇族在山海大陆要如何安身！”

谢汐一醒来就面对这样的大问题，偏偏始作俑者还不知道跑哪儿去了！

紫衣女子又道："早和你说你不听，非要去圣山做人上人，现在怎么又怕了？我跟你讲，怕也不行，我就是再疼你，也不能为了你毁了我们整个蔷薇族！"

谢汐无可奈何地道："我……"

紫衣女子道："你什么你，赶紧变回人形！"

"怎么变？"谢汐也想做个人，可问题是他真不知道怎么从一朵蔷薇花变成一个人。

紫衣女子呆住了。

谢汐不得不掏出万金油套路："不知为什么，我醒来后什么事都记不清了。"

谢汐也不想装失忆，但这准世界里明显被魂意们提前安排了不少剧情，自己一无所知早晚会露馅，不如逮着个同阵营的透下老底。

谢汐委屈地道："我真的忘了，连自己的名字都不知道了。"

紫衣女子拎着他一阵狂抖："你这个小浑蛋，一年三百六十五天，你有三百六十天都在装失忆。忘忘忘，我让你忘，我看你是叶子痒了，想让我给你卸下来捉捉虫了！"

这是什么魔性比喻！以及……他这朵花到底被安了个什么见鬼的设定？是满嘴跑火车的类型吗？这不是江某人吗，怎么成他了？

谢汐连忙道："不是，我真的忘了。"

紫衣女子道："你不用拿失忆当幌子，你就算把自己是什么花都忘了也别想逃跑！"

谢汐一脸真诚地道："我全都记不清了，如果去追随龙大人可以拯救蔷薇族，我会去的。"

这话一出，紫衣女子愣住了，显然这不太像她心中那个胆大包天、胡作非为的小浑蛋会说的话。

"你真的……都忘了？"

谢汐道："嗯，连你叫什么都不知道了。"

"连我都忘了？"

"对。"可算是让紫衣女子相信自己失忆了。

紫衣女子又问了几个问题，谢汐是真不知道，表情毫不作假（他始终无法理解紫衣女子是如何从一朵白蔷薇上看出表情的）。

紫衣女子面色复杂地道："你这小浑蛋，怎么能全忘了……"

谢汐道："我也不知道究竟发生了什么。"

紫衣女子叹口气道："罢了，你的那些破事我一清二楚，说给你听就是了。"

谢汐连连点头，等着情报上门。

紫衣女子叫紫九，蔷薇花是低等花，用紫九的话来说就是修炼几百年也比不上那在天地灵气中刚刚诞生的寒山雪莲。因为低等，所以很少有名字，大多是根据颜色来排序。

紫九当然不是族里第九个化形的紫色蔷薇，她是凭实力继承到这个序号的。每个颜色的序号只排到十二，之后就没多大意义了，喜欢哪个数字就用哪个，重复的多了去了，大家也不计较，但是前十二是唯一的，只能凭实力获得，不可乱用。

谢汐问：“我叫什么？”

紫九道：“谢汐。”

谢汐一愣：“不是都没名字吗？”

紫九瞪了他一眼道：“你即将永生追随青龙圣人，怎么能没名字！”

好吧，他这野花即将飞上枝头做凤凰，是该有个名字。不过谢汐……怎么是他的原名？

紫九道：“青龙圣人多看重你，把花神的名讳都给你了。”

谢汐：“什么？”

紫九叹口气道：“只是我们蔷薇族哪里担得起这个名讳？你不过是朵法力低微的小蔷薇，怎么受得住！”

等等……他的名字怎么就成花神的名字了？他这名字很普通很一般很不“玛丽苏”好嘛！而且花神什么的，大多不都是美丽的女性吗？

紫九继续说道：“由此可见，青龙圣人是对你抱以厚望，可你这顽劣性子，又……”

她摇摇头，眼中流露出真正的担忧：“哪怕不是为了蔷薇族，你也必须永生追随青龙圣人，你继承了这个名字，想自保就得依靠青龙圣人。”

谢汐还没从这酥酥麻麻的设定中回过神来，干笑道：“只是个名字而已，难道……”

“不许轻视！”紫九道，“有多少花精都翘首以待，做梦都想得到花神的名字。”

“有了名字就一定会成为花神吗？”

紫九凝重地说道：“有了名字不一定能成为花神，但没有这个名字就注定不是花神。”

谢汐拒绝，实力抗拒这见鬼的设定，疯狂想改名换姓——塞囚就挺好的，科林也不错！

紫九道：“你万万不可胡闹，轻视了花神的名字是会被神鉴遗弃的，到时候便是青龙圣人也护不住你！”

被神鉴遗弃？谢汐对这个比较感兴趣，他问了出来。

紫九道：“你真是什么都忘了，竟连这样的问题都敢问！”

谢汐无奈：“所以我真的没骗你。”

紫九解释道：“神鉴是上古遗物，上面记载着山海大陆的一切，若是被它遗弃，你就不复存在了。”

“不复存在？”

“对，会将你的一切都抹掉。你的家人、朋友、爱人，所有认识你的人都会忘记你，连你自己都会忘记自己是谁，最后魂飞湮灭。”

谢汐道：“自己忘了自己？”

紫九说：“那可不是简单的失忆，而是从精神上将你存在的意义剥除。”

谢汐对这个神鉴十分好奇，还想再问，紫九却摇头道：“我们蔷薇族本就低微，知道的不多。总之你记住了，花神的名字是在神鉴上写下的，所以不能丢弃，一旦没了，你也就没了，懂吗？”

谢汐问道：“怎样算丢弃？”

紫九说：“当你不配用这个名字时，就算是丢弃了。”

谢汐微怔。

紫九说道：“如果是青龙圣人的人，你就永远配得上这个名字，可如果你只是蔷薇族里的一朵白色小蔷薇，那你就不配用这个名字了。”

说来说去，谢汐是非得永生追随那条青龙不可！

谢汐不禁想到：这名赐得很坏心眼啊，这哪是赐名？分明是给他贴了个生死符！就这样他还敢逃跑？

谢汐觉得魂意们对他怕是有什么误解，他真没这么不惧生死。

关于青龙和小蔷薇的相识相许紫九已经大体说过了，这次也不过是说得更详细一些。

百花山每隔十年有个盛会，会邀请圣人前来参观，这次有幸邀请到了青龙圣人。谢汐这朵小蔷薇按理说是没资格去百花山的，毕竟整个蔷薇族在花族都排不上号。紫九是蔷薇族年轻一代的翘楚，她与谢汐亲近，谢汐缠着她要去见见世面，她就带他一起去了。

谢汐待得无聊，出去瞎晃，摔进了一个裂谷，本以为要摔成一地白花瓣，谁知竟被人给救了。

这人就是青龙圣人。

之后……

估计紫九也是猜的，反正俗套又腻烦。最后就是青龙辗转通过花族长老找到蔷薇族族长，再找到紫九这个半个看护人，最后找到了谢汐，并许诺谢汐可以永生追随他。

别说花族了，整个圣山都跟着震了三震。青龙圣人竟然要一个名不见经传的小花精永生追随，这太不可思议了！

随着花神之名被赐下，大家慢慢接受了这个设定。谁知小花精竟从圣山跑了！

这时外头传来了急促的脚步声：“找到小汐没有？青龙圣人到蔷薇山了！”

－7－

紫九连忙道："青龙圣人来了？"

"是啊！亲自来了！"从外头跑进来一个声音娇俏、样貌彪悍，大概和庄义很有共同语言的红衣男子，"青龙圣人是真的看重小汐，小汐这是攒了几辈子的福气啊！"

紫九皱眉道："花神之名不是我们可以随意叫的，以后还是叫九九吧。"

红衣男子道："行行行，以后还得叫大人呢！"他转眼又问，"人在哪儿呢？人家青龙圣人都亲自来接了，再不回去可就说不过去了。"

紫九道："红六你先去前头伺候着，我好好给他收拾下，总不能这样去见青龙圣人。"

红六连忙道："好，你们可动作快点儿，别让青龙圣人等久了。"

打发走了这位"音画不符"的红六，紫九连忙对谢汐说："快点儿化形，这样去见青龙圣人也太不礼貌了。"

"到底要如何化形？"谢汐问道。

谢汐也想看看青龙是哪缕魂意！

紫九耐心和他说："你虽然都忘了，但之前早就适应了人形，应该很好幻化才对，你只要想着……"她细细说了一通，谢汐大体明白了，化形基本靠脑补，每个部位都对应好了就能成功化形。

谢汐当人这么多年，骨子里还是很熟悉的，他尝试了几次后总算成功化形了。

一道白光落下，谢汐变成人了。

如小蝌蚪找妈妈的叉烧包大叫："爸爸你去哪儿了？"

谢汐懒得哄这个傻猫！

紫九看着谢汐，轻叹口气道："你啊，就是……"

谢汐没听到她后头的话。

紫九道："可不许再胡闹了，在青龙圣人面前也不许没大没小。"

谢汐连连点头，应了下来。

他们出了园圃，没错，谢汐刚才就扎根在一个小园圃里，里面还有很多小嫩芽，貌似是些没开花的蔷薇。谢汐跟着紫九走出去，心里还惦记着：江斜到底去哪儿了？按理说他们一起来到这个准世界，降落的地方应该一样才对，江斜怎么就不见了？

谢汐有些担心，怕江斜出什么事。

江斜必须失去一样东西，他失去的是什么呢？总不能把江斜这个人给失去了吧。谢汐心一揪，疯狂摇头！不可能，绝对不可能！这个世界等级绝对不低，不至于付出那么大的代价！

紫九怒道："摇头干吗？一会儿青龙圣人要接你回去，你立马跟着走，知道吗！”

谢汐回神，赶紧道：“好。”

不想了，魂意都在，江斜不会有事的，都是一体的，要是本尊出事，没了支撑点的魂意早就散了。谢汐安下心来，跟着紫九穿过了一条羊肠小道，视线陡然开阔后，一个如梦似幻的世界展现在他面前。

关于花朵，人们总是不吝于给予最美好的畅想。江斜那么喜爱蔷薇花，更是将这座蔷薇山给设计成了人间仙境。翠色的藤蔓，晶莹的露珠，闪着荧光的萤火虫，步步走来铺散开的美丽花瓣，饶是谢汐这个不怎么解风情的男人也忍不住感慨此处的浪漫唯美。

紫九道：“多亏了青龙圣人，我们蔷薇山才有如此繁荣美景。”

原来这也是托青龙之福？这朵白蔷薇真是非追随不可了！

他们走上玉色台阶，走进了一座白色宫殿。宫殿并不是传统的古风，雕栏画栋间满是大自然的意趣，以白色为底，植物为伴，与日月呼应，实在是美轮美奂。

谢汐看到了大殿中的青衣男子。他穿着笔挺的长衫，上面隐隐有暗纹闪烁，袖口宽大，腰封紧束，将完美的身材修饰得淋漓尽致。

“怎么自己跑回来了？你若想家了尽管告诉我，我陪你在蔷薇山住几日可好？”他开口，声音温润中带着些清冷，像落入山涧的清泉。

谢汐抬头，看到了他清俊的五官。

青龙竟然是四王子。谢汐对这位环保达人印象很好，而且在亚特兰蒂斯最后那大型穿帮现场里深感对不起他。

紫九推了谢汐一下，谢汐连忙开口：“是我太任性了。”

“这有什么，”青龙走过来温柔地说道，“是我这几日太忙，让你无聊了。”

谢汐对他熟悉得很，倒不觉得拘束：“还好，就是有点儿想家。”

青龙温声道：“那我陪你留下来住几日。”

谢汐道：“可是您还有事要忙。”

青龙顿了下道：“无妨，总也忙不完。”

谢汐还想再说，青龙在他的肩上拍了拍道：“等日后，你就只能住在圣山了。”

谢汐带了点儿不好意思地说道：“所以这几日，我想在蔷薇山上和大家多待一阵子。”总得抓紧时间摸摸底，才知道永生追随到底值不值。

经历了那么多的谢汐可不会天真地以为永生追随是好事……

更何况他也不知道这个世界里是否还有别的魂意。要是存在，回头他追随了这个，惹了那个，闹得鱼死网破，他还做什么任务！

青龙竟依了他：“也好，等我忙完这阵子，就带你去到处走走。”

谢汐点头应下。

青龙又道：“今天时候不早了，我就不回去了，留下来陪你好吗？”

紫九连忙道：“我这就去收拾屋子！”

她急匆匆地走了，谢汐也不好赶青龙走了。罢了……江斜虽然皮，但很守规矩，应该不会乱来。

紫九一走，青龙便对身边的人说了句话，随侍低声应下，转身出去了。

偌大个殿里就只剩下他们两个了。

谢汐正想着再套套话，谁知青龙深色的眼睛竟变了。

叉烧包立马大叫：“帅哥你是谁！”这深红深蓝的鸳鸯眼和叉烧包一般无二。

谢汐一愣。

方才还云淡风轻的青龙苦笑道：“是我。”

谢汐：“啊？”

江斜道：“没想到这次付出的代价是身体。”上次没了记忆这次没了身体，也不知哪个好哪个坏了。

谢汐明白了：“那你现在……”

江斜道：“灵魂状态会彼此吸引，我暂时待在魂意的身体里。”

谢汐紧张地问道：“这样不算找回身体吧？”

“不算。”

谢汐松了口气，转念又道：“那挺好的，你在这身体里的话，我就……”轻松多了。

江斜苦笑道：“我不止在这个身体里。”

谢汐没听懂：“什么？”

江斜快速说道：“魂意都是我，理论上我去哪个身体都行，也正是因为这样，他们都在拉扯我。”

谢汐着急地问道：“会有危险吗？”

江斜抓紧时间道：“没有危险，只是脑子不大好。”

谢汐：“什么？”

江斜解释道：“我们单独相处时，我能记起中庭的事，但只要有旁人在，我就只有魂意的记忆。”

所以说刚才的青龙不是江斜装出来的，而是真的青龙？

江斜又道：“我不能改变魂意的意愿，否则这个准世界要乱成一团。”

谢汐还是迷迷糊糊的。

外头传来了脚步声，江斜抓紧时间说道：“小心青龙，他知道你是在逃跑。”

– 8 –

谢汐神经一绷，还欲再问……却发现青龙的眼睛已经变回了靛青色。他不再出声，心里却直打鼓。一个江斜在好几个身体里？人还能一下子拥有好几个身体吗？

哦，别人不行，江斜肯定行，毕竟那么多魂意！

谢汐开始腹诽，这家伙说话不知道说重点吗？能不能先告诉他有多少个身体多少个魂意以及魂意们有没有什么脑残的“私设”，哪怕时间不够，说不了这么详细，好歹也把最后一句话说明白。

青龙知道他在逃跑，还这么淡定地哄他是怎么回事？谢汐记得四王子是个积极向上的好青年啊！

“圣山的气候可以调节，在那儿待着对你来说是不是太热了？”青龙忽然说了句话，谢汐差点儿没跟上节奏：“还、还好。”

“你不要和我客气，以后我们是要并肩作战的。”

谢汐反应过来了，大概是刚才江斜出来，魂意的想法有点儿断层，江斜就给他打了个补丁，假装两个人是在讨论圣山的居住环境。看来江斜虽然不能改变魂意的意愿，但也能在某些无足轻重的细节上动动手脚。

谢汐顺着说道：“大人已经为我考虑得很周到了。”

青龙牵起他的手道：“不够。”

谢汐笑了下说：“怎么会，我已经很开心了。”

青龙也跟着笑了笑，只是靛青色的眸子带着深海一般的幽冷：“我也是。总想把天底下的一切好东西都放在你面前。”谢汐刚想委婉道谢，青龙下一句话就让他寒毛倒竖，“这样你是不是就不会离开我的战队了？”

谢汐心一紧。

似乎是察觉到了小蔷薇的战栗，青龙又温声道：“患得患失，以前我不能理解，现在倒是明白了。”

谢汐笑得十分勉强：你这不是患得患失，你这是在疯狂试探啊！可怜谢汐都不知道自己为什么逃跑，只能勉强说道：“原来圣人也有普通人的一面。”

青龙道：“圣这个字我担不起。”

谢汐不赞同地说道：“您不要妄自菲薄。”

青龙道：“所谓圣人不过是我与生俱来的枷锁，若能摆脱，我倒是心满意足了。”

谢汐不敢接话，总觉得这话里话外都是坑！

前情提要太少，谢汐摸不清走向！

好在青龙似乎也不想知道答案，明明扔下了钩子，又放了他这条小鱼。

“对了，你走得匆忙，怎么连这个都忘了带。”那随侍早就回来了，之前一直候在旁边，听到青龙这句话才走上前，手里托着个红漆托盘。

谢汐哪知道那是什么东西。

青龙道：“你继承了花神之名就要守护好这个名册，若是离身太久，对你元魂有损。”

谢汐忙道："是我糊涂了。"尴尬了，这么重要的东西都不要了，自己莫非为了逃跑连命都不要了？到底发生了什么，自己才会被安上这样的设定？

如今谢汐已经很了解魂意参与的准世界的规则了。客观来讲，只有他进入准世界时这个准世界才会"醒"过来，也就是在那一瞬间，魂意们自发形成了自己的意愿，融入准世界中，生成各种前情提要。

也就是说谢汐没进来前其实什么都没发生，百花山盛会啊，青龙救小蔷薇啊什么的都不存在。只有谢汐进来了，魂意们才生成了相应的设定，安到了谢汐头上。至于为什么这样设定，肯定有逻辑可循，但现在线索太少，还摸不透。

当然，这会儿一上来就是逃跑，谢汐大概能理解，毕竟他在亚特兰蒂斯对四王子做的事比逃跑这种级别的背叛还要严重得多。

想到此处，谢汐有点儿慌，自己可千万别是因为还招惹了别人才逃跑啊！那真是……剪不断理还乱了，参考下向左还是向右那个准世界，可怕的是在那个世界里他还能读档，这里呢？

没有读档选项！

唯一庆幸的是有个失了身的江斜可以帮忙，还不确定是不是帮倒忙……

谢汐接过了名册，努力给自己刷了波信任值："我只是回来看看，一会儿就回圣山，所以才没带它。"言下之意就是我真没逃跑，我要是逃跑我肯定把它带走。

青龙道："一会儿也不行，我看到名册却没见到人时真的很不安。"

谢汐道："是我不好，还劳烦大人亲自给我送来。"

"你啊，"青龙包容地说道，"还是一股孩子气，玩儿心重。"

这话似乎意有所指，谢汐谨慎地回道："以后还请大人多多管束。"

青龙心情似乎好了许多："我哪里舍得管你？"嘴角的笑容淡了些，低声道，"我能做的只有等你长大。"青龙这话里似乎有些无可奈何。

谢汐的心咯噔了一下。

青龙放下名册后便走了，只嘱咐谢汐道："等晚些时候我再来看你。"

谢汐也不知道现在表忠心还来不来得及："我跟您回圣山吧。"

青龙微怔，眸色更深了："你想随我回去？"

谢汐点头道："对。"先不管其他魂意了，他总觉得老四有点儿惨，先哄哄再说。

谁知青龙竟摇摇头，温声道："你既然回来了，就多待一阵子吧。"

谢汐有点儿蒙，这是什么情况？莫非是试探？

谢汐再接再厉道："我想和您回去。"

青龙笑了笑，可惜眼底却没有笑意："不急，等日子到了我会来接你。"青龙补充道，"等我。"

这两个字仿佛带了杀气！

谢汐不敢惹他了，抱着名册目送他离开。青龙竟然真的不想让他回去，为什么……

青龙走了，紫九过来道："天啊，青龙圣人居然亲自来给你送名册。"

谢汐无言以对。

紫九又正色道："可不许再胡闹了，青龙圣人要是知道你想逃跑，他得多愤怒！"

现在恐怕早就怒气冲天了！

谢汐道："我有点儿累了。"

紫九想到他莫名其妙的失忆也比较担心，于是道："好，你休息休息，看能不能想起以前的事。"

谢汐点头应下。

他支走紫九是为了看看这名册，毕竟性命攸关。谢汐进了里屋，坐在床上后才打开了这个名册。翻开的瞬间，他的右下角出现了一行小字：触发初级修复术技能晋级任务，是否接受？

江斜说过，技能的晋级任务一般在准世界里随机出现，看来他这是遇上了。

谢汐当然不会错过，连忙点了接受。右下角在主线任务和支线任务下出现了晋级任务的提示。难道这个晋级任务和名册有关？

谢汐凝神看向名册，惊讶地发现名册竟然是空白的，只有名册的封面上写着谢汐二字，里面什么都没有，全是空白的纸。这是什么情况？

这时系统弹出三个新的提示。

主线任务：发现空白的图鉴，可进行圣兽图鉴搜集。

支线任务：发现空白的图鉴，可进行妖兽图鉴搜集。

晋级任务1：修复破损的蔷薇图鉴。

这三条消息给了谢汐不少信息，看来这个名册就是任务所需的关键物品，可以用来搜集圣兽和妖兽的图鉴。至于怎么搜集谢汐还不太清楚，但肯定不是随便用支笔画上或写上就行，估计有特殊要求，还需要再琢磨。

这个名册更是晋级任务的道具，也不知道修复破损的蔷薇图鉴要怎么做。

谢汐尝试了一下，发现名册可以放进道具栏，这让他安心不少，只要能放进去就不必担心被人抢走或是破坏。

谢汐又研究了好一会儿，确定名册再没遗漏之处后才躺下休息了一会儿。这小蔷薇之前也不知经历了什么，体力高度透支，哪怕谢汐的资质高，这会儿也有些撑不住。

他迷迷糊糊间被说话声吵醒了。

"是九尾妖祖的仆从！"

"我们蔷薇一族隶属圣山，与妖海毫无瓜葛，他们来做什么？"

“完了完了，听说那狐族最喜拈花惹草，我们是不是要被他们拈了！”

拈花惹草这个成语不是这么用的啊！

接着是一连串的脚步声，谢汐刚坐起来就听到红六的声音：“妖约？”

“是啊！那狐妖说这些都是九尾妖祖给我们的妖约之礼！”

谢汐头皮一麻。

－9－

紫九的声音响起：“约谁？哪朵蔷薇竟招惹了九尾妖祖！”

红六道：“我也不知道，人都去了前厅，族长正在招呼。”

紫九说：“走，我们去看看。”

他们离开，谢汐差点儿慌出原形。毫无疑问，这肯定是某个魂意给他下的！一个青龙还没逃利索，另一个狐妖又来了？

谢汐坐不住了，赶忙披上外套出去查看情况。

他以往的身份是没资格参与这种事的，但如今不同，得了青龙圣人的青睐，又有花神之名，他想去哪儿都没人敢拦着。

谢汐悄悄去了前厅，刚走近就听到一个声线华丽的红发狐妖说：“我们大人说了，是一朵白色的小蔷薇，生得可爱又漂亮，名字里带了个九字。”

谢汐这蔷薇身体原来的名字叫白九，这已经是点名道姓了！他连进门的勇气都没有了！

谁知蔷薇们竟面面相觑，红六道：“竟然是白九姑姑？”

紫九道：“不可能！白九姑姑早就嫁到了白虎族。”

红发狐妖又道：“都说了是朵小蔷薇，年轻又鲜嫩。”

这形容词让厅里的蔷薇花都惊了惊，怎么像是要吃了他们！

红狐后头有个青狐，青狐给红狐一巴掌道：“什么鲜嫩，是稚嫩！”

红狐便道：“啊，对对对，是稚嫩，可爱的意思，不是美味的意思。”

蔷薇花们并没有被安慰到！

年迈的蔷薇族族长说道：“妖约是狐族相伴到死的约定，既然妖约送来了，九尾大人的心意我们明白了，只是不知这朵蔷薇……”

红狐道：“我们大人自然是问过了，瞧，这是小蔷薇留给我们祖上的信物。”说罢红狐拿出了一片小叶子。

蔷薇族的长老们纷纷上前，打量一番后凝神道：“不错，这的确是蔷薇叶子！”

要是普通人类拿片叶子当定情信物，估计要单身一辈子，但蔷薇族是精怪，叶子虽有脱落，但也是很珍惜的，这片叶子几乎相当于人类女子剪了青丝。

红狐又把那片叶子拿了回去，很珍重地放到了衣服里：“虽说你们蔷薇族隶属圣山，但只要这位蔷薇仙子承了我们祖上的妖约，以后你们蔷薇族便是这山海大陆上最厉害的豪门望族。”

谢汐在心里骂了句：你才是蔷薇仙子，你全家都是蔷薇仙子！

蔷薇族的长老们面面相觑，有些为难。

紫九道：“实不相瞒，我们过几日便要举行一门缔约之礼，是圣山的青龙圣人收编了我们族的一朵小蔷薇……”

“那又如何？”红狐道，“圣山要他们的，我们大人要我们的，不冲突。”

谢汐心道：不好意思了，还真冲突了！

他一时不敢出去，生怕红狐得知真相把他给掳走，到时候就麻烦了。

红狐又道：“怎么？你们觉得我们九尾大人不如那条老龙？”

蔷薇族不敢接话。

红狐嚣张得很：“呵，我劝你们别自讨麻烦，我们大人此番是名正言顺地要人，你们同不同意都无所谓，反正这人是要定了！”

蔷薇族的老少蔷薇们都十分为难，虽说他们隶属圣山，但他们这一族实在微弱，哪里惹得起妖海的九尾妖祖？

即便谢汐入青龙圣人的战队，青龙圣人也不一定会为了他们同九尾妖祖撕破脸。况且九尾妖祖是按照礼数派人拿着妖约来的，他们非要阻拦，除了得罪了九尾妖祖又有什么好处？更何况根本拦不住。

九尾妖祖是什么人物？一个眼神就能勾尽天下人，一朵小蔷薇哪里招架得住？

众人权衡再三，最后妥协了，老族长说：“只是这小蔷薇不知身在何处，我们接了这妖约……”

“这就不用你们操心了，”红狐得意地说道，“只要接下妖约，日后便等着荣华富贵吧！”

谢汐在外头偷听，本以为会听到“正义联盟”的蔷薇族力拒“邪恶部落”狐狸精的桥段，谁知这一句话的工夫就投降了？能不能有点儿骨气！你们是圣山，那边是妖海，难道不该势不两立吗！

谢汐还真想多了，圣山和妖海还真不是敌对模式，也没打过架，只是观念不和看不对眼而已。

狐狸们浩浩荡荡地离开，竟不需要见正主一面，可见是多么胸有成竹。

谢汐别说拦了，他连面都不敢露！

蔷薇族族长道：“赶紧去找找名字里带九的白蔷薇，看看是哪个孩子……”

红六道：“倒也不是坏事，那九尾妖祖虽然行事恣意，却是说一不二，如果不是看重他，也不会这样大张旗鼓地来下妖约。”

紫九也道：“族长宽心，那孩子有这样的造化，该替他高兴。”

族长轻出口气道：“快去找找他吧，总得知道是谁。”

一位蓝衣女子说：“也真是怪了，又是朵小白蔷薇。”

红六道："是啊，还都名里带九。"

众人一通唏嘘，竟没有一个人怀疑这是不是同一个人！倒不是他们很傻很天真，实在是蔷薇花里白蔷薇很多，一长一大片，能化形的数也数不清，除了白九之外，其他自由命名的带九的也极多，什么白十九、白二十九、白三十九的有一箩筐。

再说了，谁敢想谢汐这朵小蔷薇前脚答应了青龙，后脚又敢让九尾妖祖来下妖约？正常人都不会相信吧！

惨的是谢汐不仅答应了青龙和狐妖，可能还有别人……谢汐暂时不想暴露，他得找个机会再和江斜谈谈！

下妖约的事很快就传开了，整个蔷薇族都热热闹闹的，紫九忙里抽闲和谢汐说了一声，她是这么说的："没想到咱们蔷薇族要一口气办两件大事，只希望九尾妖祖那里的结约之日能和你错开，要不太忙了。"

谢汐一个踉跄，差点儿没站稳。忙，真忙，他怕是比谁都忙。

紫九并未察觉谢汐的慌乱，说道："你怎么了？"

谢汐是经历过大风大浪的男人，稳住道："没事，睡姿不好，腿麻了。"

"你啊，还像个小孩子，"紫九一直像大姐姐一样照顾他，"快去床上，我给你按一按。"

谢汐哪里好意思，只道："没事的，一会儿就好了……"

紫九盈盈笑着："行吧，长大了，还知道害羞了。"

谢汐这是惭愧！

紫九还有事，没再耽搁："晚点青龙圣人可能会过来，你可别这样乱糟糟的，赶紧收拾下。"

谢汐很怕来的不止青龙圣人……不管了，走一步看一步。

谢汐道："我这就收拾收拾。"

紫九出去了，谢汐一边收拾着屋子，一边默默祈祷着：来一个，来一个，请一次只来一个！

他的特权已经选择了，他也早就查看过效果了。这傀儡术还是很厉害的，可以制造一个与他一模一样的傀儡，还可以远程进行操作，唯一的缺点是不如本尊灵活，只能做些简单的回应，最擅长的就是卧倒睡觉，睡得比本尊还真！

制作一个傀儡需要时间，谢汐一早就做上了，可惜距离做好第一个傀儡还需要很长时间，至于什么时候能彻底使用，还得看谢汐能否熟练掌握这项绝技了。

总之现在的谢汐绝对应付不来两个魂意！

天刚黑，青龙过来了。

整个蔷薇族都热热闹闹地欢迎这位大人，青龙声势浩大地带了一堆侍从和各种美味佳肴。别说小蔷薇们了，便是蔷薇族的长老们也没见过这种世面，一个个惊叹不止，感谢的话说都说不完。

谢汐全程提心吊胆，就怕有人提什么九尾妖祖下妖约这种煞风景的事，还好蔷薇们都很识趣，没人说半个字。

晚宴接近尾声，谢汐凑近青龙说：“大人，我们先走吧。”

青龙垂眸看着他：“不急，我今晚没什么事。”

谢汐想和他独处，想和江斜通通气，所以必须把他支开：“您在这儿，他们也不自在。”

青龙微怔，说：“那你呢？”

谢汐生怕他不走，主动道：“我当然和您一起。”

青龙低声问：“去你屋里？”

谢汐不夙，点点头道：“嗯。”

这无异于在邀请了。

青龙起身道：“走吧，我也累了。”

他一站起来，蔷薇们便放下筷子，抬头看过来。

青龙道：“你们放开了玩，今晚不醉不休。”

大家很快活，纷纷向青龙行礼。

谢汐和青龙并肩而行，一起回了他的屋子。

谢汐一早打扫过，干净又利索。青龙身边还跟着随侍，谢汐看了他一眼，青龙摆手道：“下去吧。”

随侍行了个礼道：“是。”

人刚走，谢汐耽误不起，赶紧问道：“快告诉我，这个准世界到底有多少个魂意？都是什么身份？名字叫什么？”

他赶紧记一记，好做到心里有数！

江斜顿了下，说道：“我要是知道的话，白天就告诉你了。”

谢汐眨了眨眼：“你怎么会不知道？你不是在魂意的身体里吗？”

江斜轻叹口气道：“可是不见面，我就没有其他魂意的记忆。”

谢汐没听明白。

江斜解释道：“我进入每个魂意的身体，记忆是无法及时共享的。”

谢汐：“所以你连自己被分成几份都不知道吗？”

江斜很无辜：“还真不知道。”

毕竟他原本就是个连自己分出去多少魂意都不知道的神人。

谢汐顿了顿，失意地道：“要你何用！”

– 10 –

谢汐努力榨取着他的剩余价值：“那青龙在盘算什么你总知道吧？”

江斜微笑，帅得一本正经。

谢汐不吃他这套，戳穿他：“连这个你都不知道？”

江斜改装可怜：“这个世界的背景设定是神话风，一个个都修行了几百甚至数千年，识海固若金汤，我也就能看到一些无关紧要的东西。”

谢汐不与理会。

江斜振振有词：“你的所有事对我来说都是最紧要的，看不到也是理所当然的。”

谢汐并没有被打动，还忍不住又强调一遍：“要你何用！”打死这个浑蛋他是不是就不用一口气追随很多个人了！

“好啦好啦，”江斜给他顺气道，“根据我这一天的推测，青龙应该是怀疑你接近他有别的目的，并非出自真心，或许是受他人指使，或许你是为了别人来欺骗他。”

谢汐盯着他：“你不是什么都不知道吗？”

江斜：“直接去看他的想法不行，可我这不还有脑子嘛，可以根据他做的事来推测。”

谢汐对他有脑子这个说法持怀疑态度！

江斜又道：“他有了初步怀疑目标。”

谢汐警惕地问道：“谁？”

江斜顿了下道：“他的左膀右臂，他的亲信麒麟，他的白龙二叔，他的弟弟和妹妹还有……”

谢汐听得目瞪口呆：“你再不正经说话，我就走了！”

江斜无辜极了：“我说的都是实情，他基本把你在圣山见过的人都怀疑了一遍。”

谢汐忍不住说道：“神经病啊！”

江斜轻叹口气道：“没办法，看起来老四留下了无法磨灭的心理阴影。”

谢汐气死了：“怪我吗？”

“怪我，都怪我，”江斜赶紧说道，“我的每根头发丝都是错的。”

谢汐莫名被这话吓到了，这浑蛋不会分出去头发那么多的魂意吧，会死人的！

江斜太了解他，一看就知道他在想什么，苦笑道：“我再厉害也不可能分出去那么多魂意。”他现在都要稳不住本元了，真分出去那么多，人早散了。

谢汐听出些不对劲，看向他：“魂意被分出去，对你是有影响的吧？”他早就怀疑过了。

江斜不语。

谢汐道：“既然不好，为什么不惜分出魂意也要设计准世界？”

江斜有时候还真怕小朋友的敏锐，道：“不设计准世界，我又怎么能遇到你？”

谢汐皱眉："这……"

江斜道："这是只赚不亏的买卖，我哪里能错过。"

他说得含含糊糊，谢汐却全听明白了。

江斜说过现在的中庭已经没有成熟的设计者了。X 已经是当今翘楚，但他最高设计的也不过是 S+ 级的准世界，那么 S++ 级乃至地级、天级甚至更高的准世界又是谁设计的?

恐怕那些人都不在了。

江斜说自己没有天赋，是靠魂意来设计准世界，当时谢汐就想过，魂意不也是天赋吗? 现在他明白了，靠魂意是在消耗自身，绝非长久之计，尤其江斜的世界还不许别人进入，也就意味着魂意被放出去了却无法回来，如此周而复始地设计准世界……

遇不到谢汐，江斜最后会散在自己设计的无数准世界里。

遇到了谢汐，江斜会从无数个准世界把自己找回来。

所以他才说稳赚不赔。

谢汐鼻尖微酸，又气又心疼。

江斜道："你这不来了吗？"

谢汐赌气道："我要是不管你呢！"

江斜："那我更应该魂飞……"

谢汐捂住他的嘴："你怎么什么都敢说！"

江斜微笑："因为我有朵善良的小蔷薇。"

谢汐顿了下，闷声道："我可不善良。"

江斜微怔。

他做的一切与善良无关，只是因为曾经以为会孤独一辈子的时候遇到了江斜，遇见了，并希望这个人永远不要消失。

第二天一早，外头传来了极轻的脚步声，青龙睁开眼，一双眸子恢复了靛青色，是侍从来叫他了，他得赶在天亮前回圣山，还有一堆事要处理。

青龙悄悄起身，不想吵醒在一旁的谢汐。

谢汐睡得很沉，毫无所觉。

青龙看着他的睡颜，又安心又不安。

谢汐醒来时身边已经没人了，也不知道是江斜走了，还是青龙走了，嗯……也没啥区别，这两个不管谁都不会吵醒他。

谢汐嘴角弯了弯，又长叹一口气。

愁啊，以前谢汐为了通关不择手段，现在还得顾忌魂意，万一得罪狠了，下个世界遭殃的还是他!

谢汐起床洗漱，刚收拾完，外头就传来了吵闹声："怎么回事? 紫九怎么受了这么重的伤？”

谢汐一听这话，连忙出门。虽然都是设定，但紫九的确把他当弟弟一样照顾，感情是真实的。

谢汐一出门就愣住了。

红六手里捧着一朵很大的蔷薇花，现实中绝对没有这么大的蔷薇花，通体紫红色，很漂亮，可是花瓣却落了一大半。后头有个少女一边哭一边用衣服去接掉下的花瓣：“紫九姐姐都是为了我们！虫怪冲破了结界，偷袭苗圃，紫九姐姐把他们赶跑了，可是自己也受伤了！”

红六急得团团转：“快、快去找族长大人！紫九太虚弱了，再不治疗她就……”

这时年迈的蔷薇族长已经过来了，他一看紫九的模样，颤声道：“把、把她先放到水里。”

谢汐也心急，可惜他知道得不多，不敢多言，只能紧紧跟上，听听情况。

红六和紫九关系好，问道：“族长大人，紫九她不会有事的对吗？”

族长顿了下。

谢汐的心也提了上来。

红六脸色苍白，这时他看到了谢汐，连忙道：“九九！你快去求青龙圣人救救紫九！”

族长摇头道：“没用的，这样的伤谁都修复不了。”

修复？有可能是……谢汐大步上前道：“我来试试。”

红六眼眶通红道：“对，还是要试试，九九我随你去圣山，找青龙圣人来试试……”

“来不及去圣山了，”谢汐道，“让开一些，我来试着修复一下。”

在场的人都愣住了，诚然现在谢汐继承了花神之名，但他本质上只是个普通的小蔷薇，怎么就……

谢汐也不浪费时间了，直接从少女怀里接过花瓣，仔细辨别着方向：“你们知道紫九姐姐原先是什么样子吗？”

老族长到底活得久，经验多，他不再多问，连忙道：“我知道，花瓣的顺序我全记着。”

谢汐松口气道：“那就好办了，族长你告诉我花瓣位置。”

红六也反应过来了，挥手道：“大家都出去，不要打扰族长和九九。”

焦急等待的蔷薇们都出去了，屋里只剩下重伤的紫九、族长、红六还有谢汐。谢汐问清楚花瓣位置后开始使用修复术。

谢汐用了整整七十次修复术，可算把所有掉落的花瓣都复原了。起初族长还持怀疑态度，看着一片片花瓣被“修”好，早已心服口服。

红六大喜道：“没事了！紫九没事了！”

谢汐松口气，他虽然用修复术帮了不少人，但修花还是头一次。

族长激动得手直打颤："花神、花神转世啊！"

谢汐解释道："这只是青龙圣人教我的一点儿……"

"不……"族长道，"这是花神大人才有的力量，我年幼时曾见过，他法力无边，曾修复过青龙圣人的鳞片、朱雀圣人的翎羽、白虎圣人的双翼……据说、据说还修复过九尾妖祖的神尾和后卿妖祖的三头六臂……"

事实证明，江斜还不如一朵老蔷薇管用。谢汐从这番话里至少确定了五个魂意：青龙、朱雀、白虎、九尾、后卿。

也不知道有没有玄武、白泽、穷奇、饕餮、帝江之类的。

－11－

红六也听得很好奇，问道："花神如此厉害？"

"当然！"老族长显然是花神的崇拜者，激动地说道，"当时圣山和妖海并未分家，山海大陆万族融合，圣人和妖祖虽各有追求，却都敬重花神，在花神的组织下经常交流和切磋，远不是如今这般渐行渐远的架势。"

谢汐对这个设定很在意。

老族长继续说道："花神是神鉴的上一代守护者，他上知天文下知地理，几乎无所不能！当然他最厉害的是能治愈万物，无论是什么样的伤，他都可以治疗！"

红六听得一脸憧憬，问道："花神大人如此厉害，怎么就陨落了？"

老族长摇头道："大概是医者难自医，他救了无数人，可惜却没人救得了他，花神陨落，神鉴也跟着遗失了。"

这些谢汐只能老实听着，红六都比他知道得多一些："神鉴不是在圣山上吗？"

老族长道："无论圣山还是妖海，留下的都是残本。"

红六怔怔地说道："竟然是这样……"

谢汐还惦记着紫九跟他说过的事，问道："既然是残本，那神鉴还有剥夺人存在的力量？"他记得紫九说过花神之名若是丢了，神鉴就会抹杀他的存在。

老族长道："所谓遗失也许只是因为无人能懂。"

谢汐愣了下："您的意思是只有花神读得懂神鉴？"

老族长摇头道："更详细的，无从知晓。"

这时紫九醒了，她已经变回人形，虽面色憔悴但看得出已经没了生命之忧："族长？我这是……"

红六见她醒了，很是开心地道："多亏了九九，要不你就……你就……"

谢汐上前问道："身体感觉怎么样？"

紫九愣了下，活动了下手脚道："是九九救了我？"她对抗虫怪时已经是抱着必死的决心，根本没想到能活下来。

族长道："九九有了花神之力，修复了你的身体。"

"花神之力？"紫九看向谢汐，有些茫然。

谢汐这个其实就是个初级修复术，可惜没法解释，他只能硬着头皮道："我也不太清楚，莫名其妙就有了这样的能力。"

族长又把转世一说拿出来说了一通。

紫九怔了下后道："说起来……前些天九九说自己忘了以前的事……"

大家纷纷看向谢汐，目露惊愕。

谢汐一听暗道坏了，这花神转世怕是要成真。

"我虽忘了一些事，但也没有花神的记忆，"谢汐看向紫九道，"况且花神怎么会是朵蔷薇花？"

老族长补充道："谁也不知道花神的本体是什么。"

紫九对白九的感情很深，她摇头道："不管怎样这都是九九，我能感觉到。"

老族长轻叹口气道："好了，不说这些，身体无碍就好！"

红六点点头道："对，已经是万幸了！"

紫九还需要静养，老族长和红六先离开了，谢汐最后才走。

紫九对他说："你别想太多，你就是你，我知道的。"

紫九是在担心他，谢汐心里一热，对她道："嗯！"他的确就是他，这个世界的白九也好，谢汐也罢，实实在在都是他。

从紫九那儿出来，谢汐又问了虫怪的事。

红六告诉他："这也是没办法的事，虫怪是我们的天敌，即便是青龙圣人也不可能杀尽所有虫怪，以前祭坛没有损坏的时候，我们还有结界来守护苗圃，如今……"

谢汐问道："祭坛怎么损坏了？"反正他忘了许多事，不知道就问。

红六道："几十年前新一任的守护者就没办法启用祭坛，青龙圣人也帮我们检查过，可惜找不到缘由。"

谢汐想到了自己的晋级任务，莫非和这个祭坛有关？

谢汐道："能带我去祭坛看看吗？"

红六如今对他很信任，应道："当然，我带你去看看。"

蔷薇山不算大，山腰处是蔷薇们的居所，山顶最高处就是一个露天的祭坛。祭坛很简单，正中央有一个方桌，上面摆着一个香炉，香炉里插着五炷香。

谢汐问："为什么五炷香是熄灭的？"

红六道："如果点燃了，结界也就启动了。"

"无法点燃？"

"原本是要五色长老用灵力点燃的，现在却无论如何都不行了。"

蔷薇族有五色，分别是红、紫、白、蓝、黄，每个颜色都有一个长老，这些谢汐是知道的。

为什么会无法点燃呢？谢汐细细看了一会儿，也没找到什么头绪。

红六带他回到山腰，谢汐心里惦记着事就先回屋了。

他刚翻开自己的名册，视线右下角就出现了小字提示——晋级任务：已修复紫色蔷薇花，图鉴缺少名字。

紫色？是紫九吗？

谢汐连忙去看名册，翻到后面时看到了一朵盛开的紫色蔷薇花。这可不是简简单单画上去的，这朵花逼真得仿佛触手可及。谢汐忍不住碰了下，却是纸张的触感。如此栩栩如生，立体感呈现，比照片还真，好神奇。

谢汐看到蔷薇花最下方的方框，里面是空的，缺少的似乎就是名字。

紫九的名字吗？

谢汐去找了支笔，试着把紫九二字写上去，可惜也不知道是笔不行还是名字不对，总之是无法写上去。

但这个图已经给了谢汐很多线索。

蔷薇族有五色，是不是只要修复五朵不同颜色的蔷薇花就可以完成晋级任务？仅仅是修复还不行，得有名字才算数，那么名字又在哪儿？

谢汐想到了神鉴。

花神之名来自神鉴，紫九也说过神鉴里记载了山海大陆的一切，那是不是会有五色蔷薇花的名字？由此也不难推断出祭坛也许和图鉴有关。是不是等他修复完图鉴，祭坛也就好了？虽说自己不是真正的蔷薇花，但能够帮助蔷薇族，谢汐也很高兴。

晋级任务有了线索，同时也启发了谢汐对主线任务和支线任务的思索。所谓搜集圣兽图鉴、妖兽图鉴，是不是也要对他们进行修复？还是说只要单纯地看到本体？又或者还要知道他们的名字？

青龙总不会就叫青龙吧？

可惜江斜不在，要不还能问问他，谢汐转念又想：八成是问了也不知道！心里嫌弃着，嘴角却因为想起江斜而弯了起来。

晚上的时候青龙没来，他让侍从过来和谢汐说了一声。

谢汐点头道："大人这么忙，就不要来回奔波了。"他还是有那么一点点失望的，毕竟有很多事要和江斜商量，不过也不急，反正明后天青龙一定会过来的。

谢汐不着急睡觉，在蔷薇山闲逛，看看还有没有哪个蔷薇花需要他修一修。他走了一圈，没瞧着受伤的蔷薇，反倒是碰上一只银白色的小狐狸。

小狐狸从萤火虫群中蹿出来，吓了谢汐一跳。

叉烧包从谢汐怀里冲出来，大叫："哪来的妖孽？"

小猫咪昨晚在宠物栏里睡了一宿，天亮的时候，谢汐见它还在睡就没叫它，一直到晚上它才跑出来。

小狐狸当然是看不到叉烧包的，它扑过来冲进了谢汐怀里，小脑袋在他的胸口蹭。

叉烧包见状深感地位不保，也冲过去和它抢地盘。

被两个毛茸茸的小东西拱来拱去的，谢汐痒得不行："别蹭了。"

他话音刚落，小狐狸抬起头，眨巴着眼睛看着他："想我了吗？"

谢汐隐约感觉到了这八成是某缕魂意，但拿不准是不是九尾，毕竟九尾应该是有九条尾巴的狐狸。

谢汐盯着小银狐看了一会儿，忍不住在它脑瓜上弹了下，这动作亲昵又戏谑，却有点儿没大没小。小银狐跳出他的怀抱，星芒坠落间，身材高大的银发男子出现在他面前。

他穿着一身长袍，领口簇拥着狐毛，衬得一张脸华丽又精致，一双竖瞳似笑非笑，漾着摄人心魄的惊人魅力。

是艾克斯，向左还是向右里面的吸血鬼，亚特兰蒂斯里面的抠门二王子。

谢汐眼中带着笑意，银狐明显受用，他凑过来贴着谢汐的耳朵道："我妖约都下了，你什么时候随我回妖海？"

谢汐嘴角的笑容打住！果然，该来的总会来的！

谢汐四下看看，左右无人，他尝试着叫了一声，声音低极了："江斜。"

忽然，气氛降到了冰点，九尾那华丽的声音里满是冰碴子："你叫谁？"

－ 12 －

坏了！

怎么办？九尾没变成江斜，肯定是因为他们没独处，毕竟这是个空旷的地方，四下也许有九尾的侍从，或者是萤火虫的缘故？

九尾面色如霜，本来温柔的竖瞳沉下来后妖气十足，谢汐透过月光看着他，只觉得心惊肉跳。

真是……都怪江斜！

江斜眼睁睁看着信任值掉了一点，却什么都不能做，明明都跟到准世界里了，怎么好像跟看直播也没什么区别？江老邪十分委屈。

谢汐好歹是经历过风浪的男人，神态还稳得住："什么？"

无辜加迷茫，一套又一套。

九尾眯了眯眼睛，冷冰冰的神态有些动摇："你刚才叫谁？"这声音竟有那么一点点可怜兮兮的意味。

谢汐有那么一点点惭愧，但马上开始发挥无剧本演出的真正实力，羞涩一笑："人家说的是'俊秀'，许久不见，真是每次见你都被你帅到。"

就这演技，谁扛得住！

九尾浑身一怔，整个人愣在了原地！

谢汐想了想，顺势说道："跟我回屋。"谢汐为了引他独处，已经突破下限了！

九尾立即跟着谢汐回到了屋里。

果然是妖兽，这速度真快。

谢汐松口气。

果不其然，九尾的竖瞳变了颜色。

谢汐："肯出现了？"

江斜却若有所思，突兀地说道："肯定不是后卿，到底是谁？圣山上的哪一个？"

谢汐捕捉到他话里的关键点："后卿果然是魂意？"

江斜似才回神，道："是西里斯。"

原来是六王子，看来九尾和后卿在妖海见过面，所以江斜有这两个魂意的记忆。

谢汐把自己白天搜集的信息说给他听。

江斜帮他总结了一下："青龙是四王子，九尾是二王子，后卿是六王子，我估计朱雀是五王子，白虎是三王子。"

谢汐也是这么猜的，这几个都和花神有关，而他现在有了花神之名，所以他们是魂意的概率很大。谢汐想了想，说道："还有其他圣兽和妖兽吗？"

江斜道："有，但应该不是魂意。"要不肯定会强行与谢汐扯上关系。

谢汐松口气道："那还好。"

江斜总觉得这话怪怪的，让他后背凉飕飕的，可又怪谁呢？是他自己。江斜忍气吞声。

谢汐又问了九尾的情况。

江斜知道得还挺多，说给他听："你原本是后卿的契人，九尾见了你一面后对你用了迷魂术，你就跟九尾有了妖约。"

这二王子还真是放纵不羁爱狗血啊！不对，这都是江斜，谢汐转头瞪他。

江斜辩解道："现实中我不会这样的。"

谢汐扬眉不语。

第二天天还没亮九尾就心满意足地变成小银狐跑了。他在妖海也有事，他得赶紧处理完才能名正言顺地把小蔷薇要回家。

谢汐睡了个懒觉，起来后又听到了吵闹声。

他们这个小小的蔷薇山真是从来都没这么热闹过！

"我的天，是后卿妖祖的使奴！"

"好害怕，听说后卿妖祖所到之处寸草不生！"有胆小的蔷薇已经瑟瑟发抖。

谢汐一听后卿二字就脑壳痛，西里斯不会也来要人吧？谢汐对老六还是挺内疚的，连带着到了这个世界也还心疼他，尤其想到江斜可能有过那样一个爹不疼娘不爱受诅咒的过去，他就更心疼了。

外头只是后卿的使奴出现，就已经乌云漫天，寒风簌簌，一片阴霾了。

那使奴扬声道："速速将九尾的妖约退回去！"

什、什么情况？

使奴又道："白蔷薇乃是中了九尾的迷魂术，希望你们不要糊里糊涂地助纣为虐！"

蔷薇们听懂了，又瞬间不懂了。

妖海的两位妖祖竟然在抢一朵名不见经传的白色小蔷薇？

本以为谢汐得赐花神之名已经是蔷薇族万年难遇的奇事了，竟然还有朵白蔷薇同时得到两位妖祖的青睐！

白色蔷薇们面面相觑：同是小白花，怎么差距就这么大呢！

– 13 –

后卿的使奴最后还放了句狠话："三日之日不将妖约退回去，后果自负！"走之前他们还留下了一份比九尾的妖约更丰厚的礼物，大概是补偿。

蔷薇们哪还顾得上这些身外之物，他们吓得连忙召开紧急会议，一众蔷薇聚到一起，共商生死存亡的大事。

谢汐如今也是重要人物，红六来叫他开会时他的内心是抗拒的，但他实在没有不去开会的理由，只能硬着头皮去了。

到了议事厅，来回踱步的老族长急道："怎么样？还没找到那朵白蔷薇吗？"

白一皱眉道："问遍了，所有名字里带九的白蔷薇都说不是自己。"

蓝四冷笑："都这样了，即便是也不会承认了吧！"

谢汐的心一虚。

白一维护自己的花色："我们白蔷薇性情纯真，从不撒谎。"

蓝四道："呵，就是会脚踏两条船！"

鉴于自己不止踏了两条，谢汐就当蓝四不是说自己了。

白一道："你没听后卿使奴说吗？小白蔷薇是中了迷魂术！"

蓝蔷薇不愧是冷色调，顶起人来针针见血："他要是不去招惹九尾妖祖，会中迷魂术？"

白一顿时哑口无言。

蓝四又道："况且中了迷魂术是离不开施法者半步的，他如今都逃回蔷薇山了，中没中迷魂术还真不好说！"

白一羞愤交加："你、你别乱说。"

蓝四:“白蔷薇的花语是纯洁的爱情，就这么个纯洁法我真是开眼界了！”

眼看事没讨论出结果双方却要打起来，老族长连忙道:“都少说两句，现在是吵架的时候吗！”

蓝四冷哼一声，别过头去，白一也是气得半死，偏偏蓝四还说得句句在理，他无力反驳。

谢汐这个“罪人”只能老实地装雕塑花，降低存在感以期事迹败露后不会被蔷薇们乱棒打死。

老族长主持会议道:“当务之急是妖约的问题，我们到底退不退？”

黄一向来是个墙头草:“不退我们得罪了后卿妖祖，退了又得罪了九尾妖祖，这实在是不好办。”

这事要是好办，大家还用聚在一起发愁吗？

红二画风迥异，她一拍大腿道:“干脆告诉两个位妖祖，让他们比武要人！”

众人:“闭嘴！”真是看热闹不嫌事儿大！

其实谢汐觉得……这招挺好的，干脆让五个魂意聚一起打一场，说不定游戏就通关了……

紫九冷静地分析道:“我觉得我们还是得把白蔷薇找出来，让他自己做选择。”

红六接话道:“可是找不到啊！”

蓝四又开嘲讽了:“一朵纯洁的白蔷薇干了这种事，他敢承认？”“纯洁”二字他说得很重。

白一不服地道:“我相信他肯定有苦衷。”

谢汐在心里点头:真有苦衷，苦衷可大了。

蓝四道:“有苦衷就站出来说明白，难道我们还会不帮他？”

谢汐沉默了:不是帮不帮的问题，而是帮不帮得了的问题。

会议开到最后也没开出个所以然……

老族长看向谢汐，问道:“花……”没把花神大人给说出来，他临时改口道，“九九你有什么意见吗？”

谢汐心道:建议你们举族搬迁，不要在这个是非之地待着了。

他当然不会这么说，他正要开口，紫九便道:“他能有什么办法？这事绝对不能去求青龙圣人，要是牵扯了圣山那边，回头妖海以此为由发起战争怎么办？”

紫九还是很有大局观的，圣山和妖海关系紧张，眼前的和平已经是在努力维持，若是青龙出面，那两个位妖祖趁机生事，又该如何收场？

到时候山海大陆血流成河，他们蔷薇族岂不是成了千古罪人！

众人一时沉默。

虽然谢汐的设定变态，但他的确是当事人无误，总不好因为自己害了这么些简单可爱的小花。

谢汐道:“我去一趟妖海，与他们……”

他话没说完，外头忽然乱了起来：“虫怪！虫怪来了！”

“怎么回事？又没到冬季，这虫怪怎么来得如此频繁？”

蓝四反应过来了：“是妖约！”

蔷薇们一愣，皆是面色苍白：“妖约中全是天地灵材……”无论九尾还是后卿出手都足够大方，送来的全是好东西。蔷薇族自给自足，一般不和外面通商，妖祖们贴心地都没给金银财宝，而是些天地灵材。

蔷薇们看了的确是开心雀跃，然而虫怪们也很雀跃。

虫怪不通灵智，只是遵循本能行事，它们嗅到了蔷薇山上的美味，忍耐不住，发起了攻击。

在这开会的全是族里精英，听到外头的动静，全都冲出去应付眼前的灾祸了！

谢汐也跟了出去，这事他是有责任的。虽说……唉，总归是有责任，他一进这个世界，就已经是责任挂满身了！

谢汐第一次见到虫怪，这东西长得……可以说是十分糟糕了！很大的虫子，而且还有触手，拎起一个小蔷薇张口就要吃。好在化形的蔷薇也不是吃素的，总有些这样那样的木系法术，用起来很像样！

谢汐要上前，紫九拦住他道：“别靠近，它们最爱吃年幼的蔷薇花。”

怎么……听起来更糟糕了。

红六大叫：“九九你去后方，我嘱咐过战士们了，大家都有好好搜集花瓣，你想办法治疗。”

谢汐又道：“给圣山送个信吧！”

紫九说：“冲不出去，先扛住这一波再说。”

谢汐看了下形势，的确是很难杀出去送信，他打消了上去砍虫子的心，退居后方修蔷薇花。

蔷薇们一旦受重伤就会变回原形，虽然花瓣掉落的模样对于蔷薇们来说和人类断胳膊断腿一样凶残，但对于谢汐来说心理负担却小多了。

他修得多了，对蔷薇花也越发了解，根据花瓣的生长方向基本能够推断出该安在哪里。偶有错的，只要不是重伤昏迷，蔷薇花会自己指出来，倒也方便。

有谢汐在后方压阵，蔷薇花们战斗力暴增，本来打一波就残了，现在修一修还能打，只是战斗时要小心些，不要被吃掉就好。

如此激战了很久，蔷薇们终于把虫怪给击退了！

红六、紫九这些前线的战士都筋疲力尽，衣衫破烂，还沾了不少虫血，可他们仍是最美丽的蔷薇，最英勇的战士！

谢汐这犹如开挂一样的技能又让他一战成名。

如此大获全胜，老族长很激动，还有些膨胀：“谁说我们蔷薇族胆小怯弱，只知依藤蔓而生？我们也可以是骁勇善战的战士！”

大家正热血上头，也跟着振臂高呼。

蓝四沉稳冷静，当头就是一桶冷水泼到了他们头上："所以说，妖约怎么办？"

大获全胜的蔷薇们瞬间蔫了。他们打得过虫怪，却绝对打不过那两位妖祖。别说九尾和后卿了，即便是他们随便派个人过来，也会轻而易举地推平蔷薇山。

谢汐再怎么修复，也不可能把被变成渣的蔷薇花给拼起来……

"不如就以此为借口退回去吧。"谢汐开口。

大家纷纷看向他，显然都没反应过来。

谢汐道："妖约这样丰厚，我们却根本守不住，还会招来虫怪偷袭，想必两位妖祖也能体谅。"

他这样一说，大家懂了！

红六眼睛一亮道："对！我们可以只退妖约！不退人！"

谢汐觉得顺便把人退了其实也行的。

蓝四冷静地道："这样能行？"

黄一说："总之先拖一拖，咱们也有时间把那朵小蔷薇给找出来！"

白一也道："对！找到白蔷薇，问明情况，没准就有破局之法了。"

蔷薇们也实在是没办法，只能暂时这么办了。

老族长沉吟道："这妖约由谁去退呢？"

妖海可不是个简单的地方，蔷薇一个不小心怕是就回不来了。

谢汐哪还会再让蔷薇们为难，主动说道："我去。"

紫九立马道："不行！你怎么能去妖海冒险！"

老族长也说："你若是有个三长两短，我们怎么和青龙圣人交代！"

谢汐要是不去，你们也没法和后卿、九尾交代……

谢汐有现成的理由："我好歹有花神之名，九尾和后卿看在圣山的面子上也不至于为难我。"

这话让紫九和老族长都怔了怔，他们有些被说服了。众人还没商量出个结果，外头又乱了起来。

紫九夺门而出："怎么回事？"

小蔷薇们大叫："虫、虫怪啊！"

谢汐也跟了出来，虫怪刚退，怎么又来了？他出来一看，呆住了，是虫怪没错，但都是尸体，小山一样堆了一地！

蔷薇们目瞪口呆，只见虫怪山上有一只小老虎，奶声奶气地道："妈妈，我来啦！"

谢汐这心就是一个咯噔。

只听身边人说："也不知道是谁家的小老虎，见着白色蔷薇花就扑上去叫妈妈。"

－ 14 －

小老虎生得很可爱，约莫有猫咪那么大，一身毛发像雪一样白，还毛茸茸的，软得仿佛一大团棉花糖，它有一双金色的眼睛，像小太阳一样闪亮，再配上软糯糯的声音，实在让人少女心爆棚。蔷薇花们是比较害怕兽类的，但见着这个小家伙，都纷纷说道："好可爱啊！"

"也不知道是谁家的崽。"

"白色啊，白虎圣人吗……"

"不可能，我们白虎圣人心中只有习武，恋爱都不可能谈，哪来的娃。"

"对！白虎大人以战封圣，从不近女色！"

可算有个智商在线的人了，紫九错愕地问小白虎："这些虫怪都是你杀的？"

小老虎看了看她的紫色衣服，眼中闪过一丝失望，紧接着便仰起下巴道："当然，谁都不可以欺负妈妈！"

虽然崽小，但就冲这天不怕地不怕的劲，谢汐确定是老三的。至于老三和谁生的……呵呵，谢汐会好好问问江老师的。

紫九还在和小老虎说话："你自己……打败了这么多虫怪？"

小老虎很受用，昂首挺胸道："我是妈妈最骄傲的宝贝，无所不能！"

谢汐牙疼。

紫九又问他："那……你父亲是？"

"我的父亲，当然是……"小老虎用力抬头，抖了抖后背……没反应，他又抖了抖……还没反应……小老虎很气，胖爪一拍，捞了个虫翼插到了自己的后背上，这下他满意了，昂首挺胸，摆了个炫酷的姿态，"当然是战无不胜攻无不克，全天下最爱妈妈的白虎战神！"

一众蔷薇花面面相觑。

谢汐不想看了，这要是他的崽，他一准扔回去回炉重造！白虎的原型是有对双翼的，这小家伙是没翅膀，硬给自己安翅膀吗？

黄一不愧是族里的知名墙头草，很会见风使舵："原来是圣人之子，果然英武不凡！"

蔷薇们纷纷看向他，怀疑他眼瞎：老黄你到底是从哪里看出这个后背插着虫翼的小老虎英武不凡的？

谢汐嘴角抽搐，觉得很丢脸！

小老虎完美继承了他爹的性格，一被夸就尾巴翘上天，他看了看黄一的衣服道："你眼力不错，可惜真正懂我的只有我亲爱的妈妈。"

谢汐想溜，腿都抬起来了……

这小老虎估计是显摆完了，再加上站得高看得远，竟一下子看到了他："妈妈！"

谢汐不回头，当幻听了。

然而小老虎已经扑了过来，一个精准投射，稳稳地落在他的怀里：“妈妈，妈妈，我可算找到你了！”声音请参照小蝌蚪找妈妈。

蔷薇们纷纷看过来，一脸惊悚。

抱着个棉花糖一样的小老虎，谢汐也高兴不起来：“我不是，我没有……我……”

他话没说完，蔷薇们哄堂大笑：“哈哈哈，小老虎你认错人啦！”

小老虎没理他们，在谢汐怀里使劲蹭，亏了他毛发茂盛，要不这么个蹭法得把自己给蹭秃了。

紫九也忍俊不禁地道：“他不是你妈妈，他是雄性。”

哦，谢汐都忘了男人不能当妈了！

这小老虎也不是吃素的，改口神速：“爹爹！”

紫九愣了下。

小老虎在谢汐的怀里找了个舒服的姿势，开心地道：“两个爹爹容易叫混，所以才叫妈妈。”

紫九诧异地问道：“你妈妈是男的？”

小老虎歪着脑袋道：“不知道啊，”他回头问谢汐，“爹爹你是男的吗？”

谢汐面无表情，想把这白虎爷俩一起送上天炸成烟花。

红六上前道：“小家伙，你认错人了，这位虽然也是朵白蔷薇，但肯定不是你妈妈。”

有朵白蔷薇也说：“对，这小老虎刚才也叫我妈妈。”

其他白蔷薇也笑着应和。

小老虎恼羞成怒道：“我……我刚才是认错了。”

红六道：“那你现在没认错？”

小老虎说：“当然没有！”

老族长沉稳出场，道：“我们蔷薇族都是诞生于苗圃，从未有生子一说，白虎小少爷怎么就确定您的至亲是白蔷薇？”

小老虎抖了抖身上的毛发，说道：“这么雪白的颜色，就是遗传自我妈妈！”

大家默了默，狠心戳穿他：“白虎圣人也是白色的……”

小老虎道：“就是因为爹爹都是白色的，我才会是这么纯正的雪白！你没见过其他老虎吗？黑一道黄一道，都是颜色不同杂交出来的！”

请尊重点儿森林之王好嘛！人家那是虎皮纹，是正宗的老虎色！

又有蔷薇道：“白色的生灵多了去了，怎么就一定是蔷薇花？”

小老虎还有证据，他一转身，把后背给露了出来：“看！这里是不是有两个小花瓣！”

蔷薇们围上来细细看了一番。

“真的是花瓣……”

“花瓣有这么厚实吗？”

“可的确很像蔷薇花的花瓣！”

“形状像，颜色也像，只不过这位置……”

谢汐也看到了，低声道：“这难道不是你的翅膀吗？”

白虎生两翼，小老虎刚才抖了半天都没抖出来的就是这两个藏在皮毛里的小翅膀？

听到谢汐的声音，小老虎惊喜地抬头：“对呀，我翅膀的形状就是爹爹花瓣的形状！”

蔷薇们又信了，纷纷看向谢汐，目露惊讶。

谢汐都不忍心忽悠他们了：“这其中可能有什么误会，白虎大人应该会过来找他，到时候就清楚了。”

他如此淡定从容，浑然不像一个即将和青龙永生追随又和白虎有了娃的渣花……

大家……又信了！

生怕再生事端，谢汐道：“我先带小老虎回屋，劳烦族长给白虎大人送个信，请他来一趟。”

老族长道：“好的，就是不知道这信能不能送到……”

谢汐很笃定：“没问题的。”白虎就是加尔，谢汐不信他不来。

小老虎也道：“爹爹的信怎么会送不到？”

谢汐揉了小老虎一把道：“累了吧？”

小老虎立马被温柔的声音蛊惑：“好累啊！”奶声奶气，还撒上娇了。

谢汐嘴角抽了抽，带他回屋。谢汐是故意的，他怀疑这个小老虎和那只银狐一样，也许就是白虎本尊。

谢汐反手关上门，小老虎却没有丝毫要变身的意思，还摇头晃脑地四处看着：“爹爹你这里好穷啊。”

谢汐没理他。

小老虎很快又道：“但没关系，有爹爹在的地方就是最好的！”

谢汐盯着他看了好一会儿，最后不得不承认他真的只是只小老虎。难道真是他和白虎的娃？难道是像种子一样……

小老虎也不知道找了他多久，虽然强悍地杀了一堆虫怪，但的确是累了。谢汐出神地想着事，怀里的小家伙已经呼呼地睡着了。

谢汐低头看到睡得香甜的老虎崽，心情很复杂。等等吧，反正白虎肯定会来，到时候他会好好问问江斜，这到底是怎么回事！

谢汐把睡着的小老虎放下，翻了翻自己的名册。

他今天忙了一天，各种颜色的花都修过，应该搜集了很多图鉴。

果然，随着他翻开名册，视线右下角不断涌现出文字——晋级任务：已修复黄色/蓝色/白色/红色蔷薇花，图鉴缺少名字。

想知道这名字还是得去找找神鉴。就眼下的线索来看，神鉴十有八九是圣兽和妖兽在看护，他得分别去圣山和妖海走一遭了。

谢汐刚合上名册，外头一阵鸟鸣声惊天而起，哀婉凄绝。

小老虎是真的累坏了，这么大动静，居然只是缩了缩。谢汐拍了拍他的背，给他顺顺毛，这小家伙就又睡得香甜且舒心了。

谢汐出门，看到了外头冲天而起的霞光。

鸟鸣声已经小了很多，可断断续续地还能传来一点儿，竟然带着浓浓的悲伤意味。

红六面色惨白："百鸟齐鸣……朱雀圣人……陨落了。"

谢汐愣住了……

朱雀不是老五吗？魂意怎么就这么死了？

– 15 –

魂意是会死的。

这个准世界从"醒来"那一刻就是绝对真实的，包括死亡。在每个准世界里，魂意身为"创造者"都很厉害，力量和地位都几乎凌驾于所有人之上，但这不意味着他们是不会死的。

六王子就死过一次，幸好那时候谢汐可以读档，但在这个世界他无法读档！魂意死了该怎么办？对江斜有影响吗？每一缕魂意都是江斜的一部分，失去自己的一部分，怎么可能会没影响！

谢汐是关心则乱，满脑子想的都是最糟糕的情况。

这般百鸟哀鸣之声实在让人揪心，花族和鸟族关系向来不错，冷不丁听到鸟族的悲痛鸣叫，都难掩伤心之色。

"朱雀大人怎么会忽然陨落？"紫九呢喃道，"那么强大的圣人，怎么、怎么就……"

老族长摇头道："再强又如何，命由天定。"

不知为何，听到"命由天定"这四个字，谢汐心底生出了一阵不快。哪有命，又哪有天？谁又有资格定下一切！

谢汐坐不住了，他要去圣山看看才行！

"紫九姐姐，"谢汐唤她，"小老虎在我屋里睡下了，我有点儿事想出去，你帮我照看他一下。"

紫九微怔："这等要紧的时候，你要去哪儿？"

谢汐道："我去圣山。"

"你去圣山做什么？朱雀圣人陨落，圣山肯定乱成一团，你此刻过去，即便是青龙圣人也……"

"所以我才要去。"谢汐没法解释，道，"紫九姐姐你放心，我心里有数。"

紫九还欲再说，老族长拉了她一下，轻轻摇了摇头。

紫九担心谢汐，对老族长说："朱雀圣人主火，他出事，半个圣山都是火，我们花族哪受得住那样的热度？"

老族长道："让他去吧，有青龙圣人在，不会有事的。"

谢汐已经下山，向圣山的方向赶去，他把叉烧包放了出来。

叉烧包浑然不知自己又多了个弟弟，听到这鸟叫声还跟着喵呜一声。

谢汐吩咐它："盯着点儿，看有没有鸟过来。"谢汐总觉得鸟族会来找他。

叉烧包还是很靠谱的，立马飞高了四处查看。

朱雀也是魂意，少不了给自己来一波设定。至于设定的是什么谢汐暂时还不清楚，但严重到陨落，肯定不是小事。鸟族的人十有八九也知道他这朵白蔷薇，没准会来找他。谢汐自己去圣山太慢了，能搭上他们的便车，自然是省时又省事。

谢汐想得没错，没一会儿叉烧包大叫道："好大的飞燕！"

谢汐一抬头……

这是燕子？这可能是战斗机！战斗机，啊呸，飞燕估计还配有雷达系统，居然扫描到了谢汐这个小身板。

谢汐赶紧把叉烧包收了起来，叉烧包小声道："爸爸我不想睡了。"

谢汐怪心疼的，可一想接下来全是事，只能哄道："乖，等消停了再放你出来，还有个小伙伴和你一起玩。"

他这么温声说话，叉烧包被哄住了，委屈地回了宠物栏，等反应过来时已经晚了，小伙伴？什么小伙伴？它不要弟弟妹妹，它要做独生子！

飞燕落下，一双漆黑的眸子死死地盯着谢汐："你还想跑！"

鬼知道这都是些什么事！

飞燕收起羽翼，变成一个留着黑长直头发的英俊少年："你这祸水，勾了我们大人的心魂又弃之不顾，害他走火入魔，气……"

谢汐是真怕魂意死了，连忙问："他怎么样了？带我去看看！"

"你还问怎么样了，圣人……"

谢汐眯起眼睛，压低声音："不想圣人出事，就赶紧带我去见他！"

飞燕被谢汐给镇住了，他本来就是接谢汐的，只是心有不甘，才教训了谢汐一下。飞燕现出原形，闷声道："上来。"

谢汐坐在他宽大的背上，眨眼的工夫就飞到了圣山上。这是谢汐第一见到圣山。

虽说用了山这个字，但这不是一座山，而是一片极其广袤的区域，一眼望去云里雾里的，很像人们幻想中的仙境。飞燕直冲云间，没多久便笔直飞向一个烈火熊熊燃烧之处。远处有座宫殿，很是恢宏大气，也不知是用什么建成的，此刻通体泛着红光，仿佛烧起来的熔炉。

飞燕道：“抓紧了，掉下去的话，你会被烧死。”

谢汐应了一声。

飞燕陡然加速，直直冲过烈火，向最深处的宫殿飞去。

谢汐紧紧抓着飞燕，仍被烤得面色通红，呼吸间也全是热气。朱雀主火，是他走火入魔才引得圣山火势燎原。也不知道他怎么样了，谢汐心急得很。

飞燕速度极快，总算将谢汐送到了朱雀宫。这整个宫殿都是大火，很多鸟儿都不怕热，守在那儿悲痛欲绝。

一个拖着彩色尾羽的男人走过了过来：“接到了吗？”

飞燕急声道：“接到了，可是有用吗？我们圣人……”

“总得试试！”

谢汐听到对话后稍稍松了口气，没死透就行，只要还有一口气，那十有八九是在设定里装死！

“蔷薇大人，”这位七彩尾羽的男人成熟多了，有火气也压着，还在恭维谢汐，“请您救救圣人吧！”

谢汐对这个称呼敬谢不敏，不过此刻救人要紧，也顾不上这么多了。谢汐情真意切地说道：“圣人怎么了？有什么需要我帮忙的请尽管提！”

七彩尾羽男道：“圣人知道您的缔约之日将至，终日郁郁寡欢，恰逢千年火劫降世，他只身前往，虽控住了火劫救了天下苍生，却身负重伤危在旦夕！”

谢汐搞不懂这些前情提要，抓重点问道：“我能做什么？”

“朱雀大人自愈能力很强，只是他心如死灰……”七彩尾羽男悲痛欲绝，“是圣人自己不想恢复啊！”

谢汐懂了——简单来说此时此刻的朱雀就是生无可恋，一心求死。

七彩尾羽男怕他不懂，委婉地提示道：“求您给他一些希望，他一定会醒过来的！”

谢汐也顾不上其他奇奇怪怪的设定了，他不能让魂意出事……

像是生怕事还不够大一般，这时外头传来了鸟鸣声，紧接着是通报声：“青龙圣人到！”

也是，同为圣人，朱雀出这么大事，青龙肯定是要来看看的，可问题是……您能不能别卡着点到场！

谢汐怔住!

朱雀一声不吭，只是将谢汐护在了怀里。

青龙远远看了一眼，什么都没说，转身走了。他的背影落寞又孤寂，仿佛被全世界抛弃了。谢汐的心都被扎成马蜂窝了，要不是朱雀死死拽着他，他肯定会追上去。

稳住稳住，谢汐告诉自己好不容易救活了朱雀，不能前功尽弃，当务之急他还是要和朱雀独处，找江斜打听下情况。

道理都懂，理智也在，可脑子里一想到青龙是真实地体会到了背叛，谢汐就又不忍又生气!

江斜不分出魂意就无法履行设计者的责任，分出魂意又导致世界只有谢汐能进入，而谢汐只要一进来，这帮魂意就抢他。

谢汐怔怔地出神，朱雀的声音满是不安:“小汐，你不会是看我重伤才说那些安慰我吧?”

谢汐心咯噔了一下:“你说什么呢，我哪会说那样的话来安慰人。”

朱雀低声道:“青龙都听到了。”

这话谢汐没法接。

朱雀道:“是我不好，没能早些遇到你。”

其实咱俩遇到得挺早的，至少在失落的亚特兰蒂斯里，他们的相遇比老四（青龙）早。

谢汐心里总不踏实，他看向朱雀道:“大人刚醒，还是要好好休息。”

朱雀一急:“你要走吗?”

谢汐心软得一塌糊涂:“不走，我在这儿守着您。”

朱雀眼睛一亮，喜悦之情溢于言表。他其实还没恢复，谢汐的这一番话让他振作起来，瞧着像是没事了，可事实上连站着都是在强撑，而且控住火劫不是一件轻松的事，多亏他本性主火，要是换成旁人，早死千百次了。

七彩尾羽男很会看眼色，连忙道:“圣人需静养，我们就先下去了!”

朱雀点点头:“让各位担忧了。”

众鸟儿都快哭出来了:“圣人平安，已是鸟族大福!”

鸟儿们都走了，偌大个殿里就只剩下朱雀和谢汐。

谢汐扶朱雀回到床上，朱雀躺下，看着他:“我总怕自己在做……”

“梦”字没说出来，鸳鸯眼出来了。

谢汐一顿，江斜虚弱地道:“这朱雀真能折腾，的确是半死不活了。”

谢汐追问道:“到底怎么回事?”

江斜轻咳道:“你还是赶紧去青龙那里吧。”

谢汐一愣，心里冒出了糟糕的念头。方才青龙和朱雀在一起，江斜是记忆共享状态，所以他知道青龙在想什么。

江斜道：“青龙遇到你之前修的是无欲道，为了拉你入队破了道心，身体一直被反噬，但考虑到你即便有花神之名也寿命不长，所以放任了反噬，想与你并肩作战。”

谢汐继续问道：“青龙现在情况怎么样？”

江斜道：“你赶紧去安抚他，应该能活下来。”

这么严重！谢汐急了，问道：“要是魂意死了你……”

江斜道：“客观上讲我和魂意是同时存在的，一个消失，我就不复存在。”

这比谢汐想得还糟糕。谢汐坐不住了，道：“我去追他。”

江斜点头。

谢汐还不放心：“朱雀怎么办？”

江斜道：“短时间内这里不会有人来，我清醒着自然不会有事。”也是，现在是江斜，不是朱雀，只要没人来，就问题不大。

谢汐不敢耽误时间，正要出去，江斜又拉住他，塞给他个东西：“隐身符，用了这个其他鸟就看不到你了。”

这是个好东西，要是让其他鸟儿发现他出来了肯定要到殿里查看朱雀的情况。

谢汐用了隐身符便立刻追了出去。

这一刻，他切身体会到了什么叫按下葫芦浮起瓢！

－2－

谢汐走出来，因为有隐身符，鸟儿们都看不到他。谢汐用最快的速度冲出了朱雀宫。

这么短的时间青龙并未走远，他是一路走出朱雀宫的。一级一级的阶梯，一步一个脚印，像是踩在淌满鲜血的心尖上，浑浑噩噩地走着。

谢汐远远地看到，心都要裂开了。

朱雀和江斜的五官最像，青龙的背影却与江斜如出一辙。

其实即便没有相似的地方，这些魂意也给了谢汐强烈的熟悉感。这很奇妙，以前没太大感觉，现在却是看一眼就知道这是江斜，哪怕魂意没有本体的记忆，但那种感觉却直直戳进了谢汐的心底。

“青龙大人！”谢汐喊道。

青龙停住了脚步，后背僵直，垂在身侧的手掌攥拳，指甲刺破掌心才能控制住自己别回头。

谢汐大步：“我……”

他只说了一个字，青龙身形一晃，消失了。

天边一道青芒闪过，青龙直接飞走了。

可怜谢汐的设定是个法力低微的小蔷薇，他别说飞了，从朱雀宫跑出来都已经气喘吁吁了。

这家伙能不能让人把话说完！

谢汐可不会放弃，反正跑得了和尚跑不了庙，他大不了跑去青龙宫。至于青龙宫在哪儿……

算了，先朝一个方向跑，谢汐不信青龙会丢下他一个人不管，毕竟青龙是江斜的魂意。

青龙的确是飞走了，都快要飞到青龙宫了，可很快他又掉转方向，默默地在空中隐了气息看着谢汐。

谢汐只是朵小蔷薇，法力很低，根本不会任何飞行的法术，他甚至连青龙宫在哪儿都不清楚，只是闷头向前跑，仿佛这样跑下去就能追上早就没了踪影的青龙。

为什么？不是已经说了那样的话，不是已经选择了朱雀，不是已经背叛他了吗？为什么要追出来？还想说什么？

青龙承认自己得到谢汐的手段并不光彩……

如果这是报应，那他认了。

谢汐跑得气喘吁吁，心里琢磨着：难道青龙真走了？真的气得连句话都不想和他说，独自回青龙宫了？

生气是正常的，在朱雀宫那场景，要是换成谢汐，他不只生气，可能还会杀人放火！青龙只是落寞地离开，已经……嗯……很委屈了……

江斜不会骗他，在记忆共享的状态下江斜是最了解青龙的，江斜都那样说了，说明青龙很危险。照他这个速度，得跑到啥时候才能到青龙宫？

谢汐是越急脑子转得越快，他看到眼前横在地上凸出来的大树根，灵机一动，他就不信青龙真走了！谢汐一咬牙，向树根冲了过去，这样不管不顾的姿态，是肯定会被绊倒的，回头一准摔个狗吃屎。

摔就摔吧，要是青龙不在，他就认栽了！

青龙哪会丢下他不管？本来青龙看他跑得气喘吁吁已经于心不忍了，眼看着他要被绊倒，再也忍不住，上前一把将他扶住。

谢汐向前扑倒的身体被结实的手臂稳住。

青龙什么话都没说，只将他扶好后便松了手。

眼瞅着这条龙又要跑，谢汐拽住他的胳膊道：“青龙大人！”

“什么都不用说了。”青龙道，“你回朱雀宫吧。”

谢汐万万没想到青龙是这样不爱沟通的性子，急道：“我在朱雀宫说那些话……”

谁想到他又没把话说完，青龙剧烈地咳嗽了一阵，弯下腰时额间的青筋都鼓了起来。

谢汐瞳孔猛缩，扶住他道：“感觉如何，哪里受伤了？”

青龙却说不出话，薄唇动了动，吐出了一大口血。

谢汐心都揪成一团了：“青龙大人！”

青龙发出极细微的声音，似乎说了什么，又似乎什么都没说……

谢汐又道：“您别生气，我说那些话只是为了朱雀圣人的身体考虑，并不是出自真心……”

可惜青龙已经昏过去了。

这一个两个的！

青龙晕了，谢汐在这荒郊野岭里倒也不慌。青龙来看朱雀，一定带了侍从，不会孤身一人。

果不其然，没一会儿工夫，两个身着黑衣的冷峻男人走了出来，他们道：“谢汐大人，请把圣人交给我们。”

谢汐道：“带我回青龙宫，我来照看他。”

两个男人互相看了对方一眼，眼中都有一丝嫌恶闪过，但最终还是道：“好的，辛苦谢汐大人了。”他们都是青龙的随从，肯定知道谢汐在朱雀宫说的话，正常人都会对这种离经叛道的行为嫌恶，谢汐也不在意。

眼下最重要的是青龙。

谢汐跟着回了青龙宫，青龙这毛病也不是一天两天了，早就有医师候在那里。青龙刚到青龙宫，医师便上前诊治，谢汐焦急地在一边等着消息。

医师放下床帏，轻叹口气道：“圣人急怒攻心，导致元脉亏损，本已稳住的心魔如今又……”他摇头叹气，说了一堆话。谢汐听得一知半解，问道：“要怎样青龙大人才会康复？”

医师看了眼谢汐，说道：“圣人道心已破，终日承受断骨之痛，这本就很折磨人，现在又遭受重创，实在是痛上加痛……”大概是察觉到谢汐面色不善，医师说到了重点，“只能静养，精神上稳定了，才能稳住心魔。至于断骨之痛，却是没有任何办法。”

谢汐又是自责又是着急，守在床边，一守就是一个时辰。

用了丹药后，青龙的情况总算是好多了，他神色舒缓了些，唇瓣上也有了点儿血色。

谢汐相信青龙肯定听得到，也不管周围有人，开口说道：“我和朱雀圣人说那些话全都是为了助他恢复，朱雀圣人为救天下苍生而身负重伤，我们花族与鸟族素来交好，他们求到了蔷薇山上，我无论如何也不能坐视不理。要说我与朱雀圣人也不过是几面之缘，我实在不知他为什么对我有这样的执念，仅是说几句话就能救他性命，我又怎能置之不理？”

这一番话说得合情合理，在场的龙啊蛇的对谢汐的态度明显改善许多，就连那阴阳怪气的医师的神态也缓和了。

谢汐再接再厉，说道：“我的决心大人您还不知道吗？人人道我高攀，妄想跟在您的身边！难道现在连青龙大人您也不要我这朵蔷薇了吗？”

如此这般说下来，也不知道江斜是什么心情，反正青龙被安抚住了，情况一下子好转了。

随从也对谢汐和颜悦色地道：“谢汐大人，您守了这么久也很累了，去休息休息吧。”

医师也道：“您去休息下吧，这里有我们照看，圣人状况已经稳定，不会有事了。等他醒来，一定第一时间通知您。”

又有侍从说：“圣人醒来，您却累倒了，圣人会怪罪我们的。”

谢汐打量了一番，觉得应该问题不大，心里又担心着朱雀，琢磨着要不要再去趟朱雀宫。可青龙宫和朱雀宫隔着一座圣山，就他这小短腿……

算了，火劫也过去了，朱雀既然醒了也没理由再死一次。

谢汐知道，魂意这死要面子的性格和本尊是一样一样的。

谢汐没走，就住在青龙的寝殿里。但他心里全是事，睡不着，他来回溜达了一圈，忽地心思一动。

神鉴……

他好不容易来到这里，得趁机打探一下这个，他的晋级任务还指望神鉴完成。

谢汐四下看了看，视线被桌案后的一幅画卷给吸引了。这是幅风景画，繁花锦簇很是热闹，和青龙这冷色调的居所略有不搭。

谢汐毫无白蔷薇的记忆，但看到这幅画时脑中浮现出了百花盛会这四个字。他与青龙的相遇就是在这百花盛会上。

谢汐不自觉地靠近，手像被什么吸引一般地放在了画卷上。瞬间，他仿佛被吸进了画中。

谢汐心一跳，在回神时却发现自己身受重伤，倒在了血泊里，他心里很难受，嘴里在叫着一个人的名字……

“后卿？”青龙的声音响在他耳畔，“你为什么会认识他？”

－3－

他在叫后卿的名字吗？谢汐呆呆地，弄不太清眼前的情况。

青龙穿了一身月色华服，垂下的衣袖上隐约有龙纹闪烁。他身量修长，五官冷峻，在一片锦绣霞光中，犹如初雪般清凛。

谢汐看得微怔，分不清今夕是何夕。

青龙低声道：“你一朵小蔷薇，怎会认识妖海的后卿？”

谢汐回答不上来，他还在好奇自己的处境。

眼前的青龙毫发无伤，显然不是那个被无欲道心反噬后半死不活的状态。这里也不是青龙宫，瞧远处百花绽放、霞光漫天的景象，莫非这是百花盛会？

他一不小心进画里了？谢汐搞不太懂，微微皱眉思索着。

青龙道：“你伤得很重，我带你去疗伤。”

谢汐动了下，身上的剧痛让他拧紧了眉。

青龙扶着她，说道：“要不你先变回原形？”

谢汐摇了摇头。

青龙道：“没关系，你怎么舒服怎样来。”他气质温润，声音也十分好听，身上还有着如丛林翠竹般的清新气息，让人莫名心安。

谢汐小声道：“多谢圣人相救。”

青龙微讶：“认得我？”

谢汐道：“我们蔷薇山多年来一直受圣人照拂，当然认得。”

青龙笑了下：“我倒是从未见过你这朵小蔷薇。”

谢汐不喜欢被人这样称呼，总觉得带了些戏谑，可青龙语气平缓，又是在陈述事实，谢汐反驳不了“蔷薇”二字，便在“小”上做文章：“我不小了，早已成年。”

青龙微讶：“你多少岁了？”

谢汐：“十九。”

青龙眼中全是笑意：“还真成年了，可惜还是朵小蔷薇。”

行吧，谁让他是朵货真价实的蔷薇花呢！

青龙与他说笑，其实是想分散他的注意力，怕他犯疼。谢汐也感觉到了，心里少不了又是一阵温暖。

等到了医师那儿，青龙才小心地将谢汐放下。

谢汐不知道自己的情况，只觉得下半身毫无知觉，医师拧眉看了许久才道：“这伤势……”

青龙说：“外面说。”

医师行了礼，跟着他出去了。

谢汐这下更不知道自己是什么情况了。

没一会儿，青龙回来了，他还是那副云淡风轻的模样，嘴边还带着些笑意，说道：“你这朵小蔷薇还算命大，若是再晚一刻，谁都救不了你。”

谢汐同他道谢。

青龙微笑道：“没什么。”

他说得轻松，但医师进来时却眉心紧皱，手里托着一颗白色丹药，神态凝重且紧张，好像有着十万分的舍不得。青龙不甚在意，拿过丹药放在谢汐的嘴边：“吃下就好了。”

谢汐敏锐得很，意识到这东西可能不简单：“大人，这丹药……”

青龙道："不过是寻常的止血丹，你吃了便是。"

他这样说着，医师一脸快吐血的样子。

这要是止血丹，只怕医师得先吃一粒，止止内出血。

谢汐觉得这应该是早就发生的事，也不再多想，张嘴吃了。

这"止血丹"药劲大得很，他吃下去没一会儿就觉得下身一阵麻痒，又酸又疼，难以形容。

青龙见状，握住了他的手臂："忍一忍，会有些不舒服。"

谢汐却有些守不住神志了，死命咬着牙都止不住呻吟声。

他模模糊糊间听到青龙低斥道："怎么回事？"

医师诚惶诚恐地道："这天清丹乃世间异宝，有起死回生之效，这小蔷薇根基太浅，一时间会受不住也实属正常。"

青龙道："这也太久了！"

医师说道："我这里还有一瓶镇痛散，若是用了肯定能好睡一宿，等再醒来就完全康复了，只是……"

青龙问："只是什么？"

医师说："只是这镇痛散对低等精怪有些副作用。"

青龙道："什么副作用？"

医师道："他可能会忘掉一些前尘往事。"

谢汐痛得要死要活，隐约间听到青龙声音："别哭，很快就不痛了。"随着他的低语，谢汐的确感觉不到痛了，昏昏沉沉地睡了一觉。

再醒来已经神清气爽，谢汐身上再无不适之处。

青龙守了他一夜，见他醒了，眉眼舒缓："感觉如何？"

谢汐笑道："多谢青龙圣人救命之恩！"

青龙见他笑得开怀，松了口气道："没什么好谢的。"

谢汐道："若不是圣人及时相救，我就死在那半山腰了。"

青龙顿了下，问他："你怎么会受那么重的伤？"

谢汐哪能知道？这画里的事本来就是游戏中的设定，他半道跑进来，知道才有鬼了。

谢汐犹豫了一下道："大概是被虫怪咬的吧……我们蔷薇族最怕那些虫怪了。"

这伤势绝对不是虫怪咬的。

青龙又问道："你去过妖海吗？"

谢汐理所当然地道："没有。"

没去过妖海又怎么会在危险时刻用无助且眷恋的声音呼唤着后卿妖祖？镇痛散的副作用让这朵小蔷薇忘了一些过去的事，青龙是为了救他，可现在竟起了私心，不想让他想起过去。

"说起来……"青龙低声问，"你想怎么道谢？"

谢汐微怔，没反应过来。

青龙看着他，微薄的唇上挂着点儿似笑非笑：“你不是说要谢我吗？”

谢汐道：“当然！”

青龙问：“怎么谢？”

谢汐眨了眨眼：“圣人想让我怎么谢？”

青龙圣人不愧是某人的魂意：“嗯，永生追随我怎么样？”

– 4 –

谢汐心里好笑，面上露出微讶的模样。

青龙还是比本尊收敛些的，他又道：“开玩笑的，别当真。”

难得见江斜这副模样，谢汐竟起了玩心，道：“原来是玩笑吗？”

青龙猛地看向他。

谢汐垂下眼睫道：“我……我以为……”

青龙问得略有急促：“你当真了？”

谢汐低着头努力憋笑，假装不好意思地道：“没、没有。”

这样说就是当真了，青龙一时间竟不知该说什么。

谢汐道：“我不过是朵蔷薇，哪会想那些，青龙大人救了我，这条命就是您给的，我日后给您做贴身侍仆好吗？”

青龙顿住了，理智上青龙觉得不行。他道：“我不缺贴身侍仆……”

谢汐失望地道：“这样啊。”

“但你可以留在青龙宫。”

谢汐的眼睛弯了：“可我不是侍仆的话，待在这儿又算什么？”

青龙淡定地道：“青龙宫还会多你这朵小花不成？”

是啊，谁家还没朵小花当摆设。

青龙又道：“安心待着。”

谢汐打趣道：“那大人要不要给我准备个花瓶？”他多自觉。

青龙笑了下：“你想怎样就怎样。”

花瓶是花儿临时的家，谢汐就这样留了下来。

他应该就是进了画里，看到了青龙和白蔷薇的经历。谢汐暂时没找到离开画的方式，但他觉得顺着过去走一遭，没准就有线索了。

青龙每天都很忙，青龙宫负责圣山大部分的政务，他每日都要处理到很晚。谢汐就跟在他身边端茶送水，见青龙忙起来，他就找个角落一待，随便翻着书。

青龙对他说：“不用跟着我，你想做什么就去做什么。”

谢汐道：“这就是我想做的事。”

青龙道："不无聊吗？"

谢汐由衷地道："我喜欢这里，青龙宫很安静也很漂亮，让人觉得心里很宁静。"

青龙会心一笑。

谢汐又道："大人你肯定没去过蔷薇山，我们蔷薇族花很多，每天都有新的小蔷薇诞生，苗圃里吵吵闹闹的，永远没有安静的时候。"

青龙的嘴角扬了下："所以你才要留在这里，图个清静？"

谢汐道："不是。"

说完这句话，谢汐低下头道："茶水凉了，我去……"

青龙紧皱着眉，像是在思索什么，谢汐作势要走，青龙又一把拉住他，声音里满是艰涩："蔷薇花族寿元有多少？"

怎么忽然问起这个？

谢汐还真知道一些，道："老族长已经二百岁了，是族里最高寿的人。"

"二百年……"青龙薄唇弯了弯。

青龙又问："你们蔷薇族是没有名字的对吗？"

谢汐点点头。

青龙温声道："我把花神之名给你，愿你得先神庇护，福寿绵长。"

一阵剧烈的拉扯感将谢汐从画中弹了出来，他缓了好一会儿才回过神来，他从画里出来了，回到了现实中。

眼前的画有了变化，画中多了一抹青色背影，青龙走在一条狭窄的道路上，前方是一片漆黑与死寂，背后却是花团锦簇。

他放弃了背后，选择了前路，他一步一步往前走，脚下全是沾着血的龙鳞。青龙破了无欲道，终日受断骨之痛，放弃了无尽的生命，只求这短暂的三百年。青龙从一开始就知道前方是无尽深渊，却义无反顾地走了下去。

画的空白处，多了两行字，青色的墨迹似乎在闪着微光。

> 亘古的生命，不及一时绚烂。
>
> 厮守三百载，只愿此生此世。

难怪青龙会问他蔷薇族的寿元。

"谢汐大人，您醒了吗。"外头传来了随侍的声音。

谢汐猛地回神，推门问道："圣人醒了？"

随侍道："刚醒。"

谢汐道："我去看看。"

说罢两人去了前头的寝居，这两间屋子很近，穿过一个回廊就是。谢汐刚一进去，就看到了面色苍白的青龙。青龙醒了，毫无光泽的靛青色眸子在看到他时闪了闪。

谢汐想骂他又忍住了！

明明这准世界的剧情都是魂意自己设定的，怎么还给自己安了这样苦的前情！要不是周围全是人，谢汐真想劈头盖脸地把本尊给揪出来问问！

现在……

他只能上前握住青龙的手，问道："大人，您觉得好些了吗？"

青龙看着他，问道："你在朱雀宫说的那些话……"

谢汐哪还敢再刺激他，连忙道："都是为了救朱雀圣人，我与他本就只有几面之缘。"他把之前的话又说了一遍，情真意切得很，生怕青龙再吐血。

青龙轻声道："你不要骗我。"

谢汐："我当然不会骗您！"对不起，青龙。

青龙顿了下，又问："朱雀没事了吧？"

谢汐道："已经不要紧了。"

"既然如此，"青龙道，"我们去和他说清楚吧，这种误会还是要尽快解开才好。"

谢汐暗自叫苦不迭。

青龙道："你是为了救他才说那样的话，一直拖下去反倒会害了他，我陪你去朱雀宫和他说明白。"

– 5 –

青龙说得很有道理，字字句句都是真知，实在让人无法反驳。

谢汐肝疼！真是该聪明时不聪明，不该聪明时鬼精一样啊！

青龙见他不出声，眸色黯了黯。

谢汐多敏锐，瞬间捕捉到了信号，他好不容易把这条咯血龙给安抚好了，回头再出事他找谁哭去！

"好啊，"谢汐道，"应该去说清楚。"

青龙神色渐缓："事不宜迟，我们现在就去。"

这条青龙用得着这么着急吗?

青龙又问："怎么了？"

谢汐连忙道："我自己去一趟朱雀宫就行……"

青龙道："我随你一起，这样才说得清楚。"

老四这次很不好糊弄啊！可惜谢汐这次带了个"人形挂"，江斜唯一的用处也就在这里了。

谢汐应道："好，我们一起去，当面说的话，相信他更能理解。"

青龙道："那我们现在就走。"

谢汐的胸口像被人捅了一刀，何必呢……何必要这样折腾自己，又何必要抓着一个背叛了他的人自欺欺人。

谢汐轻声道，"等天一亮，我们就去朱雀宫。"

青龙终于被劝住了："天一亮我们就去。"

谢汐点头道："一言为定。"

青龙悬着的心落下了一些，说道："你用过饭了吗？"

谢汐摇头道："不饿。"

青龙道："不吃饭怎么能行？饿坏了身体……"

他话没说完，谢汐便道："我只不过饿一顿，您终日受断骨之痛，难道就能承受吗？"

青龙呆住了。

谢汐："你放弃了自己的修行，我已经很惭愧了，若是还整天承受痛苦，我又怎么忍心……"

青龙拧眉道："不要这样说。"

谢汐继续道："您一直为我付出，我也想为您付出。"

青龙觉得自己再怎样说，也及不上谢汐说的千分之一。

谢汐轻声问道："能告诉我您的伤势吗？"

青龙顿了下，薄唇微动，慢慢地道："别听他们乱说，没那么夸张。"

谢汐还是追问问道："那到底是怎么回事？"

青龙拗不过他，避重就轻地说了。

谢汐听得心肝直淌血："您的鳞片是在脱落吗？"

青龙道："是，但这三百年肯定不会有事。"

可青龙却要实打实地承受三百年的痛苦！谢汐神色严肃了："我能看看您的本体吗？"

青龙沉默着表示不愿，他道："会吓到你。"

谢汐道："难道我还会害怕吗？"

青龙心一震，他低声道："这里不方便，等……去个空旷的地方吧。"

这倒也是，青龙的体形很大，贸然变身，只怕要把这小屋子给弄得乱糟糟的。

谢汐之所以想看他的本体，是因为自己的修复术，他问道："脱落的鳞片都在吗？"

龙鳞是异宝，当然都在，青龙点点头。

谢汐松了口气，道："我来试试修复吧。"

青龙微怔。

谢汐把自己在蔷薇族做的事说了一遍："虽然我不知道能不能修复您的鳞片，

但很想试试，若是能……”

青龙沉声道：“你说你修复了受伤的蔷薇花……是修复吗？”

谢汐想起老蔷薇曾说过当年的花神修复过青龙的鳞片，他点头道：“对，是修复，必须有花瓣在，否则是不行的。”

青龙盯着他，眸色十分复杂：“修复是花神的能力。”

谢汐道：“我听族长说过。”

青龙说：“你什么时候有的这个能力？”

谢汐道：“我也不太清楚。回到蔷薇山后，我昏迷了一阵子，之后就发现自己能修复一些东西。”

青龙眉心紧皱着，呢喃道：“你为什么会有花神的能力？”他忽然又道，“跟我来。”

青龙起身太快，似乎又拉扯到了伤口，谢汐赶紧扶住他，青龙摆摆手道：“不要紧。”青龙带他去了里屋，也就是谢汐之前休息的地方。

外头的随从也跟了过来，依旧等候在屏风外，这两个随从都是青龙的心腹，青龙并不避着他们。

谢汐又看到了那幅画，看到了繁花锦簇中青龙落寞的背影。

青龙问他：“能看到什么吗？”

谢汐微讶反问：“您看不到吗？”

青龙的瞳孔缩了缩，说：“我只能看到空白的纸。”

谢汐眨了下眼睛，十分确定地道：“这是一幅画，画的是百花盛会，画里还有您慢慢走远的背影。”他没将那逐渐走入黑暗的景象说出来。

青龙看向画卷，说道：“这是神鉴的一部分，世间只有花神能读懂它。”

此时此刻，谢汐却看得懂。

谢汐道：“我只是朵蔷薇花……”

青龙摇头道：“没人知道花神的本体是什么。”

谢汐又道：“可我没有一点儿花神的记忆。”

青龙道：“你有花神的能力。”

谢汐问：“您认识花神大人吗？”

青龙道：“我晋升圣人之位时曾受过伤，他为我治疗过。”

谢汐看向他：“您希望我是花神吗？”

青龙一愣，回过神来，道：“不，你是谁都不重要，我将花神之名给你，只是希望你能多活百年。”

谢汐没再出声。他觉得吧，在这准世界的设定里他十有八九就是这个花神，至于为什么沦落为小蔷薇，估计另有内情。

答案也许就在神鉴里。

谢汐道：“我能再看看神鉴吗？”

青龙道："当然。"

谢汐走过去将手放上去，这次却没什么特别的反应，没再进入画里，不过他发现画中的青龙走进的那抹黑暗中似乎有东西在闪烁。

谢汐伸手过去……

青龙一把将他拉了过来。

谢汐猛地回神："怎么了？"

青龙拧眉道："你刚才……"他没法形容那种感觉，仿佛谢汐离他很远，远到已经无法碰触。

谢汐看着他："嗯？"

青龙摇头道："没什么，只是忽然有些累，我们回去吧。"

谢汐又看了一眼神鉴，应道："好。"

谢汐和青龙一起回到青龙的屋子，心里却有不太好形容的想法在不断往外冒。

只有花神能看懂的神鉴，神鉴上记载着山海大陆的一切。现在谢汐也看懂了，可他看到的只有青龙和自己相遇的那部分，很片面也很短暂。

谢汐盯着那抹漆黑时，脑中闪过的念头是：这一切是在发生后被神鉴记录的，还是神鉴上早就有了，是必然要发生的？

一个能记载未来的神鉴给了谢汐强烈的不适感。

虽然他进入后江斜设计的世界都会沦为"抢汐游戏"，但不可否认的是，一个高阶准世界都有其独立的核心。

倘若谢汐没来这个准世界，那么它的通关任务会是怎样的？谢汐忍不住去想，不仅是因为他需要通关这个世界，更是因为他想了解江斜。

江斜设计的准世界，倾注了他无数心血，也灌注了他数不尽的情感，就像在读一本江斜写的书，谢汐想走到字里行间去看到藏在其中的江斜。谢汐要的不是单方面无限制地付出，而是相互理解，彼此包容，这才是天长地久的相处之道。

天刚亮，精神抖擞的青龙便道："走吧，我们去朱雀宫。"

行吧，该来的躲不掉。

– 6 –

谢汐惦记了一晚上，这会儿可不会再耽误："我能先看看你的本体吗？"

青龙听到他这话，迟疑了。

谢汐坚持道："如果能帮你修复，你也能轻快一些。"

其实谢汐越是不在乎去不去朱雀宫，青龙越觉得心安。

青龙看向谢汐，道："来这边。"

谢汐点点头，跟了出去。

宫殿外有处空旷地，青龙站在正中央，闭上眼睛。一阵薄雾乍起，紧接着一条足足有十几米长的巨龙出现在了空地上。

谢汐看得目瞪口呆。

青龙身上萦绕着淡淡的光芒，龙首转过来时，眸子仿佛是沉甸甸的海洋。

很美……是那种极其壮丽的美……

谢汐半天都说不出话。

青龙的眸子很清明，怕吓到谢汐而压低的声音还是让他心魂震荡，青龙问他："怕吗？"

谢汐半晌才惊叹出声："真好看。"

谢汐上前，胳膊伸长，问道："我能摸摸吗？"

青龙垂首，将自己送到他小小的掌心上。

很硬却又有着暖人的温度。

谢汐问道："对了，你伤在哪儿？"青龙太大了，谢汐也就看到一部分。

青龙挪动了一下身子，谢汐看到了他血淋淋的尾部，一瞬间，谢汐的心揪了起来，他几步跑过去，看着那一片血肉模糊，怔了一会儿。

这得多疼，一片一片的鳞片脱落，每天忍受着这样的痛苦，得有多疼！

青龙把尾巴向后缩了缩。

谢汐冷静下来，道："我来试试修复。"

青龙应道："好。"

鳞片都收集好了，医师连忙把鳞片送过来，他焦急地看着谢汐，期待又紧张。他们都实心实意地敬慕着青龙圣人，他若是能康复，他们愿供奉他一辈子！

谢汐确定了一下位置后使用了修复术。

修复的那一刻，谢汐感觉身上的力气全被抽空了，他不是第一次使用修复术了，或者说他用过无数次，救了无数人，可从未像现在这样，仅仅是修复了一片鳞片，就透支了全部的力气。

医师大叫道："成功了！真的修复了青龙大人的鳞片！"

谢汐却站不稳了，他摇摇晃晃，差点儿摔倒时，青龙化作人形扶住了他。谢汐依附着他，轻喘着气。青龙立马给他喂了一粒丹药，丹药入口即化，谢汐感觉到体力在迅速恢复。很快他就能站起来了。

青龙道："好些了吗？"

谢汐点头道："你给我吃的是什么？"太厉害了，要是有这种补药，他可以一口气把青龙的鳞片都修好。

医师大张着嘴巴道："回谢汐大人，那是凝集了天地灵气，酝酿了五百年才成形的神丹，这天地间也不过才五六枚！"

敢情他这一口吞下的是五百年！

青龙道："这个法术对你来说消耗太大，还是不要用了。"

谢汐道："没事，我能把你的鳞片都修好。"

青龙笑了笑说："不急。"

谢汐瞪他："一直疼着，还不急？"

谢汐估摸着是魂意的力量太强，修复起来消耗太大，所以才会体力透支。他得提升下自己的修为，这样就可以尽快把青龙的鳞片给修好。

谢汐面色红润，不再疲倦，青龙也没提去朱雀宫的事。

谢汐却是心里有数，这事糊弄不过去，不当面说清楚，谁都无法安心。

谢汐道："走吧，我们去朱雀宫。"

青龙顿了下。

谢汐看向他："怎么了？"

临到他主动要去了，青龙却犹豫了："其实……"

"必须去说清楚。"谢汐道，"误会就该澄清，越拖着会误会越深的，尽快说清楚了对谁都好。"

青龙竟惭愧地道："对不起，我居然怀疑你。"

谢汐沉默着。

青龙道："你还是不用去了，我直接去和朱雀说清楚……"

谢汐要吓死！

谢汐连忙道："说好了一起去那就一起去，你去算什么？他不会信的，走吧，我们一起去朱雀宫。"

谁能想到一天前说什么都要亲眼见证的青龙大人这会儿就被弄得晕头转向，还深深自责，觉得自己不该怀疑谢汐。

可是这只是暂时的，想让两个人安心，必须得见面谈谈！

谢汐嘱咐他："到了之后先什么都别提。"

青龙："嗯？"

谢汐道："我们要给朱雀圣人留足面子，尽量在只有我们三人时再谈。"

青龙懂了，认可地道："有道理。"

等他们到了朱雀宫，众鸟儿见青龙和谢汐一起回来时都目露诧异。

七彩尾羽男迎上来道："见过青龙圣人、谢汐大人。"

谢汐问："朱雀大人醒了吗？"

七彩尾羽道："刚醒。"

谢汐松了口气，道："我去看看。"

七彩尾羽男看向青龙圣人。

谢汐背对着青龙，对他说道："我们的事，也该见面谈谈了。"

七彩尾羽男愣了下。

谢汐不给七彩尾羽男细想的时间，又道："你们就不用过来了，我们私下谈比较好。”

的确如此，这种私事外人不该听，尤其又和圣人有关，他们听得多了反倒是祸患。至于朱雀圣人的安危他们是不担心的，圣人已经恢复，以青龙圣人如今被反噬的体魄是伤不到他的。

把人支开，谢汐带着青龙去见朱雀。

一开门，看到他们一起进来，朱雀愣了一下。

谢汐什么都没说，进屋就关门。瞬间屋里就只有他们三个人了。

如他所想，青龙和朱雀都变成了鸳鸯眼。

谢汐松了口气，开口便是：“知道该怎么办吧？”

江斜出来时的朱雀和青龙的记忆是可以依情况模拟的，可以给朱雀来一套，再给青龙来一套，妥妥地让他们两个都以为谢汐背叛了对方。

正是考虑到这点，谢汐才有恃无恐地让他们见面。当着对方的面“背叛”对方，看他们还怎么胡思乱想！

江斜没出声，谢汐看向他……

朱雀也好，青龙也好，竟都朝着他走过来。

谢汐一把推开了他们俩！

一龙一鸟扑了个空，也不恼，还很有理由：“忘了是两个身体了。”

谢汐看看这边的江斜，再看看那边的江斜，虽然猜到他会在两个身体里同时出现，且记忆及时共享，但切实看到，还是觉得画面很诡异。

谢汐问他：“你这算什么情况？”

江斜用青龙的身体厚颜无耻地道：“我可以控制两个身体，开心不？”

– 7 –

谢汐面无表情地送他一个字：“滚！”

江斜道：“我是为了向你展示下我的精神力。”

谢汐冷笑：“你这是在展现自己的精神病吧。”

江斜低笑不语。

谢汐霍地起身：“我走了！”

江斜投降了：“说正事，说正事！”

谢汐也是信了他的邪！

江斜连忙道：“我只能抹掉他们的部分记忆，没法创造记忆。”

谢汐心一紧：“怎么讲？”这浑蛋要是搞不定，他岂不是要死得很惨？

江斜正经地说道：“也容易，你来做做戏，给他们制造出对应的记忆就行。”

谢汐明白了：“是要把该说的话都说一遍？”

江斜道："对，分别说，我留下有用的，抹掉没用的。"

谢汐：真是时时刻刻都在考验自己的演技啊。

"来吧，"江斜道："青龙场次，action。"

谢汐还演个屁，直接笑场："闭嘴。"

这两个字的腔调里全是笑意。

谢汐轻咳两声，努力不笑场，一本正经地当着青龙的面对朱雀说："很抱歉，我之前和您说的话都是骗您的，我一心只想追随青龙大人，希望您能够体谅……"

江斜用朱雀的身体直面了一次拒绝后，捂着心口道："来，下一条。"

谢汐也懒得纠正了，反正这事和拍戏也差不多了，等他演完，江斜还要"剪辑"呢。

谢汐又当着朱雀的面对青龙说："对不起，我心意已决，我想追随朱雀圣人……"

这次好一些，江斜没打断。

魂意的脑回路基本是映射了江斜的，这一个两个的闹死闹活，谢汐其实很担心。谢汐总觉得以前的 X 是厌世的，哪怕站在了中庭的巅峰，哪怕成了最伟大的设计者，哪怕创下了无数神话，他却是悲观的，甚至是自我厌弃的。

越是了解，谢汐越是不得不承认，在这个吊儿郎当，似乎没正形的男人的内心深处，切实地藏着一个完全不同的西里斯。

这种三人独处的时间不能太长，基本上把话说完就该散了。

这时间也拖得够久了，是江斜连连保证："这种活太久的老畜生时间观念很差，我稍微调整下就行。"

谢汐沉默了。哪有这样说自己的！

对于江斜这清奇的画风，谢汐真是每每心软后就又"铁石心肠"了。这家伙会自怨自艾吗？他怎么就不信呢！

江斜最后又让谢汐分别补了一段，内容大概就是——

谢汐对青龙说："我想回越蔷薇族，去苗圃休养一阵子，这样才有力气给你修鳞片。"顺便再提一下永生追随的事，"我们的事还是再等等，一方面是别再刺激朱雀，另一方面我也想专心给你修鳞片，等你健健康康了，一切再说好吗？"

接下来还要对朱雀说："我得回越蔷薇族通知下长老们，毕竟取消缔约不是小事，很多事情都得好生处理，待一切处理好再说，好吗？"

等朱雀和青龙都恢复了原样，一个比一个高深莫测，投向对方的目光都是大度的、既往不咎的。

谢汐站在他两个中间，体会到了什么叫尴尬到窒息。

他得赶紧撤，再待下去他怕穿帮。

青龙对朱雀语重心长地道："好好养伤，身体最重要。"

朱雀对青龙宽慰道："你也是，养好了身体才是最大的本钱。"

谢汐后槽牙疼！

好在江导的剪辑技术不错，他们都觉得自己是最后赢家，对失败者给予了足够的尊重和怜悯，没再落井下石。

三人一起出来，临到殿门外时，青龙和朱雀同时开口：“我送你回蔷薇山。”

谢汐万万没想到这种剧情！

青龙看向朱雀，朱雀看向青龙，两个人同时扬眉。

夹在中间的谢汐感觉到了刺骨的寒意。

浑蛋江导，刚夸完他技术不错就出乱子了！

这下该怎么办？

两个人都有正当理由送他回蔷薇山。

冷静片刻过后，谢汐不愧是走过“刀山火海”的男人，反应够快：“您身体还没康复，不用送我了。”

什么叫一语双关！这就是了！

说不出话的江斜默默给小汐汐点了个赞。

青龙是被道法反噬，尾部鲜血淋淋，身体是相当不好；朱雀刚作死一波，虽然自愈能力强，也没彻底康复。

所以谢汐这句不指名道姓的话，两个人都可接收。

青龙（朱雀）：他肯定是对我说的。

谢汐后背汗涔涔的，面上却冷静得很：“劳烦大人安排下，让黑蛟大哥送我回蔷薇山吧。”

黑蛟是青龙的随从，那两个沉默不语的黑衣男之一。

朱雀眉心微拧，刚要说话，谢汐便又道：“回蔷薇山后，一应事宜还需黑蛟大哥帮忙处理。”

这话更巧妙了。

对青龙来说，谢汐这话的意思是他们两个延后缔约，青龙宫自然得有人亲自去说一声，若非青龙身体不适，他本该自己去的，但现在他的情况太糟糕，谢汐不肯让他去，所以叫黑蛟去。

这话对朱雀来说也是合情合理的：谢汐需要和青龙取消缔约，的确是有不少事需要处理，青龙自己出面太丢人，派心腹去是应该的。

谢汐继续道：“这样您也不用来回奔波，等事情办妥，我就回来了。”他说得无比镇定，可心里还是慌的，只要青龙和朱雀稍微多嘴几句，就完蛋了！

值得庆幸的是，青龙和朱雀只是纷纷说道：“那就路上小心。”

话都说得一般无二！

谢汐松口气，心里略暖。

估计是江斜暗中影响了他们，否则谢汐说得再有道理，也不过是纸糊的，稍微加点儿热就碎成渣了。事不宜迟，他得尽快离开才行！

谢汐向朱雀道别，朱雀温声道：“注意安全。”

还好没说早去早回，谢汐连忙应下。

谢汐可不敢留青龙和朱雀独处，问：“青龙大人不走吗？”

青龙道：“我……”他本想说“我回青龙宫等你”，话出口竟成了“我回青龙宫还有些事，暂别了”。怎么回事？青龙略有些疑惑，不明白自己为什么忽然改口。不过……也好，他已经答应了谢汐不去刺激朱雀，这样说的确更稳妥些。

谢汐并不知道自己刚才差点儿摔下钢丝绳！

谢汐总算躲过一劫，他和黑蛟一起回了蔷薇山。

一路上黑蛟都沉默寡言，半个字都没多说，谢汐心里全是事，能不说话是最好不过的。他可没忘了家里还有个白虎崽，回头那小家伙扑上来叫声爹，黑蛟得立马飞回圣山把青龙给请过来。

毕竟青龙是条货真价实的龙，谢汐是朵货真价实的花。如果是只寻常虎崽子，谢汐还可以说是个小宠物，和自己没有任何亲属关系，但那小白虎生得太有特色，天底下就只有一个白虎圣人，白虎崽和白虎圣人几乎是一个模子刻出来的，傻子都会怀疑。

黑蛟大哥显然不傻，还一脸精明相。

谢汐绞尽脑汁地想法子，可惜也没什么太好的办法。

到了蔷薇山，谢汐刚进山门，一个紫衣少年便迎了上来：“九九哥！快去族长大厅，紫九姐到处找你。”

谢汐神色一凛，以为出事了：“又有虫怪偷袭？”

“不是不是，”蔷薇少年道，“好像是你家里出了什么事。”

谢汐有种糟糕的感觉，可千万别是哪个魂意又来花式找事了啊！

谢汐看向黑蛟，有心想支开他，黑蛟道：“大人家里有事，快去看看吧。”

谢汐干巴巴地道：“好……的。”没办法，他只能先去看看情况了。

他刚走进自己的居所，紫九便一脸不安地过来道：“九九，是我不好，没看住他！那只小老虎不见了！”

谢汐心里暗喜：实在是天助我也！

见谢汐怔愣，紫九更懊恼了：“我只是去吃了个饭的空当，回来就发现他不见了。”

黑蛟问道：“老虎？”

谢汐大概是全天下唯一一个丢了儿子还心花怒放的父亲了，他淡定地道：“一个走失的小家伙，说是来找妈妈的。我帮忙哄住了他，本想去寻一下他的亲人，谁知青龙大人出了事，我急忙去了圣山，把他托付给了族人。”

紫九十分惭愧：“我实在是……”

谢汐道：“这不怪你，那小老虎生得很不一般，他若想走，紫九姐你也拦不住的。”

紫九太自责了：“可是他那么小。”

谢汐说："他厉害得很，虫怪都奈何不了他。"

紫九听了这话，冷静下来，也对……之前小老虎刚到蔷薇山，可是击溃了小山一样的虫怪，毕竟是白虎圣人的孩子，想必不会有事。

谢汐又道："也许他是回去找父亲了，也是好事一桩。"

紫九终于被安抚住了。

这一通谈话并未避讳黑蛟，黑蛟听个全程也没听出什么不对劲的地方。一只到处乱跑的小老虎，谢汐照顾了一下，回来又不见了……

就这么个剧情，任黑蛟脑洞再大也想不到小老虎找的妈妈就是谢汐。

紫九这才看到黑蛟，问道："黑蛟大人来蔷薇山是有什么事吗？"

谢汐把和青龙大人的事情说了一下。紫九一愣，有些不安地看看谢汐。谢汐安抚她道："没事，只是想多些时间准备。"

紫九又松了口气。

黑蛟行了礼，说道："能与族长见一面吗？"

紫九说："当然，请跟我来。"

如此这般，谢汐总算拖住了青龙大人。老族长见到黑蛟很激动，走完手续后道："留下用个便饭？"

谢汐嘴角一抽，想和老族长拼命。

好在黑蛟刚正不阿，拒不受"贿"，办完事便道："我还要回去复命，就不多耽搁了。"

谢汐十分欣慰，拒绝给老族长说话的机会："既然如此，那就不留黑蛟大哥了！"

送走了黑蛟，谢汐还得马不停蹄地赶下一场。

蔷薇族答应了后卿的使奴，三日内就把妖约退回去，这马上就第三天了，谢汐得立刻动身前往妖海。

老族长忧心地道："我们这几日把整个蔷薇山都给翻遍了也没找到这朵白蔷薇。"

红六也道："真是奇了怪了，虽说白蔷薇很多，名字里带九的也多，但也不至于找不出来啊！"

蓝四冷笑："闯下这种弥天大祸，他还敢待在蔷薇山？八成早跑了。"

谢汐觉得膝盖有点儿疼，毕竟插满了箭。

墙头草黄一说起了奉承话："同样是白蔷薇，同样名字里有九，我们九九是振兴蔷薇山，救死扶伤的花神再世，另一位则是招蜂引蝶放荡不羁。不比不知道，一比真是吓一跳啊！"

等日后知道真相，也不知道拍到马腿上的老黄会不会恨死自己的嘴碎。

谢汐道："总之我先去趟妖海。"

老族长道："好！我这就安排人带着妖约和你一起过去！"

那么多妖约礼品，谢汐一个人是带不了的，肯定要大家伙一起。紫九和红六都主动请缨，想一起去妖海。

谢汐心知，虽然早晚会戳穿，但也不想当着熟人的面被扒个精光。总之能拖一时是一时，万一有千万分之一的概率不被戳穿呢？人嘛，活着就该抱有希望，是朵坚强的小蔷薇了！最后敲定的同行人都是陌生人，其中还有给出过“让后卿和九尾比武招亲”这种神言论的红二。

红二对谢汐说：“放心，大不了我们丢下妖约就跑！”

谢汐嘴角抽搐，说道：“没那么严重，虽然妖海崇尚自由不羁，但也不是不讲道理的。”

他这样稳得住，蔷薇花们还挺放心，对他更信重了。

从蔷薇山去妖海是很远的，以蔷薇花们这脚程得走上几天几夜。好在九尾下妖约时还放了个牛哄哄的坐骑，他们坐上去，没多久就到了九尾宫。

到了九尾宫，蔷薇花们都觉得稀奇得很，一个个探头探脑，看得眼花缭乱。

“妖海是这样啊。”

“好漂亮的宫殿啊！像是雪做的，冰雕的！”

“什么叫像？这可是真正的万年寒冰所建，亘古不化！”

蔷薇们喜凉怕热，一个个喜出望外：“那岂不是很适合我们生长？”

“你当自己是雪里寒梅？”凉爽和寒冷是两个概念。

谢汐没出声，他冷不丁看到这个雪做的宫殿，愣了下。很眼熟，这分明就是第一个准世界里自己住的城堡的翻版。九尾是二王子，也是第一个世界里的吸血鬼，他把自己的宫殿建成这个模样，谢汐实在是心情复杂。

在亚特兰蒂斯时，兰迪就有在第一个世界当管家的记忆，莫非九尾也有前两个世界的记忆？那真是太致命了！前世今生什么的，简直是在增加通关难度好吗！

谢汐心里忐忑，以至于都没心情去欣赏这美轮美奂的冰雪宫殿了。

坐骑落下，立马有人迎了上来，狐族妖娆，来人穿一袭红衣，生得雌雄难辨。红二也一身红衣，这两个虽然撞衫，却气质迥然：一个妖妖多姿，一个虎头虎脑。

红衣狐道：“可是白蔷薇大人？”

谢汐硬着头皮道：“是的。”

红衣狐喜出望外地道：“您竟亲自来了？”

红二立马就要说：“不是的，我们是……”

不等他话说完，红衣狐竟抹起眼泪：“还好您来了，也不枉费我们妖祖舍弃了八条神尾练就内丹，将您从生死边缘救回来。”

谢汐心咯噔了一下，他就说之前那只银狐怎么只有一条尾巴……

红衣狐哭得梨花带雨，很是动人：“幸亏您来了，否则我们狐族定会拼尽全力，把所有的白色蔷薇都撕成碎片。”

一边哭还能一边说出如此有杀气的话，这位红衣狐也是个人才。

谢汐面稳心慌。

－8－

“您瞧我……还落泪，实在是太不应该了。”红衣狐转眼又笑了，这情绪转变之快实在让人惊叹，不愧是性情中人啊！

红二拿眼睛瞄谢汐，谢汐微微点头，示意他稳住。

红衣狐道：“蔷薇大人快快进来吧，我们妖祖在殿里等您。”

谢汐知道这次是瞒不过红二等人了，瞒不过就瞒不过吧，反正他身为一朵渣花，早晚得习惯。

谁知红衣狐竟道：“九尾宫至寒，我们这里只有一枚暖丹，恐怕没法让大家都进来。”

他说得很委婉了，蔷薇们却都听出了他的未尽之言。

九尾宫是万年寒冰所造，的确寒气逼人，寻常修为高的自然有护体之术，不怕这寒凉，但蔷薇花的修为连虫怪都敢欺负，可想而知是受不住这寒气的。

谢汐立马抓住机会道：“就让我去拜见九尾大人吧。”

红二怪担心的，谢汐故意说道：“没必要担心，大人不会为难我的。”

谢汐跟着红衣狐走进了九尾宫，这宫殿谢汐很熟。毕竟是待了七天的地方，这七天他死去活来的，印象哪能不深刻？

不过这由冰雪所造的城堡别有一番美丽，摒弃了古堡的死气沉沉，有薄雾萦绕，行走其间仿佛走在云端，而这宫殿就是那九天之上的仙宫。

红衣狐压低声音道：“大人，妖祖的情况不太好，所以我才故意支开了外人。”

谢汐现在最怕听到的就是“情况不好”四个字！魂意们一个个的都不想活了吗！

红衣狐眼眶通红：“本来就很虚弱了，前些天妖祖还跑去蔷薇山看您，回来更是……”

谢汐道：“快带我去看看他。”这话很真，里面的担忧没有半分虚假。

红衣狐连连点头，带他走进了一个冷雾极重的屋子。

谢汐因为携带着暖丹，所以感觉不到冷，可只是看都觉得这屋子里像个冰窟。他透过渐薄的冷雾看到了斜靠在榻上的银发男子。

他似乎在小憩，银发散落在冷玉一样的冰榻上，身上的白衫随意披着，露出了大片的胸膛，他的胳膊垂在一侧，宽大的袖摆拖到了地上，平白添了些颓唐无力之态。

不得不说老二这容貌气质真是没话说，往日里优雅迷人，这般病着却越发摄人心魄。

谢汐以前没多大感觉，现在却被镇住了，尤其在银狐睁开眼时，那略带着迷茫的银色眸子更是让他的心头一紧。

“九九。”

九尾愣了下，他猛地坐起身，“你怎么来了？”

红衣狐揪心地道：“妖祖您慢点儿！”

九尾皱着眉，面色似乎更白了些，但硬撑着走下来，靠近谢汐问：“冷吗？”

谢汐在心里叹口气，摇摇头道：“不冷。”

九尾道：“我们去寒宫外……”

红衣狐忍不住说道：“妖祖您的身体需要静养，离了这寒宫，您……”

九尾眼角压下，冷声道：“下去！”

红衣狐咬紧了下唇，偷看谢汐。

谢汐哪会不懂，开口道：“我带着暖丹，不觉得冷，我们就待在这里吧？”

九尾神色缓和，道：“你别听他们胡说八道，我哪有那么脆弱。”

谢汐道：“我也没那么脆弱，何况这九尾宫漂亮得很，我想留下多看看。”

九尾笑了：“好。”

也不知九尾给自己安了什么前情提要，总之要命得很，谢汐受不了他装可怜，更受不了他硬撑着不肯装可怜。

江斜其实很矛盾，他好好的时候什么厚颜无耻的事都做得出来，可一旦他真的身体不好时，又打死不肯示弱，愣是能装出什么事没有的样子，让人毫无所觉。

谢汐心里五味杂陈，九尾送上来一堆稀奇玩意儿，想逗他开心。

谢汐轻声道：“身体不适的话，就休息会儿吧。”

九尾一怔。

谢汐道：“我就在这守着您，好吗？”

九尾自己的情况自己清楚，哪里是休息就能好的。

谢汐又道：“我只想和你单独待一会儿。”

九尾立马应道：“好。”

伺候的狐族都退了出去，谢汐盯着九尾看。

九尾银色的眸子慢慢蒙上了别的颜色，江斜似笑非笑地道：“我太帅了？”

算了，还是不要独处了，江斜还是不要出现了。

江斜岔开话题问：“这几天都发生什么了？”九尾没和青龙、朱雀见过面，所以不知道那些记忆。

谢汐给他说了说。

江斜还笑得出来：“真是钢丝绳上跳舞啊。”

谢汐心道：你还好意思说，都是因为谁！

江斜又道：“照这个情况来看，你应该是先和后卿相识，后来被九尾挖墙脚，后来发生了什么事你重伤昏迷，被青龙救了……”

谢汐也是这么想的，又问：“那朱雀和白虎呢？”

江斜道：“朱雀肯定是打击了青龙，至于白虎，不好说，也许更早，也许最晚。”

谢汐又说了小老虎的事。

江斜说：“这个你不用担心，那估计是白虎的婴灵之类的东西，不是真儿子。”

谢汐眨眨眼：“婴灵？”

江斜点头：“白虎战斗力最强，能修出婴灵也正常，低阶婴灵比较蠢，只会遵循本能行事。”

谢汐好奇地问道：“他的本能就是认我当妈？”

江斜笑道：“他的本能是见你，按理说婴灵最想见的应该是主人，但白虎心心念念全是你，婴灵就先去见你了。”

谢汐叹了口气。

江斜道：“那小老虎消失，估计是回白虎那儿了，你不用担心。”

谢汐之前是有些担心的，听他这么一说可算放心了。

江斜又问他：“回到蔷薇山后你看过名册吗？”

谢汐知道他惦记什么，道：“一直没来得及看，不过我带过来了。”

江斜道：“看看吧。”

谢汐点头，打开了名册。

谢汐之前看到了青龙的本体，又给他修复了一个鳞片，按理说……

果然，名册第一页不是空白的了！

同时他的视线右下角也有了新的任务提示——主线任务：发现青龙图鉴，搜集进度1%，缺少姓名。

缺少姓名？

谢汐问江斜：“你知道青龙的名字吗？”

江斜道：“他们都没有名字。”

谢汐一愣。

江斜说：“后卿和九尾都只是代号，名字连他们自己都不知道。想必青龙、朱雀和白虎也是这样。”

谢汐盯着图鉴上模糊的青龙轮廓，思索着：“说起来，这世界很多生灵都没有名字。”

江斜道：“应该说只有花神有名字。”

谢汐仔细想想，好像还真是……

蔷薇花也只是代号，青龙的侍从黑蛟也不是名字，只不过因为他的本体是只黑色蛟龙。

江斜又开始贫了：“这个世界，只有谢汐。”

谢汐瞪他一眼：“你还好意思说，设计个世界，连名字都懒得想吗？”

江斜道:“不是懒得想，是想不到了。”

谢汐没听懂。

谢汐道:“你设计这个世界的时候就知道谢汐是谁吗？”

江斜难得地掉坑里了。

谢汐其实也挺纳闷的:“魂意们又不知道我的名字……”按理说花神该叫塞因吧。

江斜道:“有可能是我进来的时候也干扰了一下这个准世界。”也只能这么想了，反正江斜设计这些世界的时候肯定是不认识谢汐的。

当时的谢汐没准还没出生呢!

江斜又道:“你要不要看一下九尾这里的神鉴？”

神鉴是很关键的，也许名字得从这里面找。谢汐点头道:“走，去看看。”

九尾这里的神鉴残卷和青龙那一般无二，也是很大的一幅画，谢汐问江斜:“你看得到吗？”

江斜摇头道:“一张白纸。”

谢汐盯着画卷道:“画的是九尾宫。”

没错，在他眼中，这画卷上描绘的正是万年寒冰建成的九尾宫。恢宏的冰霜宫殿坐落在一片漆黑之中，平添了许多萧瑟与寂寒。

江斜道:“去看看吧，这次留意下名字。”

谢汐点头应下，靠近画卷，他的手放上去时就被拉到了画里。

这应该是他和九尾初遇的地方，谢汐本以为自己进入画里会看到九尾，谁知他竟看到了西里斯……

在这个世界里，西里斯是后卿。

为什么九尾的神鉴里会是后卿？

谢汐正纳闷呢，就看到站在九尾宫正门的身披银色斗篷的九尾。

哦，看来他和九尾的相遇是从挖墙脚开始的。

– 9 –

后卿温声道:“九尾宫至寒，你将这枚暖丹带好，小心冻着。”

谢汐回神，看向身边人:“大人……”

后卿的异瞳十分明亮:“叫我名字。”

名字……后卿的名字是什么？谢汐摇摇头。

后卿也不着急，轻声道:“你喜欢怎样就怎样，不用拘谨。”

谢汐倒是不拘谨，只是十分好奇。当然这不过是记忆，直接开口问，恐怕也问不出什么。再说江斜说过，他们都不知道自己的名字，这个叫名字恐怕也只是叫后卿这个代号吧。

谢汐与后卿说话间已经到了九尾宫正门。

九尾的斗篷上有一圈雪色的毛领，衬得他的肌肤如玉，气质绝尘。

后卿同他问好：“哪还用师兄亲自迎出来。”

师兄？原来九尾和后卿是师兄弟的关系？

九尾的视线在谢汐身上一扫而过：“你好不容易出关，当然要好好为你庆祝。”

后卿道：“也没什么大的收获。”说罢他向谢汐介绍九尾，又向九尾介绍了谢汐。

谢汐低眉顺眼地道：“见过九尾妖祖。”

九尾很端庄，目不斜视地应了声，别说挖墙脚了，装得跟瞧不起人一样！

后卿安抚谢汐的紧张。

谢汐紧张个鬼，他就看这狐狸啥时候举起小铲子。

一行人进了九尾宫，九尾和后卿的关系不错，还挺有话说。谢汐是插不上话的，他凝神听着，觉得挺有趣。

妖海和圣山理念不同，后者更一板一眼，喜欢规规矩矩地过日子；妖海则更自由散漫些，虽然这两位被奉为妖祖，可其实都不太管外头的事，有人依附就留下，想走了就走，来去自由，毫无限制。

这俩人都挺好的，谢汐都不排斥。

九尾设了宴，一应陈设很是漂亮，毕竟是一座冰宫，随便弄弄都好看得很。然而谢汐坐下后觉得这饭菜瞧着丰盛，仔细看却单一到极点了。红烧鸡腿、糖醋鸡翅、香煎鸡胸肉、泡椒凤爪、香酥鸡架……

你们狐狸是有多喜欢吃鸡！妖海的鸡怕是要被吃光了吧！

谢汐这朵蔷薇花可消化不了这“大鸡大肉”。

九尾看了谢汐一眼，转头对后卿说：“我不知道你还带了别人，所以没准备别的。”他顿了下，又问，“他是个小精怪吧？”这话很傲慢，但以九尾的身份，这样对朵小蔷薇说话也没毛病。

后卿笑了下道：“他是我的契人。”

谢汐的心一颤。

九尾眸色轻闪，问道：“蔷薇？”其实九尾一眼就看得出谢汐的本体，但是花族种类太多，他一个禽兽也分辨不出来，毕竟和蔷薇生得像的花有不少。

后卿应了声，岔开话题道：“他有些怕生，师兄就不用管他了。”

九尾：“哦。”他说的平平淡淡的，还真挪开视线，说起别的事了。

过了会儿，谢汐手里多了个小玉瓶，后卿低声道：“吃这个。”

谢汐点点头，打开瓶子闻了闻。

九尾又看过来。

后卿抬头时他又挪开了视线。

谢汐察觉到了，心里怪好笑的。果然这狐狸是在装，和本体一样，装得滴水不漏，可惜谢汐一眼看穿了。谢汐琢磨着这神鉴记录的回忆都是差不多的走向，他肯定要被九尾撬走的，至于怎么撬……他是不是得给九尾创造点儿机会？就他这死命端着的劲儿，真能自己挥下小铲子？

谢汐看了一眼后卿，内心五味杂陈。

老六多乖，上个世界就是小天使，这个世界也温柔亲和，十分照顾他。

谢汐心一横，看向九尾。谢汐视线刚落下，九尾就察觉到了，他转头过来。

这动作太明显了，后卿疑惑地问道："怎么了？"

谢汐连忙低头，心道：能不能有点儿出息？

九尾似乎当成错觉了，愣了下道："没什么。"

后卿看了眼谢汐，谢汐低着头喝着手中的玉露，察觉到他的视线，还迷茫地抬头看着他："嗯？"

后卿笑了笑，问道："喜欢吗？"

谢汐道："味道很好。"

后卿道："还有别的口味，明天再给你。"

谢汐还真挺喜欢的，这东西清清爽爽的，喝了通体舒泰，他忍不住问："今天不行吗？"

后卿也是很宠他了："喝多了你身体受不住。"

谢汐："好吧。"他低头一点点喝着，这也是谢汐的小习惯了，遇到喜欢的东西总是吃得很慢，好像慢慢吃就能变多一样。

后卿含笑道："我还带了一瓶。"

谢汐看向他："不是不能喝多吗？"

后卿说："但可以给你尝一下。"

谢汐笑了："不一样的口味？"

后卿道："对。"

谢汐其实也没那么想喝，但看着那双清澈的异瞳，难以拒绝："那我尝尝吧，就喝一点儿。"

后卿拿出个不同颜色的玉瓶，道："看看哪个味道更好。"

谢汐打开瓶盖，扑鼻的香气让他眼睛一亮："好香。"

精怪的嗅觉和人啊兽的不太一样，感觉不到肉香，但是对水的味道特别敏感，可能在人类口中毫无区别的一碗水，精怪就能尝出三六九等。这水的味道谢汐用人类的感官很难去形容，但此时此刻却真心觉得美味极了。

后卿低声道："喜欢的话，我下次多准备些这个味道的。"

谢汐点点头，喝了一小口后乖乖上交。

后卿心软得都能挤出水了："再喝点儿也没事。"

谢汐眨眨眼，不是说喝多身体受不住吗。

后卿道：“嗯……喝这瓶吧，刚才那瓶别喝了。”

谢汐道：“可是那瓶我的盖子都丢了，不喝完就浪费了。”

后卿道：“其实这玉露一打开就没法存放，你也不能一次喝两瓶，总归是要丢一瓶的，你还是挑喜欢的喝吧。”

谢汐愣了下，反应过来了：“既然会坏掉，那您还给我另开一瓶。”

后卿没说话。

谢汐想起在梦想成真里，江斜也干过不少这种“蠢事”，再看看后卿干的事，心里像抹了蜜一样甜。

他们两个这边甜甜蜜蜜的，九尾那边早就面无表情了，他凉凉地来了一句：“你们感情真好。”

谢汐这才想起来这是九尾的神鉴，回忆也是九尾的，他好像本末倒置了。

他必须给九尾制造机会，要不这回忆就不对劲了。怎么制造呢？谢汐想得认真，不知不觉地竟把一瓶玉露都给喝光了。

后卿说他只能喝一瓶，可是他喝了一瓶半……

很快，谢汐就感觉肚子不太舒服。这玩意儿还真不能喝多啊！谢汐扯了下后卿的衣袖，后卿立马转头看他：“怎么了？”

谢汐小声说了下。

后卿微怔，懊恼道：“是我不好，不该拿两瓶出来。”说着不能喝多，还是让他喝多了。

谢汐面色微红道：“我去下恭房。”

后卿看了下玉瓶，发现他只多喝了半瓶后松了口气，道：“有不舒服的一定告诉我。”

谢汐点点头，和九尾道罪后出去了。

谢汐解决完生理问题，觉得这大概就是现实中的转折点。设定里小蔷薇估计也是喝多了，出来解手后出了意外情况。到底是什么样的意外呢？

谢汐故意在外头溜达了一圈，也没溜达出个所以然。说起来九尾要怎么避开后卿出来找自己？

谢汐想不出来，他等半天也没等到半根狐狸毛，他怕待久了后卿担心，只好慢腾腾地回去。刚走到殿门外，谢汐就听到了九尾的声音：“这朵小蔷薇的确和他长得很像，可再怎么像也不是同一个人。”

谢汐站住了。

按理说正常人听到这种话肯定觉得天崩地裂，扎心扎肺，想哭又哭不出来。

然而谢汐却觉得机会可算来了，九尾小狐狸你终于鼓起勇气挥动小铲子准备挖墙脚了。

这墙脚挖得很有特色。

只听九尾又道：“你这样欺骗他，等他知道了得多难过。”

后卿慢慢说道：“不过二三百年，他不会知道。”

－10－

这二三百年指的应该是蔷薇族的寿命，这么长时间对于圣兽妖兽来说的确不长。

九尾道：“你这是要骗他一辈子吗？”

后卿轻声道：“不好吗，骗一辈子对他来说也不算骗了。”

九尾道：“不，你这样才是真的残酷。”

后卿没出声。

九尾的声音有些激动：“你让他一生都活在谎言里，他一生都是一场悲剧，是毫无意义的！”

听到这里，谢汐还有啥不懂的？狗血满满的替身梗呗。虽然不知道那个人是谁，但肯定是后卿的白月光、朱砂痣，可求不可得，或者是早死了，然后他这朵小蔷薇长得和那人很像，后卿就把他当白月光爱着宠着。

身为后卿的师兄，九尾自然是一看就知道了，他觉得师弟执迷不悟，好心指出来，可惜他师弟还是振振有词。蔷薇族一共就二三百年的寿命，后卿说会骗小蔷薇一辈子，听起来真是温柔又残酷。让一个人当另一个人的替身，至死都不知道，一生都活在谎言中，实在是让人头皮发麻。

倘若谢汐真的只是朵小蔷薇，听到这样的对话，真是要万念俱灰。

后卿对他有多好，两个人之间有多甜蜜，听到这样的“真相”后就有多绝望。因为后卿对他的所有好都是假的，说的所有话都是给别人的，那些甜甜蜜蜜也仅是时限二三百年的一场戏。

这真是太残忍了！可惜谢汐不是小蔷薇，他一眼就看穿了九尾小狐狸的把戏。

眼前这一切应该都是类似于幻术的东西，不是真实的。之所以这么怀疑，倒不是谢汐修为高得能看破九尾妖祖的幻术，而是他头脑清晰地发现了逻辑破绽。

试想下，后卿是什么修为？他是什么修为？谢汐都听得到后卿和九尾的谈话了，后卿会感觉不到他的气息？后卿感觉到了他的气息还会和九尾瞎扯这些有的没的？还骗他一辈子呢，这是故意说给他听吧！

所以逻辑上不通，谢汐合理怀疑这是九尾的幻术。

不过不管怎样，看到这一幕的小蔷薇是肯定是无力思考了，刚刚还甜甜蜜蜜地喝着玉露，现在就听到了这样的真相，还能站稳的他就是朵坚强花了！

谢汐没急着进去，他还得酝酿下情绪。他得稍微代入一下……要强装镇定，还得细微地流露出悲伤和绝望，想说又不敢说，不说又心里痛……

嗯……好难……江导你能自己来演吗？

谢汐进屋时，两个人的谈话已经转向了其他事。

后卿看他进来，立刻起身问道：“感觉怎样？”

谢汐面色苍白，看看他后又垂下了视线：“不要紧。”

后卿十分懊恼，握着他的手道：“你要是不舒服，我们就先回去。”

谢汐的手颤了下，想抽出来又停下了：“大人……”

后卿：“嗯？”

谢汐嘴唇动了一下，声音很低：“我想、回家。”

这声音让在场的两人都心一揪，九尾甚至生出了一阵后悔，他……

后卿拧眉道：“不舒服是吗？我这就带你回去。”

“我……”谢汐咬着下唇，摇了摇头。

九尾知道他说的回家是回蔷薇山，这朵小蔷薇在知道了真相后哪里还会想和后卿回去……

后卿也察觉到了一丝不对劲：“怎么了？”

谢汐勉强笑了下：“果然……果然不该贪心……”这好像是在说自己贪心喝多了。

九尾却是明白的，他后悔得想让时光倒流，让之前自己做的一切都消失不见。

后卿更是关心得道：“是我的错，我不该把两瓶都拿出来，很不舒服吗？我带你回去休息。”说着他起身对九尾说，“师兄，我们先回去了。”

九尾点头：“嗯。”多余一个字都不能说。

谢汐失魂落魄地任由后卿拖着走，无精打采。

总的来说，谢汐对于自己的这出戏不太满意，感觉也就发挥了三四成吧，然而对付魂意，他可能只拿出半成就够了，哪怕是面对心思一大堆看起来挺能作的九尾小狐狸。

这份神鉴里记录的大概只是和九尾相关的东西，所以当他走出九尾宫，即将跟后卿离开时，忽地一阵拉扯感，像是把他弹出了画卷接着又进来了一样。

谢汐稍微有些愣神，睁开眼时感觉到了刺骨的冰寒。

他很冷，冷得他花瓣直颤。

等等……花瓣是什么情况？

哦，他变回蔷薇花了，在冰天雪地里快被冻成冰花了。

这时他听到了九尾焦急的呼喊声：“小蔷薇，你在哪儿？”

谢汐想开口，可惜太冷了，他连人形都维持不住，哪里还开得了口。

九尾嗓音都哑了：“他不值得你这样，你出来好不好，你想回家的话，我送你回去，你以后……”

这时他似乎终于感觉到了蔷薇花那微弱得快要消失的气息，九尾疾步赶来，从冰雪深处将白得几乎透明的小蔷薇悉心地捧在了手心。

— 11 —

谢汐冷得都听不清九尾在说什么，这样的温度的确不是一朵花能承受住的。好在九尾捧起他后就给他传输了源源不断的热量，缓解了他身体的僵硬。谢汐总算不冷了，可还是懒洋洋的，没力气，完全没法变回人。

九尾轻声问他："感觉好些了吗？"

抱歉，蔷薇花不会说话！

九尾也没想要他的回应，只是认真地控制着热量，不会烫到小蔷薇，也不会再让他感觉到冷。实际上九尾是很难产生热量的，他修炼的功法至阴至寒，想要弄出这些热量就得逆转功法，这可不是嘴上说说那么简单，而是实打实地"自断筋脉"。

放到几天前，九尾绝对想象不到自己会为一朵小花做到这个地步。不惜代价得罪了师弟后卿，又毫不犹豫地耗损修为来给他取暖。

谢汐有些蔫儿，有气无力地窝在九尾掌心，倒是不用费心演，这有气无力的模样和生无可恋相差不大。

九尾带他回了九尾宫，立马找人拿来暖丹。

狐族送过来的是个罐子，里面装了不少暖丹，九尾竟一口气全倒出来堆在了小蔷薇身边，像棉被一样簇拥着他。

狐族震惊了，暴殄天物啊！这真是他们勤俭持家的九尾妖祖吗？

九尾问谢汐："还冷吗？"

谢汐动了下花瓣，他的意思是——麻烦把暖丹拿开，硌得慌。

九尾却松口气道："不冷就好。"

花同狐讲，无法沟通！

谢汐变成花后没有时间观念，总觉得一会儿一天，一会儿又一天，浑浑噩噩的。他这是身体虚弱导致的精神不振，可在九尾眼中就是另一副模样了。

小蔷薇自闭了。虽然把花儿给救回来了，可是却不愿再面对现实。

这几天，九尾找了无数医师来给谢汐看病。

医师纷纷说道："花体无大碍。"

九尾追问："那为什么不化形？"

医师叹口气道："是他自己不想化形。"

谢汐听到这句话，很想吐槽：庸医！他很想化形，只是没力气而已！

九尾惆怅了，怔怔地发了会儿呆，便又打起精神耐心地守着谢汐。

大概过去了七八天，九尾带来了一堆玉瓶，他热切地道："虽然费了些功夫，但好歹是弄到了，都是你爱喝的。"

谢汐觉得自己他是不是该表演一下触景生情？唔，一朵花要怎么表现出如此复杂的情绪？也太为难花啦！

这玉露估计成分不简单，谢汐不过花瓣沾了几滴，就感觉周身力气倍增，再一回神，已经变回人形了。

九尾眼睛明亮，声音略有些紧张："还要喝点儿吗？"

谢汐这下是不得不触景生情了，毕竟都是个人了，他看向玉瓶，眉心极轻地皱了皱，苍白着脸道："我不想喝。"

九尾一愣。

谢汐转过头去，似乎连看这玉露的力气都没有。

九尾反应过来，宽慰谢汐道："这些对你身体很有好处，你还是……"

谢汐摇摇头，一声不吭。

九尾顿了下，狠心道："难道离了后卿，这世界对你来说就再没牵挂了吗？"

冷不丁听到这个名字，谢汐唇瓣微颤，躲闪的眸子彰显了他想逃避的心理。

九尾按住他的肩膀，逼视他："他把你当成其他人的替身，难道你要为了这样一个人，放弃自己的生命吗？"

九尾一字一句地揭开了小蔷薇溃烂的伤疤，固然残酷，却也除毒。有些事不说开了只会一味逃避，而逃避之后，等来的只是压抑许久后更凶猛的爆发。现在很痛，也比之后粉身碎骨要强!

谢汐摇头，面色苍白地道："别说了，请您……别说了……"

九尾盯着他："如果你想一辈子活在欺骗之中，我可以把你送回去。"

谢汐猛地抬头，惶恐地说道："不要！我不要回去！"

九尾紧绷的神态中全是真诚："真的不值得。"

谢汐稍微代入了一下，情绪迅速到位："这种事，不是值不值得就能衡量的。"

两人都没再说话。

谢汐基本能猜出走向了，推了推"剧情"。

"九尾大人……"谢汐轻声唤他。

九尾看过来，银眸倒映着他："有什么事你尽管说，只要是我能做到的，一定帮你。"

谢汐低声道："我听说您有个法术，能让人忘记一切。"

九尾呆住了。

谢汐继续道："能帮帮我吗？"

这五个字说得满是绝望和无助，九尾他忍着从喉咙涌上来的苦涩道："好，我帮你。"

谢汐笑了笑，眼中蒙着薄薄的水雾："谢谢。"

九尾嗓音干涩："不用谢。"

这就是迷魂术的由来了，后卿说谢汐被九尾施了迷魂术，应该就是这时候。当然在魂意的设定里究竟是谢汐主动求的还是九尾看不下去给他用了，就不知道了，不过这些不重要，反正谢汐是忘了后卿，跟了九尾。

九尾的迷魂术对现在的谢汐当然是不管用的，理论上他不是画中人，也不会受这里的法术影响。但是他很容易就能调整好情绪，毕竟后卿也好，九尾也罢，都是江斜，哪个都是心疼的。

“一觉醒来”后，谢汐忘了后卿，看到了九尾。

九尾道：“小蔷薇，你一路跟到这九尾宫是想做什么？”

谢汐愣了愣。

九尾笑道：“是被我迷得晕头转向，找不到回家的路了？”

谢汐心里骂一句厚颜无耻，面上却升起淡淡的红晕。

可悲的是，谢汐被后卿当成替身，如今九尾也成了后卿的替身。

多么讽刺。

九尾不愿意谢汐一生都活在被后卿欺骗的梦中，他自己却选择了自欺欺人，让谢汐以这样的方式跟随着他。谢汐对他的依赖，对他的信任，对他一切的一切，都是因为中了迷魂术的谢汐把对后卿的执念转嫁到了他的身上。

谢汐和九尾过了一段平静的时光，然而好景不长，后卿还是发现了。

后卿找过来，低喝出声：“九尾！”

九尾后背僵直，把谢汐护在身后，冷淡地看向他：“你怎么还好意思来找他。”

后卿道：“是你设计陷害我！”

九尾面无表情地道：“你若心中无愧，我又能做什么？”

后卿额间青筋暴起：“放了他。”

九尾道：“我不……”

他话没说完，后卿忍无可忍，发起了攻击。九尾将谢汐推到一边，上前迎战，师兄弟二人瞬间打得天崩地裂。谢汐哪看得明白，但他隐隐觉得九尾要弱一些——毕竟风格不同，擅长的东西也不一样。

这迷魂术对九尾来说是战无不胜的根本，可这法术有个弊端，用了就会解开上次的施法。也就是说他如果对后卿用了迷魂术，诚然胜算加大，可是却会解了谢汐身上的迷魂术。

所以他绝对不会用。

后卿是恨极了，下手极重，根本是不顾生死，九尾节节败退，终于在破绽频出时被后卿一掌轰了出去。九尾连退十几米，嘴角溢出了鲜血。后卿根本不打算放过他，迅速向前，掐住他的脖颈道：“把迷魂术解了。”

九尾面色雪白，却冷笑道：“解了又如何？他全都知道了。”

后卿薄唇紧抿：“解了！”

九尾轻笑一声：“不。”

后卿又是一拳打在他的小腹上：“只要你重伤，迷魂术自然就解了。”

他们是师兄弟，对彼此了解得很，九尾的法术破绽后卿也一清二楚。他之所以说这两句，不过是想到师兄弟的最后情分，九尾执迷不悟，他也不再顾忌。

谢汐看到这里哪还不明白?

照样下去，九尾狐就要被后卿给活活打死了。

打死自己这种事，江斜你是开先河了!

眼看着后卿又是一拳打了过去，谢汐拼尽全身力气扑了上去，挡在九尾身前受了一拳。

时间仿佛刹那间定格，天地倒置，后卿和九尾撕心裂肺地喊道:“白九!”

－12－

谢汐倒在了九尾的怀里，看到的却是后卿一阵剧咳后嘴角溢出的鲜血。

在最后一刻谢汐扑上来时，后卿强行收手，遭到了反噬，这让九尾重伤的一击几乎是加倍落在了他自己的身上。

若非如此，以蔷薇的体格早就灰飞烟灭了。

可即便如此，谢汐也是浑身散架，半死不活。实力相差太大，一点儿余波都快让脆弱的蔷薇快变成死花了。

九尾惊慌失措，抱着谢汐的手不受控地颤抖着:“你怎么样，九九你……”

谢汐还能说出话，道:“您没事真是太好了。”

听到这句话的后卿身体摇晃了一下，一双异瞳色泽鲜明，显然是情绪波动极大。

九尾问道:“你……连死都不怕吗?”

后卿踉跄上前，低声唤着谢汐。

谢汐抓紧了九尾的衣服，满眼都是戒备。

后卿站住了，停在原地，萧瑟得仿佛与这冰天雪地融为一体。

九尾抱着谢汐，低声道:“没事了，别怕。”

他将小蔷薇抱起来，向后卿走过去，两人交错而过时，后卿说:“把他给我。”

九尾开口，沙哑的声线不比后卿好到哪里去:“你有什么资格!”

后卿伸手抓住九尾的胳膊，他的手背青筋暴起，声音像垂死的雄狮:“把他……”

他还没说完，谢汐虚弱地出声了:“后卿妖祖……放过我好吗?”

这话彻底卷走了后卿所有的力气，他看向谢汐，眸子里好像渗着血色:“放过你……你让我放过你……”

谢汐疲惫地闭上眼睛，手却一直抓着九尾的衣服。

九尾飞快地抱着谢汐离开了。

后卿留在了原地，怔怔地看着他们，薄唇动了下，低喃道:“谢汐……”

听到这个名字，九尾后背僵直，脚步却更加坚定，不能把小蔷薇交给后卿，那个男人的心里眼里就只有故去的花神！

谢汐也听到了，愣了下……

虽然猜测过后卿的目标可能是花神，但……设定里他应该就是花神吧？给自己当替身，他这是被江斜给传染了吗？

九尾带谢汐回到九尾宫时，谢汐已经昏了过去，受这么重的伤，他还能喘气已经是奇迹了。谢汐也不知道自己昏睡了多久，等他再醒来时，听到了外头的谈话声。

九尾的贴身侍从红狐道："大人……这万万不可啊！"

九尾没出声。

另有一个青狐医师也道："您已经仅剩两尾了，再断一条您自己就……就……"

九尾道："又不是真的尾巴，不过是修为而已，以后再练就有了。"

红狐道："您是纯血统的九尾，哪里是……"似乎是被凶了一下，红狐闭嘴了。

狐族的确有这样的说法，普通狐族潜心修炼，修为越高尾巴越多，但放眼整个妖海，从未听说有哪个狐狸能修炼出九条尾巴。九尾妖祖是世间独一无二的，他生来便有九尾，可不是修炼来的！

听到这些，谢汐并不意外。

早在进入画里之前他就知道九尾将自己的八条尾巴炼成丹药救了他的命，如今倒是知道原委了。

又有个狐族说道："可您切断八尾，迷魂术恐怕……"

九尾若是重伤，迷魂术的效果就散了。失去八条尾巴，这何止是重伤？简直是仅剩一口气了！

九尾道："管不了那么多了，他得活着，得好好活着。"

谢汐心里五味杂陈。

谢汐醒了，他睁开眼看到的就是九尾。

九尾瞧着毫无异样，只是面色白了些，轻声问道："好些了吗？"

谢汐觉得身体有些重，但应该没什么大碍，道："好多了。"

九尾凑近在他："以后不许这样了。"

谢汐道："我不可能不管的，后卿大人若是死了，我也就……"他话没说完，怔住了。他很确定自己想说的是九尾，但说出来后却成了后卿，看来是九尾受伤太重，迷魂术有些撑不住了。

九尾听得明明白白，脸上强堆出来的血色消失得无影无踪。九尾强行当作没听见，岔开话题道："你受伤太重，经脉几乎全断，如今虽然基本恢复，但丹药的气力可能与你自身相排斥，需要时间融合。"

谢汐皱了下眉。

九尾有些待不下去了，勉强笑道："你休息，有事的话就叫我。"

谢汐避免提名字，重新说道：“大人，您是怎么治好我的？”

九尾身体一僵，说道：“我这边奇珍异宝一大堆，想治好你这么朵小蔷薇还不是轻而易举的事。”

他不说，谢汐也不再问。江斜爱面子，谢汐知道。

从这天起，谢汐就没在清醒的时候见到过九尾。九尾白日躲着他，只在晚上守在他身边，一守就是一整夜。谢汐知道他在，想睁眼却又睁不开，想安慰他却又不敢开口，怕说出来的话更让他难过。

七八天后，谢汐忽然觉得胸口一痛，紧接着下半身一阵酸麻，失去了知觉。他听到陆陆续续有人进来，也听到了九尾哑着嗓子质问：“到底是怎么回事？不是说已经过了排斥期吗？”

青狐紧张地道：“他毕竟是个精怪，大人您的气力太强，他肯定没那么快适应。”

九尾火急火燎地道：“有没有办法能让他适应？”

一阵断断续续的交流后，青狐道：“还是先将他送回蔷薇山吧，草木识土，蔷薇山脉是他的出生地，那里的土壤元素与他同源，待在那里肯定能助长他的本元，适应您的气力。”

九尾怔住了。

青狐又道：“大人您可万万不能去蔷薇山，您现在的身体，离了九尾宫就……就……”

到这时，谢汐基本捋清楚了。

白蔷薇因为发现自己是替身，所以逃离了后卿，被九尾在冰天雪地里找到。九尾为了让他忘记后卿，给他用了迷魂术。之后被后卿发现，两人大打出手，白蔷薇为了救九尾而受了重伤。九尾又为了救白蔷薇付出了自己的八条尾巴，虚弱至极。偏偏这圣兽的气力太强悍，白蔷薇的身体受不住，一直有排斥反应，九尾不得不把他送回蔷薇山。

回到蔷薇山，白蔷薇估计没有排斥反应了，但九尾却没法守在他旁边。白蔷薇随着迷魂术的逐渐衰退而想起了后卿，在离开蔷薇山前往百花盛会时遭到了反噬，身受重伤，进而被青龙救下。而青龙为了救他，又给他用了镇魂散，那东西的副作用就是失忆，于是白蔷薇忘记了前尘往事，去圣山了。

这剧本……没毛病。

谢汐觉得魂意们也不容易，为了把他那脚踏六条船的渣男行为合理化，也是费尽心思了！

现在该怎么办呢，就这样离开神鉴？

这时，谢汐的视线右下角出现了小字提示——1号傀儡制作完毕，是否使用？

- 13 -

这傀儡可算是做好了！谢汐等得蔷薇花都要谢了！

不过他很快又意识到了一个问题。他在画卷中，为什么系统还能给他提示，难道这个傀儡还能在画中使用？

谢汐犹豫了一会儿，暂时没点使用。

神鉴的回忆应该还有一段，大概在九尾来蔷薇山找谢汐时，毕竟现实中的时间点也差不多是在那儿。按照之前的思路，现在他应该出去溜达，在萤火虫群中遇到小银狐……但是谢汐没去，他没顺着神鉴的走向走，而是自己找个地方躲了起来。

他还不想离开神鉴，因为他还没找到九尾的名字。

之前在青龙的神鉴中谢汐没有经验，只怕自己被困在里面，所以按部就班地走到底，最后被弹了出去。如果这次他不按部就班，他稍微做些改变呢？会发生什么？

谢汐躲在一间空房子里，反锁好门，又关上窗户后，他使用了傀儡术。一个和他一模一样的人出现在他面前，这可比照镜子诡异多了，毕竟是三维立体的。

谢汐戳了一下傀儡，傀儡一动不动，连眼睛都不眨。

就这样？有什么用？

这时他发现视线右下角出现了小字提示——1. 低阶傀儡，只能执行低于三个字的简单命令和沟通。2. 独立再造型傀儡，死亡后本体不受损。3. 本体遭遇伤害，傀儡可以作为替身优先承担（无视距离，但必须在准世界内）。

谢汐看到第一条提示时，嘴角抽了抽，十分嫌弃。

低于三个字，这还有命令的必要吗？直接去躺平睡觉行吗？死人都比你懂得多！第二句基本就是废话，这要是傀儡死了，他本体还受损，这特权就太坑了！直到看到第三句提示，谢汐才想起自己好像有个“欧皇”的属性。

傀儡可以当替身用，这个就比较给力了。

虽然有叉烧包在，谢汐可以致命伤免疫且免痛三次，但普通伤害却是没办法的。像之前后卿失手揍了他，要是早有傀儡，他就不用疼得咬牙切齿了。

谢汐把傀儡留在了这间屋子里，下的命令是待命。

这神鉴是九尾的，暂时不需要去安抚其他魂意，所以傀儡最大的用处就是承伤。谢汐不确定自己会不会遇到危险，但有个护身符，不用白不用。

离开的时候，谢汐又开始制造下一个傀儡。

让他比较惊喜的是第二个傀儡的制作速度比第一个快得多，大概是有了模子，所以才变快了？当然再怎么快，还是要几天工夫的。

谢汐不急，要想办法去找一下九尾的名字。

按照神鉴的进度，等九尾找到蔷薇山，他十有八九就要被弹出去了，不想出去的话，就得改变一下“过去”。谢汐决定主动出击，他要去妖海找九尾！

这时候九尾还没让人来送妖约，他想去妖海可不是件容易事，不过谢汐在神鉴里，也不怕耽误时间，就徒步去妖海了！

走了三天，他受到了排斥反应，整个下半身都僵了，疼得撕心裂肺。好在有傀儡在，谢汐直接转移伤害，硬挺着继续走，再加上有叉烧包探路，谢汐顽强地走了二十天后，可算到了妖海。到了妖海离着九尾宫也远得很，不过谢汐不急了，这么长时间，想必九尾已经到处找他了。

果不其然，他一踏进妖海，身体刚刚遭受反噬，就被狐族发现了。

“天哪！”青狐惊呼出声，“你是从蔷薇山走过来的吗？”

谢汐早就把伤害转移了，但他还在装疼：“我、我能见见九尾大人吗？”

青狐道：“九尾大人送你回蔷薇山是为了让你养伤，你……”他话没说完，九尾已经出现了，他看着谢汐，轻喘着气，厉声道：“你怎么这般胡闹？”

谢汐看似“虚弱无力”，没有回应。

青狐见状连忙道：“大人，咱们快回九尾宫吧，您在这里待久了不行的。”

九尾哑着嗓子问谢汐：“你应该想起来了吧。”他这几天身体越来越虚弱，迷魂术已经快撑不住了，小蔷薇应该早想起来了。

谢汐顿了下，极轻地点了点头。

九尾身体一僵，勉强笑道：“所以你是来妖海找后卿的？”

谢汐用力摇头：“不，我是来找您的。”

九尾故作轻松：“有什么需要我帮忙的吗？你说就行，我只要能做到，肯定会帮你。”

谢汐道：“您当然能做到，这世上只有您能做到。”

九尾垂眸道：“你是想让我对后卿用迷魂术吗？其实不用的，只要你回去了，他肯定会……”

“我不想回到后卿大人那里。”谢汐直接斩断了他的胡思乱想。

九尾愣了下。

谢汐望向他，认真说道：“我都记起来了，也不会再将您和后卿妖祖弄混，您是您，后卿妖祖是后卿妖祖，而我只是想追随您。”

九尾猛地看向他，眼中全是不可置信。

谢汐知道这不是神鉴的走向，这是截然不同的结局，可他就要试试！谁说写好的结局就一定是真正的结局！

谢汐道：“九尾大人，我想追随您，可能只有二三百年，但却是我的一生！”

九尾薄唇轻颤，似乎一堆话涌到了嘴边，但最后只剩下几个字：“你不要骗我。”

谢汐都不知道是第几次听到这句话了。

你不要骗我。

你不要骗我。

你不要骗我。

江斜到底在怀疑什么？

谢汐问："您的身体究竟怎么了？是为了救我吗？"

九尾的脑回路果然是找虐型的："你不用自责，也无须补偿什么，我救你……"

"您在说什么！"谢汐道，"您觉得我会了为了补偿而把自己的一生都搭上吗？"

九尾怔怔地看着谢汐。

谢汐又道："能让我看看您的本体吗？"

九尾点点头，变成了银狐的模样。

九尾银狐很大，据说九条尾巴铺散开来能遮天蔽日，可现在他很小，跟真正的狐狸差不多，小到谢汐能轻松抱起来。

九尾闷声道："你别在意，等我修炼些时日就恢复了。"

谢汐心疼道："要多久？"

九尾不说话了。

谢汐知道他是在硬撑，也不再追问，改口道："大人，您的尾巴还在吗？"

虽说是炼丹，但其实只是释放了尾巴的力量，想必那几条尾巴还在。

银狐蔫蔫地道："丢了。"

"所以说它们还在？"谢汐眼睛一亮。

九尾道："在也没用，它们脱离了我，过不了多久就会消失。"丑得要死的东西，才不要给别人看到。

谢汐反问："我听说您当年也受过伤，是被花神修好了尾巴？"

本以为是百分百确定的事，谁知九尾竟道："那都是花族的传言，我从未见过花神，又哪来的被他修复？"

谢汐怎么都没想到会是这样，问道："您从未见过花神？"

九尾毫不犹豫地道："从未见过。"

谢汐怔了下："可是他们都说……"

九尾道："当年花神很有威望，但也没那么夸张。他的确于白虎和后卿有恩，但后来白虎和后卿决裂，圣山妖海分立，与花神有关的事也被以讹传讹，当不得真了。"

– 14 –

居然是以讹传讹？

所谓的修复过青龙圣人的鳞片、朱雀圣人的翎羽、九尾妖祖的神尾都是杜撰的？花神根本没和他们见过面？

谢汐总觉得哪里不对劲，可细想一番又暂时捕捉不到什么。

见谢汐发呆，九尾又不安地道：“后卿就是把你当成了花神。”

谢汐略犹豫了一下，他忧心的是自己提出修复的事，九尾会不会以为自己是花神转世，然后更不安？毕竟九尾先前并不认识花神，但花神却和后卿有牵扯。

九尾却以为他是在担心尾巴的事，懒洋洋地说道：“你不用操心了，我即便只有一条尾巴，也能与你并肩二三百年。”

不愧是“师出同源”，这龙啊狐狸啊，想的都一样，仿佛谢汐的一生就是他们的一生，多余的时间都是无关紧要的。

谢汐轻叹口气，坦白道：“也许我能给你修复尾巴。”

九尾并未当回事：“怎么修，把你的小花瓣给我当尾巴？我于心不忍。”

谢汐把自己在蔷薇山干的事说了一遍，九尾如他所料地愣住了：“修复？”

谢汐点头：“嗯。”

九尾眸色闪了闪，问：“像花神那样？”

谢汐道：“这我就不知道了，因为我从未见过花神大人。”

九尾不语，谢汐基本能猜出他在想什么，软声道：“我也不知道这个能力是怎么来的，但我很清楚自己是谁，也知道自己想要什么。”

九尾看向他：“想要什么？”

谢汐弯着眼睛道：“想和您在一起。”

九尾的心颤了下，变回人形：“其实修不修复都无所谓，反正……”

谢汐道：“万一我不止活二三百年呢？”

九尾被问住了。

九尾又问：“会不会对你有什么伤害？”

伤害少不了，之前给青龙修龙鳞时他体力透支差点儿晕过去，这次估计也半斤八两。但谢汐不会先说，他道：“没事的，我修了千百朵花，也没觉得怎样。”

九尾谨慎地道：“那我们试一试，你要是觉得不舒服，立刻停止。”

谢汐安抚道：“大人，您无需顾虑太多？”

九尾道：“……我总觉得像在做梦。”

谢汐愣了下，从某种程度上来讲，这的确是一场梦。因为过去早已过去，九尾付出一切，等到的只是一个忘了他的白蔷薇，连替身都不是，彻头彻尾地把他给忘记的白蔷薇。

谢汐也说不出哪样更残酷了。

“不是梦。”谢汐慢慢说道，“只要我们两个人是真实的，那就不是梦。”

一场梦，两个人的真实。

从梦想成真出来时江斜对谢汐说过的话，现在谢汐也这样告诉九尾。

谢汐尝试着给九尾修复尾巴，让他意外的是，他修完一条尾巴，竟然没太感觉到脱力。难道九尾的伤比青龙的轻？怎么想也不对吧，一个是尾巴，一个是鳞片，看规模也不该是前者比后者轻啊。

还是因为这是在画中？不算真正的修复？应该也不是，那么到底是怎么回事？总不会是他一夜之间力量激增了吧！

谢汐修好了一条尾巴，九尾紧张地问他："感觉如何？"

谢汐弯着眼睛道："感觉能让您遮天蔽日。"这是句玩笑话，因为在妖海的传说里九尾的尾巴铺开了能遮天蔽日。

九尾笑了笑。

谢汐心思一动："我觉得啊可能不是遮天蔽日，而是孔雀开屏。"

在场的青狐医师扑哧一声笑了出来。

谢汐还真开始期待九尾开屏了！

修到第三条尾巴时谢汐才知道自己为什么没脱力了，因为视线右下角的小字显示——1号傀儡承伤力已达上限，已销毁。

谢汐沉默了一下，他这是一不小心把1号傀儡给累死了？

惭愧了……谢汐郑重道歉：1号你比死人强多了！

修了三条尾巴就累死了一个傀儡，看来今天是看不到九尾开屏了。他又修了一条，浑身就被脱力感覆盖了。

九尾立刻察觉到了："怎么了？"

谢汐点头道："不用担心，只是有些脱力，歇歇就好。"

青狐医师连忙道："这已经是奇迹了！竟然有人能够修复好九尾，传说中的花神……"他话没说完，九尾斜了他一眼。

青狐闭嘴了。

九尾道："去找些玉露过来。"

青狐连忙应下，麻溜地滚了。

谢汐知道九尾不愿意提花神的事，所以他也没提，只道："休息两天就可以修复其他尾巴了。"

九尾道："不着急，时间多得是。"

谢汐不认同地道："时间是用来享受的，忍痛受着算什么。"

2号傀儡到位很快，谢汐知道他的上限是三条尾巴，所以在修了两条后就停下了。可惜的是没法选择性消耗，要不然他可以消耗自己的体力，就能在不死傀儡的情况下修三条了。

不过也不急，反正只剩下两条了，再等几天，恢复了体力就可以了！

等九条尾巴都修好后，谢汐央求要看九尾的本体。

谢汐弯着眼睛，看到了无比震撼的一幕。

真正的九尾可不是一只孱弱的小狐狸，恢复到全胜状态的他体形大了数十倍不止，而他那拖拽的尾巴全部展开时，谢汐的确体会到了什么叫遮天蔽日。太大了，银色的光芒极美且极盛，仿佛连阳光都退开了，难以与他争辉。

谢汐看得目瞪口呆，当他望进那双银色的眸子里时，忍不住开口：“你的名字是什么？”

九尾银狐澄澈的眸子看着他，声音仿佛响在心底：“我没有名字。”

谢汐不由自主地说道：“狐九。”

九尾银狐歪着歪脑袋。

谢汐道：“以后就叫你狐九，好吗？”

随着谢汐话音落下，一股强烈的拉扯感袭来，他回过神来，意识到自己将被弹出去，他看向九尾，听到九尾的声音：“你要去哪？谢汐，你到底要去哪？”

谢汐已经离开了神鉴。

冷不丁回到现实中，谢汐还有些没回过神。

江斜……江斜呢？

谢汐进入神鉴时江斜就在身边，他忍不住转头找江斜。

可是他没找到。

谢汐愣了下，抬头看向神鉴，却发现画卷上的画变了。不再是冰天雪地里的银色九尾宫，而是尾巴展开、气势磅礴、栩栩如生的九尾银狐。

九尾盯着他，一双银眸里满是不舍。

谢汐忍不住上前碰了碰画卷，嗖的一声，画卷坠落，变成了一本小小的书籍，谢汐将它拿起来，上面写着四个字——九尾狐九。

谢汐试图翻开，可这本书就像被施加了魔法一般，怎么都打不开。这是怎么回事？九尾去哪儿了？

谢汐看了下视线右下角的提示——支线任务：已搜集九尾图鉴，完成度百分百，总进度 50%。

谢汐又打开了自己的那个名册，与此同时，那由画卷变成的小书竟融入了名册中，紧接着九尾的图鉴浮现出来，他看着谢汐，仿佛在质问谢汐：你在哪儿？

谢汐伸手碰了碰他，满心都是疑惑。这是怎么回事？搜集图鉴后，九尾就被封印到神鉴中了？神鉴到底是什么？被封印了又会怎样？

可惜九尾不在，江斜也就不在，他没法和江斜商量。

这时门外传来红二的大叫声：“九九！出大事了！”

谢汐神经一紧，连忙推门出来，道：“怎么了？”

红二拉住他的手道：“溜了溜了，我们赶紧走！”

谢汐跟着他的脚步，问道：“究竟怎么回事？”

红二边跑边说：“白虎圣人忽然对妖海发动攻击，已经和后卿妖祖打起来了！”

谢汐还没弄明白九尾去哪了，这两个人又打起来了？

谢汐不敢大意——这很像暴躁的老三能干出来的事啊！

在亚特兰蒂斯时谢汐就发现了，魂意中战斗力最强的绝对是老三（白虎）和老六（后卿），这两个人打起来，那真是天崩地裂。

谢汐道："我去看看。"不能让他们打下去，否则整个准世界都要崩！

红二道："你去有什么用？最该去的是那朵白蔷薇。"

谢汐："我就是那朵白蔷薇。"

– 15 –

谢汐怕出人命，哪还顾得上一脸呆滞的红二，拔腿就向外跑。红二竟反应很快，一把拉住他。谢汐看向他，焦急地道："红二哥，我真得过去，再让他们闹下去，会出大事的！"

红二已经回过神来了，神态复杂道："你真是那朵白蔷薇？"

谢汐怕耽误时间，毫不客气地脱了自己的马甲："我真是。"他都说到这个份儿上了，红二应该不会怀疑了吧！

谁知红二竟叹口气道："你说同是白蔷薇，怎么就差距这么大？一个是如此勇敢无畏有担当，一个却是缩头缩脑的胆小鬼。"

这是什么意思？谢汐每个字都听得懂，怎么凑一起却全不明白。

红二拽住他："我不能让你去冒险！"

谢汐哭笑不得："我真……"

红二道："我知道你是为了我们蔷薇族想以身犯险，制止干戈，但是你不行。即便同是白色蔷薇花，也有千万个不同，你代替不了他，他的罪孽只能自己去背负！"果然叫二的人，脑子不是犯二就是中二！

谢汐认真强调："我真的就是那朵白蔷薇，就是他们争来抢去的那朵白蔷薇。"

红二还欲再说，谢汐可等不了了。他平日里不显山不露水，大家就真当他是朵柔弱的小蔷薇了，别忘了谢汐可是初级资质快点满的人，认真起来普通精怪别想拦住他。

"你要是不信，就跟我一起来吧。"谢汐甩不开红二，索性拖着他向战火熊熊处狂奔而去。

红二惊呼一声："你……你力气好大！"

不能让魂意们出事，他们出事，某个坏东西就危险了！

红二还在喋喋不休："你说什么我都不信，你可是青龙圣人的缔约之人，你哪有时间去招惹九尾妖祖、后卿妖祖和白虎圣人？你要真有这本事，你怎么不把朱雀圣人也给收了。"

谢汐顿了下："别妄下定论。"

红二哪会想到他还真"收"了朱雀，妥协地道："好啦，我陪你去就是了，没准两位看在我们是蔷薇花的份儿上会听咱们说说话，化干戈为玉帛，也是善事一桩。”

他可算不拖后腿了，谢汐松了口气，也懒得再解释，反正真真假假的，等他亲眼看到就全懂了。红二并不知道自己的世界观已经摇摇欲坠，他明明有机会躲开的，偏偏要凑上去见证“奇迹”！

谢汐赶到时，硬是被这阵仗给镇住了。

如果这个世界有战神的话，圣山的白虎和妖海的后卿当之无愧。他们都没带旁人，可仅仅是两个人站在那儿，就已经站出了气拔山河的气势。

这是谢汐在这个准世界第一次见到白虎。

老三加尔其实生得样貌很精致，在第一个世界更是穿过女装，当过女仆。在亚特兰蒂斯倒是本性暴露，是个手握重权的常胜将军，可那结实的盔甲下仍旧是一张过分精致的脸，也亏了他性格火爆，动不动就舞刀弄枪，否则就要让人怀疑脱下铠甲是不是女娇娥了。

此时他也穿着一身银白色战甲，红色的披风在空中飞舞，衬着精致的脸，杀气腾腾，谢汐看得心肝一颤。

嗯，老三长得也是很好看的。

谢汐看完白虎也不能不看后卿，虽然在九尾的神鉴里已经和他见过面，但在现实中还是第一次见。

谢汐看了一眼心便揪了起来，后卿面色雪白，一双异瞳死气沉沉，明明站在那儿，却像是被抽走了魂魄。

白虎怒道:“你这个废物。”

后卿一声不吭。

白虎道:“把他交出来！”

后卿沉默着，一个字都不回应。

白虎秉持着老三的暴脾气，抬手就得笔直的长刀直指后卿胸口：“别敬酒不吃吃罚酒！”

听到这么几句话，谢汐基本猜出来了。白虎以为白蔷薇在后卿这里，但白蔷薇早就被九尾拐跑了，后卿把人给弄丢了，已经是失魂落魄，又要面对白虎的逼问，哪还说得出半句话。在亚特兰蒂斯他已经够可怜了，这会儿也好不到哪儿去，先是被九尾挖了墙脚，又要被白虎斥责，怎么看都是惨兮兮的。

他正想上前，谁知白虎竟一刀刺进了后卿的胸口。

“住手！”他匆忙开口，可已经晚了。谢汐完全没想到后卿会连躲都不躲！诚然白虎战力逆天，但后卿又不是普通人，他又怎么会连这样粗暴的根本算不上招式的一刀都躲不过！

后卿根本不想躲。

白虎转头，一双深红色的眸子锁住了谢汐。

谢汐的心猛地一跳，倘若视线能够化为实质，白虎这眼神已经是密密麻麻的一张网，将他整个人都罩在其中，紧紧束缚。

被他这样盯着，谢汐根本挪不动腿。

后卿也转过头来看到了谢汐，可那双异瞳却毫无波澜，仿佛一潭死水，沉静得让人害怕。谢汐上前道："你怎么不躲开！"

后卿轻喘口气，小声道："对不起。"

他是在为替身的事道歉吗？可谢汐根本就不在意。

白虎猛地抽出长刃，冷声道："九九，跟我回去。"

谢汐一次只能管一个，自然是挑半死不活的管，他看都没看白虎，扶住了后卿："怎么样，能站起来吗？"

白虎额间青筋暴起，声音也带着怒气："九九，过来！"这语气凶得好像要杀人。

谢汐怕他个鬼，头都没回。

刀声响起，白虎的声音已经在爆发边缘徘徊："他已经被我废了影身，活不久了。"

在这个准世界里，后卿的设定是个僵尸始祖，他最强悍的特点是不死之身，这其实和谢汐的傀儡术有点儿异曲同工之妙，只不过他的影身更强也更耐揍。

之前老族长说花神修复了他的三头六臂，其实只是他的影身。后卿有两个影身，也就是三个身体，所以才有三头六臂一说，倒不是像哪吒那样长在一个身体上。

影身被废，对后卿来说的确是活不久了！

谢汐更急了，扶着后卿，想带他回去，想办法救命。白虎的长刀挥了过来，仅是刀锋就让人头皮发麻！谢汐挡在了后卿身前，迎面与他对视。

白虎目光凶煞，说是圣人却瞧着比这妖祖还要残暴，他几乎是咬着牙，一字一顿地说道："你以为我不敢伤你？"

谢汐无所畏惧，眼睛一眨不眨地看着他。

气氛陡然降到了冰点，数十米外探头探脑的人大气都不敢出，吓得要死。

按理说这时候红二是要扑上去救同胞的，但他竟动弹不得，在这惊人的气势下，人竟会失去控制身体的能力！所有人都屏声静气，一边震惊于这错综复杂的形势，一边觉得惹怒了白虎圣人的小蔷薇已经是朵死花了。

然而，怒到了极限，似乎要失去理智的白虎却忽地收手，将长刀劈向大地，也不见他动作有多大，可力气却非常惊人。刀锋划过地面，生生劈开了裂缝，仿佛地震般撕裂出一道惊人的沟壑，隐隐有红光流动。他这一刀下去，竟辟出了地火！

大概是用力太猛，长刀都被震碎了，散落得到处都是，如同寂冷寒夜里坠落的星辰，带着摄人心魄的决然，震撼又凄然，仿佛碎掉的不是长刀，而是……胸口的什么东西。

白虎转身，头也不回地离开。

谢汐心里很不是滋味，可又能怎样？他只有一个人，哪哄得了两个魂意？他只能先顾眼前了！

后卿很虚弱，声音也低得像是在自言自语："对不起……"他重复着这三个字，也不知道到底在为什么道歉。

谢汐收起情绪，扶着他道："我带您回去！"

后卿看着他，薄唇动了动。

谢汐道："您别多说，我有办法救您。"

后卿笑了笑，异瞳中的温柔让谢汐分不清他到底是谁："你……总是有办法的。"

他这话说得太轻了，谢汐有些听不清楚。

这时被"定格"的红二总算能动弹了，他追上来道："九九……"

谢汐道："我送后卿大人回宫殿，你先回蔷薇山吧。"

红二咬牙道："哪能丢下你一个人，我来帮忙！"

其实也用不到他们，后卿的使奴已经纷纷赶上来。有他们帮忙，谢汐是可以让红二回去的，但红二坚持要跟着谢汐，谢汐想了下，觉得是时候让他看清真相了。

他们回到后卿宫，后卿被安放在寝殿，红二因为谢汐被使奴们奉为上宾，一个个都毕恭毕敬。

红二再二也察觉到不对劲了，他待在门外听到了里面的对话。

后卿低声问："为什么回来？"

谢汐道："我不能放着您不管。"

后卿哑然道："你什么都知道了吧。"

谢汐低声道："那又如何。"

后卿说："既然已经走了，你为什么……"

红二听到这里还有什么不明白的！他止住了迈进去的腿，怯生生地退了出来……天哪，九九没骗他，九九真的就是那朵白蔷薇，他身为青龙圣人的缔约之人却收下了九尾妖祖的妖约并且和后卿妖祖纠缠不清……

红二的三观正式全盘崩裂！

谢汐是故意的。都闹到这个地步了，不暴露身份是不可能的，与其在更糟糕的情况下让全蔷薇族目瞪口呆，还不如让红二回去通风报信，提前做好心理准备，像老族长这种年迈的老蔷薇也不至于被吓得魂归大地。

红二一走，他和后卿就是独处状态了。

刚才还哀莫大于心死，下一瞬这位鸳鸯眼就来劲了："好痛。"

江斜可怜巴巴地道："心脏被捅了一刀，骨头七零八落，元神毁了八成……"

谢汐抱住了他:“有没有好点儿?”

江斜震惊一秒后,得寸进尺地道:“好了一块手指骨,但还有二百零六块骨头和坏掉的心脏以及两个影身,所以你一直抱着我,应该就……”

谢汐面无表情地道:“你还是疼着吧!”果然这浑蛋是不值得可怜的!谢汐嘴上凶他,人却没离开一步,问道,“影身是直接没了吗?”

既然花神能修后卿的三头六臂,那他也可以。

江斜道:“白虎没留手,后卿也没反抗,只是没了影身已经是万幸。”

谢汐根本不敢问后卿为什么不反抗。

江斜又问:“都发生什么事了,和我说说。”

理论上他们是第一次见面,的确是有些记忆需要沟通一下,谢汐便一五一十地和他说了,顺便也自己捋一捋。

听到九尾被神鉴封印,江斜怔了下。

谢汐问道:“九尾不会有事吧?”魂意有事的话,本尊也会有事,看江斜现在的情况,不像有事的样子。

江斜摇头道:“他没事。”

谢汐:“可是他凭空消失了。”

江斜起身,越过谢汐看向了正后方的神鉴。

谢汐也跟着看了过去,这是后卿的神鉴残卷,也是一幅画,当谢汐的视线挪过去时,画卷上有了墨彩。

江斜问:“看到什么了?”

谢汐道:“一片花海……”

江斜笑了下:“蔷薇花吗?”

谢汐点点头,知道江斜看不到,但知道他猜得到。的确是蔷薇花海,一大片一大片的蔷薇花挣脱了藤蔓,铺在了地上,像一个个坠落凡间的美丽精灵。

谢汐道:“这是我和后卿相遇的地方吗?”

江斜道:“进去看看吧。”

谢汐惦记着他身上的伤:“我可以改变神鉴里中的记忆吗?”后卿的影身已经全毁了,想修复是不可能的,只能阻止他受伤。

江斜反问:“为什么不可以?”

谢汐顿了一下:“改变了过去,不会影响现在吗?”

江斜看向他,低声道:“别被时间束缚,过去和现在并没有界限。”

第十章
妙笔绘山海 下

－1－

过去和现在没有界限？这话是什么意思？

谢汐呢喃着重复了一遍。

“这样说你更好理解。”江斜换了种说法，“在时间轴上，你所站的位置永远是现在。”

谢汐有种豁然开朗的感觉：“你是说并不存在过去和未来？”

江斜笑了下，道：“线状时间是人类的想象。因为人们会生老病死，所以时间就不断地流逝，可实际上真正的时间不受任何束缚，它只存在于此刻。”

谢汐懂了：“可是人们只会用自己的思考方式去理解事物。”

江斜道：“所以你只需要以自己为参照物就行。”

谢汐点头：“我明白了！”他之前是走进了死胡同，人们时常思考一个悖论，改变了过去是不是就会影响未来？就像蝴蝶效应一般，过去一点儿细微的改变是否就会让未来天翻地覆？

现在江斜给了他一个答案：时间并不存在过去和未来，个体所经历的永远是现在。

谢汐即便在神鉴中见到了过去的记忆，可对于谢汐这个人来说也是现在。以谢汐为参照物，时间永远是当下。他走到所谓的过去，也还是在经历现在，既然没有过去，那也就无所谓改变未来了。

谢汐放心了，道：“那我要阻止后卿受伤。”

江斜道：“去吧。”

谢汐还牵挂着九尾，又问：“九尾在神鉴里当真不会有事？”

今天的江斜是个玄乎乎的老邪，他弯唇，似笑非笑地道：“真实和虚假也没有明确的界限。”

谢汐一愣，眼睛微睁：“这……”

后卿的身体实在糟糕，江斜嘴上不说，身体恐怕是真疼，尽快帮他缓解才是当下最重要的。谢汐不再多费口舌，按向神鉴残卷。

直到进入神鉴，谢汐还在思考江斜的那句话：真实和虚假没有界限。

是指神鉴里和神鉴外？又或者有其他意思？谢汐之所以没追问是因为他觉得江斜也说不清楚，毕竟在这个准世界里江斜接触的东西比他片面得多，很多东西还需要谢汐自己去寻找答案。

谢汐睁开眼，瞬间被五彩缤纷给迷了眼。

这是哪儿？神鉴上画的是蔷薇花海，眼前的这是什么？

“花神大人！”一个清脆的声音响起，穿着鹅黄色裙子的女孩蹦跳着过来，“时辰不早了，我们出发吧。”

神鉴中的回忆不是后卿的吗？这算什么？后卿在哪里？

谢汐不出声，女孩眨眨眼睛唤他：“花神大人？”

谢汐回神，侧头看着她：“嗯？”

女孩歪着脑袋疑惑地问道：“花神大人没休息好吗？”

谢汐对于这个称呼并不意外，准世界设定里他肯定是花神，就是不知道怎么又变成白蔷薇了。

“还好，只是在想事情。”谢汐对女孩解释。

女孩并未多问，只兴高采烈地道：“我们出发吧，花儿们都在等着您了。”

谢汐完全不知道他要去哪儿，但女孩都这么说了，他只能跟着走，摸索下大概背景。按理说后卿应该就在他附近，否则记忆会跳转，但是……他到处看也没看到一双鸳鸯眼。魂意们的存在感都很高，若是在的话，他不该看不到。

怎么回事？这个神鉴和之前的不太一样？

谢汐暂时熄了念头，跟着女孩出了屋子。

他待的地方是一个色彩缤纷的花园，无数花儿在风中摇曳，空气中弥漫着迷人的香气，美丽的不像真实存在的世界。谢汐比较介意的是，这里花朵种类繁多，不是蔷薇花海，到底是怎么回事呢？

女孩兴奋地说道：“这还是我第一次参加百花盛会，好开心！”

百花盛会？谢汐在青龙的神鉴里去过一次，他在那儿受了伤，被青龙救下，原来这个“节目”源自花神时代。这倒也正常，恐怕这时候的百花盛会比后世还要热闹得多。

有个绿衣少年佯装大人道：“你这朵没见过世面的小茉莉！”

原来女孩是朵茉莉花，不过茉莉不大多是白色的吗？为什么这朵是鹅黄色？嗯，正常茉莉花也不会变成一个娇俏的女孩，还是不要追究这些细节了。

小茉莉生气地道：“你这朵小雏菊也只参加过一次而已！”

原来是朵绿色的小菊花……呸，是雏菊。

小雏菊道：“哼，我参加上次百花盛会时你还没化形呢。”

小茉莉道：“没化形又怎样？我现在法力比你高！”

小雏菊被戳到了痛处，气呼呼地道：“还不是你天天围着花神大人……”

这两朵小花叽叽喳喳地吵了起来，一个明显年长的白衣女子走进来道：“吵什么！花神大人纵着你们，你们就无法无天了！”

她一出声，两朵小花瞬间消停，往谢汐这边缩了缩，怯生生地道：“玉兰姐姐。”

这朵白玉兰向谢汐行了礼，说道：“花神大人您别太纵着他们，一个个越发没大没小。”说罢白玉兰瞪了两朵小花一眼。

谢汐摆摆手道：“没事。”

两朵小花喜上眉梢，白玉兰轻叹口气道：“花神大人您实在是太亲和了。”

小花又凑上来，笑得天真烂漫：“花神大人最好啦！”

谢汐还真不是太亲和的性子，他不喜人多，一般都是独自待在某处。但看这情形，花神却是个爱热闹的，他就暂且这样了，而且他不太讨厌小茉莉和小雏菊。

一行人走出了花园，外面热热闹闹的。

所谓百花盛会，只听这四个字都觉得缤纷绚烂，而切实看到就会明白所有形容词在这样的绚丽多姿下都显得苍白无力。人的想象力是没有极限的，而这样花团锦簇的繁华景象却也不是一般人能够想象出来的。

谢汐一出现，所有身着盛服的花儿都弯腰行礼，清脆悦耳的声音此起彼伏：“见过花神大人，愿花神大人福寿延绵，神姿永驻。”

谢汐哪见过这阵仗，他略微顿了下才缓过气来：“都起来吧。”

白玉兰上前，挨个点名赐座，凡是被点到名字的花儿都满面欣喜，坐到那白玉制成的椅子中，很是雀跃。只听白玉兰又道：“虽说是百花盛会，但凡界花朵不胜枚举，在榜的花儿莫要骄傲，落榜的也无须颓唐，下次盛会还请再接再厉，争取在花界找到自己的位置。”

这个谢汐也是知道的，后世也传承了这个惯例，可惜却不再由花神赐座，而是固定的一百种花。

像蔷薇族，似乎从未有过座次，一直是最微末的“野花”。

宴会开始，花儿们各展才艺，真是争奇斗艳。

谢汐觉得还挺有趣，主要是花儿们很单纯，争起来也是简单粗暴，好就是好，不好就是不好，鲜花和鸡蛋给得毫不犹豫。被喝倒彩的花儿也不恼，只惭愧地说道：“下次再接再厉。”

谢汐便说几句鼓励的话，花儿们就又对他歌功颂德，直说花神大人心善亲和，是他们花界唯一的信仰。

谢汐一直在留意着后卿，可惜他阅遍百花也没看到一双鸳鸯眼。

现世里后卿是僵尸始祖，这回忆里呢？他已经是小僵尸了吗？

直到百花盛会结束，谢汐也没有意外发现，难道后卿就躲在这百花盛会里一直偷偷看他却没露面？这倒像是小可怜会干的事。

可他要怎么找到后卿呢？谢汐很愁。

百花盛会结束后回去的路上，小茉莉忽然道：“今年也没看到蔷薇族呢。”

小雏菊道：“没办法，蔷薇族一个化形的都没有，来不了的。”

谢汐心思一动，问道：“你们先回去吧，我有点儿事。”

小茉莉连忙道：“花神大人要去哪儿？我们跟着伺候！”

这两朵小花哪里是想伺候谢汐，是想跟着玩。谢汐想了下，无所谓地道：“来吧，我们去趟蔷薇山。”

两朵小花看了看对方，由衷地说道：“大人您真是太善良了。”

谢汐只是想去找后卿，这两朵小花又想哪去了？

小茉莉道：“蔷薇族上下一定会对您感恩戴德。”

小雏菊感怀道：“是啊，当年花神大人到了我们雏菊山，我才开了灵智，得以化成人形。”

小茉莉顶他：“你还说你是凭实力化形的！”

小雏菊说漏嘴了，却也不肯低头：“我、我就是凭实力，能被花神大人看中，我当然是凭本事！”

谢汐不插话了，就让他们随便脑补吧，反正也不碍什么事。

此时的蔷薇山和现实中截然不同，神鉴残卷中的画面果然就是蔷薇山的景色，一大片蔷薇争相绽放，却没有一个能够化成人形。谢汐走近蔷薇花海，正思索着该去哪儿找后卿……

小茉莉眨了眨眼睛：“那是个小孩吗？”

小雏菊说：“咦……蔷薇族终于有人化形了？”

谢汐看过去，一眼就看到了那站在藤蔓中的奶娃娃。

这时奶娃娃看了过来，一双异瞳大大的，漂亮得像两块剔透的宝石。

谢汐愣住了，他怎么都没想到会看到这么小的后卿！

－2－

小后卿看到他，竟然转头就跑，他的小短腿倒腾起来还挺快，很快就藏到了蔷薇花海中。

这儿的蔷薇花也不是真实的那种小花，它们大概在化形边缘，个头都很大，小后卿身板小，躲在里面被挡得严严实实。

小茉莉不乐意了：“这蔷薇怎么还躲起来了？见着花神大人都不出来行礼吗？”

雏菊埋汰她：“说得好像你有多懂礼貌似的。”

茉莉掐腰道：“我第一次见着花神大人可是扑通一声就长跪不起了呢！”

小姑娘你这是吓得吧！谢汐顾不上这两朵小花了，得去抓住小后卿，他还这么小，看来这个神鉴的回忆很长啊。

这么一大片蔷薇花，那么小一个娃娃，谢汐得凝神仔细看才能看到他。

吵完架的茉莉和雏菊意识到自家大人在抓小奶娃，赶忙道：“蔷薇散开！”

谢汐正想着瞎喊什么，能有用吗？

然后蔷薇花们便如退去的潮水般纷纷散开了。

哦，谢汐忘了这些花不是正常花，喊还真管用！

蔷薇花一散开，小后卿无处可躲，他呆呆地四下看看，空荡荡的没有遮掩物让他有些紧张。

谢汐瞧着怪心疼的，轻声道：“别怕，我不会伤害你。”

小后卿看过来，一双大眼睛里全是不安。谢汐慢慢走近他，像在接近一个孤零零的小兽。

“你叫什么？”谢汐友好地问道。

谁知谢汐一问，小后卿又拔腿开跑，向蔷薇深处直奔而去。

说好的剧情是这样？果然 X 还是神经病！

可怜的是小后卿跑，蔷薇花躲，谢汐长腿一迈就把小家伙给捞起来了。小后卿落进了谢汐怀里，眼睛睁得很大，小脸白得像块嫩豆腐。谢汐微微一笑，努力让声音温柔又亲和：“为什么要跑？”

小后卿呆呆地看了他好一会儿，半晌才奶声奶气地道：“好香。”

谢汐不明所以。

小后卿小脸通红，小声道：“好闻。”

谢汐完全闻不到自己身上的气息，花族是有各种香气的，因为是与生俱来的，所以本人一般闻不到。虽然被一个奶娃娃说很香有点儿怪，但谢汐也不想再放跑他：“好闻的话为什么要躲？”

小后卿的逻辑不太好理解：“太好闻了，不能靠近。”

谢汐问：“为什么？”

这好像戳到了小后卿的心，他又挣扎着想跑。

谢汐抱紧了他，哄他道：“好了，我不问了，别再乱跑了。”

他的声音太温柔了，小后卿挣扎的力道渐轻，任由谢汐抱着。谢汐垂眸看着他，发现他紧紧皱着眉，在跑和不想跑之间纠结……

“哎？”小后卿的脸蛋被捏了一下，迷茫地抬头看向谢汐。

谢汐忍不住啊啊啊，怎么可以这么可爱！这么可爱的小家伙，为什么会长成那样一个满嘴跑火车的老司机！

岁月是把杀猪刀，谢汐体会到了这句话的深层含义。

“真软。”谢汐弯着眼睛笑，软软的脸蛋手感真是太好了。

小后卿反应过来了，他低下头，旋即又像是想起什么一般，稍稍抬了下头，这意思好像是：还可以给你捏。

谢汐觉得自己的血条空了一大半！这么小的后卿，还这么乖，实在是太犯规啦！

堂堂一个花神，愣是被一个奶娃娃给萌晕头了！

“跟我回花界好不好？以后我照顾你。”谢汐也不用问后卿的家庭什么，肯定是没有的。

谁知小后卿竟垂下眼帘，难过地说道：“不可以。”

谢汐问：“为什么？”

小后卿唇瓣颤了颤，小声地说道：“靠近我的人，都会被诅咒。”

谢汐愣住了。

在亚特兰蒂斯，老六因为一双异瞳被所有人排挤，独自一人待在宫殿中，过着爹不疼娘不爱的小可怜生活。小后卿也是如此吗？

难不成江斜小时候也因为这双眼睛而遭受了排挤与漠视吗？江斜的原世界应该和谢汐差不多，在那样的伦理社会下，这双异瞳的确是诡异又不祥。江斜的童年，极有可能遭遇过被丢弃、被排挤甚至是无休止的霸凌和漠视。

谢汐想到这些，心揪了起来。他问后卿：“你知道我是谁吗？”

后卿摇摇头。

“我是花神，”谢汐道，“神是不会被诅咒的。”

他话音一落，小后卿剔透的眸子里闪过亮芒：“神……不会被诅咒吗？”

谢汐温声道：“当然，不仅我不会被诅咒，你只要待在我身边，任何靠近你的人都不会再被诅咒。”谢汐居然有一天会像个神棍一样哄骗小孩。

小后卿分分钟被唬住了，一双大大的眼睛里全是信赖：“你没有骗我吧？”

谢汐的心软得一塌糊涂，他道：“不会。”

小后卿的唇瓣弯了弯，露出一个拘谨的、十分不熟练的笑容。他似乎是第一次笑，小心翼翼，像刚绽放的幼苗初见太阳一般。

谢汐抱着他道：“放心，以后我会照顾你。”

魂意的记忆都会回到江斜那里，改变了后卿的童年也会温暖江斜的过去。就像在梦想成真里，江斜改变了他的一生，让他完整地读完了大学，让他拥有了一个真正的家，让他无比满足、毫无遗憾地度过了充实的一生。

这一次换谢汐给江斜一个温暖的过去。

诚然这不是真正的江斜的童年，但就像江斜所说的那样，真实和虚假没有界限，他们是真实的，他们所经历的就都是真实的。

谢汐带小后卿回了花界，茉莉和雏菊一路上好奇惨了，叽叽喳喳，不像是花，倒像是两只黄鹂鸟。

“花神大人，他是朵蔷薇花吗？”

“好奇怪呀，为什么他这么小就能化形？”

“蔷薇花有双色的吗？”

“红色和蓝色都有，但没见过红蓝双色的。”

听到他们谈论他的眼睛，小后卿明显缩了缩，卷而翘的眼睫也颤了颤。

谢汐问道：“不好看吗？”他问的是茉莉和雏菊。

这两朵小花立马说道：“好看！从未见过这么好看的小蔷薇！”他们还把后卿当蔷薇。

似乎是从未被人夸奖过，后卿有些开心，又不知该如何应对。

谢汐解释道：“他不是蔷薇花。”

茉莉好奇地问：“不是蔷薇花呀？那他是什么花？”他们修为低，看不出他的原形。

谢汐却是看得明白，后卿不是精怪也不是兽，谢汐道：“他是一个人。”

“人？”雏菊听都没听过，“人是什么花？”

茉莉也道：“从未听说过人花。”

雏菊道：“你当然没听过，只有像花神大人这样博学多识才会记住所有的花朵种类！”

谢汐还真记不住！但人可不是人花，他耐心解释了一番，可惜两朵小花都听得一知半解，到后头更是直接称呼小后卿：“小人，你是小人吗？”

小人……这在人类社会可是骂人的话啊花儿们！可惜这没法解释，谢汐只得说道：“他叫后卿。”

茉莉和雏菊又迷茫了：“他不是人吗？”

谢汐只能用他们的脑回路说道：“人也有很多种，就像花有茉莉和雏菊。”

这下他们可算是懂了：“原来如此。”他们恍然大悟后也不忘吹一波谢汐，“花神大人懂得好多。”

饶是听多了花儿们的吹捧，此时谢汐也有些脸热，实在是当不起！

小后卿抬头看向谢汐：“后、后卿？”

谢汐道：“嗯，这样叫你可以吗？”

小后卿弯下眼睛，用力地点头：“好听。”他说什么都好听，听着耳朵特别舒服。

谢汐也笑了：“那以后你就叫后卿了。”

小后卿点头，像小鸡啄米。

谢汐摸摸他软软的小脑袋，带他回了花界。

养孩子可不是件轻松事，不过谢汐也没太担心，毕竟花界一堆花，七手八脚地怎么也拉扯得大一个娃娃。

哪知道，他睡一觉起来后差点儿出大事！

这事得从睡觉说起，他们回到花界后，小后卿似乎是累极了，已经在谢汐怀里睡着了。谢汐将他放到了床上，自己也有些倦，索性陪他睡下了。

等他醒来时，身边的小后卿不在了。

谢汐以为小家伙自己跑出去玩了，他缓了缓神，下床收拾了一下，一出门就听到了吵闹声。

“他怎么越来越没精神了？”

“都给他喝好几瓶玉露了，怎么好像越来越蔫了！”

“把他埋到土里也不管用，他是不是生病了？”

听到最后这句话，谢汐连忙推门出来，看到的是瘦了一圈，可怜兮兮的小后卿。

雏菊着急道：“要不还是换种土吧，我把我珍藏了十年的沃土……”

谢汐连忙上前，把小后卿抱起来：“怎么回事？”

见到他出来，花儿们可算是松了口气，白玉兰上前道：“小后卿从三天前就开始没精神，身体状况一天比一天差。”

三天前？谢汐惊了，他问：“我睡了多久？”

白玉兰道：“您这次睡得很短，只睡了不到七天。”

这还短吗？他竟然一觉睡了七天，难怪后卿成了这副惨兮兮的模样，一个奶娃娃七天不吃饭只喝水，是要饿死的。

是他高估了花儿们，他们常年不是玉露就是土，再不就是晒太阳，哪知道人类该吃什么。

谢汐连忙道：“他这是饿了，花界有稻米吗？”小后卿饿这么久，先喝点儿粥吧！

“稻米？”花儿们面面相觑，“花界只有花呀。”

谢汐又问：“那有动物吗？”后卿能喝点儿动物的奶也好啊。

花儿们更傻了：“动物是什么？”

谢汐微怔……虽然后世的花儿们也都不食人间烟火，但圣山和妖海有无数生灵，他们不至于不知道小动物是什么。谢汐又道：“你们小心照顾他，除了玉露，其他的都不要给他，我很快回来。”他只能自己出去看看。

谁知小后卿竟死死抓着他的衣服，小脸上全是不安。

谢汐心疼得像被烙铁烫过：“对不起，是我睡太久了，我这就去给你找吃的。”

小后卿饿得迷迷糊糊的，却还不肯松手，死死抓着谢汐的模样像是抓住浮木的溺水者。

白玉兰道：“大人您还是不要离开他了，他这状态太差了，需要找什么东西您尽管告诉我们，我们去找！”

谢汐也不好带着这么虚弱的后卿出去找吃的，只能指望花儿们了，他仔细说了一通，可惜从未看过兔子啊羊啊牛啊的花儿们听得一脸蒙。

“圣山在哪儿？妖海又是哪儿？”花儿们完全不知道。

谢汐想到法子了：“给我找支笔，我画给你们看。”

花儿们这次倒是很迅速，纸和笔都速速送了上来。

谢汐在圣山和妖海都“闯荡”过，所以记得路线和地形，他认真画着，生怕自己画技太差，花儿们看不懂。神奇的是，谢汐落笔生辉，他脑中想什么，竟都画了出来，还画得栩栩如生。

花儿们惊叹不已，谢汐自己也吓了一跳。他继续画着，把脑中想到的，需要的都尽量画出来。花儿们看到了小白兔，看到了山羊，还看到了奶牛和鲜奶，甚至是各种谷物和器皿……

“花神大人好厉害！”

谢汐也觉得自己厉害得不像话。

有了这些画，花儿们一拥而散，离开花界去找小后卿的吃食和用具了。一会儿工夫，他们回来了，谢汐看到一锅米粥，愣了下后也顾不上问太多，连忙喂小后卿吃饭。

小后卿是真的饿狠了，大口大口吃着，看得人心直揪。

谢汐怕他一口气吃多了，撑坏身体，估摸着分量后连忙道：“好了好了，晚点再吃。”

小后卿听话得让人心疼，谢汐这么一说，他立马停下，明明还想吃，却连一口都不碰了。

谢汐哄他道：“不是不让你吃，是怕你身体受不了，等晚点再吃好吗？”

小后卿点点头，仍旧抓着他的衣服不放。

谢汐这下是打死都不敢睡了，整整照顾了后卿三天，看他身体稳定了才松了口气。他给花儿们科普了一通“育儿术”，怕在自己睡着后没人照顾后卿。花儿们也懂了很多，茉莉好奇地说道：“以前从不知道花界外还有那样大的地方呢！”

雏菊也说：“对，圣山上有好多奇奇怪怪的动物。”

他们说着自己看到的东西，小后卿也听得很认真，明显是好奇。谢汐问他：“想去看看吗？”

小后卿抓紧了他的衣服。

谢汐微笑道：“我陪你一起。”

小后卿看向他：“不……麻烦吗？”

“不会。”谢汐也想带他出去透透气，让他看看外头的世界，知道自己不是个异类。

“走吧。”谢汐对花儿们说，“我们去圣山看看。”

谢汐走出花界，看到现在的圣山总有种奇奇怪怪的感觉，大概是因为时间太早，还没怎么开发？

茉莉大叫一声：“哇，好大一只大白兔！”

后卿连忙看过去，谢汐也抬头看过去。后卿眨眨眼：“大白兔？”

那哪是什么白兔，分明是只受伤的白虎！

茉莉过去想抓白兔，谢汐没拦住，只听一声奶凶奶凶的怒吼声响起。茉莉被吓了一跳，定睛一看："哇，还有只小白兔。"

谢汐看到了只有猫咪大小的小白虎。

茉莉想去抱"小白兔"，白虎崽小归小，却凶得很，他站在受了重伤的白虎身前，小爪子伸出来，姿态警惕，还露出了白皙的小奶牙。

凶是够凶了，可爱也是真可爱！

– 3 –

这难道是白虎吗？

谢汐还记得之前喊妈的白虎幼崽，江斜说那可能是白虎的婴灵，所以天真烂漫。莫非这只……

"啊……"茉莉吃痛，"小兔子咬人啦！"

谢汐确定了，这只不是婴灵，十有八九是小时候的白虎。

谢汐看了眼茉莉的伤势，确定那小奶虎伤不到人后叮嘱茉莉："别去碰他，他不是兔子。"

茉莉揉着手背，心有余悸地道："可是他白又白，两只耳朵竖起来……啊，他的耳朵不够长！"可喜可贺，小茉莉总算知道白兔和白虎之间的区别了。

谢汐怀里的后卿也好奇地看着白虎，大眼睛眨了眨，小声问："那是他的母亲吗？"

谢汐也看到了，小白虎是在护着大白虎，可惜大白虎身受重伤，已经濒临死亡。

谢汐将小后卿交给了茉莉，自己慢慢走过去，温声道："你母亲受伤了，我帮你看看她好吗？"

小白虎也不知道听懂没有，仍旧凶得很，龇牙咧嘴，耳朵竖得高高的，发出呜呜的警告声。如果他不是这么小，这暴怒的模样还真挺吓人，然而他实在是太小，浑身上下都透着可爱，实在是让人怕不起来。

谢汐不想再刺激他，停留在安全位置，放低姿态，仔细说道："你的母亲一直在流血，不治疗的话她会很痛苦，我不会伤害你们，让我看看她的伤势好吗？"

小白虎的神态稍稍松懈，但还是不肯让开位置。

这时大白虎发出了呻吟声。

小白虎顿时急了，转头去看她。

大白虎眼皮掀动，看到了谢汐："你是……花族吗？"

这白虎会说话，谢汐松口气，这就好沟通了。他连忙道："对，我们是从花界过来的，你是受伤了吗？能让我看看吗？"

大白虎道："我撑不了多久了，不用管我，"她咳嗽了一阵，断断续续地道，"能把我的孩子带走吗？”

小白虎对着大白虎嗷呜一声，仍旧是凶巴巴的样子，可一双眼睛里全是委屈。大白虎温声道：“好孩子，你得活下去。”

小白虎急了，他不会说话，只会嗷呜嗷呜地叫着，而且声调强硬，好像在说：我不要离开，你不许死！像个叛逆的少年，霸道又惹人心疼。

谢汐道：“也许我能为你治伤。”

大白虎精神更差了，她道：“我本来也是寿命将尽，能捡到这个小家伙已经十分欣慰，原本担心他的安危，如今看到您……”她的声音越来越小，已经快要消失，“拜托您了，请让他长大成人。”

原来大白虎并不是小白虎的母亲，只是捡到了这个小家伙。但很显然，他们的感情早已经是真正的母子了。

谢汐还欲再说，大白虎却已经闭上了眼睛，她似乎是心愿已了，身形慢慢消失，最后成了一片白色星芒，消失在空气中。

大白虎死了。

小白虎呆呆地站在原地，他厚厚的小爪子向前伸了伸，根本抓不住那散开的星芒。

忽然，像是支撑他的力量被抽离了一般，刚才还竖着耳朵，瞪着眼睛，浑身戒备的小家伙“啪”的一声摔倒在地，晕了过去。卸去防备，小白虎柔软的毛发散了下来，弓起的身体也软了下去，一双竖着耳朵更是耷拉下来，在一身雪白毛发的衬托下，仿佛一个毛绒玩具。

谢汐少不了又是一阵心疼，他仔细将昏过去的小白虎抱在怀里。

后卿看向他，问道：“他怎么了？”

谢汐摸了摸了他的小肚子，轻叹口气道：“饿晕了。”

这一个两个的，是真能扛。也不知道这小白虎守了大白虎多久，大白虎肯定是想让他走的，可惜他不肯走，明知大白虎已经没救了也不肯放弃她。

所有的幼崽其实都受不住饥饿，因为孩童是靠本能活着的，而食欲更是连成人都难以控制的生存欲望。后卿为了不离开花界，为了守着睡着的谢汐，宁愿忍饥挨饿也不肯离开；白虎为了守护濒死的大白虎，凭借着超乎想象的强大毅力撑了这么久。

魂意不同，本性却一般无二，那股韧劲让人叹服。

谢汐问茉莉：“身上带羊奶了吗？”也不知道这小老虎该吃什么，总之先喝点儿奶吧。

小茉莉连忙道：“有的！”之前差点儿把小后卿给饿死，现在他们都谨慎得很，随身带着羊奶、牛奶甚至米粥。

谢汐喂小白虎喝了一罐奶，见他睡得香甜，慢慢放下心来。

于是花界不只有了一个人，还有了一只虎。

因为花儿化形后和小后卿一般无二，所以对小后卿的好奇度低很多。小白虎就不一样了，这小家伙生得太不一样啦，花儿们看着就觉得有趣。

“他好毛茸茸呀。”

“是啊是啊，毛发白得像雪一样。”

“你们说他的毛发会不会像雪一样凉？”

“摸一下试试！”

花儿们一人碰一下，也亏了小白虎睡得沉，要不一准起来凶他们。

谢汐想想老三那暴躁性子，如今却虎落平阳被花欺，顿觉好笑。他眉眼弯弯的，在他怀里的小后卿也弯了弯眼睛，挨得更近了些。

现在这一人一虎还不懂什么叫吃醋争宠，小后卿那颗小心脏里就装着一件事——只要花神大人开心，那就什么都好。

小白虎醒来后，花界可热闹了。这小家伙可不是小后卿，天生不懂安静为何物。花儿们去戳他，老虎嗷呜一声，扑上去就咬。花儿们能化形的都是有修为的，即便躲不开他这猛（萌）虎下山的霸气动作，但也皮躁肉厚得不怕咬。小白虎咬他们就像在给他们挠痒痒，一个个不仅不生气，还咯咯直笑，顺便偷摸几把虎毛。

谢汐在一旁看得乐不可支，真想找个录像机拍下来，记录下这精彩时刻（黑历史）。

小后卿也看得唇瓣弯弯，谢汐问他：“要去玩吗？”

小后卿立马摇摇头。

谢汐道：“别怕，去吧，小白虎皮躁肉厚得很，不怕诅咒。”

小后卿抬头看着他，满目担忧。

谢汐安抚他：“不相信我了？”

小后卿连忙道：“信！”

谢汐温声道：“那就去玩吧。”挺好的，小白虎太闹腾，小后卿太安静，两个刚好中和一下。

等白虎适应了花界的生活后，谢汐嘱咐了一通花儿们，实在撑不住去睡了一觉。他有预感自己会睡挺久，可醒来时看到长高一截的小后卿和长圆一圈的小白虎后还是愣了愣。

谢汐问：“我这是睡了多久？”

小后卿的声音里全是思念：“三百五十天。”

这一睡就是快一年啊！

他连忙把小后卿抱过来，温声道：“我睡太久了。”

小后卿懂事多了：“睡觉很重要的，大人要好好休息。”

谢汐叹口气：“我不想睡这么久，但一旦睡着了就很难醒来，等下次我一定控制下时间。”

小后卿又想说话，被冷落的小白虎哼了一声。

谢汐看向他，伸手道："小白过来。"

小白虎扭过头，一动不动。

谢汐一把将"小脑虎"捞了过来，"小脑虎"昂头挺胸地不看他，但却乖乖待在他怀里，甚至往他身上蹭了蹭。谢汐顿觉好笑："别扭。"

小白虎听得懂，他一双虎目瞪过来，不服。

小后卿居然还成了他的翻译："他说他很想您。"

谢汐和白虎面面相觑。

小后卿笑了下问道："不是吗？"

小老虎火了，冲着小后卿龇牙咧嘴。

小后卿不为所动，又翻译道："他说他很想您，想到……嗯……胖了一圈。"

小白虎炸了，爪子挥上来就要和后卿拼命。后卿一点儿都不怕，靠近谢汐道："他一点儿都不诚实。"

谢汐扑哧一声笑出来，被这两个活宝给逗死了。

在花界的日子闲适且安逸，有无忧无虑的花儿，有小大人一样的后卿，还有张牙舞爪称雄称霸的小白虎，谢汐只是坐在一旁看着都觉得舒服惬意。

他明明睡了那么久，七八天后竟又有些疲倦。

这天小茉莉跑过来道："花神大人！小白虎离开花界了！"

谢汐一惊，连忙道："后卿呢？"

雏菊也急匆匆地赶过来说道："后卿追他去了。"

这两个小东西，谢汐连忙起身出去找娃。花界外越来越大，起初让谢汐觉得怪异的圣山也越来越有以后的规模和气派。

谢汐不知为何头晕了一下。

白玉兰察觉到了，问道："大人您若是累了就回去休息吧，我们去找他们。"

谢汐心里不踏实，摆手道："不要紧，我去看看。"他还是有些法力的，凝神去找，很快就发现了两个小的。然而这一看却让他的心一惊，几乎是一个瞬间就赶到了他们身前。

花儿们完全不知道发生了什么，仿佛眨眨眼，花神大人就消失了……

这是大白虎死去的地方，小白虎一脸凶悍，冲着一团黑雾低吼。

小后卿跟在他身后，紧张地说道："你打不过它。"

小白虎不听，一双眸子里全是仇恨，仿佛要将那团黑雾撕成碎片！

后卿焦急地说道："不行的，你会被它吃了，像大白虎那样……"

这话无疑触动了小白虎，他竟扑了上去，以小小的身板对抗杀了大白虎的怪物！

电光石火间，谢汐将小白虎救了下来，他看清了黑雾，在看到那密密麻麻的锯齿时，他头皮发麻。

小后卿惊叫出声："花神大人！"

谢汐一把捞起小后卿，抱着两个小的快速离开。

谢汐在后世根本不知道圣山和妖海还有那样的怪物，那是什么？那就是伤了大白虎的东西？小白虎跑出来是要复仇？这的确像老三会干的事，实在是太莽撞了，他才多大，扑上去不等于送死吗！

谢汐回到了花儿身边，花儿们看到胳膊上鲜血直流的花神，一个个都呆滞成了傻花，他们从不知道花神大人竟然会受伤。

谢汐道："回花界！"

一行人回到花界，花儿们匆匆上前，给谢汐止血。

小白虎在一旁，眼睛一眨不眨地看着。

谢汐看他那样子，又怪心疼的，想骂也骂不出来，最后只说道："你想为大白虎报仇，这没错，但你也要考虑下自己的实力，你那样扑上去和送死有什么区别？大白虎拼命救下你，难道就是让你去送死的？"

小白虎看着他受伤的胳膊，眸子里风卷云涌。

谢汐叹口气，又说道："别着急，好好长大，努力变强，这样才有力量去保护想保护的人。"

－4－

谢汐的伤口恢复得很慢，白玉兰终日忧心忡忡，想说又不敢说。谢汐听到了他们私下里的对话。

茉莉说："玉兰姐姐，为什么花神大人会受伤？"

听这语气，似乎花神从来没受过伤。

雏菊也怪紧张的："这次睡得也有些久。"

白玉兰摇头道："别胡思乱想，花神大人是神，不会有事的。"听她这语气都不像没事。

谢汐自己却没什么太大的感觉，主要他也不知道之前的花神是怎样的，反正他是个人，觉得这花神的身体挺不错，除了睡得久一些，再没什么问题。当然谢汐也没心大到全不在意，他思索了一下，觉得花神肯定会有问题，毕竟后世花神已经去世……或者沉睡了。

因为这次下山，小白虎一下子老实了，仿佛一夜间长大了，他开始大口吃肉，每天都要绕着花海跑很多圈，因为谢汐告诉他，适量运动能强身健体。

至于怎么算适量，觉得累或者出汗就行。

于是白虎就从早跑到晚，从晚跑到早……

谢汐赶忙喊停："不累吗？"

小白虎连气都没多喘一口，大眼睛眨着，丝毫不见倦态。

谢汐只能改口："一天最多跑……三个时辰……"正常人跑一个小时就累了，但这老虎显然不是正常人，跑一天一夜都没事，六个小时也就是基础运动量。

小白虎一脸失望，嗷了一声，后卿给谢汐翻译："他说他会听话。"

这假翻译，小白虎明明是满心不情愿！小白虎瞪他。

谢汐笑弯了眼睛，摸摸他们的脑袋，说道："好啦，留下点儿时间陪陪我不好吗？"

这话管用，他们都纷纷点头，乖得很。

每天跑完圈，吃过饭，他们便凑到谢汐身边。谢汐也有教导他们的心思，和他们说着花界外的事。

小后卿是个好奇宝宝，问道："圣山到底是什么样的，妖海是海吗？"

"不是。"谢汐觉得只是说太苍白了，便拿笔和纸一一给他们画起来。

他这神奇的画技用来哄小孩简直太棒了，落笔就是锦绣山河，他们看得眼睛圆溜溜，直吸气。

小白虎不会说话，只能拿厚厚的小肉垫去碰。

小后卿很有兄长范，打他的手道："小心弄坏了。"

小白虎凶他。

后卿给谢汐翻译："他说自己知道错了。"

谢汐笑得手一抖，画出个歪脖子树。

其实谢汐是有些奇怪的，按理说小后卿没怎么去过外面，看到这些东西会新奇很正常，可小白虎是在外面生活了很久的，怎么看到了也一脸惊奇？可惜小白虎不会说话，他也没法问。

日子过得很快，谢汐这次醒了半年光景，每日都待在花界给两个小家伙画画。谢汐不知不觉间竟画了厚厚一沓纸。他们长得倒是快得很，吃得好睡得香学得也快。

这日茉莉和雏菊美滋滋地跑进屋，手里拿着托盘："花神大人，我们做了个好东西！"

谢汐有些困了，眼皮直打架："嗯？"

茉莉和雏菊拉开盖在托盘上的丝绸，将里面的东西呈了上来："我们找牡丹、梅花哥哥还有玉兰姐姐帮忙，把您的画装订成册啦！"

谢汐心一跳，强压着睡意看过去："装订成册？"

茉莉已经递过来："用了个小法术把画卷缩小，然后再整理到一起，这样就方便多啦！"

即便谢汐有心理准备，但看到神鉴时他还是愣住了。

雏菊道："想看的时候就可以放大，不想看了就可以收起来，多方便……花神大人！"他话没说完，惊呼出声。

谢汐看着神鉴，只觉一阵头晕目眩，努力想睁开眼，却怎么也睁不开，身体摇摇晃晃地摔了下去。模糊间他听到茉莉和雏菊的惊叫声，他想安慰他们说自己只是困了，可惜却开不了口。

又是长长的一觉，谢汐再睁开眼时只感觉唇瓣干苦，喉咙都泛着涩意。

“花神大人，您醒了！”

听到这声音时谢汐有些愣怔，这似乎是雏菊的声音，可不再是清脆的少年音，而是更成熟了些。

谢汐转头，看到了长成青年的雏菊。

“我……”谢汐皱了皱眉，哑着嗓子问，“睡了多久？”

雏菊紧张道：“睡了五年多。”

这不是睡，这是当了五年的植物人吧！

哦，花本来就是植物，他本来就是植物人——笑话太冷，谢汐把自己都给冻到了。

一阵脚步声传来，谢汐看到了长成小正太的后卿和个头更大一些的小白虎，这一人一虎看到他醒来眼眶都红了。

谢汐心里很不是滋味，说好了照顾他们，结果他一觉醒来，他们都长这么大了。

“对不起，”他温声道，“我又睡着了。”

小后卿使劲摇头，上前道：“没关系，您能好好休息才是最重要的。”人长大了一些，声音没那么软了，可这脆脆的少年音还是动听得很。

谢汐对他笑笑，又摸摸小白虎的脑袋：“你也长大了。”

小白虎竟然会说话了：“当然，我每天都在跑步和吃饭！”

谢汐愣了下，旋即又想到过去了五年，小白虎也该会说话了。谢汐笑道：“厉害，都会说话了，这下不用后卿给你翻译了。”

提到“童年”旧事，小白虎哼了一声，说：“他根本就听不懂。”

谢汐道：“我怎么觉得他翻译得挺好。”

小白虎没回话，这暴躁性子竟然没反驳，足以见得他这五年是有多想谢汐。

谢汐睡了一觉，却没把睡前的事忘了，他看向雏菊道：“把神……画册给我。”

雏菊不知道谢汐为什么一醒来就要看画册，但谢汐的命令他一定遵从，连忙去拿了过来。

谢汐刚拿到手就感觉到了画册的老旧。

雏菊道：“后卿和白虎每日翻阅，所以……”

谢汐点点头：“没事，本来就是给他们画的。”

谢汐翻开画册，看着里面一幅又一幅栩栩如生的画，问白虎：“你还记得小时候的事吗？”

小白虎点点头道：“记得。”

谢汐道：“你之前待的地方是什么样子？”

小白虎顿了下，声音有些紧："暗无天日，到处都是那种怪物……如果没有母亲，我早就被它们吃了。"

暗无天日……

谢汐清楚地记得他遇到大白虎和小白虎的地方，那里枝叶茂盛，是个环境不错的森林。

小白虎继续道："可是忽然有一天，天空有了光，很多东西凭空出现，那些怪物也慢慢消失了。"

谢汐问："什么东西凭空出现？"

其实他心里有了答案，但还是听小白虎说了出来："就是您画的那些东西。"

果然……谢汐抚摸着画册，心中已经有了大体的轮廓。花界外是一片混沌，根本没有圣山和妖海，随着他一笔一笔勾勒，才画出了外面的世界。

所谓妙笔绘山海就是这个意思吗？圣山和妖海都是花神画出来的吗？

可这又很矛盾，就像鸡生蛋、蛋生鸡一样，到底是先有了花神才有了后世的小蔷薇，还是先有了后世的小蔷薇才有了现在的花神。

这是个解不开的谜题。

江斜告诉过他——别被时间束缚，过去和现在没有界限。

谢汐明白，又很不明白。

人类的思维方式局限了他对时间的理解，哪怕他以自己为参照物也看不懂这非线状的时间。不过眼下不是思考这个的时候，他还有更重要的事要做。

谢汐问向小白虎和后卿："想不想出去看看？"

他们眼睛一亮，齐齐点头。

谢汐笑道："走吧，看看外面怎么样了。"

虽说他画了不少圣山和妖海的景象，但再细腻的画也不可能囊括所有的细节。

也许根本不需要他画出所有细节，只要搭出一个框架，血肉就会自己生长，就像人类一样，还不是从一个受精卵长成了世上最精密复杂的"机器"？他哪怕只画出了千万分之一，世界也会自己完善到百分之一百，就像设计者设计的准世界。

谢汐不只带了后卿和白虎，还带了不少花儿。花儿们也对外头好奇得很，一个个央求着要出来，谢汐便道："想出去就都跟着来吧。"

白玉兰少不了又是一通念叨："花神大人您就是太纵着他们，把他们惯得无法无天！"

谢汐笑了笑，没说什么。

这次出门谢汐特别留意外头的景象，其实不需要验证，但还是忍不住想看看。

他们走过一片林子时，后卿睁大眼道："这棵树……"

谢汐看过去，眸色闪了闪。

白虎一跃而上，惊讶地道："是你手抖时画的那棵树。"

没错，这是谢汐被他们逗笑，手一抖画出来的歪脖子树。有这棵树在，几乎可以证明这一切都是谢汐画出来的。

谢汐招呼白虎下来，说道："这样的树有很多，不过是个意外。"画出来一个世界这种事还是不要让他们知道了，太不可思议。

他们心中有疑惑，却没再问。

谢汐这趟出来，不只要看看外头的景象，更要……

茉莉道："这条青虫是怎么回事，老跟着我们！"

谢汐乍听之下没当回事，虫怪什么的，都不用花儿出手，小白虎自己就干掉了。

"茉莉你瞎啊，哪有这样的青虫，这是条蛇！"

听到这里，谢汐也没多想，魂意里没有蛇……

"蛇会有爪子吗？而且头顶还有两个小包。"

谢汐这时才连忙回头，看到了惨兮兮的被拎起来当成虫又当成蛇的青龙圣人！

小青龙可怜巴巴，一双靛青色的眸子眨啊眨，无辜又迷茫。

谢汐连忙把他接过来："他是龙，一条青龙。"

茉莉茫然地问道："青龙又是什么？"

谢汐看看眼前的小家伙，实在难以解释他日后会是何等的威武霸气。

白虎更是来了句："能吃吗？"

敲他一棒槌后，谢汐道："他是你弟弟！"在亚特兰蒂斯白虎是老三，青龙是老四，的确是弟弟。

白虎嗤之以鼻："我弟弟也应该是头白虎。"

谢汐盯着他："他以后就是你们弟弟，当哥哥的不许欺负小的。"

后卿就不一样了，接话很快："我会照顾弟弟们的。"这个"们"字是精髓。

白虎又炸了："谁是你弟弟！"

后卿不理他，转头看向谢汐："花神大人，白虎不是我弟弟吗？"

这小后卿有点儿腹黑啊。

可怜小青龙话都不会说，只能绕在谢汐的手腕上拿小脑袋拱他。谢汐又痒又觉贴心，摸摸他脑袋上的小包道："别怕，以后我照顾你。"

行吧，谁让他夸下海口要给江斜一个全新的童年？这一个两个的都是童年，不能因为江斜的童年有点儿多就说话不算数嘛！谢汐是个说到做到的男人。

捡到小青龙还不行，谢汐心里有数，魂意们一视同仁，肯定是哪个都不能缺的。

至于后世为什么九尾会说自己没见过花神……还成了后卿的师兄……估计中途又发生了什么吧，反正他不信自己捡不到小九尾。

很快他就遇到了。

茉莉总是视角清奇："哇，谁这么暴殄天物，丢了十根围脖！"

等等，为什么是十根？

谢汐看过去，发现银狐太小，尾巴太大，瘫在那儿的身体也很像围脖！

茉莉喜滋滋地问道："花神大人，我能带根围脖回去吗？"

谢汐生怕茉莉真去扯下一根狐狸尾巴，他把小狐狸给抱了起来："他不是围脖，是只狐狸，九尾狐。"

小九尾还在睡觉，被人抱在怀里也没多大感觉，翻个身继续睡。这位倒是心大得很，也有可能是尾巴太多，消耗太大，身体吃不消，只好多睡睡了，就像他一样，一觉睡五年。

这一路收获颇丰，白虎不乐意地说道："这围脖不会也是我弟弟吧？"

后卿道："你们颜色这么像，不是弟弟是什么？"

这逻辑真硬，小白虎呆了半天，竟无法反驳。

谢汐还在找最后一个，这次不是茉莉发现的，而是睡着的小九尾忽地睁开眼，如一道闪电般冲了出去。他速度太快，谢汐竟没抓住。

没一会儿小九尾溜达回来了，嘴里叼着只小鸡仔……

"放开我……你这只臭狐狸……都告诉你我不是鸡……"

这叫啥来着，落魄的朱雀被当成鸡？

－5－

小九尾理都不理，认定了这是只红毛鸡，并开始琢磨着从哪儿下口。

谢汐哪能让他把自己的朱雀之魂给吃了！他在小九尾后颈上轻点了下，小狐狸松嘴，到嘴的"肉"跌到了地上……

谢汐连忙把小朱雀给抱了起来："好了，没事了。"

小朱雀惊魂未定，扑扇着翅膀直叫，从这个角度来看，九尾真没错，这太像鸡仔了！

谁知刚救下这个，那边的小银狐看一眼、再看一眼、再看一眼，终于受不了鸡肉被抢走的凄惨，"哇"的一声哭了出来。

没错……堂堂九尾妖祖，因为到嘴的鸡仔飞走了而号啕大哭。这可不是只掉眼泪那种可怜巴巴的哭法，而是放开嗓门，不要面子，肝肠寸断的大哭。

谢汐怀疑自己死了这家伙都不会哭这么惨！

谢汐赶忙把小狐狸抱到怀里，哄他道："这真不是鸡，你看他都没有鸡冠。"

小狐狸停止哭泣，看看朱雀，控诉道："他是小鸡仔，小鸡仔没有鸡冠！"

这非常有逻辑，小九尾真是个理直气壮的小狐狸！

谢汐沉默了，他打量朱雀好半天，实在看不出他和鸡仔的典型性区别，只能勉强安慰道："好啦好啦，只要你不吃这只小鸡，晚点我给你十只大公鸡！"

这显然比澄清朱雀的身份要给力得多，小狐狸抬起漂亮的银瞳："你不要骗我。"

这话听了无数次，没有哪次像现在这样好笑，谢汐温声道："绝对不骗你。"

谢汐可算哄住了小银狐，这边的小朱雀缩了缩，委屈地说道："我真的不是鸡……"

根据魂意的共通性，谢汐怕这只小鸡也哭起来，赶紧哄他："我知道你不是，你是只朱雀……"

他的话还没说完，小狐狸眼睛一亮："雀吗？我最爱吃麻雀了！"

朱雀和麻雀不是一回事啊九尾大人！

谢汐道："朱雀是圣兽，不是普通的家禽！"

白虎听到兽也犯馋了："圣兽好吃吗？"

大型食肉动物才不屑吃家禽，但圣兽嘛，听起来好像还不错。

谢汐觉得自己在崩溃边缘徘徊。

好在崽崽堆里有个"大哥哥"，后卿语重心长地道："当然不能吃！"

谢汐很欣慰，刚想夸奖下后卿小朋友，就听后卿道："他只有巴掌大，把羽毛拔了，还剩下什么？不值得浪费柴火。"

谢汐收回前言，这大哥哥也不靠谱！

小朱雀个头虽小，却懂得不少，听到这一句又一句，吓得缩头缩脑，直往谢汐怀里钻。

谢汐生怕他掉下去就鸟入虎（狐）口，连忙宣布："他也是你们的弟弟，弟弟是不可以吃的！"

白虎"嘁"了一声："这么小，吃了也是满嘴毛！"

小狐狸眨眨眼："什么是弟弟？"

小后卿又开始科普了。

谢汐搜集完魂意，心情十分舒畅，听着几个小崽子的对话，更是嘴角疯狂上扬。谁能想到呢，这一本正经装大人、暴躁傲娇多动症、一动不动当手链、号啕大哭想吃鸡、啾来啾去小毛团都是江斜小时候！

不行了，谢汐血槽空了，被江斜多姿多彩的童年给萌昏头了。

谢汐没急着回花界，而是在圣山和妖海都溜达了一阵子。

等回到花界时，幼崽们已经熟悉，连不会说话的青龙挂件都竖着耳朵偷听。他一直坠在谢汐的手腕上，谢汐戳他的小脑袋："不和他们去玩？"

小脑袋摇一摇，在他手心蹭一蹭。

谢汐怕痒，笑道："你什么时候长大呢？"按理说魂意们应该年龄都差不多，可能青龙因为形态问题一直独居，所以不善言辞。

小九尾和朱雀已然成了冤家。

小朱雀是话最多的，小黄鹂一样的声音，还时不时啾一下，可把花儿们给稀罕坏了，一个个围着他，非要教他打鸣……

谢汐赶紧把小鸡仔……啊，是小朱雀给抓回来，以免这只稀世罕见的圣兽沦为家鸡。

小九尾没事了就盯着朱雀，那漂亮的银瞳把心思写了个明明白白——小鸡仔，等我抓到你的把柄，就一口吃掉你！

谢汐思来想去，只好找到武力值最高的白虎，让他时刻关注着小朱雀的安危。

白虎哼一声："我没空！"身体却很诚实地去照顾弟弟们了。

谢汐还是每日给他们画画，虽然隐隐感觉自己的身体可能与这些画有关，可他也不能停下来。圣山和妖海必须存在，而且要越真实越好，毕竟之后无数年，这五个小崽都要在那里生活。

谢汐不能让他们看出任何破绽。

笔下的世界就是真实的世界，这样活着才不会生出迷茫与荒诞。

他画画的时候，五个小的是最安静的，一个个认真看着，都顾不上提问。

谢汐记忆力好，把自己能想到的都一一画了进去……有真实世界的，也有自己已经历过的几个世界。

他觉得怪有趣的，难怪要从搜集者、记录者、探索者一步步成长为设计者。没有这些走过无数世界的经验，哪能设计出一个独一无二的世界？思考和见识缺一不可。也许设计者这个职业远没他想象中那样枯燥无趣，当然也没他想象中那样强大夸张。

设计者不是上帝，江斜说设计者更像是上帝的手。

谢汐有些明白了，如果说上帝是凌驾于一切之上，那设计者却仍在此山中，这就是最大的区别。

设计者之所以是设计世界，是因为他们并未创造出一个不存在的事物，而是把无数的经验与阅历汇集在一起，形成了新的世界。

很自然，毫不刻意，却也不可控。

谢汐画得出神，忽然听到小朱雀清脆的声音："这是什么？"

"嗯？"谢汐停了笔，看过去。

因为青龙、朱雀、九尾都没看过之前的画册，所以趁着谢汐一幅画没画完，就先去看其他的了。

白虎不乐意地道："看不懂就憋着，没看在画新的画吗？"

他时常凶人，大家听到也当没听到。

谢汐刚好要收笔，索性快快画完，看向小朱雀那边："怎么了？"

小朱雀已经捧着画册过来了，他指着封面的字问道："这个不认识。"

谢汐看过去，瞳孔微缩。

原本空无一物的封面上出现了一行字：神鉴——谢汐。

谢汐摩挲着这几个字，若有所思。

小后卿道：“以前没有的。”

白虎盯着三个小的：“这是很珍贵的东西，你们怎么能在上面乱写乱画！”

小九尾不服了：“我们才没有，是它自己出现的！”

白虎道：“以前就没有，怎么到你们手里就有了？还说不是你们搞的！”

以往这时候后卿会劝架，制止白虎的蛮横，但此时他也没开口，这些画册对他们来说太重要了，在谢汐沉睡的五年里，这就是他们的精神寄托。即便知道花神是在睡觉，可在普通人眼里，睡这么久实在让人担心。而这些神奇的画册仿佛在告诉后卿和白虎，花神不是凡人，神的一切都是不同的，睡久一些也没什么不正常。

谢汐轻声念道：“神鉴，谢汐。”

五个小的都看向他，听懂了似乎又没听懂。

小朱雀又啾道：“神鉴是什么，谢汐又是什么？”

谢汐温声解释道：“这个画册就是神鉴，谢汐是我的名字。”

这话太有趣了，他们的关注点一致在后头：“花神大人的名字？”

谢汐点头：“对，我的名字。”

青龙歪了歪小脑袋，因为说不了话，他只能等着其他人发问。

好在小九尾也和他半斤八两，问道：“名字是什么？”

后卿也问道：“花神大人的名字不是花神吗？”

谢汐摇摇头道：“这不是名字，这个……算称号吧。”

白虎也问道：“称号和名字有什么区别？”

谢汐顿了下说道：“称号不独属于我，但名字却是仅属于我的。哪怕有同名同姓的人，但在相识的人眼里，名字也是这个人独有的，最特殊、最自我的存在。”

谢汐一直不太懂为什么这个准世界里的人都没有真正的名字。

青龙、朱雀、白虎、九尾、后卿，这些称号都不是独一无二的，都是继承而来以及可以传承下去的。蔷薇山上的紫九、红二、红六、白九……也都是一样的概念，无非是更加粗糙简单些。

诚然名字也不是纯粹的唯一，可对于一个人来说却是真正的自我。

谢汐就是谢汐，他就是他，是自出生时就被承认的存在。

小朱雀心痒痒地问道：“花神大人，您可以给我一个名字吗？”

谢汐怔了下，其他四个小的也都看向他，或明显或隐晦，但却都在期待着一个名字。谢汐笑了笑，说：“好啊。”

他话刚说完，却感觉到了一阵头晕目眩。

这是累极想睡觉时才会有的情况……怎么回事，这次才醒了几个月，怎么又困了，是因为画了太多画吗？

谢汐想把名字给他们，可是话到了嘴边却无论如何都说不出来，好像脱力得连舌头都动不了了。

这时他的脑中出现了一个声音。

青龙，寿元五百年，死于雷劫。

朱雀，寿元三百年，死于火劫。

白虎，寿元九十年，死于战斗。

九尾，寿元三百年，死于神灭。

后卿，寿元八十年，死于衰老。

谢汐怔住了，怎么可能？他们应该要活很久，久到与天地同寿。

那声音又响起："赋予他们姓名，承认他们的存在，神将消失。"

恍惚间谢汐发现这个声音分明就是他自己，只不过更加沧桑也更加平静。

－6－

原来给了他们名字，就是承认他们的存在，与此同时，花神就会消失吗？花神就是因为给了他们名字而不在了？

谢汐没什么可犹豫的，他肯定要给他们名字的，他一定要认可他们的存在，他们不是一条青龙，不是一只朱雀，也不是白虎、九尾和后卿，他们是存在着的江斜。

可惜谢汐这会儿什么都说不了了，他头重脚轻，在一阵眩晕后跌入了黑暗之中。

耳边仿佛有人在说话，他像在做一个长长的梦，梦里断断续续地出现幼童的声音，鸟儿的鸣叫，还有吵闹的拌嘴和拉偏架声……

后来这些声音慢慢褪去了稚嫩，奶声奶气变得清脆悦耳，啾啾的鸟鸣也变成了迷人的少年音……

他这是睡了多久？

谢汐醒来时没感到轻松，仿佛只是从沉沉的梦魇中苏醒，一时不知今夕是何夕。

完全成年的雏菊道："花神大人，您醒来了！"说到后头雏菊竟还哽咽上了。

谢汐转头看到了身量修长、风度卓然的雏菊。

他开口，声音有些轻："都是成年人了，怎么还哭鼻子。"

雏菊抹了下泪，振作起来道："大人您稍等，我去告诉大家，他们肯定高兴坏了。"

不用他说，茉莉和白玉兰等花儿都进来了，见着醒来的谢汐，一个个都红了眼眶，茉莉更是哭得说不出话来。

谢汐温声道："好了，不过是睡一觉，怎么都哭上了？"

茉莉泣不成声道：“您睡了……睡了十五年。”

饶是猜到自己睡得有些久，听到这个数字谢汐也还是怔了怔。

十五年……

他们都长大成人了吧？

他说着要给江斜一个全新的童年，可却就这样睡过去了，实在是太惭愧了。

白玉兰是最冷静的，她训斥茉莉道：“哭什么哭！花神大人醒来是高兴事！”这样说着，但她自己的眼中也蓄满了泪。

谢汐侧头看了看，没看到那五个小的。

白玉兰连忙道：“后卿他们在圣山和妖海，我已经派人去通知他们了。”

谢汐下床道：“好。”他也不知道自己能醒多久，还是尽快看看他们比较好。

最先回来的是后卿，十五年前后卿已经是八九岁的模样，如今十五年过去，他已然走过了少年期，长成了英俊不凡的青年。后卿逆光而立，让人看不太清神态，可那攥紧的拳头和微颤的肩膀暴露了他的情绪。

谢汐心里一涩：他睡了一觉，他们却等了十五年。

“这么大了。”谢汐开口，平静的声音里带着怀念。

后卿走过来时已经调整好了情绪，他将紧张和不安藏了起来，甚至连思念都埋在了心底，若非谢汐太了解他，真要被他这镇定的模样给骗了。

“还是像小时候一样，”谢汐碰了下他的额头，“一激动眼睛就亮得很。”

后卿一把握住他的手，无数情感挤在了嗓子眼，只流露出一点儿都那样的触目惊心：“你醒了。”

谢汐轻叹口气：“对不起，我……”

“砰”的一声，房门直接成了一地木屑。谢汐眨眨眼，看到站在木屑飞腾中的男人，他身量和后卿一般高，五官却更精致些，可再怎么秀气的容貌也都被那震慑人心的杀伐之气给压住了。

嗯……暴躁的小老虎也长成狂躁青年了。

谢汐无奈道：“我那房门惹你了？一来就给我砸了。”

白虎下一瞬就出现在谢汐床榻边，他眉心紧皱，声音可怜兮兮的，然而话很不中听：“你到底要睡多久？睡到我缔约仪式生子才醒吗？”

这话有趣，谢汐乐了：“怎么？你已经想缔约仪式生子了？”

白虎猛地抬头，视线很凶，可话到嘴边又成了：“以后不许睡了！”

后卿瞥了他一眼：“说什么废话？”

白虎道：“他越睡越……”

后卿视线陡然凌厉，白虎竟闭嘴了，要不是人形，谢汐都怀疑能看到两个耷拉下来的虎耳朵。

谢汐笑了，弯着眼睛道：“你们有没有好好照顾弟弟们？”

后卿始终握着他的手，温声道：“他们都很好，十年前青龙化形，过了两年九尾和朱雀也陆续化形。”

虽然早就猜到了，可谢汐还是有些遗憾，小崽们都长大了，他还没好好揉搓揉搓呢！

白虎：“一个个的也不知道跑去哪儿了，我去把他们拎回来。”

谢汐：“不着急，等他们……”他话没说完，感觉到一阵腥甜涌上来，止不住地一阵咳嗽。后卿和白虎都面色雪白，紧张得仿佛到了世界末日。

谢汐收起手帕道：“不许告诉别人。”

白虎忍不住了，问道：“你的身体究竟怎样了？”

谢汐道：“年纪大了，肯定会有点儿小病小灾的。”

白虎道：“你是神，你怎么会有生老病死的困扰？”

谢汐看向他，眉眼温柔：“我是谢汐。”

白虎愣住了。

后卿明明慌张得唇瓣都没了颜色，却还在强装镇定：“您要是累的话，就再睡一会儿。”这话其实很可怜，宁愿看着他睡着，也不想他有更大的危险。哪怕这一睡就是十年几十年，可只要他在，怎样都好。

谢汐摇头道：“不想睡了，还有事要做。”

后卿道：“什么事也比不上您的身体。”

谢汐笑了笑，反问：“我的身体怎么了？”

后卿不出声了。

谢汐对白虎说：“去把神鉴拿来。”

白虎应道：“好。”他来去如风，很快就把神鉴给拿了回来。

与之前不同的是，自从这画册上出现了谢汐的名字，就仿佛超脱于时间之上，无论怎样翻阅都不会变旧。

也许之前它的确只是画册，而在拥有名字的那一刻成了神鉴。

谢汐唇瓣弯了弯，对白虎说：“变回本体。”

白虎微怔：“嗯？”

谢汐催促道：“我看看你长成什么样了。”

白虎的暴脾气在谢汐这儿就是小猫咪，他道：“得去外面。”

“好，”谢汐道，“去个宽敞地方。”

他们去了花园。

在一大片花海中，谢汐懒洋洋地靠在竹椅上，单薄的身躯像是会化成花瓣随风飞走一般，后卿忍不住在他的腿上盖了条毛毯。

谢汐歪头看着他：“没事。”

后卿不出声，又给他腰下垫了个枕头。

谢汐笑了笑，没再拒绝。

白虎变回本体，谢汐饶是有心理准备，看到后也是眼睛一亮：“真漂亮！”

纯白的老虎，线条极度优美，还有那展开的纯白羽翼，在霸气中添了优雅灵动，完美得让人惊叹造物主的神奇。

白虎低声道："是帅气。"

谢汐改口道："嗯，非常英俊。"

白虎尾巴就翘起来了。

谢汐闷笑出声："保持住，不要动。"

白虎问："要干什么？"

谢汐已经拿过笔和纸，把他给画了下来。

等他收笔，白虎轻轻一跃，成了身量修长的年轻人，他看过来问："我的画像？"

谢汐却道："是我的。"

这话乍听有些怪，细品却让白虎头顶的呆毛像尾巴一样翘上天了。

画的是白虎，画像却是谢汐。

白虎心情特别好："怎么想起要画我？"

谢汐打量着画像，弯唇道："因为很帅。"

白虎看着他，心里很是温暖。

后卿道："回屋吧，外头凉。"

谢汐却看向他们道："想不想要属于你们自己的名字？"

两个人都怔住了。

谢汐提笔在白虎的画像上写下一个"白"字。

第二个字还没写出来，后卿忽地按住了他的手："不要。"

－7－

"嗯，不要？"谢汐看向他，打趣道，"白不要这名字也太难听了。"

谢汐难得开玩笑，后卿和白虎竟没有丝毫笑意。后卿道："不需要名字，这样就很好。"

谢汐道："之前不是想要吗？"

后卿道："那时候小，不懂事。"

谢汐垂眸，盯着仿佛活过来的白虎画像，轻声道："现在又懂了什么？"

后卿不说话了。

白虎语气不善地道："名字什么的无所谓，你以后也不要画画了。"说着他竟把谢汐给打横抱起来。

"哎？"谢汐傻眼了，他吓了一跳，瞪着这只蠢老虎，"放我下来。"

白虎道："回屋了，冷。"

谢汐道："我自己会走。"

白虎说："有什么关系，轻得像片花瓣。"

谢汐觉得自己老父亲的尊严全没了！他睡了十五年，睡了个精光！

他们回到屋里，谢汐又说："你们紧张兮兮地做什么？我虽然老了些……"

他刚这么一说，两人一起看过来，后卿视线严肃，白虎神态凶悍，异口同声说道："不许这样说，你一点儿都不老！"

谢汐觉得就冲后卿和白虎这样子，他怕是半只脚已经在坟墓里了。他道："你们慌什么？我随便活一活，也比你们长寿。"

这话其实谢汐说得心虚，却把他们给忽悠住了。花神活了多久没人知道，能确定的是这不是他们能够想象的，他们短暂的生命在花神面前仿佛一眨眼的时间。

谢汐说自己怎样都活得比他们长，他们是相信的。

后卿神态舒缓了："只是希望你能少睡一会儿。"

白虎也道："你一睡十五年，再睡一觉我都死……"

谢汐瞪了他一眼："胡说什么！"

他说老，他们听不得；他们说死，他更听不得。

白虎道："那你就……"他声音压得很低，别别扭扭的，以他的性格能说出这句话已经让人很不可思议了，他说，"你就多看看我们。"

谢汐的一颗心瞬间软成水了……他又看向手中的画，摩擦着上面的白虎，轻声应道："好。"

天色渐暗时，青龙回来了，他是十八九的少年模样，乍看到谢汐时，一双靛青色的眸子里全是惊艳。

谢汐察觉到了，心思微动。是了，那时候青龙太小，角度有限，估计都没怎么看到他的模样。不过他睡着了，青龙应该也会来看望吧？大概睡着和醒来不一样？

青龙的情绪隐藏得很快，已经弯身行礼道："花神大人。"清朗的少年音，带着些少年老成的低哑。

谢汐弯着眼睛笑道："过来我看看。"他这是第一次见到青龙的人形，想看看也正常。

青龙走近他，垂眸看向他。

嗯……十八九已经很高了，真能长！

谢汐又心痒道："变回本体我看看？"

后卿和白虎立刻说道："不许画画。"

谢汐微笑着，慢慢说道："你们这当哥哥的也太不像话了，只准我给你们画，不许我给弟弟画？"

青龙眉心蹙了蹙，说道："您刚醒，还是多歇息吧，画画劳神。"

谢汐不乐意了，道："你们一个个长大了，翅膀硬了，连本体都不愿意给我看了。”

他稍微一压低声音，一人一虎一龙都有些紧张。

青龙道：“您想怎么看就怎么看，只是……”

谢汐道：“不许我画？”

三人齐齐点头。

谢汐忽悠他们还不是轻而易举，道：“怕什么，你们是早就存在的，难道我画了，还能再造出一个？”

这话一出，三人都愣住了，尤其是后卿，他薄唇微颤，轻声道：“圣山和妖海果然是您画出来的。”

谢汐词穷，说不是也是，说是也不是，太难解释。

白虎和青龙的神态都很凝重，青龙问道：“您是因为创造了圣山和妖海才睡了这么久吗？”

谢汐道：“算是吧。”

三人异口同声：“为什么要创造它们？”

为什么？这要怎么解释呢……

没有圣山和妖海，又哪来后世的圣人和妖祖。没有他们，又哪来的这个世界，哪来的蔷薇花，哪来的花神？

“是为了我们吗？”三人心中早就有了答案，外头的世界一片混沌，还有邪物出没，可这些都和花界无关，花神和花儿们只要待在花界就可以了，根本不需要管外面怎样。可是花神画出了圣山，画出了妖海，画出了不一样的世界，给他们创造了一个崭新的世界。

十五年的时间，他们走遍了圣山和妖海，看着一草一木，看着一山一水，想到这些都是源自花神的画笔，心中便只剩下倾慕与敬畏。

谢汐问了个似乎毫无关联的话题：“你们相信命运吗？”

三人都答不上来。

谢汐告诉他们：“别信，你们只需要相信自己。”

这算是留一条后路吧，为了他们无数年后的相遇。

谢汐还是画了青龙的本体，而后又逮住了回来的九尾狐。他已经有了九尾图鉴，其实画不画无所谓，但本着一视同仁的想法还是画了。哦，后卿的早就画过了，他一直是人形，不需要看本体，谢汐动动笔就是风华绝代的一双鸳鸯眼。

他一画画，四个人都很担心，生怕他再睡过去。好在谢汐的精神状态很好，没有丝毫脱力的迹象，而且他很爱这几幅画，爱不释手地来回翻看，渐渐地他们也就放下心来。

谢汐心中有数，只要不写下名字，他应该还不会“消失”。

就差最后那只鸟儿了。朱雀是最年幼的，化人形的时间也最短，对谢汐的印象也略浅，他飞出去的比较远，收到消息后足足飞了三天才回来。

这天谢汐兴致颇高，非要搞个聚会。

后卿、九尾去准备食物，青龙、白虎去弄些新鲜玩意儿，谢汐百无聊赖地在花园里晒太阳。他翻着手里的图册，嘴角挂着淡淡的笑容。

这时一阵悦耳的鸟鸣声随着一道红光划过天际，身着华丽羽服的少年落在了花海中。

谢汐抬眸看去，心想：这小破鸟可算回来了。

少年朱雀稚气未退，虽不会像小时候那样啾啾啾，但也生得貌美秀气。他的五官最像江斜，一想到少年江斜就是这个模样，谢汐忍不住弯起了眼睛。

谢汐正想招呼他，这鸟儿自己过来了，一双眸子里满是惊讶："你是谁？"

"你真好看。"朱雀弯下腰打量着谢汐，看一会儿后认真道，"从了我怎么样？"

－8－

从了你？打死你怎么样！这个不孝崽！

谢汐盯着他："你不认识我？"

虽说他睡着时小朱雀还小，但谢汐不信"哥哥们"不带这小破鸟看他，朱雀见过睡着的花神，会认不出他？

这还真错怪了朱雀，不是朱雀眼瞎，而是睁着眼和闭着眼的谢汐相差很大。都说眼睛是心灵的窗户，在这玄乎乎的世界更是成了真谛。

在千奇百怪的本体之下，真正触动人心的只有一双眼睛。

容貌再美，体形再漂亮，在一只鸟眼里也没有太大的区别，也偏偏是眼睛连通了所有物种，让他们能够看一眼就心动不止。

像现在的朱雀，还有之前的青龙和九尾，他们都对花神印象很淡，只记得他很温柔，声音很好听，等到长大些，看到的也不过是一个睡着的漂亮躯壳，没有白虎和后卿那般思念。

可一旦谢汐醒来，一旦四目相接，那触及灵魂的喜欢便如热浆般流遍全身，所谓一见钟情，不过如此。

"我们认识吗？"少年朱雀还笑得出来，"难怪我觉得你眼熟。"

谢汐嘴角抽了抽，问他："当真不记得我了？"

"记得。"某人的贫嘴是深入骨髓的，"前世的恋人当然要记在心尖上。"

去你的前世恋人！谢汐只觉嘴角抽搐。

少年朱雀一直在看着他，里里外外看了好几圈后，忍不住心中欢喜道："我觉得你不是我前世的恋人……"

谢汐听到了熟悉的套路。

果不其然，少年弯唇，露出一对小虎牙："你该是我梦中的情人！"

这种话谢汐听多了，除了心中有点儿小波澜，面上是不会有丝毫波动的：“呵呵。”

少年朱雀道：“你可别觉得我是随口说的情话，我们鸟族忠贞不贰，一生只向一个人求好，你若是不喜欢我，我此生都不会再要别人。”

好吓人哦，谢汐被他吓到了，道：“那你就别要。”

脸皮厚也是刻在灵魂里的，少年朱雀开心地说道：“嗯，只要你！”

这什么要命的阅读理解！

这时白虎和青龙回来了，他们身后跟着人，在不远处布置聚会用的一切用品，他们远远地看到朱雀，就先放下手中的活，走了过来。

朱雀一见两位哥哥，更是喜笑颜开：“我给你们介绍下……”

白虎和青龙都愣了，介绍什么？难道不该他们给他介绍吗？

谢汐本想救这小破鸟一命，后来一想，熊孩子就该吃点儿苦头，于是作罢。只听少年朱雀兴致勃勃地道：“这是我的心上人，我过几天准备要他过门，哦，对了……”他看向谢汐，问道，“你叫什么呀？”

连名字都不知道你就想要人过门？小鸡仔你到底是太疯还是太傻！谢汐不想说话。

白虎一下暴躁了，他一把拎起朱雀的衣服：“你说什么？”

朱雀被他吓一跳，眼角瞥向青龙试图求助，然而青龙的神态比白虎还吓人，一双眸子冷得像冰碴。

朱雀不愧是 X 的魂意，怂是不会怂的，打不过也不能被吓死，他梗着脖子道：“他是我的心上人，他……”

白虎毫不客气，砰地给了他小腹一拳。

朱雀也火了：“你干什么！”

白虎这暴脾气上来可是除了谢汐谁都敢揍：“揍你。”

朱雀也不是吃素的，吃了一拳后立刻拉开距离，摆出了战斗的架势。

白虎一来战力高，二来年纪大经验足，哪里会怕这只毛都没长齐的鸡仔！

一虎一鸟打成一团，谢汐日常欣赏老邪的自己打自己戏码，都看不腻。朱雀打不过白虎，节节败退后他开始搬救兵：“青龙你就看他这样欺负我吗？亏我把你当兄弟！”

青龙薄唇微勾：“我来帮你。”

朱雀心中一喜，以为自己请来了救兵，谁知青龙上去就给了他一拳，朱雀瞬间心中飘过一万句他近些年听过的脏话。

这得亏是长大了，要是小时候他一准啾啾个天翻地覆。

一鸟一虎一龙打成一团。谢汐觉得差不多了，正想喊停，远处已经传来了呵斥声：“闹什么！”后卿和九尾回来了，后卿不愧是老大，眉峰一皱，训斥的声音极具穿透性，龙虎鸟都停了手。

可怜小朱雀已经被哥哥们揍得羽毛掉了一地。白虎还不解气，想想这浑小子说的话，想打死他！青龙也阴着脸，虽然压住了火气，但想烤鸡的念头太强。

后卿走过来，先看了看谢汐，见他神态还算缓和，才问向他们："怎么回事？都不是小孩了，胡闹什么。"

白虎转头，冷哼一声。

青龙看向朱雀。

朱雀委屈死了，连忙向大哥告状："他们莫名其妙地就揍我！"

后卿知道白虎的性子，问是问不出来的，于是看向青龙。

青龙瞥了眼朱雀，也不出声。

朱雀自个儿交底道："我把看重的人介绍给他们认识，他们就开始打我！"

谢汐心想……鸟儿你怕是还要挨一顿哥哥双打。

后卿眉心微蹙，问道："什么看重的人？"

小朱雀年轻气盛不畏虎，开口又把自己和谢汐的关系介绍了一番。

瞬间，整片花海凝固了，摇曳的花瓣和拂面的微风都像被定格一般停住了！后卿的声音冷得像从地狱深渊里传来："你说什么？"

朱雀又重复了一遍："我要收他入队，你们谁都别想阻止我！"

九尾火了："我当年就该吃了你！"他们两个这些年也不对盘，一个爱吃禽类，一个就像飞禽，能和睦相处才怪。

朱雀不理他，站在了谢汐身旁，霸气地宣誓："我就要……"

后卿打断他："你知不知道他是谁？"

朱雀道："不管他是谁，我都要……"

白虎低喝一声："他是花神！"

这话一出，大家都死死地盯着朱雀，要不是因为十几年的情分，此刻他们就把他给撕成碎片当花肥了！他竟然敢这样侮辱花神，真是死多少次都不够！

谢汐挺遗憾的，还以为好戏结束了。

谁知朱雀不按常理出牌，他知道了谢汐的身份只惊讶了一瞬后，又硬气地说道："那又如何？他是花神我也要他，我就是喜欢他，我此生唯一的伴侣就只能是他！"

这下连谢汐都怔住了。

十五六岁的少年的声音带着浓浓的稚气，可是说出的话却动人心弦，很直白、粗暴甚至是十二分的任性，却真挚且炽热。

喜欢一个人是一件极其复杂又极其简单的事。

可以复杂得战战兢兢不敢前进一步，也可以简单得仅仅是因为喜欢便有无限的勇气。

朱雀这不知天高地厚的宣言像巨石一样砸进了其他四人的心间。

谢汐心咯噔了一下，有股不太好的预感。

神鉴外是脚踏五条船，神鉴内就放过他这个将死之人吧！

谢汐道："好了，他还小，别计较。"

朱雀皱眉道："我不管你是谁，我就要收你入队！"其他四人此刻心情却是一样一样的：花神……不能被任何人抢走。

谢汐捏捏眉心道："十五六岁的小毛孩懂什么？等你长大了再考虑这些问题。"

朱雀眼睛一亮："等我成年你就跟我并肩前行？"

谢汐扶额，鸟啊，再这么下去，你真的会被哥哥们打死的！

后卿生硬地转场："人都齐了，桌子也摆好了，我们入席吧。"

谢汐点点头。

入席的座位没有争议，谢汐在首座，后卿在右白虎在左，依次按照年龄坐下。朱雀最小，离谢汐最远，他很不乐意，然而一打四太没悬念，他只得留得青山在不怕没柴烧。

好好的聚会成了醒悟大会，一个个都魂不守舍的，在想什么谢汐也能猜出个七七八八。

谢汐手痒，想把小破鸟拎过来揍一顿，都是这小浑蛋，搅乱了四湖"春水"！

从这天开始，谢汐的日子就开始水深火热了，本来和睦相处的兄弟们一个个都想支开对方和谢汐独处。一大早，谢汐刚起床，后卿前脚刚到，青龙便说："妖海出了点儿事，你不去看看？"自从知道圣山和妖海是谢汐费心创造的后，他们就自主地开始守护。

后卿和九尾负责妖海，白虎和青龙负责圣山，剩下只朱雀，因为和九尾不睦，更倾向于往圣山跑。

此时后卿还没想太多，以为妖海真有事，于是和谢汐打了声招呼后便走了。

青龙刚坐下，玉露还没倒出来，九尾便进来了："你快去圣山看看，白虎又发脾气了。"

青龙自己就是用这招把人支走的，所以迟疑了一下。

九尾又道："白虎那脾气真得收收了，圣山的黑齿怪都被他消灭得一干二净了，他还整日折腾，普通兽类哪里受得住。"

这话有理有据，青龙不得已只能把玉露放下，对谢汐说："我去看看。"

谢汐点点头。

没一会儿……说好在圣山发脾气的白虎出现在门口，刚扯的谎这么快就被戳穿，九尾脸上有些挂不住。谢汐看了他一眼，九尾就道："是我搞错了，我去把青龙喊回来。"

白虎薄唇一扬，露出点儿得意。

谢汐多了解，知道他肯定一早躲在门外，等着九尾支走青龙，再出来拆穿九尾的谎言，让小围脖尴尬离去。这一大早就上演了如此"宫心计"，汐皇表示花生艰难！

之后小半年，谢汐竟也过得悠闲自在。和后世的明抢不同，这五个是在暗斗，他们都不敢挑明，不敢让谢汐知道，一个个只敢暗地里钩心斗角，你算计我我算计你，没人敢折腾到台面上。

哦，除了朱雀……

谢汐懒洋洋地陪了他们三年多，直到小朱雀成年。

谢汐写下这五人的名字时心情十分复杂。

谁能想到呢？花神的消失，是为了逃跑！

－9－

这么长时间，谢汐早就想好了五个人的名字。其实也不能算想，因为这些名字好像自然而然地出现在了脑海中。

霸气的青龙图鉴下，谢汐写上了龙隐。

嚣张的白虎图鉴下，谢汐写上了白虹。

华丽的朱雀图鉴下，谢汐写上了凤晏。

优雅的九尾图鉴下，谢汐写上了狐九。

最后一张画册是后卿，他是唯一的人形，一双异瞳仿佛穿过纸张看到了他心底。谢汐的手在他的眼睛上轻轻摩挲了下，嘴角扬起极轻的弧度。他写下了一个“西”字。

“你在做什么？”惯常沉稳冷静的声音里全是惶恐不安，后卿几乎瞬间来到了谢汐身边。

谢汐没抬头，把最后一笔给写上了。

谢汐轻声道：“西雍，喜欢这个名字吗？”说完他看向后卿。

后卿的异瞳亮到了极点，薄唇轻颤着，声音也抖得不成调：“为什么？”为什么要给他们名字，为什么要离开他们。

谢汐拍了拍了他的肩，温声道：“你们要好好活着。”

后卿伸手握住他的手臂，额间青筋鼓起，整个人都紧绷到了极点：“为什么要说谎？”

谢汐看向他，满目眷恋：“只有八十年，太少了。”人的寿命就那么长，后卿的命运是衰老而死，谢汐不可能让他这样死去。

后卿用力握着他，声音沙哑到了极点：“可是我现在……连八十年都没有了。”

一句话扎到了谢汐的心脏上，他不可能不给他们名字，他不可能不认可他们的存在，他不可能看着他们经历短暂的生命后死去。

因为这不是结束，也不该结束。

“答应我。”谢汐感觉自己身体变得很轻，他用最后的力气说道，“好好活着！”他留下了这最苍白无力的一句话，化成了一阵虚影，散在空气中。

这时门大开，气喘吁吁的白虎怒喝道：“为什么不拦着他！你为什么不拦着他！”他一拳挥过来，打在了后卿的脸上，后卿失魂落魄，嘴角溢出鲜血也一动不动。

“都是这个神鉴，都是这个玩意儿！”白虎用尽浑身力气打向神鉴，然而神鉴仿佛是不属于这个世界的东西，静静地悬浮在那里，连一点儿褶皱都没有。

谢汐以为自己会被弹出去，可他却像融入了这个世界一般，看到了一切。他看到了瞬间衰败的花界，看到了哭得上气不接下气的花儿们，也看到了闹得分崩离析的五个人。

白虎怒离花界，去了圣山。

青龙在枯败的花海中怔怔地站了三个春秋。

朱雀一夜之间长大，找到了青龙，告诉他花神没死，一定在什么地方睡着了，我们去找花神！

后卿带着神鉴去了妖海，没日没夜地翻着那早就看过无数遍的图册。

九尾找到了后卿，说了和朱雀一般无二的话，花神不会死，他一定就在这个世界的某处，一定会回来！

谢汐并不想给他们留下这样的执念，这太痛苦了，用漫长的时间来思念一个死去的人，让心被绝望和痛苦啃咬却看不到丝毫曙光，这太可怕了，尤其时间还那样长，这样活着，比死了还残忍。

谢汐不想，哪怕这只是准世界的设定，他也不想江斜有这样痛苦的记忆。

奇妙的是，随着他的想法越来越坚定，越来越执着，神鉴上的画慢慢消失了，也不是消失，只是其他人再也无法翻看。无数精心描绘的画成了一张张空白的纸，守着神鉴的后卿眼睁睁看着这一幕，心中只有灭顶的绝望。

他的记忆开始消失，关于花神的一切记忆都在慢慢消退，其他四人匆匆赶来，他们都是一样……

神鉴上的画逐渐消失，他们的回忆也一点点被抹去。等神鉴失去了缩小的能力，变成了一幅又一幅的空白画卷时，他们全忘了。

看到这里，谢汐松了口气。是这样，都忘了才能熬过那数不清的岁月。可过去那么久，久到山河倒转，他们第一眼见到谢汐时仍是深深地迷恋他。

这也许只是魂意们的浪漫，却也是对谢汐最深刻的眷恋。

八十年后，身为人类的后卿死了，他在坟墓中重生，变成了僵尸的始祖，真正的后卿。

又过了十年，在白虎的疯狂屠戮下，黑齿怪进化，长成一个可怕的集合体，白虎与它缠斗十多天，因体力不支逐渐落了下风，后卿发现后助他一臂之力，两人彻底终结了这个由混沌中诞生的邪物，将花神创造的圣山和妖海彻底合理化。

又是二百多年，朱雀在白虎的帮助下自火劫中浴火重生，成了圣山第一个圣人；九尾在元神散灭的最后时刻被同门的师兄后卿救下，以一尾凝成迷魂术，成了妖海第一位妖祖。

再过二百年，圣山降下雷劫，青龙遮天蔽日，守卫圣山万千生灵，身负重伤，却因领悟了无欲道而修为更上一层，成了圣山的第二位圣人。

在原本的命运中，他们会死于衰老、战斗、火劫、神灭和雷劫，但谢汐给了他们名字，他们熬过了命中的死劫，成为这个世界至高无上的强者。

这其实都是环环相扣的。

倘若后卿在八十年时衰老，那么没人帮助的白虎也会死去，同时九尾也很难撑过元神散灭。白虎死了，朱雀也没法熬过火劫。至于最后的青龙，倘若他没忘掉那些记忆，又怎么会领悟无欲道，没有无欲道他也无法撑过雷劫。

谢汐不信命运，可这一切又何尝不是在命运的笼罩之下？但是，命运不是恒定的，在命运之下，他们还有自由！谢汐知道这还没结束，他等着后卿想起一切，或者还有白虎。

他们是为什么会想起花神呢？

谢汐也不知道过了多久，似乎离现世越来越近了……

白虎一直恨着后卿，哪怕什么都忘了，他也保留着对后卿深入骨髓的恨意。即便后卿助他杀光黑齿怪，可白虎还是无休止地恨着他。白虎想杀了后卿，执念深到什么事都无法动摇。可后卿却是个不死的僵尸，白虎拼尽全力也只能和他打个平手。

白虎不放弃，他回去闭关修炼，修为一有突破就来找后卿单挑。后卿也准时应战，两人又是平手。

如此打了无数个岁月，两人的修为节节攀升，先后修出了婴灵，而随着婴灵的诞生，他们也慢慢找回了被封住的记忆。

这倒是给谢汐解惑了。

他虽与天地融为一体，却还是有力量极限的，他凭意愿封住了他们的记忆，却不是无解的。只要修为到了，他们就能突破他设下的禁锢，慢慢想起一切。看到历经沧海桑田却仍旧守着最初执念的后卿和白虎，谢汐五味杂陈，可惜他一个字都说不了。

这两兄弟终于不打了，他们数千年来无休止的战斗终于找到了根源。

后卿说：“他是因为给了我们名字所以……”

白虎不想听死这个字，眯着眼睛道：“那就把名字抹去！”

后卿沉声道：“嗯。”

抹去名字谈何容易，但是他们两人做到了，他们让所有人都忘记了圣人和妖祖的名讳，包括青龙、朱雀和九尾。最后白虎也消除了后卿关于自己名字的记忆，后卿也消除了白虎关于自己名字的记忆。

他们主动放弃了自己的名字。

与此同时，花神复活了。

后卿在花圃中看到醒来的小蔷薇时，眼眶通红，笑起来却比哭还难看：“跟我回家好吗？”

谢汐转头看着他，心疼得不行：“好。”

从头到尾都没有替身，后卿只是努力让花神重新回到他的身边。

– 10 –

神鉴的时间线在跨过了漫长的远古岁月后来到了现在，小蔷薇就是花神，花神的本体就是一朵小蔷薇。

后卿和白虎抹去了所有的名字，花神回来了，可是他太虚弱了，虚弱得失去了神的力量，成了一朵真正的小蔷薇。但后卿很清楚，蔷薇花就是花神，就是他心心念念的谢汐。

然而，谢汐什么都不记得了。这是失去神力的副作用吗？谢汐觉得不是，是后卿和白虎故意抹去了他的记忆。

原因是显而易见的，谢汐也知道他们的名字，必须连他都忘记了，这些名字才是彻底消失，所以他们在谢汐复活的瞬间抹去他对他们的一切记忆，并且尘封了这些记忆。只有这样，名字彻底消失了，花神才会真正回来。

但是……没有名字的他们又会怎样？事到如今谢汐还有什么不懂的？朱雀再历火劫，半死不活；青龙破了无欲道，命没了大半；九尾砍了八尾，也是危在旦夕；最后白虎到后卿这里抢人，后卿失魂落魄被打得影身散尽，落得比普通人类还要虚弱的地步。

正是因为没了名字，他们才会遭遇这些。谢汐长叹一口气，也舍不得怪后卿半句。他还记得进入神鉴的目的，他得拦住后卿和白虎的自相残杀。

后卿问他：“你叫什么？”

就这么普普通通几个字，他说得都像杜鹃啼血。

谢汐还得装失忆，小声道：“白九。”

“九九……”后卿笑了下，“好听。”

谢汐也笑了下，问他：“您叫什么？”

后卿道：“叫我后卿就行。”

谢汐微怔，做出惊讶的模样：“后卿妖祖！”

后卿道：“叫我名字就行。”

听到这里，谢汐终于解惑了，难怪在九尾的神鉴里后卿会让谢汐叫他的名字，他是在故意引导谢汐，为了让谢汐记不起真正的名字，将后卿这个代号作为名字叠加到谢汐的记忆中。

的确，如果谢汐认定了后卿就是后卿的名字，那就不会再去取名字了。

谢汐略紧张地道："后卿大人。"

看到这样的谢汐，后卿一万个心疼，却又安下心来。挺好的……什么都记不得也没关系，他会好好照顾谢汐，会陪伴谢汐一生。

之后谢汐留在了妖海，他挺好奇白虎的去处。

两人一起复活了花神，为什么是后卿先找到他，白虎呢？可能还在闭关。他们两个几乎抹去了整个世界的记忆，消耗是很大的，成功后一起闭关，估计是后卿先出来了。

后卿对谢汐堪称寸步不离，别说谢汐本来就心疼后卿，就算他真是个失忆了的花神也招架不住这样的温柔。

谢汐想想这么多年他过得那样苦，心里就疼死了，补偿心理发作，对他也是纵容到了极点。

这要是有记忆的江斜，八成得讨了便宜还卖乖，把谢汐吃得死死的。可怜眼下的后卿太慌了，失而复得的不真实感时刻萦绕在他的脑海中，让他恨不得把谢汐捧在心尖上，伸伸手指都怕弄痛谢汐。

直到九尾下了请帖，邀他赴宴。

在所有人都被花神抹去记忆后，后卿和九尾去了妖海，九尾大概是想当大哥想疯了，趁着后卿人类的身体老弱无力之时收他入门，成了他的师兄。

后卿问师傅是谁。

九尾说早死了，他是代师收徒。说这话时，九尾心尖犯疼，在他某个不真实的梦里，似乎真有那样一个人，在一片花海中引导他成长，教会他无数事情。

按理说后卿不该带谢汐去赴宴，万一九尾也想起什么怎么办？

但是他去了，因为他要继续叠加谢汐的记忆，让他把九尾当成后卿的师兄，让他彻彻底底忘记九尾原先的身份，也就不会再去给什么名字了。一切都只有一个目的——让花神好好活着。

可惜后卿低估了九尾对谢汐的执念，宴会上九尾套话，让小蔷薇心灰意冷。九尾见过花神的画像，是后卿一笔一笔画出来的，就挂在他的宫殿正中央。他知道后卿对花神的执念，所以在看到小蔷薇的长相时理所当然地认定他把小蔷薇当替身了。

更加可悲的是，后卿不能解释，他不能说小蔷薇就是花神，不能说这是他辛辛苦苦唤醒的花神谢汐，他连谢汐都要瞒着，不用说其他人了。

小蔷薇无比痛苦，终于忍无可忍，逃出了后卿宫，被九尾捡走。后卿这才知道自己被九尾摆了一道，追过来时小蔷薇已经中了九尾的迷魂术，忘了他。

这对后卿来说是怎样的打击？

忘了……

又忘了……

兜兜转转数千年，千辛万苦把人唤醒，却因为无法解释而失去了他，用万念俱灰都不足以形容后卿的心情。

等到白虎出关，后卿已是一心求死。谢汐既然不再需要他，那就……

谢汐早就抓住了关键节点，反正九尾已经被封印，那就无所谓了，他在后卿和九尾决战时改变了方式，喊了后卿的名字。

后卿愣住了。

谢汐道：“哪怕你把我当成替身，哪怕你看着我想的是别人，哪怕只有二三百年……”

九尾不甘心地道：“九九！”

谢汐还是把话说完了：“西雍，我还是只想追随着你。”唤出这个名字的同时，谢汐从神鉴中弹了出来。

谢汐转头看到了画卷上的男人，一双异瞳望着他，无比真挚，画卷的末尾浮现出了他的名字——后卿西雍。

与此同时，画卷缩小，变成了书本大小，落在了谢汐手中。

谢汐盯着神鉴，一时间还没回过神。都知道了，全都知道了，这个准世界的前前后后基本摸清楚了。可神鉴又算什么？九尾和后卿又去了哪里？

江斜的声音忽地在他脑中响起——真实和虚假也没有明确的界限。

谢汐瞳孔微缩，有了想法。

如果只是完成准世界的任务，他现在就可以把图鉴搜集完毕，就连修复术的晋升任务也可以轻而易举地完成，因为一切名字都是花神赐予的，他找回了花神的身份，就可以轻松地在神鉴上写画。

但只完成任务不行，他不能让魂意们的记忆结束在如此绝望的时刻。

这些最终都会回到江斜那里，谢汐不愿意让江斜度过这漫长且无可奈何的痛苦时光。

– 11 –

视线右下角的任务提示——支线任务搜集妖兽神鉴已经完成。

谢汐拿出名册，在一朵朵蔷薇花下写下名字。

果不其然，找回了花神的身份，他即便用手指都可以在上面留下字迹。一个个写完，晋级任务修复蔷薇图鉴也顺利完成，谢汐看到自己的初级修复术变成了中级修复术。

他大体一看，十分欣慰。中级修复术可以自行寻找缺失的部分，只要没被毁，哪怕不在旁边也可以修复。

谢汐做完这些后不再耽搁，走了出来。

他一出来，使奴们全都过来了，谢汐倒是不慌，直接说道："都不要进去，让后卿大人好好休息，等过几日他就恢复了。"

使奴们虽有些狐疑，但却是信他的。

谢汐在后卿宫住过一阵子，后卿简直把他捧在手心、放在心尖，谁都看得明白，况且后卿是不死身，受了重伤的确需要静养——影身碎了这种事，普通使奴是看不到的。

谢汐又道："后卿大人吩咐我去寻些东西，你们千万看好门，谁都不许进去。"

说罢他拉住呆滞的红二，径直出了后卿宫。

一走出去，他松了口气，其他蔷薇们也都围了上来，七嘴八舌地问道："怎么回事？怎么白虎圣人忽然要屠了妖海？"

"又忽然走了？"

"后卿妖祖怎么样了？"

"听说九尾妖祖消失不见了！"

"是不是被白虎圣人杀了？！"

"完了完了，出大事了……"

"这白蔷薇也太厉害了，简直搅了个大翻地覆！"

红二可算回过神来，他看看谢汐，再看看谢汐……

谢汐瞥了他一眼，红二瑟瑟发抖。

谢汐说道："走，回蔷薇山。"

一众蔷薇还不知情，对谢汐信赖得很，纷纷凑上来谴责那个该死的白蔷薇。红二可算知道看着一群人花式作死有多无助了！闭嘴啊蔷薇们，别再当着人的面骂人啦！

谢汐倒是无所谓，他原本还想给红二时间回去"通风报信"，给蔷薇族做好准备。

可惜现在时间不等人，他顾不了那么多了，没准备就没准备吧，小花儿们也该经历些风雨挫折了。蔷薇们还在叽叽喳喳地说着新奇见闻，谢汐直接给了他们一记闷雷："我就是那朵白蔷薇，你们有什么想知道的问我就行。"

蔷薇震惊！

谢汐道："或者你们可以问红二哥，他也知道。"

蔷薇们刷刷转头，看向红二。

红二："我、我……"他、他还真知道！

于是谢汐清净了，一群花围着红二窃窃私语，时不时传来惊呼声，倒吸气声，还有心脏不好昏过去的人工呼吸声……咦，好像有哪儿不太对。

算了，谢汐没心情管这些了。

他们回去用的是九尾的坐骑，速度很快，没用多久就回到了蔷薇山。谢汐是打算先把花儿们送回蔷薇山，然后再去圣山。现在还缺三个图鉴，白虎那里太难搞，可以先去哄小朱雀，最后再……

他正思索着，坐骑已经降到了蔷薇山上。一下来他就发现气氛不对，随行的蔷薇们也都屏声静气，离他三米远。

虽说谢汐救了无数蔷薇花，但他的丰功伟绩太吓人了，大家一时间会接受不了也很正常。谢汐先一步跃下坐骑，脚刚着地就看到了站在正前方的仨人。

青龙眸色沉沉，朱雀抱胸而立，白虎在一旁神色莫测。

嗯……

谢汐有点儿后悔了，他就该直接画好图鉴离开这个破世界！管这浑蛋干吗，他们这是不给他留活路啊！

看到这阵仗，蔷薇们都快抖成筛子了，一个个挤在一起，抱成团，红二还来了句："这下好了，咱们蔷薇山要成传说了。"被三个圣人给轰成渣的传说！

朱雀先开口："小汐，这是怎么回事？"

青龙问都不问，只盯着他看。

白虎是什么都知道的，薄唇微扬："怎么，不是要守着后卿吗？不是要和他并肩作战吗？"

他一开口就让青龙和朱雀眼中风卷云涌。

谢汐想打死这只小老虎！好在如今的谢汐早已非吴下阿蒙，面对这种三人行，慌了一点点后想出了完美的对策。

"之前的事我会解释清楚，"谢汐看向他们，镇定地说道，"现在我希望你们能把各自的神鉴残卷拿过来。"

青龙和朱雀都不懂他这话的意思，但谢汐相信他们会照做，只是白虎那里……

白虎神态冰冷，薄唇微动："你别想碰到那东西！"白虎有过去的记忆，自然知道花神为什么消失，神鉴是罪魁祸首，白虎不可能让他重来一次！

谢汐看向他，慢慢说道："我都记起来了。"

白虎一愣，暴躁地道："后卿那个废物！"谢汐刚从后卿那儿过来，他无论是怎么想起来了，后卿都脱不了干系。

谢汐走向他，神态放缓，视线也温柔得很，轻声道："小白，把神鉴给我，我能解决这一切问题。"

一声小白叫蒙了全场所有人。

青龙和朱雀都皱紧了眉，显然是不知道得太多，所以搞不清状况了。

花儿们则是感觉到了蔷薇山的崩塌，天啊……白九你哪来的胆子，竟然敢叫最强悍凶暴的白虎圣人为小……小……

他们连想都不敢想！

谁知应该大发雷霆把小蔷薇给搓成花粉的白虎圣人竟然没生气，红色的眸子里反而有了一丝委屈。

蔷薇们再次震惊！错觉，这一定是错觉！

谢汐也看到了，想想他这些年的苦，也是心疼得不行，声音更温柔了：“听话，这次我绝对不会再丢下你。”

白虎眼眶通红，声音沙哑：“你这个骗子。”

谢汐慢慢说道：“再信我一次，如果这次我死了，我就带你一起好吗？”

这话完全说服了白虎。白虎转过身去，道：“都在这等着，神鉴我去拿。”这是连青龙和朱雀的也要一口气拿来。

谢汐松口气，可算是搞定了最难搞的白虎。

白虎去拿神鉴了，青龙和朱雀还站在原地，也不知在想什么。

谢汐已经无所畏惧，被戳穿又如何？反正理由魂意们都给他补全了。失忆加失忆再加失忆，小蔷薇真是一年有三百六十天都在忘记前尘！

青龙垂眸轻声道：“你都想起来了。”

青龙这样说，谢汐反应了一会儿才回过味来，在青龙这里他也失过忆，忘记的是妖海的事。

谢汐道：“我忘了太多事。”

青龙紧皱着眉，声音里有些难堪：“抱歉，是我乘人之危。”他趁着谢汐失忆，给谢汐绑上了永生追随的缔约。

“我想起的不只是那些事……”谢汐轻叹口气道，“我是花神。”

青龙和朱雀都怔住了。

朱雀忽然道：“我们以前认识，对吗？”

谢汐没想到他会忽然这样说。

朱雀急声道：“我之前是不是就要过你了，我是不是……”

谢汐怔了下，问道：“你想起来了？”

朱雀张张嘴，慢慢说道：“难怪在圣山见到你时我觉得那样熟悉，难怪我数千年来一直觉得自己在等一个人，难怪……”朱雀会在明知道青龙和谢汐关系亲昵的情况下仍旧不甘心地去见谢汐，因为朱雀始终觉得自己才是最先认识谢汐的，谢汐应该是朱雀此生唯一的伴侣。

什么都忘了，可是那刻骨铭心的念想却始终如一地横在了心间。

白虎来去很快，说话间已经拿这三幅神鉴残卷回来了。

谢汐看到神鉴时松了口气，说：“都给我。”

白虎迟疑了一下。

谢汐伸出手道：“相信我。”

白虎道：“不要……”

谢汐道：“这次绝对不会骗你。”

白虎把神鉴残卷给了他。

几乎是在落进谢汐手里时，神鉴就成了书本模样，并且与之前的两份融合到一起，拼成了最完整的神鉴。谢汐没急着打开神鉴，而是看向他们三人道：“你们身上都有伤吧？”

三人异口同声：“不妨碍。”

谢汐道：“变回本体。”

三人都没动。

谢汐说：“想不想知道来龙去脉了？”

想……太想了。

龙鳞残缺的青龙、翎羽被烤焦的朱雀、双翼残缺的白虎……谢汐看得心疼，好在他可以给他们一一修复。

在神鉴里的无数年谢汐可没闲着，他制造出不少的傀儡，以备不时之需。此时可以先用来给他们修复身体。

看到这一幕，蔷薇族的老族长睁大了眼睛，慢慢重复道：“这是花神大人才有的力量，我年幼时曾见过……他修复过青龙圣人的鳞片、朱雀圣人的翎羽、白虎圣人的双翼……据说、据说还修复过九尾妖祖的神尾和后卿妖祖的三头六臂……”

老族长幼年曾见过吗？那个幼年是不是时间线上的某个坐标点？已经没有人在乎答案了。

等修复完，谢汐打开了神鉴。

白虎瞳孔一缩，想问什么，谢汐已经把白虹二字写在了白虎的图鉴下，白虎怒喝一声：“你又骗我！”

谢汐来不及回答他，只快速地把龙隐和凤宴的名字写上。名字落下后，青龙、朱雀、白虎凭空消失。

谢汐笔下没停，给目所能及、可以想到的一切都赋予了姓氏。他给不了那么多人名字，但名字诞生于姓氏，就像洒下些许种子，最终会长成一片森林一般，谢汐给予了一些姓氏，也会繁衍出无数的名字。

最后他将自己的本体也画在了神鉴上，并且写下了谢汐二字。

“嗖”的一声，他也消失了。

画里画外，何为真实？

有你在的地方，就是真实。

– 12 –

这是谢汐一个大胆的想法，但他觉得没错。他只是把名字写在了神鉴上，然后再进入神鉴中，应该不会自动生成到名册上，所以他还没完成任务，还不会离开这个准世界。

而进入神鉴的世界，就是他为魂意们准备的独一无二的惊喜。能不能行，就看这一刻了。

谢汐睁开眼时，发现自己睡在一片花海中。

花儿们围着他转："花神大人您醒了！"

谢汐点点头，问道："什么时辰？"

他问的话还没人回答，就有个小花儿叽叽喳喳地说道："青龙大人回来了！"

谢汐转头，看到了穿过花海慢慢走近的青龙。

谢汐弯唇笑笑。

青龙凑近他，轻声道："这是怎么回事？"

谢汐道："你觉得呢？"

青龙道："新的世界吗？"

谢汐没回答，反倒是用力拉住他的手臂。

在花儿们的注目下，他们回到了屋子里。

谢汐道："我们在神鉴里。"

江斜却道："你确定？"

谢汐道："当然，我把魂意们都封了进来。"

江斜弯唇笑道："我的意思是，你确定这是神鉴里？"

谢汐愣住了。

江斜道："这也许是神鉴外。"

"可是，"谢汐睁大眼睛道，"我明明……"他想说什么又忽然间说不出来了。

他拿着神鉴，就一定是在神鉴外吗？

他进入神鉴就一定是在神鉴里吗？

如果把神鉴当成一扇门，在其中来回穿梭，又如何分辨里和外？

江斜道："这不重要。"

神鉴里也好，神鉴外也好，没什么区别。

花神画出了圣山和妖海，是真的画出来了吗？也许在他落笔的时候，他就带着花界去了画里，遇到了青龙、白虎、朱雀和九尾。他赐予他们名字，认可他们的存在，是将他们从画中带了出来。

所谓的封印在神鉴里，也可能是从画中走了出来。当然这也只是一种猜想。

这就是江斜所说的——真实和虚假没有界限。

谢汐还在想："所以……我们是在画外的世界？"

江斜道："是在我们的世界。"追究画内和画外就像追究过去和未来一样，没有任何意义。

因为根本没有画。

时间也只有现在。

谢汐弯唇，看向他道："如果不是我进入这个准世界，会触发怎样的核心任务？"

江斜道："没有如果。"

谢汐知道他的意思，笑着道："假设一下嘛。"

"假设不了。"江斜道，"我的世界只有你能进入，所以不存在其他可能。"

的确如此，无论这个世界的核心是什么，等谢汐进来了，核心就只有一个，那就是谢汐。

谢汐嘴上笑骂他："傻瓜。"心里却知道这个世界承载着江斜很多心血。

非线性的时间、叠加的空间、所谓的真实与虚幻……更重要的是，谢汐感觉到了江斜的不安和渴望，他几乎是在给谢汐启蒙，助他迈过设计者的大门，触碰到一些最基础却也最核心的东西。

江斜的意愿影响了魂意，也影响了这个准世界，所以谢汐才成了花神。

谢汐道："时间不多，你好好睡，我去下一场。"

谢汐在进入神鉴前写了不少字。挺奇妙的，无论画里画外，花神都能用一支笔主宰这个世界。想到这儿，谢汐心里又是蜜一样的甜……

他是花神，这个世界是江斜的。

他这支笔主宰的是江斜的意志。

谢汐先去见了小白虎，把小老虎哄好了又塞给江斜一个傀儡抱着睡觉，再去哄小朱雀，接着是九尾和后卿。

这是谢汐能想到的最完美的结局。

这个世界有五个时辰。

青龙时、白虎时、朱雀时、九尾时、后卿时。一个时辰的长度差不多有地球的二十四小时。他们代表着日月更替：青龙醒时，其他四人睡去，以此类推，永远不会相见。

这是谢汐在开放世界时得到的灵感，就像太阳和月亮一样，此消彼长，交替支撑着整个世界，魂意们也被他用这样的方式给安排得明明白白。

白天他们都会见到真正的谢汐，晚上的江斜同志则和傀儡睡觉。

两个轮换后，江斜道："走了，回中庭！"

谢汐打趣道："不开心吗？这儿有五个我。"

江斜只觉得后槽牙生疼："开心极了。"

哄好了魂意们，又欺负了江老邪，谢汐回到中庭时嘴角都是扬着的。

– 13 –

虽然还不知道下个世界是什么样，但谢汐可以肯定的是，有了这样难忘记忆的魂意们肯定不会折腾他了！如果下个世界还遇到他们，初期设定绝对不是逃跑、再逃跑这种连环夺命杀了！

谢汐的心情是真好，他甚至没去看任务奖励，而是先去看了下准世界界面。在开放世界后出现了妙笔绘山海的通关字样。

谢汐看了看那搜索新世界的按钮，手一痒，按了下去。

他先搜搜，看下个准世界是什么。

上个准世界“玩”得很开心，所以他还挺期待下个世界的。

谢汐这心理变化也够大了，从最初看到设计者 X 就想捅人，到现在开始期待，果然……人是要成长的。

让谢汐意外的是，小漏斗转到最后竟然没出现新世界，而是出现了一行字：请先转职，当前准世界需要特定职业。

转职？谢汐现在的职业是搜集者，还可以转成探索者或是记录者。但谢汐总觉得这个特定职业不是简简单单的低阶职业。

大多数玩家是升到中级才会转职，因为穷。但谢汐没这些困扰，他的钱多得花不完，即便跨职业点资质也没多大问题。

他想知道下个世界是什么，所以转职成了探索者，再去点搜索新世界，结果又给了同样的提示，仍要求他转职。谢汐皱眉，他又转成记录者，再去搜索，没想到还是请先转职的提示。

看来他想得没错，这个特定的职业不是寻常的低阶职业。

可当前的中庭世界也只有四个职业——搜集者、记录者、探索者、设计者。

总不会让他转职成设计者吧？这他做不到啊！

谢汐无奈，只能先放下探索新世界，去查看任务奖励。

通关了妙笔绘山海，他的初级经验值满额，可以晋升到中级玩家。不过这个晋升也不是说晋就晋，还得完成一个晋升考验。奖励的金币谢汐不怎么在意，也就听个响，看着越累越多的数字内心毫无波动。

妙笔绘山海的等级不低，比亚特兰蒂斯又多了个 + 号，这是个 S++ 的准世界。

凡是 S 级以上的准世界都有特殊奖励，谢汐接受了奖励——叮咚，恭喜您获得金色道具箱，装备后将扩充道具栏为九。

好像挺不错？金色的，应该还行。

这就是汐皇不懂行情了，要是让其他人知道，估计得放声尖叫，叫到脸通红！

这么说吧，江斜当年连刷了三十个 S 世界，就为了扩充一下道具栏，最后呢……嗯，用刷 S 级准世界攒到的金币去黑市高价收了一个。

同款金色道具箱，可惜不同命。

谢汐把道具箱装上，看到多出来的格子，还挺满意。本来就是道具多格子少，每次去准世界能带的东西太少，这回不怕了！他即便只塞九件制服都是九条命，也算是半个不死族了！

他还有个“带货”技能，每次都能随机从准世界带回一样东西。

上次他不小心把修复术这个逆天技能给带了回来，不知道这次……

谢汐点开技能列表，然后呆住了。谁能想到，“欧皇”也有被自己吓到的一天!

江斜回到了中庭，半死不活地躺在花园里。

颜哲匆匆赶来，“你这又作什么死了？”他看到人后骂了句。

好家伙，这身体残的，基本没有齐整的地方了!

场面如此血腥，江斜道：“瞎说什么？”

颜大夫牙疼。

江斜连根指头都动不了，嘴巴却麻利得很：“快点儿给我治疗，一会儿他来了看到我这样肯定要伤心得掉金豆豆。”

颜哲还救人呢，想再捅他两刀!

“我看你就是疼得轻了。”颜哲骂着他，手心的白光也落在了江斜的身上，以肉眼可及的速度帮他恢复。

不愧是中庭赫赫有名的神级奶妈，这治疗的能力堪比起死回生。他习惯性地先给江斜止痛，等止完他就后悔了，这家伙疼得死去活来都有空瞎说，这一不疼了……

江斜这身伤也是无可奈何。等价交换出去的是身体，按理说他就该一直以游魂状态待在那个世界，不可能与谢汐有任何互动。这他哪里忍得了？于是硬着头皮挤进了魂意们的身体里，还美其名曰被魂意吸引过去的。

如果全进到一个魂意的身体里，那他就离不开妙笔绘山海了。身为一个“非酋”，他鬼得很，硬是把自己一分为五，挤进了五个身体里，稍微躲避一下规则。因为身体还是魂意们的，他顶多算寄居，可能会付出一些代价，却不至于出不来。

这不，从准世界出来后，他的身体成了块破抹布，痛得死去活来。

秦戈争目瞪口呆，连忙把颜哲给请了过来，也亏了有这么个神级奶妈，江斜的身体才能在最短时间内恢复。

按理说只要回到中庭，玩家们就可以通过商城购买道具来治疗身体。

可惜江斜不行，越是高阶玩家对商城的药物类道具抗性越强，更何况他们的身体本就被高度强化过，一般药物在初阶玩家身上有用，但在高阶玩家身上连杯白开水都不如。

给江斜治疗完毕，颜哲起身时踉跄了一下。

江斜蹙眉道：“你这退步很大啊，这么简单的治疗就累了？”

想当年颜哲一个人奶了一个小队，硬是把他们当僵尸使唤，死了活，活了死的，也没见他站不稳。

颜哲耳朵嗡嗡的：“我这是累的吗！”我是被狗粮噎的!

治疗用了半小时，江斜就没停过，一个劲地说，口述了一本五十万字狗血小说！江斜毫无自觉，还贴心地道：“累了就是累了，别不承认，你坐下歇歇，我给你讲一下花神谢汐是怎么为爱创造新世界……”

颜哲嘴角抽了抽，他后悔，他真后悔，他就不该来花园，就不该给这家伙治疗！

好在江斜没继续，因为他收到了谢汐的信息。

谢汐："你猜我把什么带回来了？"

江斜开玩笑地说道："总不会是神鉴吧。"

谢汐："还真是。"

小朋友怕是要逆天了呀！

– 14 –

"非酋"江斜怀疑人生了。

他顿了下，说："你这技能不该叫随机带走准世界一样物品。"

谢汐："嗯？"

"非酋"含恨饮血："应该叫精准带走准世界最重要的物品。"一共发动两次，上次带走了修复术，这次带走了神鉴，这怎么看也不像随机吧，完全是挑最重要的拿吧！

谢汐谦虚地说道："这神鉴和准世界里的不太一样啦。"

江斜问："初级版本？"

"对，"谢汐道，"你在花园吗？我去找你，见面聊。"

江斜正想说稍等一下，就收到了谢汐的进入请求。他哪能拒绝？只能先委屈颜哲了，江斜一边让谢汐进来，一边把颜哲送出去。

颜哲骂道："见色忘友！"

江斜："他聪明得很，看到你在，肯定会怀疑我身体不好。"

颜哲还是能理解的："你悠着点儿，哪天把自己玩死了，小蔷薇……"江斜已经把人给送了出去，颜哲只能自言自语地道，"会无法承受。"

江斜一连串动作麻利得很，谢汐却还是看到了颜哲的背影。他心一紧，问道："是颜神吗？"

江斜面不改色地说道："是老秦穿了颜哲的衣服。"秦戈争要用等价交换术，出现在这很儿正常。

秦戈争和颜哲愤怒了！现在绝交还来得及吗！

谢汐才不信，皱眉道："你身体有什么问题？"

"能有什么问题？"江斜道。

谢汐把神鉴给拿了出来。

江斜见他把话题给绕开了，也就不再说了，看向神鉴。

谢汐道："绑定物品，不可转赠、不可交易、不可丢弃。"

江斜轻叹口气："神级物品大多如此。"

这神鉴的品级还真是神级，是当前中庭世界的最高品级。据说整个中庭的神级物品只有两个，一个在云阁创始人兼阁主 N 的手中，一个在最高设计者 X 的手中。

如今有了第三个，在一个初级搜集者手里。由此可见，谢汐的运气好到了什么地步。

谢汐又道："现在它的功能和准世界里没法相提并论……"

总的来说，这就是个削弱版的神鉴，谢汐可以在上面写写画画，画完了能凭空创造出一样东西，只可惜谢汐没了花神那逆天的画技。他试着画过，歪歪扭扭，憋憋屈屈，好不容易画完，神鉴回复了他一行字——太丑，无法识别。

听到这里，江斜笑了下。

谢汐瞪他。

江斜立马道："垃圾神鉴，竟敢笑话小汐，撕了！"求生欲百分之一万了。

谢汐不理他，继续道："初级神鉴的限制还是很多的，不能创造生命体，创造物体规模不可大于一平方米，一次只能画五分钟，画完后有一小时的冷却时间。"

这听起来限制是真不少，可细想一下仍觉得很可怕。现在是初级，所以不能创造生命体，那是不是意味着等级高了就可以创造了？还有一平方米的规模限制，仅仅是初级就这么大，慢慢升级后将会有多大简直不敢想象。

一次只能画五分钟听起来短暂，可如果熟练掌握画技，已经可以画很多东西了。别人是拼命扩充道具箱来装东西，谢汐只需要带上神鉴，再记住一些简单物品的画法，岂不是能源源不断地创造？可别瞧不起小东西，一瓶价值千金的生命药水还真不难画。

江斜道："是个好东西，善加利用能发挥出极大的价值。"

谢汐还惦记着一事，问道："这个和设计者有关吗？"

江斜顿了下，说道："有可能，但肯定不是现在，你无须着急，晋升设计者需要通过中庭的一个考验，那个考验是单人模式，只能靠自己，所以你要尽可能地提升自己，才有机会通过考验。"

谢汐点头道："嗯，不着急。"

这些他也知道，设计者不是简简单单地明白了一些基础就行的，中庭的设计者日趋减少，不是因为大家领悟不到设计世界的真谛，而是无法通过考验。没有足够的经验和力量，尝试考验无异于送死，即便准备充分，也有太多高级玩家倒在了这个考验中。

谢汐还没晋升到中级玩家，当然不急着去尝试晋升设计者，他刚想说新世界的事，忽地瞥到了一朵强撑精神，实际上已经蔫蔫的蔷薇花。

这花园的蔷薇是江斜的精神映射，往日里都是一片欣欣向荣，他立马抬头，眯起眼睛道："你是不是遭到等价交换的反噬了？"

不是都岔过去了吗？

谢汐道："这次失去的是身体，你待在魂意的身体里是不是也算拥有了身体？所以出来时才会身体受损？"越说他脸色越白，甚至还想到了最糟糕的，也许江斜的身体已经没了，这是另外一具，或者是强撑出来给他看的幻觉？

谢汐担心地看向江斜，江斜赶紧说道："是受了点儿伤，但没那么严重，我不是一分为五嘛，那些身体是魂意占主体，我顶多算借用，不算拥有了身体。"

谢汐抬头看他："不许骗我！"

江斜苦笑："我也骗不了你。"这都拼命藏着掖着了，还是因为精神些许放松而留下了破绽，让他顺藤摸瓜给揪了出来。

谢汐皱眉道："真的只是受了一点儿伤？"

江斜保证道："一点儿皮肉伤，骗你我天打五雷……"

谢汐急着打断他："少说胡话！"

江斜眨眨眼："我没骗你，所以才不怕嘛。"

谢汐毫不犹豫地戳穿他："你是仗着花园是自己的，根本不会有五雷轰顶吧！"

江斜弯唇笑了。

还真不是因为花园没有五雷轰顶，而是江老邪他根本不怕五雷轰顶，这轰到他身上跟挠痒痒有什么区别。

谢汐道："要真是一点儿伤，怎么至于惊动颜神？"来到这里这么久，颜哲的属性他早就一清二楚了。

江斜总能编出理由："都是老秦大惊小怪。"

谢汐冷笑："你是没力气制止秦将军吧！"秦戈争以前是个将军，在中庭一战成名后低阶玩家都这样称呼他，江斜但凡还有一点儿力气就不会让秦戈争把颜哲叫来。

江斜被谢汐给戳了个底朝天，只剩下耍无赖："你这么担心，不如扒了我衣服仔细检查一下？"

谢汐也有撒手锏："你要是再瞒着我，下个世界就别和我一起去了！"

江老邪秒怂，连忙如实交代道："也就是断了几根骨头啦。"

谢汐心一刺："几根？"

江斜道："嗯……就二百来根吧……"

人一共就二百零六根骨头，江斜就断了二百来根……谢汐脸色雪白，咬牙道："下个世界你别和我……"

江斜忽然用力握他的手臂，认真地道："我不惜粉身碎骨都要跟随着你，你可千万别丢下我。"

谢汐眼眶通红。

江斜低声道："我啊，天不怕地不怕，就怕你掉金豆豆。"

谢汐看着如今还算活蹦乱跳的江斜，心服口服：“颜神真厉害。”

江斜生气了：“不许在我面前夸别人。”

什么跟什么！谢汐道：“我是说颜神的治愈术真的厉害！”江斜那么重的伤也能在这么短的时间内治好，真的太厉害了！

江斜道：“他厉害个屁，跑个八百米都累死累活，不行的。”

颜哲打了天大个喷嚏，揉揉鼻尖对秦戈争说：“我觉得老邪在骂我。”

秦将军是个老实人：“哪能，你刚治好了他。”

颜哲愤愤地说道：“错不了，肯定是被小蔷薇发现了，小蔷薇钦佩我高超的医术，老畜生心有不甘，背地里黑我！”

嗯……不愧是好兄弟，猜得是一点儿都没错。江斜是真想和谢汐多待一会儿，可惜谢汐没法在中庭待太久，他们得尽快去下个新世界。

江斜正想问新的准世界，谢汐先问他：“这次收回了几个魂意？”

江斜道：“五个。”

谢汐睁大眼：“运气这么好？”上次江斜只收回了一个，这次竟然五个？

魂意们的回收规则可不是让他们开心就行，而是要看他们参与了多少个准世界。这么巧吗？妙笔绘山海刚好是他们五个的最后一个世界？

江斜顿了下。

谢汐敏锐地捕捉到了问题：“怎么回事？”

江斜道：“他们应该不只参与了这几个世界，但因为我进入了准世界，把他们给强行带回来了。”

谢汐眼睛微睁：“那其他被参与过的准世界怎么办？”

江斜道：“魂意们被强行抽离，准世界可能会崩坏。”

谢汐心咯噔了一下，种不太好的预感：“对你有伤害吗？”

江斜道：“对我是好事，对中庭的伤害比较大。”本来准世界就越来越少了，江斜这个主要设计者的准世界还崩坏了……简直是雪上加霜。

谢汐懂了，江斜因为散出去太多魂意，所以自身的状态很不稳定，急需回收魂意。别管是怎么回来的，只要回来了对江斜就是好事，可那些失去了魂意的准世界却遭殃了。

谢汐道：“如果这样的话，那我们只要通关几个世界就能把散出去的魂意都收回来了。”虽然不知道江斜散出去多少魂意，但如果江斜进入就能把那个准世界的魂意全部带出来，很明显是效率提高了。

江斜道：“不会这么简单。”

谢汐想起了自己的新世界，他连忙说了一下。

江斜微怔：“特定职业？”

谢汐道：“我把低阶职业都试过了，全不行，可是设计者的话，我现在是肯定无法通过考验的。”

江斜道："不可能是设计者，你去看职业界面，应该有待转职提示。"

这个谢汐还真不知道，他连忙往下拖界面，发现了职业界面。

点开后，谢汐愣了愣："修复者？中庭有这样的职业吗？"

（未完待续）

番外：

花神带娃记

自从把六个小江斜全部捡回来，花界一日比一日热闹，甚至有点热闹过头。

天刚亮，外头鸡飞狐跳，哪怕小朱雀声音很动听，听多了也有点吵得慌。

谢汐掀开素青色门帘，看到了外头的光景。

也不知道是因何事而起，本来都化形的小朱雀恢复本体，毛茸茸的一团，一蹦一跳得活像个红毛球。

九尾这几日吃嘛嘛香，早不是最初那身体和尾巴一般粗的可怜模样。他化成人形，足足有三个红毛球那么大，身后还摇晃着九条尾巴，雪一样的白，煞是可爱。

小九尾生得也好看，银发垂肩，肤色嫩如凝脂，一双大眼睛微微眯起，愣是在一团稚气上带了点坏心眼的样子。

他小短腿倒腾得比红毛球快……哦！是朱雀。只见九尾肉乎乎的小手一伸，拎住了朱雀的后颈。

红成一团的毛茸茸立马发出比黄鹂鸟还要动听百倍的清脆声音：“死狐狸，我要杀了你！”

小九尾露出小虎牙：“小鸡仔，今天你就是我的盘中餐……哎哟……”

话没说完，脑门被弹了一下。

九尾松了朱雀，凶巴巴转头。

谢汐居高临下看他。

小狐狸眨眨眼，早忘了鸡崽崽，满脑子都是眼前的花神大人。

“您醒了！”他扑过来，要抱谢汐。

谢汐眉峰一扬。

九尾收起虎牙，摆出一副温顺模样：“我和朱雀闹着玩呢，您别生气。”

旁边的小朱雀分分钟炸毛，凶巴巴道：“我才不和你玩！你抢了我的宝贝！”

一个毛团凶巴巴是什么样？

谢汐笑着把朱雀捞起来，顺毛道："他抢了你什么宝贝？"

本来还是一团火红色的毛茸茸，落到谢汐怀里，他立马化作人形，柔软的红发垂在雪白的耳畔，软趴趴的小手揪住谢汐的衣襟，使劲儿往谢汐肩上爬。

小朱雀甜甜一笑："当然是您。"

谢汐："……"

九尾炸了，九条尾巴茸成一团，大眼睛像点了水的红宝石："小鸡仔，你完了！"

朱雀抱住谢汐脖颈，哪还有那可怜巴巴的模样？小雀翎摇摇晃晃，声音里全是炫耀："宝贝，他欺负我！"

九尾听他这样叫谢汐，更炸："我要吃了你！"

谢汐瞧瞧怀里的江小斜，再看看炸毛的江小斜，心想：本是同根生相煎何太急啊，江斜斜！

谢汐给了小朱雀一个爆栗："没大没小。"

朱雀扬着头，问道："我说得不对吗？花儿们告诉我，宝贝是最珍惜最宝贵、最爱护的意思。"

谢汐该怎么向这个小孩子解释呢？

九尾抢声道："花神大人就是花神大人，不是其他任何东西。"

小朱雀和他争了起来。

谢汐听得脑袋痛，问旁边的白玉兰："他们呢？"

白玉兰道："应该在花园里。"

谢汐决定开个小课堂："都叫回来吧。"

没多久，另外三小只都回来了。

花界每天都有些日常事务，大一点的后卿会带着他们去做点力所能及的事，这也是谢汐吩咐过的。

后卿和白虎已经是八九岁的小童，一个眉眼沉静，一个神态张扬，站一起很像一对双胞胎……哦，双什么胞胎，根本是一个人！

青龙也化作人形，他穿了件青色衣衫，墨色的长发随意的披在身后，头顶上鼓起俩小小的包，是未来的龙角。

谢汐看了喜欢，把人都叫到跟前问了会话。

小朱雀等不及了："宝……"

九尾扑向他，两人又打成一团。

谢汐只得一手拎一个，让他们坐稳："给你们讲点新东西。"

青龙声音脆生生的："今天不画画吗？"

谢汐摇头："教你们认字。"

五小只都很喜欢，一双双漂亮的眼睛盯着他。

谢汐仔仔细细地教了他们"宝贝"这个称谓。

小朱雀听着听着便举起手来。

谢汐道："怎么？"

朱雀大声道："您就是我的……"

九尾一脚踢过去，朱雀"哎哟"一声，话没说完，小椅子翻了。

谢汐拧眉，快被江小斜给愁死了。熊也就罢了，还自己熊自己，真能耐！

讲完了课，谢汐有些倦，吩咐白玉兰道："让他们多写几遍，加深下记忆。"

白玉兰应了下来。

等到谢汐走了，白玉兰灵机一动，竟想到给他们出了个题。

只要谢汐不在，五小只就安分得很，一个比一个小大人。

题目很简单，他们答得很快，白玉兰欣慰道："我拿去给花神大人看看。"

谢汐正靠在床榻上，有一搭没一搭地想着这个世界的事，白玉兰掀起门帘进来："花神大人，这是他们五人的答卷。"

谢汐："嗯？"

白玉兰如是这般交代了一下。

谢汐笑道："不过是两个字，有什么好考的？"

嘴上说着，手却伸过去，把五份小卷拿了过来。

很简单的题目——宝贝是什么？

五人的答案惊人的一致——花神大人。

谢汐看着这一般无二的字迹，脑中浮现出中庭花园的某人。

他摇头笑了笑，将五份小卷贴身收好。

图书在版编目（CIP）数据

游戏加载中：全2册 / 龙柒著. -- 南京：江苏凤凰文艺出版社，2020.7（2021.4重印）
ISBN 978-7-5594-4836-1

Ⅰ.①游… Ⅱ.①龙… Ⅲ.①幻想小说－中国－当代
Ⅳ.①I247.5

中国版本图书馆CIP数据核字(2020)第077694号

游戏加载中：全2册

龙柒 著

责任编辑　王昕宁
特约编辑　薛天舒　苗玉佳
装帧设计　苏　涛
责任印制　刘　巍
出版发行　江苏凤凰文艺出版社
　　　　　南京市中央路165号，邮编：210009
网　　址　http://www.jswenyi.com
印　　刷　天津旭丰源印刷有限公司
开　　本　680毫米×970毫米 1/16
印　　张　38.25
字　　数　760千字
版　　次　2020年7月第1版
印　　次　2021年4月第4次印刷
书　　号　ISBN 978-7-5594-4836-1
定　　价　78.00元（全2册）